之间

李虎山 著

中国文联出版社

图书在版编目（CIP）数据

之间 / 李虎山著 . -- 北京：中国文联出版社，
2022.12
ISBN 978 - 7 - 5190 - 5006 - 1

Ⅰ.①之… Ⅱ.①李… Ⅲ.①长篇小说—中国—当代
Ⅳ.①I247.5

中国版本图书馆 CIP 数据核字（2022）第 250541 号

著　　者　李虎山
责任编辑　胡　笋
责任校对　李佳莹
装帧设计　中联华文

出版发行　中国文联出版社
地　　址　北京市朝阳区农展馆南里 10 号　　　　邮编　100125
电　　话　010 - 85923025（发行部）　　　85923091（总编室）
经　　销　全国新华书店等
印　　刷　三河市华东印刷有限公司

开　　本　710 毫米×1000 毫米　　1/16
印　　张　27.5
字　　数　479 千字
版　　次　2023 年 5 月第 1 版第 1 次印刷
定　　价　95.00 元

目录

1 抉 择

　　每个人的一生，都是在抉择中度过的。抉择，是决定未来的开端，也是对过往的终结。无论任何人，每一次抉择，都是自己与自己进行的一次痛苦的博弈。

　　五十多岁的金发财，在这个晴朗的夏日，几乎被抉择击垮了。在这条山沟的几百个成年人中，还没有谁遇到像他这样难以抉择的事。

　　遭受抉择折磨的金发财，在烈日曝晒的中午，被痛楚牵系着疯了一般，神经质地在盲目中到处乱窜，他恨不得找个地缝儿一头钻进去，让熟悉的沙土埋藏自己所有的痛楚。

　　他的抉择，将决定两个儿子的命运，也牵系着一家人的未来。

　　此刻，知了陈旧的歌声，将庙岭亮汪汪的山水，吵闹得焦躁不安。对于一个被抉择折磨着心绪的人，夏天真是一个让人难以忍受的季节。火辣辣的太阳，夸张地炙烤着熟悉的山地，山地我行我素般照旧孕育着念想。人们在知了的叫声中，度过了一个又一个烦躁的日子。每一个日子对于金发财来说，都有着不同的念想萌发。到了晚上，当他睡在土炕上回忆一天的所思所想时，他认为自己的想法全是臆念。痛苦，像一个看不见的鬼魅，折磨着这个活了大半辈子、从来没有怕过什么的山里汉子。

　　村上的大人们听到知了的叫声，不由自主地抬起头，望着兀立在远处的花树疙瘩神山。静静地看一会儿，然后转过脸，再看高空中棉絮般的云朵，如何用轻巧的手，擦净天的脸面。孩子们听了知了的叫声，开心地在村前小河中浅浅的水潭里，和着知了的叫声乱跳乱窜。农历六月，是山里孩子一年中最快乐的日子。他们从农历正月十五开学那天起，就盼着农历六月早日到来。

　　此刻，金发财却不是这样的。他头戴一顶被太阳晒得发黑，帽檐上少了一圈辫子、露出像动物牙齿般的草帽，似一个复活的稻草人，无精打采地从齐身高的玉米地里驼着腰，垂头丧气地走出来。他冷着脸，眼睛眯搭着坐在那群戏水孩子们的上游，摘掉黑不溜秋的草帽，把自己团在柳树窄狭的阴影里。他从脚上脱下鞋帮已有了裂口的黄色军用胶鞋，倒掉鞋中的沙土，然后将鞋放在身边紫色的薄荷丛中，欲把一双黑乎乎的脚，伸进一潭清汪汪能看到小鱼儿自由游荡的水中。

鱼儿不知道水面发生了什么，看见水面上散下来一团黑色不明物体，个个吓得摆尾逃窜，一瞬间，钻进了小河岸边绿汪汪的水芹菜中。虽然是伏天，但水是从小河两岸山缝里渗出来的，一股凉气还是刺激了金发财的神经。脚刚一沾水，他立即将双脚从水中麻利地抽了出来。之后，他一手拎起那双破胶鞋，跳上泛着热气的沙堆，重新坐回柳树下的阴影里，点着了一支廉价的香烟。

柳树很是粗壮，枝叶茂盛，被村里人称作村上的魂。太阳一晒，柳叶释放出浓浓的芳香，香气在阳光充足的气流中荡漾。这个季节的柳树，是知了们唱歌的舞台。有几只知了像要参加七夕节的歌咏比赛似的，扯着嗓子较着劲儿在柳树上欢唱。它们哪里知道，坐在树下被抉择困扰着内心的金发财，几乎要恨死它们了。

他心里烦，看啥都不顺眼，看那群孩子在水中吱哇乱叫更不顺眼。他本想在上游弄浑水，让那群不谙世事的孩子离开小河，使自己的心能静一会儿，没想到水那么凉。而浸泡在水里的那些孩子，忘情地戏弄，好像水有温度似的，没有一个人说水凉。

他想靠在柳树粗壮的身子上理理心事，知了却与他作对。他起身用光脚恶狠狠地在树身上踹了三下，粗壮瓷实的柳树压根没有理他的碴儿。柳树上粗糙的瓦垄般的树皮，反而将他的脚心咬得生疼。他索性从地上抓起一把沙石，向围在柳树身上的一簇泛着绿光、像女人腰间扎的围裙似的枝叶恶狠狠地砸去。沙石一出手，知了的歌声如断了电的音响戛然而止。他又坐在柳树下开始抽烟，刚掏出打火机，"啪"！一块核桃大的石块从高处落下，不偏不倚地砸在他的鼻梁上，他疼得吱哇乱叫，抬头去看柳树，又一块小石块落下来砸在他的额头上。

"这不是自己整自己吗"？他想，连知了也要耍手腕欺负自己，看来这个夏天真是自己倒霉的季节。他双手捂着脸，忍着钻心的疼，重新坐在柳树下准备反思，口中不住地念叨着：这是咋了，这些怪物是在提示我什么吗？有什么玄机呢？几十年来，自己多么喜欢知了的叫声。昔日，只要有什么烦恼事，听到它的歌声，心中的痛楚不就散了吗？可今日，咋能恨它呢？想不明白，知了咋能知道他的心事呢？真是人倒霉了，放屁也能打疼脚后跟。

他擤了擤鼻子，发现有血流了出来，顺手从柳树根下扯出一把黄蒿，用双手使劲将黄蒿挤弄出绿汪汪的汁，然后仰着头将绿汁滴在鼻梁上。黄蒿止血，是庙岭人从古时代传下来的偏方。

季节如此美好，天蓝如镜，云洁如雪，山青如缎，风纯如蜜。可人呀，处在这样的环境中，心咋就不宁呢？愧对这天地呀。

人一旦有心事，看啥烦啥，听音烦音，观景烦景，见水生恨意，遇火萌邪念。要是没有烦心事，依了他的性情，看见孩子们玩水，一准会将在部队上学会的游泳技术教给那些孩子。现在不行，家里的事让他太苦闷了。

两个儿子同时考上了西京两所大学，这样的事情，在庙岭是史无前例的。庙岭从古到今还没有谁家的孩子上过真正的大学。

邮递员送来通知书那天，村上的留守老人赶来祝贺，人人高兴得像是自家的儿子或孙子考上了大学似的，直夸金发财有本事，自己小学都没念完，却培养出两个大学生。

金发财腼腆地木讷着声腔，不住地点着头说："是人家老师们培养的，我，哼，哪有那本事。"说过后头又得意地摆了一下。

老人们个个脸上贴着笑容，开心地抓住他的胳膊摇着说："是老师培养的没错，那也得你这个老鳖做后盾呢。没有你这个坚强的后盾，老师咋培养哩，你说是不是？"

"是，是，那倒是"。那一会儿，他的心中还得意着，脸上像开满了大丽花一般。

村里人陆续走后，他一脸喜气地回到家，让两个儿子打开各自的通知书，双手捧着，举高移低扬扬得意地欣赏了一会儿，又从厨房叫来老婆和自己一起细细地看了一遍。俩人看过、喜过，高兴得合不拢嘴，似喝了老酒般兴奋。老婆去做饭了，他一个人又将通知书拿到庭院的太阳光下，对着太阳再看一遍，还比画着将通知书贴在大核桃树身上，拿到猪圈旁对猪也展示了一下。两个儿子站在大堂屋，看着父亲的举动，笑得合不拢嘴。末了，他故意做出领导发委任状的样子，站在堂厅里用气沉丹田之法，发出洪亮的声音叫道："金大平，请领取你的入学通知书。"大平抬头挺胸走到他面前，还向他敬了一个庄重的军礼，并且铿锵有力地回答说："谢谢领导，儿子一定不辜负您的希望。"说完，双手接过通知书，贴于胸前，将脸面向中堂的上墙。

还没有等他喊老二的名字，小平就从他手中夺走了通知书，迈开步子急于回到自己的房间去，他声音粗野地吼道："过来，一块给老先人汇报一下。"

小平被他的吼声震得蒙在那里，当他明白了父亲的用意时，慢慢移动了过来，静静地站在兄长身边，等待父亲的下一个命令。

金发财对两个儿子说："来，我们跪下，打开你们的通知书，让老先人看一下，我们给老先人磕头汇报。"他自己先磕了头，两个儿子拿着通知书也磕了头，然后才各自离开。

一家人吃了老婆做的蒜蘸面，金发财还喝了半杯自制的苞谷酒。酒没有喝完，他的眼泪便刷地一下流了出来。父亲的眼泪似无声的告示，透露出不祥的征兆。

"熊样子，嘴上喝，还能从眼窝里溢出来。先吃饭，总会有办法的"。老婆收了小黑方桌上的碗筷，气呼呼地走了，留下他和两个半桩子儿子在饭桌上发呆。三个人默默地坐着，都没有说话，大平不住地用手将指头捏得"叭叭"响，小平用掉在饭桌上的半个豆角写字，而父亲只知道用手抠脚缝。

直到门前核桃树上的知了再没有了叫声，两个儿子才一前一后离开了饭桌，各自悄无声息地回到自己的房间去了。虽然没有提到上学的事，儿子们已经知道了父亲的难处。

老婆洗完碗筷，转过来见他还在发呆，提高了声调提醒他："把那几样水礼拿上，去镇上信用社找找王贵，端午节时王贵不是答应给想办法嘛。"

听了老婆的话，金发财如醍醐灌顶惊醒过来，似乎在绝望中看到了救星。他让老婆从装小麦的柜里取出了西凤酒，又从柜子下面的柴灰盒子中一个一个掏出鸡蛋。鸡蛋放在灰盒子里，如城里人将鸡蛋放在冰箱里，能防变质。山里人常说：灰盒子就是老先人给咱发明的不用电的冰箱。

等老婆收拾停当，他从车棚里推出了摩托车，让老婆把大儿子大平叫了出来。

1.83米的大平，麻利地从自己睡觉的那间房子里跳了出来，看父亲要出门，知道父亲要做什么，转回身重新换了衣服、梳了头，提着母亲装着鸡蛋的口袋，一扬腿就坐上了摩托车的后座。

一声发动机响，吓跑了围在摩托车旁边觅食的几只下蛋鸡。又一股烟，吓得老婆倒退了几步，"哧溜"一声，摩托车就绕过门前的竹园。河岸上的杨树林在村道两旁齐整整地伫立着，摩托车像是阅兵的领导穿梭而过。

老婆望着被树影吞噬了影子的父子俩，两个眼角里涌出了一串泪水。她把目光投向门前的大核桃树，骂了知了一句："吱哇地死呀，烦不烦。"

2 困 惑

　　王贵彻底变了。端午节那天，王贵在金发财家吃槲叶粽子时，举起酒杯，泛着光气的口水飞扬着，信誓旦旦地对金发财说："你放心，只要两个儿子都能考上大学，你要多少钱也给贷，抵押都不要。两个娃那是国家未来的栋梁之才，还抵不过几万元的贷款？"王贵将满满一杯西凤酒仰脖一灌，口中发出脆生生的"吱吱"声，夹一块黄亮亮的鸡蛋放在口中又对他说："要是你个人贷款，别说三五万，就是三五百，那……那也得有相应物件做抵押。孩子上学不用抵押，一是国家有政策，二是那上了大学的孩子，本身就是国家的人啊！要说抵押嘛，那就是大学的录取通知书也不抵押，看一眼就行。"

　　当时，金发财信了王贵的话，又让老婆从柜子里拿出一瓶好酒，还往小方桌上加了两道菜。

　　当他和大儿子大平风风火火地赶到山外镇上的信用社时，王贵一分钱也没有贷给他。王贵头摇得像拨浪鼓似的，还告诉他说，全县信用社都在清理整顿，谁也不敢放钱呀。

　　王贵的话他信，许多信用社都出了事，还有几个信用社主任被关进了监狱。整顿的消息，他从本地的电视新闻中看到过不止一次。

　　回家的路上，儿子大平骑着摩托车，他坚持要载着父亲。

　　没有贷到钱，金发财从信用社出来时，脸上不住地往下淌汗。脖子上的汗，被从街西头投过来的夕阳一照，像在脖子上套了个项圈。儿子理解父亲的难处，也心疼父亲。他想，以父亲的个性，再让他骑车载自己，说不定连人带车都会掉到沟里去。

　　其实，从信用社出来时，儿子心中也空了。背过父亲，他擦了眼泪，当父亲说要找信用社主任再求求时，他已经感觉到自己上大学的梦想成了泡影。

　　儿子一口气将车骑出十里地，到了山口船石边。他怕父亲看到自己的眼泪，儿子停下来，扑到小河里用水洗了脸。

　　父亲坐在车上，已经听到儿子放出的几个响屁。他知道，那是气呀，儿子肚子里憋了口难顺的气呀。本来他还想和儿子说说，让老大去上学留下老二出去打工。但他知道，依老大的性子，肯定不会顺从自己的想法。那几个壮实的屁，已经告诉了他想法。

两个儿子，从小他就偏爱大儿子。大儿子不但长得块头大，且懂事，在学校学习好，回到家总能挤出时间帮父母担水、劈柴、清理猪圈、倒大粪。

两个儿子年龄相差一岁半，因那年大儿子被蛇咬后，耽误了上学，后来再上初中时，便和二儿子编在了一个班。在金发财心中，大儿子不像他的儿子，倒像弟弟一样，什么事儿都有主见，什么脏活累活都能干，不但能给他出主意想办法，还能时不时地想办法挣钱回来。

二儿子就不行，在学校学习成绩比大儿子差，回到家整天抱着书本，好像离开书就活不了似的。让他干个活儿，不是喊头疼就是说腿麻，要不就是上厕所。金发财常骂二儿子，懒牛懒马屎尿多。

在骨子里，大儿子总是看不上二儿子，但大儿子从不在嘴上说。用金发财老婆的话说，大儿子和他父亲是一路神气，两个人都是有屁不放，全是窝在肚子里的货色。

也是，一家四口性格分两类：老大随父，老二随母。金发财总对大儿子说："老二随母也不对，你妈多勤劳呀。可老二呢，眼里哪有活呀，纯粹是个书呆子，好像离了书就活不下去了。"

"只要他爱学就让他学吧，他爱学总比不学好"。大儿子经常用此话慰藉父亲。

父子俩在船石边默默地坐了一会儿，都没有说话，不知不觉间，夜幕为山野披上了晚礼服。一群群蝙蝠从船石对面的风火窑里，像有人赶似的"扑棱棱"飞出来，在他们头上盘旋之后又飞走了。它们是夜的灵魂，它们的盲目飞舞，证明夜还活着，这条空旷的山沟还活着。

风火窑里有许多传说。在大平小的时候，父亲拉着他的小手走过许多次。父亲也不止一次地将那个传说讲给儿子听。儿子问他："那风火窑，会不会像座山雕住的山洞，里面大得很？"父亲说："没人知道，也没有人进去过。那年闹革命，听说有人进去了。后来，再有人进去看的时候，只发现里面有许多死人的骨头。"儿子再问父亲，那里面是不是有许多宝贝？父亲说："后来呀，再没有人敢进去过。"

看父亲不说话，大平问父亲："你不是说，那风火窑里有宝贝吗，要不，咱明天进去看看。"

父亲"嚯"的一下从地上站起来，脸色变得黑青说："走，快走，你妈在家担心哩。"

儿子知道，自己的话，使父亲想起了往事。

三十年前，正是那些进了风火窑的人，后来都死在里面。夜里，人们从石窑门口经过，总能听到石洞里传出救命的声音。有人说听到过一个声音，在石洞里呼唤那些死者的名字。

风火窑是个神奇的传说，那些不信传说的寻宝人进去后，全死在了里面却是千真万确的。

风火窑的山顶上，是奶头山，山上也有传说。

神奇的奶头山，像是一个裸体女人，面朝南躺在那里。东寨子是她的头，女人的两个乳房直挺挺地摩擦云霄。张御史的金头，埋在山上女人的小腹上。小腹下面是一潭清泉，人们叫它樱桃池，池周围槐树盈盈，每年春至，白花艳艳，蝶飞莺鸣，美丽至极。

儿子问父亲："那个御史的金头还在吗？"

父亲说："快点走，一会儿看不见路了。"

3　知　了

有了心事，河边的大柳树，成了金发财解闷的依靠。掏不出钱供儿子上学，他开始怕儿子，特别是不敢看大儿子的眼睛。这天，他不知不觉地在大柳树下睡着了。

村里没有了青壮年，青壮年都出远门打工去了，村外的路上，很少有人走动。放在过去，早有路过的人把他叫醒。要不就会有人轻手轻脚地走到他跟前，偷偷抽他放在头边的烟。或许会有人轻轻地走到他跟前，撩开他的上衣或解开他的裤带，与他这个"冷粽子"开个气死他的玩笑。

如今，爱开玩笑的那些人都跑得没了踪影，村子快空了。

老婆做好饭，让大平去找父亲。老婆从来不使唤二儿子，一家人使唤不动，也就没人使唤了——习惯成自然。金发财使唤不动二儿子时常说："就那熊样吧，爱动不动，有他权当没他。"

大平说给父亲的话就那么一句，遇到父亲骂小平时，他劝导父亲："爱学就让他学吧，也许能成大器哩。"

大平在阳光簇拥的大柳树下找到了父亲，父亲睡着了，口中向外流着涎水。那时，一条闪着亮光的绿草蛇，正准备往金发财的裤腿里钻，大平一把捏住蛇尾，将蛇甩回土豆地里。

蛇落到土豆地里后，大平才惊叫了起来。

父亲被儿子的惊叫声吓醒了，他听了大儿子的叙述，吓出一身冷汗来，一骨碌翻身站了起来，解开裤腰带，把裤子齐齐抖了一遍。儿子帮父亲穿了鞋，又替他拿了草帽和烟火，两人一前一后走出柳树的阴影，踩着热腾腾的沙路，朝家里走去。

大平将一支烟点燃递给父亲，自己也点燃了一支吸着。看见儿子吸烟，父亲停下了脚步，用吃惊的目光望着儿子，想说什么却没有说。

儿子把目光投向村后的青山，他故意转移父亲的注意力说："大，我想跟你商量个事儿。"

儿子站定后，用父亲几乎听不到的声音说："我不想上大学了。"父亲从儿子手中将烟夺了过去，用爱怜的目光看着儿子说："我娃放心，只要大还有一口气，不会不让我娃上大学。"

儿子又从父亲手中抽回了吸的那半截烟，轻轻吸了一口说："大，说句心里话，我很想上大学，可是咱家这情况，我不想让你为难。再说，就是上大学又能咋呢？你看这山里山外，有多少娃上了大学，找不到工作，还不如出去打工实惠呢。"

父子俩说着，已走到家门外场院的大核桃树下。树下有一个 1958 年吃大食堂时留下的大碾盘，父亲拉儿子坐在碾盘子上。父亲这回把一支烟亲自点燃，虔诚地递给了儿子。

儿子接过烟却没有吸，他把烟放在碾盘上一个小石槽里捏灭了。儿子理解父亲的心情，他看父亲有眼泪溢了出来，从自己的裤兜里掏出一张纸，为父亲擦拭了眼泪。

儿子用草帽扇着凉说："大，这事就这么定了。让老二去上学，我去西京陪他读书，你在家把地种好，把我妈照顾好，老二的一切花费，我来管。"

金发财一下子不知说什么好，眼泪哗啦哗啦地夺眶而出。他握着儿子的手不停地发抖，儿子反握住了父亲的手，合在一起的四只手在空中抖着。抖了许久，儿子抽出了自己的手，再一次为父亲抹了眼泪，他要求父亲不要公开自己的想法，不要让村里人知道。

金发财几乎要哭出声来，他嘴巴张着却无声，压抑声音的力量，把口中的涎水压得向外流着。儿子一摸口袋中再没有纸了，就用自己的袖口帮父亲擦了涎水。

正在这时，老婆从院里出来了。老婆看到丈夫和大儿子都在流泪，知道了原因。她什么也没有说，轻轻地走到父子二人身边，又掉头往回走，父子二人跟着她走进了家门。

4 出 山

一连下了三天雨，不但把庙岭的酷热浇灭了，也把山水林田路洗得干干净净。空气清爽，秋雨洗过的天空，高远了许多，太阳跟着天升高了，黄色的光气变成了白色。

老婆说："秋雨，就是用来洗太阳的光气的。"

金发财说："世上谁最厉害，我看天最厉害。天给你啥你就得要啥，不要都不行。"

两口说此话是在饭桌上，饭是为两个儿子钱行的，两个儿子都没有说话。一向好高骛远的二儿子，得知大哥不上大学的消息后，心里一直很难过。他总觉得自己对不起大哥，几天来，像换了个人似的默默不语。

而大儿子呢，虽然答应了父亲，但面临着开学的日期越来越近，心里亦是十分难受，但没有办法，只能接受现实。

原计划金发财把两个儿子送到县城，大儿子说啥也不同意。他只答应父母，把他们送到庙岭岭头上，他要求父亲站在岭头上，看着他们走出山沟。

令他们没有想到的是，他们一家人刚从屋里出来，门外聚集了不少村上的老人和孩子。他们不光为金发财的两个儿子送行，人人手中还拿着钱，他们把钱分成两份，分别塞给大平和小平。

大平看到如此情况后，"扑通"一声跪在地上，撅起屁股，不住地向老人们磕头。送行的气氛一下子活跃起来，其中一个老人蹲下身子从地上扶起大平。另一个老太太给大平拍打着膝盖上的尘土，她一边打一边说："娃呀，这是咱庙岭人的传统，这些年被人们给弄丢了。你大当年当兵走时，也和你一样，那时我们只给他五毛钱，他也是给我们磕头哩。好小子，骨子里像你大，但你比你大有出息。你上了大学后，一定要好好学，给咱庙岭人争光。如果真地学成了，帮咱村上人弄点啥事，让咱不再受穷就行了。"

在老人和孩子们的簇拥下，大平和小平终于走上了庙岭，又走向了庙岭的另一个方向，那些老人还在岭头目送着他们。大平走出一程转过身回望一程，不住地回头向送行的人们招手，真有些依依惜别的样子。

村上人不知道大平不上学的事儿，在从岭头返回村庄的时候，还不停地夸金发财。人们越夸金发财，他心里越难受。回到家，他关了门钻进被窝里酣畅淋漓地哭了一场。

老婆也顺着他，他哭，老婆也哭，哭过之后，该做啥还做啥，日子一如往常，该咋过咋过。

为了给二儿子凑学费，卖了两头猪，卖了在槽头拴养了十年的秦川牛。再没有啥可卖，就到亲戚家去借，钱数到一万时，大儿子阻止了父亲借钱的举动。他说："一万够了，弟弟的生活费我包了。大你放心，我一个七尺汉子，我不信西京那么大的一个城市，一个月给不了自己上千元的工钱。"

话虽如此，但大平心里没底，他连西京去也没去过，西京是啥样，他还不知道呢。

有一天，二儿子去找同学，金发财让老婆包了韭菜鸡蛋饺子，两人专门陪大儿子吃了一顿，他举着酒杯语气沉重地对大儿子说："这可能是大今生今世做出的最愚蠢的决定。"

大儿子喝了一口自制的酒，故作轻松地说："大呀，你不要这样想，请你放心。依了我的性子，你看着，不出五年，我要把咱家这土房换成楼房。不让你们再花一分钱，我要把弟弟供成大学生。他就是考研究生，我照样供他，考博士也行。"

"快吃"。母亲往大平碗里夹着饺子说："你说的什么研究生、博士啥的，我们听不懂，你就好好给自己挣钱，把房修了，把媳妇早点娶回来，妈这心里就踏实了。小平上学我们想办法，你不用操心。"

"我不操心咋行。我是老大，这事儿就是我的责任啊。老大就应该替父母分担，要么古人咋说早得儿子早得福呢"。大平心里很憋屈，但他在父母面前却强装欢颜，他这样说着心里也是这样想的。

面对儿子的慷慨，金发财点了烟给儿子，又斟了酒给儿子。他不说谢儿子的话，他的谢意全在行动中。

那天，爷儿俩都喝醉了，一家三口哭成了泪人。等二儿子踩着月光从同学家回来，知道大平放弃了上大学的想法后，二儿子也跟着哭了。一家人一直把月亮从中天哭到了西边的马头山上才各自睡去。

这一夜的哭，是近二十年来从来没有过的。自从两个儿子生下来落地后，日子虽然清贫，但家里处处都是笑声。村上人家家户户羡慕得要死，可谁知道为了供两个儿子上初中、高中，金发财早已累得精疲力竭了。

早在两个儿子上初三时，他曾跟人一块儿去过西京一个建筑工地。不幸的是，一辆从高空掉下来的装水泥的人力车车把顶在了他的腰上，使他的腰从此落下了病根，再也不能把石头直着举起来了。

出了那事以后，老婆不再让他出门。面对着两个儿子的进步，他也担心过。他总想着车到山前必有路，却没想到这条路的结果，就是一向被自己看重的大儿子，因没钱放弃了进大学的门。好在大儿子是个懂事的孩子，但他知道大儿子心中一定不好受，可不好受又有啥办法呢？

5 入 校

大平和小平到西京后，大平从火车站找到去小平学校的公交车，两人坐上车，不大一会儿就到了小平的学校。

大平帮小平报了名，办理好各种手续，两人来到校园内的一棵喜马拉雅松树下，一个长得好看的女同学，拿着照相机要给他们照相。小平有些犹豫，大平却痛快地说："照一张吧，这是个值得纪念的地方呢。"

小平把大平送出校门，两人在西南城边的护城河岸边转了一会儿，看到城墙西南角有个秦川面馆，各自吃了一碗蘸蘸面。大平要走，小平问他去哪里，他说自己早已把工作联系好了，在北郊的方便面厂，那儿的车间要人装方便面哩。

小平有些依依不舍地扯着大平的衣襟，眼中的泪花就滚了出来。大平又为小平擦了泪，并告诉小平："照顾好自己，该花钱时就花，不要太吝啬，一切有哥哩。"

大平在之前通过一个同学的哥哥，在北郊的工厂联系好了工作。同学的哥哥通过弟弟告诉他一个月一千八百元的工资，是西京打工人最高的，就是特别累，一天要工作十四个小时，如果加班时间长，工资更高。

大平不怕累，他觉得累是相对的，如果真能挣来钱，就没人怕累。

大平赶到工厂一看，还真如同学哥哥所言。令他满意的是，工作环境很干净，饭也很可口，的确是一天要干十几个小时。他在学校时爱打篮球，有个好身体，干一天下来还真不算什么。

大平上班那天是 9 月 13 日，干了十八天就领到了工资，一数钱，竟然有一千多块，大平高兴得心突突直跳。这一千多块，就是家中的一头猪呀，一头猪需要母亲花半年的时间，要打多少猪草啊。这时，他又想起在学校时同学们说过的一句话：时间就是金钱。可不是嘛，十八天一千多块，一天几乎要挣到七八十块钱。大平进厂时工厂要求办银行卡，工资是往卡里打的。他把钱取出来没有送给弟弟，而是留足自己的生活费后，直接通过邮局汇给了父亲。他要让父母亲高兴一下。

父亲在山外小镇上取钱时，用邮局的公用电话给大平打了电话。那时大平没有手机，父亲的电话是打到大平同学哥哥的手机上的。

父亲在电话中言语切切地对大平说："我娃想喝酒就喝，想抽烟就抽，大不反对你，大知道我娃是个有想法的人。"

大平兴奋地对父亲说："工厂不让抽烟，我早已不抽了。酒嘛，这儿只喝啤酒，不喝辣酒。我连啤酒也不喝，偶尔喝一瓶果啤。"他又对父亲说："以后，我不给小平送钱，我只把钱给你，你转给小平。"

父亲问："为啥呢？"他说："这样我弟弟心里就没了愧疚感，他学习才能上心。"

父亲理解了儿子的想法，在电话中笑呵呵地满口答应了。

给父亲打了钱后，大平第一个想法就是去看弟弟，两人一见面反差大了。做苦工的哥哥精神抖擞，而生活在象牙塔里的弟弟，却蔫得像霜打的茄子。大平对弟弟的表现很生气，他把买的荔枝往弟弟床上一扔，说："你咋成了这样呢，是吃不饱还是把生活费丢了？"弟弟啥都没说，只是呆若木鸡地站着。大平把弟弟带到城墙西南角第一次吃遍遍面的地方，两人吃了面，弟弟才跟他说："哥，我去了你考上的那个学校，学校还等着你去报名呢。"

大平这才理解了弟弟的心思，吃完饭，他们一前一后步伐无力地走在城西门外的西苑公园。大平问弟弟："你知道我干了这些天能挣多少钱吗？"弟弟的精神气儿还没有缓过来，说："五六百吧。"大平有些得意地告诉弟弟："翻一番都不止呢。你想想，一千多块，相当于什么？"弟弟站定，想了一会儿说："是咱妈一年养一头猪的价钱啊。"大平见弟弟有了笑脸，把弟弟肩膀一拍说："是呀，你想，这才几天，要是一百天、一千天呢？"

小平分享着哥哥的快乐，神情改变了许多。两个人又向西苑公园的深处走着，看见许多老年人用大毛笔在地上写字，写出的字和他们上小学时老师发的字帖不差上下。老人写着，兄弟二人看着，大平不住地发出赞叹声。

小平知道大平的字写得好，学校校园的墙报、告示、通知都是大平写的。小平有意让大平在这儿露一手，大平有些怕，那个写字的老人看出了兄弟二人的意思，抬头用好奇的目光看了看大平说："小伙子，来练练。"大平有些扭捏地拿起大毛笔在碗中蘸了水，迈开马步写出了自创的草书"自古西京多贤士，不知吾师在何处"。

写字老人一看，高兴得满脸开花，他接过笔托在手上，细心地打量着大平，看了一会儿问道："你在哪个学校读书？"

大平往后退了一下说："我是农民工，老师。"

"想学写字吗"？

"想。但没有时间"。

"哦，是这样。可惜了，少见的人才呀"。老人说着，遗憾地提着笔，走向另一块没有水迹的空地。

兄弟二人又看过了几处，唱秦腔的、唱豫剧的、练萨克斯的、打乒乓球的，弄啥的人都有。看过之后他们往回走，分手时，大平告诉小平："我让你记住一件事情，我每次来看你不会给你一分钱，你若没钱可以向家里要。"

"这是为什么呢？"小平瞪着眼睛问大平。

大平看着被夕阳涂抹成橘红色的西城墙，说："是为了让你的脸色红润起来，如果还不明白，回去慢慢想吧。"

两人分了手，南北相背而行。小平一直没有想明白，大平为什么会做出那样的决定。

6 结 缘

大平在方便面厂干到腊月二十时，已陆续汇给父亲四千元。晚上，他常常睡在冰冷的床上想家，想父亲从山外镇上取钱的兴奋劲儿。他想父亲一定是和母亲一块儿去的，两人赶腊月集时一定是母亲抱着一只公鸡，父亲挑着一担木炭，木炭是给镇上一家烧饼店送的。那家烧饼是祖上传下来的字号，是小镇上很有名气的店铺。虽然小镇上的人也开始烧煤气和蜂窝煤了，但做烧饼必须用木炭。只有用木炭烧铁锅，做出来的烧饼才是正宗的。

大平如此想着，坠入了梦乡。梦中，自己正在城南那所大学操场里和一帮同学抢篮球，队友一个远传，将篮球抛向篮板外，他一跳没有接住，篮球飞向场外很远的地方。他迈开大步去追，篮球却掉进了一条水渠里。他抬腿一跃，没有跳过水渠，双脚掉进了水渠中。冬天的冷水一下子使他的双脚受到刺激，冷得他直打哆嗦。他被冻醒了，原来是一股风吹开了他租住的民房的窗子，他的双脚没有盖上被子。

这个冬天的冷是西京城少见的，最低气温达到零下 15 摄氏度。房子里很空，没有什么可以取暖的东西，房东不让用电热毯，大平每天靠劳累入睡。现在他睡不着了，但他有取暖的办法，他把加热器捅在暖瓶内烧热水，然后将热水倒入脸盆，将脚放进去取暖。暖好脚再度上床，他还是睡不着，他想起了上高中时的情景。自己怎么会想起学校呢？在他心里，从来没有想到过大学校园的事情，怎么会在大学校园里抢篮球？想着想着他难过起来，不知不觉眼泪从眼眶中涌了出来。他一直哭，哭到天亮。

男儿有泪不轻弹，只是未到伤心处。进入城市后，大平还真没有细想过自己不能上大学的事呢，今夜的冷使他变得清醒起来。为什么自己会梦到校园的事呢？可能是那大学录取通知书在作怪。他起了床，洗过脸，刷过牙，从褥子下面取出自己的大学录取通知书，他想用火烧掉那张令自己心神不安的硬纸。当通知书拿到手上时，那几个大红字像黑夜中熊熊燃烧的火焰，它的热浪一下子将他击倒在床上。望着那些黑红相杂的字，他又一次哭了起来，他像拥抱自己心爱的女人似的，紧紧将其拥抱在怀中。他哭了许久，想找出火烧掉它，可自己不抽烟，哪儿有火呢？他重新将大学入学通知书放到褥子下面，然后洗了脸刷了牙，锁上租住的房门，向巷子深处的小吃摊走去。

吃过胡辣汤和油条，他迈开大步跑了起来，他矫健的身影穿行在马路边。冬天依旧茂盛的红叶李树和香樟树下，那些上班骑电动车或是骑自行车的人，谁也不会想到他是一个农民工。

大平跑着，心情慢慢好了起来，他觉得城市就是好，无论什么人，一到城市，浑身就充满了无限的活力。

干了整整一天的活儿，在车间里，他使出浑身的力气，将从车床上滚下来的圆形方便面装进箱子，然后用车子将方便面拉到包装车间。有些人在工作中偷奸耍滑，而他却想要用气力给自己换来晚上的安稳觉。

但是他失败了。第二天晚上，他又梦到自己在大学录取通知书上写的那座位于城南的大学图书馆里读书。梦醒后，他知道还是那张大学录取通知书在作怪。他起了床，从褥子下面拿出通知书，又从床下面找出一卷从工厂带回来的透明胶带，一口气跑到城市北门，看也不看，将自己的大学录取通知书，倒贴在城市北门外的城墙上。贴完后随手将胶带扔进护城河里，然后对着贴在墙上的通知书说："我看你还害我不？没有了你，我金大平的心会静下来，我会好好挣钱，我要让我们家翻身，我要活出不一样的自己。"说着，他又流下泪来。晨幕中，突然响起笛子的声音，那是一首描写太阳升起的曲子，吹奏者指尖下流出明快的颤音，似在呼唤太阳升起，又似人心中的苦水往外冒的声音。在高考前期，他最喜欢的语文老师就爱在清晨的操场吹奏那支曲子，老师告诉他，那支曲子叫《旭日升起》，笛声诉说的是希望。

太阳从东边的高楼尖上挂起来时，大平跑着进了工厂，同学的哥哥已早早在门口等他。他刚接近同学的哥哥，一个不幸的消息灌入了他的耳朵。

同学的哥哥告诉大平，他父亲在昨天挑着木炭去赶集时一脚踩上冰，从山腰上滑了下来，没有大碍，就是被坡上的荆条划破了身子。

大平得到消息，跑步赶到车间去请假。车间的班长说得向上面请示了才行，大平让他快去说。班长有些为难，大平说："我和你一块儿去。"班长就慢腾腾地挪着脚步和大平一块儿去了三楼经理室。

两人到办公楼前，看到一位一手拿着墨水盒毛笔，一手拿着一张大黄纸的白白胖胖的中年男人。拿纸人见了大平的班长，急乎乎地说："快到你们车间找个大学生来，看谁毛笔字写得好。赶紧出个告示，把春节放假的事提前通知一下。"

大平一看，来了机会，迈开大步抢上前接过笔和纸，铺在一方没有抽屉的米黄色桌子上，对白白胖胖的男人说："我能写，你说啥内容吧。"

白胖男人从口袋中掏出一张用电脑打出来的文稿，大平接过文稿数了字做了布局规划，就开始写。白胖男人说："你不折个格子写歪了咋办，人家就给了一张纸，写坏了再没纸了。"

大平没有回应白胖男人，埋头写了起来，他用隶书写出"告示"两个字后，又用小楷书写出内容。白胖男人看着看着，发出了赞叹声。

大平收了笔，白胖男人问："你是哪个学校毕业的?"

大平说："秦南中学。"

白胖男人说："不是大学生?"

大平说："是农民工。"

白胖男人说："农民工能写出这么好的字?"

大平说："胡写哩，领导莫见笑。"

"见笑? 你是人才呀，小伙子"。

大平的班长向白胖男人说了大平要请假的事，白胖男人二话没说就准了。最后还写了纸条让大平到财务处去结账，他用白白胖胖的手拍着大平的肩膀说："安顿好家里事，正月初六一定来找我。像你这样的人才不能再在车间装面了，要到机关来。现在这社会，没几个年轻人还能写毛笔字。"

大平听着，内心充满了感激，转身离开了两个人，拿着白胖男人写的纸条直奔财务处。领了工资，他心花怒放地走出工厂，急匆匆地跑回自己租住在肖家村的民房。收拾好自己和房内的东西，到村口的小卖部为父亲买了一些吃的，急着往火车站赶。他计划不把父亲受伤住院的事告诉弟弟，他不能让弟弟分心。

西京城北是国家级经济开发区，一些外来企业，在三四年时间里，将昔日寂寞的一方水土，发展得热闹非凡。人多公交车少，已成为弊端。大平在肖家村口等了好半天，也没有等来公交车。索性一挥手，拦了辆出租车。刚坐到车上，连司机是男是女也没有看清。他问司机："到解放路火车站大约得多少时间? 总共多少钱?"女司机有些瞧不起他的样子说："20块钱吧。"他听了有些心疼，但想着痛苦的父亲，他什么也没有说。出租车进了尚德门，他下了车后一头钻进尚德门汽车站，好在去秦南的长途汽车上人并不多。

顶着秦岭上冷凄凄的寒风，他急冲冲地赶到父亲的病榻前。金发财躺在鹿鸣川医院里，见到儿子后兴奋地说："没多大事，你咋就回来了呢? 我只是给你说一声，没想到这么快你就回来了。"

大平揭开被子，看到父亲腰周围全包着白纱布，还用塑料壳子固定着。

他知道能如此防护一定是很严重了，眼泪不由自主地夺眶而出。

父亲硬生生地推开大平，倔强地用手拉上被子盖住了自己的上身。大平捂着脸跑到墙角使劲地抽泣着，金发财看着儿子高大的身子在颤抖，眼泪也溢了出来。他擦擦眼泪笑着对大平说："哭啥哩，这不是还能动嘛。行了，大知道我娃的心思，快去，到街上弄些吃的，大的肚子饿了。别哭了，一个大老爷们儿，眼泪汪汪的，让人笑话。"

大平擦了眼泪，返身从病榻下面将自己带回来的红色旅行包打开，从中取出一包油茶，"吱啦"一声撕开，又从床头柜中一次取出两个碗，一个碗递给父亲，一个碗递给隔壁床上一个一直看着自己没有说话的妇女。

妇女名叫雪青，她接过大平的油茶有些受宠若惊。她的腿上也打着石膏，她本来想起身推让，动了动身子，却没有坐起来，挣扎了好几次，才勉强将靠在被子上的上身提高了位置。她对大平笑盈盈地说："婶不吃，快给你大吃，他快一天没吃没喝了。"

大平高晃晃的身子站在雪青面前，他用双手端着花瓷碗，直挺挺地坚持着。

雪青终于接住了碗，金发财转身对雪青说："赶紧吃，我这大儿子是一根筋，你若不吃，他会在你面前站一晚上。"

雪青用笑回敬着金发财。她一边用白色镀锌的勺子，将灰色的油茶往嘴里送，一边说："你老哥有福气呀，一看这娃就是个孝子。"她咽下一口油茶，略有所思地说："如今这世道，生活比咱小时候好了，可人的心全变了，不肖之子多了。自你儿子一进门，我就看上娃了。乖娃，有这样的娃，就有你老哥享的福。"

两个病人喝了油茶，大平到洗涮室洗了碗，然后坐在两床之间米黄色的方凳上，又从旅行包里取出了自己为父亲买的蛋黄派小面包，分发给床上的两个病人。雪青还是让着，大平依然固执地让她吃。最终雪青接住了，但她没有吃，她把小面包放在蓝色的床头柜上。

大平自进门后一直没有说话，帮助父亲和邻床的雪青吃过、喝过，他才问金发财："我妈咋没来呢？"

金发财欠了欠身子，用手抹了抹嘴说："早上来了，中午我让她回去了。家里的猪、鸡没有人看咋行呢。"

大平从口袋中掏出卫生纸，替父亲擦了贴在嘴边的蛋糕渣说："我明天回去换我妈来照看你。我给咱弄些柴，要不过年烧啥哩。"

金发财说："能行，我也是这样想的，你既然回来了，就安心把家里的事做做。"

大平又问到："烧饼店的木炭还欠人家不?"

金发财说："还欠三担,你想办法补上。"

说过后,大平扶着父亲上了厕所。从厕所回来,金发财问隔壁的雪青上厕所不,他要让儿子扶她。雪青想上厕所,却有些不好意思。大平二话没说,将雪青背到厕所门口,等雪青解了手,他又把她背了回来轻轻地放到床上。之后,大平从提包里取出一卷卫生纸,放到两人中间的床头柜上。他对金发财说:"我要出去找住处。"金发财说:"去吧,到街上吃些东西。"

大平"嗯"了一声就走了。

被大平的行为感动得几乎要流泪的雪青,对金发财说:"你这娃子是个怪人,也不问我值不值得他照顾,就给我和你一样的待遇,真让我眼红哩。"

金发财有些骄傲地说:"这个娃有心性、善良,本来已经考上了西京的一所好大学。可偏逢了个没本事的爹,把娃害了。"说到此,金发财眼里闪出了晶莹的泪花。

雪青知道自己说到了别人的痛处,发出感叹说:"古人说,是金子在哪儿都会放光,不一定上了大学才能成才。你没看咱镇政府门口贴的那些有钱人的照片?那些纳税大户,哪一个上过大学?不是照样人五人六的。"

金发财用手揉了揉眼睛,他是想控制住不让自己的眼泪溢出来。他一边揉眼睛一边对雪青说:"你说的这些我信哩。"

雪青充满了信心对金发财说:"老哥你记着,我不知道你上大学的那个老二咋样。就你这个老大呀,将来一定是个人物。"

金发财有些兴奋地说:"我不指望他能成什么大气候,只要能修座房娶上个媳妇,像个人能持家过活就行了。"

雪青也来了精神,她直起身子面对着金发财,声音有些自信地说:"大哥,你放心,你娃这媳妇我包了。"

两人絮絮叨叨说了大半夜,金发财才明白,雪青要把自己在市里上学的小女儿许给自己的儿子,金发财内心满是兴奋。但他又一想,感觉这雪青的话是在骗他,人家的女儿在市里读师范,咋能看上咱的娃呢。他又想,世事有时也是很难预料的,也许有一份缘分在暗中聚集呢。

金发财看着灯光下雪青发亮的发梢想了许久,他想不明白雪青的心事。但他知道雪青是个苦命人,男人被车撞死了,大女儿嫁到城里,是她一个人供着二女儿上学。好在撞死男人的人给她赔了钱,要不是那样,她也和自己一样会为孩子上学的学费愁煞心肠呢。

　　大平出了医院门并没有到街上找住处，他踩着月光向庙岭奔去。见了父亲之后，他迫不及待地想再见到母亲。

　　二十里山路大平走了两个多小时，他到家时母亲还没有睡。母亲正在灶台上和着面，正准备烙馍哩。金发财爱吃葱花饼，老婆是准备将葱花饼烙好明天送到医院去。

　　见儿子摸黑回来，母亲有些怨大平，她说："你长这么大这可是第一次一个人走夜路，要是碰上啥咋办哩。"大平说："能碰上啥，豺狼虎豹全没了，神鬼也没了。这不，我好好的嘛。"大平说着一屁股坐在灶堂的木墩上开始给灶堂添柴。灶堂里的火舌舔着铁锅底，从灶门头上红堂堂地冒了出来，一下子把大平的脸映得通红。母亲在灶头上看着儿子脸上向外冒着虚汗有些心疼，但依旧有些责怪大平："你就是嘴硬。"说过，她将一张擀好的饼子在擀面杖上翻了几下，"啪"的一声放进热锅里，她又匆忙从堂屋的柜子里取出一袋方便面，给面泡好，锅里的饼子也熟了。看着儿子狼吞虎咽的吃相，做母亲的有些心酸。她从锅中取出馍，又将四个鸡蛋打进锅里。

　　吃过喝过，大平一头倒在热烘烘的做饭炕上，不一会儿呼噜声就传进了母亲的耳朵。母亲心疼地走进炕间帮儿子脱了鞋，把儿子往炕里推了推，又为儿子盖上被子，自己接着忙活。

　　第二天，大平用摩托车将母亲带到医院，交了近两千元的医疗费，安顿好父母和雪青。他好像是预感到那个雪青和自己有什么渊源似的，特意叮嘱母亲一定要照顾好雪青。

　　大平从内心深处迸发出一种强烈的感觉，自他第一眼看见那个雪青，心里就有一种怪怪的感觉。他觉得雪青的目光中有一种渴望，渴望别人的帮助。虽然他不知道雪青的家庭都有什么成员，但他觉得她的面相很善良，也很亲切。在踩着月光往家赶的山路上，他想也许是自己离开母亲时间太长了，有一种对母爱的渴望。看到那个雪青好像是见到了母亲，急着把自己的情感释放给母亲。

　　当他与母亲同住一夜，第二天再见到雪青时，依旧觉得她很亲切。他总想为她做些什么，甚至在为父亲缴住院费时，他都想问一下雪青的医疗费情况。但最终他没有问，因为口袋中的钱不多。他想，如果自己的口袋中有两万元，那么一定会问雪青的医疗费情况的。总之，他自己也说不清，雪青为什么会让自己牵挂，是因为她对自己的赞不绝口，还是她善解人意的慈祥目光？

　　安顿好父母，大平迎着凛冽的寒风，骑着摩托车风风火火地回到村里。

村里的老人都以为他上大学去了，见他回来了，都来看望。问他在西京城见到自己的家人没有，大平告诉他们学校管得很严，他没有机会出校门，没有见到村上的任何人。又有人问大平你回来了小平咋没回来呢？大平告诉人家自己和小平不在一个学校，听说父亲病了，自己就急着往回赶，没顾上和小平说。

村里人信了大平的说法，张老师拍着大平的肩膀用赞赏的口气说："你做得对着哩。你弟他人小，又不爱言语，你是老大，家里事你领先着接管是对的。"

大平原来只知道用功读书，每周从家中带米面去学校，他哪里知道料理家务事如此复杂：给鸡喂哪个柜子里的粮食？给猪吃什么样的饲料？给屋檐下的兔笼里放什么草？

面对烦琐的一切他有些发蒙，只好叫来邻居秋娥帮自己。秋娥比母亲小许多，两个人每天会在给猪倒食时，靠在栅栏上聊一会儿天，秋娥知道母亲如何料理家务。

在秋娥的指点下，大平按母亲的习惯给猪喂了食。之后，他拉了架子车，提了斧头、锯子和绳镰去门前的大山沟里砍柴。山里人还没有开始烧煤气和蜂窝煤，做饭取暖一切都靠木柴。山里人全靠山养活，没有了山上的树木，山里人不知道如何活呢。

如此日子，大平过了五天，院坝里柴堆如山，左邻右舍夸大平弄柴是个行家。他的柴堆里有新砍的栲树和青冈树，亦有红艳艳的干松梢子，他五天时间弄足了过年的烧柴，第六天他去了医院。在去医院的路上，他碰到了放寒假回家的小平。

大平把家里发生的一切告诉了小平，小平有些吃惊。他想和大平一块儿去医院，大平说你先回家，我自己去，一会儿就回来。小平想自己去医院也没啥用，就从大平手上接过钥匙回家了。

大平到医院后，发现雪青已经出院了。他一想也是，腊月二十六了，家家户户都忙着置办年货，谁能在医院待下去。他决定把父亲也接回家，给父亲治疗的郭大夫同意了。郭大夫说父亲的腰骨头没有大问题，回家养一些日子就好了。

大平把父亲放在摩托车后边，用一条长长的布带子将父亲的腰拴在自己腰上。他的计划是先将父亲送回家再接母亲，母亲却坚持自己走回家。母亲说："在医院待了五六天我头有些闷，走走山路吸些新鲜空气会好一些。"大平同意了母亲的想法，就带着父亲从大路上绕道五女石，向山里奔去。

7 过 年

虽然家里出了事，但年过得还算开心，毕竟一家人都回来了。年货应有尽有，该放的花炮放了，该贴的对联贴了。过去，金发财心里总装着两个孩子如何上大学、如何筹钱的事儿，几个年都没有过好。今天，一切都落在实处，他的心里坦然了。他信了古人所言的"车到山前必有路"。

令大平一家人没有想到的是，大年初三，一辆小轿车很招摇地穿过村前的河岸，停在他们家门前的竹园边。一家人以为是拜年人走错门了，等车门打开，先从车上下来的是一个十分漂亮的姑娘。一家人想看看车里面到底坐着谁，那姑娘却用手把车门关了。她径直走到大平家门口，含着笑问道："这是不是金发财叔叔的家？"小平急匆匆地上前去迎接姑娘，却被母亲阻拦了。母亲走上前去回答："是呀。"姑娘有些兴奋地说："那就对了。"又返身走近汽车打开车门，雪青这才穿着一件草绿色长襟衣，挂着一根用白布缠着的拐子，从车后面笑盈盈地下来了。

大平和母亲一下子明白了，是雪青给他们家拜年来了。他们没有想到，雪青原来有着如此排场。大平母亲突然记起来了，雪青的弟弟是县工商局的局长。

客人在老婆和两个儿子的带领下进了堂屋，金发财才从做饭炕上下来。

他看见五颜六色的盒盒袋袋堆了一柜盖，有些受宠若惊，在腋下夹着拐杖，一脸笑意地对雪青说："大妹子腿不方便还费这心思，自己实在不知道说啥好哩。"

雪青一瘸一拐地在女儿的搀扶下，走进金发财睡觉的旮旯。金发财住在老上房的南间。土墙刷了白灰，楼衬上的木椽上铺盖着楼板。日月久了，除了墙是白的以外，家具、门和楼顶全成了黑色。但黑色的房子里也有闪亮的东西吸引着雪青的目光，那就是贴在土炕南墙上的十几张奖状。奖状分上下两层，全是大平在学校参加体育比赛、书法比赛、朗诵比赛所获得的。雪青仔细地看着奖状笑着说："这全是老大的，老二没有呀。"

金发财告诉她，这间房子是老大住的，他和娃他妈住在厦房。雪青看着笑着，又把女儿推到前面，让女儿看大平的奖状。金发财忙说："老二也有哩。老二在北房住，他的奖状在他的房间里贴着。"雪青好像明白了金发财话的意思，她直率地说："老二的奖状肯定没有老大的多。"

大平却抢先一步扶住了雪青，笑着说："婶，我这些奖状都是没用的。我弟弟的奖状虽然没我的多，但人家的奖状含金量高，全是学习成绩的见证。你看我这，都是些活动之类的。"

雪青有些不喜欢听大平的话，她说："只要多，就有含金量。奖状多表明你各方面表现都好，是个优秀的娃。"

金发财知道雪青心里想什么，大平不知道。大平以为雪青来家是考察小平的，他只把小平的优点说给客人听。

看过奖状，几个人回到堂屋，金发财欲领客人到北屋看看小平的房间，雪青却一屁股坐在木炭火旁边的小方凳上，她的意思是不再看了。

女儿不知道母亲的心思，在小平的引领下进了北屋旮旯儿，两人好像一见如故，刚进门就开始在小平的房间里交谈，不一会儿嬉笑声就从屋里传了出来。

这边堂屋里大平不停地给雪青和她弟弟王雪峰倒水、砸核桃、剥板栗和烤柿饼。大平母亲几乎把山里人招待贵客的所有吃喝都拿了出来。

王雪峰让大平坐到自己身边，他用感激的目光看着大平说："听说你是个不错的小伙子，我姐一直说要来感谢。还真是呀，光你这身板就让我眼红哩。"

大平笑着往王雪峰的杯子里添水，说："婶一个人也不容易，照顾她是应该的，也就是个举手之劳。再说我们山里人，一直都有帮人的传统哩。"

王雪峰拍了一下大平的肩膀说："不错，有这样心怀的人，定能成大事。"他又把目光转向坐在一边的金发财说："县城河南新建了农贸市场，计划招一批管理员，看娃想去不，这是我姐的意思。不瞒你，老金，我父母去世早，是我姐一人把我拉扯大，又供我上了学，送我当了兵，参加了工作。她的话对我呀，比县长的话都硬气。她的话那就是命令，不执行都不行。"

金发财看着大平，又看了看雪青，最后把笑脸献给王雪峰说："这是好事，别人都求不来的。你看娃能成，就让他去吧。"

令三个大人没有想到的是，大平一口回绝了"天大的好事"。他说："谢谢王叔，婶也不要生气。我是这样想的，管市场当然是好事情，是许多人求之不得的。但这种工作不适合我，为啥呢？因为我家负担重。我大身体不好挣不来钱，我弟又要上学还要花钱。管市场我估计一个月工资上不了千元，这样一来我倒是稳定了，可我们家稳定不了啊。弟弟的学费没有保障，我这个做长子的就是失职。"

金发财听儿子如此说，忙插话道："小孩子家别乱说，你叔你婶费多大神给你找下的事，你咋能这样无礼呢。"

雪青听了大平的话，更加喜欢大平了。她用手挡住金发财说："娃的想法对着哩。"她又转过身来，用亲昵的目光看着大平说："娃哟，婶越来越喜欢你了。金大哥，干脆把这个儿子给我算了，你咋能教育出这么好的娃！"

几个人说话停歇间隙，北旮旯小平和小凤的说笑声，很尖锐地传到堂屋。雪青脸上掠过一丝不快，她转身对北旮旯喊道："小凤，到厦房帮你大妈做饭去，姑娘家不下厨傻笑啥哩。"

金发财和王雪峰知道她的心思，但没有阻止她对女儿的呵斥。

正在此时，大平母亲一边拍打着围裙上的柴屑，一边从厦房走来。听到雪青说话，她也知道了雪青的心思，忙说："好了，饭好了，过年饭好做。现在这社会厨娘多了，人家把啥都做好，咱往一块儿一配全是现成的了。"她一边说着，一边指挥大平收拾大方桌，示意金发财把凳子往饭桌上转移。

此时，门外跑来不少村上看热闹的人。有些老年人是看到小汽车停在金家门口觉得好奇，有些年轻人以为是金家两个儿子在学校谈了对象。其中有一个大平的发小，还故意在门口燃起一串鞭炮。另一个伙伴则说："如果不是大平的对象，你放了鞭炮客人会生气的。"放炮的则说："贵客盈门，炮声相迎，犯心思的人才不懂事哩。"

炮声响过，大大小小的人都向金发财的堂屋拥来，雪青有些激动得像主人一样让着坐。

大平向来者大人发了烟、小孩发了糖，又请他们到家里坐。一帮人刚进门，看见金发财拉开饭桌，又一股风似的全没了踪影。

饭上了桌子，碗筷、酒杯、饮料杯摆好，王小凤和小平才从屋里走出来。雪青用眼睛瞅着自己的女儿，一脸的不高兴。

自从大平背雪青上过一趟厕所之后，大平在雪青心中就是一个完美的儿子，她咋看咋喜欢。她恨不得按自己的想法，把大平招个上门女婿，立马进她家门，让这么好的娃帮自己把日子过红火。她抬起笑得如花朵一样的脸说："婶就喜欢你这样的老实疙瘩，你若不嫌弃，就给婶做干儿子吧。"

一直很少说话的大平母亲，这会儿显出高兴的样子，她笑道："只要你不嫌弃，就把他给你，省得我还要花钱给他娶媳妇。"

雪青兴奋地着挥舞着筷子高声野气地说："怕你舍不得，大平现在是钱串串。你不知道，年时腊月娃回来那晚上说，人家在西京干了不到四个月，就给他大交了六七千呢。要不，他舅让娃去县城管市场，人家都不去哩，人家嫌工资低。"

大平立即抢过话头说："不是，婶，我是想到大地方锻炼自己。趁年轻见见世界，开阔一下眼界，闯闯，然后给自己有一个规划。"

王雪峰轻轻地放下筷子，像自己的姐姐一样用欣赏的目光看着大平说："就是，趁年轻，多了解社会，给自己有个定位，才能有个准确的抉择。"

吃过饭，大平一家人陪着客人，在村前的河岸上转了一圈。金发财挂着树枝做的拐杖，向雪青指出自家的地畔子和远处属于自家的坡场。

人们稀稀落落地向大平家的庭院走着，雪青被大平家门前茂盛的竹园吸引住了。鹿鸣川人不栽竹子，山里人家家户户门前都有竹园，庙岭只有大平家的竹园最旺盛。

看客人欣赏竹园，金发财以为雪青要竹子。过去山路不通时，每年过年，山路上总有川里人给山里人拜年不空回的传统。挑馍笼的不是长长的橡木，就是软溜溜的青竹竿。

金发财走到雪青身边，声音亮清着说："大妹子要竹子不？哎，今日你们带不上，车里放不下呀，改天我让大平送几竿给你。"

雪青毫不客气地说："行，我们川里人爱用竹子晾衣服，谁家门前有几根竹子，就显得高人一等似的。可惜我家没有，人家都有山里的亲戚，我们没有。"

大平母亲走过来笑着说："从今往后你就有了，这不是你儿子？"她把大平拉到雪青面前，朗声笑着说："认了，可不许反悔。"

雪青豪爽地一拍大平的肩膀说："谁反悔是狗。"

他们在村前的路上走着，村里人都赶来问好。大平母亲忙压低声音对雪青说："可千万不要说破大平没上学的事，村里人还不知道呢。"

雪青听后把此话说给自己的弟弟，又把一直甩在后边的王小凤叫过来耳语一番。

川里人比山里人大方。王雪峰自然是见过世面的人，与村人相互打招呼问好都很自然。

村人以为金家哪个儿子谈了媳妇，人人脸上现出一些怪笑和喜庆，特别是一些打工回来的年轻人。正在人们为金家能结一门好亲家而兴奋时，曾经去医院看望过金发财的邻居秋娥，认出了和金发财住在一个病房的雪青。她上前拉住雪青的手笑着说："是你呀，腿好了？真是个贤惠人，还来看金大哥。"

雪青用手握了秋娥伸过来的手，亲昵地抓着说："同病相怜，你知道的，我在医院没人照看，全靠金大哥一家帮忙，要不咋好得这么快呢。"

秋娥笑嘻嘻地说："是呀，你们是贤惠人遇上了贤惠人。金哥金嫂在我们村就贤惠了半辈子，他们一家人走到哪儿都让人喜欢。"

一群人说笑着走到锃光瓦亮的小轿车旁边，此时，大平母亲早已把大枣、木耳、核桃、柿饼、板栗、香菇等山货装了几袋子放到小车跟前。

王雪峰看着大平一家的确有些困难，他不忍心拿土特产。姐姐却爽快地说："这是大哥和嫂子的心意咋不拿呢。全拿上，我喜欢这些东西，城里人把这叫绿色食品，咱带回去也好好享受享受。"

装好了车，客人坐到车上，村上人围着车转了一圈又一圈。有人用手摸车灯，有人对着反光镜看自己的模样。等大家看完了，摸够了，王雪峰才坐上车将车发动起来。车慢慢地启动了，走出一段距离，又停下。王小凤向小平挥舞着手，雪青从小车右窗伸出头，对金发财说："别忘了，让娃给我送竹子。"

大平母亲紧了脚步追上去说："放心，妹子。"

车在村人的挥手致意中，一瞬间就翻过了庙岭。

村人这才回过头来问金家人，是不是雪青要把她女子嫁到咱山里来。

过了破五，大平本计划到西京上班的，但他知道自己不能离开家，父亲行动不便，家里边有许多农活要做。春播的农家肥还没有送到地里，如果他一走，春耕、春播就成了问题。金发财身体慢慢恢复，已不用扶墙可以独自行走。过年期间，所有拜年走亲戚，都是二儿子小平一人在实施。金发财知道大平心里很急，但他还是没有放儿子走，儿子若一走，家里的日子就乱了。

8 送 钱

　　正月十五，是庙岭人为祖坟送灯的日子。那天中午，大平给了小平钱，让他骑着摩托车到山外购回了鞭炮、香裱纸和蜡烛。吃过饭后，两人用麻钱打印了烧纸，正准备往老坟里送，父亲却拄着一根栲树枝要和他俩一块儿去。父亲说："男人祭祖是惯例，趁我还活着领着你们。有一天我死了，你们要学着样儿为我送灯。"

　　大平说："大呀，你才五十来岁，就说死，这也太没信心了吧。要我看，多的不说，你呀，最少活到九十五岁。"

　　金发财望着村外冬麦田里村上人早已点燃的一路路坟灯，笑着说："但愿吧，有你们俩这么孝顺，我想我不会死得太早。"

　　小平："孝顺的是我哥，我是生来给家里添乱的。"听了小平如此说，父亲拍着他的肩膀说："你把学习搞好，就是最大的孝敬。"

　　父子三人祭了五处老坟，返回家时，村里的许多人在大场里放孔明灯。他们路过，几个年轻人挡住了他们。孔明灯是山野人唯一自己制造的乐趣，每年都有人组织，费用由参与的人共同分担。大平直接走过去将五元钱交给组织者，那个组织的年轻人拒绝了大平的钱。他把一支烟递给大平说："今年你大有病，你兄弟两个都在上学，今年就不要你们出钱。"

　　大平推让着说："那不行，我还要对着孔明灯许愿呢。"组织者接了钱，又对其他人高喊着："大平五块。"一瞬间，掌声响起。

　　小平扶着父亲看着一盏盏孔明灯，在众人的期盼和呼叫声中徐徐升空，便对父亲也是对自己说："但愿这些灯能带走灾难，让我大的腰早点好吧。"

　　孔明灯升空后，一帮孩子跟着灯追去，大人们各自回家。大平父子三人回到家时，家里坐满了村里人，他们一进门觉得好奇。这些村上的头头脑脑是要干什么呢？是不是又要什么摊派款了？过去村上人收摊派款时，村上的村主任、组长齐上阵。金发财看见堂屋灯光下，几个同龄人连说带笑的样子，身子仿佛要发起抖来。他似乎已没有力气，走上堂屋的台阶了。

　　大平丢开了父亲的手，抢先跨步走进堂屋，他发现案桌上放了一沓红红的百元大钞。他一下子明白了，这是村人在帮他们渡过难关。村人知道开年后大平和小平都要上学，金发财肯定拿不出钱，就帮着替他们凑钱了。

金发财走进堂屋听了大平的汇报，挣扎着要下跪感谢大家，被几个人上前阻拦了。在村小学当了一辈子民办教师的张老师对大平说："谁是多少我已经跟你妈说了，把账记清楚了，等你们上完学有能力时还给大家。"说完，人们"呼啦"一下全走了。

灯光下，一家四口面对着案桌上的钱，个个呆若木鸡状。他们谁也没有想到，村人能借给他们五千元。大平把钱拿在手上时，眼泪已奔涌而出。他把沾有自己眼泪的钱交给父亲，金发财也是泪流满面，他又把钱交给小平，小平没有流泪。小平接过钱放在柜盖上，转身对父亲说："这是正常的呀，村上没有出过大学生，村人这是在投资。他们看到我上了大学，也许以后能做官，他们在为自己修后路呢。"

"啪！"金发财一耳光扇在小平脸上，打得小平眼冒金星呆在那里。按惯例，大平和母亲是要扶小平的，这一次母子二人却站在地上无动于衷，他们让小平的话伤了心。

正在全家人痴愣着站在地上时，门外响起了小车的喇叭声。大平急忙奔出门去，他们没有想到，雪青和女儿小凤又来他们家了。

雪青不再拄拐杖了，她径直走进堂屋，把五千元递给大平。她说："儿子呀，干娘把这钱借给你，是让你弟上学用。干娘不指望你还，干娘就等着你叫一声'妈'。"

金发财一家人更是发愣了，大平母亲泪光闪闪地拉了雪青的手，说："妹子，今晚住下，咱姐妹好好说说话。"

雪青说："不了，姐，他舅让我去县城哩。"此时小凤却忙着找小平。小平听到小车喇叭声响起后，早已捂着脸钻进了自己的房子，反锁了旮旯门。任小凤如何推门，里面硬是没有动静。

此时，门外的小车喇叭声又响了。雪青对金发财和老婆说："他舅急哩，我们走了。"小凤还有些依依不舍要见小平，这边雪青一把抓了她的手，将她拽出了金家庭院。

屋里静下来，小平依旧没有走出自己的旮旯，饭桌上的菜和元宵已经凉了。

送走了雪青和女儿，看着小轿车的尾灯一闪闪地远去，金发财坐在门外的台阶上，他的胸膛里泛出一丝痛楚，山里人把那种痛楚叫作心疼。老婆说石头太凉，让他回家坐到屋里，他倔强地坐着没有动。大平知道父亲被今晚发生的事感动了。他燃起一根烟递给父亲，自己也点燃了一支烟坐在父亲身边。

这时，正月十五的月亮，笑盈盈地从场院里的核桃树尖上，慢慢地绕过去。村人送了坟灯，送了孔明灯，各自回家去吃元宵、看元宵晚会去了。只有大平父子二人，静静地坐在门外的石头上，看着月亮想心事。

9　秦　北

正月十八，大平和小平一起到了西京。大平没有送小平，在火车站兄弟二人分了手。大平坐着 39 路公交车到了城北客运站，然后行走到自己打工的方便面厂。令他没有想到的是，由于他到岗太迟，他原来的岗位早已经被人顶替。班长领着他去行政楼，找那个年前让他写告示的经理。经理的态度和年前赞美他写毛笔字有了很大的反差。经理冷着脸平静地说："正月初六开工，你现在才来，黄花菜都凉了。"班长还为大平求着岗位，大平却当着经理的面说："什么岗位都没有了，那我只好离开了。"经理又舍不得放弃一个优秀的人才，他让大平和班长在办公室等着，自己走出办公室，去了楼道东头的总经理室。过了好久，经理有些兴奋地回到自己的办公室，对大平说："你可以去销售部，其他岗位的确是没有了。"大平一听，心里又高兴起来，他知道销售部是个好部门。销售部在西北各地到处跑，他心想，花着厂里的钱，到各地去走走看看，也许对自己是一次机会，他二话没说就答应了。

中午，大平请班长在外边吃了饭、喝了酒，下午就去销售部报到。听销售部经理介绍了情况，大平选择了去秦北促销。在西京待了三四个月，大平知道秦北有煤炭、油田、气田。还有人说秦北人是昔日可怜地要饭吃，如今已是扬（羊）眉（煤）吐（豆）气（天然气）地过上了好光景。大平走到哪儿都听说秦北人多么有钱、多么牛气。他就想到有钱的地方去寻找机会，想见识有钱的地方，想结识有钱的人。他想，要挣钱必须到有钱的地方，结识有钱的人才能挣到钱。

大平从正月十八到三月十八，整整在秦北的黄土高原上跑了两个月，几乎跑遍了二十几个县。

有一天，在黄河岸边一个县城的小旅馆，大平和一个叫李爱民的人相识了。两人张开口一说话，大平才知道李爱民和自己是一个县的。李爱民三十来岁，两人一块儿在街道的小巷子里吃饭时，李爱民问大平销售方便面一个月能挣多少钱，大平说差不多两千多元。大平问对方能挣多少钱，对方回答他少则五千，多则七八千。大平听后，心中动了一下。他问李爱民在秦北做什么，李爱民说他在煤矿上开铲车。他还告诉大平，秦北的煤多是地表煤，没有深井，主要靠铲车挖。

那晚，大平又请李爱民喝了酒，让他详细介绍秦北的情况，越听大平越心动。最后，大平决定第二天要跟着李爱民，去他们的煤矿看看。

位于没有树木的黄土高坡，贴在地皮上的青草还没有苏醒过来的山沟里。山沟两边的山上不长一棵树，满目的荒草。但走进矿区，又是另一番情形。要买煤的车排成一大溜，而装了煤的车在山路上像裹脚老人，一摇一晃地前行。坡是黄的，路是黑的，路像系在荒坡上的一条黑色腰带。

大平到煤矿时正赶上矿工吃晚饭，李爱民为大平找了一套餐具，餐具上沾满了星星点点的黑灰，大平拿到水管旁细细地洗了，然后和李爱民一块儿去盛饭。主饭是馍，菜是大肉焖萝卜，肉多萝卜少，做饭师傅看见大平是生面孔，以为是新来的工人，按老板的要求有意给大平多盛了肉块。

吃过饭，李爱民陪大平上到一个山峁上转了一大圈。转过之后，李爱民将大平介绍给自己的老板。老板姓折，是大平从来没听说过的姓氏。折老板看见大平后并不太欣赏，他要的是身强力壮能吃苦卖力的年轻人。大平的样子打眼一看就是个细皮嫩肉的白净书生，这样的人如何去挖煤。

大平站在折老板宽大厚实而落了一层煤尘的写字台前，他不再像过去一样拘束。在秦北两个多月的磨炼，他不但长了见识，也练出了胆量。过去大平遇见有钱人或是有权有势的人总有一种胆怯，不敢看对方的脸或眼睛，自己也不知道如何站立，总觉得自己的四肢和五官长得不是地方，在对方面前不知如何调整自己的肢体。现在，他遇见的有钱人多了，见过的世面多了。他觉得无论什么人，他们首先是人。是人，在人格上都是平等的，没有什么可怕的，自己也无须在他们面前表现出卑微的样子。人说搞销售能锻炼人，大平深深地体会到这一点。

对于大平表现出的不卑不亢，折老板突然产生了兴趣。

折老板燃起一支中华烟，把同样蒙着煤灰的真皮转椅转过九十度，侧坐在皮椅上将右腿搭在左腿上，漫不经心地问大平："你能做什么？"

大平像一个军人直直地站着，用不卑不亢的语气说："我一直在销售方面，我对销售有自己的看法，别的什么都不会。当然，我能写一手好看的毛笔字，这些我知道在这儿是没用的。"

折老板将一截乳白色的烟灰，很随意地弹在地上。他说："这儿的煤不需要销售，你也看到了，想拉煤的车排了一大溜儿。"

大平看了看折老板，他很想抽一支烟，但他强忍着自己的欲望。他用目光扫了一眼折老板的房间，很自信地说："我不是没有工作，我是想挣更多的钱。如果你相信我，你给我十分钟时间，就让我在你的办公室一个人待十分钟。你再回到房间时，会觉得我是个有用的人。"

折老板对大平的话产生了兴趣，将身子转正后笑着对大平说："你很自信呀，后生。"

大平闪动着眼睛，脸上泛出笑意说："你敢试一下吗？当然，不能让我看到的东西，还有你的柜子抽屉你都可以锁好。十分钟后，你再回到这个房间，你就会看到我的想法。"

折老板把烟蒂狠狠往地上一扔，几乎是吼着粗声说："有眼色呀后生，我干煤矿十几年，还从来没有遇到过你这样胆大自信的后生。行，我考验你，看你们西京人在我们秦北能玩出什么花样。这样，我去井口检查一下安全情况，你待在这屋里，我的抽屉柜子不需要锁，我看你能玩出个什么花样来。"折老板说着往起一站，两条腿将皮靠椅弹出很远。他绕过宽大的写字台拍了一下大平的肩膀说："这儿交给你了，可别给我玩什么怪把戏。"

大平像一个士兵接到一项新的命令一般，他抖了抖肩膀在心里说：老板您等着瞧吧。

折老板走后，大平心中有一股兴奋溢了出来。自打他进了折老板房间的门，他发现折老板是个脏人。多么好的办公室竟然像个猪窝，大平要做的就是要改变这个房子的环境。

大平不知道自己的这种想法，会不会得到折老板的欣赏，但他想，对于每一个有钱人，环境和衣着才能真正展示他的价值。到秦北后，他见的有钱人多了，但大部分人穿着名牌，开着名车，说着粗话，给人感觉是土老帽或者说是土财主，他不喜欢这一点。在西京城待了半年，他觉得城里人为啥文明，就是环境造成了人们自觉营造文明的信心。城里人再没钱，哪怕就是着一袭破烂衣服，也是洗得干干净净，穿着也算是得体的。

折老板房间里的一切都是高档的，文件柜、桌子、椅子、沙发、床、衣架、饮水的口杯无一例外。但这些高档家具全沉浸在煤灰中，包括床上的被子和床单。

大平想用十分钟的时间改变这些，这是他的一个冒险的想法。他的想法是通过整理这个房间表现自己的智慧，从而把这种整理延伸到煤矿管理。他跟着李爱民是想来挣钱的，但李爱民做的活儿他做不了。他断定自己不会去下井采煤，两个月的销售使他见识了许多，领悟了许多。他想，如果自己在这儿能找到一份参与煤矿管理的事儿，自己将会挣到大钱。与折老板的简短交谈使他认识到，虽然折老板财大气粗，但他不过只是个肤浅的暴发户而已。他在秦北跑销售的过程中，发现有了钱的秦北人，也在慢慢追求文化和更高的境界。他想在折老板这儿赌一把，万一赌输了也没什么。谁没有拿谁的，谁也不欠谁的，自己走人就是了。

大平像一个麻利的城市家政服务员，他先叠了床上的被子，学着军人的模样给被子捏出了棱角。扫了地，擦拭了桌子、椅子、沙发、文件柜和门扇窗户，还特意擦了折老板放在床边的一双皮鞋，最后他又拖了地板。折老板门外是会议室，他也清理了会议室。会议室桌子上有一支毛笔、一叠白纸和一卷胶带，爱写字的大平见了纸和笔便来了精神。他收拾完一切，见折老板还没有回来，他便展开纸想写些字挂在会议室和老板的房间。

他给折老板的房间写的是：

骐骥一跃
不能十步
驽马十驾
功在不舍

他将这幅字用胶带贴在折老板皮椅后边的墙上。他又为会议室的正面墙上贴上了"金钱是生活的必需，生命是和谐的必需，安全是发展的必需，环境是健康的必需"。

字写好后，大平又觉得不太理想，这些话是他在一次看电视时记住的，那是一个大人物接受央视记者采访时顺口说出的。虽然读起来有些口语化，但他重新品味了一遍还是觉得有些意思，适合贴在公众的视野里。正在他收起毛笔时，领他到煤矿来的李爱民突然走进了会议室，他是来看大平与折老板谈话结果的。他发现折老板在井口给工人们讲安全知识，他小跑着来看大平的情况。大平正愁着没人帮他往墙上贴字，李爱民的到来给了他一个惊喜，顺手帮了他。

两人把字贴好以后，李爱民问大平情况咋样，大平说没有啥情况，自己所做的只是想和折老板赌一把。自己做这些折老板能看上，那就有可能留下来。如果不喜欢，自己就走人。李爱民走进折老板房间一看，兴奋地对大平说："行啊你，折老板绝对能看上你。你这小伙脑子咋这么好使呢？咋能想出这么多鬼点子呢？折老板如果看不上，说明他有眼无珠。"

两人正说着，折老板背着手已站在了会议室门口。他细细读着墙上的字，用手摸着会议室桌子的桌面，一尘不染。当他走到自己的办公室兼卧室时，几乎惊得不敢用脚去踩白格生生的地板，但他最终还是坐进了自己的皮靠椅。他对李爱民笑着说："你从哪儿给我弄来的这个活宝？行，明天中午我开车请你俩去镇上最好的酒店吃饭。"

第二天一早，折老板将大平叫到办公室对他说："你的才能我领教了。是这样，从今天开始，你负责矿井里的安全。第一个月工资，一千五；干足一个月，第二个月，可以涨到两千五百元。如果同意，下午就开始；如果不同意，你走你的阳关道。"

大平想了一会儿说："谢谢老板的信任，工作可以干，但低于三千元，我是不会干的。你可能还不知道，我销售方便面，每月吃了喝了还落两千元。我原以为你这儿工资会高一些，没想到你给的还不如我原来的工资，我还有什么干头。我出来就是挣钱的，我是用时间来挣钱的。我要的是，在相同的时间内，以自己的能力，挣出更多的钱。"

说着，大平从折老板公司的会议室拿起了自己的背包，头也没有回地告别了折老板。他刚出矿区，李爱民就从后边追上了他。李爱民告诉他，那是老板在考验他，希望他重新回去。大平拒绝了李爱民的挽留，迎着刺骨的寒风向一条沟壑走去。

李爱民跑到老板办公室时，折老板正在犯难，他后悔自己放弃大平那样的人才，他对李爱民说："打电话，快打电话，把那小子给我留住。"

李爱民看着大平贴在墙上的毛笔字，叹气道："唉，人走远了，算了，你给人家开的工资也太低了。"

折老板无奈地摇摇头说："我要的是出力流汗的人，不是能写字就能做事的。算了，无缘啊，怪我，没想到那小子是个骨气挺硬的主儿。"

李爱民说："你不是说急要一个能写会算的人嘛，你看看人家的字写得多好呀，脑子也活络呀。"

折老板说："再好的人，无缘，也是白搭不是？忙去吧，如果有缘，自然会相逢的。"

大平告别折老板后，步行五十里山路到了黄河边。天快黄昏时，肚子饿得实在走不动路，便到黄河边洗了脸，洗完脸，本想倒在河边歇息一会儿，他刚转过头，发现远处的农舍里有灯光闪烁，便向灯光走去。走近，他才发现是一孔窑洞。

天彻底黑了，只能听到黄河水"哗哗"的流动声。大平摸索着走近窑洞，发现灯光下一个老人正在烧火。老人坐在灶堂前不断地咳嗽，咳嗽声给人一种撕心裂肺的感觉。他忙走上前去帮着老人捶背，老人的咳嗽终于停止了。老人示意他坐下来，问他从哪里来、到哪里去。老人的秦北方言，他一句也没有听懂。他用双手指着自己胸口和肚子，告诉老人他饿得慌。老人从头到脚细细地看过他之后，扶着灶台缓缓地站起来，从灶台的红色木柜里挣扎着拿出一把挂面，示意他自己下到锅里吃。

他双手接过干面条，像母亲的做法一样，忙了起来。他一边往锅里下面条，一边观察着灶堂里的东西。他发现了油、盐、葱、辣椒面和五香粉，他想，只能做油泼面了。他麻利地剥了葱切成末，按照自己的想法做起来。坐在灶堂里的老人看到他干练的动作，明白了他的意思，对他笑着伸出了大拇指。很快，油泼面做好了，他先给老人盛了一碗，还给老人盛了面汤，他示意老人先喝汤，然后再吃面条。他怕面汤烫着老人，盛了面汤在凉水中凉了一会儿，让老人喝下去，然后将油泼面递给老人，老人示意他也吃。

老人吃得挺开心。他说："手艺不错呀，小伙子。"老人这回说的话他听懂了，这次说的是带秦北口音的普通话。

吃过饭，他洗了碗和锅，为老人和自己烧了洗脚水，帮老人服了药，他才知道老人患的是不治之症。他问老人儿女在哪里、做什么。老人告诉他，自己没有儿女，自己是一个老师，做了一辈子民办教师。后来刚刚转正，就患了怪病，医生说他活不了多久，可他已经多活了二三十年了。他把自己的情况告诉了老人。老人说："小伙子，记着一点，你心里装了善良，就是走到天涯海角，也不会有什么困难能难倒你。今天你我相遇，我就送你四个字吧，厚德载物。这四个字，你是知道的，但你要永远把它记在心中，落实在行动中。"

大平告诉了老人自己的一切，老人说："你明天还去今天你去的那个煤窑，你不用给他打扫办公室，你先下煤窑去挖煤，用你的行动证明给折老板看，只要你舍得出力就行。你记着，在不了解你的情况下，他是不会让你坐办公室的，这里面的缘由我不能告诉你，要你自己体悟。"

第二天，大平还没有起来，老人已经为他做了早饭。他临走时，老人还给他带了馍。大平告诉老人，他不想去那个煤矿，他想换一个地方。老人告诉他，只有那个煤矿适合他，其他煤矿并不适合他。他问老人为什么，老人还是那句，以后他自己慢慢会明白。

折老板自接了小学老师的电话后，一直在等大平。到了中午，李爱民领着大平走进了折老板的办公室。折老板紧紧握着他的手说："还是来了，我等了你半天了。"

大平问折老板："你咋知道我会回来。"

折老板笑嘻嘻地告诉他："我老师告诉我的。"

大平将背包放在会议室的桌面上问："昨天晚上那个老人是你老师？"

折老板说："启蒙老师，我从他那里只学会了四个字，那就是厚德载物。"

大平静静看着折老板的脸说："还真没有看出来。"

折老板说："从今天开始，你就给咱管理办公室吧。"

大平说："不，我要下煤窑。"

李爱民拉了大平说："你不给折老板面子？有多少人想坐办公室呀。"

大平反用双手握了李爱民的手说："我是出来挣钱的，不是来躲轻闲的。"

折老板说："好，一月三千元工资，你去领衣服和矿灯吧。"

大平来到矿区外一个无人的山坡上，将自己在秦北的情况给西京方便面厂的经理做了汇报，他说的更多的是家庭的困难和父亲、弟弟用钱的事，经理答应他明天给他回复。但他还没有回到矿区，经理的电话就来了。经理告诉他，鉴于他家的情况，公司同意他辞职，但要求他必须将秦北的销售情况写个清单报给公司。

大平一直在矿井下干了三个月。三个月，他由矿工提升为组长，后来又提升为班长，最后一个月被评为矿上的生产标兵。有一次，矿体发生了浅体塌方，七个人被埋进井下，是他精心组织、安抚工友，赢得了救援时间。从井下出来时，身体刚恢复好，他便决定离开煤矿。折老板塞给他一万元对他说："留下来，你不会再下坑道了。"他拒绝了折老板的挽留，并退回了那一万元。

折老板急切地说："留下来给我管办公室，每月开你五千元工资，但你要做的事很多，除了写向上级报的各种汇报材料外，还要负责矿上的安全生产，包括每天进出矿井工人的训话和各种设备的检查。"

大平想了一会儿说："我可以做好这些。如果到了年底，没有安全事故发生，你给我多少奖金？你记着一点，我出来是挣钱的，拿多少钱干多少事。"

折老板说："如果到年底，没有伤亡事故，我一次性奖励你五万元怎么样？"

大平说："要有字据，你得给我写个字据。"

折老板说："你写，我签字。"

大平被折老板任命为煤矿办公室主任后，住在会议室另一头的房间，他的任务是协助矿长做好管理，并负责接待各级的安全生产检查，负责安全生产，写矿上所有的文字资料。

折老板除了让大平一个人干好过去三个人的工作外，还要求他尽快将驾驶证拿到手。他告诉大平，可以不去驾校学习，他会安排一个车，让大平在矿区练习，学会后他找人给他办个正规驾照。大平听后，对折老板说："驾照是关乎他人和自己生命的大事，怎么能作假呢？"

折老板说："行，我送你去驾校学。"

10　考　验

　　大平怀着感恩之心，把矿上的各类事情处理得井井有条。他把为折老板整理房间的那种意识，套用在安全生产管理上。首先从整理矿上的环境开始，对包括下班后每一辆铲车的停放、每一把铁锹洋镐的摆放都做了明确规定。大平的管理模式，在工人中产生了强烈反响，大部分人对如此规定持有反对意见，纷纷去折老板那儿告状。折老板的回答是："你们适应不了新的管理规定，你们可以走人，我会招收一批能适应管理制度的人来工作。"那些工人听了折老板的话，只好好乖乖回去调整自己，学着适应新的管理规定。

　　折老板的煤矿属于私有煤矿，虽然没有出过死亡事故，但在全县十几个煤矿综合考核中总是排在末位。大平推出的一系列管理方案，正是折老板所需要的。安检局规定在一年四个季度的考评中，如果有一家煤矿连续三次排在末位，政府将会采取强硬手段关闭该煤矿。上一年折老板的煤矿连续两季度排在末位，在第三次考评中，同样是末位，折老板搬动了许多股东去安检局做了工作。当然，折老板的股东们自然都是县政府里有头有脸的人物。事后，几个股东郑重地告诉折老板：这样的做法早晚会出事的。有再一再二，不会有再三再四。如果你总是这样不抓管理，有一天我们会抽出股份的。

　　大平的整顿方案正迎合了折老板的想法，几个股东听后也非常满意。他们又严肃地告诉折老板，只让大平抓管理，必要时还可以给大平一个副经理的头衔，但绝对不能让大平知道得太多，不能让其插手财务。折老板问为什么，一个股东告诉他：一是大平太年轻，血气方刚，对社会上的事懂得不多。二是一个年轻人，出自贫困家庭，他看到股东们如此不费吹灰之力就有了丰厚的收入，他会接受不了这种现实。一个优秀的青年人、一个能考上好大学的人，因为家里穷没有钱上大学而四处打工，你想想面对落差，他的心理会有什么反应，他对社会上的不公平如何看待？

　　折老板瞪大眼睛听了股东们的话，嘴里佩服得五体投地，心里却在骂他们。

　　折老板家在距煤矿三十里外的县城，但他很少回家，大平发现总有几个女人在折老板的房间里过夜。这一天，折老板带着家人去了省城，傍晚时一个叫夏花的姑娘开着车来到矿上。夏花是一个二十来岁的漂亮女子，她与折老板的关系大平没有弄清楚。说是情人，又不像；说是亲戚，感觉他们又多了几分生分。

夏花和折老板的几个情人不同，她不爱说话，对待折老板像对待长辈一样，很是尊重。大平不知道每次夏花来住在哪里，第二天夏花会为折老板把办公室擦得一尘不染，把一切收拾好后自己开车离开。

现在，夏花把车停在会议室门口，径直走进了大平的房间，她好像知道折老板不在似的。

那时大平正在聚精会神地写一份县煤炭局急要的季度安全生产总结材料，夏花进门后像一个姐姐或妹妹，静静地坐在大平房间的沙发上。坐了一会儿见大平没有搭理自己，她又开始帮大平收拾房间，还为大平的茶杯里添了水。

大平写完材料再去看夏花时，发现夏花的眼睛含情脉脉，大平的心里颤抖了一下。他对夏花说："折老板不在，你咋来了呢？"夏花说："车坏了，我把车开过来想让折老板帮我找人修一下，没想到他人不在矿上。"

大平将手头的活儿放下，转身面向夏花说："你没有打电话给他？"夏花说："打过了，关机。"大平说："让我打着试一下。"结果的确是关机。大平问夏花："吃饭了没有？"夏花说："没有吃。"大平看看门外，天色漆黑，他想此时灶上早已停火，便走进里间卧室，从床头柜中拿出一盒碗装方便面和一根香肠递给夏花，让她自己去泡。他抱歉地对夏花说："县上要的材料催得实在太紧了，误不得。你自己想办法凑合吃，我得赶在十二点前把材料通过电脑报给煤炭局，要不人家就要罚矿上的钱哩。"

夏花闪着好看的眉眼有些娇嗔地说："你写吧，我自己去吃。不要太客气，倒是我给你添了麻烦。"

大平重新坐回桌案边，埋起头写材料，他真诚地对她说："没事，就是照顾不到你。"

夏花把碗装方便面拿着，走进了里间顺手闭了房门，悄无声息地开始在里间泡方便面吃。其实夏花是吃过饭的，她吃了两口便上到大平的床上，坐了一会儿，便和衣溜进了大平的被窝。

大平通过电脑把材料传出去时，已是夜里十一点四十分了。忙了半天，发完材料后，他有点晕头转向，倒把夏花的存在忘得一干二净。他在外间洗了脸和脚，关了会议室的门，关了自己房门，又灭了外边的灯。他平时的惯例是在不打开卧室灯的情况下向床上摸去，他的双手刚一伸进被窝，就被夏花逮了个正着。夏花不知哪儿来的力气，一下子就把大平拽上了床，她一个翻身便骑到了大平身上，并用自己的嘴堵住了大平的嘴。大平推开夏花迅速地坐了起来，像躲瘟疫一般跳下床逃到外间，他刚把外边的灯拉亮，夏花就站在了他面前。

两个人所有的行动，都是在无声无息中进行的。大平怕的是一旦出了吵闹声音，会惊动住在会议室东边房子的其他管理人员。

这回，大平冷静了许多，他想和夏花讲明道理，硬躲不是办法。他一把将夏花揽入怀中放到床上，然后用被子裹了夏花，他自己和衣躺在夏花身边。他对夏花说："你要是真喜欢我，听我把话说完，你要什么我给你什么。"听大平如此说，夏花不再动了。一瞬间，她变得像个乖巧听话的孩子，还把身子往床里边移了一下，为大平让出了宽敞的地方。

大平动作轻盈地躺在床上，闭上眼睛，心里恐惧起来。长到二十多岁，他还没有遇过这种事。但他听老人们常说这样一句话：奸情出人命。他想，自己虽然没有动夏花什么，但毕竟两个人睡在一张床上，这也算是奸情吧，处理不好会出大事的。他做了几次深呼吸，让自己的情绪稳定下来。然后他把自己的经历和家里的情况，细细地给夏花讲了一遍。他最后对夏花说："爱一个人没有错，你喜欢我没有错，但你用这种方式喜欢我就是加害于我。你想想，你是折老板的亲戚，折老板又是我的恩人。过去人们把师父当父亲一样看待，折老板如我的父亲，你说我要是答应了你的要求，那成什么了？"

夏花平静地听着，再没有作声。过了一会儿，竟然轻轻地抽泣起来。

大平没有问夏花为什么哭泣，他重新拉亮卧室的灯，然后从床下拿出一条毛毯和一床被子，去会议室的桌子上睡觉。他连一个梦也没有做成，就被里间夏花撞击椅子的声音惊醒了。他在想，夏花不会因失了脸面想不开寻短见吧。他又想，不会的。

夏花除了对大平房间里的情况不太清楚外，对会议室的门了如指掌。也许是怕太强的灯光影响了大平睡眠，夏花用自己的手机照亮，打开会议室的门出去解手了，她以为大平睡着了。听见夏花开门的声音，大平故意发出假惺惺的鼾声。夏花解完手后反身关了会议室的门，摸到大平跟前。她真心地为大平盖了毛毯，用自己的嘴唇轻轻在大平头上吻了一下，然后，轻手轻脚地走进大平的房间。夏花走后，大平才踏实地睡着了。

第二天天还没亮，折老板就用手拍着会议室的门，正在熟睡中的大平听到敲门声，拉开了会议室的电灯，一边揉着眼睛一边开了门。折老板发现大平睡在会议桌上，一边笑一边说："你咋睡在这儿呢？"

　　大平告诉折老板："夏花来了。"折老板表现出吃惊的样子，在门里站了一会儿，然后打开自己的房门。又从大平房间里，将夏花带回自己的房间关了门，屋里再没有了声音。

　　大平有所不知，折老板是用夏花探试他的忠诚。他知道此事时，已是在半年以后。那时，夏花告诉他：她要去西京陪弟弟上学。夏花把折老板用自己试探大平的事，发短信告诉了大平。大平回信说："是你多心了，折老板不会做那样的事。"夏花回信："信不信由你。"大平再没有给夏花回信，他自从知道折老板用美人计考验自己的事后，做事更加小心谨慎了。从内心讲，他开始防范折老板了，但工作上的事儿他更加卖力。他警告自己："咱是来挣钱的，千万别惹下麻烦事儿。"他的付出，终于换来了成果。这年 12 月，折老板的煤矿在全年综合考评中位列全县第一。年底，折老板按照大平刚来时的约定，付清了大平的工资和奖金，奖金比原来两人的协议多了一倍。领了钱，大平高高兴兴地回家了。

11　流　产

　　经过两天的奔波，大平在第三天才赶到日思夜想的家乡小镇。在鹿鸣川镇下了车后，他突然有一种想去看雪青的想法。这种想法的出现，是大平从未思考过的。但不知道为什么，脚一踏上鹿鸣川的土地，他就有了这种想法。他自己也说不清是想看到雪青，还是想看到雪青的女儿小凤。他从街上买了丰厚的礼品，径直向雪青家奔去。

　　雪青和女儿正在做豆腐，见大平进门，母女俩高兴得脸飞红霞。雪青把大平的礼品接了放在柜盖上，然后拉了大平的双手把大平硬塞在做饭炕上。她帮大平脱了鞋，真像对待自己的亲生儿子一样亲切，没有一点儿生分。待大平坐定后，她将一碗热气腾腾的豆腐脑端给大平。大平吃着，紧张得脸上直冒汗，雪青又将一个热毛巾递给大平让大平擦汗。她说："黑了，胖了，个头也长高了。"她又问大平："在秦北苦不苦？"大平笑嘻嘻地说："一点儿也不苦，就是忙，整天都是给煤老板写材料。"

　　这时，王小凤从门外走了进来坐进了灶火，她一边往灶火里添柴，一边说："我妈说你在秦北下煤窑哩，我听后心里怪害怕的。"

　　大平吃完豆腐脑，顺手把空碗放在炕边的陪墙上，便一把抓住挂在楼衬下的十字架摇起了豆腐。透过豆腐包，他看到小凤红扑扑的脸，一瞬间，他突然明白，自己为什么到了镇上。临时决定到这儿来，其实在潜意识里就是想看到小凤的。

　　过滤完豆腐渣，太阳的余晖已漫过雪青家的房脊。大平准备告别，雪青急了，忙说："你这娃，啥时候了还走？不行，今晚你就住到婶家。我还有两座豆腐没做，我弟单位的同事都说咱鹿鸣川的豆腐好吃，让我多做几座。你看你能不能给婶帮帮忙？"

　　其实，想走只是个借口，大平倒真地不想走。那样，他就可以和小凤说说话，他从内心很喜欢小凤。前几次相遇，弟弟总是抢先一步与小凤说话，他不好说什么。今天，没有弟弟插足，也许自己可以和小凤多说说话。大平等待着这样的机会，但令他没有想到的是，就在他准备迎接这个机会时，小凤身上却发生了一件令他没有想到的事情。

做完豆腐已是深夜时分，大平被安排到另一间房子里睡觉，雪青和小凤睡在做饭炕上。大平刚睡下不久，就听到了小凤的哭声，哭声很凄惨。大平跑过去看，是小凤肚子疼，他不好搭手，就动员雪青把小凤送到卫生院去。小凤哭着说："不去，死也不去。"大平走近小凤，发现小凤脸上的汗水，已经将额头的刘海粘到了一起，他仍旧坚持着要送小凤到卫生院。从小凤的表现，雪青凭借自己担任过村计生专干的经验，似乎预感到小凤发生了什么事情。她从大平睡的房间里找出了小凤的挎包，果然发现小凤服用了流产药。雪青拿着挎包在地上痴愣了一会，见大平朝这间房子走来，她激灵了一下，很麻利地将小凤的挎包塞进衣柜，然后对大平说："你睡，没事，可能是吃了凉东西。我给她找些药喝一下，一会儿就好了。"

大平不好再说什么，便和衣躺在床上。那边小凤悲恸地哭喊过一阵，就没了声息。大平以为小凤昏过去了，正要起身去看，雪青却推门进来，她告诉大平："小凤就是吃了冷东西，服了泻药，已把脏物排掉了，没事。你安心地去睡。"说过，雪青反身拉上门走了，大平再没听到小凤的哭喊声，屋里的一切都显得很宁静。

大平的心却宁静不下来，他由小凤想到了夏花。突然，一个念头闪现在他的大脑里，小凤会不会是……他不敢往下想，但又睡不着。他很想找本书看看，缓解一下自己心中的不解与郁闷。

大平睡的是小凤的房间，小凤爱好文学，房间里到处都是书。他从枕头下找到一本《青春万岁》，刚一打开，书中掉下一张照片，照片竟然是小凤和自己弟弟小平的合影照。两个人头挨得很近，脸上洋溢的全是笑容。他再翻过照片，后面的一行字让他吃惊不小："死鬼！我把我的一切都奉献给你了，只等待你家接我的花轿了。"

大平被照片后面的字惊地坐了起来，他的心中有一种欲爆炸的感觉。

这一夜，大平没有睡好，雪青没有睡好，小凤也没有睡好，每个人都在想心事，没有人说话，也没有再听到小凤的哭声。天刚蒙蒙亮，大平就起身打开门，迎着腊月天的寒风向鹿鸣川镇市场麻利地走去。大平想为小凤买些能滋补的食品，但他不知道该买什么，就赶到农贸市场问一个摆摊的中年妇女，那女人说要买乌鸡。她告诉大平：女人坐空月子，比生了娃还需要补。大平问："除了食物还要买什么药？"女人说："那你就买些益母草冲剂吧。"大平按那个妇女的指点买了东西，悄悄地放在雪青家的柜盖上，然后，又回到自己睡觉的房间，给雪青写了字条：

婶婶：

　　我回家了，不要生气，也不要责怪小凤。年轻人谁都会犯错，也许犯了错的年轻人成长得会更快些，人生的步子会更稳一些。原谅她吧，我知道你的想法，我也知道这是我们家小平做的错事。

大平

12 郁 闷

　　大平从雪青家走出来后，迈着大步向山里走去，时令裹着的腊月天含着一丝香味。他本想留下来照顾小凤的，但又怕小凤会感到尴尬和难堪，他只有选择离开。

　　腊月天的清晨雾气很重，寒风像雾的傀儡一样沿着山沟横贯而入，吹得大平一路小跑着，向大山深处的家中疾奔而去。当他上到王山沟岭上时，停下了脚步，想整理一下自己的思绪——回家后如何把小凤的事告诉家人，又如何收拾小平。远处已被风刮起的雾，像为九龙山缠上了白色的围脖。他一时没了主意。

　　回想起小凤的哭声，追忆起正月间小平和小凤甜言蜜语的那种开心劲儿，他真不知道回家后该如何面对小平和父母。最后，他站在风中，做出了一个从来没有想过的决定。他不再把自己挣下的钱给父亲，让父亲用自己挣来的钱供小平去大城市做那种伤天害理的事情了。有了如此想法，大平像走在十字路口迷失了方向又找到了路标的行人。他加快了步伐，劈开山岭头上的雾霭，向山下跑去。

　　小平放寒假后，原计划是在城里打工的。但王小凤发短信告诉他，她自己恐怕要出事，小平听后有些害怕，放寒假的当天便从西京坐车赶到州城，约见了小凤，两人商量后决定先回家。小凤说就是解决怀孕问题，也得回家，就是死也要死在自己家里，死在母亲的怀里，让母亲知道自己因何而死。小平同意了小凤的决定，两人从市里又坐车回到鹿鸣川。

　　途经县城时，小平买了堕胎药交给小凤。小凤告诉小平不用担心，这样的事在她班里几个女同学身上发生过，没有什么可怕的。话虽如此说，但小平还是很担心。他也没有什么别的办法，只好回到自己家等待小凤的消息。

　　小平回到家后总是心神不安，父母问他发生了什么事儿，他说他在回家的路上把二百块钱丢了，他觉得对不起大平。父母告诉他丢了就丢了，又不是多大个事儿，等大平回来后把事情说清楚就是了，小平这才在脸上露出了一丝难看的笑意来。但他在家的行为简直和过去判若两人，他一个人竟拿着绳镰上山砍柴去了。

　　走进村庄时，大平突然改变了他在路上的想法，他想将小平狠狠地揍一顿，以解自己的心头之恨。他走进家门，却没有看到父亲和小平，只有母亲一个人在家里做过年用的豆腐。见过母亲后有几分兴奋，他把主房和厦房齐齐看了一遍，没有看见父亲和小平的影子，这才坐到灶堂里帮母亲往灶火里添柴。母亲告诉他父亲和小平去砍柴了，母亲还问他知不知道小平在学校的事情，小平回家后总是魂不守舍的样子。

　　大平本想告诉母亲小平出了什么事儿，又一想快过年了，不能让家人因为小平的事搞得不痛快。他从灶堂里站起来走到院场里，看着门前的核桃树和柿子树上的喜鹊窝，以及门前的竹园，在心里说：这个家有了太多的不幸，不能让它在年节时再有不愉快。他返回灶堂对母亲说："我不知道小平的事，听说在学校学习各方面都挺好的。也许是大学里课程多压力大吧，在家好好调整一阵就好了。"

　　母亲这才告诉他说："小平在回家的路上把钱丢了。"大平急忙掏出自己的存折给母亲看，十万多。母亲看着存折，用粗糙的指头数着存折上一个个"0"，兴奋得两股眉毛开出两朵黑嘟嘟的花。笑过之后母亲的脸在一瞬间又变了颜色："大平，这钱来路可得正呀。"大平给灶火里添完柴后，把笑脸献给母亲说："你连自己的儿子都不相信了，你娃是啥人你不知道呀？"母亲拿着折子蹲在儿子身边高兴地说："妈相信我娃，可这钱数也太让妈不敢相信了。"大平把屁股下面的凳子让给母亲，自己反身蹲在母亲胯边说："我想翻修咱家的房子。"母亲脸上露出了一丝不悦，她担心小平的学还没有上完，如果修了房子，小平上学的钱又会出现问题。

　　大平知道母亲的想法，他对母亲说："你看是这样，小平已经上了一年半的学了，大学里的课程其实只有一两年，剩下的都是实习。实习其实就是开始工作，等着拿毕业证。我想小平应该自己挣钱养活自己了，他不能老是靠家人供他。这样一来，他没有压力也没了动力，将来毕业了找不到工作。因为，现在用人单位都要有实干经验的人。"

　　面对大平如此说道，母亲的脸上一下子爬上灰色，她万万没有想到，一向乖巧可爱懂事的大儿子，怎么会突然有了如此想法。母亲有些生大平的气了，她一个劲儿往灶火里添柴，最后还把大平的存折可着劲儿，甩在乌黑的灶台上，生气地离开灶房。

　　大平又一次想把小平所犯的错误告诉母亲，想证明不是自己狠心，而是小平实在是不值得自己为他付出，但他还是一次次强忍了已溜到嘴边的话。

晚上，老婆把大平的想法告诉了金发财。金发财思考了好大一会儿，声音木木地对老婆说："娃想得对着哩，就按娃的想法做吧。咱没本事供娃上学，是咱没有做好父母，也没脸在娃面前说硬气话，就依娃的意思做吧。"老婆用试探的口气说："是不是大平在外边谈了媳妇，他才会想到修房？"金发财一激灵说："对呀，我咋没想到这一点呢。"

年，在平静中过完了，和往年一样一切都很平常。大平计划在正月初六动身去秦北煤矿上班，折老板让他正月初十到岗，他想提前一天去。

正月初五，大平把一家人叫到一块儿，大家都坐在火盆边准备听大平讲修房的计划，大平却在一瞬间变了脸色。他先让小平站起来，然后对小平说："年过完了，你把你去年一年的情况，给大和妈做个汇报。"

小平担心的事终于发生了，他有些不情愿地、慢腾腾地从火盆边站了起来。他说在学校只有学习成绩一般，再没有啥了。

大平忽地一下从凳子上站了起来，他指着小平的鼻子说："你把你和王小凤的事，给大和妈说清楚。"并狠狠地扇了小平一耳光。

令金发财和老婆没有想到，挨了大平耳光的小平"扑通"一声跪在地上，哭着喊着对大平说："哥，我错了，我对不起你。你打我吧，你狠狠地打我吧。"

金发财一时间被大平的行为弄蒙了，因此联想到小平这次放假回家不看书，只知道干家务。他总感到小平有什么问题，没想到他竟然与小凤有了问题。他一把抓住小平的衣领，把他从地上拽了起来，紧接着又是一耳光扇在小平的脸上。然后，气呼呼地欲跨过火盆。他的脚在落地的一瞬间，踩在了火盆沿上，火盆被他踩得翻得老高，灰和火撒了一地。屋子里在一瞬间变得乌烟瘴气，一家人精心营造的气氛，在那一刻彻底被一盆炭火的飞扬击得粉碎，整个堂屋被飞扬的干灰弥漫着。

小平被母亲拉着钻进了北房自己的旮旯，只有大平含着眼泪在收拾残局。他的心快要气炸了，他感觉地上不光有被父亲踩翻的火盆和未燃尽的木炭，还有自己的心和肺的碎片。金发财咬着牙瞪着眼睛，呆呆地扑进厦房，一头钻进被窝再没有作声。

这个夜，金发财家有些支离破碎了。安顿好一切，不声不响的小平母亲，回到厦房准备上炕入睡，金发财让她与二儿子睡。他告诉老婆，要防着那小子，当心出事，然后又让老婆叫来大平和自己睡。大平这才将他去小凤家的情况，一五一十地告诉了父亲。

13 反 目

一个本来已是有些沉闷的春节，被一巴掌彻底击碎了，被金发财踩翻的火盆完全弄脏了。火盆中的热灰撒在堂屋冰冷的地上，也弥漫在家里每个人的心上。每个人的心口上仿佛都落了灰尘，灰尘像撒在伤口上的食盐，使每个人的伤口都在隐隐作痛。

在小平想来，同学之间的相亲相爱在校园里司空见惯，并不是什么大不了的事，但他没有想到后果会是这么严重。他后悔听了小凤的话，要在自己家打掉肚子里可能还没有成形的孩子，这明显是要把小事做成大事。他也后悔自己给小凤买了流产药。母亲问他："做出这样的事后悔不？"他却说："这有啥后悔的，同学们都是这样。在学校谁没有女朋友，没有会让人瞧不起的。"

母亲连初中也没有上过，更不懂大学里的生活，但母亲认为小平这样做是不道德的。母亲本来是要告诉小平，小凤的母亲看上了大平，是要把小凤嫁给大平的，话到嘴边却没有说出来。母亲想，事情已经发展成这样，说那些话已经没有什么意义了，说了还不如不说。天下的道理往往就是这样，没有文化的人对于道理的坚守，要比有文化的人更具韧性。小平母亲就是这样的女人。

大平和父亲都没有睡着，金发财好像肚子里有排不完的闷气，向外喷了一夜也没有喷完。金发财睡了一会儿，好像肚子里的气胀成了疙瘩堵在胸中，那疙瘩似乎又长出了无数个刺，像海里的一种什么动物，在他的胸腔里不断地翻腾。他难受得睡不着，坐在炕头一支接一支地抽烟。

大平也没有睡着，他在想父亲、母亲和小平的心思，他想自己打小平是对还是错。他对自己的冲动有些后悔，但事已至此无法挽回，他就把自己的思想往一个方向扭转。在心里他对小平说：家里本来困难多，我吃了多少苦才挣钱让你读书，没想到你却拿着我的血汗钱不好好读书求取功名，而是去玩女人。玩女人也看个相，还要在熟人圈子里鼓捣，兔子还不吃窝边草哩。雪青是多好的婶子啊，男人死了，一个人供小凤上学多么不容易呀，就连人

49

家还操心你小平上学的钱哩。你倒好，却往人家心口捅刀子。大平理清了自己的思绪，确定了思维的方向，便认为自己打小平没有错。如此一想，他的心里安然了几分。

但父亲金发财却不这样想，他坚持的是有父从父、无父从兄的道理。他对大平打小平的举动，不但吃惊而且心怀不满。他认为有权打小平耳光的只有他，虽然小平是花了你大平的钱，但我还在呀。你大平打小平的耳光，其实是在打我没本事的耳光。金发财有些想不开，便把大平从被窝里叫了起来。他点燃一支烟给大平，试探着问："大平，你认为你打小平对吗？"

大平没有想到父亲会这样问自己，在那一瞬间，大平突然转变了自己的想法。他想，是呀，应该是父亲教训小平才对呢。父亲还在世，自己是没有资格教训小平的呀。

接过父亲的烟燃起，父子俩在黑暗中默默地对坐着，两个燃烧的红烟，像夏日里两只盲目乱飞的萤火虫在夜空中游离。

空气有些凝结，两人在同一时间，觉得屁股下的土炕有些燥热和支棱，都不停地挪动着屁股。

大平将抽了一半的烟扔掉，带火的烟蒂在空中画出一条红弧线。大平对父亲说："我不该打小平，我知道自己错了，惹您生气了。"

金发财把烟蒂在土炕边的陪墙上掐灭，在黑暗中木讷着声音对大平说："你打得没有错，我只是担心你这样一打，打出了兄弟间的仇气来。毕竟你们都是成年人了，成年人都长心眼，都记仇的。"

大平说："明天我给他认个错，我只是听到小凤那凄惨的哭声，心想雪青婶子心里有多难受呀。她一个人供小凤上学多不易呀，可这些大学生只知道在学校里追求自己的快乐，哪知道家人的辛苦。"

金发财又燃起一支烟，他说："你知道自己的耳巴子打错了就行，其他事不要再说。大知道我娃心里有委屈，你是个懂事的娃，在处事上还要多想些道理。"

大平随口说："大，我知道错了，咱不想了，错就错了。小平错了，我也错了，我们不该惹您生气，您也别多想了，咱睡吧。"话说完大平就卷入了被窝。他睡下没多久，又起身对金发财说："大，我看您和我妈是不是应该去看看雪青婶子？"

金发财清了清嗓子，将一口痰吐在炕沿下，对大平说："明天咱一家一起去看小凤，就是人家打咱的脸，咱也得接受。"

大平说："不会的。雪青婶子心眼那么好，她不会打咱们脸面的。"金发财在黑暗中，似乎搓了搓脸，聚了一口长长地气问大平："儿子，能不能把你挣下的钱，借给大一万元。咱给人家小凤拿上，算是赔个罪。大是在和你商量，如果你不同意就算了，权当大没有问我娃。"

大平没有做任何思考就回答了父亲，他说："啥借不借的，钱我都交给我妈了，您用就是了。我出门挣钱就是为了这个家，钱是家里的，您是掌柜的，您咋处理咋用都行。"

金发财听了儿子的话有些感动，顺口说："大感谢我娃，大知道你喜欢小凤，但事情弄成这样，有些事情怕是要有变数的。"

大平说："我是喜欢小凤，但我从来没有想过要娶人家，人家是大学生，你说我一个农民咋能配上人家呢。"

金发财动了动身子，抖出轻微的响声，之后放了一个闷屁，一边往被窝里溜一边对大平说："好了，咱爷儿俩啥话都不说了，明天咱们一起去看小凤。"

母亲睡在小平脚下，她觉得床没有炕睡着舒服。小平没有插电褥子，也没有脱衣服，被子被他支棱得四周都与床板不合缝。母亲本来想插上电褥子的，但她看到小平无动于衷的样子，也和衣睡下了。她的头挨上枕头的一瞬间，发出了长长的叹息声。母亲的叹息声小平听到了，但他依旧什么反应也没有。母亲本来是想安慰小平并给他说些宽心话的，一看小平那熊样，也没了说话的心劲儿。

一家人在这个夜晚都没有睡好，各自想着心事，面对的都是同一个问题——如何向雪青赔礼道歉。

14　宽　容

　　雪青家的年过得很平淡。正月初一，大女儿一家三口欢欢喜喜地到家吃了一顿饭便走了。正月初二，弟弟一家又来了，也是欢欢喜喜地吃了一顿饭开着车走了。小凤一直睡在做饭炕上，没有起来。雪青告诉小凤说，女人坐空月子，比坐实月子更伤身子，所以她没有让小凤起来做任何事情。为了掩盖小凤的丑事，雪青买了大包小盒的感冒药故意放在做饭炕的陪墙上。她怕细心的大女儿看出破绽，在正月初一清早用大粪桶倒了厕所的大粪。在倒大粪时，她还在想着是不是大平看见了池子里带血的卫生纸知道了事情的真相。她想大平是爱小凤的，大平来看自己其实是来看小凤的，这种感觉是她从大平在去年看小凤的眼神中领悟到的。就是那个不懂事的小平破坏了这一切，她想这个年，大平的心里该是多苦呀。

　　雪青是个从苦难中爬出来的女人，中年丧夫的痛苦折磨了她好几年，使她对人生有了许多感悟。小凤出事后她连一句指责的话都没说过，她怕伤害到女儿。大女儿进了城远离了她，她不想让小凤早早地离开自己，不是身的离开是心的离开。

　　小凤知道母亲疼爱自己，母亲越是什么都不说，小凤心里越是难受。出事后，她哭过多少次，有时是在母亲怀里，有时是一个人暗暗地哭。她很想让母亲痛打自己一顿，但母亲连一句责备的话也不说。母亲表现得好像是自己真地给这个快要断了香火的家添了继承香火的男丁似的，这就是母亲。小凤想，自己逢了这样的母亲，是多么幸运的一件事呀。她发誓从此往后，在母亲面前做一个没有思想的人，哪怕是母亲今天让她和大平结婚，她都同意。可大平还要自己吗？

　　正月初六，雪青有一种预感，好像家里要来客人。大清早的，门外核桃树上的喜鹊就不停地在冷风中抖着尾巴，叽叽喳喳地向雪青说着什么，一拨儿走了又来了一拨儿。雪青想可能是大平要来，依自己对金发财一家人的了解，他们不会对小凤的事情不闻不问。之所以在破五前没有来，一定是大平回家后没有说破小凤的事。她知道大平是个有心计的孩子，他为了让家里人过一个完整的年，没有对家里人说小凤的事儿。

雪青早早地起了床，为小凤煮了荷包蛋，自己也吃了醪糟泡馍子，之后清扫了庭院。清扫完庭院之后，她发现了自己在过这个年中的一个失误，她站在核桃树下回望时，发现自己家里的门上竟然没有贴春联。过去的三年，门框上都贴着黄色的春联。丈夫去世三年，贴了三年黄色春联，今年该换成红色的呀，自己竟然把这么大的事忘了。

她拄着扫帚靠在核桃树上看着自己的五间大瓦房，想着丈夫在世时过年时的情景，一时心中泛起了悲伤，不由自主地落下来几滴眼泪。孤女寡母，这过的是什么年呀！她正想着自己的伤心事，一只花喜鹊从房脊梁上飞到她头上的核桃树上，不停地叫着。同时，花喜鹊把一泡粪便从枝头上丢了下来，不偏不倚地落在她的手背上。鸟粪落身，在鹿鸣川有个说法，那是钱财进门的象征。她抬头看着喜鹊，擦擦自己的眼泪，将扫帚靠在核桃树上，风风火火地走进门洗了手，接着又烧热水把家里的家具擦拭一遍。

小凤起来解手，看到母亲把屋里屋外收拾得干干净净的，问母亲："妈，你这是做什么，好像家里要来什么贵宾似的，瞎忙活啥？咱们家该来的人都来了，还有谁会来呢？"

雪青停住了擦柜盖的手，笑眯眯地看着女儿说："我也不知道谁会来，反正我觉得好像要来人。你没听到从早起到现在，咱核桃树上的喜鹊不停地叫，肯定是要来人喽。"

小凤转身出了门往屋后的茅房小跑着走去，她一边走一边想：要来谁呢？是金小平吗？他来做什么？她想他来，又怕他来，她说不清自己是爱他还是恨他。

小凤在茅房里蹲了好大一会儿，冷得她浑身发抖，等回到炕上时，母亲也把家具擦拭完了，坐到了炕上。母亲一上炕就关掉了炕头的电视，她表现出一副郑重严肃的样子。

关了电视，她又从小凤手中夺了书，收起了脸上所有的笑意，然后对小凤说："娃儿，你弄下个这么大的事，妈没有说你一句吧，今日年过完了，妈要说你了。妈是让我娃自己好好反思自己，妈文化没有我娃文化高，但妈经见的世事比我娃多。我就问你，你将来是要嫁给小平呢，还是你们就这么情不自禁地玩玩算了？你必须给妈个准确的回答。"

看到母亲一脸严肃，小凤心里有些害怕，不敢去看母亲的脸和眼睛。她低了头，用手指头不停地抚摸着被子上一朵鲜艳的牡丹花瓣。停了好一会儿，她才用低沉的声音对她说："我也不知道，妈，我不回答行不？"

"不行"。母亲更加严肃了。小凤抬头去看母亲时，看到了母亲的眼泪，她起身坐到土炕的另一头。她怕母亲哭，紧紧地抱住了母亲。母亲搌了一下鼻涕，用手揽着女儿的头说："我娃放心，妈不打你也不骂你，妈就是想知道我娃的心事，我娃就是妈的一本书，妈咋觉得越来越读不懂你这本书了。"

小凤帮母亲抖了抖悬在睫毛上的一朵泪花说："妈，说心里话，我也不知道自己要嫁给谁，和小平只是玩玩吧。学校女娃、男娃都那样，看着人家出双入对的我也随流了，我知道自己错了，是大错特错。我也知道自己是用父亲的命钱在上学，可学校的大环境就那样，我也没管住自己。"

母女俩正说着，大平一家人远远地踩着冬日的清晨，提着花花绿绿的礼物，挣脱雾霭投在大地上黄亮亮的霞光，朝着她们家走来。小平有些不想走进庭院，金发财反身拉了小平的手，冲到妻子和大儿子的前面，风风火火地向小凤家走来。

大平一家人的行动，雪青和小凤在窗内看得十分清楚。看到小平，小凤的脸变了颜色，她忙拽了急着下炕的母亲哀求道："妈，事已成这样，你就别多说什么了，大过年的，弄得大家都不开心，千错万错是女儿的错。"

雪青到底还是弄不清，大平回家给家人说了小凤的事没有。她一把将小凤塞进被窝对她说："我娃继续感冒，啥都有妈哩。放心，妈不是糊涂人。"

雪青从旮旯走进堂屋时，大平一家人也进了堂屋，大平把大包小包的礼物放在红亮亮的柜盖上。金发财老婆忙上前拉了雪青的手说："妹子，我们是来看你们，也是来……"她的话没说完，金发财放出一脚，将小平踢得跪在了雪青面前。雪青挺着笑脸忙弯下身子去拉小平，金发财瞪了圆目，跨步伸出腿使劲又踢了小平一脚，将小平踢得倒在地上。

雪青欲把地上的小平扶起来，金发财说："让他道了歉，再说让他起来或不起来的话。"金发财一挡，把雪青脸上的笑意挡落了，雪青有些躁了。她用手一把拨开金发财，还是从地上把小平扶了起来。雪青看到小平消瘦的脸庞，心想家里一定给了小平家法，这才几天不见，这孩子像变了个人儿似的。过去红堂堂的脸变成了刀子脸，眼睛成了两个深坑，目光中没有光泽。她一把将小平送到小凤的房间，对小凤说："小平来了，你们好好聊聊，我们大人在外边说说话。"

金发财表面装出对雪青的这种安排有些不满意，他似乎要重新把小平从那间屋里拽出来，雪青挡了他的去路，并顺手拉上做饭间的小门，又将刚才失落的笑意重新贴在脸上。她挥着手笑笑说："大哥、大嫂、大平，走，咱们上那间屋里去说话，让两个孩子去说他们的话。"

金发财一家人对雪青的表现十分吃惊，他们没有想到自己一家人担惊受怕想了一路的对策，全是些以小人之心度君子之腹的计谋。但金发财的思想警惕并没有放松，在走向另一间房子的过程中，他在想是不是雪青有着另外的打算：我不要你们赔罚，也不当着面给你们难堪，我是要你们给我娃出青春损失费。金发财想，就是雪青真要那么做，想要多少自己也会给多少，哪怕是倾家荡产也行。但有一条，不能用他弟手中的权力把儿子送进监狱去。

大平和母亲坐定后，金发财才六神无主地走进来。这间房子是腊月二十六大平睡过的，房里的摆设大平十分清楚。

雪青忙着为金家人倒水、找烟，又摆出花生瓜子、柿饼和水果糖，可金发财哪有心思吃。他等待着雪青说话，他很想知道雪青这么热情地招待自己一家到底出于什么目的。

雪青真诚地笑着，金发财夫妇陪着她干涩地笑着，场面有些尴尬。还是大平先开了口，他从雪青放在小方桌上的烟盒里抽出一支烟点燃后递给父亲，又给自己燃起一支吸了一口，试探着说："婶，是这样，去年你在我们困难时借钱帮了我们，我们一家人一直想聚在一起来向您道谢，总是没个机会。今日总算聚到一块了，真的，我们一家应该好好感谢您哩。"

令大家没有想到的是，大平的话刚一落音，雪青却哈哈大笑起来。雪青说："大哥、嫂子，你们今日是咋了，把气氛弄得这么严肃，就像电视新闻里召开的国际会议。咱们从认识到现在，大家多亲热啊，就像一家人似的。可你们今日一进门，大哥就整出个杀气腾腾，倒把我弄得没了主见了。"雪青已明白，是大平回家后把小凤的事说给了自己的父母，但她还是装出若无其事的样子。她接着抓了大平母亲的手亲昵地揉搓着继续说："这是咋了呢，我咋觉得咱们生分了似的，是不是大平去了秦北挣了大钱，你们家的地盘高了？"

大平母亲把自己的另一只手同样亲昵地盖在雪青手上，看着雪青真诚的目光说："妹子，是我们对不起你，我们亏心，我们提不起精神，哪有啥势啊。"

雪青从大平母亲手中抽回自己的双手，拿起茶壶为大平和金发财的茶杯里添了茶水，依旧笑着说："多大个事呀，人家说你们山里人思想保守还真不假。娃的事是娃们自己做的，与大人有啥关系。再说了，就咱们两家六口人，数人家两个学问高、知识多，你说咱替人家操啥心。他们大了，他们懂得啥错啥对。不信，你问问小凤，她出了事后，我说过她一个字没有。"

金发财终于说话了，他揉了揉眼睛，转身轻轻地吐了一口痰，用舌头舔了舔干裂的嘴唇对雪青说："妹子，你有这样的想法，我们的心就放下了，你不知道我和大平在家把那个贼东西几顿好打。我都不想让他再上学了，让他去秦北下煤窑去。"

雪青笑着说："大哥，我没看出你当了一回兵还学会了法西斯专政，但我看到了，你确实是对小平实行了专政，你看娃的模样都变了。"

听着雪青如此说，大平不知道自己该说什么。大平母亲却说："打是应该的，要让他长记性。我们山里人常说，树不修不成材。"

雪青用欣赏的目光看着大平说："成材的树不用修，看你们家大平，虽然放弃了上学，多有出息啊。好了，咱不说，放心，大哥、嫂子，还是那句话，娃的事，娃做主，咱大人不掺和，行不？你们既然来了，我给咱美美做几个菜，咱吃饭、喝酒，开开心心地把年过完。"

雪青说完就要离身去做饭，金发财却拉了她的手说："妹子，是这样。"他对大平说："把东西给你婶。"让大平把钱给雪青是金发财和老婆设计好的，他们知道雪青喜欢大平，让大平拿一万元给雪青，也许雪青在收钱时会有个让头。

雪青接过用红纸包着的一万元，打开一看就生气了，她脸面失色地说："大哥、嫂子，你们把妹子当啥人了。"她把钱重重地往小方桌上一甩，站起身，又转了笑脸说："我看你们是不是不想吃饭了，若这样看待你妹子，你们两个走，让我干儿子在这儿。我专门给我干儿子做好吃的。"

看见雪青真地生气了，三个人都忙着站了起来，金发财老婆拉了雪青的手，哈哈大笑道："不行，上了门，不给吃也不行，今日就是赖着也赖出一顿饭呢。"

气氛活跃了，大平、母亲和父亲紧接着去看了小凤，满屋子的谈笑声快要撑破了门窗。

小凤拉着大平母亲的手说："人多真好，热闹。光我和我妈，都要快把年过塌火了，闷死人了。"

15　山路上

一场令金发财提心吊胆的见面，在雪青又说又笑、热情有加的气氛中结束了。

回家的路上，金发财望着山路两边巍峨的大山感叹道：真是上苍有眼啊，让我们遇到了好人。走到山野一个大船石头边，他让全家人都坐下来歇息。老婆和大儿子围着他坐下来，唯有二儿子小平远远地躲着他。小平知道，小凤的母亲原谅了他，但父亲和大平是不会原谅自己的，他不知道父亲会做出什么样的决定。在进山的路上，踩着那些干枯的、自己熟知的一丛丛小草，他想：这些枯死了的小草没有了生命力，亦不知道来年春天还能否发出新绿来。

金发财坐定后，大平点燃一支烟递给他，他吸了一口烟对天而吐，一股深蓝的烟雾在空中盘旋而升。他把头收回来时对在远处的小平吼道："过来，你跑得那么远做啥哩。"

自从正月初六被大平打过之后，小平被一家人娇生惯养了二十年的那种拿捏劲儿，一下子没有了。从此，小平觉得自己不再会是被全家人宠着的宝贝，细想想也是自己咎由自取。在大平打出那一耳光之后，他感到自己长大了，自己应该真实地面对生活。在大学教室里，老师曾经讲过，男性在十四岁时应该有所担当，可二十岁的自己还处在人生的朦胧期。他发誓从今往后不再花家里的钱，要想办法拯救自己。

金发财的一声呼叫，把小平唤到自己面前。小平耷拉着脑袋，垂着双手无精打采地站在一个大石头旁边，听候父亲的发落。

金发财所说的话，完全出乎小平的预料。金发财说："说说你的打算，下来你都有些啥打算？"

小平没有想到父亲这样问自己，他抖了抖精神说："三个打算：一是一定要把学上完。二是要从此以后，不再花家里一分钱。三是……"小平的声音越来越低，几乎没有了底气儿。

金发财扔掉手中的烟蒂，又用脚狠狠地将落在石头缝中的烟蒂踩灭。他逼着问："三是什么？不会是把小凤娶回家吧？"

小平看了大平一眼，大平一脸平静地抽着烟，同父亲一样等待着他的回答。

小平又把目光转向母亲，声音低着说："有这个想法。"

金发财听后想使着劲站起来，可闪了一下身子没能站起来。大平忙扶着他站了起来，大平知道父亲的腰并没有好利索。

金发财站起来后拍了一下小平的肩膀，笑了笑说："还算是我金发财的儿子。去，回到家，你把你说的这三条，给我写个保证。我要对着保证一条条地看你小子的做法，别给我嘴上说一套背地里做一套。"

小平见父亲对自己的态度有了转变，便扶了父亲一起沿山路往回走。金发财走到一个上坡处，又停下来对小平说："你和小凤的事儿要好好相处，但不要再做那些见不得人的事儿。你说你们拿着家里人的命钱、血汗钱，不好好读书，尽做些见不得人的事，你们于心可忍？"

小平有些激动地说："大、妈、哥，我知道自己错了，这次是真错了。我会好好反思，我会好好努力，请你们不要抛弃我。你们三人如此冷落我，我实在受不了。"

一家人都站定了，围着泪花闪闪的小平不知所措。

大平的反应比父母要快一些，他丢开搀扶父亲的手，拍了拍小平的肩膀说："你抖起精神来，没事，一切都有我哩。今年咱家计划修房，等你毕业后，就把小凤娶回来。"

母亲从口袋中掏出一条花手帕，替小平擦了眼泪。她一边擦一边说："行了，儿子。你哥和你大是一时生气，没人会抛弃你，是你多想了。我娃是个书呆子，想的是死理儿。咱们一家人风风雨雨这么多年，全都是靠着你大一股劲儿挺过来的。只要以后我娃不再犯错，你还是咱家的宝贝疙瘩。"

一家四口沿着岩石边的砭道向山里走着，走到一悬崖处时，只听水库中传来一声巨响。紧接着，水库的冰面上开始出现一条裂缝，随着"咔嚓"声的降低，冰面上的口子越来越大。金发财看到冰面上的水越来越多，觉得自己有些晕眩，就势坐在地上。正在此时，对面山上飞下来一块巨石，落在水库的冰面上。金发财让大平背了他母亲立即离开砭道，说："春天来了，冰化了，山石都要松动了。快走，小心山上落石。"

下午起风了，一家人走在坎坷不平的山路上，向大山里走着，没有人说话。他们在反思着小平出事后，各自对他的言行和态度。

雪青的形象一直在金发财脑子里打转转，他想这个女人真是了不起。人家的处事态度，咱还真要好好学学，也许人家早把小平心里所想的都想到了。

金发财一直在想，川里人的思想和山里人真是有区别的，女儿出了那么大的事，人家的心胸咋就那么开阔呢？要是放到自己，见了小平不扇几个耳光才叫怪哩。唉，这一山一川，相隔十几里路，人的心胸还就是差别大哩。

大平在想：自己在心里那么喜欢小凤，可小凤哪里知道呢？雪青婶子如果再有个女儿该多好呀。

小平一直回忆着见到小凤那一刻她的表情，他是等着小凤扇自己耳光的。没想到小凤却在自己的额头上，深深地吻了一下，还说："宝贝，你的儿子跑了，掉到我家茅房里去了，是失足。为什么他会失足呢？因为他的爸爸妈妈先失足了，儿子没脸来到这个世上，他一生气，跳进了茅房。"

16　赴　任

大平原本是计划今年翻修家里房子的，小平出事后他没了心情。因为对小凤的爱没有了，他也没有了动力。

金发财对大平说："先不着急修房吧，等小平毕业后，安排工作也要花钱。说是不管了，你说咱能不管吗？"

大平说："就是的，不管咋行呢？不能让他白上学。放心吧，大，一切都有我哩。"

不修房子的事决定后，大平就在正月初八去了秦北。

小平正月十六从家里走时，金发财让老婆给了小平四千元，小平没有接那么多，他只拿了两千元。他说："从现在开始，我们就要实习了。实习就是工作，一工作我就有了收入。"

两个儿子先后都走了，屋里显出了往日的寂寞。金发财对老婆说："这哪是平静呀，简直是死气沉沉嘛。"老婆笑着说："在时你嫌烦，不在时你又嫌孤单，我看你真是老了。人老了总爱享受儿孙绕膝，你等着吧，还早哩。啥都没个交代，就想好事？"

春天到了，两人开始为套种的麦田里打土块，准备播玉米。中午时分，天空竟然打起了闷雷。雷声像当年学大寨时放山炮一样，一个接一个滚滚而来滚滚而去。

二月雷，墓谷堆。金发财停了手中的耙子对老婆说："今年怕是要遭年景了，你听这雷声，是老天要收人了。"

老婆抬头看着天空中的一疙瘩乌云，也担忧着说："天要收人，谁也没办法。凑合着活吧，真要收了，也许会早托生，也许把我托生到城里去，再也不种地呢。"

夫妻二人正在谈天说地，天空突然降下了指头盖大的雨点。平地里村上打土疙瘩的人像被风吹着似的，"呼呼呼"地全从地里往路上跑。有人喊金发财回家，金发财仰起头回答了喊他的人，丢了手中的工具，一把拉了老婆向地边的土埝上跑去。

　　雨被风吹着，像遇到急事的人一样，急切切地从山外向山里奔跑。一时间，嗦嗦声灌满了人的耳朵，四周的山全在雨帘中舞动着。金发财和老婆浑身湿漉漉地跑回家，发现村主任领着一个年轻漂亮的姑娘坐在他们家门槛上。村主任领来的人是上级新分配的大学生村官。何满堂计划把大学生村官安排到金发财家住。

　　看着姑娘高挑的身材、文质彬彬的气质，金发财的老婆一下子想起了自己的儿子大平。她似乎觉得这是村主任给她大儿子送来的媳妇，她啥条件也没有提，就答应让姑娘住在大平的房子里。

　　姑娘看了房子后，觉得房主和环境都很理想，但并没有立即留下，而是跟着村主任走了。临走时，金发财问何满堂来人是长住还是短住，要不要给人家准备被褥。还没等何满堂开口，大学生村官抢先说话了。

　　她自我介绍道："阿姨，我叫许静茹，家住在咱们市里，这次来您这儿呀，是长住，最少三年，再长了我也不敢保证。我的任务就是帮助咱们村发展经济，您还欢迎吧？"

　　"欢迎，当然欢迎。不过，我们这房子可能明年就要拆了，到时怕你没住处咋办。"金发财老婆一脸歉意地对许静茹说。

　　金发财听了老婆的话有些急了，抢前一步对许静茹说："别听她胡说。没关系的，也许我们不拆呢，你放心住吧。姑娘是城里人，只要不嫌弃，住多久都行。村主任，你说是不是？"

　　何满堂听了金发财的话高兴得满脸开花，他回过脸对许静茹说："没事，这是金家当家的，听他的没错。"

　　许静茹用手拍了拍自己的挎包说："没事，就是有变化，也没关系的。"

　　何满堂领着许静茹欲离开，金发财老婆忙拉了村主任，想与他说房租和电费等一些问题。村主任给她使了个眼色："回头说。"

　　何满堂领着许静茹，打着雨伞到别处了解情况去了。

　　金发财与老婆发生了争执。老婆说："不能让这娃白住。"金发财说老婆是鼠目寸光："你没看这娃的架式，一定是个官家娃，人家是下来镀金的。说不定咱老二将来毕业了，求个好工作还能用上呢。"

　　老婆听金发财这么一说，觉得有道理，再没有说什么，转身便忙着为许静茹收拾房子去了。

　　当晚，许静茹就住进了金发财家。金发财老婆做了许多吃的，像招待贵宾一样招待了许静茹，饭后送许静茹到房间时又说："女子，被子啥的你就不用从城里带了。这儿啊，阿姨全给你准备妥帖了，你安心住就行了。想吃啥给阿姨说，我们总是粗茶淡饭，怕你吃不惯。"许静茹说："没事的，我喜欢粗茶淡饭和你们这山清水秀的地方。"

金发财没有想到的是，许静茹住下来后不到两个月，还真为村上办了件大事。她一次性从市里给村上要回了六十万元的修路款，从此村人不安宁了。春播结束后，村上动员村民全面出工修路，像当年学大寨一样热火朝天。

村上规定外出打工的人都要回来，一定要在夏季汛期到来之前，把三里山路的路基打通，然后请施工队在路上铺水泥。自从包产到户后，村上没有过这样大的举动，一个女大学生的到来，点燃了村人的希望。眼看外出打工的人都纷纷回了村，金发财到镇上给大平打了电话也让他早点回来，大平答应了父亲。

大约过了五天，大平回来了。大平是坐着小车回到村上的。煤老板不但开车送大平回来，还把自己的儿子和大平一块儿送了回来。煤老板听大平说他们家乡是个贫困的地方，就决定把自己的儿子送到大平的村上，让儿子体验十天，见识一下什么是苦。

煤老板的到来，惊动了村上所有的人。先是村主任何满堂接见了煤老板，再是许静茹会面了煤老板。煤老板在大平的带领下，看完庙岭的山水后，做出一个令庙岭人感到十分高兴的决定。他对许静茹说："为了支持姑娘到这里扶贫，帮助山里人改变家园，我愿意出十万元，改变这个村上的形象。"

许静茹听后很是兴奋，她闪着好看的媚眼问煤老板："如何改变?"煤老板告诉她："你看平原地区的人家，从村庄上一过，家家户户的房舍都是亮堂堂的。可这山里，一进山门，每户人家的房子都是黑漆漆的。你们可以买涂料，让大家把房子的墙都刷上白色。这一看，山清水秀，白墙蓝瓦，不就上眼了? 就像我看到你一样，第一眼就喜欢上了。"煤老板露骨的话语，说得许静茹的脸在一瞬间红了起来。煤老板觉得有些失言，忙改口说："这是个比喻，别往心里去，玩笑玩笑。我这人整天在煤矿上与煤黑子打交道，粗俗惯了，你可别上心。"

许静茹虽然一时感到唐突，但她并没有计较煤老板的糙话。她对大平说："你们这位老总，是真心在帮山里人呢。一定要把他儿子带好。"

大平用欣赏的目光看着许静茹说："安排好了，村主任说让老板住在我们家。"

金发财老婆见儿子回来了，自然是高兴异常。她把家里所有的好吃好喝全拿出来做了一桌丰盛的饭菜，把村主任和村上干部都请来吃了一顿。

第二天，煤老板走了，他把儿子交给了大平。他对大平说："要让他吃些苦，别让你妈给他净做好吃的。我送他来的目的是让他知道什么是苦，知道吗？"

大平答应了煤老板，就到村主任家去找煤老板的儿子。煤老板的儿子早已跑得没有踪影了，他在秦北看惯了荒山，初来乍到，觉得秦南不但山水美而且空气也好，他一个人拿着相机爬山去了。当日下午，许静茹把煤老板捐赠的十万元送到村主任家。村主任召集村民代表开了会，决定由大平负责买涂料，把全村所有的墙涂上白色。大平爽快地答应了，便领着一帮人去买涂料了。

许静茹和何满堂继续领着村民平路基。在外打工的人听说给家乡铺水泥路，能回来的都回来了，不能回来的人还通过邮局汇了款给村里。

大平领了一帮人用了八天时间，把村里所有村民的墙全部涂成白色。

在这八天当中，大平的所有行动都被许静茹看在眼里、记在心上。第八天晚上，许静茹找大平聊天，两人从黄昏聊到深夜，聊得很投机。房间里时不时传出了他们开心而爽朗的笑声。金发财老婆听后，从厦房的做饭炕上将金发财拉了起来，让他和自己一块儿，偷偷地站在许静茹睡觉的上房南窗子下，听儿子和许静茹的谈话。金发财并没有依照老婆的说法去做。他说："你是想儿媳妇想疯了。"老婆指责他："难道你不想？"金发财说："想是想，那也得靠谱吧。人家许静茹是什么人，是市里大干部家的千金。可咱儿子呢？是个煤黑子，要文凭没文凭，要工作没工作，人家能看上咱呀？门不当户不对的，你一天尽做白日梦。快去给俩娃弄些吃的，早早睡，明天还要上工修路哩。"老婆也违背了金发财一回，她靠在金发财身边压低了声音说："大平该不会和小平一样，和许静茹做那个事吧？"

听了老婆的话，金发财惊得坐起了身子。他又冷静地想了一会儿，抓住老婆的手笑着说："这回呀，真是要那个了，我倒高兴呢。"说完，他又重新溜回被窝，看着灯光下老婆笑嘻嘻的脸说："快去做饭，别操那么多心。大平不是小平，这小子有心劲，不会做让咱俩放不下心的事儿。真要是有了那种事儿，八成是生米做成熟饭了，那你就等着抱孙子吧。"

听了丈夫的话，老婆溜下热炕去做饭。做什么呢，半夜三更的，老婆没了主意，就给儿子和许静茹每人煮了四个荷包蛋送到上房去。

金发财老婆双手端着两个碗，在门口站了好大一会儿。手有点烫了，就把碗放在柜盖上，然后一边双手揉搓着，一边侧耳细听许静茹房内的动静。

此刻，许静茹把自己写的几首诗朗诵给大平听，似在征求大平的意见。几天来与大平的朝夕相处，许静茹认为大平虽然没有上大学，但是个有才情的人。大平的做事行为和作风比自己成熟、老道。昨天晚上，她反思自己，如果依了自己的性格，考不上大学，也许会和大平一样，早日投身现实生活。也许不会像现在这样，做事少主见，缺乏领导风范。大平无论做什么，都有一股劲儿，有领导的范儿。

许静茹写的是一首歌颂山乡美景的诗，诗很一般，但她朗诵得很动情。金发财老婆以为是许静茹给自己的儿子表达爱情，她站在门外迟迟未动。她听得心花怒放，在心里怨着丈夫：什么门不当户不对？人家对上了吧。死老头子还是老脑筋。她有些激动，一不小心把门撞开了。

大平早已觉得母亲在门外，但他怕影响了许静茹的情绪，他佯装没事儿似的。门扇启开后，大平急切地走过来看母亲。母亲有些不好意思忙走进门对许静茹说："我给你们煮了鸡蛋，很想端进来，又怕影响你们，就站在门外边。"

虽然是春天，山区的深夜凉意还是很重，许静茹坐在土炕上，大平坐在炕下的椅子上。等大平将一碗鸡蛋递给许静茹后，母亲对儿子说："这么冷，你们说话，你也坐到炕上去啊。"

大平嘴里塞了鸡蛋，急头火脑将鸡蛋咽下去，忙对母亲说："静茹是领导，又是女娃，我咋能坐炕上呢？你快去睡吧，我俩再聊一会儿。"

金发财老婆高兴得一摇一晃地走了，许静茹吃着鸡蛋对大平说："人活世上还是有母亲好，只可惜我早早地丢了这样的福分。"

大平停止了吃鸡蛋的动作，问许静茹："令堂不在了？"

许静茹把自己母亲在她小时候出车祸的事告诉了大平，又把自己家庭的情况详细地给大平做了介绍。

许静茹家住在市里，父亲是市财政局的一个处长。母亲去世后，父亲又找了新人。那人是从农村走出来的，带着乡俗和偏见，在花钱上与许静茹一直闹着别扭，使许静茹在成长过程中吃了不少苦头。

吃过鸡蛋，大平准备去另一个房间里睡觉，许静茹有些意犹未尽，她让大平把自己这些年的经历也给自己说说。大平感到地上有些冷，说："去找件衣服。"许静茹说："不用找，你上炕吧，炕上暖和一些。"大平有些扭捏，许静茹笑着说："这是在你家，这炕本来也是你的炕，你倒见外起来了。"

大平用双手拍打了裤脚上的灰尘之后，一边脱鞋一边说："关键是这炕上坐着领导，要是坐的是我——"大平不再往下说了。

许静茹把被面抖了抖说："要是你媳妇，怕是天不黑就想上炕哩。"

大平坐在炕的另一头，将头靠在隔墙上。他发现开窗有个缝儿向里透风，便抬起屁股去关窗扇，却发现窗外灯光下，母亲一脸笑意地还在那里站着。大平佯装没有看见母亲，轻轻关了窗子。

两个人你一段我一段聊到天大亮，煤老板的儿子却在门外高声野气地喊大平。大平忙去开门，煤老板的儿子已把自己的行李收拾好了。两人来到许静茹的房子，煤老板的儿子二话没说就上了炕，他说村主任不给他睡热炕，只让他睡床，他实在冷得受不住了，他要回到秦北去。他说："你们不知道秦北的窑洞有多美，冬暖夏凉啊。这会儿呀，睡在窑洞里的人浑身正往外冒热汗呢。"

大平和许静茹看着小弟弟一样调皮的男孩子，不由得同时笑了起来。

许静茹为煤老板的儿子盖上被子，安慰他好好睡觉，自己则穿好鞋同大平一块儿去洗脸，准备去修路工地。

涂料刷过的村庄越看越亮堂，村路上早已有行人背着工具向北边行走。清晨的空气很清新。走出村庄，许静茹回头去看村庄，感觉很别致，便顺口说了一句"被涂亮的村庄"。

大平也随着许静茹回头去看，的确发现村庄亮堂堂、白生生的，多了朝气和生机，有了诗意和美感。他转身对许静茹说："你一定要写一首诗。等我有一天有了钱，我在村头立个碑，把你的诗刻上去。"

说完，两人继续往前走。许静茹说："路彻底通了就好了，还有一个问题不好解决。"

大平知道许静茹心里在想啥，他说："你是说通讯吧。有手机打不成，我也在考虑这事。我有个想法，你不妨试试。"大平说："明天煤老板来接他儿子，咱俩设一场酒局，把煤老板灌醉。你逗他开心，给他些夸奖，他一定会支持的。"

许静茹问大平煤老板都有啥爱好，大平思索了半天说："他的爱好不能说，咱也满足不了他。"他还要做进一步解释，许静茹说："你放心，我明白，我会满足他。"

大平停了脚步，吃惊地望着许静茹说："你不会是为了这个村庄要献身吧？"

许静茹轻松地笑着说："为了山里人的生活更好些，献出生命，我也在所不辞。"

大平被许静茹的话说得面失血色，他愣了好一会儿，用眼睛怪怪地看着许静茹，好像不认识她似的。他说："你是不是疯了？你可是读过大学的人，你不会为这样一个村庄去做那种事吧？"

许静茹也用怪怪的目光看着大平，发出朗朗的笑声，最后她对大平说：

"你等着啦，一定要让煤老板把这钱出了。"

第二天，许静茹和煤老板开着车一块儿去了县城。晚上回来时，许静茹告诉大平说："问题解决了，过几天县上的通讯公司会来安装信号塔的。"

他俩正说着话，张老师领着一帮老人来他们身边。

张老师伸出手亲昵地摸着大平的头说："大平呀，现在大家才知道你压根没有上大学，也好，你要是上了大学，咱这村上村下，房子不会变白的。"

许静茹说："大平还给咱们办了一件大事，他给咱引进了手机信号塔，以后呀，咱这山里也能用手机了。"

17　实　习

　　这个春天对小平来说是个苦恼的季节。他在西京找了许多单位，都没有找到一份称心的工作。用人单位嫌他没有工作经验，没有录用他。最后找到一位在报社做编辑的老乡，勉强把他留在了报社，但不是让他写新闻稿件，而是让他去拉广告。老乡告诉他，没有底薪，有了业绩才有提成，提成就是你自己的收入。

　　小平没有想到，干了整整一个月，不但一分钱的广告没有拉到，光车费、吃饭和电话费就花了近一千元。他有些害怕，从家里走时只带了两千元，他给父母说过，不再花家里的钱。可他没有想到，这个城市的钱这么难挣。

　　有一天，在返回学校的路上，他被一个人叫住了。那人问他要不要一份工作，他听后忙转过身来笑着说："做什么呀，我能胜任吗？"

　　那小伙说："发传单，每天五十元，干不？"

　　小平从小伙手中拿过一叠传单一看，是洗浴中心的广告，上面印着裸体女人的照片。小平摇摇头说："这个我真干不了。"他又向前走了一段路，刚才那个小伙气喘吁吁地追上他。他正要拒绝，那小伙告诉他还是让他发传单，但不是洗浴中心的传单，而是卖房的传单。小平接过传单的单页认真地看了许久，给对方说："这个可以。"两人谈了条件，便向一座大楼走去。

　　第二天，小平早早起了床，领了传单。他不想在学校附近的地方发，他去了西大街。上午八时，正是人们上班的高峰，小平站在马路边，看着一队队人马，争先恐后地从西门进来，向钟楼方向急奔。他把传单叠成纸飞机，不停地往人们的自行车前框和后架上甩。有些被人们带走了，有更多的落在了地上。他又重新捡起来，继续寻找下一个目标。正在他甩得起劲的时候，两个骑着摩托车的城管人员，用摩托车将他围了起来。其中一个人很麻利地收缴了他手上的所有资料。小平对市容管理方面的规定不甚了解，他还以为自己是被抢劫犯挟持了，忙对戴头盔的人说："我是个穷学生，没有钱，你们劫持了我也没有用。"

　　听了小平的话后，两个市容管理人员目光相对了一下，其中一个从口袋中拿出工作证让小平看。小平看后说："我没有干什么坏事，你们凭什么抓我？"

市容管理人员告诉他，发传单是不允许的，发传单就是在做坏事。他问小平是谁让发的，让小平带他们去找源头。小平怕自己惹上麻烦事，就坐了城管人员的摩托，找到昨天领传单的地方。但那屋子里已是人去楼空。

小平一个人沮丧地坐在马路边一棵高大的梧桐树下唉声叹气。他茫然无助，不知道自己接下来该干什么。坐了一会儿，看着街道上人来人往，他想人们都是忙着赚钱吧，自己该靠什么去赚钱呢？在那一瞬间，他觉得自己简直是太没用了。他行走在城市的街道，不知不觉间来到了西门的护城河边。望着城墙上的角楼，却讨厌起眼中的景观，他觉得那些在高空中巍峨的角楼，是在看他的笑话。突然，他产生了一种厌恶这座城市的感觉。

在学校时，南方的一些同学都说这座城市不好。由于城墙的存在，人们的思想意识很保守，缺乏开拓创新精神。他当时也信了南方同学的悖论，但当他漫步在城池边时，想的是城墙的存在与人的思想意识有什么关系。自己的思想很超前，书没有读完，就想挣钱养活自己，可哪儿有挣钱的路子呢？

一股风从低处的河道呼呼地吹来，扬起一些尘土，有些欺负人似的撒在小平的脸上。他揉着眼睛，不觉间竟揉出了眼泪。小平本来还没有颓丧到流泪的程度，但眼泪出来了。他感觉眼泪有时不是从心里流出来的，而是从意识里流出来的。意识颓丧了，眼泪也跟着来凑个热闹。

擦过眼泪，他走到一棵通身全白的杨树下。他抚摸着白杨树，看着杨树昂扬挺拔的身姿、富有朝气的枝叶，一股温暖又顺着树身传递到他的骨子里。这棵杨树是大平第一次送他上学时，两人分别时的见证。又是大平第二次看他时，他发现大平开始吸烟的见证。最关键的是，这棵杨树见证了他和小凤的爱情。

小凤从老家的学校来看他，他们俩沿着护城河走，一直走到城墙上的彩灯熄灭。他就是在这棵白杨树下抓住了小凤的手，吻了小凤的唇，拥有了小凤的爱。那个夏天的夜晚，是他人生中的一个新的起点，这棵白杨树像一个证人，见证着他与小凤的言行。后来许多日子，他想小凤时就来到这棵白杨树下，抚摸白杨树的身子，有时他能从白杨树的身上摸出温暖来。

小平靠在白杨树上，望着城墙角楼上一面顺风飘荡的三角形黄旗，他突然间想起小凤。小凤很久没有和他联系了。正月初六在小凤家见过面之后，两人一直发着短信，连一句正式话也没有说过。他记着小凤母亲的话，你们要好好念书，真正到了恋爱时候，我会支持你们。他从口袋中掏出手机给小凤发了一条短信，等了好久小凤也没有回，他有些失望。小平无精打采地向学校走去，走到大平请他吃囍囍面的秦川面馆前，他本来想进去吃碗面的，但一想自己口袋中没有钱，又转身往回走。

突然，小平听到身后有人在喊他。回头一看，是小凤穿着面馆里一身印花蓝布衫，头顶一条天蓝色帕帕在喊他。小平以为自己看花了眼，等小凤走近，他确定是小凤后，一股眼泪粗粗地涌出了眼眶。小凤看后，颇为感动。小凤调皮地说："是在思念还是在感动？"小平忙着擦眼泪没有回答小凤。小凤转身看着面馆，并没有领班在身后监督。她忙对小平说："我昨天刚来，是我同学先来找好工作。我是想等稳定下来之后再告诉你，我之所以选择在这儿，主要是想离你近点，有你好照看我呢。"

小平有些发愣。他说："你一个画国画、学设计的人，给人家端面碗合适吗？"

小凤说："不是画国画，是学习画国画。外行了吧？只要有份事做，先在西京有个落脚嘛。好了，晚上十点，白杨树下我等你。"

小凤的出现，对思念已久的小平来说本来是件好事，但小平却高兴不起来，因为谈恋爱交朋友都是要花钱的，他口袋中一分钱也没有了。

在返回学校的路上，他思考再三，晚上到底要不要见小凤呢。见吧，担心自己再犯错误；不见吧，又会伤了小凤的心。在没拿定主意的情况下，他迷迷糊糊地走进公寓，泡了昨天买的方便面，吃了个不饥不饱，之后便和衣睡在床上。哪能睡得着呢？满宿舍都是同学找不到工作的叹气声。苦苦艾艾挨到晚上八点，他肚子饿得在床上也躺不住了，索性起来又泡了包方便面。

吃过之后，他走出校园，不由自主地走到护城河边那棵挺拔的白杨树下。此时，夜幕已完全罩住了城池，城墙上的各种盏灯烛依次亮起。那一行行的闪亮，在小平看来并不是美的景观，而是烦心的多余的装饰。他没精打采地倚树而坐。许多习惯于散步的人，或是成双成对的情侣，或是蹒跚而行的老人，或是笑声轻松的一家三口，一一从他身边走过。看着别人的神气，想着自己的无用，小平不免心中产生悲哀。

过去的许多时日，小平和他的同学们一样，都是抱着趾高气扬的心态在校园里度时光。他没想到自己刻苦勤勉读了十几年书，这社会咋就看不见呢？是自己哪儿表现得不好，还是这个社会本身有了问题？累了一天，思考了一天，这会儿他真的累了，他像一个从乡下来这个城市找不到活干又没有住处的农民工，靠着白杨树睡着了。

市井声、护城河中的流水声、护城河岸边那些爱唱秦腔的人们，吼出的花音尖板都离他远去了。小平睡得很踏实，他觉得在吵闹声中睡觉，比在公寓里的架子床上睡觉还要舒服。

准时十点，小凤穿着一身连衣裙，手中拿着面包、点心来到白杨树下。她发现小平睡得很实，并没有叫醒他，而是静静地守护着他。一阵夜风吹来，城墙上的彩灯似乎被夜风吹灭了，小凤这才将小平摇醒了。

两个人正月初六在小凤家的做饭炕上发过誓的，从此以后，绝不做越轨之事。可两颗苦涩而疲惫的心就像棉花见了火，机会成熟了，还是要燃烧。小平看到小凤为自己买了那么多吃的，情不自禁地一把将小凤揽入怀中，热烈地亲吻。小凤一点儿也没有拒绝，任小平一味地发泄心中的思念。小平又有些得寸进尺的举动，这回小凤翻脸了，小凤说："到此为止。我们已经做错了很多，再不能犯错误了。"自从与小凤熟知后，小平一直认为小凤比自己有主见，也比自己有个性，小凤说不能做的事，那就是绝对不能做的。想到此，他放开了小凤，有些遗憾地说："听你的，谁让你是我的天使呢。"

小凤在夜色中捋了捋被小平弄乱的头发，含着笑说："有馍不吃在笼子里放着。别急，等我们毕业后工作稳定了，我们天天在一起不好吗？"说过，她把自己为小平带来的食品一一打开递给他。

情人间的心比亲人要近一些，在外边遇到不幸的遭遇，人们不会说给家人，但一定会说给情人。人们往往会从情人那儿求得同情，但不会让家人为自己担心。当然，人一旦结婚后，情人变成了家人，那情况又会发生变化的。

小平很想把自己找工作的事儿说给小凤，他一边吃着东西一边对小凤说："我咋不是个女性公民呢，女性公民是这个城市受欢迎的角色。你看你，远远地从他乡来，很快就找到了工作。而我，在这儿待了两年多，一出校门，都不知道自己的饭碗在哪儿放着哩。"

一束从护城河边射过来的绿色光束，像电影中雕堡上的探照灯，扫描到小凤的脸上，很快就过去了。小凤用手挡了那光束对小平说："你是心太高，你笑话我画国画的人还给人端盘子哩，这就表明你的思想有问题、观念有问题。我的想法是只要不闲着，只要每天能为自己挣回饭钱就知足了。"

小凤的一番话说得小平无地自容。他发誓，明天一定要找一份工作，要不然就连小凤也看不起自己了。

两人说了一会儿话，小平把小凤送回面馆，自己回到学校的公寓里。虽然是夜里十二点多了，但宿舍里的同学都没有睡觉。大家的面前摆满了各种人才招聘的报纸和刊物，人人在为找工作开动脑筋。小平没有翻动那些报纸，在回学校的路上，他想到了大平第一次来西京的那家方便面厂。

第二天，小平还真地被北郊开发区的那家工厂录用了。他所干的工作就是大平刚到西京干的那种，用人力车从库房往车间拉包装箱。小平在厂里干了三天，就被车间主任解雇了，主任说他太误事了，误了大事。小平向主任要三天的工资，主任说："没向你要损失费就不错了，你还要工资?"小平对主任说："你这样做是违法的。"主任笑着说："你可以去告我、告我们工厂，你告省得我告，你告还可以替我先支付了诉讼费呢。"

小平无奈，只好离开工厂。临走时主任对小平说："你说你是金大平的弟弟，我就想不通，一个那么勤奋的哥哥，咋会有你这样毫无责任感的弟弟？你们是不是一个母亲生的？"

小平垂头丧气地回到宿舍，面对的是同自己一样经历了不同遭遇和挫折的同学。大家说，西京这地方没法待，有人提出到南方去实习，又有人说咱们学的是汉语言文学，到南方能做什么呢？还有人说，管他呢，去了再说。小平没有参与大家的争论，早早地睡下了，他决定不去南方。他丢不下小凤，小凤到这儿来就是投奔自己的，自己走了，小凤咋办？

无奈，小平再一次厚着脸去找在报社工作的那个老乡，老乡还算理解小平，又帮他找了一份晨报的校对工作。工作时间在晚上，距小平的学校也不远。任务是每天晚上四个版面的三校，薪酬是每校一个版10元，校错一个字扣一元钱。因为是三校，最后就确定印刷，小平便认真地做了起来。每晚通过学校北边的马路去那家报社，小平先去看小凤，在那儿吃一碗刀削面，再沿护城河向报社走。小平发现城墙上的彩灯比以前好看多了，亲切多了，温暖多了，不再是多余的装饰。

小平干足一个月，领了工资，只是小凤的一半。他有些不想干了，小凤劝他坚持下去。小凤看着他校过的错别校样，指责他说："你也是太粗心了，'工夫'的'工'明明是'工人'的'工'，你给人家校成'功劳'的'功'。'交代'的'代'是'代表'的'代'，你给人家校成'等待'的'待'。我真不知道你的汉语言文学是咋学的？你呀金小平，这两年都在做什么？真是让我把你看扁了。"

领了工资的小平，原本打算给小凤买件衣服什么的，没想到小凤的一席话说得他心冷了。他也在反思自己，学了两年，真的连基本的字都没有学准，自己是在干什么呢？

18 事 故

快到腊月时，大平所在的煤矿发生严重事故，一次死了五个人，折老板被公安局带走了。大平原本想留下来，帮助矿上处理一些善后事宜。县上一个局长在事发后找到了大平，他把十万元塞给大平说，是煤老板按规定付给大平的奖金和工资。大平拒绝接受那些钱，他对送钱人说："矿长对自己有恩，在他遇到事后我不能一走了之。"送钱人说："你如果留下来，不但帮不了他，反而是害了他。你知道吗？他除了矿上的死人事件外，还有许多你不知道的问题。你从秦南到秦北来做什么呢？你是来挣钱的，如果你不走，恐怕连一分钱也拿不到，而且很有可能把你自己也卷进这些事件，你不想想，你是抓安全生产的呀。"

大平听了，心里有些害怕。他接了钱，拎了自己的铺盖，离开了煤矿。

大平知道为什么那个局长一次性给他那么多钱，他是怕自己把他们入股的事说出去。

大平到了县城准备去客运站，突然发现一个长得好看、六七岁的女孩子在街上哭，他突然想起了煤老板的孩子。他到超市买了礼物，绕过繁华的街道找到折老板的别墅，折老板的女人正在家里抱着孩子哭泣。大平见状放下礼物，从女人手中接过孩子，又为女人倒了热水让她洗了脸，开始与女人说宽心话。

女人感激大平来看她，说："没想到，这时候你还能来看我们。"

大平说："我应该来的呀，你们是我的恩人啊。"

两人说了许多话，大平把自己身上的钱拿出两千元递给折老板的女人，女人不要，女人说她手头有钱。大平说："你有是你们的，这是我的心意，你应该留下。"女人拗不过，就留下了大平的钱。

大平一边帮女人整理着房间的东西，一边说："这时候我是应该留下来的，可那些股东不让我留下。他们说我知道矿上的事情多，又没有经历过这些事情，就让我先走。"

折老板的女人说："那些人是怕把你也卷进去，他们替你着想的，你就听他们的安排吧。"最后大平对女人说："要不这样，嫂子，我把你带到西京，你和娃散散心。等你回来后，也许这边的事就处理得差不多了。"

女人没有跟大平走，她说她要留下来打听消息，有必要的话还要托些关系。大平一想有道理，就自己走了。他临走时对女人说："无论有什么事，只要用得着的，嫂子说一声，我就会及时回来。"

女人抱着孩子千恩万谢地将大平送到街上。

19　和　解

　　大平到西京已是第三天，他去小平的学校找了小平，小平没有在公寓里，同室的同学告诉他小平上班去了。大平问同学小平找了什么工作，同学说在一家报社做编辑。大平走出学校，在附近找了旅馆定下住处，便到城里那家秦川面馆去吃邋邋面。他没有想到，给自己递上面碗的竟然是他日思夜念的小凤。

　　小凤发现大平后有些不好意思，她愣了一会儿又恢复了常态。她在大平临走时对他说："大平哥，晚上找个地方咱和小平在一起坐一坐，你有时间吗？"大平笑着说："行，把你的电话给我，找到地方后我给你打电话。"

　　大平在煤矿上待了两年多，增长了不少见识。为了应酬，他不但学会了唱歌，也学会了跳舞，喝酒更不用说。从秦川面馆出来后，他去了城市的西苑公园。他想去看看那儿那些在地上写字的老年人，他有一种想学写字的冲动。但现在是冬天，西苑里很少有人，有的只是些谈情说爱的年轻人。大平走进西门，一直走到钟楼，走进书院门。他听说书院门是个文化人聚集的地方，也是书画家集中栖居之地，他想到那里去看看。

　　在书院门，大平一直待到华灯照亮了整个城池，才拿着自己买的笔和砚台出了书院门。路经一个礼品商店时，他走了进去，他计划给小平和小凤一人买一份礼品。在煤矿上的两年多，虽然挣到了钱，可整天提心吊胆的。没黑没夜地写材料，他发现自己已快变成一个与这座城市十分陌生的人了。原来在方便面厂，他觉得自己就是这个城市的一员。但现在，他感觉自己好像是这个城市的客人，城市的一切距自己十分遥远。在秦北，人家问他是哪里的，他总说从西京过来的，但现在他想自己其实与西京这座城市八竿子也打不着。

　　出了南门，大平披着美丽的霓虹灯光，沿着南门外的护城河一直向西走。走到距小凤上班的秦川面馆不远处，大平找到一个茶楼走进去。茶楼在一个高楼的顶层，大平要了座位，点了一壶碧螺春，又要了三份西餐，要求服务人员在人到齐时再送。他把具体地址用短信分别发给小平和小凤，然后自己倒在茶楼里的沙发上睡着了，并从里面插了门闩。

　　小平和小凤赶到时，已是晚上十点多钟。三个人吃了简餐，喝了茶，却没有多少话说。大平以为小平早已消除了对自己的恨意，没想到小平还是用一种陌生的目光看着自己。此时，大平想起父亲说过的话，兄弟们大了是会生分的，也是会记仇的。大平本来是要把自己在秦北的情况，说给小凤和小平的，但看到小平如此态度，他没有了诉说的兴趣。

　　倒是小凤，已看出了兄弟二人之间的关系，她不停地为兄弟二人添茶倒水，说些打圆场的话。

　　沉默了很久，大平点燃一支烟自己抽着。他把烟盒放在茶桌上，点燃烟后，又把一个造型很奇特的打火机放在烟盒上。他的一举一动很洒脱，看得小平有一种说不出来的感觉。小平不抽烟，报社的主任抽烟，大平所抽的烟和主任的烟是同一个品牌，小平知道那烟的价钱。有一次主任让小平买烟，买的是大平抽的那种红盒品牌的烟，那一包烟几十块钱呢，小平当时想，主任真是有钱人，一盒烟就抽掉了自己几天的工资。但现在，自己的兄长就抽着那种在小平看来是高档的香烟。他心里有许多说不出的别扭，他不知道大平是故意给他和小凤显摆呢，还是大平的生活水平真到了那种地步。

　　又坐了一会儿，大平觉得实在待不下去，就提出要找个地方去休息。大平对小凤说："秦北的工作干不成了，自己开年后要重新找工作。"小凤问他："是不是出了什么事？"大平说："煤矿一下子死了五个人，煤老板被逮捕了，煤矿被查封了。"小凤说："是呀，这几年国家的安全生产抓得紧了，煤矿也难搞了，总是从电视里看到煤矿出事的消息。"

　　小凤的一句话，似乎提起了大平说话的欲望。大平含着笑对小凤说："你也知道关心国家大事了。"

　　小凤说过去不关心，现在面馆里有电视，天天看电视，就知道得多一些。大平说："就应该多看新闻，你们是大学生，如果出门连国家大事都不知道，都不关心，别人会笑话的。"

　　小凤也笑着回答大平："是呀，是的。现在人都在关心国家的发展哩。因为国家的发展，与每个人的命运是连在一起的。我有一天去了理发店，那儿的理发人员男女不分，全是长头发。有的男娃把头发染成大黄大红色的，让人看后很不舒服。但就那些人说起国家大事来也是一套一套的，他们好像国家干部一样，说起法律和政策啥都懂呢。"

　　小平假装埋头喝茶故意不看大平，他甚至在那一刻也讨厌起小凤来，嫌她的话太多，像在卖弄自己的见识。

　　小平想尽快离开大平，他觉得大平请他们到这儿来喝茶，其实是在炫耀，好像自己是大款似的。自从大平打了自己，这一年来他对大平在秦北的情况，从来没有主动问过，一次电话都没有打过。每次大平发短信给他，他只回答"好着哩，不用你操心"。

　　大平发觉了小平对自己的讨厌，他有些伤心也有些后悔。同甘共苦十几年，手足情却变成了仇人一般，但他又不想把兄弟情就这样丢弃了。他在寻思：用什么办法，才能挽救这种失去的兄弟情谊呢？他试探着把自己为两人准备的礼品从挎包中掏出来。他想用自己精心选购的礼品，来打开小平的心结，使小平能重新认知自己，认同自己还是当年那个能处处关心呵护他的兄长。

　　大平先把一个 MP5 递给小凤，小凤接到礼物后有些情不自禁，急忙打开调试。她用兴奋的目光看着小平，并让小平帮她调试，小平又把 MP5 推了回去。他冷冰冰地说："我连见也没有见过这些东西，我咋会用呢？"小凤说："那不是有说明书嘛，你按说明调呀。"小平："那你咋不按说明书调呢？你又不是不识字。"小凤本来想以此缓解一下气氛，没想到小平却给了自己一个下马威，她觉得小平有些不可理喻。

　　大平忙笑着对小凤说："你调你的，我这儿也给小平带了礼物，让他自己调自己的吧。"说过，他从挎包中掏出一款手机给小平。小平认识手机的品牌，那是班里有钱的同学用的款式。但他却没有动那手机，依旧冷冰冰地说："我有哩，你自己用吧。"

　　大平有些生气了。他想了一会儿，尽量控制住自己将要发怒的情绪，对小平说："行了兄弟，别太过分了，架子端久了很累人的。当着小凤的面咱把话说清，我打你是不对，但你也太那个了。为了你上学我付出的已经够多的了，你还要我咋？难道要我跪下来给你磕头吗？你不容易，找不到一份好工作，我就容易吗？"他越说越激动："为了给你挣学费，在秦北那么苦的地方，我吃了多少苦你知道吗？你可倒好，上了三年学连'工夫'的'工'都没有学会。你说你有啥资格给用苦力挣钱供你上学的人耍大牌、亮脾气？"他又提高了声音说道："你自己做过深思没有？我凭什么供你上学？我为什么放弃自己上大学的机会，把机会留给你？你想过没有？"

　　大平本以为自己的发火会激怒小平，他一边吼着一边想着小平发火后，自己应对的办法。他想，如果小平真地发火怼自己，他就会大打出手，断了这份兄弟情，但小平并没有发火。

　　小平的眼泪被自己吼了出来，这样大平的心放下了，他认为自家的兄弟还是有人性的，还是可救的。他想小平之所以没能反击自己，应该是小凤起了作用。依自己过去对小平的了解，越是给他打击，他的个性就会像弹簧一样，给出相应的反力，但小平在受了他的训斥后并没有反击，证明小凤一直在开导着他。女人改变了他的个性，女人若水，什么脏东西在水中一洗便干净了。

小凤站起来为大平续了茶水，她似笑非笑地对大平说："大平哥，再说下去就没有意思了。小平他知道愧对于你，也常常给我念叨你的好处。他不拿手机，是不忍心花你的钱呢。"

小凤将茶壶举到小平面前，也给小平的杯子添了水。她说："快打开看看，这款手机可是你梦寐以求的呢。"小平擦了脸上的泪水，慢慢把手机拿到自己跟前，然后像一个遭受了大人捶打后的孩子，轻轻地将手机打开。他的举动就是一种认错的表现，他虽然没有说话，可行动代表着所想。

气氛终于缓和了下来。大平安静了一会儿对小凤说："还需要什么，哥给你买，哥没有妹子，老羡慕他人有妹子，这回就把弟妹当作妹子了。"

小凤说："谢谢大平哥，我会做你最好的妹子哩。"

小平已打开了手机，不动声色地在那里把玩着。正在此时，大平的手机响了起来。大平对着手机有些兴奋地说："夏花，你在哪里？哦，那来这儿喝茶吧。我就在附近。好。我来接你。"挂了电话，大平对小平和小凤说："我在秦北时认识了一个朋友，女的。我让她来，咱们一块儿聊聊。"

夏花到茶楼下面时，大平已站在那儿等着她。两年多没见，大平发现夏花长得越发漂亮了，而且普通话说得也很好听。两人非常投机，大平听说夏花在西京办了一个超市，表现出兴奋的样子。他问夏花："怎么能想起我呢？"夏花说："我是'秦北黑妹'呀。你不是告诉我，你要看你弟弟吗。其实，我弟和你弟是同班同学，两人还是好朋友。还是我告诉你，你弟把'工夫'的'工'写成'功劳'的'功'呢。"

大平吃惊地说："没想到你隐藏得这么深，看来这网络太能忽悠人了。我咋没想到'秦北黑妹'就是你呀。"

夏花说："我故意不告诉你，看你到底给我做何交代。"

大平把夏花挡在门口说："你今晚一定要帮我个忙，假扮成我的未婚妻行不？"夏花说："为什么呀？""你不要问为什么，权当是帮我一个忙。"夏花还是不明白，大平哀求道："给你说实话吧，我弟弟的女朋友，是我原来想谈的对象。我和他们在一起很尴尬，让你来缓和一下气氛。"

夏花笑着说："那你不怕我真地爱上你了？"

　　大平也笑着说："求之不得呢，你现在都做老板了，娶个有钱的老婆，是多少男人梦寐以求的呀。"两人说着就乘电梯上了楼。

　　大平走后，小平和小凤吵了起来。小平怨小凤不该把自己校错字的事说给大平。小凤说："我没有。我根本就没有和大平哥说话的机会，哪儿能把那点儿小事告诉他呢？"

　　俩人正争执，大平领着夏花走进茶秀。小平见到夏花吃了一惊，他站起来对夏花彬彬有礼地说："夏花姐，咋会是你呀？"

　　夏花表现出落落大方的样子，说："金小平呀，没想到吧？我对你的了解比你哥还要多一些。其实，我和你哥两年前在秦北就认识了，我们早已是好朋友了。"她接着说："你哥在秦北煤窑上吃的苦，我是亲眼看到的，那比我在西京开超市苦多了。你看他现在白白净净，你可没见过他挖煤时的模样，连口中吐出来的气都是黑的，你怕一点儿也不知道吧。你们这些什么学子啊，光知道玩，咋能理解给你们交学费人的苦呢。"

　　小凤在见到夏花的那一刻，心中有些酸楚。她亦说不清出于什么想法，但夏花好看的五官和她落落大方的神态，一下子便把她震住了。她在心里说：夏花真是上天为大平准备好的媳妇啊！

　　小平从小凤手中抢过茶壶，忙为夏花添水。他一边添水一边说："夏花姐可没少帮我，有时我手头钱不够了，还是夏花姐借给我哩，到现在还欠一百多元。"

　　夏花说："不要了，权当是姐给你买了礼物。谁让咱们都是穷人家的孩子呢。古话说：穷不帮穷谁照应。这是我妈在世时给我讲的，我一直念念不忘呢。"

　　小平继续问夏花："夏花姐，夏新呢？让他也来，一起玩吧。"

　　夏花兴奋地说："好呀，咱们今天玩个通宵。咱不在这儿玩，咱去三楼歌厅，吼个痛快。你们知道为什么吗？"大家看着夏花，急切地等她回答为什么，她停了好一会儿才说："因为今天是我的生日。"

　　"好！"大平拍手吼着，"我请客，我买单。"夏花站了起来说："不。你要买单，我就不去了。"大平说："你的生日，我们得给你送礼物呀，可我们什么也没有准备啊。"

　　夏花眉飞色舞地说："真要送礼物给我吗？"

　　大平连想也没有想忙说："那是当然，可我什么也没有准备啊。"

　　夏花笑得有些情不自禁，她说："你当着弟弟和妹妹的面，送我一个热吻吧。那才是我最想要的礼物呢。"

"好"！小凤和小平拍手称赞，但在笑声中，大平发现小凤的脸上，掠过一丝别人没有注意的忧伤。

大平走近夏花，拉了她的手笑着说："吻就免了，我们拥抱一下吧。"

四个人一块儿从八楼转到三楼，夏花的电话响了，是弟弟夏新打来的。小平说他去接，夏花说："不用，我自己去就行了。"她要告诉弟弟夏新，她今晚要假扮大平的未婚妻。

夏新听说要在歌舞厅玩，也带了自己的女朋友。夏新的女朋友不但是同校校友，也是老家一个镇上的同乡。

六个年轻人在歌舞厅玩了一个通宵。首先，他们公认只有大平的歌唱得最好。大平所唱的《流浪歌》几乎和原唱陈星版不分上下，唱得几个人都流下了眼泪。其次，大家公认大平和夏花的舞跳得是最好的。

四个大学生都是学文科的，他们对音乐的节奏不太了解，但他们能看出一对舞伴是如何运用音乐的节奏起步落脚、挥手转身。在四个大学生看来，大平和夏花的合作简直是天衣无缝。

那一刻，他们都渴望自己早点成熟起来。在他们一个个担心连一份工作都找不到的时候，他们身边没有进入高等学府大门的人，却生活得如此洒脱。特别是小平，他在想：如果当年父亲抉择让大平上大学，那会是一种什么情况呢？

大平在第二天就决定回家了，他计划让小平和他一块儿回去。小平却说："这个春节我和小凤都不回去了，他们要加班。"小凤还对大平说："春节上一天班，相当于平时的三天班。"大平说："你不回去，你妈一个人在家，那年咋过呢？"小凤有些得意地说："我和我妈说好了，让她到西京来过年，我把住处都安排好了。"

大平看着小凤脸上洋溢出的些许笑意，说："那敢情不错。"说完，他从自己身上掏出五百元给小凤，说："这是我的心意，你拿着，过春节时多买点好吃的，也替我这个干儿子尽一份孝心。"小凤推让着说："不用了，大平哥，我有哩，真的。你回去把家里老人照顾好，也是替我们尽了孝心。"两个人推让了几番，最终小凤还是没有接。大平又转身把钱给了小平，小平没有让。他接了钱装入口袋，然后笑着对大平说："我借你的，有了再还吧。"

看到小平的笑容，大平心里舒服了很多。他想，这一夜没有白玩，终于把兄弟情重拾了回来，之后他就心满意足地回家了。

20　春　雷

　　大平在家过完春节，就计划动手拆家里的房屋。他估算了一下，修两层四间楼房，大约需要二十万元，自己手头应该有二十多万元。他想，先修起来再说，万一钱不够，先把工钱欠下。等房修好后，自己再出去赚钱。

　　大平把自己的想法告诉了父亲，父亲高兴地说："行啊。反正你大没本事，现在又弄了个坏腰干不了重活。只要你有本事你就整，大没有意见，而且非常支持你的决定。"

　　令大平没有想到的是，一向盼着早日修房、早日给孩子说媳妇的母亲，却打了退堂鼓，母亲一脸平淡地对大平说："要让我说，现在修房还不是时候，你应该有了媳妇再修房。"金发财听了老婆的话，非常气愤。他说："连房都没有，人家谁愿意给咱做儿媳？你这不是胡扯嘛，你的脑袋哪根筋是不是搭错了？"

　　大平对母亲的态度产生了疑问，他突然意识到：一定是母亲把去年自己交给她的钱，让小平花得所剩不多了。但他没有当面质问母亲，他怕伤了母亲的面子。

　　母亲坚持不修房就修不成了，大平有些气馁，有好几天他都想问母亲，手头到底还有多少钱？但他一直没有问，他怕一问伤了母亲的心，又惹出其他事来。他在心里对自己说：花了就花了，自己再去挣吧。

　　正月初八大平正准备出门，村主任助理许静茹精神憔悴地来到了大平家。许静茹见了大平家人，就说出了一个令他们高兴的消息。许静茹说："省上出台了移民政策，要把秦南山区的人往川塬地区搬迁。咱们庙岭村，也在计划之列呢。"

　　整整一年没有见许静茹，她黑了、瘦了。大平看着许静茹消瘦的脸颊，心中产生出一种莫名其妙的怜悯。

　　这一夜，两人又在许静茹住的房间里聊了许久。令大平没有想到的是，许静茹竟然出了一本诗集。大平拿着许静茹的诗集感慨万千，自己也是一个文学爱好者，也有过诗人梦和作家梦。但现在那些梦被他弄丢了，竟然连寻找的想法都没有了。

欣赏完诗集，大平把自己在秦北一年的情况，像汇报似的说给许静茹听。许静茹说："真是太辛苦了啊。我建议你考虑回乡创业。"她说："现在政府都在动员外出农民回到家乡创业，还出台了许多新的鼓励政策呢。"

大平用手爱怜地摸着许静茹的诗集说："创业要资本呀，我哪儿有钱啊？"

两个人都沉默了。

大平在谈话中发现许静茹好像有什么心事，说话总有些前言不搭后语。他问她："是不是家里出了什么事儿？我咋看你很憔悴的样子。"

听了大平的问话，一瞬间许静茹便哭了起来。许静茹一哭，把大平搞得六神无主，大平急忙说："对不起啊，我……我不该问。"

哭了一会儿，许静茹告诉大平她父亲出事了，组织给定的是贪污受贿。父亲出事后，家里的房也卖了，继母与父亲离了婚，带着她的儿子走了。她还说："我这村主任助理恐怕也不会太久了，父亲出事全是因为我给这个村要的扶贫款。"说着说着，许静茹又哭了起来，她一边哭一边说："我今后该咋办啊？我成了孤儿了。"

大平看到许静茹哭得十分伤心，就从凳子上站了起来。他刚往起一站，没想到许静茹一下子就扑到了他怀里。大平坐在炕沿上抱着许静茹，不停地哄劝着她。他的手不由自主地抚摸着许静茹的头发，像哄一个小妹妹或是自己的媳妇。

听到许静茹的哭声，金发财和老婆都赶到窗口下听动静。这一听，把两人吓了一大跳。金发财老婆吓得两腿筛糠子，金发财以为老婆被吓出了毛病，便将她拉到厦房里的做饭炕上，忙对老婆说："那是人家的事，与咱有啥关系？"老婆哭着对他说："许静茹从我手里借了三万块啊。"金发财一听火冒三丈，一耳光甩过去打在老婆的脸上。

老婆似乎被他打疼了，用陌生的眼光看着他半天没有说话，一脸呆相地坐着。老婆的举动倒把金发财吓着了，他赶紧撅起屁股扑过去，抱住老婆又是捏中指又是掐人中。

其实老婆并没有犯病，她只是被金发财打蒙了。老婆清醒后对金发财轻声说道："你眼窝瞎了？没看两娃抱到一起了。我掏三万元给儿子买个大学生媳妇，你说划算不？"

金发财这才明白，老婆为啥阻止儿子修房，为啥要把儿子的血汗钱借给外人，她有她的计划啊。心里想明白了，他又帮老婆揉着脸上被自己打过的地方。他在心里说：过了几十年，没看出你这夶还有些本事，但你不应该瞒我呀。他又在反思自己，是呀，自己也是有问题的。老二早已有了小凤，可老大为了这个家，在外受了不少苦，自己还真地没有为老大的婚事操过心呢。想到此，他内心有些恨自己。自己身体有病挣不来钱，但老大的婚事的确自己连想都没有想过。

看着老婆哼哼唧唧溜进了被窝，金发财连衣服都没有脱，也陪着老婆睡下了。他不再担心上房里两个年轻人晚上如何安排，他在心里说：随他们去吧，生米做成熟饭才好呢。

金发财没有想到，第二天，村里却出了大事。县检察院的人用警车带走了村主任何满堂，原因是他贪污了许静茹给村上要来的六万元扶贫资金。

县组织部的人在村上宣布：撤销了许静茹村主任助理的职务，并要把许静茹带走。

许静茹对组织部的人说："我已不是组织上所管的人了，我想在这儿住一些日子行吗？"组织部的人用奇怪的目光看着她，思考了一会儿说："那好吧，你想留就留下来吧。但从今往后组织上不会给你再发工资了。"

许静茹说："这一点我肯定明白。"

许静茹一出事，大平计划外出打工的时间被推迟了。

他试探着说："要不要和我一起出去闯闯？"许静茹笑着说："我可不去秦北下煤窑，那样的活儿我做不了。"

大平拉了许静茹的手，轻轻地揉搓着说："你相信我的话就跟我走，就是讨饭，我去讨不让你讨。讨到了你吃多半碗，我吃少半碗，你吃稠的我喝稀的。请你相信，我一定能做到这一点。"

听了大平如此说，许静茹有些感动，她把悬着泪珠的脸一下子贴在了大平的胸前。

许静茹在大平家住过正月十五，两人商量好一块儿出去闯世界，金发财夫妇同意了两个人的意见。这天夜里吃过饭，许静茹从自己睡觉的屋子里拿出三万元交给金发财老婆，对她说："为了这钱，金叔打过你，你也提心吊胆地过了些日子。但你从来没有在我面前提过，我要是有你这样的母亲就好了。"

金发财老婆把放在桌子上的钱拿起来，重新塞进了许静茹的怀里，她笑着对许静茹说："你要是不嫌弃，我用这些钱买下你这个女儿，你看行不？"

许静茹再一次把钱放在桌子上，笑着对金发财老婆说："只要您能看中我，不出一分钱，我也乐意做您的女儿。"

许静茹在村上的名分是村主任助理，但她在村里人心中却是邻家小妹。

村里人却喜欢她，她也像邻家小妹一样时时处处帮着村里人。对于村上没有人照看的留守老人，她每次从县城回到村上，都要给他们买些面包、酸奶等山里人很少吃到的食品。父亲没有出事前，常托县上的朋友送些吃的给她，她其实吃得很少，大部分让村上的留守老人和留守儿童吃了。

组织上公布了许静茹免职的决定后，村上人天天到金发财家来看许静茹。他们说：天下好人是要在一个屋檐下相聚的。金发财一家人从祖上就善良，没想到家里住了干部，干部也是善良的。

在许静茹和大平计划出发的当日，镇上来了三个干部。他们听说许静茹并没走，还为她买了许多吃的。镇干部安慰过许静茹之后，对金发财说："能不能让大平留在家里？村主任没了，村上总得有个管事的人啊！"大平听后笑着对来人说："感谢你们的信任，这个村主任我干不了，我要出去打工挣钱、养家糊口呢。"

几个人听后认为大平说得有道理，再也没有强求。最后，他们让金发财做代理村主任。金发财也拒绝了，他说自己腰上有毛病，先是走不了路，再是对党的政策啥的也不了解。其中一个副镇长对金发财许诺说："这样吧，我们知道你腰有病，我们给你装一部固定电话，费用镇上出，你看行不？"

听说能用上自己不掏钱的电话，金发财老婆抢口道："这样好，我看行，老汉跑不动我替他跑。"事情就这样定了，金发财老婆为镇上的人做了饭。吃过之后，大家就散了。

第二天，大平领着许静茹被村人送到岭头。许静茹在与大家分手时，跪在地上向前来送行的人磕了头，然后噙着泪水与村人挥手告别。

21 梦 想

大平还是决定去秦北，他对许静茹说："要想挣钱，就要去有钱的地方，认识有钱的人。"

许静茹说："那是当然。像你们庙岭，人好，地方好，山清水秀、民风淳朴，可就是太穷了。"

两人走到鹿鸣川镇上时，大平对许静茹说他要去看一下雪青婶子。问许静茹去不去，许静茹不假思索地说当然要去。她还用羡慕的口气对大平说："你那个干娘呀和你妈一样，是个心善之人。你不在家，她经常到你们家来看望你父母。有一次她还对我说她的梦想就是让你做她的儿子或是女婿。"

大平说："是呀。雪青婶子不但心好，而且心胸特别宽大，真应了'宰相肚里能撑船'的话。"

许静茹有些羡慕地对大平说："为什么你们这些好心人，都能在不经意间相识，最后都成了好朋友或亲戚？"

大平说："可能是佛经说的，结善缘吧。我妈说，世上的人，善能善一窝，恶能恶一垛。正因为仁善的人不设防，他人就能随便进入对方的心之门，这就是佛经说的'善善相济'吧。"

大平和许静茹在雪青家住下了，许静茹觉得大地方的人和小地方的人并没有什么区别。雪青用手亲昵地摸着大平的衣袖对大平说："静茹这娃命太苦，你带出去一定要好好照看。否则，干娘可饶不了你。"大平笑嘻嘻地看着许静茹说："婶子，你放心。我给许静茹说过：要是我们一起去讨饭，我让她吃稠的，我喝稀的。要到黑馍和白馍，我让她吃白的我吃黑的。"

雪青一听仰头大笑，她抓了许静茹的手说："大平，你莫胡说了。现在走到中国的天下，哪还有人吃黑馍。不过，静茹呀，大平的说法不真实了，可心是跟明镜似的透亮着呢。"

许静茹把身子往雪青跟前靠了靠，笑着说："姨呀，我们只是朋友。大平是看我落难了想帮我哩，我们可没那层意思。"

雪青只是笑得更开心了，她说："瓜娃子，你莫要哄姨了。说实话，姨眼红我娃哩。这个大平呀，本来我给我家小凤在心里定下的女婿，但小凤没有福气，该你娃有运气。唉，不说了，说多了让人心里不舒畅。"

许静茹像女儿一样帮雪青理了理额前的乱发，说："没事，姨，我和大平如果真能发展到那一步，你放心，我就做你的干儿媳呢。"

那一宿，三人说了许多话，许静茹和雪青睡在做饭炕上，大平睡在小凤的房间。两人睡了一会儿，说了许多不打紧的话。雪青本来想问许静茹父亲的事到底是怎么回事，嘴张了几张，终是没有问。在许静茹快要入睡时，雪青对许静茹说："女子，要不你过去看看我那干儿子，把被子盖好了没有？"

许静茹翻了个身把头朝向雪青，大大方方地说："姨呀，你的心思我知道，但你的想法太超前了。我和大平真的只是能谈得来的朋友，根本没有想过谈恋爱什么的。"

第二天，雪青早早起来给大平和许静茹做了饭吃，正准备送两个年轻人出家门去县城，雪青的弟弟、县工商局局长王雪峰，开着车来到了雪青家。

王雪峰和大平很熟悉，许静茹却没有见过。局长一见大平非常高兴，他指着许静茹问大平："是不是谈恋爱了？"大平亲昵地叫了一声"叔"，说道："不是的，她叫许静茹，是我们村的大学生'村官'。"

王雪峰想了一会儿说："噢，知道了，知道了。不过，听说……"

许静茹迈上前一步，大大方方地对王雪峰说："我爸出了点事，我这'村官'也当不成了，让叔叔见笑了。"

王雪峰的脸一下子变了颜色，他仔细地看着许静茹说："孩子，不要气馁，是金子在哪儿都会闪出光来的。你看大平没上大学，这不是已经找到自己的位置了吗？"

几个人说着，重新回到雪青的堂屋，雪青专门给弟弟煮了荷包蛋吃。王雪峰一边吃着鸡蛋一边对大平说："你给叔说个实话，这两年你在秦北能挣多少钱？花过后还有多少钱？"

雪青一听有些发急，以为是弟弟出了什么事儿想借钱，忙蹲到王雪峰跟前打断他的话说："你问这做啥，是不是急用钱哩？我这儿有。"

王雪峰这才说："不是的，我问大平是有我的想法的。"

大平也有些着急地问道："叔叔你急用钱，没事，我有些，但不多。"其时，大平、雪青和许静茹三人在同一时间，脑子里闪过一种不祥之兆。他们以为，王雪峰犯了和许静茹父亲一样的错。

王雪峰问："不多，到底有多少吗？"

大平说："二十来万吧。"他说过，用惊奇的眼神看了看许静茹的眼睛。

许静茹也觉得奇怪，她正在用目光从大平脸上寻找答案哩。

王雪峰把碗递给蹲在自己身边的雪青，一脸深沉地说："不行。你们的钱凑在一起也是不够的。"

雪青还是没有弄清弟弟到底想干什么，忙把碗送进灶房又风风火火地转过来，用焦急的口吻问道："你要钱做什么吗?"

王雪峰这才说："不是我要钱，我是想让大平投资办企业，当老板。"

为王雪峰操心的三个人，听了王雪峰如此的说法，心才平静了下来。大家重新坐了下来，想听王雪峰的想法。王雪峰把自己的皮包往身边的凳子上一放，搓着一双白嫩的手说："县政府最近出台了政策，让工商局建一个农民工创业园。我想了许多，认为县城已没有好地方了。我想把农民工创业园建在鹿鸣川。"

雪青一听是这回事，忙说："真好呀! 是鹿鸣川的水把你养大的，你早应该给鹿鸣川人办点实事了。"

大平一听是王雪峰动员自己创业，一时有了兴趣。他看着许静茹，许静茹看着王雪峰和雪青。

雪青一直想把大平留在自己身边，一听此话，自然十分兴奋。她对王雪峰说："那你想让大平投资什么? 得多少钱? 只要能办成，我手头也有些钱，我乐意支持大平。如果还不够，你们工商局也可以想办法支持呀。你肯定是想让大平做带头人，给你撑面子嘛。"

王雪峰真诚地看着姐姐说："我看好一个项目，目前还没有人想到。对这个项目我已经考察了很久，就是找不到一个合适的人选，我觉得大平是最合适的人选。"

王雪峰有些轻描淡写地说着，三个听者十分认真，最后王雪峰说："就是做豆腐卖豆腐。"

三个人怀着既好奇又期待的心情一听，同时又都泄了气。雪青说："你呀，兄弟，你不会创业了? 噢，做豆腐卖豆腐? 亏你当工商局长，也亏你想得出来。这还需要投资，这还需要创业? 你没有吃过豆腐? 你没有卖过豆腐? 你要真正想找个带头人给你撑面子，不要大平上，我直接上就行了。我还以为你大清早来带了什么好消息，说了半天是做豆腐卖豆腐。你把姐的四颗鸡蛋都白吃了，你让门前树上的花喜鹊都白给你唱了赞歌呢。"

王雪峰拉了自己姐姐的手让她坐下，他用平和的口气对姐姐说："你先不要急嘛，让我先考考大平，看他对咱秦南的豆腐了解多少。"

对于豆腐，大平从小就吃，但他还真说不出个门道来。倒是许静茹不急不慢地说："秦南的豆腐，我知道是有来头的，它不光好吃主要是有韧性。传说马尾串豆腐也不会掉，这是特点之一。最为有名的是，秦南的豆腐在清朝时，还被送往朝廷，皇帝吃后曾赐过诗。"

王雪峰听了许静茹的解译之后，脸上像贴了花一样。他转向雪青："姐，这些故事你知道不？"

雪青干脆地回答道："不知道，没听说过。咱秦南的豆腐还进过京城，这只是传说吧。"

王雪峰笑着说："姐呀，这些你不知道吧？但这些都不重要，重要的是，我是想做大豆腐，同清朝一样，把秦南的豆腐卖到京城去。但不是送给皇上，是让京城的所有百姓都吃上秦南的豆腐。"

王雪峰越说越兴奋，大平、雪青、许静茹越听越感到这件事的伟大。雪青说："让全京城的人都吃上秦南的豆腐，那要做多少才够呀？听说京城有几千万人哩，就是一人每天吃一两，还不得每天吃一车皮？"

王雪峰说："是呀，这账你算对了。要不我咋说要钱呢？要大钱呢？"看着大平的反应，王雪峰停顿了一会儿接着说："政府要出台一系列政策，动员在外打工的我们秦南人都回来创业，发展企业，振兴我们县上的经济。对于一些有潜力的项目，政府要求银行、工商、税务、发改局、城建局、扶贫办等政府部门，都要打开绿灯给予全力支持。银行可以给贴息贷款，政府可以帮着拆借资金。有必要的话，还可以做民间融资入股。"王雪峰从宏观上、微观上说了一大堆，说得大平和许静茹内心激动起来。

这个初春的早晨，对于大平和许静茹的人生，像迎接着一场考试一样，充满着激情。

雪青听弟弟如此说，忙问道："咱们的豆腐有没有必要卖到北京去？路那么远，豆腐到那儿会不会发酸呀？"

许静茹伸开手抚摸着雪青的手笑着说："叔叔也没有说必须卖到北京呀，西京不也是京城嘛。"

雪青也抚摸了着许静茹的手说："那你叔不是说要卖到京城吗？"

许静茹看着王雪峰，依旧笑着说："我叔说的京城是西京，西京也叫京城呀。"

雪青把头一拍，说："是这样呀，看我看我，没文化吧，尽想歪的。我就说嘛，北京那么老远，就是咱把豆腐做出来运到那儿，全酸了。"

许静茹说："您呀，主要是怕您这个干儿子离得太远，倒不是怕豆腐酸呢。"

正说话间，王雪峰的手机响了。他说了几句话后，挂了手机对大平和许静茹说："鹿鸣川镇长的电话，县长也到了，我们今天就是要和镇上谈土地规划问题，要不你们也去听听？小许呀，村官不当了，要不你到创业园来，给叔帮忙吧。"

许静茹说："不用了，叔叔！我看我还是和大平一块创业比较稳妥，公家的事我就不再沾了。"

送走弟弟，雪青招呼大平和许静茹重新坐下。大平想了一会儿，说："王叔说的是一件好事，我要考虑。但目前政府还只是个规划。婶，我还是想出去走走，我想带着许静茹先去散散心，就豆腐的问题先到西京城做个调研。再去看看小凤和小平，看他们在西京情况咋样。回头再从长计划做豆腐这件事。"

雪青有些不舍大平离开，但她还是依了大平，她也想让大平去看看小平。

22　西　京

　　大平和许静茹向雪青做了道别，从鹿鸣川坐长途汽车一口气到了西京。大平领着许静茹，在大学南路找住处。大平本来要找好房子给许静茹住的，但是转了一圈，没有太理想的。有几个好宾馆，大平刚带着许静茹走进去，一问价格，许静茹就扯了大平的衣袖让他快走。

　　许静茹说："我又不是金枝玉叶，住那么好的房子干什么?"大平说："你是干部呀，不能和我们这些农民工一样，你是有身份的人。"许静茹听大平如此说，有些不高兴了。她说："别人笑话我，你也笑话我呀?"说着，脸上变了颜色。大平只好闭了嘴，哄着说："那好，听你的。咱们找个便宜的地方行了吧?"两人又转了一大圈，终于找到了既便宜又实惠的住处。

　　许静茹问大平为什么要住到这里，大平告诉许静茹，这儿离小平和小凤工作的地方近。许静茹"哦"了一声，再没有说什么，她回到自己的房间里洗涮去了。这边大平不住地打着电话，他想约小平、小凤和夏花晚上一块吃饭，也想把自己的想法告诉他们，想让他们给自己拿个主意，到底是去外地继续打工，还是回家去创业。

　　通知的几个人，都答应晚上在老地方集合。所谓的老地方，就是去年腊月他们唱歌的那个地方。大平打完电话，这边许静茹也收拾好了。大平叫开许静茹的门，说是要带她出去走走。许静茹有些不想动，她说西京这地方她都是熟悉的，这一带她也熟悉。过去她在财院上学时，有同学在这一带，她常来看他们，经常在这一块玩儿的。他们到了周末，还相约去城市西苑公园去听秦腔和豫剧，看老人们在那儿跳舞写字。当时她也是想留在西京的，父亲硬是让她回去，父亲说回去先当个大学生村官，然后给她想办法转正，最终她会成为正式的公务员。没想到，时间过去不到两年，一切都变了，变得物是人非。

　　大平知道许静茹遭受了人生的打击，其实不想出去转，但他是想带着许静茹散心呢。他认为许静茹是个很有思想的女人，有些事情虽然嘴上不说，但父亲遇到事后，她心里一定有许多痛苦，他要帮她消除这些人生的不幸。

　　大平笑看着许静茹换好衣服，就说："你上过城墙吗？要不咱上城墙去。我给咱租个车子，咱在城墙上圆圆地转上一圈。这样，时间也就差不多了。"许静茹还是有些犹豫，大平就拉了她的衣服说："走走走，没事的，转转看看，人的心情就会好的。"他对许静茹说："听人说，过去呀，皇帝有时也心烦呢，下人就带了皇帝上了城墙。结果，皇帝在城墙上转了一圈后，果然心情好了许多。"许静茹听后差点儿笑出声来，她用手捂了桃花色的双颊，目光又从指缝间射出去，细细地看了大平说："我又不是皇帝，就是转了也不一定心情会好起来。不过，看到你这么细心和用心，我就答应你吧。"说过之后，两人出了旅馆，大平叫了一辆出租车，两人向南门去了。

　　他们下了车，刚走到南门瓮城售票处，大平正掏口袋准备买票，一个长得十分帅气的小伙子走了过来。他人还没有到，声音却穿过下午温暖的春阳，很洪亮地传进了许静茹和大平的耳朵。"高立军？"许静茹见了小伙，丢下大平急切地奔了过去。两人高兴万分，很随意地握着手，却都是一脸阳光。大平看着他们亲切的样子，知道一定是许静茹的同学。他停住掏钱买票的手，站在远处静静地看着他们。许静茹好像是忘记了大平的存在似的，忘情地与高立军说笑着。两人在广场中间说着话，怕影响进入瓮城的人，在高立军的引领下，他们到了广场边的花栏旁边。看着两人的情形，大平有些生气，索性一个人向东边走去，沿着瓮城的围墙转了起来。

　　太阳的光辉此时正洒在护城河的水中，大平燃起一支烟，静静地看着水中几尾红色的鲤鱼在追逐嬉戏。看了一会儿，自己的心情好转了许多，他安慰自己说：我是吃醋了吗？我为什么要吃醋？自己有资格吃醋吗？调整了心情，觉得自己的身体轻松了，他再返回头去找许静茹，才发现找不见了。刚刚平静了的心情，又重新沉重了起来。正在此时，小凤却给他打来了电话，问他吃了饭没有，说她已向老板请了假，可以出来。大平告诉小凤他在南门广场，小凤说自己即刻就过来。

　　不一会儿，小凤就到了南门广场，大平远远地看着小凤，发现小凤瘦了许多。他到一个小摊前买了两瓶橘子汁，笑笑递给小凤。小凤同样笑着说："谢谢大平哥。"大平回敬了小凤一个笑，说："城里人的客气你也学会了？太见外了吧。"

　　大平和小凤正站在广告牌下喝橘子水，高立军和许静茹就到了他们身边。大平发现许静茹手上拿着进瓮城的门票，有些不好意思起来，忙把手中的橘子水向身后藏着。

　　小凤和许静茹是第一次见面，她们有些生分地握了手，然后才听大平的介绍。倒是高立军很大方地说："很高兴认识你们，听说大平当年也是考了大学没有上，结果发展得比我们都好，我们一定要向你学习呢。"大平丢下三个人，快速地跑过去又买了两瓶橘子水，过来给了许静茹和高立军。高立军同样跑进了瓮城，不一会儿手上又多出一张门票。高立军把三个人送进瓮城的门，分手时许静茹对高立军说："晚上一定要来呀。"

三个人一起进了城墙朱红色的大门，许静茹这才对大平说："高立军是我的大学同学，现在在这儿工作，是个临时工。"说着又从口袋中掏出一个纸条，说："高立军已经把城墙上面的车子给咱定好了。他说租车的人见了他的纸条，一定会免费给咱车骑的。"

大平接过纸条一边看着一边说："不简单呀，一个临时工还玩得挺大的。"

许静茹说："你不知道，我这个同学过去是我们的班长，公关能力特别强。据他说，他到这儿主要是帮助销售的。他说自从他来了以后通过各种手段，大大促进了城墙的销售业绩，获得了这儿领导的赏识呢。他最大的目标就是成立一个销售公司，做自己的销售网络。"

许静茹无心地说着，大平却用心地记下了高立军这个人。他想自己要是真正开始做豆腐了，在这个城市不就是要有人销售吗？

许静茹拿着高立军的纸条去领车，管车的人十分热情地说："是高主任的朋友呀，你们三个人，来，我给你们找一辆新车。"

大平立即跑过去领了车。他自己坐在前面，安排小凤坐中间，许静茹在后边。他们沿城墙向东骑着，然后绕城墙开始转。大约骑了一公里的路程，大平和许静茹的心情都好了起来。许静茹伸开双臂不住地叫着，完全没了以往那种深沉样儿，这倒让大平见识了许静茹的另一面。倒是小凤被夹在中间默默无语，只知道用双脚可劲儿地蹬着车子的脚踏板。

他们每转到一个大门洞的箭楼上都会停下来，欣赏着城墙里和城墙外的风景和箭楼里的各种展览。没有上城墙时他们不知道，原来陕西各地的民俗，全在城墙上开着展览馆呢。过去，他们只知道每天晚上城墙上有彩灯闪烁，特别是过春节时那些灯光更是浓烈明艳几分，没想到城墙上原来有这么好看的景致。

三个人将车骑到火车站新修补的那段城墙上时，小凤要求停车。她说她要好好看看这火车站，她说自己还没有坐过火车呢。其时，外出打工的农民工，还在陆续地往火车站涌动。站在城墙上看去，广场上的景致很是壮观。

看了一会儿，许静茹萌发了诗意，她有些动情地说："我在城墙上看你，我也成了别人的风景。"大平则一手叉腰，一手在空中挥舞着喊道："同志们呀，看到你们背井离乡的情景，我难受呀。我要是能做个总统，我就下命令让你们在自己家门口去创业，不要你们远离亲人和家乡。"大平感叹了一通后，便把手收了回来，压低了声音自叹道："唉，同志们哪，我只是痴人说梦，你们可不敢信哟。你们还是好好出去挣钱养家吧，那是你们的事业呀。"

大平的一通说道，把许静茹和小凤逗得弯腰大笑，笑过后许静茹说："当不了总统，可以当老板。帮不了更多的人，可以帮我们呀。你创业成功了，我们跟着你工作，就可以不背井离乡了。"

大平转身用吃惊的目光看着许静茹问道："那你是支持我创业了？"许静茹说："大平同志，你心里想什么我一清二楚呀。你这次到西京，目的就是想做市场调研的。难道你是来带我们玩的吗？"

听了许静茹如此说，小凤忙问大平哥要创业什么呀，许静茹这才把早晨的事给小凤说了一遍。小凤还没有听完，就忙着说支持："我一万个支持大平哥！创业吧，你当了老板，我们全跟你沾光。"

23 聚 会

　　小平还在那家报社做校对工作，虽说学的是汉语言文学，可他对文字一点儿感觉都没有。整天让那个编辑部女主任像盯小偷似的，盯得他感觉自己不像个大学生，倒像个农民工。隔三差五扣分，错一个字就扣好几块，如此下去，到了月底哪还有吃饭钱。他对大平的到来不是多么热心，但既然答应了，就得去见见。他摸了摸口袋，口袋中只有五十元钱，他只好向同事借钱，借了几个人都没有借到。

　　他有些想逃避与大平的见面，正在此时，小凤打来了电话。小凤告诉他，他们已在含光门外一家酒店坐下了。小平问小凤都有谁？小凤离开餐桌走到外边对小平说："大平哥带着一个女的，看样子是他的对象。那个女的原来是西京财院的，还有那个她的大学同学。"听了小凤如此说，小平已经知道，一定是许静茹来了。他用手在口袋中摸了摸五十元钱，就低着头没精打采地沿着护城河向西走去。

　　路过一家彩票店，他看到门脸上写着奖池资金已经积累到几千万元。他迷迷糊糊进到店里，买了两元钱的彩票，梦想着也许自己能中五百万元。出了彩票店，他听到彩票店里传来吼叫声。一个小伙举着彩票得意忘形地喊道，自己守株待兔成功了，终于中了三万元。后来他才知道，那小伙买的是即时奖，一个号小伙买了几个月。他索性又从口袋摸出了两元钱，将自己刚才买过的号又买了一张，这才揣着幻想和彩票离开了彩票店。

　　夏花是最后一个到酒店的，她带着他的弟弟夏新。夏花刚一坐下，就从自己的背包里掏出一瓶西凤酒。夏花已有了城里商人的气质，说话做事落落大方，倒是弟弟夏新和小平一样，个性中多了蔫的成分，只知道闷头吃饭，不喝水也不喝酒。

　　饭吃到一半时，大平把自己想开办豆腐加工厂的想法说给大家。

　　高立军第一个说："我十分赞成你的想法，并表示绝对支持。我们知道咱秦南的豆腐，那纯粹是绿色食品呀。你问许静茹，当初我们在学校时，每次收了寒假，许静茹总带豆腐干到学校。我们还做过讨论，当时我们就想开发呢。其实，咱们秦南的豆腐干，比秦北的还要好吃。但秦北的豆腐干在西京到处都有卖的，可秦南的豆腐干，哪儿也找不到呀。"

听了高立军如此说，许静茹也想起来了，的确有那么回事。有一年收了寒假，各地同学都从家乡带回了各种土特产。是高立军组织大家开展"亮宝"活动，还举办了号称班里的"土特产博览会暨研讨会"。那时大家面临毕业，许多女同学都想考公务员，而班里的男同学对考公务员不屑一顾，当时高立军在班里倡导说：要做企业家，企业家是创造社会财富的。我们的国家有了财富，就会在国际上有地位，别人就不敢小瞧我们。至于管理社会嘛，让女同学去做吧。女同学心细，适合做管理。

想到此，许静茹举起酒杯并站了起来说："对于大平同志想办企业的想法，我也是表示隆重支持。来，我们干一杯，给大平同志以坚决的鼓励。"

听了许静茹如此倡导，大家都举着酒杯站了起来。小平最后一个慢腾腾地站起来，他说："支持我也支持，但办企业要钱，哪有那么多钱呢？"

夏花用手拍了一下小平的肩膀，笑着说："你呀，你们两个是书呆子一对。"夏花用酒杯指了一下自己的弟弟。

大平有些激动地说："谢谢大家鼓励。不过，办加工厂的想法是我刚刚萌生的，到底能不能实施还要做深入的调查研究。我想在西京多待几天，好好做个市场调研，最后再做决定。"

高立军很豪爽地一仰脖子，把酒喝了下去。他把杯子底亮了一下，让大家见证他的豪爽。之后，他对大平说："那你明天就不要住旅馆了，我一个人租着房子住。过来住我那儿，我帮你好好策划策划。"小凤也喝了酒，学着高立军的样子把酒杯亮了一下，她看着许静茹说："静茹姐，如果你不嫌弃，可以和我一起住。"

一帮年轻人吃过、喝过，高立军就带领他们去歌舞厅玩。他们去的那个歌舞厅，正好是去年大平他们玩的那家歌舞厅。大平挤着向前去买单，高立军阻止了他。高立军说："别急嘛，你们看我的。"

大平向后退了一步，把高立军让到前面。高立军刚到吧台跟前，一位女经理就过来迎接他。女经理笑着说："高总，好久没有光临惠顾了，我们的生意都有些清淡了呢。"高立军伸出手和女经理握着说："主要是最近口袋不行嘛，不敢来呀，怕结不清账哟。"女经理呵呵呵笑道："在我这儿，谁敢让高总买单，我就敢炒谁的鱿鱼。"高立军说："你这样说，不是把我说成坏人了？好像我是黑社会似的，成了害人精。好了不说了，这些是我的学弟学妹，在不影响你生意的情况下，给找个好一点儿的房子，让我们放松一下。"

女经理忙转了身子，喊来一位男服务生说："去看看，把最好的房间给高总安排一下，再看高总要什么酒水，全免费给上了。"

高立军这才松了女经理的手说："好了，谢谢，谢谢。"说过，给女经理丢下一个喜庆的眼神，就带着大平一帮人，在男服务生的引领下进了包房。

一进门，大家眼睛一亮。大平才发现，这和他们去年唱歌的房间大有区别，实在是太高级了。

坐定后，高立军让大家点酒水和瓜子，却没有一个人主动点。高立军拿起酒水单子看着说："你们不点也罢，我来点。"他又对大家说："我点，但我有一个原则，希望大家不要介意。我们主要是来唱歌的，我就不点什么好东西了，点上啤酒和简单的瓜子，行不？"几个人异口同声地说："行行行，随意一些好。"

正在此时，一向不爱说话的小平却说："为什么不点好的？不是人家不要钱吗？"小平的话一出口，大家都把埋怨的目光投向了他。小凤担心小平的话会引起大平的批评或是高立军的反感。还没有等大平开口，高立军就接了小平的话说："兄弟呀，这就是学问。好，你既然提出了这个问题，我就给大家说说这个学问，大家看行不行？"

"好！我们听你的。"大平说。

高立军很潇洒地在酒水单子上用笔打了记号，然后送给门口的服务生。转过身，用手指挥大家坐定，才慢条斯理地说："你们想想，人家为什么给我免费呢？我又不是什么高官和大款，不是什么大老板和企业家，是人家给我个面子，这就是生意场。当然，他们是想让我给他们带来更多的客人，这就是交换，利益交换。如果我给他们带不来利益，他们会给我免费吗？既然人家给了咱面子，咱也得给人家面子，咱就要做出高姿态。这样一来，他们看我就不一样了。如果我今晚在这儿免单消费上千元，他们也不会让我买单的。但这样的事，一是我做不出来，二不是我做事的风格。第三呢，你这样做了，下次自己还好意思来吗？总之，我做事的原则是：让别人喜欢自己，高看自己。只有这样，人们才乐意和你这样的人打交道，觉得你这人厚道、可交，值得信任。大平，你说是不是？"

大平用眼睛看着自己的弟弟说："是的，是的。"

高立军接着说："我为什么要问大平不问你们？因为你们没有社会经验，你们目前还不知道真正的社会生活是什么。虽然你们也在不停地找工作，其实就是通过工作，想让社会认识自己，也是自己想过早地认识社会。为什么把大学生找工作叫实习？就是你们对社会还没有完成认知。在工作中真正出现了问题，用人单位都会谅解的。但是将来你们真正走向社会，做事一定先替别人着想，别人才会想着你的。"

高立军正说着，服务生端来了酒水和瓜子，同时还送来了红酒和水果。服务生放下礼盘后退了出去。高立军看着盘子里的东西笑着说："大家看看，咱不点的东西全有了。如果我们点了这些，那是不会给老板娘留空间的。我的做法令她高兴，她的做法我也高兴，这就是生意人的法则。特别是这种场合，一件小事做出来都是有门道的。"

高立军说得头头是道。服务生像演双簧一样配合着他的说法，把拿进来的东西一一放好。这个过程，让小平、小凤和夏新开了眼界。

大平却在想，是呀，这个高立军真是个不简单的年轻人。如果自己的弟弟有这么好的素质和学养，那该有多好呀。

高立军讲到最后，对大平说："大平，在你面前我是班门弄斧了。说得不对的地方，你可不要见怪哟。"

大平站了起来，有些激动地握着高立军的手说："感谢还来不及呢，我看我们应该给你付费才对。我们想听这些，就是不知道到哪儿去听呀。"

高立军说完，拿起麦克风递给许静茹，他说："同志们、同学们，下面由我和如花似玉的许静茹小姐，为大家献上一曲《久别重逢》，请大家给点掌声好不好？"

大家兴奋地鼓起掌来。

在高立军和许静茹歌唱时，其余的人都进行着深度的思考。小平在想，是呀，为什么人家出了校门时间不长，就有那么多老到经验。夏新正要向小平耳语什么，夏花却对他说："学着点，看看人家，也是走向社会才几年光景，看看人家的处事水平。"

夏新对高立军的确是佩服的，但夏花这么一提示，起到了反作用。他对姐姐说："看我的，我要是能有一个好单位，也和他一样把事做得头头是道的。"

在歌舞厅，每个人都唱了自己最喜欢的歌曲，就连一向不爱说话的小平和夏新，只要拿到麦克风，点到自己熟悉的曲子，也投入得不能自已。

夜晚没有了深浅，不愉快的人也愉快着，哪怕是伪愉快也得愉快，这是高立军的要求，好在每个人都显得十分愉快。虽然高立军也唱了《在那桃花盛开的地方》，但他多了个心眼，他想通过每个人的演唱，揣摩他们的内心。

一直玩到深夜两点多，大家才怀着愉快的心情散去。

24　调　研

第二天，大平领着许静茹开始做市场调查。他们按高立军的建议，先从各大超市做起。高立军说："超市相对正规一些，超市的东西在质量上都是相对可靠的。你们要做就要做高质量的产品，所以我建议你们着重去超市调研。"高立军还说："你们除了调研豆腐以外，还要做豆腐干的调研。我认为咱们秦南的豆腐干，是非常好吃的。我想将来你真正要做豆腐加工，要把精力放在豆腐干上。因为，豆腐干的市场更广阔一些。"

大平认为高立军的建议很合情理，他便和许静茹做了分工，让许静茹跑城南超市，因为她在南郊上学对城南相对熟悉；而自己当初在城北打工，就决定跑城北。几年前，是北郊那块地方，引领他走向了社会，认识了生活，找到了自己人生的坐标。

许静茹对大平的安排言听计从。临分手她问他："我们晚上几点收工？"大平说："你看吧，你何时累了就可以收工。"许静茹又问："我们晚上睡哪里？总不能老睡在宾馆吧。"大平想了一会儿说："晚上再说，现在先好好做调研。"

两个人跑了一天，的确如高立军所言，无论是大超市还是小商店，到处都有秦北的豆腐干，就是没有秦南的。许静茹问："你们为什么没有秦南的豆腐干呢？"超市的促销人员笑着对她说："没有见过呀。这儿除了秦北的豆腐干外，还没有听说过什么秦南的豆腐干呢。"许静茹每问过一个人，都用心将所听到和看到的记在笔记本上。

大平的调研方式和许静茹不同，他以看为主。他一般不问超市里的营业员，靠自己的观察，然后把观察到的东西记录下来。他除了对超市进行调研外，把更多的精力放在菜市场上。到了菜市场，他的话才多了起来。在调研过程中，大平更加佩服高立军了。分析精准，到处都有秦北的豆腐干，就是没有秦南的。况且，秦北的豆腐干还有绿色的，还有即食性和专供孩子们吃的麻辣味的。不调查了解不知道，这一了解真是开了眼。难怪小凤的舅舅要推荐自己创业，看来当领导就是想得宽、看得远。

　　整整一天，大平跑了将近十个超市和八个菜市场。路灯亮起时，他才给许静茹打电话。许静茹告诉他自己快到小凤饭店了，大平说自己也快到了，让她在那等着自己。

25 失 意

　　小平再一次失去了工作，他踩着亮晃晃的霓虹，迷迷糊糊地从报社出来，不知道自己要去何处。几次工作上的出错，他并没有从自己身上找问题，而总是把抱怨安在他人身上。走在城墙外边的休闲林带里，护城河中的风吹打着他发烧的脸。他感觉那些在公园里唱戏的老人，个个都在有意看着他，他们似在看他的笑话，就连那些扎势亮相的动作，目光都是紧紧盯着自己。唱戏词的、拉胡琴的、打板敲鼓的，他们个个笑嘻嘻的，如痴如醉，目光盯着他不放，而且还有目迎目送的感觉。

　　他感觉那些人是在看他落难后的难堪，他恨不得咬咬牙跳进护城河再不出来。他没有办法阻止别人看自己，就像自己不能阻止报社开除自己一样。他突然觉得在这座城市里，有那么多的人是生活在快乐和无忧无虑中的，他们是如何面对困苦和灾难的啊。无奈中，他抬起头看着高大的城墙。城墙上的灯光，将一块块古老的砖照出新的色彩。面对高大的城墙，他想，人是多么渺小啊。看了许久，他的心里泛出更多的惆怅。他加快了脚步，逃离了那些唱戏的老人。

　　他又在心里怨大平了，要是大平不来西京，要是大平昨天晚上不请人吃饭喝酒、不唱歌跳舞，他就不会迟到。更关键的是，要是昨天下午小凤不给自己打电话说晚上大平请吃饭，也许自己还会静下心来，把报纸的校样再认真地看一遍。那样的话，那个最关键的文字就不会出错。那可不是一般的错字，是这个城市最高领导人的姓名。要是没有一切的一切，自己就不会落到被解聘的地步。

　　走到城墙尽头时，有一股风从河水中扑了过来，风中带有一丝寒意，一下子钻进了他的胸口。他想脱了衣服跳到护城河的水中，让凉水刺激一下自己。有了这个想法，他从河岸的石阶上侧着脚板慢慢地向水中走去。快接近水面时他的脚踩空了，整个人一下子掉进了水中。

　　护城河的水并不深，小平的身体落下去后，他在水中翻了个身缓缓地站了起来。河岸上传来秦腔花腔高音的唱调，还有锣鼓强烈的打击声，一切声音掩盖了他身体在水中的声音。

他双手扶着河岸边冰冷的石头，脑子里突然跳出一个念头，要不要不从水中爬出来呢？我需要自杀吗？我真地要去死吗？我死后会是什么结果呢？

他在水中站了许久，一直到双手再没有力气抠住表面有着苔鲜的石头，他的身体又一次落入水中。好在他会游泳，双手一滑动，身子在水中浮了起来。多少年他没有在水中游泳了，他没想到自己小时候父亲教的游泳技术还没有忘。想到父亲，他突然挺起身子站在水中。

城墙上游离的一束强烈的光，突然像舞台上给主角打主题灯似的，照到了他的头上。紧接着，有了人的喊声，几个带着巡逻红色袖章的人，不知道什么时候已经站在他头上的河岸上。有人问他："需要帮忙吗？"

他划动了双臂，向入水的台阶豁口游动。在几个巡逻人员的手电光下，他从水中站了起来。几个人麻利地将他拉出水，拉到岸边一棵玉兰树下。其中有一个女人，身上的香水味道一下子钻入了他的鼻孔。

他静静地坐在玉兰树下，任裤子上的水不住地往下滴落。一个男人对那个身上有香水味道的女人说："交给你了，我们去别处。"

女人三十来岁，她从自己的挎包中掏出一条毛巾递给小平，然后坐在他对面的草丛中，声音尖锐地对他说："我不会安慰你，我只问你一个问题，为什么有了死的想法，难道死能解决一切苦恼吗？你看，这城墙多美呀，这灯光多亮呀，这夜风多温馨。可你要是死了，这些美好的东西，你永远享受不到了。"

小平没有想到，眼前看不清容颜的女人会如此直接地问他。他还没有想到如何回答女人时，女人又开始说话了："你知道吗，每年这个季节，我们要遇到多少像你这样的人。不是婚姻就是找不到工作，要是个个不听劝都去死，那这条美丽的护城河就会变成死人河了。你想想看，家人为了供你上大学付出了多少。他们不舍得吃、不舍得穿，难道他们盼的是你用自己不负责任的举动，结束自己的青春年华吗？你们是大学生，理论上我说不过你们，我也不想费太多的口舌。就是一句话，今天工作不顺心，今天找不到工作，难道永远也找不到工作、永远不顺心吗？"

小平抬起头，看着树叶余光中女人的脸问她："你为什么知道我想自杀？为什么知道我工作不顺心？为什么知道我找不到工作？"

女人从草丛中站起来，拍打着自己的屁股说："就今天，算上你，已经是第三个了。通病！通病你知道吗？不是找不到工作就是失恋，要么就是工作不顺心。我走了你自己好好想想，想通了立即回去。想不通去别处找死，不要给我们添麻烦。"

望着女人远去的背影，小平恨不得追上去扇她几个耳光。可他细想了一下，女人说的不是没有道理，难道永远找不到工作、永远会不顺心？他一下子明白了女人所说话里的全部含义，女人是在用激将法挽救自己。哈哈，真是太伟大了。简单、明快、没有任何修饰的语言，一下子击中要害。女人的谈话中还给他留下一个值得琢磨的信息，今天他是第三个。天呀，一天三个想把自己性命交给护城河的人，那一年有多少人？十年是多少？小平被自己的分析和想象吓呆了，他麻利地从玉兰树下站起来向马路上跑去，感觉身后有什么魑魅魍魉追赶自己似的。等他跑到马路边，回首观望护城河中荡漾的彩色水波时，已经是泪流满面了。他索性四仰八叉地将自己的身体扔在一棵高大的梧桐树下。当他再次睁开眼睛时，红彤彤的太阳已经圆圆地挂在城墙西南角那个垛口上。他这才想起，昨天晚上自己没有吃饭，肚子里像有熊熊烈火在燃烧。他慢慢从梧桐树下起来，远远地看着城墙，用舌头舔了一下嘴唇，从草丛中跳出来，在地上伸了一个懒腰，向学校走去。

宿舍里很静，同寝室的同学都出去上班了，就连一向最难找到工作的夏新，也有了自己满意的工作，可自己却什么也没有。小平心里很难受，他有些坐立不安。他先到盥洗室用凉水冲了头，又用温水洗了脚，泡了方便面吃。做完这些他亦不知道还要做什么，做什么能把自己满脑的怨恨和无奈发泄出去。

"妈的，活人还能让尿憋死？"他想起了父亲常说的一句话，他把父亲说的话，像一个失忆者在口中不停地念叨着，奔出学生公寓。他要到学校门外不远处买一份报纸，报纸上有招聘广告。

报刊亭在学校门口南边的车站旁，卖报人告诉他，今天是周三，报纸上没有招聘信息。他央求卖报人给他找一份周日的报纸，他告诉卖报人自己愿意出双倍的价钱。卖报人告诉他报亭里从来不卖过期的报纸，当日的报纸卖不完后，送新报的人顺手就收走了。

小平真是无奈极了，在返回宿舍的路上，他碰到了夏新。夏新也是一副垂头丧气的样子，夏新又一次被用人单位炒了鱿鱼。

两个同病相怜的人各怀不安回到宿舍，坐在各自的床上。愁肠人对愁肠人，谁都没说话，他们已经到了懒得说话的程度。正在两人无言以对陷入沉默的深渊之中时，小凤和夏花两个人一前一后走进了他们的宿舍。

是小凤把小平被报社开除的事告诉夏花的，听了小凤的电话，夏花回想起前几天夏新也说过，自己在那个单位干不长的话。夏花把电话打到夏新的办公室，一个女同志声音清脆地告诉她，夏新被老板开除了。夏花再把电话打给小凤，两人相约到学校看望两个失去工作的人，他们怕两个失去工作的人心里有情绪。

但实际问题是，大学生找不到工作或是常常被老板，以及被用人单位开除，已是司空见惯的事。大家听之任之，并没有什么想不开的。原来是两个人相对无语，现在是他们四个人默默地对坐了很久，各自想着自己的心思，但大家什么话也不说。最后，还是夏花打破了僵局，她坐了一会儿感到憋得难受，就拉了小凤的手站起来说："走，吃饭去。姐今日中午请你们三人吃羊肉泡馍，谁不去也不行。"

学生公寓楼下的喜马拉雅松，已开始换叶了。满地都是松针，红的、绿的很是好看。四个人跨过那些被时光清除过的东西，向校门外的春阳中走去，远远看去像两个大获全胜、着便装的女警察，带着两个犯罪嫌疑人。走在前面的精神焕发，跟在后面的畏首畏尾，迈出的脚步有气无力。

走着走着，前后人拉开了距离，前边的两个女人就故意到花池里，去看拥抱着小小花蕾的牡丹。小凤说那些在地里孕育着蓓蕾的是芍药，夏花硬说那是牡丹。小凤说："还真别说，我真地分不清牡丹和芍药呢。"夏花说："我也分不清，但刚看见字了，人家这是牡丹园呢。"小凤夸夏花心真细，夏花说："心细是练出来的。过去自己也是个粗心人，自从开了小超市，慢慢地心就细了，不细不行。不但心要细，记忆力还要特别好。"

说着她对小凤讲起了一个由于自己粗心，造成经济损失的故事。她说有一次她进了十箱酸奶，不一会儿就卖完了。自己觉得好奇怪，为什么今天的人都爱喝酸奶。后来送奶的人来结账，才知道奶已涨价，可自己还按旧价卖着，所以买的人多了。虽然相差只有一两块钱，但退了休的那些老太太们，就爱凑那几毛钱、几分钱的热闹。

听了夏花如此说着做生意的门道，小凤"嗯嗯"地笑着。她让夏花给她设计未来的路途，夏花不假思索地对她说："你舅舅不是工商局长吗？我建议你回老家去，让你舅舅做个好安排。"

小凤转身看了看小平和夏新，紧跟脚步对夏花说："舍不得离开这座城市。你看这城市多好，环境文明、生态文明、人也文明，主要是人气旺。人在这儿生活，特别有精神气儿。我真是不想回到那小县城去。你不也是从秦北的黄土高原，来到这个城市寻找人生的吗？"

夏花也回头看了一下后面的两个人，转过身说："是呀，城市的确好，但压力实在是太大了。我是个农民工，生来是下苦的命。可你们能下过我的苦吗？人有时是很怪的，一进了大学的门，心就不一样了。比如大平和小平，大平如果进了大学的门，也不一定有今天的收获；如果小平没有上大学，也许会是另一种样子。"

小凤不同意夏花的说法，她说："那不一定的，是人的个性决定的。人常说，性格决定命运嘛。比如我吧，我也是本科生呀，但我就乐意从最低处做起。一个大学生，每天给人端盘子还受人气，有时汤碗的热度可能烫烂皮肤，但我含着泪、咬着牙也会端到客人面前。我所做的这些就是想让自己吃许多苦体验人生，把自己寄放在这个城市，因为我非常爱这座城市。"

听小凤如此说，夏花停住了脚步，抓起小凤的手仔细地端详着，她的确看到小凤手上被烫过的痕迹，她一下子敬重起小凤来。在那一瞬间，她想自己的弟弟夏新，如果能拥有小凤这样的女朋友，那该多好呀。

小凤被夏花看得不好意思，她很快抽回自己白嫩纤细的手。夏花说："你乐意到我的小超市来不？你给咱卖东西，我再给咱规划别的项目。我想让你、小平、夏新都有事做，都能挣来钱，都少一些生活压力。"

小凤抓住夏花的手，紧紧握着高兴地说："行呀行呀，跟上你做事肯定没问题。啥时候开始上班？"夏花说："如果你乐意就从明天开始，你今天先辞了那边的工作，结清工资。"

小凤想了一会儿说："好是好，就是人家那边管着住处，我到你这儿来住哪里呀？"

夏花说："你放心，姐住哪儿你住哪儿。但姐有个要求，咱们的女生住处不许男生随便出入，包括你的心上人。一旦你违反了这一条规定，你就必须马上走人。"

小凤听了此话心中有些犹豫，停了一会儿她有些不解地问夏花："你为什么总是那么防着别人？是不是大平哥带来了许静茹让你特别伤心。"

夏花也停住了脚步，她望着校园里一排高耸的喜马拉雅松说："咱不说这些行吗？走，快去吃饭。"

四个人到了一家羊肉泡馍馆，夏花请他们吃了优质的羊肉泡馍。然后，四个人同时向夏花的小超市走去。路过一条街，看到一个挂着转让牌子的门市，夏花走了过去，门却锁着。上面告示写着电话，夏花照着门上的电话拨了过去，约转让人到门市来。她告诉三个大学生各自忙自己的事去，说自己要租下这间门面房。弟弟夏新问她："租房做什么？"她收了电话说："给你和小平安排工作。"小平和夏新同时争着去看房。房是开过餐馆的，墙壁很黑，房子也很陈旧，小平和夏新不知道夏花要做什么。他们也没有再问，两个人低头说了些什么便匆匆地离开了。他们要去寻找新的工作，他们不想把读了一肚子的文学知识，放在这间黑屋子里，让其派不上用场。

房主很快就来了，夏花让小凤一块与房主谈房屋租赁的事。谈了没有几轮，双方达成了协议。在如何交租金问题上产生了分歧，房主人要一次交一年的。夏花说自己生意周转不开只能按季交。争论了一番没有谈成，大家就不欢而散了。

返回的路上，夏花才告诉小凤，她要开个洗脚坊，让小平和夏新来经营。小凤一听大吃一惊，她笑呵呵地对夏花说："夏花姐，亏你想得出来。让两个名牌学校出来的大学生给人洗脚，你是不是头脑发晕了？呵，你含辛茹苦挣钱供夏新上学，就是为了让他给人洗脚？"

听了小凤的大呼小叫，夏花并没有觉得有什么奇怪。大学生都是这样子，走出学校门时趾高气扬、踌躇满志，感觉天下都是自己的，可到实际中一碰全蔫了。她站定了脚步问小凤："你不也是大学生，那你为什么会给人端盘子呢？你不是认为端盘子是为了爱这座城市吗？他们为什么不能？他们如果要在这座城市生存，也必须从头做起，从低处做起，从小事处做起。"接着又说："你想想，他们出去说是实习、工作，一个月挣的钱连自己的生活都保证不了。你让他们如何在这个城市生存？总不能像城墙头上那些好看的气球，整天在空中飘着吧。"

上午的太阳光有些温度，两人说着便把身子移到一棵高大的梧桐树下。夏花有些咄咄逼人之气势，倒弄得小凤有些说不出话来。小凤再度认真端详夏花的脸，觉得自己并不了解她，但她从心里敬佩这个比自己只大三四岁的女人。踌躇了半天，小凤才轻声说："姐呀，真不亏是女中豪杰！妹子服你了，敢想敢干，而且全能干到点子上。好，我帮你动员他俩，让他们从实处做起。"

令小凤没有想到的是，夏花用手轻轻地捻着小凤已开了叉的金色发梢说："你不用管，也不用告诉他们。你一说，特别是小平还认为你看不起他，会记恨你。我的想法是让他们继续找工作，你我都不给他们提供伙食费，他们断了吃饭钱，自然就会给自己一个定位。"

说完，夏花丢开小凤到路边一个报刊亭，买了两瓶橘子汁反身回来，她递给小凤一瓶，自己也开始喝。呷了一口，夏花露出笑脸接着说："对于你们这样从象牙塔里走出来的人，说实话，我是做过调查的。光西京这座城市每年就十几万，外地还有大量进入的。比如兰州、宁夏、青海、内蒙古、西藏的，但真正能坐在写字楼里当白领的有几个？你说得很对，我含辛茹苦供弟弟上学肯定不是让他给人洗脚，我也想让他出人头地。可哪个人出校门能一帆风顺呢？这个社会很现实，每个人要顺应现实。比如你吧，在饭店干这么久，无形中总是认识了社会吧，也认识了人吧。更重要的是，你认识了自己。你说，这么大个西京，啥样的人才没有？所以，一切都得从实际出发。实际是什么，就是嘴，要想留在这座城市，先要解决嘴的问题，知道吗？"

小凤被夏花一席话说得心服口服，不大一会儿工夫她就喝光了瓶中的橘子汁，顺手将瓶子扔在眼前的花丛中。夏花见状忙跑过去从花丛中捡起了瓶子，她拿了瓶子走过来对小凤说："这就是你们这些大学生干的事。你们爱着这座城市，为什么不从细微处做起呢？你知道吧，这个瓶子卖到收购站还能卖一毛钱呢。还有，你这么轻松地一扔，对自己方便了，可你想想，那些清洁工为了这个城市的美丽，要付出多少？"夏花说着，将空瓶子装进自己的背包，倒把小凤弄得几分尴尬。

夏花发现了小凤的尴尬，又拍了拍她的肩膀笑着说："笑话姐姐了吧，等你将来管了超市后，你就知道如何赚钱了。"正在此时，夏花的手机响了，她接过电话对小凤说："快去办辞职手续，这边姐等着你来上班了。"

26　沮　丧

这一天，对小平和夏新来说，是个备受打击的日子。

吃过羊肉泡馍刚回到公寓，又有几个同学被用人单位辞退了。他们同小平一样垂头丧气，口中怨声载道。正在此时，学生处的人拿着一张表格来到他们的房间，并告诉他们，要做好搬离公寓的准备。其中一个同学正要与来人争辩，被夏新拦住了。

催促腾房子的人走后，几个人目目相对、唉声叹气一番，商量着准备如何走出西京去南方闯荡。夏新将烟灰弹在架子床一个掉了螺丝的空眼里，摆了一下头说："西京的大学生太多了，竞争也太过激烈。说不定我们走出去，工作好找一些。"有人伸出大拇指给夏新以鼓励。大家议论着，个个东倒西歪，有人躺到床上，有人骑在窗台上，有人像农民一样蹲在门扇后面抽闷烟。

夏新拿出手机，拨通了春节后去南方的同学的电话。对方说，两个多月了还没有找到合适的工作，劝他们不要盲目过去。夏新又拨通了去北方的同学的电话，回答如南方同学一样，对方说工作实在是太难找了。无论找什么工作，人家都要有实战经验的，你们还是在西京好好待着吧。千万别出来，找工作实在是太难了。

几个同学听了电话，放弃了去别的城市的想法。正在大家感叹时，班里长得最漂亮的女同学，走进了他们的宿舍。女同学告诉大家：下午全班同学要到教室上课，一是准备论文答辩；二是没有交清学费的同学，立即准备钱补足欠下的学费。否则，就是毕业了，到最后也是拿不到毕业证的。

女同学走后，宿舍里响起一片唏嘘声。夏新站起来有些不服气地说："见识了吧？同志们先生们，这就是城里人的架势。听见了没有？那口气，好像毕业证发不发，她就能做主似的。"

另一个同学从上铺跳下来，一边用脚在地上找鞋一边说："好了好了，同志们，大家都是同班同学，马上就要分道扬镳了，要讲和谐。说不定将来走向社会后，谁还能用到谁呢，多一些和谐不好吗？求求大家了，好不好？"说完，他的鞋也穿好了，人却出去了。看着他走出去的背影，再也没有人说话，大家沉默了许久，各自散去。

小平和夏新怀着难以名状的情绪从宿舍出来，逃到校园的青藤树下。夏新从口袋中摸出一支烟递给小平。小平历来不抽烟，今天他开始抽了，他心里很烦，因为他还有一学期的学费没有交。

夏新知道小平还欠着学费，他试探着对小平说："要不我给你哥说说，我看他人其实蛮不错。我想只要说了，他肯定会帮你。"

小平听夏新如此说有些生气，把燃着的香烟抛向远处，然后忽地一声站起来，威胁似的对夏新说："夏新，咱们可是愁肠人对愁肠人，你把这事儿要是给我说出去，可别怪我终止了我们俩的情谊。"

夏新有些不解地对小平说："我真是看不透你，你说你哥对你多好呀。班上谁的手机有你的好？谁的衣服有你的潮？想想前几年，谁的生活费有你的多？你总是往外借钱，那全是你哥给你的，可你……"

夏新越说越来劲，他也把抽了一半的烟扔向远处，走到小平跟前拉他重新坐下，语重心长地对他说："小平，咱们同学四年了，在外边闯荡也快两年多，我总觉得你心理有问题。你想想看，你们家啥好事都让你占了，你为什么还不知足？别的不说就说小凤吧，噢，咱不说小凤。说……说什么呢？说什么也是你不占理。说实在话，我要是你哥上不了大学，早就把什么都舍弃了，远走高飞了，可人家就是上不了大学还是管着家。反正你们家的事儿我也说不清，我只是觉得你这人心理有问题，不阳光。就是你哥打了你，我认为打得在理呀。你想他不伤心吗？他爱着小凤你却害着小凤，他供你上学你却……行，不说了。"

夏新看到小平被自己说得流下了眼泪，闭了口。过了一会儿小平的情绪稳定后，他拍了夏新的肩膀仰起头说："谢谢你，好兄弟，我知道我哥对我好，我正因为心里愧疚才不想花他的钱，可你说咱们咋这么笨呢，学了这汉语言文学有什么用。走，咱们再去找工作，就是到工地搬砖和水泥，我也干。我就不信这么大一座城，容不下两个心怀理想之人。"

夏新拉小平重新坐下，他又掏出一支烟为小平点燃，说："你说到理想，我要问问你，你的理想是什么？"

小平深深吸了一口烟，嘴唇一抖，抖出一个好看的烟圈，在空中悠悠地飘荡着。看着烟圈散尽，小平收回目光看着夏新说："真的，夏新，我还真没有认真地想过这个问题。上大学前，我的理想是一定要好好学习，争取留在这座城市。然后努力挣钱，在这座城市有房子，有小车。当然，能和自己心爱的女人相携而行是最好的。但是，具体做什么工作，通过什么渠道挣到钱，实现买车买房的愿望，我还真没有细想过。"

夏新看着远处无忧无虑、正在开心打篮球的低年级同学说："是呀，我也处在混沌期，也不知道自己想要什么、要干什么，看来我比你还不如。过去刚拿到入学通知书，姐姐问我上了大学最想做什么？我说最想当县长。当初在农村的时候，认为县长就是最了不起的人，就是从农村出来最伟大的人。那时，在我的意识里还存在着把考大学当成了考状元，心想一上大学什么问题都解决了。后来一到城市我有些蒙了，特别是这两年。找不到合适的事做，哪儿也挣不到钱，我一下子失落了。原来上了大学什么都不是，还不及没上大学的人呢。像你哥和我姐，他们没有上大学，反而知道如何去生存、挣钱。他们就像地上的蚂蚁，虽然卑微但有方向和目标。而我自己呢，真地不知道自己有什么用。"

小平再次伸手让夏新给他一支烟，夏新为他点燃了烟递给他。他这次没有吸，只是看着烟在燃烧。他似乎看到点燃的香烟，那一缕缕青烟全是问号，不住地向他的大脑冲击。看了一会儿，他将目光投向学校读书大楼，哀叹道："是呀，这上了大学好像是用家人的钱，给自己脸上涂了一层色彩。外表好看了，内心高傲了，骨子里多了轻狂，把自己心灵深处的一些东西弄丢了。我们把自己培养成了吸血虫，吸家人的血养自己的尊，到头来全迷失了自我。"

夏新一直认为只有自己才如此反思自己，没想到小平也是这么想的，但小平从来没有这样表达过。他想，有这样想法的人，在这个校园里肯定不止他和小平两个人。

两人在花园里苦闷地坐到下午，太阳挂上西边楼顶时，有一个同学拿着一张报纸来寻找他们，报纸上有一条政府招公务员的消息。小平看后很是兴奋，夏新却没有什么感觉，他说："你们看看，全省才录那么一千多人，光那些有钱有势有后门的，这指标都不够用呢。我们还想挤进去，想都不要想。"小平从地上站起来，匆忙抢过报纸说："我们得试试呀，不试咋知道，就是不能录取，那也是一次历练呀。我们把历练记下来，也是好事。"两个人被小平说动了，三个人拿着报纸，一摇一晃地去了教室。

27　新发现

　　华灯已点亮了整个城池，环城南路边有些楼房加装了不同颜色的亮化灯，五颜六色，此起彼伏，像流动的彩色波浪。光的反射，投到城墙上，城墙显得更加壮观和妩媚。

　　大平和许静茹终于找到小凤打工的秦川面馆，他们没有看到小凤。问了别的服务生，人家告诉他们：小凤辞职走了。两人不约而同地"噢"了一声，找了桌子坐下。许静茹点了两碗面和一份秦南豆腐干，大平给自己要了一瓶啤酒，给许静茹要了一瓶橘子汁。两人同时将黑色的筷子伸向秦南豆腐干，又同时送进口中，再是同时瞪圆了眼睛。

　　许静茹一边嚼着豆腐干，一边两眼放光地问大平："这是秦南豆腐干吗?"

　　大平又夹了一大块放进口中，细心地哑着嘴巴。过了一会儿，将豆腐干咽下去，一脸猜疑地看着许静茹说："味道有些像，但口感好像不太像。"他再次将筷子伸向桌子上镶了金色花边的方形盘子时，盘子里已经没有剩下几块了，他招手叫来服务生又点了一盘秦南豆腐干。服务生一脸笑意地向大平推荐道："老板，你喜欢吃豆腐呀。我再给你介绍一种秦南熏豆腐干吧，它比这个更好吃。"

　　大平说："来两盘吧，一盘秦南豆腐干，一盘秦南熏豆腐干。来两盘不同的。"服务生兴奋地说："好的，你等着。"

　　许静茹看着大平只想笑，她说："你要这么多，咱能吃完吗?"

　　大平说："打个电话，把夏花叫来，让她也尝尝秦南豆腐干。"

　　许静茹听说要叫夏花来，脸上表露出不愉快的表情。虽然这一表情在一瞬间就消失了，但还是让大平读到了。

　　大平说："许静茹呀，想不想听听我和夏花的故事。"

　　这回，许静茹来了精神。大平说："等你听过之后，你不但不会讨厌或者看不起夏花，你会重新认识这个人。她的命运比你还要苦，从小失去父母，自己一人把弟弟培养成了大学生。"

　　接着大平就把他和夏花的认识经过，向许静茹讲了一遍。大平还没有讲完，夏花就风风火火地扑进了面馆的门。

许静茹真的被夏花的故事感动了，她甚至还流下了眼泪。当夏花刚刚推开面馆的门时，许静茹就急头急火地去迎接她了。

夏花坐进椅子，发现许静茹脸上挂着泪花，便竖起了眼骨问："大平同志，你怎么把村主任同志弄哭了？"

大平把一双筷子和一瓶啤酒递给夏花，哈哈大笑说："你们秦北人啊说话就是怪，怎么叫弄哭了？弄什么？怎么弄了？"

其实夏花是有些忌妒许静茹的，她自知失口，忙扳了许静茹放在桌沿上的手臂说："对不起，我们秦北人没文化。老粗、老粗，妹妹别见怪。"

许静茹不但没有生气，反而问夏花的老家是不是米脂的。

夏花说："不是呀，我们家在榆林北边快和内蒙古接上边了。咋，有许多人都说我像米脂婆姨，这是为什么呀？"

大平举起杯子伸向两个女人，他看着夏花仍旧笑哈哈地说："说你没文化吧你不服。你不知道吗，貂蝉出在米脂啊？"

夏花睁大眼睛看着许静茹说："貂蝉，我咋没听说过呢？电影明星还是歌星？"

大平将杯中饮料一次喝完，并亮了一下杯底。然后，拿起筷子指着秦南豆腐干说："是歌星。那个唱得好呀，她一唱山丹丹开花红艳艳，月亮害羞，花儿闭蕾，鱼沉水底，就连空中的燕子，正飞着，一听她的歌，立马从空中掉下去了。"

夏花还没有识破是大平在忽悠她呢，她夹了一筷子豆腐放入口中，一边嚼着一边问："为什么呀？"

许静茹笑得快要把口中的豆腐喷出来了。

大平一脸平静地说："她的歌好呀，不但迷人，还迷飞禽走兽呀。"

夏花还没有从谜团中走出来，她说："这个唱歌的是不是人长得特美？"

大平说："是呀，是呀，和你一样美。要不咋老有人问你，是不是米脂的？"

许静茹实在是忍不住了，她用纤细的手拍了夏花的肩膀说："夏花姐，他是胡编的，你别信了，千万别听他胡言乱语。"

夏花把一杯酒往口中一倒，也笑着说："我知道他是在胡编哩，貂蝉是中国古代的大美人，我为什么要配合他装疯卖傻？我是想让你们开心，你们跑了一天一定累了。"

大平又将杯子伸向许静茹，他笑着说："是你傻呀许主任，见识过秦北人了吧，个个是大智若愚。当然，这只是秦北的女人，秦北的男人呢那叫个胆大，口袋里有一块钱，他就敢做十块钱甚至是一百块钱的事，你信不？"

许静茹说："我信呀，上次去你们村的那个煤老板，不就是三万元起步，最后成千万富翁了吗？"

许静茹说到煤矿老板，夏花的脸一下子变得通红。许静茹自知失口，忙举起杯子伸向夏花，说："我们秦南人应该向你们秦北人学习，学习你们的开拓精神。"

夏花应了许静茹举过来的饮料杯子，说："你真想向秦北人学习，那从何时开始呢？"

许静茹说："从现在开始学不晚吧。"

夏花说："一点儿也不晚，来，把你的饮料放下。从喝啤酒开始，从实际出发，把理论变成行动。"

大平看着夏花的样子，鬼兮兮地笑着。他没有想到这个夏花，越来越有企业家的范儿了，秦北女子的特点一下子凸显出来了。

许静茹也豁出去了，她说："喝就喝，做一回秦北女人，沾点开拓精神，为未来的发展奠定基础。"

三个人又要了几瓶啤酒，一杯接一杯地喝了下去。

夏花说："秦北人的开拓精神，的确要比关中人和秦南人要宽泛一些。但有时过分拥有了开拓精神，就会带来副作用。"

大平和许静茹听夏花如此说有些不解，他们没有想到有了开拓精神会有什么不好的。夏花就给他们讲了一个秦北小伙在西京东大街发生的故事。

秦北矿区一个生长在农村的小伙，在外地打了几年工没有挣下多少钱。他在广州深圳转了一大圈，又回到了家乡。家乡正在热火朝天地搞能源开发，小伙在开发区租了一间房子，开办了手机缴费门市。干了半年，也没有挣到几个钱。

他把自己的经历总结了一下，为什么自己没有挣到钱呢，主要是自己的势不大。他看着身边的朋友，就是自己的发小都开着高级小轿车，招摇过市。心想，人家势大了钱就好挣了，自己也想把势搞大然后再挣大钱。但如何才能把势搞大呢？小伙正想着，一个销售汽车的人走进了他的门店，问他要不要买车？小伙一听来人让他买车，心中顿时透出一股兴奋劲儿。他听卖车人讲了好几种汽车的功能，听得他心花怒放。最后，他问卖车人："我太想买车了，只可惜我没有钱。"

卖车人问他："你现在手头有多少钱？"小伙想了一会儿，告诉卖车人："有四五万元吧。"卖车人一听兴奋地说："够了，买一辆宝马足够了！"小伙接着说："你是让我买二手车呀，那我不干。我朋友买了个二手丰田，天天在修，不到一年，修理费比车钱还多呢。"卖车人说："不不不，你要买，一定要买新车，连牌子也没有挂上的。"小伙问："四五万元也能买到新车?"卖车人告诉小伙："当然可以，做按揭呀。知道吧，就是先交个首付，车你开走，然后按月慢慢还钱。"

小伙兴奋得将手往桌子上一拍，说："有这样的好事?"卖车人说："你呀，难怪把事情做不大，你对国家的政策不了解。你看见城市的高楼大厦、街上跑得飞快的各种小车吧?那都是按揭的。"

小伙听卖车人如此说，心想也许事实就是这样。他的几个发小明明没有什么大企业，甚至有些人什么事也不做，的确开着崭新的名车招摇过市。小伙当即决定：自己也按揭一辆进口车。小伙买好车挂好牌子后，就想到处显摆一下。他把车开到西京城围着钟楼转了一圈，然后驶进东大街。没想到刚走到东大街一个路口，却把一个女大学生轧在了车轮下……

讲到此，夏花问大平："这件事你听说了吧?"许静茹抢着回答道："各大报纸都登了。我记得电视台在采访那个小伙父亲时，老人流着眼泪说：'我们一家都是农民，天天在缺水的地里种土豆，种了一辈子，我活了七十多岁，连五万元都没有积攒下。谁知道这按揭的人，连我们家的情况一点儿都不了解，就敢给我儿子配一辆进口车。十多万哪，这不是坑人吗?'老人又说：'我儿子是让秦北人的浮夸攀比风害的，害的何止我儿子啊，还有那个死去的姑娘，她的父母该多心疼呀。'"

大平认真地听着两个年轻姑娘的讲述，回忆着在秦北时度过的那些日子。他的确体会到秦北人就是有爱扎势的毛病。他举起酒杯说："来，干了。"喝过之后他又说："是呀，秦北是富了，但真正富的还是少数人。可在外地人看来，好像所有秦北人都是富翁似的，这纯粹是以讹传讹。当然，这种局面的形成，与秦北人粗犷豪放的个性有关。"接着，他也讲了一个自己听过的故事：一个住在驼城的人，准备到西京给儿子买房。邻居听说后对他说，别忙，来来来，帮我也买一套。说完，邻居转身走进自家的门，提出一口袋现金来，交给他说，你看着定，你定啥样是啥样。正在两个男人在楼道交谈时，需要买房男人的女人拿着一张银联卡，递给要去西京的邻居。她说，把这个拿上，带钱太重了，给你添麻烦。女人夺回钱说，密码我写在纸上了，你看着合适就给我定两套吧。

许静茹听后笑着用筷子敲打碗沿说："这也太牛了吧，买房是一辈子的事，咋能这样呢?"

夏花接着说："实在是太夸张了，就是再有钱的人也不会这样呀。"

大平也笑着说："我也不相信这是真事，这种故事只表明秦北人多有钱，这是外地人给秦北人编的。我还听说过这样的故事：一个秦北小伙喜欢上了一个秦南姑娘，小伙长得很一般，秦南姑娘长得像个模特儿。两个人生了情，决定了终身大事。两家大人在谈彩礼时，小伙的父亲对媒人说，人家女子有多高咱送的彩礼就有多高。媒人把话传给姑娘的父母，姑娘的父母理解不了此话，就用尺子量了女儿的身高，一量把姑娘的身高报给了媒人。媒人说一米六八，彩礼可能是一万六千八。姑娘家人听后忙说，还说秦北人多有钱，听说小伙子的父亲开了几个煤矿，原来也不过如此，比我们秦南人还抠。不行，太少了，我们不嫁了。大人说不嫁了，女儿却说自己有了那个后生的骨肉，大人无奈，只好从了女儿。结果到送彩礼那天，秦北小伙是开着车拉着钱来的，他们把一百元一扎的钱在地上一码，对媒人说，你数钱给人家，一公分一万元。媒人再用尺子量了姑娘的身高，最后对姑娘的父母高声唱道：'彩礼，一百六十八万元，请笑纳。'"

许静茹将筷子往桌子上一甩，从凳子上站起来声音激动地说："妈呀，一百六十八万元，是我，我也嫁，哪怕那小伙是个残疾人呢。"

夏花扯了许静茹的衣襟让她坐下，平静地说："在秦北，有钱人娶媳妇送上几百万彩礼这并不新鲜。"

许静茹看着大平有些神经兮兮地说："我真想去秦北看看他们都在搞什么，那么有钱？"

大平把头往许静茹面前伸了一下，笑着说："是不是你也想把自己嫁给秦北，你的身高可是一米七二，比一百六十八万还多呢。"

许静茹伸手在桌面上，抓住夏花的手哀求说："快帮我在秦北找一个有钱的主儿嫁了去，收彩礼钱给你提成百分之三十，剩下的给大平同志办豆制品加工厂。"

夏花轻轻拍了拍许静茹的手说："行了吧，就你，能看上秦北那些煤黑子？"

许静茹说："有钱呀，先把钱弄到手，让大平把加工厂办起来。那边如果过不成，就离呗。"

夏花知道许静茹爱着大平，他想，一个女人能有如此想法确实难得。她笑着说："我到哪儿给你找呀？有这样的好事，我自己会捷足先登呢。"

听了许静茹的话，大平深受感动，他举起酒杯对两个女人说："行了，我们好好品品这些豆制品，比较一下，看哪种好吃，我们将来就做哪种。"

28 酒　杯

在西京调研了七天，大平感慨良多。是呀，为什么秦北的豆腐干在西京有那么多销售点，而秦南的豆制品在超市里却找不到呢？

这一晚，大平又用电话约请了高立军、夏花、小凤、小平和夏新，一块儿到原来吃饭的那个饭店，他想把自己在七天里的调研结果说给大家听。他想确定自己的发展目标，那就是回到鹿鸣川去开办豆制品加工厂。

天黑后，大平和许静茹走在通往饭店的路上。大平对许静茹说："我真地要回鹿鸣川了，你咋办呢？是和我一块去还是留在西京发展？你做任何抉择我都举双手赞成。"

许静茹停住了脚步，举目看着城墙上一道道飘来飘去的五彩光束，说："我真的没有主意，你安排吧。你要我做什么都行，你嫌我跟着你给你添麻烦，那我就留在西京。如果你认为我能帮上你，我就跟你回鹿鸣川去。"

大平没有想到许静茹会如此回答自己，他真不知道该如何回答许静茹了。当然，他内心多么希望许静茹跟他回到鹿鸣川去，可这样行吗？这样会不会委屈了许静茹呀？他走到一棵钻天杨树下停住了脚步，想了一会儿说："我想是这样，咱把这个问题交给大家来讨论。我是想听听高立军的意见，因为他是个有主见、有经验的人，我的想法是让你活得快乐一些。"

许静茹用感激的目光看了大平好一会儿，才肯定地说："我听你的。"两人又向前走了几步，许静茹把目光投向远处。远处是护城河，河中的灯影非常迷人，迷人的夜色中传来萨克斯独奏曲《回家》。两人又重新站定，似在用心聆听着《回家》。听了一会儿，许静茹有点悲伤，她声音低微地对大平说："回家，可我已是无家可回了。"

大平第一次把手拍在许静茹的肩膀上说："谁说你无家可回？如果你愿意，我的家就是你的家，我的父母就是你的爹妈。"大平把话说出口，又觉得不对，他重申道："你是我妈的干女儿，干女儿和亲生女儿没有区别。你看我又没有妹妹，我总是羡慕有妹妹的人，哪怕是个淘气的妹妹，我也喜欢。"

大平一席话说得许静茹泪流满面，那时《回家》的乐曲被夜色中的人吹到高潮处，像一位母亲倚门而望，召唤游子立即归来似的。

许静茹不由自主地扑向了大平的怀里不住地抽泣，抖动的肩头像一座摇摇欲坠的山，压得大平不敢喘气。大平向后退了两步，把自己的背倚在一棵白杨树上，他任凭许静茹依托着自己纵情地哭泣。他用两只手轻轻地拍着许静茹的肩膀，口中不停地说："好了，好了，小妹你这样做，别人还以为我欺负了你似的。不哭了行吗？走，我们去吃饭，吃你最喜欢吃的火锅。"

在那一刻，许静茹多么渴望大平拥抱自己甚至亲吻自己，多么希望大平用双手托起她的脸，理顺她被晚风吹乱了的头发，然后亲吻自己的双唇。可这个金大平真是个木头人，许静茹有些失望。她从大平的肩膀上抬起头，自己理顺了头发，抖抖精神说："好吧，走，吃火锅去。"不知何时，夜色中的萨克斯乐曲没有了，他们想是不是那个吹奏者回家了。

大平和许静茹刚刚走进火锅店，高立军就高喊起来，向他们招手呐喊。大平和许静茹一看，所有应该到的人都到齐了，就差他们两个。在那一瞬间，大平想，自己和许静茹并没有耽误多少时间呀，为什么会迟到呢。

等他们坐定，高立军才笑着说："我们早到了，等你们很久了。本来是要给你们打电话，可又一想，也许你们在春天的夜风里，正在彼此倾诉衷肠呢。所以，他们要打电话我阻止了。说说，你们俩为什么迟到？是不是有什么新动作？"

许静茹听高立军如此说，忙把红酒杯举起来与大家相碰，碰过之后她一饮而尽，然后有些动情地说："对不起大家，是我耽误了时间。不瞒大家说，刚才我们走到城市西苑，宁静的夜色中突然传来萨克斯独奏曲《回家》，我听后有些伤感，在护城河边哭了一场，让大家见笑了，请大家原谅吧。"许静茹如此一番叙说，一下子把饭桌上的气氛弄得有些尴尬。就连一向喜欢引导大家找到快乐气氛的高立军，也一时闭口不言了。

夏花见大家都不说话，便从桌面上拿起酒杯站起来，邀请许静茹与自己碰杯，两人碰后各自一饮而尽。之后，夏花对许静茹也是对大平说："许静茹，你呀，比起我来你是幸福的。你知道我是咋走过来的，父母离世后，只有我和弟弟，那时我才十岁，弟弟才八九岁。是我通过自己的奋斗，把他送进大学。比起你，我苦吧？你看，这不是过来了吗？"

大平听到夏花又在讲自己的苦难史，十分担心喝了酒的夏花讲出她在秦北那段曲折的经历。他忙阻止住夏花道："好了，好了，大家不说这些，说说我吧。"他举起酒杯与大家在圆桌上的玻璃板上，用杯子敲出清脆的声音，然后邀请大家举杯同饮。饮过之后大平摆了一下头，再用眼睛齐齐扫视了一下坐在桌子边的几个人，他说："我的人生到了十字路口，今晚约大家，是请大家给我指点迷津的。大家说，我到底是应该去外地继续打工，还是回到家乡去创业？请大家给我拿个主意。"

高立军听后立即打断了大平的话，他说："创业，你一定得创业。依了你的精明肯干和开拓精神，我是一万个支持你创业。你一旦开始创业，一定会弄出响动来。再是，有我这位贤淑聪慧、勤劳善良、智勇双谋的老同学帮你，我相信你金大平同志，噢，不，金大平先生，不不不，金大平总裁，一定会初战告捷，大获全胜。"高立军一边说着，一边激情满怀地站了起来，他举起酒杯，邀约大家一起举杯共饮。他清了清嗓子，声音洪亮地说："来，预祝我们未来的大企业家，金大平先生成功。"

大家随了高立军的一声"来，干杯"，将酒杯碰在一起，每个人开始准备将红酒倒入口中。高立军却阻止了大家，一脸严肃地说："慢着，来，我给大家讲一点喝红酒的知识，你们回头看电视。"大家都把目光投向墙壁上挂的电视机。

此时，电视机里一对西方情侣在美妙乐曲的伴奏下，同这些年轻人一样，正欲举起高脚杯送往嘴边。等两个人美滋滋地将红酒送进口腔，他们并没有喝去多少，然后将杯子放在菜盘旁边，吃菜时，高立军才让大家喝酒。众人这才听了高立军的口令，依次送红酒入口。

等大家坐下后，高立军夹了一块豆腐放入口中咽下。他笑笑说："同志们，你们刚才从电视画面里看到了什么细节？来，大家评说一下。"

大家以为高立军会出什么难题，没想到他会这样问大家。这样的问题，看似简单但谁能答对？还真不好说。当然，许静茹是知道高立军想告诉大家什么。这样的学问当年在学校时，高立军就给全班同学讲过，且讲得大家心服口服。

高立军再次吃了一口豆腐，说："这个问题，许静茹不能回答。除了许静茹，你们每个人都得说，刚才我让你们看电视，是想告诉你们什么？"

高立军是这个小圈子里很受大家欢迎的人，有他在大家感觉到轻松。开始时，小平和夏新对他的加盟有些不屑。特别是小平每每见到他，有些嫌他太张扬、太自以为是。但经过吃饭、唱歌和交流，小平开始敬佩起高立军了。小平在想，同样是大学生，为什么人家就能玩得那么转呢？从讨厌到敬佩，虽然只有一周时间，但在这一周时间里，小平的确从高立军身上看到了许多自己没有的东西。他和夏新在背地里多次谈到高立军这个人，他们二人达成了共识，一定要好好向人家学习。

正在小平想着这个问题时，高立军便指着他问道："小平，你说说，我让你看电视是什么意思？"

小平放下筷子，抬眼看了看大平和许静茹，木讷着说："你的意思是希望我哥和许静茹早结连理吧？"

夏新听小平如此说，忙站了起来抢着说："不对，高立军是让我们向西方人学习，学习人家的儒雅，特别是喝酒时的举动。动作要慢，举止优雅。"

"你说的沾了点边，但也不全对。"小凤说。

夏花眼看轮到自己，她对着几个大学生说："我的理解是这样的：西方人吃饭不讲究菜品多，是讲究实惠不浪费。而且人家都是讲情调，特别是年轻人，讲究用眼睛说话，不在吃饭时大声喧哗。"

夏花正说着，大平把红酒依次倒入每个人的杯中，因为下来该他回答问题了。把红酒倒好，大平先举起杯子，他用大拇指和其他四指捏着高脚杯的细腿说："来，大家把酒杯举起来，让我看看你们举杯子的姿势。其实，高立军是想给我们普及喝红酒时是如何举杯的。"七个人中，只有高立军、大平和许静茹，举酒杯时用手指捏着高脚杯的细腿。其余几个人都是将高脚杯的细腿，夹在无名指的指缝里，然后用大拇指和食指把持着酒杯上部的杯体。等大家把酒杯举起来时，按大平的解释动作一对照，的确举杯子方式各有不同。

这时，高立军手按电视遥控器，将画面倒回到固定的画面。大家一看，那对西方情侣举杯的方法，还真是用五指捏着高脚杯的细腿。大家立即调整了举杯的方法然后共同碰杯饮酒。每个人用小口轻啜了一下，然后轻轻地放下酒杯。

等大家坐下，高立军像一个老师发现了好学生一样，很自豪地说："大平同学回答得十分正确，加十分。"众人鼓掌。

高立军接着说："喝红酒，最讲究拿杯的姿势，特别在一些高档的社交场合。从一个人举杯的姿势，可以看出一个人的知识和修养。人们常说：成败看细节。细节在哪里，细节就在生活中，靠每个人去表现。我说的这些，大家不会觉得讨厌吧，我可不是故弄玄虚，我真是希望我们每一个朋友走向社会，都是一个成功者。"

高立军话音刚一落，大家都鼓掌表示赞同，掌声引起酒店里其他客人扭头观望。

见大家吃得差不多了，大平才平心静气地把自己决定回家乡创业的事讲了出来。他说："通过一周的调研，我认为：回家创业是最好的抉择。我记得高立军说过一句，男人是创造世界的。创造世界靠什么？就是要靠勇气，只有创造财富，才能丰富这个世界。"

大平的话还没说完，高立军就带头鼓起掌来。掌声停息后，大平继续说："当然，我只是个想法。能不能成功，等我回去后还要好好做一番调研。比如黄豆的产量、价格、厂房、人力资源等，总之，我有信心在后方开展工作，你们在座的各位一定要在前方冲锋陷阵。前方在哪里？前方就是市场。我做了产品，如果卖不出去，那就是你们的责任。"

夏花听大平如此说，满心欢喜地说："你只要办起加工厂，我就立即在西京注册秦南豆制品销售公司，包销你的所有产品。"大家对夏花的想法感到十分兴奋，又在高立军的带领下，众人鼓掌给夏花以激励。夏花越说越激动，她说："为了给我们的销售公司培训人才，我几天前和小凤已看好了一间门市，并把那间房子租了下来。"

大平一听感到意外，忙说："我这儿八字还没一撇哩，你把房子都租下了，万一我办不成加工厂，我可没钱付房租哟。"

"是呀"。大家把疑惑的目光，投向了一脸得意的夏花。

夏花将面前杯中金黄色的橘子汁灌入口中，然后不紧不慢地说："我说过，我租房子的目的是培养人才，首先不是为你卖豆制品的哟。"

大平说："培养人才，培养什么人才？"

夏花卖着关子说："市场人才。"只有小凤知道夏花要做什么。但夏花一直用眼睛盯着小凤，小凤什么也没有透露。

许静茹对夏花的作为更加佩服了，她真不敢想象，一个没有文化的农村女孩子，在人生的路上走得那么坎坷，却在城市的市场中找到了自己的位置。她突然想起有一句话叫"无知者无畏"。她想，有的人真是无知者无畏。夏花、大平他们没有上大学，却很快找到了自己人生的目标。他们没有什么期许和等待，他们是用自己的心智勾画自己的人生，用一种奋斗精神书写自己的青春编年史啊。听了夏花的想法，许静茹突然觉得夏花在为自己的弟弟做什么打算。她扭头去看夏新，夏新一脸平静地在桌边读一本诗书。

高立军对夏花的表态很是欣赏，他要说什么被夏花阻拦了。夏花对着大平很认真地说："在你的秦南豆腐干还没有进入西京市场前，我先用那房子开一个洗脚坊。目前，西京洗脚很流行，但我办的洗脚坊是临街门市，是公开透明的。不透明也不行，因为只有那么一间房子。说实话，我这个洗脚坊不是给我办的，是给夏新办的。当然，如果小平愿意加盟，我也十分欢迎。"

一直在看书的夏新，一听说让自己给人洗脚，一下子火冒三丈。他把书往桌子上一拍，书却将饮料杯打落在地上，"吭"的一声，惊动了许多人。

夏新气愤地说："我一个堂堂正正的大学生，你让我给人洗脚，亏你想得出来。"

餐桌上的气氛一下子紧张起来，坐在桌子周围的人，个个把目光盯在夏花脸上。

令人没有想到的是，小平却站起来说："夏花姐我同意加盟。我愿意给人洗脚，只要有收入，让我在这个城市生活下去，什么我都愿意做。当然，卖身求荣的事我可坚决不做。"

众人在为小平的话鼓掌，夏新听小平如此说更加气愤，他拍着小平的肩膀生气地说："我姐疯了，你也疯了？她是白痴，你也是白痴？"

小平并没有生气，他把气得在地上乱转的夏新拉回座椅上，按其坐下。然后，很真诚地说："首先我要感谢夏花姐，一直以来对我的帮助。说实话，自学校允许实习以来，在这个城市我除了没干过搬砖外，什么都干过。但是，干什么都不成功。学校已通知让我们离校了，可是我什么也没有准备好。离开学校我住哪里？做什么？我都没有想好。现在我想开了，小凤拿着本科文凭都能给人端盘子，我没有什么不能做的。给人洗脚怕什么？只要能在这个城市生存下去，做什么我都愿意。"小平说着，流下了动情的眼泪。众人为他的转变而感到高兴，特别是大平。

大平从桌边站了起来，举起杯子对着大家说："来，为了两个大学生的转变和成长，为了夏花的真诚，我们再干一杯。"

喝过酒之后，夏新的情绪稳定了下来。这时，高立军燃起一支烟深吸了一口，说："告诉你们，我也不怕我老同学许静茹笑话。我刚毕业那会儿，为了留在这个城市，你们知道我在做什么吗？我专门为人擦皮鞋。你们听说过这个城市，大学生开的擦皮鞋店吗？那就是我开办的，当时新闻上都有报道。我怕给母校丢脸，所以在记者采访时，我没有告诉他们我的真名和母校的名字。"

大家听了高立军如此说后，人人惊得瞠目结舌。

高立军接着说："我的擦鞋店现在还在，而且在城里开了许多连锁店。你们不要看我在现在这个单位上班只是个小职员，其实，我还是大学生擦鞋店的董事长呢。许多外地同学看见我的皮鞋擦得好，把大学生擦鞋店延伸到其他城市去了。"

许静茹真没想到，高立军是用这种方式留在了这座城市，她站了起来单独与高立军碰了一下酒杯。她眉毛一扬说："真难为你呀，班长同志。"

听了高立军的经历，每个人心中都不平静。特别是大平和小平，他们怎么也不会想到，高立军是这样一个人，会拿着大学文凭去给人擦皮鞋。小平对高立军的敬佩，又增添了几分。

正在每个人面对高立军的经历陷入沉思时，大平的手机响了。大平按了手机键一听，那边说话的是工商局长王雪峰。王雪峰对大平说，他母亲出事了，让他带着小平立即回家。

听到此消息，大家不约而同地站了起来。

高立军对大平说："是这样，我给你们安排一辆车，看你们都谁回去，准备一下。车的费用你不用管，你只要在路上给司机加足返回的油就可以了。"说过，忙着打起电话来。

许静茹在大平家住了两年多，与大平的母亲有着深厚的感情，她对大平说："走，我们一起走。"她说着抓住了小凤的手，小凤还在犹豫，没有确定自己到底要不要回去。小平看到了小凤的犹豫，他走到小凤跟前说："走吧，一起走吧。"

不大一会儿工夫，车就到饭店对面，大平、小平、小凤和许静茹，在高立军、夏新和夏花的挥手中离开了饭店。车走后，高立军对夏花说："你一定要和大平保持联系。如果他母亲真地出了大事或者是不在了，咱们要一起去奔丧的。"

夏花点点头说："放心吧，这事交给我。"

29 母 亲

得知小平马上要离开学校而且还欠着学费，金发财很是着急。他和老婆商量说：要不先把大平的钱借给小平用一下，就不信小平工作后还不起那几千块钱。

老婆坚决反对再用大儿子的钱，她对丈夫说：她前几天去鹿鸣川见了雪青，雪青说大平想开办一个什么工厂，但苦于钱不够说是到西京借钱去了。

金发财听后无奈地叹口气说："也是呀，这供儿子上大学本来就是咱们的事，让大平一直管着也不是个事儿。"

两人最后商量了，把家里储存的木炭拉到街上去卖。

第二天，他们就装了一架子车木炭往鹿鸣川拉。连续拉了三天，到第四天时，在车子上水库坡面时，车子的轮子碰在一个石头上颠了一下。金发财用力一拉把腰闪了，他又怕架子车倒下去，坚持把架子车拉到水库坡面上。等老婆赶到前面看他时，金发财已是大汗淋漓。他疼得在地上直打滚儿，老婆见状卸了架子车上的木炭，把丈夫拉回家。

忙于给丈夫请医生煎草药，她竟然把距离家五六里路水库坝面上的木炭给忘了。到了第六天，见丈夫有点好转，老婆这才想起放在水库坝面上的木炭。借着月光，一个人拉着车向水库走去。车上到水库砭道时，车轮被她拽上了坡坎。在她还没有来得及将挂在肩膀上的套绳取下时车子翻了，车将人一块儿拖下山坡掉入水库之中。

金发财一直等到天黑，也没有见老婆回来。他有些心急，他预感到老婆一定是出了什么事。他寻思会是什么事呢？会不会是被林业派出所的人抓走了，因为这些年来实施了退耕还林，政策规定不允许山里人再卖木椽和木炭了。但他又想是不是买木炭的人没有付钱，老婆为了等钱给儿子补交学费，夜里住在鹿鸣川的雪青家。

想到此，他给收购木炭的人打了电话，对方说她今天没有来。金发财又把电话打到派出所，派出所告诉他今天没有抓卖木炭的人。无奈，金发财只好从炕上爬下来，爬到邻居家请求人帮他寻找老婆的下落。邻居秋娥告诉他，你给你亲戚家打个电话，看她是不是去了雪青家。

秋娥扶着金发财费了很大劲儿才走到炕沿上，找到雪青的电话一打，雪青说她在县城弟弟家。金发财此刻才坚信老婆一定是掉到水库里去了，他想着便号啕大哭起来，秋娥立即跑出门找来了村人。村人都是些老弱病残。大家聚集到金发财家后，见金发财已经晕了过去，又是用针扎金发财的人中，又是忙着给他烧水。

秋娥把金发财从昏迷中唤醒后，安排年长的张老师和尚冬娥看护金发财。她领年纪相对轻的几个人去水库寻找金发财老婆。听了她的安排，部分人回家去找了火把和手电，然后火急火燎地向水库奔去。

村里人到达水库上游时才发现，水库的水面上已有灯光闪烁。大家走近一看，是雪青和弟弟王雪峰领着派出所的人，正在打捞金发财老婆的尸体。顿时，几个女人便放声大哭起来。夜很静，哭声响彻夜空，哭声惊动了许多夜鸟和蝙蝠，在空中盲目乱飞。

金发财老婆被派出所的人打捞上来后，尸体在灯光下不住往下滴水，众人急忙挤上前去看，早已没了人样。雪青见状一边用手不住地擦眼泪，一边将早已备好的被褥从莲花石上取了下来，紧紧裹了金发财老婆的尸体。在派出所民警高举的充电灯下，雪青、秋娥为死者洗了脸。这才让人们将其抬上刘永林拉来的架子车。看着民警将尸体拉上山路，雪青便大声哭了起来，她一带头，几个女人都跟着她哭。哭了一会儿，雪青想起了自己买的鞭炮，鞭炮在夜晚燃放声显得十分清脆，引来了山上各种夜鸟的叫声。

王雪峰有些迟疑，他站在莲花石旁边正在犹豫，自己要不要再跟前面的人们进山呢？

雪青理解弟弟的心事，她跳下河堤在水中洗了手，甩掉手上的水渍走到王雪峰跟前对他说：“你也进山吧，我想在大平没有回来之前，你要做这场丧事的指挥。你看这山里都剩下老弱病残之人了，没有一个年轻人，谁来主事呢？”

王雪峰思考了一会，从口袋里掏出两千元交给姐姐说：“今晚我就不上去了。我回到城里给大平他们打个电话，让他们立即回来，到县城后我把他们送到山里来。”

雪青被弟弟做的一切感动着，看弟弟不想进山，她想弟弟必有不进山的理由。她一边将钱装进口袋一边说：“也行。”她已经走出几步又返回来对弟弟说：“给大平打电话时就说他妈病重，不要说离世的话。娃们还小，受不了打击。”王雪峰说：“放心，我知道应该咋说。”

送走了弟弟，雪青向前走了两步，这才发现金发财的邻居秋娥还在一条小河边上等她。一时有些感动，她把剩下的一些鞭炮交给秋娥，两人牵了手低一脚高一脚地往山里行走。

前边，几个民警在火把的照耀下，已将金发财老婆拉出很远的距离。

村上的老人们，今夜都表现出与平常不同的精神状态。平时，他们个个显现出老态龙钟的样子，可在今夜他们的腿脚都很麻利。他们帮民警推着车子，人人脚下生风没有人掉队。面对一个自己熟悉的亡灵，人们在心里和行动上，都自觉或不自觉地发生着变化。老人们的行动，验证了庙岭人常说的远亲不如近邻。

拉尸车走到鹁鸽窑时，悬在半山腰上的石窑里，传出几声狼的叫声，吓得人们腿脚有些打颤。人们知道双狼不叼娃的习惯，但狼刺耳的叫声还是令人胆战心寒。年轻民警见状，从腰间掏出手枪向狼窝放了几枪，狼的吼声被镇住了。

大约行走了一个小时，民警就将架子车拉到了金发财家的竹园旁。

金发财家已是灯火通明了，没有去水库的人早已料到，金发财老婆是掉到水库里去了。他们从村上找来了大灯泡，安装在金发财家的庭院里。

几个民警见状有些感动，他们没有想到等他们到时，已有热腾腾的稀饭递到他们手上。他们喝了几口就放下碗，领头的民警走进房间看了金发财，安慰他说，逝者已去，保重身体节哀顺变。

民警们正准备走时，金发财的竹园里响起了小汽车的喇叭声。大家走过去一看，是王雪峰开着车来接民警了。

王雪峰下了车走进灯光中，甩开迎接他的人径直走进金发财的卧室。他抓了金发财的手说："我已给小平和大平打了电话，两个孩子正往回赶哩。大哥，心往宽处想。我把帮咱的这些民警送回去，明天就过来了。"

秋娥将一碗稀饭端到王雪峰面前，王雪峰说："谢谢，不吃了，我先把帮咱的这些民警同志送回去。他们一会儿水里一会儿出力流汗，怕感冒了。"

人们听王雪峰如此说，都十分感动。在秋娥的带动下，大家齐刷刷地跪在地上，用山里人最淳朴的方法，向王雪峰和民警们致谢。

年轻的民警们看见如此阵势，又转回身来一一把老人扶起来。一位民警含着泪说："大叔大婶们不要这样，这是我们应该做的呀。"

在开车离开金发财家的路上，王雪峰决定把这些民警拉到县城去答谢他们，先让他们洗个澡然后请他们吃个饭。王雪峰想，要是在鹿鸣川创办农民工创业园，有许多事情是离不开派出所的支持的。这会儿，正是与他们拉近距离的机会。他如此想着，拨通了鹿鸣川派出所刘所长的电话，他对刘所长说："感谢你们对我家亲戚的帮助！是这样，你为咱这几个民警带上换洗衣服，然后开车到县城。我怕大家热一阵冷一阵患感冒，所以请大家到城里洗个澡，蒸蒸桑拿出一身汗。这样可以防感冒呀，我拉着他们已走在去县城的路上了。"

刘所长那边有些拒绝，但王雪峰还是坚持要请大家，刘所长就答应了。

几个坐在车内的民警，见工商局长如此执着，就说，局长太客气了，帮助老百姓是应该的。

王雪峰说："是呀，你们帮助老百姓是应该的，我这个老百姓感谢你们也是应该的。山里条件差，又是那么个场合，我是怕你们感冒，也怕你们见怪。"

一个民警说："咋能见怪呢，就是心里感觉难受。一个母亲为了给儿子交学费，把命都搭上了，这事想想让人心疼呀。"

王雪峰说："是呀，这的确是个社会问题。"他还告诉车上的民警："他们家这个亲戚，有两个儿子同时考上了西京的大学。由于没有钱，大儿子就没有上学。这位母亲正是为上学的二儿子凑学费呢，自己却把命丢了。没上学的那个儿子很有出息，去秦北下煤窑挣了不少钱，全交给了他死去的母亲。可母亲不忍心用大儿子的钱为二儿子交学费。母亲想，没供大儿子上大学，已是对不起大儿子了，所以她要自己挣钱为二儿子交学费。"

民警说："是呀，可怜天下父母心。可有几个儿子能理解父母呢？"

王雪峰本想把小平的事说给民警，后来一想这事儿连着小凤，就没有沿着话题往下说。他转了话题说："没上学的这个娃这几年下煤窑挣了十几万呢，过不了多久你们会认识这个娃的。到时，你们有可能会给这个娃帮忙的。"

民警说："只要能用的上，王局长尽管说，没问题的。"

几个人说着，车到了县城，王雪峰打了几个电话安排好洗澡和吃饭的事，就先送民警洗澡了。

30　奔　丧

腰受了伤的金发财躺在土炕上，他已安排不了家里的事，就指定邻居秋娥和雪青操办妻子的丧事。

在雪青的指挥下，众人把金发财老婆的尸体放在堂屋的屋檐下。按庙岭的风俗，在外边死了的人是不能进家门的。至于为什么、进家门后会造成什么恶果，没有人能说得清。风俗是一代一代传下来的，传下来，就成了一种威严的规律，没有人能违背的。

安排好一切，人们将金发财扶到老婆的灵堂前。金发财用颤抖的双手摸着老婆血肉模糊的脸，一下子晕了过去。众人将其从灵堂前拉开，再一次用针扎他的人中和虎口。金发财醒来，众人扶他到土炕上，金发财放声哭着。他的哭声如老牛，使整个夜晚沉浸在一片惨煞之中。

虽然是春天，但夜行走到深处，气温还是冷了下来。雪青从柴堆里捡了破柴，在金发财老婆灵堂前燃了篝火，让老人们围火而坐。大家像开追悼会似的，叙说着金发财老婆在世时的种种好处。几个老妇人说着说着又哭了起来。

为了能给人们驱寒气，村主任老婆金玲从自己家里拿来了酒和一些小吃分发给大家。

一只猫头鹰不知何时，栖落在金发财家的竹园里。在人们静心等待黎明的过程中，猫头鹰发出难听的叫声。有人要去赶，张老师说别惹它，它是来收魂的，就让它叫吧。

大约到了凌晨四点时分，王雪峰用车拉着大平、小平、小凤和许静茹回来了。几个年轻人刚一下车，王雪峰就在竹园边燃起了鞭炮。四个年轻人同时扑向金发财老婆的灵堂，他们的哭声扯出了村人的眼泪，也惊飞了栖落在竹园里的猫头鹰。

小平跪在母亲的尸体边不住地扇自己耳光，一直打得耳鼻出血。小凤见状心已碎了，她一边哭着一边拉了小平离开灵堂。而大平则抱着母亲的头，他把自己的脸贴在母亲冰冷的脸上，之后又将自己的头向停放母亲尸体的门板上不断地磕碰，以致艳红的血从他的额头渗了出来。他泣不成声地说："妈呀，你咋那么痴呀，你为啥不花呀？儿子挣钱就是让你花的呀。"

许静茹跪在灵堂前不住地哭着，哭声很委婉，像唱一曲哀歌。她一边扶着大平，一边用手捻着盖在金发财老婆身上的被角。许静茹搀扶大平的举动，引起了人们的关注。有人注意到这个细节，看着许静茹和大平的动作，猜想着他们之间的关系。

竹园旁边，王雪峰从车上取下一卷白色的孝布交给秋娥。秋娥抱了孝布走进堂屋，她和几个老妇人用剪刀把孝布剪开，准备给大平和小平做成孝帽。雪青风风火火跑过去一看，问秋娥："咋只做了两顶呢？"秋娥扭回头朝灵堂望了一眼说："大姐没有女儿只有两个孝子呀。"雪青拍着秋娥的肩膀："你个妹子真是糊涂，死者为大，我们都是孝子呢。来，先给我做一顶，我要戴着这顶孝帽为大姐送行。我还要戴着这顶孝帽大大哭一场，给年轻的姑娘们做个榜样。现在这些娃谁还会哭？你听我家小凤还有那个大学生村干部，她们哪儿是哭呀，像蚊子叫。"

雪青一边剪布，让秋娥在自己头上试着孝帽的大小，一边说："过去老了当家的，孝子的哭惊天地、泣鬼神，能揪疼围观者的心，勾出每个人的眼泪。现在倒好，这些孩子心里疼着，就是不会哭，不会表达。用人家的洋话说：哭也是一种文化。我看这种文化都快失传了。"听了雪青的话，秋娥对她更加佩服了，她擦拭着自己脸上的眼泪说："是呀，是呀。我听说山外有钱人，自己不会哭，专门出钱请人替哭哩，哭一场几百块哩。"

雪青用手调整着自己头上的孝帽说："还山外哩，我们鹿鸣川就有哩。"两人说着，雪青的孝帽已经调整好。一顶白色圆帽，头顶后边足有三尺长一叠布垂吊着。白布头上结着一个疙瘩悬在身后。当雪青带着孝帽往出一走，众人见状吃惊不小，都发出唏嘘声，围过来观看。村里的几个老妇人，一边帮着雪青整理着孝帽前的遮羞布，一边说："这是糟蹋你哩，咋能这样呢？"雪青大大方方地："姐为大，我是妹子，应该的。"几个老妇人向雪青投去赞许的目光。

缠着小脚的老人，踮着三寸金莲的张老师的女人挤入人群，走到雪青跟前拉了她的手说："娃呀，委屈你了，你咋这么让人心疼呢。"雪青用双手接了老人伸过来的手，压低了声音说："应该的，应该的，姐大为母。"老太太又把嘴往雪青耳边凑了凑说："求你个事，想必你会哭，你借这个机会，给死者大大哭一场，给时下这些年轻人做个样子。这灵堂上呀，没有一个好哭家子是不行的。麻烦你给咱带个头，要不这不热闹。我也想美美哭一场哩，年纪大了，怕哭了这儿的人还没有埋，又要埋我了。"雪青被老人的一席话说得感动了，她安慰着老人说："就哭，你们也要配合哩。我给咱领头，你们配合哟。"围观的几个女人，都答应了要配合雪青一块儿哭。

孝布发放到许静茹跟前时，大平挡住了秋娥。他说："婶，人家是干部，不能让人家戴孝的。"雪青见状忙挤了过来，一把拉了许静茹走到灵堂前，眼睛睁得大大地问许静茹："女子，你给婶说，这孝布你戴不？"许静茹揉了揉眼睛，一时拿不定主意，用目光去寻找大平。大平也在用目光寻找许静茹，他向许静茹摇着头，示意她不要戴孝布。村人见状都拥向许静茹，几个妇女硬是抱住许静茹，强行把孝布戴在她头上。

人们并没有恶意，他们是想成全大平和许静茹的婚事。许静茹本来个头高，气质好，这会被一头白色孝布一装扮，显得更加好看，像个演员，两个眼睛更炯炯有神。她戴上孝布在众人的引领下，于灵堂磕了三个头。正要站起来，大平拽了她的孝布将她拉到一边，一脸严肃地说："你知道自己披上这孝布意味着什么吗？"

许静茹闪着眼眉说："知道呀，就是要做你的媳妇嘛。"她又把大平拉到墙角，压低了声音说："这有什么呀，你妈对我那么好，就像我亲妈一样。就是你不要我，看不上我，不想娶我，我也要戴上这头布的。我认为这是一件值得去做的事。因为你妈在世时曾经对我说过：她想有个女儿，等她死后为她戴上一头孝布。我答应过她的。"

大平佯装愤怒："你知道，你还戴孝？"许静茹说："我用眼睛望着你，你也没有过来阻止呀。那么多人，我拧不过他们的。"停了一会儿，她放缓了语气对大平说："行了，我也乐意戴这个孝布。不为别的，就为你妈对我的好，我也应该给她行孝。"听许静茹如此说，大平只好无奈地摇摇头离开了墙角。

大门外，王雪峰燃起一串鞭炮，炮声响彻整个村庄。灵堂前所有戴孝布和没有戴孝布的女人，全齐刷刷地跪在灵堂前的麦草堆里。炮声一落，女人们全都唉唉呆呆地哭了起来。特别是雪青的哭声，听起来格外引人注意。她一边哭一边诉说着金发财老婆与自己的交情，听得许多老年人个个泪眼婆娑。

雪青的哭是带泣带诉说的，有时她会哭得换不上气来，吓得别人不敢出声，突然间她又高音亮起，再一个长长的拖腔，把对死者的怜念之情表达得淋漓尽致，让人感到死者不是她的姐妹倒像是给了生命的亲娘。

小凤和许静茹被雪青的哭声感染着，她们自觉或不自觉地效仿着，这场哭就显得很气派。如女声重唱，高音、中音、顿音，什么音都有了。

人们哭过之后，吃过饭村人依次散去，只留下大平、小平、许静茹、小凤和雪青。几个人在雪青的组织下齐聚在金发财的房间，商量着丧事的程序。王雪峰走进来坐在金发财的炕沿上，他对大平也是对金发财说："我的想法是，这个葬礼，要简单还要隆重。大平、小平，你妈这也是一辈子了，没有活好也没有死好，但要埋好。有困难给叔说，叔能做到的一定会帮到底。"王雪峰说着，从口袋里掏出五千元交给大平。他接着说："一定要请棚响器热闹一下，这些钱权当是我和你雪青姨的心意，你要收下。"

大平见状忙跪在地上给王雪峰磕头，被雪青拉了起来。雪青说："行了，大平，你叔和我一样是个软心肠的人，咱不要那么多礼节。好好商量事，看咋样才能把你妈埋好，让死者不伤心，让活人不后悔。"

大平从地上起来后，一边擦眼泪一边说："我不知该咋办，村上拿事的人都出去打工了，你就和我叔安排吧。"

大家把事商量完，王雪峰准备走，他说上午要在鹿鸣川开个会，下午一定来。众人送他出门，他又侧身回来说："响器你们不要考虑了，我来安排。"大平点了点头表示同意。

金发财老婆死得突然，山里人说是热丧。翌日上午，在雪青的安排下，有人去请阴阳先生，有人上山砍柴，有人去磨面。尽管都是些留守老人，但每个人都把自己要做的事，当作自家的事情去做。

31 葬 礼

到了下午，一辆中巴车从庙岭缓缓地开进了村子。车到大平家竹园边时，高立军从车上走了下来，他身后跟着夏花和夏新。

三个人的到来，是大平和其他人没有想到的。见三个人在高立军的引领下向灵堂走近，大平和小平、许静茹、小凤立即反身跪在麦草上，向他们磕头。更令大家没有想到的是，依次从车上走下来四五个手持唢呐的人，他们下了车，几声吹奏悲悲戚戚，把小村庄一下子被推向悲痛之中。

村上人听到唢呐吹奏，都赶过来看个究竟，因为唢呐吹奏的声音，和过去不论谁家所办的红白喜事的调儿都不同。

行完礼节，几个年轻人相互打过招呼。大平把高立军、夏花和夏新引到父亲的房间做了介绍。

场院里，乐队的人在没有任何人的安排下，自己找了庭院中核桃树下的一块地儿，安装了音响支起了家伙什儿，不到十分钟戏就开唱了。

雪青忙劝乐队的人说："大家喝点水、吃点东西再唱吧。"乐队的领头人说："吃过了，喝过了。这个小高呀，在县城已把我们招待过了，我们这就开唱了——"

领头人话音一落，一声锣鼓响起，正腔正调的豫剧就开腔了。

山里人过红白喜事听惯了秦腔，除了 20 世纪 70 年代人们看过豫剧《朝阳沟》外，再没有听过豫剧。但人们对豫剧的音调还是熟知的，这儿豫剧一开腔，人们就认为豫剧比秦腔好听，大家都围了过去。

屋里，高立军告诉大家说："昨天送你们的司机回去告诉我，说你母亲找不到了。我就往鹿鸣川派出所打了电话，一问说你母亲不在了，我请了假做了安排。问派出所的人，鹿鸣川人去世后要不要乐队？唱什么戏？怎么个唱法？那个女警官也许听我讲普通话，真以为我是有钱人，就和我聊起来了。她问我们是干什么的？我说我想去鹿鸣川搞投资，我的合伙人母亲不幸去世了，我想去送葬，不知送什么？女警官笑着说，你是有钱人，就应该送大戏。我问她大戏是多大的戏，她说县剧团就能唱大戏。我想，我不是有钱人但我是有心人，我就从西京城北门外我的朋友处叫了豫剧班子。我想咱们这儿人都是听秦腔的，但我认为，唱苦戏豫剧比秦腔好听，山里人也没太听过，我就请他们来了。"

高立军一番话听得大家瞠目结舌，大家总觉得这个高立军，简直就是个人物，大人物。

许静茹把自己的布头往起绾了一下说："高立军，你咋到处都有朋友啊，你简直是太神了。"

高立军并没有被许静茹的赞美显露出骄傲自满，他平静地拍着大平的肩膀，语气真诚地说："交朋友要用心。你用心替别人想，你遇到困难时，别人就会用心替你想，人们不是常说五两换半斤吗？"

大平心想，是呀，自己今天遇到困难了，高立军这样帮自己，说不上两肋插刀也算是患难见真情。如果高立军有一天需要自己帮忙，自己绝不含糊。

几个年轻人对高立军的敬佩程度，又提高了几许。

大家说完话，高立军要求自己也要戴上孝帽，雪青有些迟疑。夏花走到雪青跟前恳求道："阿姨，给我们都戴上吧，我们都是小平和小凤的好朋友。大平的母亲就是我们的亲人，没事，你给我们戴上吧。"

村人本来是在院坝里听戏的，这会发现堂屋又多了头戴孝布的孝子，都赶忙跑过来看个究竟。

高立军、夏花、夏新戴上孝布，他们重新回到灵堂，接受大平和小平的施礼。

令人们没有想到的是，夏花的一声哭腔惊动四邻，竟然连唱戏的人们也停止了敲锣拉琴声。

夏花的哭腔纯粹是秦北民歌调儿，尖锐、高昂，拖腔很长。她在为亡灵祈求平安的同时，也在诉说着自己的悲苦。

夏花足足哭了有五分钟，哭得在场的人都流下了眼泪。

雪青赶忙过去将夏花拉了起来，一身稀软的夏花一下子抱住了雪青。许静茹、小凤又去帮雪青，这才将夏花从草地里扶了起来。

村里的老人们彻底被西京来的这拨年轻人给整蒙了，他们搞不清外边的世界是什么样儿，但他们认为，这个社会的真诚还没有彻底丢失。这些年轻人，用真诚给他们上了一课。

尚冬娥一边走一边挥舞着手对身边人说："这个大平咋恁有本事呢？才出去几年，就能使唤动这么多人，咋就没有看出来呢。"

秋娥走近老太太压低了声音说："姊呀，这世事咱看不懂了。你说大平他妈就那么个人，和咱一样一样的，人家的儿子咋就那么出息呢。"

尚冬娥眉开眼笑地说："说的是呀，这个金发财窝囊了一辈子，这儿子倒是个顶个的，真是老天开眼了，开眼了哦。"

高立军没来之前，雪青主持着丧事的进程，见高立军有如此大的气魄，雪青说："小高，这里有讲究，重孝动不得。我看你给咱把这丧事办下去，你看这些人老的老少的少，都不行呀。"高立军抬高视线，齐齐把场院里的人看了一遍才朗声说："行，阿姨，我看是这样，我不懂这儿的风俗，咱先成立个班子。就是把懂得这儿风俗的人组织一下，让人家指导咱开展工作。"

雪青用羡慕的目光看着高立军，说："行，按官场的程序办，先建机构再开展工作，官场叫成立治丧委员会，阿姨懂这些。"

尚冬娥、秋娥、金发财、雪青、张老师、高立军，被大家指定纳入了临时领导班子，班子统一由高立军指挥，张老师做高立军的参谋。村里的老人们看着干部模样的高立军，这边一声大叔那边一声大妈、阿姨亲昵地叫着，且不停地给大家发烟抽、发糖吃，个个乐得像见到自家的儿子或孙子回来指挥这场丧事，人人都动了起来。就是平时一些懒得动的人也欢实地跑到东家找桌子，走到西家搬凳子。

一群洗菜和面的女人们，则是在暗处用好奇和欣赏的目光，看着白白净净的高立军。她们看着、议论着、猜想着，她们说到底还是没有弄清这个年轻英俊、说着满口洋腔而又甜嘴甜舌的小伙到底是啥来头。她们猜不透就去问雪青，雪青笑着告诉她们，自己也没有见过这么老到成熟的年轻人。

没有打听清楚，女人们就散了各忙各的事去了。但雪青的眼睛，却一直没有离开高立军。高立军走到哪里她的目光跟到哪里，她总觉得这个年轻人在哪儿见过。

好奇一直充盈着雪青的思维，实在忍不住了，雪青吊着两只面手跑到灵堂前去问大平。

其时，大平和小平、夏新正在灵堂前的麦草堆里睡觉，只有小凤、许静茹和夏花在麦草地的另一边说着话。雪青跟小凤使了个眼色，把小凤叫到一边去问高立军是什么来头。

小凤一边用目光到处寻找着高立军，一边对母亲说人家是市里人，在西京管着城墙。听说他爸是副市长，我也不知道。我们认识时间不长，这人是许静茹的大学同学，是大平哥上次去西京才结识的。

雪青一边和面一边听小凤解释，末了她问小凤："这娃不会和许静茹有啥吧?"

小凤听母亲如此说，有些抱怨母亲了。她说："妈，你们这些老年人心理健康一些不行吗？"

雪青忙说："小声点，小声点，我是怕许静茹闪了你大平哥呢。"

小凤说："那都是人家的私事，我知道的也不多，你也别太挂心，也没听说许静茹要和大平哥谈恋爱呀。这次到西京他们主要是做豆腐的市场调研，大平哥有可能要在鹿鸣川做大事呢。"

听小凤如此说，雪青心里豁亮了许多，她就盼着大平能在鹿鸣川做大事。那时，自己也能沾上光呢。

人们忙到傍晚，金发财老婆的墓地挖好了，棺材也买了回来。吃饭时，高立军端着碗站在台阶上，对在庭院里吃饭的人们说："感谢大家的努力和辛苦，今晚上大家好好听戏，我一会儿去鹿鸣川给大家买好茶好烟和瓜子花生答谢大家。"

正在此时，一个端着碗的小孩声音洪亮地说："还要小白兔奶糖。"

高立军立即接了小孩的话茬说："好，买糖，买小白兔回来。"

放下饭碗，高立军走到面包车前正准备上车，大平急忙扑过去把一沓钱塞给他。高立军说："钱你不用管，我带着呢。"说过上了车，车开走了。

面包车刚绕过竹园，王雪峰的小车又来了。车后面还有一辆农用三轮车，车上拉着乐器和一班唱戏的人。

两辆车同时停了下来，但机灵的高立军一眼便认出王雪峰。他下了车，上前握了王雪峰的手兴奋地说："王叔，你咋来了呢？"

王雪峰见到高立军也是喜出望外，他拍了高立军的肩膀说："你不在西京好好管城墙，跑到这儿来干啥？"

高立军从口袋里掏出白色孝布，让王雪峰看着说："来奔丧啊，我朋友的母亲去世了。"

王雪峰吃惊地问："你朋友？是大平还是小平？"

高立军把孝布装入口袋说："都是才结交的朋友。"

高立军和王雪峰在竹园边说话时，人们已渐渐围了过来。雪青感到奇怪，这个年轻人咋认识自己的弟弟呢？正在她的思想疙瘩解不开的时候，王雪峰拉着高立军走到雪青跟前介绍说："姐，这是我战友的儿子，你是见过的。那年，他和他爸去过咱们家。"

大平一帮人见王雪峰和高立军认识，都觉得奇怪。几个年轻人依次从麦草里站了起来，在那一瞬间孝子们忘了痛苦，他们笑着迎接王雪峰。

王雪峰拉着高立军的手，对几个吃惊的年轻人说："你们不知道，立军他爸和我是战友，我们一起在新疆当兵的，是一个战壕里的莫逆之交。"

小凤往前站了一步，挥拳朝着高立军的胸脯擂了一拳说："高立军，你应该知道我和舅舅的关系，你为什么不说呢？"

高立军把手搭在大平肩膀上，怪笑了一下说："其实，我说了，是你们没有留意呢。"

许静茹质问高立军："你在哪儿说过？我咋不记得呢？"

高立军说："我刚认识大平的那天晚上，在饭桌上，你们记得不？我说，你们先在西京做调研，等将来真正创业时，我在你们县工商局有熟人。到时候，我会让他帮你们的。我说的熟人啊，就是王叔叔。"

小平说："是，这话立军的确是说过。当时大家都急着碰杯，没有在意。"

王雪峰一听哈哈大笑说："我咋能是你的熟人？是亲人！"

高立军立即纠正道："是是，是我的亲叔叔。"笑过之后他又说："王叔，我用的是外交辞令嘛。"

大家都笑了起来，几个年轻人合力把高立军拉到麦草里打了起来。

大家玩了一会儿，高立军一边扯着粘在头上的麦草一边说："叔，我要开车去鹿鸣川，干脆让我开你的车去吧。"

王雪峰也坐在麦草上问："你去鹿鸣川干什么。"

高立军把自己计划去鹿鸣川，想购买的东西说了一遍。

王雪峰笑哈哈地说："英雄所见略同呀。是你想买的我都买了，全在车上。"

高立军又说："王叔，我从西京带了豫剧剧团来的，你又带了秦腔剧团，这事咋弄呀。要不要把你带的秦腔剧团，多少开些钱让人家回去？"

大平也说："是呀，咱们低门低户的，一下子请了两台戏，怕不太好吧？"

这时，雪青挤进草堆坐在王雪峰身边说："请来了不好退，是这样，今晚上，让秦腔剧团和豫剧打擂台，让山里人开开眼。"

高立军站起来想了一会说："阿姨的意见我赞同，就让他们打擂台，一家唱罢一家接着唱。"

王雪峰说："这样行，我去安排一下。"

高立军说："这样行是行，但我有个想法，这儿人少，听戏没有气氛，叔，把你的车让我开上，到邻村去给咱吆喝些人。人多，气氛热闹。"

王雪峰说："你就是想开叔的烂车，去吧。"

高立军把小车上的东西搬下来后，带着几个小伙子开着车走了。

月亮刚刚悬到门前的梁尖，月光就像一层神秘的薄纱罩住了村庄。大平家的院子里早已坐满了人，人全是高立军开着小车叫来的。后来他还让司机开着面包车，到一个大村子里接了两趟人。人们听说有西京的豫剧团来唱戏，都很兴奋。山路上火把串串、灯火闪闪，像20世纪70年代看社戏一样热闹。

高立军叫来了人，他又想给人管饭，但又不知道大平家人同意不。他就把大平、雪青和王雪峰叫到金发财的房间商量。金发财靠在被子上，思忖了一会说："管，一定管，你去告诉大家，没有好饭，模糊面让大家吃饱。"

高立军对金发财说："叔，你知道我为啥要这样安排？"

金发财摇摇头说："我不知道，娃，你说。"

高立军用奇怪而俏皮的目光看着王雪峰说："我想帮我叔哩，我想和大平一块在鹿鸣川创业。咱们借阿姨去世这个机会，把人气攒一下，大平将来办厂子就不怕没人支持。"

王雪峰听高立军如此说，心花怒放。他重重地拍了一下高立军的肩膀说："你咋弄啥都能和叔想到一块儿去？"他转身看了看大平又说："叔就是想让你带头，给农民工创业园攒劲哩。"

大平听后很是感动，他暗暗下决心，一定要在鹿鸣川办起豆制品加工厂。

高立军又转身对金发财笑着说："叔，你放心，我铺下这些摊子，钱全由我承担，不让大平出一分钱。"

金发财有些吃力地把手伸过来，握着高立军的手说："我娃莫胡说，咋能让你出钱呢。"

大平也拉了高立军的手说："立军，你帮我这么大忙，咋能让你出钱，莫胡说。"

月亮悬在门前梁上时，集聚在深蓝色苍穹上的云，渐渐地散开了。村庄的头上，湛蓝的天空像一个演艺场，对应着地上的热闹场景，应了天地作合。高立军拿着一支麦克风开始讲话，他动情地说："我是大平的好兄弟，从西京来。大平是重孝，这丧事由我给咱主事。我想是这样，大平的母亲出了这样的事，是谁都不乐意看到的。但是，话说回来，人生在世生死难料，我们的目的是让逝者安息，让生者活得安心。"高立军讲到此，站在一边的王雪峰带头鼓掌，场院里的人都鼓起掌来。

掌声停息后，高立军挥了挥手接着说："今天，我们请了两台戏，一台是秦腔，一台是豫剧。两台戏轮流唱，大家爱啥戏就听啥戏。另外，在戏没有开始之前，我们还要放一段哀乐，大家说好不好？"众人回答："好！"

高立军接着说："我刚才了解了一下，我们的西京乐队还会演奏一些流行歌曲。如果有年轻人愿意唱流行歌曲也可以唱，谁唱得好赢得大家掌声，我奖励谁一块进口的、高级的、保证是甜的水果糖。"

高立军讲到此，众人哄笑鼓掌，他停顿了一下接着说："征得主家同意，凡是今天晚上看戏的人，都有饭吃，谁不吃，就罚款。早走的人，留下罚款才能走。一会儿，鹿鸣川派出所来人专门监督检查。"

众人又笑了起来，有些人把头四处张望，他们看是不是真有派出所的人。

哀乐声起，人们全沉浸在悲壮的气氛中。高立军跳下台阶走到灵堂前，和大平他们一起，向金发财老婆低头默哀。

许多看戏的人也不由自主地站了起来，低下了头。

第一场戏是豫剧，一个女高音叫板、一声长叹，再一声血淋淋的长调，一下子抓住了看戏人的心，顿时掌声雷动。山里人听惯了秦腔，突然听到真切的苦腔浓重的豫剧，许多人被震慑得连气也不敢出。

秦腔剧团的人也被豫剧的唱腔抓住了灵魂，换到他们唱时，他们竟然不知道如何起板。

这一夜的丧事，是山里人从来没有经过的。他们看了戏，吃了饭，年长的人还被用车送到家门口。

高立军的安排不但使山里人开了眼界，也为金发财家赢得了声誉。就连见过大世面的王雪峰，也对高立军佩服得五体投地。

天刚明，高立军便开车到县城买了许多花圈拉回来，他让张老师一一写上他们一拨人的名字。

九泉之下的金发财老婆无论如何也不会想到，自己一个普通的山里女人，会有如此排场的丧事，还收获了山里人从来没有见过的花圈。第二天，按山里的风俗，娘家人是要来挑刺的。可金发财老婆的娘家人，被高立军感动得连声说"谢谢"，没有一个人能挑出一个不是来。

葬礼结束后，高立军拉着夏花、夏新和西京的剧团走了。村人送他们到庙岭头上，一沟人被高立军感动得热泪盈眶。

32　失　宠

再热闹的场面，终究还是抹不去全家人失去亲人的痛苦。

自见到母亲躺在门板上的那一刻起，大平胸腔里就长出一个气疙瘩。气疙瘩像一团被人揉实了的棉花球堵在他的胸口，使他体会到痛与疼的区别。

小平也一样，母亲在世时一直宠着他，那种宠像一缕阳光，无论他身在何处，都能感受到那一缕阳光给他的温暖。现在，母亲走了，能给他施舍阳光的太阳落了，他觉得自己像个孤儿。虽然有父亲和哥哥在，但他认为，他们再给自己多少爱，也抵不过母亲的温情。

这天夜里，大平、小平、许静茹和小凤四个人到坟地里去温火。温火是庙岭的一种传统，就像人们在野地里狂欢时燃起的篝火。庙岭人说在坟地搭火一是为了给亡者做伴，用大火的火气照亮亡者赶赴鬼门关的路；二是为亡者壮胆，因为在赶赴鬼门关的路途中，到处都有小鬼对新来的亡者找碴子、使绊子。按风俗，每天围绕坟地燃三堆火，一共燃三天。

当坟地里的大火燃起后，大平透过火光看到，被封住的墓洞徐徐开裂，母亲穿着一袭花衣从墓洞里坐了出来。他大叫一声，绕过火堆向墓洞扑去，他是要去从墓洞中拉出母亲的。但当他扑向墓洞，封墓口的石头却撞击了他的头。大平"妈呀"一声倒在墓洞前，头上的血不断向外流着。

许静茹见状，一手抓了小凤，立即向墓洞口扑了过去。和小平三个人吃力地将大平拉开墓洞时，却发现大平已经昏迷过去，任三个人摇动和呼唤也没有唤醒他。

许静茹让小凤回村里叫人，自己和小平背着大平离开墓地，连跌带爬地赶到通往村庄的土路上。两人将大平放在地上展开四肢，小平用手指掐大平的人中，许静茹做着人工呼吸，一连做了三十多个，累得满头大汗，浑身无力，一下子跌倒在大平身上。小平见状吓得六神无主，他大声哭喊着："快来人呀，快来人呀，救命呀！"

小平歇斯底里的呼唤声，在春夜里显得十分清亮，村里的老人们三五成群地往坟地里赶。小脚老太太站在村口对赶往坟地的人说："拿上桃木条子，看是不是发财老婆在作怪。她要作怪，就用桃木条子抽她，使劲地往死里抽。"

人们已走出很远，没能听到小脚老太太的话语。小脚老太太继续自说自念道："你这个瞎家伙要咋哩，娃们对你多孝顺，给你把场面做得多大，你还出来惹事哩，你有良心没有？你没看谁有你排场大？去，快去到你应去的地方去。"

小脚老太太说着，用手中的桃木条子朝地上打着，迈着蹒跚的步子向金发财家走去。

村人赶到大平身边时，许静茹已经清醒了。她坐在大平身边的地上，用手不住地按着大平的太阳穴，使劲地揉搓着。

秋娥看了看大平，对几个老人说："娃是心里难受，气晕了。走，把娃接回去。"她说着，从自己脑后的发髻上拔下一根老婆针，扎向大平的人中。扎下去后，她又用拇指和食指捻了捻，大平这才"妈"的一声叫了起来。

大平一哭叫，人们的心彻底放下了。小凤把从家中提来的水，在许静茹的协助下喂给大平。喝了水喘了几口粗气，大平的神志清醒了。他看着围在自己身边的人，有些惭愧地对大家说："对不起，又给你们添麻烦了。"

张老师指着大平说："球娃，别把外边那一套虚的假的给咱庙岭带。咱庙岭是啥地方，是净土，是神圣的净土。回到岭上，咱庙岭各过各的光景，翻过岭，咱们是一家人。啥叫一家人，就是有事大家共担同扛。"

众人附和着说："是呀，张老师说得对呀。"

得了众人的夸奖，张老师更来了精神，他指着大平说："你自己起来，站起来。"

张老师在庙岭当了一辈子民办教师，大平是他的学生，别人不能说的他能说。

等大平颤颤巍巍地站起来后，张老师亲昵地抓了大平的手说："娃呀，大家都明白你的心，你要往宽处想。你看看你弟、这几个妹妹，还有你大，都要指望你哩。你说你要有个三长两短，你妈能去得安心吗？走，往回走。"

大平可以不听别人的劝说，张老师的话他不能不听。张老师是庙岭德高望重的人。

在众人的搀扶下，大平回头望了望母亲坟墓旁边的火，然后在众人的围拢中，向村子姗姗走去。

众人回到大平家时，小脚老太正在屋里驱鬼。她说是已变成鬼的金发财老婆，对娃们的做法不满意，嫌娃们太铺张浪费，所以，她要给大平一点教训。她用一枝桃树枝在满屋里抽打着，口中念念有词道："那是娃尽心哩，你这个没良心的东西。你走了，你知道娃们心里有多难受？你还出来给娃找事哩，你快走，要不我饶不了你。"她见众人挽了大平回来，住了手说："好了，好了，屋里干净了。"

金发财一直躺在火炕上没有起身，本来他的腰受了伤，加上受了气，心力交瘁，眼泪已浸泡得他的眼角有些发烂。他的胸口和大儿子大平一样，被堵上一团气疙瘩。

这会儿，见人们把大平领回家，他支起身子用粗声喊道："过来，你们都过来。"

许静茹就扶了大平到金发财的屋里，村人见状都各自回家去了。

金发财让四个年轻人站在炕沿下，他半支起身子吃力地说："你们，你们都要想开些，想开些知道吗？人走如灯灭，是人，都要走这一步。死对每个人都是早晚的事，想开了，我们还要活下去。"说着，他自己先哭了起来。

几天来一直默不作声的小平，这会做出了令几个年轻人想不到的举动。他"大"的一声，扑到金发财身上，把几天来憋在心里的痛苦，在一瞬间发泄了出来。他的哭声惊得屋顶上的尘土直往下落，惊得许静茹和小凤浑身发颤。他的哭声像水库堤坝溃决，任积蓄了时日的水因势而泄。

小平的哭声吓着了许静茹和小凤，两个人站在地上六神无主。大平见状，一把抓了两个姑娘的左右臂膀，带她们到自己住的那间屋里，他让她们脱了鞋上了炕。两个姑娘畏畏缩缩上了土炕，挤在一个炕头，大平也脱了鞋上了炕的另一头。不大工夫，三个人竟然睡着了。

小平哭了一会儿，见屋里没了动静，便从父亲身边爬起来。关了屋门，灭了灯，和衣睡在父亲脚下。

这是一个累人的夜晚，也是一个令人心碎的夜晚。几天的喧嚣在此打住了，只有金发财一夜没有睡着。每每他闭上眼睛，都会想到妻子的音容笑貌。

这样宁静的日子过到第七天，四个年轻人往金发财老婆的坟地里送了头七饭。头七也撞上农历贴七的日子，他们在村人的指点下，在送母亲去坟地的路上插了许多彩旗，绣了招魂的花伞插在母亲的坟头上。

33　素　鸡

　　到了第八天早上，王雪峰开着车拉着姐姐雪青来到庙岭。姐弟二人计划将金发财拉到医院去为其治腰伤，也想把四个年轻人拉到鹿鸣川去换个环境。

　　雪青在进山之前把自己家重新做了修整，多支起两张床，她说要把大平一家人全接到她家住。当时，王雪峰看到雪青的安排，问姐姐是不是有什么想法，雪青一脸平静地说："有啥想法，不是要支持你嘛。让大平他们住到鹿鸣川来创业，难道不好吗？"

　　王雪峰细细察看了姐姐的安排，笑着说："好，感谢姐姐。"他又压低了声音对雪青说："姐，只要这个创业园能做成，也许你弟弟还能进一步呢。"雪青不懂弟弟的话，一脸疑惑问道："进一步是啥意思？"王雪峰说："也许能弄个副县长当呢。"雪青一听兴奋地说："好，只要你能进步，姐用实际行动支持你，你就看姐的。"

　　令雪青没有想到的是，金发财却执意不去鹿鸣川。他说家里人都走了，老婆回来家里没人，会伤心的。

　　大家一听，知道他说的是疯话，反而坚定了要拉他去鹿鸣川的决心。

　　大平听了父亲的话，认为父亲说得有些道理。他提出让小平和小凤陪着父亲去看病，自己和许静茹留下来守着家。他说："我大说得有道理。"

　　王雪峰拉了大平的手说："叔是想让你去鹿鸣川，参与创业园建设哩。"

　　大平说："叔放心，我在家就是想和许静茹做开办豆制品加工厂的计划。过几天，我会拿一份规划给你，保证让你满意。"

　　大家同意了大平的想法，大平取了钱给小平，然后从柜子里拿了父亲的衣服给父亲换了，扶父亲上了王雪峰的车。

　　村人听说金发财要去看病，都赶来送行。人们这才发现，金发财一下子憔悴了许多，大家不免心酸起来。

　　正在此时，高立军开着一辆红色的小车，赶到了大平家门口。车上除了高立军，还有一位年轻漂亮的女子。等那女子下了车，高立军才给大家介绍，女子是自己的女朋友。许静茹这才发现，高立军的女朋友竟然是自己的大学同学。她还知道这位叫阮佳仪的同学在市财政局工作，是她父亲的手下。

阮佳仪的到来，使许静茹又想起了自己的父亲。她和阮佳仪拥抱时，阮佳仪告诉她，是她父亲让阮佳仪专程来看她的。阮佳仪把许静茹拉到一边低声对她说："你爸好着哩，我昨天通过熟人关系专门去看了他。他让你放心，不要牵挂他。"说着，阮佳仪把一个信封交给许静茹，她说："这是你爸给你的。他在预感自己要出事前，曾经找过我。他知道你我是要好的朋友，他把这个东西给了我。他说这是他几十年来积攒下来的钱，干净的钱。是准备给你在市里买房的，现在他做不到了，让我转给你。"

许静茹接过信封时手在颤抖，阮佳仪抓了她的手劝慰道："别难过，你记着，有大家呢。听立军说你准备和大平在鹿鸣川创业，我支持你。我还要告诉你，市财政局接到市政府关于支持农民工回乡创业的文件后，整整讨论了三天。就是在讨论如何从全市财政大蛋糕中切一块出来，扶持农民工创业。放心，我虽然没有权，但你知道我爸能帮到你，等你们的项目报上来，我会让我爸给县里打招呼。但你记住一点，一切都让大平出头，你只管做幕后英雄。"

许静茹听阮佳仪如此说开心地笑了，她再一次深情地拥抱了阮佳仪，她说："你知道我的性格，我也不会抛头露面呀。"

这边许静茹和阮佳仪说着悄悄话，那边高立军从车上搬下一箱子吃的。他打开箱子，把精美的小袋包装分发给每个在场的人。他让大家品尝，这是什么东西，这些东西是高立军从北京带回来的。

高立军参加完大平母亲的葬礼后，刚回到西京，领导就安排他去北京，参加一个如何让文物融进市场经济的研讨会。在会上，高立军吃到一种东西，像是瘦肉，在嘴里嚼久了又不像肉。高立军叫来服务员问，服务员告诉高立军那是豆制品，叫素鸡。高立军一听是豆制品，就来了精神。

会议结束后，他到后海去找一个同学，在一个胡同里发现一帮老年人一边下棋，一边喝着二锅头，旁边的凳子上除了放一碗花生米外，纸包里还有素鸡。高立军蹲着身子佯装着看棋，将自己带的软中华烟发给老人。老人们接过烟一看是软中华，几个人同时把目光投向高立军。一个老人笑笑地问道："小伙子，有事吗？"高立军仰脸也笑着回答："我想吃你们这纸包里的东西。"老人们感到奇怪，便停止了摆动棋子的手，问高立军："你这孩子，是不是做民情调研呀？"高立军说："不是。我是想在我们陕西，噢，就是西京做这种素鸡。"其中一个叫张国宁的老人，一听高兴地把棋子往棋盘上一拍，"哗"的一下棋盘翻了，棋子落了一地。高立军以为自己犯了什么忌讳，一边拾棋子一边说："大爷对不起，对不起。我不做了，不做了。"

老头兴奋地站起来，抓住高立军的手说："小子，你一定要做，我教你做。"

几个老人都站起来哈哈大笑，另一个老头对高立军说："我们就是豆制品厂的退休职工。退休了，没事了，下下象棋，喝喝小酒。"高立军一听："原来是这样呀！"他收起了棋盘提在手上，对几个老人说："走，找个小酒馆，我们去那里喝。"

在酒馆里，大家喝到兴奋处，高立军发出了邀请：他希望几个老人，能到陕西帮他做出素鸡。几个老人一听开怀大笑，他们说："听说陕西有世界八大奇迹，我们还没有去过呢。"高立军兴奋地说："没问题，我带你们去看呀。"几个老人高兴地说："好呀，我们乐意帮助你，小伙子。"

高立军一听老人们乐意帮助自己，便给同行的一个同事打了电话，让同事把他从陕西带来的木耳、香菇和核桃送到小酒馆。老人们收了高立军的礼，也回馈了高立军一箱素鸡。大家互留了电话，高立军兴奋地带着一箱素鸡，一路奔赴到大平家。

高立军问大家："你们吃的是什么东西？"有人说是肉，有人说是豆腐做的。

王雪峰听了高立军的叙述，拍了他的肩膀说："你这小子，太有心了。走，我们一起去鹿鸣川，我请客，答谢你这箱素鸡。"

大平还是不想离开家，雪青动员他说："走，我娃到鹿鸣川吃个饭，洗个澡，一会儿让小高送你回来。"

阮佳仪把许静茹拉到一边说："你也去，到银行里查一下，看你爸这卡上到底有多少钱？"

阮佳仪如此一说，许静茹便把大平叫到一边对他说："我要去鹿鸣川办点事儿。"大平说："那好吧，我们一起去。"

在鹿鸣川吃了饭，王雪峰把几个年轻人带到农民工创业园临时办公室。给大家讲了整体规划和未来发展思路，听得几个年轻人几乎要摩拳擦掌。只有小平默不作声，跟在大家身后。他不想参与这些，他的心还是在西京城里。他上学的目的就是想摆脱农村，他根本就没有返回农村的想法。

王雪峰领着一帮年轻人，在办公室谈完了理论构思，又带着他们在鹿鸣川实地观看。看着南边的马头山、盘龙山和东边的东寨子，高立军提议大家合个影。王雪峰说："这未来的天下是你们年轻人的，我给你们照吧。"

大家站成一排，王雪峰按了相机。在将要照相时，高立军说："就是缺了夏花姐弟俩。"

大平说："是呀，以后会有机会的。"

照完相，高立军提出要走，大家跟着他说说笑笑地去雪青家道别。雪青把自己家的土特产分别装了几个袋，带给高立军。高立军见到玉米糁兴奋地说："好，这个我要，我最喜欢吃这个。"

高立军提出要送大平回山里，王雪峰说："你不用管了，你们走，我送他们吧。"

高立军就开了车带着阮佳仪，依依不舍地离开了鹿鸣川。

走出好一段路程，高立军又折了回来，大家以为他忘记带什么东西了，都站在雪青家的庭院里看着。高立军的车向雪青家开来，他下了车打开车后备箱，从车后面拿出自己深蓝色的笔记本电脑交给大平，他说："你们做计划就用这个吧，我用的是无线上网卡，你们可以查资料的。"之后便一头钻进车，这回车的起步速度比刚才快了许多。

许静茹望着绝尘而去的红色小车，心中泛出一丝羡慕。她在心里对自己说：这个高立军，一定是个前途无量的人物。假如自己能嫁给这样的男人，那该是多美好的事呀。

34　心　思

　　这天下午，在雪青的安排下，金发财住进了鹿鸣川卫生院。四个年轻人洗了澡，大平和许静茹到医院看望了金发财。雪青又做了饭，吃后，王雪峰开车把大平和许静茹送回了山里，让小平在卫生院照顾父亲。

　　夜里，大平安排许静茹睡在自己那间屋里，自己睡在父亲的那盘土炕上。许静茹有些害怕，硬要大平和自己睡在一起，大平只好依了她。

　　起先，两个人各睡一头，许静茹还是害怕，结果两个人就睡到了一头。许静茹脱了自己的外衣，大平坚持不脱，许静茹就坐起来，帮大平脱了外衣。她这才发现大平身体的某个部位发生了变化，她立即住了手和衣躺在大平的身边。虽然土炕烧得不算太热，但两个人都觉得被窝里十分燥热。在大平不经意间，许静茹一下子爬上了大平的身子。她的嘴在黑夜中探寻着大平的双唇，大平终于被许静茹俘虏了。两个人扭作一团，相互拥抱得很紧，紧得许静茹几乎喘不过气来。

　　正在此时，一只老鼠撞倒了放在大平家柜盖上的酒瓶。酒瓶落地后发出清脆的声音，使整个房子灌满了洪亮而清脆的巨响，两个人这才松开了拥抱对方的手臂。许静茹被酒瓶声吓得浑身战栗，大平坐起身子抱住许静茹劝慰道："没事，有我哩。"

　　过了好久，屋子里再没有动静，许静茹才从大平的腿上下来。她说："你真地不想做点什么？"

　　大平用手亲昵地捂着许静茹的脸说："想，很想。但是我不能那样做，我怕伤害到你。你看，我妈也不同意我那样做，刚才她摔酒瓶是提醒我哩。"

　　许静茹听后更加害怕，就用手去摸大平的脸，她把头往大平的怀里拱了一下说："我理解你，你不会笑话我吧？"

　　大平让许静茹把头放在自己胸前，他把她抱得更紧了。用手抚摸着她香喷喷的头发说："别胡想，我只是觉得自己配不上你。所以，我不敢轻举妄动。你知道，男人做什么事是要有责任感的。"

　　许静茹理解了大平，她说："咱们睡吧。"两个人就相互抱着睡了。

金发财在鹿鸣川卫生院整整住了七天才出院。雪青没有让金发财回到山里去，她把金发财安排到自己家里住下了。

这七天来，雪青像妻子一样，给予了金发财无微不至的照顾，金发财同病室的人十分羡慕。

卫生院的医生听说了金发财家里的事，都很同情。雪青认识的郭医生，在雪青到药房取药时悄着声对她说："我看你们应该重新组合一个家，让孩子们也有个依靠。"

雪青急忙挡了对方的话茬说："千万不敢胡说，传出去让人笑话的。"

郭医生说："笑话啥哩，现在这社会还有啥能让人笑话的。人的思想都开化成啥了？我们县医院就有一个很有名的医生，他老婆去世才一个月，就和老婆的妹妹举办了婚礼呢。"

雪青用手抓了郭医生白色的衣袖说："人家是人家，咱是咱，城里人和乡里人比不得。就是社会再变化，这城乡差别还是有的。你说是吧？"

郭医生说："那倒是，但我是支持你的。过一些日子，等你们的心情都平静了，我给你做媒。"

雪青用手拍打着郭医生的胳膊说："再说吧，先谢谢你。"

到第八天，夏新给小平打电话，说考公务员的事非常紧，让他立即赶到西京，否则就没有机会了。小平把此事说给小凤，小凤又把此事说给雪青，雪青又把话题转着说给了金发财。金发财让雪青把自己扶下床，又把小平叫到面前说："去吧，我娃放心去考吧，大相信我娃。只是欠学校的学费，你给学校说一下，过了这一阵，我会想办法的。"

雪青早已把为小平准备的钱攥在手里，她对金发财说："行了，还等啥哩，我已准备好了。这是小凤打工攒下的，全让小平带上，他们挣的钱就让他们自己花。"说过，雪青把钱硬塞给小平，小平不接。雪青有些躁，她说："你这娃，让你拿你就拿着，发痴呀。"

小平抬眼看着父亲。金发财说："你婶让你拿你就拿上吧，权当你借她的。"小平见父亲如此说，便找来纸笔恭恭敬敬地写下一个借条，递给小凤。雪青见状一把夺过借条撕得粉碎，她生气地指着小凤说："你这娃，就是书呆子，你这不是生分吗？去，快收拾东西去。"

小平和小凤一块儿走了，屋里就留下雪青和金发财。金发财说："妹子，想办法让我回山里吧，我在这儿住不惯，怕给你带来闲话。"

雪青说："啥闲话？哦，我亲家遇难了，我就不能帮了？谁爱说啥让人家说去。我知道，你是怕小平和小凤的婚事靠不住。这一点我也想过，但大平是我干儿子。就是小平和小凤结不了婚，走不到一起，可大平是我的干儿子，你还是我的亲家。"

金发财听雪青连珠炮似的一通说，想想也很有道理。其实，他还有一房心事，就是自己躲在这儿，把家里的地盘让给大平和许静茹，也许是一件好事，他渴望大平和许静茹把生米做成熟饭。他把自己的私心说给雪青，雪青说："不可能，你想错了。我敢保证，大平不会做那种事的，就是许静茹乐意大平也不会那样做。因为大平是做大事的人，他不会轻而易举就做出不负责任的事。"

金发财说："我也相信这一点，但就是希望他们能把生米做成熟饭。"

雪青仍旧固执地说："你一定会失望的。"

金发财说："那我问你，你明明知道俩娃不可能成婚，你还安排许静茹戴着重孝头布？"

雪青诡秘地一笑说："我是让大姐没落个好死，有个好葬埋。大姐在世时给我说，她没生下女娃，怕死后连个哭坟的人都没有。我想满足大姐的愿望哩。"金发财用目光紧紧看着雪青说："你呀，真是个人物。应该是个领导人物，能谋大局呢。"

两个人正说着闲话，一声摩托车的响声，由远及近向雪青家门口响来。

雪青说："陕西这地方邪，说谁谁就到。你看，一准是大平来了。"

果然是大平带着许静茹来了，两个人还没有坐定，王雪峰开着小车也来了，王雪峰是大平打电话约来的。王雪峰到来后，急着要看大平的策划方案。许静茹打开电脑，一边给王雪峰讲解，一边指着她设计的草图纸让王雪峰看。王雪峰看后有些失望，他对大平说："太小气了。我说开办个大工厂，你却以这个房子为主搞设计，你这纯粹是家庭作坊嘛！"

雪青一听说大平是以自家的房子为主，准备开办豆制品加工厂非常高兴。她对王雪峰说："做豆腐嘛，本来就是小打小闹，你总要让大平搞个大工厂，那才不现实呢。"

大平见王雪峰有些着急，便安慰道："叔，你别着急，往下看，你会有兴趣的。"

许静茹说："叔，你说咱这地方，啥东西在山外吃得香？"雪青插嘴道："只有土特产！别的咱这地方也没啥让山外人稀罕的。"

许静茹说："是呀，农民工创业园，只能创他们最熟悉的业。你让农民工造汽车，他们会吗？所以，我和大平想了几天，还在网上和高立军做了沟通。我们只有打土特产的牌子，才能符合实际。"

许静茹一番说道，似乎一下子提醒了王雪峰。县上提出工业强县，要在农民工创业园开办大批工厂。是呀，农民工本身没有技术、知识不足，在外积累的都是血汗钱，让他去办工厂，的确是不现实的。

许静茹继续按着电脑上自己设计的内容往下说着，笔记本电脑页面过小，王雪峰让许静茹把设计的东西拷贝在 U 盘上，自己去镇政府打印出来详细看。

王雪峰一走，雪青高兴得抱住许静茹说："好，好，你们设计得好。就是他们不同意你们的设计，姨同意。只要你们能待在姨身边，姨把这房子白送给你们都行。"说过，雪青安排大平骑着摩托车去街上买菜，她说："快十天了，大家没有好好吃过一顿饭。今日为了你们的设计，姨给你们庆功。"

大平在买菜前，趴到金发财床边对金发财说他在家里找了好几天，也没有找到母亲把存折放在哪里。

金发财说："我知道，等我回去后给你找。"大平这才问金发财身体情况，金发财告诉儿子好多了。

雪青把饭做好后刚端上大方桌，王雪峰就领着秦镇长，拿着一沓大平和许静茹做的设计方案，兴冲冲地踏进了雪青家的门。

王雪峰将一双红筷子递到他手上，说："秦镇长，快快吃完饭，要认真讨论这份规划呢。"饭很快地就吃完了。许静茹和雪青麻利地收拾完桌子，腾开地方让大家说鹿鸣川农民工创业园的事儿。

王雪峰正要打开那一沓打印出来的资料，秦镇长却阻止了他，秦镇长说："王局长，我是这样想的，咱现在不说图纸，把时间留给这两个年轻人。让他们把总体规划和他们对创业园的建议，再仔细地调整一下。下午，咱把县上有关部门的领导和县长请来，大家一块听听他们的想法。我个人认为，看了这两个年轻人的规划，咱们的思路，包括县上的思路都有问题。问题是什么呢？是他们心中的创业园符合实际，我们原来的计划有些好高骛远。我相信，就是县上领导听了他们的创业园建设规划，也一定会赞同的。"

听秦镇长如此说，大平首先不同意。他说："我们只是个人的小想法，只站在我们个人角度上想问题。让我们给县长讲，我看不行。"

雪青急忙抢过话头说："有啥不行，你就把县长当成和你这两个叔一样，说出你们心里的想法就是了。我看，没啥难的。"

秦镇长站了起来，急切地走到大平面前，挥舞着右手说："对呀，到了下午，你只管说你的。会由我和王局长主持，没事，我相信你，你是见过世面的人呀。"

事情就这么定了，秦镇长和王雪峰正准备坐车离开，秦镇长又从车上下来。他从身上掏出一千元转身塞在雪青手中，他说："这是今后在你家吃饭的预定金，今后还不知要给你添多少麻烦呢。"

雪青双手推让着硬是不要，让来让去钱掉在地上，秦镇长一个箭步飞身上了车。

王雪峰立马将车开走了，说："你太多心了，这是我亲姐。"

秦镇长说："要不是你亲姐我还不给呢。"

王雪峰在心里说：这还差不多。

35　演　讲

下午三点，镇政府会议室里，座无虚席。

到底由谁主讲，临上场前许静茹和大平推让起来。许静茹对大平说："你知道我是恨这些当官的，我爸在位时他们恨不得咋个巴结我。我爸刚一出事，他们连村主任助理也不让我当了，你说我能给他们讲吗？"

大平说："可这些东西都是你想出来的啊。"

许静茹说："我做你的军师，你在前我在后，行不？"

大平想了一会儿说："行，我说得不对处，你补充。"

大平的确是经过大场面的，在秦北时，每一周煤矿上做安全生产动员报告，煤老板没文化讲不出来个头头道道，就让他去讲。他讲着讲着就习惯了，自然也不怯场了。在临上主席台前，他突然想起了煤老板给他提供的机会。

秦镇长是在主席台下第一排第一个位置主持会的，他只说了几句话就把麦克风递给了王雪峰。

王雪峰拿着麦克风站了起来，他转过身面向参加会议的县上各部门局领导说："关于鹿鸣川农民工创业园，到底要创什么业、建什么园、打造什么样儿的产业链，最初，根据县上的安排我们已有了一些思路。但我和秦镇长在无意间，遇见了一个叫金大平的青年人。听了他的想法，我突然觉得之前我们的一些想法似乎不太切合实际。所以，我和秦镇长商量把大家请来，也把这个金大平同志请来，给大家做个交流。下面，我们有请金大平同志。"

大平走上台时，台下的掌声并不太热烈，这是大平没有想到的。许多人盯着他的左臂看着议论着什么。大平也低头去看自己的左臂，才发现是许静茹给他缝制的白色孝字还套在左臂上。想到此，大平在一瞬间心里难受起来，但他很快调整了状态。

大平往台子中央麦克风前一站，先向人们鞠了个躬，抬起头他停顿了一下喝了口水，调整了思路，用右手抚摸着左臂上的孝字，开始了讲话。

他说："首先，感谢秦镇长和王雪峰局长，给我这个说话的机会。今天在这里，关于农民工创业园，我只讲三件事。

　　我先从我左肩上的孝套说起。也许，许多领导和参会的同志认为，我戴上孝套出席这样至关重要的会，对大家不礼貌，在此我想请大家原谅。因为我母亲在八天前刚刚去世。她只有五十岁，身体很健康没有一点病，但她却离开了这个世界。她不是正常死亡，她是因为给我弟弟挣学费，从山上掉进水库里淹死的。"

　　大平说到此，心里泛起一丝悲痛，他的喉咙有哽咽。秦镇长立即将一瓶矿泉水递给大平，大平没有喝，他擦了眼泪接着说。"我今年二十五岁，四年前，我弟弟和我，同时考上了西京的大学。由于没有钱交不起学费，我放弃了上大学。之后，我去西京打工又到秦北下煤窑。我的想法是：好好挣钱，翻修我家的房子，让我父母活得好一些，供我弟弟顺利读完大学。我把我在煤窑上挣的所有钱，交给我母亲让她支配、让她随便花，包括给我弟弟交学费。当我把自己挣得的第一笔钱交给我母亲时，我曾经给她说过，我说从今往后不许你舍不得吃、舍不得穿。外边的钱其实很好挣，有我在，你们花就是了。可我母亲的想法和我的想法截然相反。她认为供弟弟上学是她和父亲的责任，他们很少动或者是不动我的钱，硬要自己挣钱给弟弟交学费。他们认为，同样是儿子，没让我上大学是他们对不起我，是他们欠了我的，他们一直很内疚。他们尽量不花我挣下的钱，这就是天下的父母亲。我想，在座的领导和同志们，一定能理解我母亲的心，天下父母的心都是一样的"。

　　大平没有想到他的话刚一落音，台下的掌声几乎要撑破屋顶，他还看到有些人开始掉眼泪。

　　掌声停息后，王雪峰有些着急，他站起来对大平说："金大平同志，大家想听你对创业园的建议，请不要过多说家里的事好吗？"

　　人们没有想到，正在此时秦县长从座位上站了起来，他指着王雪峰说："雪峰局长，请不要打断这位年轻人的讲话。让他讲，我们就要听这些。大家听好了，这个年轻人讲的不是他家中的苦难史，他讲的是民情、讲的是母爱、讲的是人世间的大感情。我不知道这个年轻人，会对我们的创业园提出什么样的建议，但基于他小小年纪，就懂得人世间的感情，我们就要让他讲下去。谢谢你，年轻人，请继续吧。"

　　大平见县长如此说，向台下鞠了个躬说："谢谢您。"他返回到麦克风前接着说："不好意思，不妥处请大家谅解。下面我就农民工创业园的建设，谈一些我个人粗浅的想法。工商局王局长在之前和我们交流时给我讲过，我们的农民工创业园要以工业为主，因为我们的目标是以工富县。我个人认为这样的目标很好、很宏伟，的确如此。为什么东南沿海经济发展快？为什么江苏省这些年发展快？就是人家有工业。但是，我们要建农民工创业园，创什么业呢？这是个值得我们探讨的问题。我个人认为，在我们的农民工创业园里，首先要从加工业起步，逐步向工业迈进。为什么要这样说？一是因为农民工办不了工业，他没有兴办工业的资本、经验、技术、资金和胆略。据我了解，当然不一定全面，我们鹿鸣川镇在外打工的农民工，每年有三千人。其中，有一千人在南方的工厂工作，包括一些技校毕业的学生。如果请他们回来办加工业可以，办工业就不行。那么办加工业办什么呢？我个人就想办个豆制品加工厂。因为这一块我熟悉，我知道豆子是如何长出来的，豆腐是如何做出来的，它有什么工序我全知道。那么你让我办一个麦克风加工厂，我就不行，因为我不懂。我的意思是要让农民工创业，首先要让他们做他们熟悉的。在西京的肯德基店、麦当劳店、德克士店，小孩们都爱吃薯条。薯条是什么，就是土豆条。这些与我们紧密相关的土豆，我们就可以做。还有，我们秦南有什么特产送人呢？木耳、香菇、核桃、板栗、柿饼，这些是我们的特产。我就想，为什么不让这些东西在创业园发展？我在延安打工的时候，看到一双女人做的鞋底卖到一百元。我想，在我们的农民工创业园里，就可以做这些。我记得我上小学时，鹿鸣川的女人个个都会用玉米皮编织娃篮，就是西方人装孩子的提篮。现在不见有人做了，难道是外国人不用了吗？不是，是我们的推销中断了。我想这些东西，我们都可以恢复起来，让它进入农民工产业园。慢慢地把园子做起来，再由加工业向工业迈进，那就更好了。

我就说这么多，总之，我想表达的是让农民工创业，首先要让他们带着感情创业。感情是什么？就是他们最熟悉的东西。其次，是做自己能做的事情。比如我，我想把咱们的豆腐卖到西京去，因为我熟知整个过程，对豆腐有感情。"

又一次热烈的掌声震耳欲聋，王雪峰压根没有想到大平是这样理解农民工创业园的。他想，这孩子说得太好了，要带着感情去创业。

大平走下台时，秦县长直接迎了上去。他与大平握了手，然后走到麦克风前说："大家听明白这个年轻人的讲话了吗？他讲的是带着感情去创业，这个提法多好呀。他讲的话使我长了见识，他所说的感情有乡情、人情、亲情、物情。是的，我们是想大搞工业，可靠农民工返乡能搞起我们的工业园吗？这个问题的确值得我们好好地、冷静地、深入地去调研和思考，今天在此我不多说。不过，我听说还有一位年轻人，为我们的农民工创业园做了一些规划。雪峰局长，把年轻人请上来，让她给我们讲讲。"

许静茹很平静地走上主席台，她并没有和大平一样向台下的人们鞠躬。

150

在她心里，她是恨台下这些人的，她慢慢地打开电脑启动投影仪，开始把她和大平做的鹿鸣川农民工创业园规划图讲给大家。什么豆制品加工区、木耳生产区、香菇生产区、砖瓦生产区、粉条生产区、野菜加工区、手工艺产品生产区、商贸区、农家乐、休闲服务区，等等。

最后，许静茹说："我个人认为，鹿鸣川有着丰富的旅游资源。比如西边的九龙山、脱鞋岭，南边的分水岭、蟠龙山、马头山、红石崖、五女石，东南的张家寨子，东边的盈丰寨子、火石梁、奶头山、樱桃池、盈丰水库，北边的烈士陵园等。如果我们的农民工创业园真正搞起来，我们就可以接着搞旅游开发，把鹿鸣川和县里的仓颉文化观光园衔接起来，那就有做不完的大文章。秦岭是西京的后花园，那么我们就可以成为西京的东花园。"

听完许静茹的规划，秦县长高喊一声："好。"并带头鼓起掌。

众人都鼓起掌来，掌声经久不息……

36 重 逢

　　小平带着失去母亲的伤痛，重新回到了学校。其间，年级里的大部分学生已经搬离了宿舍。为了使小平和夏新能静下心来参加公务员考试，夏花为两人租了房子，报了公务员考试辅导班。同时，夏花还为小平还清了学校的学费。

　　对夏花所做的一切，小凤感激涕零。她紧紧抓着夏花的手泪眼婆娑地说："姐，你这样做，我们不知道咋感谢你哩。"

　　夏花抽出手，亲昵地梳理着小凤的刘海儿说："感谢什么。古人说，穷不帮穷谁照应。我们都是穷人家的孩子，我们应该抱团取暖才对呀。"

　　有一天夜里，小凤十一点多才关了小超市的门。做好饭一直等夏花回来吃饭，可到了夜里一点夏花也没有回来，这种情况是从来没有过的。小凤打夏花的电话一直关机，她打电话把小平和夏新叫了过来。三个人商量着要去报警，争论了好大一会儿最后还是没有报。三个人就住在小超市后面的房间里。正在三个人准备睡觉时，夏花发来了一条短信，说自己没啥事，在外边和朋友喝酒，喝多了晚上就不回去了，三个人这才放心地睡下。

　　这天夜里，夏花是去见秦北的开煤矿矿山的折老板了。

　　折老板的煤矿出事后他被公安机关关了起来，关了不到几个月又被放了出来。把折老板从看守所里解救出来的，是县政府几个官员股东。那几个股东要求折老板必须离开县里，他们要他到外边躲一阵子。躲到哪里呢？其中一个人告诉他：大隐隐于市，小隐隐于野。折老板就想西京是最好的地方，就让一个好朋友开车把自己送到了西京，入住在一家秦北人在西京开的酒店里。折老板听说市反贪局又把那几个股东收了进去，他一想事情大了，城市也待不成了，他就打电话约见了夏花。折老板一直认为，在与他相处的几个女人中，就数夏花是讲义气的。人单纯、不贪，不像其他女人，总给自己挖坑。

　　夏花如约而至，两人相见后看到对方，都感到吃惊。折老板没有想到，夏花已经变成城里人了，说话、衣着、举手投足全有了气质。他本想见到夏花，吐吐自己心里的苦水，然后再重温旧梦。但夏花往他面前一站，她的气质一下子吓跑了他那些龌龊的想法。

而在夏花眼中，折老板已由昔日的哥字辈提升为父字辈了。他满头白发，眼睛掉进了深坑，圆脸成了刀子脸。她没有想到，过去威震一方的风云人物，怎么一下子会变成这样呢？在那一刻，夏花在心里说：真没有想到，人们说监狱是炼狱，那么一个刚强的人，一下子被炼得如此憔悴不堪。

其实，在夏花心里，她从来没有恨过这个男人。两人分手后她也是怨过他的，那时她没有经历生活磨难，她只知道他无情无义。当她告别秦北，把自己融进西京后，她看到许多人为了生计、为了挣钱付出了那么多，她把对他的埋怨慢慢地消解在回忆中。她曾在心里感谢过他，她对自己说：要不是人家，自己的弟弟靠什么上大学哩；要不是人家，自己凭什么在西京立足、创业。

这天夜里，俩人重新在房子里坐了下来，谈了许多往事。一会儿折老板忏悔，一会儿夏花饮泣，说到最后，夏花说："以前的一切我们都不说了，就让它过去吧，对你对我都是梦。现在，我们的梦醒了，就好好做人吧。但无论咋说，我还是要感谢你的。虽然你使我失去了很多，但我也获得了不少。你现在遇到困难了，我还是要帮你的。你放心，我姓夏的不是那种忘恩负义的女人。"

折老板低着头，用"嗯嗯"不住地答应着夏花，他似乎不敢抬头看夏花的眼睛。

夏花给小凤发过短信后没有关机，此时，她的电话突然响了。在深夜里，电话的音乐声特别刺耳。电话显示出是一个秦北的陌生号码，夏花看着号码拿不定主意到底要不要接听。她把手机递到折老板面前让他看号，折老板一看是自己老婆的号，便示意夏花接听电话，但他告诉夏花不要说见过他。

夏花接通电话后，对方拖着哭腔对夏花说："妹子，你在哪里？我是老折的婆姨，过去有些事，姐误解了你，你不要上心，也不要怨恨姐。"

夏花把电话用右手拿着放在左耳边，她一言不发，只听对方不停地哭诉。她的目光，始终没有离开折老板头上的一缕白发。

折老板老婆像是抹了鼻涕之后说："我不知你哥到西京后见过你没有？你若见了他，让他立即离开西京躲到远处去。这儿的事越闹越大了，你哥的几个朋友，包括县政府那几个全进去了。公安上，现在到处抓你哥哩。"

对方还说了些什么，夏花没有听完就把电话挂了。她本来是想怨折老板，不该把自己的电话告诉他老婆。话还没说出来，折老板抢先说："我这样安排，是想得到秦北那边的消息，好做个应对。你放心，那个号是外地的，在西京我没有别的朋友。再说，现在的科技很发达，我的手机一旦通话，人家公安上就能找到的，人家有定位仪。"

听折老板如此说，夏花再没有说什么。她问他："接下来有啥打算？"他猛吸了一口烟说："还真没了办法，这才来求你的，我知道你主意多。"

夏花想了一会说："我给你在秦南找个地方，你先躲起来，等事态平息后你再出来。那个朋友你也认识，就是大平，你去找他吧，我让他给你做个安排。"

折老板听到此，把烟狠狠地戳在茶几上的圆形烟灰缸里，他说："是呀，我咋没想到他呢？小伙子不错。我进去后还到我家里，给家里说了许多宽心话呢，帮我处理了许多事情。"

两人商定后，夏花把大平想创业的事儿告诉了折老板。

折老板听后说："正好，我可以帮他。"说过，折老板洗了澡，换了衣服躺在床上。他让夏花去冲澡，夏花用怪怪的眼神看着他说："你……"

折老板忙坐起来说："不不不，别误会，我是觉得水不错。"

夏花从圈椅里站起来，在地上转了一圈说："我不洗了，我要给你做个安排。你必须晚上走，明天怕就走不了了。"

夏花说着，从口袋里掏出一张银行卡交给折老板，她看着他的眼睛说："钱不多，够你花一些日子。那里生活苦，山里没有商店，可以让金大平给你买一些营养品。"

折老板拒绝了夏花的银行卡，他从放在自己床头上的提包里，拿出了一张银行卡给了夏花，他说："钱我有，你把这张卡留着，万一我有个什么三长两短你就用了，权当是我的心意。家里你嫂子那儿我安排好了，有必要时你代我回去看望他们。大平家我会去的，那里的人也厚道。放心，我啥苦没吃过？"

事情发展到此，两人都有些感动，夏花走到床边用双手假惺惺地轻轻地拥抱了折老板，折老板却没有任何反应。他看着夏花比过去更加好看的眉眼感叹道："好了妹子，好好生活吧。"

听了此话，夏花更加感动，她脱了鞋上了床，依偎在折老板身边。折老板阻止了夏花的举动，他说："好了，好了，我亮清你的心，你是在安慰我。没事，都能过去。再说，你不怕我给你的是空卡，里面没有钱？"

夏花一生气伸手将银行卡扔到墙角，她用双手抚着折老板的脸说："你就知道钱吗？"

折老板用手推开夏花说："好了，快去帮我租个车。快让我去秦南吧，待在这城里心慌得很呢。"

两人相拥坐了一会儿，夏花打通了高立军的电话，她对高立军说："我有个亲戚要见大平，有急事，希望你朋友现在就送他去。"

高立军回答说没问题，保证一会儿就到。

夏花又给大平打了电话，她说："折老板有事要见你，我安排车送他过去，让他在你老家待一些日子，为你爸做个伴儿。你爸爱下象棋，折老板也爱下棋，你给他们准备一副象棋吧。"大平说："你们在一起吗？让我给他说话。"

夏花说："我不知道他在哪里，只是电话里说了，别的不多说，明天你们见面后细说吧。"

大平说："好，按你说的做，放心吧。"

高立军安排的车到了宾馆楼下，夏花要送折老板被拒绝了。他说："这儿全住着秦北人，说不定从监控里人家能看到什么，你不用送了。"

折老板走后，夏花冲了澡。她本想住到天明，又怕公安人员查房，因为房子是折老板登记的。她在吧台上结了账，坐了出租车往自己的超市赶去。

在超市门口，夏花看到了 ATM 机。她把折老板给她的卡插进去，想查询一下里面到底有多少钱。但她却没有密码，取款机上显示的倒计时不停地闪着，闪得她心里发慌。着急处自有出奇处，她贸然地把自己的出生年月输了进去，令她没有想到的是竟然成功了。她向身后看了一下灯光下没有一个人，这才心怀忐忑地点了查询键。过了大概有三秒钟，一串数字映入了她发湿的眼睛。她心里有些发慌，定下神数了数，竟然是五十万元。她不敢相信这个数字，抽了卡重新再插进去，再查一遍还是五十万元。她拔了卡心里突突乱跳，眼泪就落下来。她知道不是自己为五十万元而感动，她是为被车拉走的那个人而伤心。她有些后悔，后悔自己刚见到他时，把话说得太硬了、太武断了。在他落难时自己应该安慰他、为他疗伤，可自己不但没有那样做反而还伤害他。虽然远去的那个人占有了她的青春，但说心里话她从来没有真正地恨过他。

夏花从取款机中拔了卡拿在手中，她没有急于敲超市的门，她想一个人静一静。踩着灯光一个人走到了护城河边，面对被灯光笼罩的城墙和护城河，她想得最多的是如何保护那个在黑夜中远去的人。虽然她已不再像过去那样依附他，但她还是想帮助他。

在护城河边温热的风中，她细细地梳理自己的心事。帮他，是为了手中这张银行卡吗？不是的。那为什么呢？为什么要帮他？她一时理不明白。她抬头看城墙，再看着城墙上面的夜空，感到一切都是那么美好。她想在天空中寻找一颗星星，让星星带着自己的祝福，陪伴着那个落难的男人。可她仰起头，转了几圈，也没有找到一颗星星。她突然想到，自从到这个城市来从没有见过星星。城市夜晚的霓虹像一个浸染着七色染料的盖头，将城市与天空隔离开来，很少能看到星星。她只有对天空说：愿他平安吧。

正在她想着远去的那个人时，一辆出租车停在马路沿上不住地按喇叭。司机发现她像一个树桩一动不动，以为她遇到了什么困难，下了车，急匆匆地走到夏花身边。

司机站在距她一米远的地方问她："姑娘，有事吗？"

她意识到有人在问自己，忙回头回答司机说："没事，师傅。"

司机是个四十多岁的男人，他点燃一支烟说："我叫了你几声，没有见你回答。我怕你有什么心事，夜深了快回去，一个人在外边不安全。"

她受宠若惊般放开声音说："没事，师傅。我家就在对面，谢谢师傅关心，谢谢。"

司机开车走了，夏花望着远去的出租车尾灯，心中莫名地涌出感动。她想，难怪这些大学生在这座城市里念了书，再不想离开这座城市。因为，在这座城市里，有太多的温暖。也许正因为多了这些东西，自己才能在这座举目无亲的城市里留下来，她目送出租车远行返回神又想折老板的事。

她不知道这样安排是对还是错，是保护他还是害他。她还想到她把折老板推给大平，这样会不会害了大平呢？她越想心情越沉重，拿出手机想给高立军打电话。刚拨通又挂了，她怕影响到高立军。但她没想到，很快高立军把电话打过来了。高立军声音清爽地问她有什么事，她回答说没有什么事，自己一个人在护城河边转悠。高立军兴奋地说："好呀，我也是睡不着呢，要不我过来陪你一起转悠？"她说："不用了，你明天要上班早点睡吧，我一会儿就回去。"高立军说："别呀，我是让你把我害得睡不着呢。"夏花问："咋了，我咋害你了？"

高立军告诉她见面说，就挂了电话。

夏花望着城墙上的彩灯在想，高立军这是咋了，是在想自己的心上人不能入睡吗？那一刻，她竟然把让高立军安排车送折老板的事给忘了。

二十分钟前，高立军安排好车后给大平打了电话，大平告诉他折老板要去他家的事。

高立军一直在分析这件事，他担心最多的是让折老板去大平处避难，实际是在害大平，晚间新闻报道了秦北煤矿出事的消息。高立军想那一定是折老板的事，他看到那条新闻时打电话告诉了大平。那时，大平也看到了那条消息，他们就折老板的事互通了信息。

高立军是个一心想做大事的人，从他为大平母亲奔丧后，看到鹿鸣川一带有那么多的资源，他一心想在鹿鸣川做些事。在他心中，鹿鸣川是一块待开发的处女地，山清水秀没有污染，文化资源十分丰富。他想，如果在那儿把旅游发展起来，一定是件了不起的事。那些真山真水，比关中道许多人造景观要丰富得多。

他曾对大平说，鹿鸣川简直就是西京的东宫。他谋划着如何开发鹿鸣川，但只是个想法。有一次，父亲到西京来看他，他曾对父亲说过他的想法。父亲说，想法不错，只是先不要声张，过上半年后，你可以向市上领导谈你的想法。高立军闪动着眉毛问父亲，为什么要等到半年后。父亲告诉他，到时候你就知道了。

高立军问父亲："是不是半年后，你就进步了？"

父亲说："有这个迹象。"

高立军说："好呀，儿子提前恭贺您。"

父亲说："别声张，行政上的事，你不爱也不懂，就静观其变吧。"

高立军说："我知道了。"

37 夜 色

夏花一个人在护城河边转了很久。望着迷人的夜景，她在想，自己虽然经历了太多的磨难，但能生活在这座千年古都，自己也算是个幸运儿。她想再给大平打个电话，希望他能好好照顾折老板。手机拿在手上，却没有勇气打。

现在自己心心念念想着大平，可未来大平能不能接受自己还是个事。她从路边的大理石台阶上走下去，她想将高立军约在一个相对浪漫的地方。当她看到一对情人缠绵在绿草地上时，后悔自己给高立军打电话。她正要给高立军回电话让他不要来，高立军已经悄悄站在了她身边。

她责问高立军，"你咋说是我把你害得睡不着?"

高立军开玩笑说："声音，你的声音。你不想想，半夜三更，有一个甜美的声音，把你从梦中叫醒。作为青春美男子，不浮想联翩都不行，心里烧得慌呀。"

她听高立军如此说，心中"突突突"地跳个不停，她扭捏着说："别拿我开涮。就你这个野心家，刀枪不入的家伙，我就能搅动你的春梦? 你太高看我了。"

高立军却一本正经地说："有一句话咋说来着，饥不择食呀。我饥了，不管那些了。"

夜很静，除了马路上呼呼来、呼呼去的出租车外，再看不到什么车。这种宁静，高立军体验得多了。可夏花还是头一次在这夜深人静的空夜里与一个美男子相伴而行。

两个人沿护城河不停地走着，高立军没有送她回到住处的意思，她也没有急于要回去的想法。她本来想把自己与折老板的那些交往说给高立军，有几次话到嘴边又收了回去。两人不知不觉地走到城市西苑，又自觉或不自觉地向西苑深处走着。走到一处宽阔的平台时，他们发现了一对男女，正在旁若无人地做着兴奋事。只听那女声放荡地呻吟着，无遮无拦，在深沉的夜色中，好像是被人挟持着似的。遇到此事，两人又掉头回去，她的脚步有些凌乱，像是自己做了见不得人的事一般。

高立军只管说着自己对折老板去大平处的不利因素，他一边分析一边对她说，现在政府反腐行动力度很大，我想这样对大平真的不利。万一要是查出来，大平肯定成了包庇犯，严重的话是会定罪的。这样做不但没有更好地帮助折老板，反而害了大平。

夏花越听越害怕，她有气无力地坐在一个花园边的水泥台上。

高立军陪她坐下，燃起一支烟，他发现自己的话把她吓住了。他劝慰她说："没事，我会想到较好的办法解决这些问题。"

她一听又来了精神，说："我叫你来，就是想到你是个能人。有文化又有本事，人还真诚，见多识广。所以，就想把这事说给你，希望你能想出更好的办法来。"

高立军平静地说："这要好好想，有些事情，不是咱这个年龄段的人能把持的，但我们可以试着做。古人说：山重水复疑无路，柳暗花明又一村。"

夏花没有太听明白高立军吟的古诗，她问他这是什么意思。

高立军弹了一下烟灰说："就是人遇到困难时，要不停地想办法。想着想着，办法就出来了。"

两人呆坐了一会儿，夏花发现高立军在唉声叹气。这是她第一次发现高立军叹气，便问他："你好像有什么心事？"

高立军立即说："没有呀。"

夏花说："咋没有呢，没有还会睡不着觉？"

高立军看着夏花的眼睛，在想，每个人的心思都是无法掩饰的。他也正好想到找个人，诉说自己的心事。他就把阮佳仪计划出国留学的事，告诉了夏花。

夏花想了一会儿不知道说什么，她知道以自己的知识水平，无法安慰高立军。她不知道像高立军这样满腹经纶，有着良好家庭背景的人，对爱情有什么样的理解。她试探着说："她是出国留学又不是出国去嫁人，你担心什么，她还是要回来的呀。"

高立军停了半会儿才说："话是这样说，你不知道有多少人出国去留学，男人是带了洋妞回来的，女人是带着洋仔回来的。"

夏花的确看到了高立军的痛苦，她安慰道："没事的，依你的模样和水平，还愁找不到心爱的人？只是时间问题。时间会让你在痛苦中慢慢地忘记一些东西。就像人受了伤一样，时间一长，伤口自然就会好起来。"

高立军听夏花如此说，小心翼翼地问道："你也失恋过吗？"

夏花差点儿把自己和折老板的事说出来，但她还是控制住了自己的嘴巴。她说："我是听别人说的，也看到身边有许多人有过这样的经历。他们失恋后就像患了一场大病，时间过去一年半载，他们全都好了。"

高立军将目光投向深邃的天空，说："是呀，我也相信时间，可这个过程还是难熬的。"

高立军的一支烟抽完后，站起身准备走，夏花就跟着他站了起来。四野很宁静，远处那对做羞事的人再没了声音。远远看去，朦胧的灯影下，只能看见两个黑桩立在花坛边上，一动不动，像关中皮影。

走出城市西苑，两人沿马路道沿往回走。高立军步子迈得比较大，几乎把夏花甩出一丈远的距离。高立军得知阮佳仪要出国留学的消息后心里很烦，几日来常常难以入睡。他知道阮佳仪这一去，肯定是有去无回。他本想把自己的痛苦说给夏花，可见到夏花，却发现她并不是要诉说的对象，他只好独自忍受着心中的痛楚。

面对高立军的失意，夏花不知道如何帮他。在她心中，高立军是一个伟大的人物，不但有知识、有本事，而且心眼好没有架子，按官话说是平易近人。她没有想到，这样的好人也有伤心事。自己该咋帮他呢？夏花一时没了主意，就慢慢地与高立军拉开了距离。

两人走尽了护城河岸，高立军是要送夏花回到小超市去的。夏花说："走，你睡不着，我也睡不着，咱们到你屋去聊吧。"

高立军停住了脚步，定定地看了她一会儿，他这才发现，她是如此地好看。在一瞬间，有一种冲动涌上他的心头。他把双手搭在她肩上说："算了吧，我怕你去了，我要是做了什么错事该咋办呢。"

夏花用双手握了高立军的手说："没事，我相信你的。就是有了错事，我也不会怪你。"

高立军无论如何也想不到，自己真地有了一种冲动。他不知道这种冲动是在男人伤心时的一种诉求，还是想报复阮佳仪。听了夏花如此说，他一把把夏花揽进自己怀里，他甚止有了想亲吻夏花的冲动。夏花像一只乖巧的小绵羊，或者说像一只被主人驯得十分温顺的小花猫。当高立军揽她入怀后，她不但没有反抗，而且顺势用双手紧紧搂了高立军的腰。她在想，自己能让高立军这么对待很是享受。她还把头深深地埋进高立军的怀里，她希望高立军能吻她。

正在她想的时候，高立军真地就吻了她，吻是香甜的也是颤抖的。在那一刻，她什么也不知道了。她只知道自己的心，像是家乡秦北久旱了一冬的山坡地，突然降了一场毛毛雪。那种诗意的美，是农人都能感觉到的。高立军的吻是热烈的也是疯狂的，他几乎要把夏花的双唇吸进自己的胃。过了一会儿，夏花把自己从高立军怀中轻轻地抽了出来，她说："要不我陪你到你住的地方坐坐吧。"高立军转身跳过马路沿，他一伸手就挡了一辆出租车，把夏花拉到自己的住处。

高立军住在离南门不远的文艺路，是一套60多平方米的两厅房。两人刚打开门，令他们没有想到的是，阮佳仪一个人安静地坐在沙发上。

见高立军和夏花进了门，阮佳仪含着笑站起来，一把拉住夏花的手说："发生了什么事?"

夏花的身子抖了一下说："没事，唉，是我出了点事儿。一时不知道咋办，就让高立军去帮我。"

阮佳仪摇着夏花的手说："我知道，你看，高立军的手机还丢在家里呢。我想一定是你出了事，我没有你的电话，本来是想给大平打电话的，又怕夜深影响他，还怕他担心。我又不知道你住哪儿，我从高立军的手机上看到未接来电，就想一定是你有什么事了。"

说着，阮佳仪拉夏花坐下，高立军为两人倒了水也坐在沙发上。高立军对阮佳仪说："前几年大平去秦北在一个煤矿工作，一个煤老板帮了大平。如今煤老板出了事，一直在躲公安机关的追查。夏花也是秦北人，是煤老板的亲戚，她让煤老板去了大平处，又觉得不对，一个人在护城河边急得哭呢，就打电话给我，我怕她想不开，就去见了她。"

高立军说过又问阮佳仪："你咋半夜从哪儿钻出来了，你不是在秦南吗?"

阮佳仪拍了一下夏花的手说："我是来查岗的，看你是不是在做坏事。"

夏花一听笑着说："还真查到了，查到我头上了。"

阮佳仪摇摇夏花的手说："不会的，说着玩呢。我是来办手续的，明早要去公安厅拿护照。正好我爸去北京开会，是早班飞机，我就坐了顺路车过来了。"

夏花说："听说你要出国了，祝贺你。"

阮佳仪说："是个学习机会，我不想失去，但又丢不下这个东西。"她指了指高立军。

夏花说："放心去吧，东西是你的，永远都是你的。你们的爱情，真地让人眼红。"

虽然相处了很长时间，高立军对夏花还是不太了解，他怕她说错了什么。再是他很想和阮佳仪温习爱情，他站起来对夏花说："你住这儿再不要胡想了，好好地睡一觉啥事都没有了。"

夏花想，自己绝对不能住在这儿，她坚持要回去。阮佳仪也没有挽留的意思，就让高立军送夏花回去。夏花说出门就是出租车，你们不要管了。说过，拉上门急匆匆地下了楼。她心里像塞进一团棉花，不知道为什么堵得慌。

夏花刚一离开，高立军一把拉住阮佳仪进了卧室。

38　搜　查

折老板在大平家没住过三天便走了。

这天，两个人手拉着手上了高耸的门前梁。大平想让折老板看看家乡的山之美，以放松他的心情。大平指着山下河湾的村庄对折老板说："你看，那些白色的房子，全是您的功劳。要不是您，这山野里已经死气沉沉了。是您，让这山野有了活力。"

折老板坐在山头沙丘上的一棵桦梨树下，看着一座座翠绿的大山说："你看这大自然，和人一样，也是相互帮衬的。上苍造它们时，也让它们手拉着手。只有如此，才能团结在一起，才能显示它们的大气魄呀。"

大平坐在折老板身边，帮他点燃了香烟说："我从小在这山野里长大，还没有注意到这些。你这么一说，还真是。它们和人一样，制造合力。"

两人静静地坐着，折老板哼哧了半天，放出一个屁来。他对大平说："我得回去，这事呀，躲不得，还是要去面对的。"

大平知道，折老板是个心有城府之人。虽然在人们心中，他只是个挖煤的，是个土豪，其实，他是一个和其他秦北有钱人格局不一样的人。自他加入折老板的团队后，他从折老板的为人处世中，感知到他与别人的不同。最起码，他是一个心中还有善念的人。正因为他和别人不同，自己才在几年前留下，相当于是他给了自己另一个人生抉择的方向。要不是遇见他，大平也许自己今天还想不到创业，也压根就不会有创业的条件和资格。

折老板是个急性子的人，这儿说要走，坐也坐不住了。两人下了山，收拾了东西，大平用摩托车带着折老板出了山。

分手时，折老板给了大平一张一百万元的银行卡，他让大平给他打了入股的条子。他说他要入股，至于股份如何折算，他信得过大平，全权由大平凭心去计算。另外，他还对大平说，如果自己万一被判了刑，希望大平去看望自己的家人和到监狱里去看自己，所有的花费从他留的钱里去支付。

大平接过钱，写了手续给折老板。折老板笑着说："这个手续由你保管，我拿着也没用。让人查出来了，还说我转移资产。"

大平要送折老板到西京，折老板说让他送到县城就行了。

折老板走后，好几天大平一直闷闷不乐，他一直在想着折老板和他的家人。许静茹听说折老板走了，产生了担心，她总怕公安局的人来找大平。

这天夜里，大平和许静茹刚被雪青安排睡下，"嘭嘭嘭"，雪青家的大门就被人敲响了。雪青以为是弟弟王雪峰找大平有什么要紧事，蹬了鞋风风火火地打开门。令她没有想到的是，鱼贯而入的是几个拿着手电警棍的警察。六七个警察进了门，什么话也不说，用手电在屋内四处探照。雪青是见过世面的人，起先，她没有阻拦警察的行动。等她打开灯之后发现，这些在屋里乱搜的警察，她一个也不认识。

雪青举起放在脸盆架上的搪瓷脸盆，往地上一甩，愤怒地吼道："行了，你们是弄啥的？都给我停下。"警察们没有想到，雪青会使出如此一招，几个人都关了手电围到雪青身边。

雪青用手指着一个年长的警官问："你们是干什么的？"

年长的警察语气生硬地说："搜查。"

雪青说："搜查？有证件吗？"

年长的警察掏出证件递给雪青，雪青把警察证拿到灯下仔细地看了一会儿，自己也说不清真假。她说："你这是真的还是假的？"

年长的警察听雪青说此话后，非常生气，他指着雪青说："你，你咋能胡说呢？"

雪青并不示弱："什么叫胡说？是真的是假的不是你们说了算的，是要公安局验证的。"

大平和许静茹被脸盆声震醒，麻利地起了床。两个人分别从两个房间走出来，护在雪青左右。

雪青发现大平手上的手机，急中生智对大平说："儿子，给王雪峰县长拨个电话，请他安排公安局来几个人。"

年长的警察听雪青如此说，忙端着笑脸说："大姐，我们是真警察，我们在办一个重要案子。"

从年长的警察口中，大平听出这些警察是秦北人。他想，他们一定是来抓折老板的。大平停止了拨电话的手说："你们是人民警察吗？是人民警察，做的这事，咋又不像人民警察呢？"

雪青接过大平的话说："进了门，不问三七二十一，低头就搜查。听说话口音，你们是秦北来的？"

年长的警察说："是，我们是从秦北过来的。"

雪青看到自己的威风已经镇住了警察，她断定这些警察一定是真警察。但她丝毫没有饶恕他们的意思，她说："你们知道不，这儿是秦南。你们当警察的，走州过县见多识广。那我问你们，秦北人和秦南人有什么不同？"

年长的警察一时回答不上来，他转身示意一个年轻警察回答雪青的问题。

年轻警察回答得很干脆，他说："秦北人个性粗放，秦南人个性细腻、性情柔和，但这柔中藏刚。"

雪青听了年轻警察的回答后说："我看这位小伙是有知识的人，你们当中的事，若让这位小伙来挑头，办事就不会犯蠢。"

年长的警察听到雪青骂自己，一副受不了的神情紧紧地攥着双手的拳头。雪青不慌不忙地说："你真想打我？很好，你若打了我，没说你抓不到罪犯，我看你就会成了罪犯。不信你试试？"

年轻警察一看事情不妙，忙上前阻止了年长警察。他赔了笑脸给雪青说："婶婶，我们队长是个急性子，上级领导给我们划定了时间，要限期抓到逃犯。所以，我们很着急，不妥处，还请您见谅。"

雪青听说年长的警察是队长，放声大笑起来。笑过之后，她用了自己认为最刻薄的言语说："队长，这样没有修养、没有素质的人当队长，还不把你们带到沟里去。"她越说越来劲，她抓住许静茹的肩膀对年长的警察说："这是我女儿，你们猜猜她是做什么工作的？"

年长的警察此时已落得无趣至极，他看了看许静茹没有说什么，不住地向后退着。

年轻的警察看了看队长的脸，队长的脸红得像猪肝。他知道队长被人羞辱后心里窝着火，想发又无法发。他从队长后面走到雪青跟前笑笑地说："看贵小姐的气质，像是在大地方高就。但具体做什么猜不出来，请婶婶说明好吗？"

还没有等雪青说，许静茹说："不用猜了，我在省报工作，是法制部的一名记者。"

四个警察一听许静茹是记者，不约而同地向后退着。

许静茹知道，在现实生活中，只要是端着国家饭碗的人，或多或少都对记者有一种敬畏感，说是敬畏也是一种怕。她只有说自己是记者，才能镇住这些知法违法的警察。许静茹在大学时，曾在省报做过实习记者。

许静茹准备假戏真演到底，她说："你们今晚这种行为，严格地说是知法违法。因为你们进门后，什么话也不说、什么招呼也不打就开始搜查。这屋里真有你们要抓的逃犯？被你们抓着了，也许你们会自圆其说，说我们藏匿罪犯知情不报。你们若在这屋抓不到逃犯，而且用这种偷袭的方式私闯民宅，那你们就是知法违法。你们记着，我说的是你们违法，而不是犯法。但往严格了说：私闯民宅其实已经是触犯了法律。"

大平一直护着雪青，他什么话也没有说。他已完全明白这些人，是奔着他来的。他想是不是夏花被警察控制了，是夏花供出了折老板到这里的消息。此刻，他在为夏花担心。

许静茹的一番话，说得几个警察瞠目结舌。他们面面相觑脸色突变，无言以对。场面一时冷静下来，如果继续搜查，显然是不合情理。不搜查吧，又怕逃犯真地藏在这里，借机逃跑了怎么办？

许静茹看透了警察们的心思，她说："我们也不为难你们，你们要搜查，我们同意。但不是现在，最好你们让我们镇上派出所来警察陪同你们。你们要是真正的警察就应该知道，在自己还没有确定目标的前提下要履行什么手续。当然，你们也可以把我们三个人控制起来强行搜查，但产生的后果，你们要负全部责任。"

警察们的脸像六月的天，被许静茹的话说得一会儿晴一会儿阴。场面再次冷静下来，四个警察和三个人相持着。主意在许静茹心里，警察显得茫然无助，安静地相持了许久。

许静茹一一看过警察的脸，打破尴尬场面说："还有一个办法，你们可以包围这座房子，等到白天再搜查，你们自己抉择。"许静茹想给警察们一个台阶。

年轻警察似乎明白了许静茹的用意，他对年长警察说："队长，我看这样行，咱们先出去吧。"

年长警察点点头，警察依次退出了雪青家。雪青在关门时，对走在最后的年长警察说："不好意思，让兄弟们为我们站岗护院，我活了这把年纪还是头一次呢。"说过，她关了门，故意把关门的声音弄得很响。转过身，她示意大平和许静茹分头去睡。

大平上床后，一直没有睡着。他很想给夏花发短信问一下情况，又一想，现在警察们都掌握着高科技。他又想给折老板的爱人发短信，想了许久，还是没有发，最后在迷糊中睡着了。

许静茹和雪青睡在做饭炕上，雪青让许静茹用手机给王雪峰发了个短信。雪青知道王雪峰的手机晚上是开着的，她让许静茹发完短信后就关掉手机。

许静茹知道警察是在抓折老板但雪青不知道，雪青就问许静茹是不是小凤和小平在外边犯了什么事儿。许静茹告诉她，不是的。雪青问那是不是大平在秦北发生了什么，被人家追了过来？许静茹说也不是，她告诉雪青放心睡觉，什么事儿也没有。雪青还是睡不着，睡不着又不能说话。许静茹入睡后，雪青还在苦熬中等待弟弟。

39 解 围

大约过了一小时，雪青家门外响起了小汽车的声音。车快到庭院时，按起了喇叭。雪青一听，是弟弟小车的声音。她叫醒了许静茹，又叫醒大平，拉亮屋里的灯，打开门，王雪峰带着几个警察也进了门。

雪青看清弟弟带来的警察是送大平母亲回家的那几个年轻人。其中，一个是鹿鸣川派出所的李副所长李铁锋。

雪青和许静茹为来人倒了水，然后把发生的事一五一十地说给王雪峰和几个警察。

王雪峰听后非常生气，李铁锋示意几个年轻警察出门找人，看是谁到雪青家进行搜查。几个警察围绕雪青家的屋墙，去细细地搜索了一圈。结果，什么人也没有发现。

大家都感到奇怪，雪青把一个警察证递给李铁锋，让他辨别警察证的真伪。李铁锋用手中的手电细细地看了一会，说是真的。但他又思忖了一阵有些迟疑地说："不对呀，他们要抓逃犯，应该是要和我们联系的呀。"王雪峰说："咱不管他们，我倒是要问大平，是不是你在秦北惹下什么事儿了？人家是奔着你来的。"

大平摇摇头说："没有，绝对没有，请叔放心。我要是真惹下什么事，我不会连累你们的。"

王雪峰说："我相信你，如果有什么事儿，要提前说，咱要有个应对措施。当然了，做事要光明磊落，不要弄那些鸡鸣狗盗的事。"

雪青忙说："不会的，你们可以不信这娃，但我绝对相信他。"无论什么事，雪青总是向着大平。没有儿子的乡村女人，太渴望有一个能为自己顶门立户的儿子了。

正在他们议论着秦北警察做事太过分时，一辆警车开进了雪青家的庭院。年长的警察从车上下来，火急火燎地直奔雪青家的堂屋。他撞进门后，发现了鹿鸣川的几个警察和王雪峰，有点吃惊。人刚进门，他就对屋里的一群人说："对不起，我是来道歉的，前面有些冒犯，还请你们见谅。"

雪青上前从王雪峰手中夺过年长警察的警官证，得意扬扬地说："什么冒犯，你们纯粹是无知。你以为你们秦北人有了钱，啥事都敢胡来。在我们这儿，警察都是文明的典范。你懂得'典范'这个词不？就是我们的警官，事事处处都想着老百姓。哪像你们？"

王雪峰见姐姐如此说，觉得有些过分，便阻止了雪青继续往下说。

李铁锋接上雪青的话问秦北警察："你们抓逃犯，和我们县局沟通过没有？"

秦北警察说："没有。"

李铁锋哈哈大笑道："你们秦北人，做事还真有自己的一套。你们不怕他人袭警吗？胆子可真大呀。你们抓的逃犯呢，在哪里？你现在就可以到这个屋里来搜查。"

秦北警察受了一肚子窝囊气，这会儿没有一点警察的样子，倒像做错了事的孩子，低声下气地说："逃犯刚才已经投案自首了，我也是刚刚接到电话。"

李铁锋问道："什么案子，花这么大力气？"

秦北警察想了一会儿说："这个嘛，不方便说。"

李铁锋说："有什么不方便说的？一个煤老板的煤矿上死了几个人，你们把人抓了，后来又放了。省厅要求严查，你们又得抓。你们为什么要到这儿来抓人？是因为这个小伙子在那个煤老板那儿干过，你们怀疑他们有联系，就这么简单的事儿，让你们做得拖泥带水。这有什么神秘的，办案要靠广大群众的智慧和力量，可你们怎么能这么办呢？"

秦北警察抬起头看着李铁锋吃惊地问道："你咋知道得这么详细？"

李铁锋用手弹了一下衣襟笑着说："你们抓的逃犯能投案自首，还是这位小伙子做了思想工作的。如果不是他劝煤老板投案自首，你们怕是要到天涯海角去抓人了。"

这回该大平吃惊了，自己在山里做的事儿，鹿鸣川警察是如何知道的？

同时，吃惊的还有雪青、许静茹和王雪峰。李铁锋在地上转了一圈，然后走到桌子边坐下，不再言语，他制造了一种令人们对他刮目相看的气氛。

他不说话，其他人也不知道该说什么。王雪峰有些忍不住了，他想帮秦北警察打个圆场。他从凳子上站起来正要说话，被李铁锋挥手制止了。

李铁锋在地上转够了，点燃一支烟吸着，然后冷冰冰地对秦北警察说："你要拿走你的工作证，可以，但必须给这家人道歉。要不是看在同行的份上，说实话，你们是走不出鹿鸣川的。我们派出所是全省警民综合治理的先进单位，在我们的辖区内，出现了扰民事件，我们派出所是有责任的。"

在外面等不及的两辆警车，以为年长警察在这边出了什么事儿，又把车开过来，在雪青家的庭院里不住地摁喇叭。更深夜静，小车的喇叭声横贯夜空。

听到刺耳的喇叭声，李铁锋气愤了，他对秦北警察说："去，把他们都叫进来。"

秦北警察立即扑出门，挥手让外边的人不要摁喇叭。他扑到小车跟前，把屋内的情况通报后，车上几个警察像霜打的茄子，蔫蔫地进了门。

李铁锋看到几个年轻的警察发火了。他指着站成一排的秦北警察高声训斥道："你们是警察吗？是人民警察吗？半夜三更，劳累了一天的人民都在睡觉，可你们呢？是在用汽车喇叭庆功呢还是在这深夜里宣示呢，知道吗？作为人民警察，我干这一行几十年了，还真没有遇到你们这样办案抓逃犯的警察。省公安厅明确要求你们到我们县上后与我们配合，可你们给我们县上公安局联系了吗？给我们派出所沟通了吗？简直是胡闹，乱弹琴。无凭无据、捕风捉影、私入民宅，你们抓的人呢？人在哪儿？"说着，他的手掌在桌子上拍得"啪啪"响。

刚进门时，秦北的几个年轻警察，还是一副毫不在乎的样子。这会儿，个个低下了头，没有人说话。特别是年长警察，似乎羞得无地自容。

王雪峰感觉到李铁锋的火发得差不多了，站起来挥挥手和气地说："好了，好了，秦北的同志们也很辛苦，都是为了工作。只是工作方法有些简单粗暴，你们呀，以后要吸取教训。"

年长警察终于抓到了救命稻草，像在悬崖上吊了半天有人递了梯子。他上前紧紧抓住王雪峰的手说："理解，理解，对不起，实在是对不起。"他一只手拉着王雪峰的手，另一只手不断地摇着，同时他对自己的手下说："快去，车上有三箱红枣，搬下来。"

王雪峰阻止了搬枣人的行动，但几个年轻警察还是固执地把红枣放到柜盖上。

年长警察说："这些东西不成敬意，算是我们向这位大姐赔个不是。"

王雪峰的目光掠过柜盖的红枣箱子，变了人似的说："是这样，我还是那句老话，人不亲行亲。你们也辛苦了一晚上，走，到镇上，我请你们吃便饭，也算作尽个地主之谊。"

年长的警察又一次抓住他的手笑呵呵地说："不用了，不用了，我们要赶回去的。"

　　王雪峰用手拍了一下年长警察的肩膀，笑着说："咋，不给面子呀？说实话，我们这儿不比你们秦北人有钱。我们只能请你们吃鹿鸣川有名的豆腐干，保证你们吃后，下次来秦南还想吃。"

　　一帮人连说带笑地离开了雪青家。

　　警察们走后，王雪峰才平心静气地问大平，秦北的事到底是咋回事？大平一五一十地告诉了他，王雪峰一直悬着的心终于放下了。他拍着大平的肩膀说："好好做自己的事儿，千万别惹些社会上的事。我姐把你当儿子待了，你可要给咱好好争气呢，做出个样子来给大家看。"

　　大平看了看雪青和许静茹，对王雪峰说："请叔放心，我这儿的加工厂就快开业了，到时候还要请你来剪彩哩。"

　　王雪峰听说豆制品加工厂快要开业了，心里很兴奋，他说："你这可是创业园第一家企业开业，不光我来，县长、局长们都会来的。你把开业的准备工作，弄个文字性的东西传给我。我要好好看看，给县长做个汇报呢。"

　　大平答应尽快做好给王雪峰。

　　王雪峰又问："你的资金够不？若不够，我手头还有几万，到时候你先拿着用。"

　　大平说："不用，钱够用，我把我在秦北挣的钱全投进去了。"本想把秦北折老板留给他的一百万说给王雪峰，他想了一下没有说。

　　王雪峰再问，"开业时，县上可能会来不少人。毕竟，农民工创业园是县政府主抓的重点项目，你计划怎么招待来的宾客？"

　　还没有等大平说话，雪青将双手搓了搓说："豆腐宴，全吃豆制品。"

　　王雪峰想了一会说："这恐怕不行吧，现在的干部嘴头都馋得很，光吃豆腐咋行呢？"

　　雪青说："这些你不要管，我敢保证，让他们吃得舒服、满意。而且，会永远记住这顿豆腐宴。"

　　王雪峰知道姐姐的本领，姐姐说话做事，从他记事起，就让人佩服。他将手搭在大平肩膀上说："那好吧，吃饭的事，你婶婶负责，我就放心了。如果钱不够，给我说，我再想办法。"说过，出了门开车走了。

　　太阳已经照遍了整个鹿鸣川，川道东边的寨子上升起一股白色的雾幔，像擎天柱似的接天连地，甚是壮观。大平没有见过，忙叫了雪青出来看稀奇。雪青笑嘻嘻地出来，扭头东望，却见雾气在一瞬间，漫散开去。太阳洒下的光辉，给鹿鸣川涂上鲜嫩的金色，整个川道迎来了新的一天。

　　河对岸的街上，卖早餐的人们开始生火。一缕缕炊烟，像春天的柳花，开满一河两岸。

雪青收回目光说："这种天象，一年难得见几次。有人说，出现雾柱，是不好的迹象。也有人说，是好的兆头。不用管那些，咱做咱的事。"

听说出现雾柱，许静茹忙着找照相机。

她出来时，看到的却是一片霞光。

40　转　变

时入五月，西京天气开始热了。

夏花和小凤站在大学校门的外边，等候小平和夏新考试结束。她俩心中既有春天带给她们的兴奋，同时也有对亲人前途揣度的忐忑。

夏花已经把大学南路那间洗脚坊装修好了，她对小凤说："若夏新他们两个人都能考上公务员，咱们两个就经营小超市和洗脚坊。你给咱把超市经营好，我给咱经营洗脚坊。如果他们考不上公务员，洗脚坊就交给他们去经营，咱们俩经营超市。另外，我还想成立一个商贸公司，请高立军做个顾问，你看行不？"

小凤听夏花如此说，心中充满感激。她并没有回答夏花的问话，而是跑到校门外的报亭，去买了两个冰激凌硬塞给夏花。她一边吃着一边说："妹子全听你的，谁叫你是成功人士呢。"夏花停止了往嘴里送冰激凌的动作，她用双眼直愣愣地看着小凤，笑哈哈地说："小凤呀，你对'成功人士'，有没有个界定标准？我这样就是成功人士了？你也太没有标准了吧。嗨，你是不是在拍马屁呀？"

小凤鬼兮兮地笑着说："反正在我心里，你就是成功人士，我就傍定你这个大款了。"

两个人正说着，学校大门里一时间涌出很多学生。高兴的不多，垂头丧气的不少，小平和夏新走在最后。看到自己的心上人，小凤举着冰激凌跑到小平跟前，把冰激凌递给小平急切地问道："咋样，题做完了没有？"小平接过冰激凌，往嘴里塞了一口说："没完，差得很远呢。"

听小平如此说，夏花看着夏新一脸愁相说："我也就不问你了，给，把这个吃了。走，我带你们去看看你们的工作岗位。"

小平和夏新没有想到，在很短的时间内，夏花就把洗脚坊收拾好了。而且，在房子里面还放置了两张钢丝床。夏花说那是他们两人晚上睡觉的地方，小平看后觉得非常满意。夏新却说："好是好，就是少了文化气息。现在搞什么，都要靠文化装门脸。没有文化气氛，咋行呢？"

　　夏花说："这些我知道，因为我没有文化，弄不出有文化的事来。接下来，就靠你俩布置了。把你们学了四年的文化知识发挥出来，好好给咱布置一下。"她说过，发给两人每人几本书。主要是什么经络呀，穴位呀，按摩呀。之后夏花又说："我已经联系好了一个按摩学校，明天你们俩去那里学习一周。同时，你们用你们的智慧和知识，好好把这间房子布置一下，就开始上岗。"

　　小平满口答应："行。"

　　夏新思考了半天说："先看看吧，反正我不太喜欢这种职业，我嫌太丢人。这儿离学校那么近，让学弟学妹们看见了，影响他们的心情，认为上学没用了。"

　　夏花听弟弟如此说，一时很生气，说："你不干可以，那你把公务员给我考上。只要你考上公务员，我天天跪在地上给你洗脚我也乐意。看你有没有那本事？"说过，丢下三个大学生气呼呼地走了。

　　夏花一走，几个人不知所措。小平用手拍拍钢丝床说："没事的，夏花姐是假生气，她一会儿就会好的。"过了一会儿，他对小凤说："你先去超市，我和夏新在这儿好好地做个计划。"

　　小凤走后，小平把夏新按在洗脚用的沙发里说："我看不错，咱先干干看嘛。人常说'三百六十行，行行出状元'呢。我记得上小学时，课文中有个北京人，给人洗脚还成了全国劳模呢。你忘了？前一阵子，报纸上不是报道说，研究生还争着掏大粪。还有一个女研究生，专门给死人化妆哩。我想咱给人洗脚，总比掏大粪好一些吧。反正我认为干啥都是工作，我的想法很简单，我就是喜欢这座城市。只要能在这座城市待下去，让我掏大粪我也干。"

　　夏新终于笑了，他拍着洗脚床对小平说："我看你是堕落，彻底地堕落。"

　　小平平静地说："堕落就堕落吧，我也想到那高楼大厦里去坐宽大的写字台哩，可谁要我哩？你不是不知道，那天咱去那家公司应聘，排在咱前面的硕士、博士那么多，咱还不是悄悄溜了。我没有信心，你有？那我问你，你为什么要跑呢？"

　　夏新又一次被小平逗笑了，他说："金小平，我鄙视你。你的男人气节到哪里去了？我的金小平、金爷，你老先人姓金呀。到了你这儿，硬生生把这个姓糟蹋了呀。"

　　小平依旧没有生气，他仰起脸，看着天花板长长出了一口气说："鄙视就鄙视吧。我现在才明白了，一切从实际出发才是根本。过去我们好高骛远、痴人说梦，走了一大圈子。结果呢，我们认识了不少人，在这座城市里有几个人认识我们?"

两人一唱一和、一正一反、一软一硬地在辩论着,此时夏新的手机响了,是班上一位同学从南方打来的。同学问他考试结果如何,有没有好的工作。同学说他们在南方混不下去了,还是想回到西京来。他们没有路费,想让夏新帮他们寄些路费。夏新犹豫了半天说:"我从哪儿给你们弄路费呀,我自己连吃饭的钱都快没有了。"同学在电话中声音亢奋地说:"你姐是老板呀,想办法凑一点儿嘛,回去后一定及时还上的。"无奈,夏新答应给他们寄钱去。

也是在同时,小平的手机也响了,有了夏新的借钱经历,小平也怕是同学向他借钱。任凭手机一响再响,坚持不接。

手机铃声吵得两个人坐立不安。忍无可忍之下,夏新拿起手机接听,还真是同学向小平借钱。夏新告诉对方小平不在,同学说小平不在正好呀,你姐姐不是老板嘛,从你姐那儿先给我们凑些路费,回去立马还给你。

夏新挂了电话说:"有钱他们还借,回来没有工作,到哪儿还钱呢。唉,这世界是咋了?小平呀,幸亏咱们没出去,去了和他们一样的。怕也是有钱去,无钱回。"

小平接过手机直接关掉说:"今日是咋的,去了南方、北方的同学都要回来?还都是要借钱,有些怪怪的呀。"

夏新点燃一支烟说:"不借吧,说不过去。就说咱们的班长,多好面子的一个人,啥时候张嘴向人借过钱呀?借吧,咋给我姐说哩,还真是麻烦事。"

小平看夏新有些为难,便从自己口袋中,掏出一张银行卡递给夏新说:"我这儿还有些钱,是上次小凤妈妈给我让我交学费的。你先想办法寄给他们吧,同是天涯沦落人,不帮的确说不过去。"

夏新低了头看银行卡的号码,手机响起了信息的音乐,拿起来一看,是班长发的银行卡号。他把手机递交给小平看,小平摇摇头说:"快去帮他们吧。谁让你姐是老板呢?"

夏新去银行办汇款,小平打开夏花买的那几本书,认真地看起来。看了一会儿,把书中与脚有关系的语句摘录下来。他想用一些经典语言装饰一下洗脚坊的墙壁。

小平正在全心全意摘录名句时,一个老汉骑着三轮车,将太阳铺设在地上的阳光犁出一条河,风风火火地到了洗脚坊门口。听到老汉的喊声,小平出门一看,是送门头字号的。他跳下台阶再看,字号是"轻松洗脚坊"。他用手抠着金黄色的字对老汉说:"你把这拉回去,让老板重做。我们不叫'轻松洗脚坊',你让做门头的人做成'大学生洗脚坊'。"老汉犹豫了一会儿说:

"你说话当事不，人家说这儿的老板是个女的。"小平说："那是我姐，没事，我的话顶事。你就做成'大学生洗脚坊'，钱我会重新出的。"老汉犹豫了一会儿，只好把做好的门头拉了回去。

小平重新坐回沙发，他打开一本书，一段文字即刻抓住了他的目光。

小平非常高兴，随手把书中的文字摘录下来。他想把这些文字写出来，挂在墙上。抄完后，他又接着往下看。

小平看完文字后，兴奋地把大腿一拍，自言自语道：好，好，要的就是这些呀。正在他处于兴奋之中时，夏花被人用三轮车拉着从街的另一头过来了。小平看到夏花高兴地说："夏花姐，快来快来，我可算是找到有用的东西了。你看这些文字写得多好呀，我想把这些文字想办法贴到墙上去，让广大消费者一看，就知道洗脚的重要意义了。他们重视了洗脚的问题，我们的生意不就红火了嘛。"

夏花让人给洗脚坊买了电脑。她知道如今的信息时代，大学生没有电脑就没法活了。想要稳住这两个人的心，必须把硬件配置齐全，否则，就是他们人在这儿，心也不一定能留下了。

小平看到电脑后，并没有夏花想象的那么兴奋，他对她说："洗脚坊里安电脑有些不伦不类的。"夏花说："还不是为了安顿那两颗遭受打击的心？"

小平一边把电脑从三轮车上往下搬，一边说："我已经想开了，一切从零开始，从实际出发。过去我们的想法太天真了，以为上了大学，天下都是我们的。没想到社会这么现实。所以，我就决定静下心来，真正地学些东西，先把自己养活了，再说其他的。"

听见小平如此说，夏花停住了搬东西的动作。她瞪大眼睛看着小平说："是在哄姐姐开心呢，还是真地想开了？你的转变有些太快，快得把姐姐弄蒙了。"

小平放下手中正在搬动的家具，拉夏花坐在沙发上认真地说："是真的，我真地想通了。不为别的，就是为了回报你。我也应该好好抛弃那些虚无的空想，踏踏实实做点正经事。"他又对夏花说："你说你和我不沾亲、不带故的，为啥要帮助我？我是从你身上看到了什么叫作生活，什么是脚踏实地、什么叫务实。所以，我要放下梦想跟你学。你让我做什么我就做什么，而且要做到最好。我不能让小凤和我哥看不起我，我要挣钱。我要靠自己在这儿的工作开始，在我喜欢的城市里生活下去。"

小平的一席话，说得夏花有些感动。她仔细地端详着小平的脸说："长大了，真地长大了。好，既然你有了这种想法，就和夏新好好干，真正为自己创造未来。那我问你，你的梦想是什么呢？"

小平有些羞涩地看着夏花说："我的梦想是在这个城市有一份固定工作，然后和小凤结婚。再好好地买一套房子，我不想回到家乡去。说实话，我让农村的生活过怕了，我想做一个城市人，真正的纯粹的城市人。"

小平和夏新在美容学校整整学习了七天，小平学得很认真。每天晚上回到洗脚坊还要整理笔记，夏新有些满不在乎。夜里，他们回到小超市吃饭时，总要把在学校的见闻说给夏花和小凤听。夏花从中听出了夏新对学习洗脚、按摩不感兴趣，她有些生气。她对他们说："你们看着办，路是人走出来的。我把路给你们修好了，桥搭上了，你们自己想不想走，那是你们的事儿。"她有些伤感地说："我是一个在这座城市举目无亲、无能无才的流浪女，能做到的就这么多，你们好自为之吧。你们两个若有谁认为自己不想做这份工作，可以随时提出来，我可以重新招人。总之，我投资的洗脚坊，一定要开办起来。你们可能不知道，别看一个小小的洗脚坊，我已经投进去三万了。包括你们考公务员、去美容学校学习，总共下来已经花去五万多了。我是为什么啊？你们好好想想，我就开一个小超市，一天能挣多少钱。为了盘活资金，我办了三个信用卡都透支光了，这个小凤是知道的。"

夏花如此一说，小平迫不及待地说："夏花姐，你放心，我一定会想办法把这钱给你赚回来。就是受再大的委屈，我也会干下去。"

夏花从床边站起来走到小平面前，她有些兴奋地说："姐不求你能赚回来多少，只要你们热爱这座城，想在这座城待下去，总要有个能糊口的事做。现在你们毕业了，总不能还让家人来养活你们。那样不但说不过去，而且真地会让人们看不起你们的。"

小平慢慢从床沿上站起来说："是的，我妈在世时，我总想着我就是万一在这座城市混不下去，可以回到她身边去。我妈一死，我一下子觉得自己成了孤儿，生活中少了情感支撑。虽然你和小凤对我都很好，可我总觉得生活中少了什么。"

夏花重新坐下说："是呀，天下唯有母亲的感情是不可替代的。我理解你，好在你还有爸爸和哥哥。我父母亲去世后，我才十一岁，夏新九岁。你看，我们不是也走过来了吗？放心，有我们在，你不会成为孤儿的。"

小小的卧室里，四个人静坐着。只有夏花和小平你一句我一句地探讨着亲情，夏新和小凤一言不发。谈到父母去世，夏花和小平的语调也沉重起来，没说几句，都闭口不言了。

一时间，空气有些凝固，时间像停止了似的。

夏花看到场面有些尴尬，试探着改变了口气问小平："我把洗脚坊给你，你打算如何经营？能不能在这儿说说?"

小平揉揉眼睛，从小凤的床头拿起自己的背包，把自己拟订的一份经营计划交给夏花。夏花认真地看过之后说："从理论上看倒是计划得不错，但不知道实际情况会咋样。你把计划放这儿，明天晚上，咱把高立军请来，让他给咱参谋一下。另外，我的想法是先不要急于开业。你们三人明天再去别的洗脚坊见习一下、体验一下，钱我出。你们到不同的洗脚坊，去体验洗脚的感觉。还有，高立军在这个城市不是有几处大学生擦皮鞋店吗？你们去他的几个擦鞋店里，去擦擦皮鞋。顺便打听一下，看看那些给你们擦鞋的人，是不是真的大学生？是大学生，人家为什么会从实际出发、找到生存的位置?"

小凤听夏花如此说，她忙站起来插话道："夏花姐，我看咱们没有必要再浪费钱了。今天晚上，就让他们俩给咱们洗洗脚，咱俩先检验一下他们的水平和技术。然后，给他们提出一些建设性的意见。"

夏花兴奋地拍着手说："好呀，检验是要检验，但明天你们还是要去的。我认为，洗脚不是技术问题，对他们而言关键是态度。你的态度决定顾客的心理，关键是一些细节问题。我记得小时候，我父亲带我到街上去，父亲去剃头，街道边有一个很老很老的老人。他在一个屋檐下支着一副挑担，一头是一个煤炉子用来烧水，一头是一个木头做的脸盆架。架上搭着黑乎乎两条毛巾，还有一条像布一样用来把剃头刀在上面打磨的。老人是光头，头很亮，一年四季都亮着。老人肩膀上搭一条毛巾，我父亲往那儿一坐，老人做了许多动作，最后才开始剃头。其实也就是剃个光头，把头上的头发一根不留地剃掉。依我看，老人做的许多动作很花哨，几乎是与剃头没有多少关系。但他的所有动作都很美，那一招一式，好像又和剃头紧密相连。剃完头，他用刀子去剃鼻毛，我看到白格生生的刀尖，钻进了父亲的鼻孔。再之后，他还按摩耳朵、掏耳朵、捶背、敲肩。他敲出的响声好像是一种打击乐，听起来很流畅，还很耳熟。剃完头，我问父亲舒畅不，父亲兴高采烈地说，当然舒畅。父亲对我说，这位老人是名家，别看他穿得朴素，他凭剃头可挣了不少钱哩。后来我长大了，老听人说什么成败在于细节。我总是在想，剃头老人之所以会成功，他就是把细节做得好，特别是他最后的敲肩，会引来许多人围观。围观的人越多，他敲的时间越长，敲得越来劲。其实要咱们想，用刀子剃头，湿了头发剃就是了，可老人不是那样的。"

小平说："是的，夏花姐，我们在按摩学校学习时，人家老师也这么教我们。老师说，洗脚不重要，重要的是各种细节，细节最赢人。"

小凤说："那你快把你们的细节给我们展示一下。"

小平猫腰四处寻找消毒手套，总算将手套戴在手上后，转过身用讨好的语气问一直没有说话的夏新："你给谁洗？"

夏新指了指小凤，然后扭过身子，把夏花为他们购置的洗脚专用的工具箱打开，一件件很认真地摆放到一条凳子面上。等小平将药水调好后，细心地为小凤脱了鞋，脱了袜子。轻轻弹掉袜子上的灰尘，把袜子装进鞋里。又轻轻地把鞋放在一边，再用双手把小凤白生生的脚轻轻地放入泛红的药水中。

小平和夏新做着同样的动作，当他用双手去捧夏花的脚时，夏花忍不住先笑了起来，并把一双白生生的脚从盆子里抽了出来。夏花说："还是别洗了，感觉怪怪的呢。"

小平抓住夏花的脚不放，一脸严肃地说："这有什么呀，这几年你给了我那么多的帮助。我已经把你当作亲姐了，弟弟为姐姐洗个脚有什么不好意思的。"说着，他把夏花的脚重新放入盆中，认真地洗起来。

夏花拒绝了小平为她按摩，她从床边站起来，用脚在地上找到拖鞋穿上。语气低沉地说道："好了，小平，你和夏新过去睡吧。明天早点起来，先去找高立军的皮鞋店，因为上午洗脚坊一般不开门的。"说过，她从口袋中掏出四百元，分发给小平和夏新每人二百。

小平和夏新走后，小凤收拾了屋里的一切。

夏花一边擦眼泪一边说："快睡吧，我心里有些烦，没事的。我是心疼他们俩。"说到动情处夏花坐了起来，她拉着小凤坐在自己的床沿继续说："你说我含辛茹苦地供弟弟上了大学，上到最后却成了给人洗脚的人，我这心里有多难受呀。"

小凤至此才知道夏花为什么流泪，她转身拉了夏花的手安慰道："夏花姐，这有什么呀。我还是我们学校的高才生呢，不是照样做着与专业不对口的工作？谁让我想住进大城市哩，这一切太正常了。"

这一夜，夏花没有睡好。她一直在想着如何想办法，哪怕是花点钱为自己的弟弟安排一份正式工作。

夏花在床上打了一晚上烙饼，终于挨到天明。她叫醒还在沉睡的小凤，用手亲昵地拨弄着她耳根的头发，对她说："小凤，你不是学习美术设计的吗？你今天不要和他们去体验洗脚了，你好好给咱的洗脚坊做个设计，把室内室外好好布置一下。既要朴实大方，还要有些现代意识，最好是让人进去感到舒服，还要有文化气息。"

小凤上了四年大学，学习的是美术设计，却从来没有给人设计过任何东西。她听夏花如此说，心里多少有些担忧。她很快起了床，洗漱打扮一番后就去向高立军讨教。

小凤给高立军打了电话，约高立军在洗脚坊见面。等小凤到洗脚坊时，高立军已背着手站在门口的台阶上。小凤用钥匙打开门，发现小平和夏新已经离开。她看到桌面上有小平从书中抄录的一些有关洗脚保健的知识，两人就围绕那些话语展开了思路。

高立军对小凤说："门市的名字就叫'大学生洗脚坊'，牌子头他会请一个名人给题写。另外，还可以再在两个门边做一副对联，对联用木刻的。室内就挂上人体穴位图和一些与脚保健有关的知识挂图。"

正在小凤和高立军商谈时，夏花骑着一辆自行车也到了洗脚坊。高立军把自己的想法告诉了夏花，夏花一脸笑意说："你们都是有知识的人，我啥都不懂。你安排，我相信你的。"

事情商定后，高立军要急着去单位上班，夏花拉住他到门外说："还有一事相求，你得帮忙哩。"

高立军齐齐看了一遍洗脚坊的墙壁，走出门，用探询的目光看着夏花问："什么事儿，还神神秘秘的？"

夏花朝门里看了看，发现小凤并没有注意他们，便拉了高立军的衣袖到台阶下对他说："夏新对洗脚坊没有兴趣，你在外面认识人多，想请你通过熟人，给他找份正经事儿做。至于花钱多少，我想办法。"

高立军听夏花如此说，语气坚定地说："这绝对不行，而且我不会帮你，也帮不了你。你看，我的想法是这样的，既然你投钱开了洗脚坊，就让他们给你好好做。当然，干洗脚坊不是长久之计，让他们先通过给人洗脚，认识社会、认清自己、了解生活。你没上过大学，你不知道。每一个大学生，刚走出校门，总认为自己满肚子学问，英雄无用武之地。其实，他们压根不认识社会。比如小平，学的文科，做了几份工作，最后一件都没成功，关键是没有责任心。你再看小凤，就不一样吧，你为什么敢把超市交给她，是你放心她。因为她每做一份事，都有责任感。你别看她在饭馆端盘子，其实，从端盘子中，她学到了许多东西。基于此，我建议你，让他们先从洗脚坊做起，认清自己，这样对自己未来发展有好处。你记住，每个大学生，谁都有端上国家饭碗的梦想，但真正能吃上国家饭的毕竟是少数。等他们真正把自己磨炼出来，我会帮你的，而且不让你花一分钱。"

夏花闪动着眼睛，听高立军说了一通，她认为高立军说得很在理，不再说什么。她想高立军起来得早，一定没有吃早饭，便请他一块去吃早点，高立军摇摇手谢绝了。

高立军说:"我今天想办法请名人给洗脚坊题名和写对联,下午给你送过来。晚上,让夏新他们给我洗个脚,让我先检验一下他们的水平。"

夏花忙从口袋里掏出几百元给高立军,她说:"请人写字,人家是要钱的。你把这些拿上,中午请人家吃个饭,钱人家要多少,你说就是了。"

高立军笑着说:"我不会去花钱办事,我认识的这些名人,都爱到城墙上抒情,我经常免费带他们去。熟了,我求他们,他们一定会给面子的。"

夏花说:"那你把钱带上请人家吃个饭吧。"

高立军说:"不用,真地不用。"

夏花又问高立军:"阮佳仪去国外走了没有?"

高立军有些悲情地说:"走了,这一去还不知道能不能回来呢?"

夏花说:"你一个人寂寞时,就来洗脚坊,等我学会了洗脚,我专门为你服务。"

高立军说:"好呀,你要快点学,可别让我等得太久。"说过,高立军一挥手,唤来一辆出租,一扬腿坐上车走了,钻进了迎面射过来的朝阳中。

夏花依偎在一棵梧桐树下,呆呆地望着高立军远去的身影,目光中有依恋的情愫溢出。

下午,小平和夏新早早到了洗脚坊。他们烧好了热水,浸泡了洗脚用的药水,准备为高立军洗一次脚。

夏新和小平一样,原来对高立军是不感兴趣的。但白天他和小平去了几家高立军开发的大学生擦鞋店,他们才从内心领教了高立军的能力。真没有想到,高立军早已是这个城市的名人。许多大学毕业生,十分敬佩高立军的创业精神。正是了解了高立军的大学生擦鞋店,他们才知道高立军在去年,被评为城市大学生创业的领军人物,各种媒体曾做过报道。那些报道被每个擦鞋店,用镜框装裱后挂在墙上。也是在大学生擦鞋店里,他们注意到"大学生擦鞋店"在这个城市已是一个很响的品牌。

夏日的夜晚,城市的夜生活丰富多彩。虽然洗脚坊还没有正式营业,但总有路过的人,注意到室内的灯光和音乐,会探头看个究竟。

夏新和小平穿得像理发师一样的白色长褂子,是小凤设计的第一件作品。既像医生的职业服,又像摄影人穿的马甲,很有个性。放着的音响和歌曲,是夏新和小平用心从网上下载的。按年轻人的习惯,应该是播放流行音乐。但他们考虑到,能有时间有钱洗脚的人,都是些老年人。所以,他们选择了20世纪六七十年代的音乐。也正是这些音乐,才吸引了路过门市的许多老年人。基于这一点小小的成功，小平对夏新说："我们有了成功的迹象。看见了吧，老年人被吸引来了。"夏新看见一拨拨老年人，在门口探头探脑的样子，思想开始转变，有了成功的感觉。

太阳挂上门前梧桐树梢时，高立军领着两个文质彬彬的老人踏进了门市。三人刚一进门，高立军就对夏新说："快去，车上有给你们置办的门头和对联。"

小平见高立军领来了气度不凡的老人，心想一定不是普通人。他按自己设计的一套待客方法，接待了来人。

两个老人背着手，在室内转了一圈，又走到电脑旁细心地听着老歌曲。其中一个兴奋地说："不错，就凭你们选择的这音乐，一定是老年人喜欢的。"

夏新经过三次搬移，才把木刻的瓦形对联和门头搬进室内。小平忙过去看内容，其中一位老人走到对联旁边，给他们念出内容：

足是丈量世界的尺子
浴为颐养人生的法宝

老人说："句子看起来是有些俗气，但人世间的许多道理，往往就隐含在平凡而俗气的文字里，需要人们细细地品味和揣摩。"

小平兴奋地说："是藏头联啊。"

夏新看着对联边的落款，兴奋地说："老师，您就是——"

老人说："我就是那个写字的人。"

夏新挤过来也是一脸兴奋地说："我们课本里有您写的许多文章哩。"

老人说："是吗？那都是我年轻时写的。现在不写了，改写毛笔字了。"

小平说："老师，没想到在这儿能遇到您，还能得到您的支持，实在太感谢了。"

老人说："你们要感谢这个神通广大的小高呀，这个小高呀，是个了不起的人。你们要多向他学习，他可是一个能创业会社交的后生。"

高立军说："与老前辈比起来，我还差得远呢。"

老人说："世界是你们年轻人的，我们老了。"

说过，老人把另一个老人拉到前边，对小平和夏新说："这个门头，是吴老师支持你们的。他的行楷，在这座城市是数一数二的。你们看看，这是他的名字。我要给你们说的是，一定要好好把这个洗脚坊开办下去，不为别的，就为了你们的将来。"

小平和夏新异口同声地说："请老师放心，我们一定会努力的。"

"大学生洗脚坊"的牌匾，是这个城市最有名气的书法家所写。在这座城市，凡是老字号，成为人们公认的名店，门头皆出自这位书法家之手。

小平和夏新没有想到，这么难求的字，高立军一下子就弄来了。但他们知道，这些名家大腕的字，价格不菲。他俩对视了一下，担心起字的价格来了。

高立军明白了小平和夏新的心思，他亲昵地拉了两位老人的手让他们坐下。对小平和夏新说："把你们俩学来的手艺，快给老师展示一下。你俩还不知道吧，老师的一幅字，在别人求来最少得几万元。可老师们听说你们俩创业的事后，说是分文不取。"

高立军的话刚落音，小平和夏新就紧张地行动起来。两人又对视了一下，用目光给对方以鼓励。他们分别为两位老人脱了鞋袜，配置了洗脚所用的活性药液，然后认真地将他们的脚放入盆中。

两个老人很惬意地闭目养神。

高立军见状，自己坐到另外一个按摩椅上，静心地等待两位老人。

夏花和小凤两个人风风火火地进了门。

高立军站起身子去迎接她们，并示意她们不要说话。之后，又把她俩引领到牌匾前，让她们看自己为他们的小店做的对联和门头。

小凤看到对联的落款，差点儿惊叫起来。她指着书写人的名字，张大嘴巴正要问高立军，高立军指着躺在沙发上的人悄声对小凤说："就在那儿，别吵他们。"

小凤看到躺在沙发床上的老人，兴奋得手舞足蹈。她低声问高立军，能不能给自己和老人照一张照片，高立军悄声回答她："没问题。"

夏花对高立军实在太崇拜了，她找到一个红色塑料盆儿倒了水在盆中，开始亲自为高立军洗脚了，兑现她的承诺。

两个老人的脚，整整洗了一小时。等他们穿好鞋袜后，高立军拿出照相机要求和他们照相。

写对联的老人说："好呀，照了相，你们可以把我们的相片挂在墙上。我们乐意为你们做个广告，因为你们这种务实的精神感动了我们。"

照完相，夏花想请两位艺术家吃饭，写门头的老人说："不要破费了，看着你们年轻人，特别是这两个大学生这么认真地给我们服务，我不但不吃你们的饭，还要给你们帮忙拉客人。我把我们美协、书协、作协的人，都给你们介绍过来，用实际行动来支持你们。"

几个年轻人一听兴奋地鼓起掌来。

第二天，大学生洗脚坊终于在炮声中，简朴地开业了。

41　洗脚坊

经过两个月的筹备，大平的豆制品加工厂，以雪青家的四间瓦房为主体，在房子的南北两侧，搭建了十间生产加工车间，总投资超过八十万元。

大平按股份制形式，吸收了许静茹十万元、雪青十万元。他把折老板给他的一百万元投入后，又把自己在秦北煤矿上挣下的十万元也投了进去。八十万元紧紧巴巴地建起厂房，但真正要开工生产，还需要大量的流动资金。好在县政府对农民工产业园制定了许多优惠政策，在申请各类手续时，基本上没有花钱。

到起厂名和定产品商标时，大平有些为难。他让许静茹定，许静茹找了许多资料，利用了三天时间去鹿鸣川的各个村子调研。起了十个厂名，大平看后却觉得不满意。他对许静茹说："你不是爱写诗吗？就起个有诗意的名字。"许静茹想了一夜，突然醒悟了，她给产品定名为"王阿姨牡丹泉牌"豆腐干，工厂叫作"秦南县牡丹泉豆制品加工厂"。

第二天，许静茹把自己构思了一夜的产品名和厂名拿给大平看，大平看后觉得基本可以。但还是有些问题，具体什么问题他一时说不清，他又把雪青叫来一块商量。

许静茹看着大平和雪青满心欢喜的样子，将自己的构思全盘托出。

许静茹一字一句地说："为什么叫牡丹泉呢，因为豆制品是靠水做出来的。这牡丹泉呢，据我考证，是南山里涌出来的一股山泉，山泉里有各种矿物质。过去，鹿鸣川人曾经做过牡丹泉酒，在 20 世纪三四十年代，很有名气，酒名字就叫牡丹泉牌烧酒。后来，到了五六十年代，由于鹿鸣川遭旱灾，牡丹泉酒再没有人做了。但牡丹泉还在，就在鹿鸣川东南二点七公里的盈丰牡丹沟。我亲自去看了那股泉水，虽然水流不大，但水的味道的确很特别，比一般井水甜一些。"

雪青听了许静茹如此一说，激动地说："是呀，是呀，我也喝过呢，那泉水就是甜。我看就叫牡丹泉，挺好的，牡丹是个通俗的名字，人人皆知。"

大平听后十分高兴，他又问许静茹那为什么叫王阿姨呢。

许静茹笑着说："你忘记啦，咱们俩上次在西京做调研时吃过什么。"

大平想了一会儿说："吃过王大妈刀削面，可是咱吃了王大妈刀削面，咱却不知道王大妈是谁呀。"

许静茹淡定地说："他们有王大妈，咱有王阿姨。他们的王大妈是隐形人，咱的王阿姨可是个真实人呀。"

雪青一听说用自己做产品名字，笑得前仰后合，她说："不行，绝对不行。用我的名字，还不如用大平他父亲的好呢。干脆叫个'金大叔'，多好的名字呀。"

大平思考了一会儿说："不行，做豆腐在农村一般都是女人的事。用我爸的名字不行，就用'王阿姨'，我看行。"

许静茹从桌面上抓了雪青的手说："阿姨，您这可是给您干儿子做事哩，您连这点牺牲精神都没有呀？是不是还要钱哩。"

雪青用双手抓住许静茹的手说："你是拿阿姨开心哩。"

许静茹说："真的，阿姨，现在大城市里买什么都讲究个品牌。你说咱的产品没有品牌咋行？城市不是农村，农村说买豆腐干那就是豆腐干，可城市里豆腐干有各种各样的，人们选择豆腐干是选牌子的。大平你说呢？"

大平看了看许静茹，又把目光投向雪青，他说："真的，婶，大城市就是这样的。比如我们去买味精。哦，不说味精，咱说说肥皂吧。婶，你喜欢用什么样的肥皂呢？"

雪青不假思索地说："中华啊。"

大平问："那你知道市场上有多少品牌的肥皂？"

雪青说："多得很呀。"

大平说："是呀，那你为什么就选中华呢？"

雪青说："好用，洗东西能洗干净。"

许静茹说："对呀，这就是品牌效应。"

雪青突然醒悟了似的，她笑着说："明白了，明白了，行。只要对你们有帮助，那就叫'王阿姨'吧。"

三人正在说话时，王雪峰开着车进了院子。他下了车，背着手在院子里转了一圈后，一脸兴奋地踏进了雪青的堂屋。

许静茹站起来，一边为王雪峰倒水一边说："王叔叔，您来得正好，我们正要向您汇报呢。"

许静茹把产品名和厂名以及原因，向王雪峰复述了一遍。

王雪峰听后闪了闪眼睛说："好是很好，但有一点，我和你的想法不一致。"

三人同时把惊讶的目光投向了王雪峰。

王雪峰捧着水杯站起来问许静茹："小许，你给我姐姐叫什么？"

许静茹说："叫阿姨。"

王雪峰又转向大平："你对我姐称呼什么？"

大平说："婶婶。"

王雪峰重新坐回凳子，他说："为什么你们俩的叫法不同呢？"

许静茹突然明白了王雪峰话中的意思，她说："不能叫王阿姨豆腐干，应该叫王大婶豆腐干。"

王雪峰看着许静茹问："为什么？"

许静茹说："城市人习惯叫阿姨，乡里人习惯叫婶，这是其一。其二呢，我们的豆腐干生产于乡村，也只有乡村才能生产出纯正的绿色食品。所以，就应该叫王大婶豆腐干。"

听完许静茹的话，四个人同时哈哈大笑。王雪峰对大平说："大平啊，这个问题你是不是早已想到了。但你没有指出来，你是怕伤了小许的面子。"

大平用手摸着后脑勺说："是的，是的。"

王雪峰接着说："你这样面软不行。做企业，就是做任何事儿，同事之间、朋友之间、亲人之间，不能顾及情面。应求大同存小异，但要坚持原则。在学识上，你没有小许阅历丰富，但在做事上你比小许有开拓精神。但要说办企业，你们都是没有经验的。我今天来，一是给你们带了些书籍和光盘，希望你们学习一些新东西；二是来看看你们的加工厂何时开业，如何搞好开业庆典。秦县长答应，关于你们开业，县上给你们支持二十万元。这钱交给你，你们要好好策划，做出个样子。既要有特色，又要有声势，还要节俭。因为你们是农民工产业园的第一家企业。我能不能在县长面前说起嘴，全靠你们了。"

听王雪峰如此说，大平看了许静茹一眼说："王叔，这样对我们压力太大了，我怕自己担当不起呢。"

雪青抢口说："你这个傻孩子，你叔给你钱哩，还不要，别人想要还要不到呢。有了钱，啥事弄不成？咱弄不成洋的，可以弄土的。只要有钱，谁不会往脸上擦粉呀。"

大平又用手抓着后脑勺说："婶，不是的。我怕自己弄不好，影响了我叔的事呢。"

王雪峰又站起来说："我相信你，但我还有个建议，那个小高不是你们的朋友嘛。把他请来，让他帮你，我看那家伙行。你想，小高天天在西京南门搞活动。据说有时他们连欢迎外国总统的入城仪式都搞哩，咱这事，对那小子，还不是小菜一碟？"

大平说："行，让高立军帮我们，一定能把事弄好。"

许静茹找来笔记本问王雪峰："王叔，你先说说，县上都来什么人？都谁讲话？我们好做个计划。"

王雪峰说："秦县长肯定要讲话，我也得说两句话。如果市里能请来领导，肯定也要讲，然后大平肯定也要讲吧。再找一位来宾，我看来宾就定小高吧。噢，对了，镇上的镇长也要讲，也可以让派出所所长讲话。"

王雪峰说着，许静茹记着，大平用心听着，雪青在一边开心地笑着。

最后王雪峰告诉大平，日子就定在十月一日下午，上午县上搞活动有重要会议。

大平说："行，叔，放心。一定会搞出特色来，让县上的领导们满意。"

王雪峰又说："县上对入驻农民工创业园开办企业是有扶持资金的。你搞好，那扶持资金也就来了。"

厂子办起来了，仅有的三个人远远不足。大平让雪青负责招人，他还是把管理厂子的情况做了具体分工。他让许静茹负责与县上各部做沟通，没有想到，许静茹一口拒绝了。

大平说："那好吧，你给咱负责内务和生产，我给咱负责外交。婶，你管人，主要是管生产一线上的人。人由你招，生产由你抓。"

雪青兴奋地说："行，别的婶不行，做豆腐婶在行。还有，就是开业庆典的饭，我都想好了，一色的豆腐宴。豆腐皮、豆腐乳、菜豆腐、豆腐干、豆花泡馍、豆浆泡油条、泡馃子。总之，就围绕豆腐。婶和村里的姐妹，可以给你做出十几种好吃的。"

大平说："那太好了。我的想法是，要简朴大方，还要有特色。"

许静茹插言道："现在在城市，流行开个会人走时，手中都要提个什么。那样不但热闹，也喜庆。"

大平说："那是肯定的，每人提一箱豆腐干。"

安排完厂里一切，大平带着计划和许静茹去西京，与高立军商谈开业的庆典活动。临走时，大平才想起，手头没有花的钱了。

许静茹思考了半天说："王叔不是说县上给钱吗？咱可以先到他那儿去，问一下，万一不行再想别的办法。"

正在两人为难时，雪青把自己的存折拿出来交给了许静茹。让她不要去找自己的弟弟，先花折子上的钱，不够了再想办法。

许静茹接过折子一看，上面还有五万多，两人在镇上的信用社取了钱便上了西京。

在车上，大平问许静茹，为什么不让找王叔呢。

许静茹告诉大平："我有一种感觉：以王叔目前的状况，肯定要当副县长。其实，农民工产业园，可能就是王叔升迁的一个筹码。所以，咱们要用心做好。不为别的，为了回报婶对咱们的恩情。"

大平望着车窗外夏日绿色的风景，一时觉得责任沉重了起来。

许静茹看出了大平的心思，她说："其实也没有什么，就按咱们的设想做就是了。"

大平和许静茹走后，雪青给金发财打了一个电话，她问他能不能到鹿鸣川来一趟。金发财告诉她，目前还不行。因为腰伤没有好利索，行动还不太方便，再者家里牲口还要喂。

雪青放下电话，就计划到山里去看望金发财。从内心讲，她有些牵挂金发财。她一个人坐在堂屋里，想着心事。

庙岭距离鹿鸣川十几里山路，要是走着去，来回需要四五个小时。那样晚上就回不来了，那自然是不行的。收拾好东西，雪青计划到镇上叫辆出租车。走在通往镇街的路上，她对自己的想法又笑起来。她问自己，我这到底是为啥呀。

快到镇上时，一辆警车停在雪青面前，挡住了她的去路。车门打开，是派出所的李副所长。

他问雪青到哪里去，雪青把自己的想法告诉他了。那李所长说太巧了，我正好也要去庙岭的。雪青兴奋地上了车，不大一会儿，就到了金发财家。李所长告诉她，要办的事大概需要两个小时。两人约定两个小时后，再来接雪青。

金发财坐在夏日明媚的阳光中，他正用针线缝自己的衣服。雪青的到来，使他喜出望外。他猫着腰，忙着为雪青找来凳子倒了开水。

雪青接过针线活儿，一边缝一边把加工厂的情况说给金发财。她还让金发财给她推荐几个能干的女人，和她一起做豆腐。

金发财说："你们前川人多，可以从那儿去找呀。"

雪青说："找人要找远处的。找家门口的人，天天往家里跑，影响咱厂里的事哩。"

金发财想了一会儿说："你行呀，事儿还没弄出个样样行行呢，却有了战略眼光。那行吧，你看我们隔壁的那个秋娥行不。那人和你一样，年轻时当过生产队干部。干事利落，还不耍奸溜滑，让她再给你找几个人。"

金发财就去隔壁叫了秋娥，秋娥一听自己也能去工厂上班挣钱，自然很高兴。但过了一会儿她又说："每到夏收秋种时，我就要回来的。"

雪青说："那当然了，没说的。就是到了那个时候，我也要管地里的庄稼。咱农民，不把地弄好咋行呢，地是咱的命根子啊。"

几个人还没有聊到几句警车就开来了，原来是到庙岭为两户农民调解一起纠纷，但当天两户人家里都没有人。

秋娥要给李所长做饭吃，李所长说所里的事实在是太多了，自己要回去了。雪青又上了警车，她临走时对秋娥说："你一定要来呀。放心，工资啥的，包你满意。"

转身，秋娥对金发财说："你亲家真是个能人加善人，她这么一来，把我的身份都改了。发财哥，你说我活了这么多年，到老了老了，还能去工厂上班，那不成了工人吗?"

金发财想了一会儿说："是呀，是个农民工人。官话叫离土不离乡，土话叫离家不离颗颗粮。"

秋娥按捺不住兴奋，继续问金发财："他们的工厂有工作服没有，有制度没有？我不会适应不了人家的制度吧?"

金发财说："放心，那厂长是金大平。金大平就是对谁严，他也不能对你太严。他要是对你要求太过分，你给我说，我收拾他。"

秋娥笑哈哈地说："发财哥，我可不走你的后门。咱要做，就要做能给娃们争脸面的事。我宁愿把自己累死，也不会丢咱庙岭的人。"

与金发财说完话，秋娥转身就走了。她去找几个与自己对劲的女人。走在山路上，她竟唱起歌来。她觉得，今天的庙岭有一种山欢水笑的模样。她在想，庙岭这样美丽的景致，过去几十年自己咋就没有留意过呢。

42　检　验

大平和许静茹被夏花带到洗脚坊时，正是下午三点整。洗脚坊里人很多，大部分是老年人。在门外的台阶上，几个下棋的老人不时抬头去看室内，唯恐错过了自己的排号。

为了不影响小平和夏新的情绪，夏花给大平和许静茹一人找了一副墨镜戴着。他们三人在门外观察了一会儿，大平又把夏花和许静茹叫离洗脚坊。三人来到一个饮料摊坐下，大平叫了饮料打开，恭敬地递给夏花。

大平满脸兴奋地说："行呀，夏花，没看出你真有本事，竟然能让两个趾高气扬、好高骛远的大学生给人洗起了脚。我太佩服你了。来，以饮料代酒，我这个当哥的先替小平和我父亲谢谢你。"

夏花喝过饮料后说："谢啥呀，卸胳膊还是卸腿，太夸张了。我只是为他们做了应该做的。看着他们不想离开这座城市，又找不到合适的事做，我着急呀。所以，我就动员他们走创业之路。说创业吧，咱又没有本钱，就让他们从低处做起，从实际出发。先让他们能养活自己、改变自己，然后再说让他们改变生活、改变世界。"

许静茹也举起饮料杯与夏花碰了一下，笑着说："行呀，夏花，士别三日当刮目相看，你竟然懂得这么深刻的道理。先改变自己，再改变世界，这可是世界名言啊。"

夏花接着说："从目前看，生意还不错。人们一听说是大学生洗脚坊，觉得新鲜，都来参与。当然，让他们这样就业不是目的，就是想让他们务实，认知生活，靠自己的劳动所得，留在这座城市。"

大平问："你每月给他们发多少钱？"

夏花说："开业还不到一个月，毛收入已达到两万五千多。我计划给他们第一个月每人发三千元，这只是估计。我给他们有任务，谁做得多，谁拿得多。"

许静茹说："妈呀，三千元，我也要来，我过去当大学生村官，一个月才拿到一千二百元。"

夏花说："别说你，小凤听说他们每人拿到三千元，都不想在超市干了，也要去给人洗脚哩。"

大平说："那你咋办？"

夏花说："只有给小凤加工资吧，还能咋办？加也不能加太多，太多了，小超市就没法经营了。我正想和小凤好好谈谈，如果她真心想挣钱，乐意从事洗脚这个行业，我就计划把小超市的货退掉，再建个洗脚坊。"

大平挥手制止了夏花，他说："万万不能。一是女孩子不能给人洗脚，洗脚容易出事；二是小超市这块地方不能乱动。你想想，我的豆腐干马上就要上市了，要打开西京市场，还要靠你哩。你把门市撤了，那咋行？"

夏花沉思了一会儿说："是呀，那咋办？"

大平说："好办。小凤的工作我来做，她要的工资我来补充，你放心。你看，小凤不是学的美术设计吗，我现在急需要大量的设计。还有，我想贷款买一辆商务车，这车上我也想细致地用文化包装一下，这也需要人设计呀。"

三个人喝完饮料，大平打通了高立军的电话，约定晚上在老地方相聚，高立军满口答应了。

天色已晚时，夏花还是带着大平和许静茹去了洗脚坊，他们戴着墨镜进去时，洗脚的人已经不多了。夏花从桌面上分别拿出红绿两张铁牌，塞到大平和许静茹手中。大平和许静茹不明白是什么意思，夏花将他们拉到门外压低声告诉他俩，等着叫号就是了。说过后，自己急匆匆回到超市去了。

大平和许静茹在外边等了大约有半个小时，小平终于喊出了许静茹手中的号。许静茹进去坐下，小平并没有看她的脸，只是按照常规程序、动作娴熟且毕恭毕敬地脱了鞋，用双手将许静茹的脚放进木盆中，仔细地洗起来。许静茹透过黑色的镜片，认真地察看着小平的脸色，却发现小平只有认真，没有羞涩和难堪，看不出有什么抱怨情绪。许静茹想，这个夏花实在是太伟大了，小平那么趾高气扬的一个人，咋能在这么短的时间内，让他变成一个这么敬业的职场人。

正在许静茹静心观察琢磨小平时，她发现大平也很平静地坐在自己隔壁的沙发床上。

夏新专注地为大平洗着脚，丝毫没有察觉到大平的表情，此时他已经笑得前仰后合了，硬是按住自己的嘴巴不敢发出声。

夏新开口问道："水温还行吗？用不用再添点冷的或是热的？"见半天客人没有回话，夏新抬头打算再问一遍。

大平早已经忍不住了，摘掉墨镜，连忙笑哈哈地说："水温合适着哩，合适着哩。"此时，许静茹也摘掉了自己的墨镜，大平与她相视而笑着。

夏新、小平一脸震惊的表情，但他们立即调整了情绪状态。夏新对小平说："小平，你平时老说女顾客爱找我。今儿个你给咱静茹姐，这么一个大美女好好洗、使劲搓，我也给咱大平哥好好地解个脚乏。"

许静茹笑着说："可不敢使太大劲了，我怕疼。"小平笑着回答她："只要你感觉舒服就行。"

大平用眼睛细细地看着夏新说："我咋听着你说话，一股子南方音呢？跟谁学的？"

小平怪笑着说："你们可不知道，有一个南方女的，长得可那个了，年轻、漂亮、有气质。她说自己是患了什么亚健康什么什么症，天天找夏新给按摩脚，还教夏新说南方话。这不，偶尔也把我给传染上了。"

大家听后一阵鼓掌，大平对他二人说："豆腐加工厂就要开业了，今晚八点约了高立军在老地方见。你俩今天就早点下班，一起过去讨论一下开业的流程。"

离开洗脚坊以后，大平突然想到城市西苑转转。他想再看看毛笔字、听听秦腔，那是个可以让他触摸过去的地方。

街道相对宁静下来时，年轻人的夜宴开始了。

席间，以往话最少的小平，开始滔滔不绝起来。他对在场的人说，夏新艳福不浅哩，总是有女顾客点名要让他做服务。其中有一个南方女的，长得贼漂亮，每次过来都会给夏新带零食、教他说南方话，还给他眉目传情呢。小平刚一说，餐桌上就响起一片啧啧声，然后哄堂大笑。

放在过去，听小平如此说自己，夏新早急了。可如今，夏新的思想也放开了。也不知是真是假，夏新说人家还邀请我上门服务呢，我哪敢呀。

看着小平和夏新两人改变了许多，高立军、大平、夏花、小凤、许静茹，个个开心得像吃了蜂蜜，总是用不同的目光，在两个人脸上寻找着什么。他们有人总算找到了——那就是两个人的自信。

高立军为每一个人倒上一杯酒，提议说："来，同志们，我们再次为小平和夏新的改变干杯。"

"干。"大家共同碰杯后，一饮而尽。

等大家放下酒杯，高立军很严肃地对大平说："这些呀，你要好好感谢人家夏花哩。我可以这样讲，没有夏花，就没有这两个小弟的今天。还有小凤，你们三人得好好敬你们的夏花姐一杯。"

夏花站起来说："我不能喝了，再喝就要到桌子下面去休息了。"

许静茹抓住夏花的手腕说："没事，让他们三人意思意思，也算是个敬意嘛。"

小平、夏新、小凤三人举起杯同时与夏花碰杯，并异口同声地说："谢谢姐姐。"

大平也斟满酒杯站起来敬了夏花，他说："我啥都不说，一切都在酒中。"

又吃过一轮新上的菜，高立军说："夏新刚才说了半截，你把到我的擦鞋店里的情况再说说，让我听听。"

小平说："千说万说，我们很敬佩你。看了你的鞋店，看过各种各样的媒体对你的报道，我在想，人们常说，学先进、学模范，可我们仰慕的成功人士就在自己身边呀。说实话，我和夏新一直在分析你的思想、个性和做事的风格，我们突然明白了一个道理。"

夏新搭话说："何止是一个道理，太多的道理啊。"

小平接着说："一是你出身干部家庭，父亲当着领导。你不靠父亲的背景，放弃了端国家饭碗的机会，坚守自己，为这座城市的大学生创业做了表率。你的名言是让男人创造世界。你做到了。二是你从小事做起，颠覆了传统的就业观念，为大学生创业寻找自己立下了标杆。"

夏新又插话说："三呢，你不像我们，眼高手低。你知道生活在这座大城市的人们需要什么，你知道大学毕业后的青年人需要什么，你还知道社会需要什么，所以你成功了。"

高立军被小平和夏新说得有点坐不住了，他将手在空中挥舞着说："行了行了，你们把我夸得这顿饭都吃不下去了。其实，我的想法很简单，就是想让毕业后的大学生找到自己，知道如何体现自身价值。在现实中，太多的人大学毕业后，找不到工作。有许多人，找到工作后不知道如何去干。总认为自己满肚子学问，英雄无用武之地，其实都是错觉。有些人，大学毕业后，留恋城市，一心想坐在写字楼里当白领。有些人毕业七八年、十几年还没有固定工作。其实这不全是社会的错，是大学生本身思想有问题。大家想想，这个城市需要那么多写字楼吗？需要那么多白领吗？所以，我就想给大学生做个示范。结果，我也没有想到，媒体那么关注，人们那么热心，给予了肯定。还有你们的洗脚坊，等你们手续办全、经营成功后，我也会让媒体给你们做报道。大学生给人洗脚，这本身就是新闻啊。"

大平阻止了高立军往下说，插话道："他说，这一切，全是你这位幕后英雄起的作用。来，我再次代表我们家人对你表示感谢。"

见大平和高立军碰过杯后，许静茹说："高立军，你们刚才说的华州老腔，我也在电视上看过，的确很吸引人。你能不能把这个节目给咱请到鹿鸣川来，让鹿鸣川的人开开眼，也为大平的加工厂开业助助兴。"

高立军说："应该没问题，不过他们的演出费很高的。"

大平停住往嘴里送菜的筷子问："大概需要多少？"

高立军说："最少可能要两万。"

大平把送在嘴中的菜咽下之后，说："县政府为了让我们打响农民工创业园第一炮，开业典礼会给我们 20 万。我用这 20 万请你做策划，所以，我和许静茹来求你了。还有，王叔也是这样安排的。他说，只要让你出面，一定会开出满堂彩。"

高立军喝下一杯酒说："行，我会尽力而为，给你做方案。不但花不完这 20 万，可能从中还能给你抠出一辆商务车。你不是会开车吗，你现在急需一辆车啊。"

大平笑着看了许静茹一眼说："看见了吧，这就是高立军。隔着秦岭，他也知道我在想什么。"

高立军说："说实话，大平，我对咱们的鹿鸣川很有感情。我极想在那儿做点什么，那真是一块美丽的处女地啊。除了县上搞农民工创业园外，其实那儿的旅游资源也十分丰富。总之，我就是想在那儿做点什么文章，但现在时机不成熟。等我真地想出个道道来，会让你们眼前一亮的。"

小凤一直没有说话，这会儿，她突然问高立军："你帮我们给王大婶豆腐干策划个形象代言人。我们超市里有一种秦南的茶叶，一个漂亮的姑娘，背着一顶圆草帽，站在茶园里笑着。我觉得那种创意很美，不但有诗意，而且给人感觉很真实和亲切。"

高立军思考了一会儿，重新看了一遍许静茹做出的那份资料说："小凤啊，这个王大婶不就是你母亲吗，我看就让你母亲做形象代言人。"

大家一听，回忆着雪青的形象，有人说行，有人说不行。

高立军用手在那份资料上一拍说："我看行。现在什么都在美化和夸张。给小凤的母亲戴一顶传统的蓝色的印花手帕，穿一件蓝色印花上衣，戴一件前襟绣着牡丹花的护巾。一是让她用一只手摇小石磨，做纯手工豆腐；二是让她过滤豆腐，就是用一架黑色的豆腐包架子。然后，在空中的墙上再吊一只马灯，或者过去人们用的食油灯。这样一来，整个画面既传统又古典，还体现了绿色食品的内涵。"

听高立军如此一描述，除了夏花和夏新外，几个人均报以热烈的掌声。

小凤迫不及待地问高立军："这些衣服、头帕从哪里来呀？现在农村人都不做那些衣服了。"

高立军说："买呀，西大街城隍庙有卖戏装的地方，那儿就有。还可以去文艺路租赁，省歌舞剧院、戏曲研究院那些老艺术工作者退休后，就做这些生意的。"

大平打断了高立军和小凤的对话，他说："也不买，也不租，做，给每个像婶一样的女工，一人做一身。因为这些服装，不光是为了拍摄广告，也可以在开业时给她们设计节目，让她们穿上这些服装去演出。以后，我们的产品搞促销时，也可以用这些服装的。"

许静茹突然想起什么，她说："先不谈这个，咱把设计这一块说完，再说节目的事好吗？"

许静茹用询问的目光去看高立军时，两人的目光撞击了一下。这种撞击似天空中两块运行的陨石，在一刹那撞出了火花。这一撞击，把许静茹的心撞得突突突直跳。许静茹在过去也常和高立军对视，咋就没有发现他的目光中有火花呢。

餐桌上的场面有些安静，为了让气氛活跃起来，高立军点燃一支烟，他猛抽一口说："包装箱上人物的背景用绿色，上边应该是蓝天白云，一片大豆地。当然山地最好，因为只有山地是没有污染的，还有视角效果和立体感。另外呢，这个形象设计出来后，可以做成招贴画，也可以做成开业时的手提袋。文字就用两种语言，中文加英文。"

高立军停顿了一下，他又一次去看许静茹，许静茹也在看着他，两个人的目光再次相撞后，却又很快分离开。高立军说："刚才许静茹谈到演出，我想演出时的大背景，就用这个图案。放大、喷绘，大家感觉怎么样？"

大家都说好。

高立军接着说："关于演出的节目，我想是这样的，我们以传播传统文化为主，不搞歌舞，那样太俗气。许静茹是诗人嘛，我们可以自己写些诗歌，我们自己朗颂，不就是好节目。"

许静茹依旧笑着说："那行吧。"她又指了指小平说："小平，你也得写首诗出个节目。"

小平有些难为情地说："行——吧。"

大平看高立军为了自己的事业，是那样地用心，自然是高兴得合不拢嘴。他对高立军说："我们鹿鸣川还有一种东西，过去村上人结婚时，常有人请哩，现在却看不到了。咱是不是把那个节目也请出来，也许会让人眼睛一亮呢？"

许静茹插话道："是呀，我也听大平的母亲说过，可惜我没有看过。"

小平说："我看过。那时我还很小，我们村上有一个人给儿子结婚，演过的。"

许静茹问："是什么样的演出形式？"

大平说："其实很简单，就是一个人演一台戏。那个老人很老，是个盲人。老人手中拿着三弦，两条腿上绑着梆子和板牙，脚下踩着一根绳子，绳子头上拴着一根木棒，需要打马锣时，他的脚一踩，马锣就响了。他口中唱着，手中弹着，双脚摇着。一个人弹奏着七种乐器，很和谐，也很好听。"

夏新说："那是我们的秦北说书。"

夏花说："不对，说书是几个人，人家这是一个人。"

高立军说："不错，就用这个。这个好，既有地方特色，而且成本又低。小平，你还记得老人说的什么词儿？"

小平说："那天老人唱了两个内容，一个是讲述一个古老的故事，说的王宝钏和薛平贵的事。另一个是个笑话，好像是很俗的笑话。我记得人们听后男人大笑，女人掩面而逃。"

高立军想了想说："这个行，就是这个词儿。我们要编新内容。这样吧，咱就写鹿鸣川农民工产业园的事儿。这个，许静茹你来编，一定要说得各级领导听了心花怒放。"

许静茹停了半天说："行吧，我试试。"

大平说："就两个节目怕不够吧。"

高立军说："别急呀，咱们几个人也可以出节目的，夏花给咱唱两首秦北民歌。

夏花吃惊地问："我行吗？"

高立军说："我说行就行，不行也得行。"

夏花说："你呀，高立军，谁都相信，到时候别弄砸了。丢人是小，把大平害了是大。"

高立军哈哈大笑道："说实话，我相信我自己，因为到那时，我是总导演，总导演看上的人，都不会错的。我问你们，你们相信我不？"

大家异口同声地说："信——"

高立军说："这就对了。只要你们相信我，我就相信你们，任何事儿都能成。"

众人不由自主地拍起手来。

一顿饭吃了几个小时。结束时，高立军要去买单，大平硬拉了高立军坐下说："人家做企业的人，请大导演是要花钱的，我这个想当企业家的人，在买单方面也要开始学习了。行了，今天这钱不花，我心中就有压力了。"说过，飞快地向吧台跑去。

　　高立军说："还有个节目，许静茹你给咱写一首诗，咱们几个人一齐上台去朗诵，学学中央电视台那些著名的主持人。我不会写诗，但我会朗诵的。"

　　许静茹说："这个就让小平和夏新写吧。他们，特别是小平，对鹿鸣川比较了解，他写出来一定会深刻一些。"

　　小平这回还真没有推诿，他爽快地说："行，这个任务交给我。"

　　高立军说："这首群口朗诵的诗歌，背景音乐就定《在希望的田野上》。时间是五分钟，你把握好。"

　　小平说："好的，为了我们家的事儿，你们都那么卖力。我要是不多做一些工作，就说不过去了。"

　　高立军对几个人说："看见了吧，小平进步了。过去总是不言不语，如今，大方了许多呢。"

　　许静茹说："是呀，刚出大学校门，谁都是一样的，走进社会很茫然。一旦和社会接触了，都会慢慢地成熟。"

　　说过，许静茹举起杯子邀请小平和夏新道："来，为了你们俩的进步，干杯。"

43　适　应

夏花为小平和夏新正式发工资的时间，是洗脚坊营业后的第五十天。在没有发工资的日子里，两人的所有开支全由她预支着。两人拿到手的工资，成了"纯利润"。

小平领到手的工资是六千二百元，夏新领到手的工资是五千九百八十元。夏新虽然工资低一些，但他并没有意见，他知道小平比自己干得多。

夏花做事十分细密，她让小凤用电脑为两人制定了工资表，之前也制定了考勤表。除此之外，在洗脚坊开业之前，她还分别与小平和夏新谈了话，下达了监督任务。虽然洗脚坊只有两个人，但夏花把它当作一个正规企业去管理，每天的进项流水由夏新管，钱由小平管。每天晚上吃饭时，两人必须向夏花汇报当天的生意和收入情况。

在那时两个人谈得更多的是所见所闻和所遇。从两个人的汇报中，夏花还意识到一些问题，比如他们遇到的诱惑。夏花一直在思考这样的问题，她曾试探着对小凤说，让小凤去洗脚坊上班，把夏新换回来，小凤没有答应。小凤说她和小平在一起，账就说不清了。她不想因为账务不清而影响了姐妹之间的关系。夏花又动员小凤说："要不咱俩人去洗脚坊，让小平和夏新来经营超市？"小凤依然拒绝了。

小凤认为，自己没有接受过专业培训。再说，让自己真去做洗脚妹的工作，自己还真抹不开脸。夏花没有办法，只能不停地给夏新和小平做工作，让他们保持警惕，防止上当受骗。要拒绝诱惑，千万莫做小白脸之事。夏新和小平口中答应着，心中却有些反感。他们认为夏花过于世故，太低估他们的智商。夏新还用不屑的语言对小平说："我姐就那样，读书不多，满脑子长着'防人之心'。别理她，咱该做什么做什么。"

小平说："她说得也有道理，就是说的次数多了，人听起来比较烦。"

其实，在之前的五十天中，小平和夏新早已违背了夏花规定的不许上门服务的规定。他们虽然没有在暗中花过夏花一分钱，但为客人上门服务的事儿做过不少。因为上门服务来钱快，而且还可以不入账。对于上门服务，小平和夏新两个人互打埋伏、互撑保护伞、互订同盟，做得天衣无缝，夏花压根儿不知道。

在为夏新和小平发了工资的第二天，夏花决定给小平放一天假，她让小平带着钱去为小凤买衣服。夏花说："再美丽的爱情，也需要金钱和物质做后盾；再美的玫瑰，也要土壤和水来培植。我限制了你们的爱情自由，做得有些过分。但看到你们健康成长、快乐生活，我觉得自己很成功。"

小凤笑嘻嘻地把一双白嫩的手搭在夏花的肩膀上，并把头也枕在夏花肩膀上有些娇嗔地说："其实你比我们才大几岁，总是一副老到成熟的架式，不像个姐姐倒像个妈。你也要好好寻找自己的爱情哟，别让这丰腴的土地老荒芜着。开不出带刺的玫瑰，也可以开出带刺的月季呀。"

夏新接着小凤的话说："姐呀，你这样管我们是不合常理的。你这样老得快，知道吗？放心吧，我们已经长大了，不是三岁的孩子。你就好好寻找自己的另一半吧。"

小平也附和着说："是我们拖累了夏花姐，我们问心有愧啊。"

夏花从床边站起来声调铿锵地说："行了，早点睡，明天小平和小凤休假，夏新你做好洗脚坊的事。散了吧！"

小平先站了起来，他把三千元交给夏花说："这是你帮我交的学费，今日还上，我心里就轻松了。"

夏花拒绝收钱，她说："算了，权当姐姐资助你了。"

小平说："那咋行？你已经帮了我许多，就这我都不知说啥好哩。"

夏花说："那好，我先替你保管着，等你和小凤结婚时，这三千元我要给小凤美美做一份嫁妆。"

第二天，小平带着小凤早早出了门，他们先去康复路，又去了寒窑。小凤过去听母亲讲过寒窑的故事，母亲总说自己就是那个在长安城外挖野菜的王宝钏。可她从未去过寒窑，也不知道王宝钏是个什么样儿的人。

夏新一个人去了洗脚坊，奇怪的是，他待了半天，竟然没有一个客人。他在想，是自己财运不济吗？小平不在还真没有客人了。一直到中午吃饭时，也不见一个客人进得门来，他一直在电脑旁，帮小平修改着诗歌《我们是故乡的儿子》。

中午十二点，夏新懒洋洋地关了门，顶着阳光去吵闹的街上，买了一份自己喜欢吃的刀削面提回洗脚坊。他将面放进饭盒里，正准备吃饭时，老顾客王颖如仙女一样翩然而至。她的身后，并没有经常跟着她的那个女子任子函。

二十七八岁的王颖，是一个爱洗脚的女人。她每次来时，都开着一辆红色的保时捷，身后跟着一个长相比她差了很多的女子任子函。两人每次从洗脚坊离开时，夏新和小平都要猜测一番她们的关系或者职业。有一次，小平说王颖身后跟随的那个女子是陪衬人。他们还借了小说《陪衬人》来读。后来，小平知道任子函也是秦南人，就再没有议论过陪衬人了。

王颖的身上，随时都散发着法国香水的味儿。她来到洗脚坊，每次都要求夏新给她服务。她的眼睛、脸蛋和身材十分好看，但她的脚却非常粗糙，特别是脚趾甲不像城市人，倒像行走在乡村田间地头的女人。她每次来后，把自己的背包递给身后的任子函，自己往沙发上一坐，不说话也不提要求，任夏新随意服务。她越是不提任何要求，夏新反而做得更加认真和细致，每次都令王颖十分满意。按规定，夏新为王颖做的一套服务程序只需要收取五十元，可王颖每次都是放下一百元就走了，夏新在后边喊她追她，她头也不回。

王颖见夏新一个人在吃刀削面，心中颤抖了一下。她笑盈盈地站在夏新旁边，一边看夏新吃饭，一边看着电脑里字号很大的长诗。

夏新看到王颖对诗感兴趣，便让开椅子让王颖坐下，自己端着饭碗坐到沙发上。他对王颖说："王姐，你先看，我吃完饭马上为你服务。"

王颖很自然地坐下，眼睛一刻也没有离开电脑，那些诗行像万能胶似的黏合了她的目光。她一边看一边对夏新说："诗写得真好。"

夏新听了此话有些吃惊，他不知道她说此话是什么意思，他说："你也能读诗吧？"

王颖依然没有看夏新，她说："我还会写诗呢。"

44　泪　水

　　那是个雷阵雨天气，下午三点左右，突然狂风四起，街道里各种广告牌被狂风吹得啪啪落地。一瞬间，街道里树叶飘落，横流成河，洗脚坊的屋里进来了不少避雨的人。正在人们看着雨中冰雹的时候，王颖浑身湿透地冲进了洗脚坊。王颖和那些避雨的人不一样，王颖是洗脚坊的老顾客，她的到来，小平和夏新自然是当了贵宾一样接待的。小平为王颖递上干毛巾，夏新用一次性杯子为王颖倒了白开水。王颖接住喝了，却不住地打喷嚏，小平就让夏新把王颖带去里间。

　　王颖进到里间，不停地咳嗽，还吐了血，倒把夏新和小平吓得六神无主。

　　时间过了足足有一个小时，雨过天晴，城市东边还出现了彩虹。避雨的人们散尽了，王颖却烧得浑身颤抖。

　　小平和夏新看着王颖的样子有些害怕，他俩叫了出租车送王颖去了医院。令他们没有想到的是，王颖在医院流产了。

　　有一天，王颖又来洗脚了，洗脚坊没有一个客人。小平和夏新正在练习朗诵他们写的诗《故乡啊，我回来了》。王颖听他们朗诵后，认为他们缺少了激情，她自己拿过诗稿酝酿了一会儿情绪，试着朗诵了一遍。诗还没有朗诵完，王颖却伤心地哭了起来。

　　小平说："原来朗诵出来是这样的啊。我们还以为诗不行呢，原来是我们不会朗诵。"

　　夏新接着说："王姐，为了报答你教我们朗诵诗，今日我以最最热烈的态度、用最最真诚的手艺、用最最合适的水温，给你洗一次脚，而且是免费。但有一个条件，就是你要教会我们如何朗诵诗歌。"

　　王颖的眼泪不再流了，她有些难为情地坐进沙发说："你们的诗写得太动人了，把所有游子的心情全表达出来了。你们写的诗准备做什么用啊？"

　　小平和夏新把大平开办豆制品加工厂要开业的事说给了王颖，又把自己的经历，大平、夏花、高立军、小凤等人的事儿全说给了王颖。王颖羡慕地说："你们真是太幸福了。有自己的人生，有自己的抉择，有自己的自由，有自己的奔头。"

小平本想赞美王颖一番，他想了想改口说："你的诗朗诵得这么好，歌一定也唱得好。"

王颖说："还行吧！要不这样，等你们开业时，我去给你们唱两首。我唱得最拿手的是《好日子》。"

小平说："太好了，我们正愁没有钱请明星呢。你去了，你不就是明星吗?"

45　静板书

大平和许静茹回到鹿鸣川时，天已经开始热了。大平忙于跑外联，几乎天天是在县上和鹿鸣川间穿梭，把开业典礼的事儿全交给了许静茹。

许静茹觉得写诗写唱词都不是大事，最头疼的是到哪儿去找能说静板书的人。她心中认为，雪青是个什么都知道的百事通。她向雪青提了静板书的事儿，雪青告诉她自己从来没听过、也没见过，不知道鹿鸣川一带还有没有静板书。

许静茹实在想不出办法，跑到山里去问金发财。她来到金发财家，不知道金发财去了哪里。她去问隔壁的秋娥，秋娥说自己也不知道。秋娥告诉许静茹，清早起来自己挑水时，就发现门上吊着锁。秋娥给许静茹做了午饭，吃过后，许静茹像以前当村主任助理一样，到每家每户去访问。她一边访问，一边打听静板书的事。有村上老人告诉她，在南山里只有一个人会唱静板书，那人是金发财家的什么远房亲戚。

许静茹一直等到下午两点多，还是没有见金发财回来。她心想，该见的人都见了，虽然自己不再担任村干部，但大家并没有见外。过去那些对自己好的老人，依旧对自己那么热情，她的心里有些感动。她就计划到大平母亲的坟上去拜祭一下，也想把小平和大平的事儿给大平母亲说说。

许静茹接近大平母亲的坟墓时，却发现金发财睡在坟墓旁边。

许静茹走到金发财身边，金发财一翻身，倒把许静茹吓了一跳。他坐起身子揉着眼睛，迷迷糊糊地对许静茹说："我咋梦着大平他妈回来了呢？"

许静茹扶金发财起来，为他掸了身上的沙土。两人走过山洼里的一片芳草地，来到水渠岸通往村子的大道上。

许静茹把自己回山里要办的事儿说给金发财，金发财告诉她，那个说静板书的老人住在大山里，已经八十多岁。他还说这十里八乡能说静板书的，只有那么一个老人了。年长了，怕是请不动呀。

许静茹对金发财说："正因为稀罕，我们才想请老人，会给老人付钱的。山里不通路，我们可以抬着老人出来，只要他还能说书。"

金发财答应许静茹，他去请老人。许静茹要求金发财现在就领她去，她还把自己写的词儿拿出来给金发财看。

金发财望着大坪里的麦田看了一会儿，又望着远处的山峦想了一会儿，说："那行吧，不过几十里山路，到那儿去可远得很呢，你能吃得消吗？"

许静茹说："别人不了解我，您难道也不了解我呀，没问题。"

两人整整走了四小时，翻越了两座大山。在太阳快要落山时，金发财和许静茹赶到了老艺人所住的沟口。脚刚踏上野花裹着的小路，就听到了弹琴的声音，她以为自己是心急生出了幻觉，便站定下来细听，空气中的确传来了三弦的声音。

金发财也听到了，他对许静茹说："没想到老人还这么健康。你听，他又在弹唱了。"

许静茹拉了金发财，往来时路上折回着走。金发财不知许静茹要做什么，便拧着不走，许静茹说："既然老人还能唱，我们就一定要请到他。咱不能空手去，咱要拿见面礼的。"

两个人在沟外买了牛奶、烟酒、点心，重新向山沟里走着。

金发财上前将礼物放在地上，虔诚地跪在老人面前，为老人磕了头。他自报家门说："老舅爷，是你发财子来看你了。"

老人放下手中的三弦，站起来用手摸着他的头，声音颤抖着说："发财子，发财子，快起来，我娃多礼了、多礼了，快起来。"

至此，许静茹才知道老人是个盲人，她放下礼物上前握了老人的手。

老人用手盲目地摸着许静茹问金发财："这女子不会是你那老大的媳妇吧？"

金发财"嘿嘿"地笑了一下说："不是，是大儿子的朋友。"

老人说："女朋友，不也就是没进门的媳妇吗？"

许静茹爽快地说："就算是吧，大爷。"

老人把金发财领进家门，领进自己的卧室并拉亮了电灯。看着屋里的摆设，许静茹吃惊不小。她发现老人的卧房里，所有的东西都摆放得井井有条。方桌、板凳擦得锃亮，就连老人用的毛巾，也洗得白生生的，就是搭在一条旧电棒上，也是十分地整齐和展妥。

老人用手摸着给许静茹和金发财倒茶，眼尖手快的许静茹要抢过自己倒。老人说："娃儿，不用，你不要管，莫看我眼睛看不见，可这家里的一切东西我都熟着呢。"

喝过茶，老人又从柜子里拿出核桃和花生让许静茹吃。

许静茹不住地看着老人的一举一动，感到很神秘。她问老人家里还有人吗？老人说有，正给你们做饭哩。说过，老人把绑在腿上的竹板打了几下，竹板发出清脆的声音。不一会儿，一个收拾得十分干净的中年妇女推开门走了进来。许静茹忙上前打招呼，老人告诉许静茹，女儿当娥是个哑巴。

许静茹把五百元钱掏出来塞进老人手中，老人用干净的手一张张摸过钱，笑着说："娃儿，这钱可全是真的。你是要把这钱给我吗？"老人说过，把钱还给许静茹。他对金发财说："发财子，你这样做事可就不对了。当年你结婚时，咱日子过得那样苦，我大老远地去给你说事，你说我收钱了没有？"

金发财从凳子上站起来说："如今和过去不一样了，现在人家是经济社会，啥都要拿钱说话哩。"

老人反问金发财："咱们之间也要用钱说话哩？"

金发财吭吭了半天说："那倒不是，舅爷。"

老人一副生气的样子说："这就对了嘛。噢，咱自己的娃结婚，让我去说个书就开五百元，你这不是祸害你舅爷哩么？"

许静茹知道老人理解错了她请他的用意，忙说："大爷，不是结婚，是有个开业。想请您出山，给凑个热闹哩。"

老人听许静茹如此说，显得十分高兴。用一双手不断地摸着自己的脸说："那么大的场面，我还没有经历过呢。娃儿，你放心，爷一定去。不为别的，就为你们这些后生，能为咱鹿鸣川办实事、办大事、办好事，我也得去。"

许静茹见没费多少事就请动了老人，她重新把钱从口袋里掏出来塞在老人手中说："大爷，您说这钱该不该接？"

老人依旧用手推让着她递过来的钱，语气坚定地说："娃儿，你要是再提钱的事儿，我就生气了。"

金发财说："舅爷，娃给你是娃们的心意，你可以少接些。要不，伤了娃的心呢。"

老人说："我说不接，就一分钱也不接。人家给咱搭那么大的台子，让咱去亮相，咱应该给人家出钱哩。"

正在此时，当娥推开门，笑笑地看着许静茹。用手比画着，示意许静茹到外屋去吃饭。

吃过饭后，许静茹把自己写的唱词说给老人。老人说你们写的内容一定是可以，但句式和韵脚由我来调整。老人还说："静板书，是一种自由式的说唱，词不一定和仄押韵，但要通俗易懂。用词儿要讲究口语化，其实就是很随意的说唱。"

老人开始调琴，当娥洗完锅盆碗筷，也提了凳子坐在父亲的房间。老人拨了几声琴弦，当娥就把老人需要的锣架和板架放在老人面前，她又把竹板用一根布带捆在老人的左腿上。

老人又拨了一下琴弦，当娥为许静茹和金发财沏了茶，为老人冲了蜂蜜水。

老人这才清了清嗓子对许静茹说："娃儿，我先说一下试试，你验收一下看行不？"

许静茹说："大爷，谈不上验收，您就按您的方式说吧。"

老人再次清了清嗓子，三弦便弹出了前奏。腿上的竹板，由右脚控制的梆子和镲钹，敲打出了清脆的节奏来——

老人终于停了下来，许静茹和金发财兴奋得鼓起掌。

老人将三弦靠在肩头，双手搓着一脸喜色问许静茹："娃儿，这样行不？"

许静茹高兴地说："太好了，太好了。不但句子和仄押韵，而且通俗易懂。只是有些太短了，我想应该再长一些，能把县上的支持多说一些就更好了。"

老人说："娃儿，这只是个开头，后面还长得很呢。我就是问你，看这样行不？"

许静茹说："好，好，行，行。只可惜我刚才太激动，没有录下您的音。您再唱一遍，我把它录下来。"

老人又重新把已唱过的唱了一遍，把有的词儿做了调整。

许静茹佩服老人的记忆力，她笑着说："大爷，只要是您唱过的就不会忘记吧？"

老人轻轻将琴放在床头，喝了一口蜂蜜水说："不会的，只要过了一遍，我就会记在脑子里了。"

许静茹兴奋地说："那行，就这样，到时您按这样唱就行。"

老人又喝了一口蜂蜜水，并用双手紧紧抱着冲蜂蜜的杯子，声音轻缓地说："娃儿，你放心，大爷不会给你们惹事，不会给你们丢人，不会给你们砸摊子，大爷这心里呀，就觉得现在这个社会好得太多了。大爷总想找个地方，把这好社会好好唱一唱呢，把自己内心的事儿给人说呢。"

许静茹又问老人有什么愿望。

老人发出了由衷的感叹，他告诉许静茹："最大的愿望就是，有人来把我手中的这把琴接过去、传下去，让这种静板书不要灭了。"

许静茹问老人："就没有人跟你学吗？"

老人脸上的表情有些阴沉，他叹了一口气说："我这一生最大的遗憾就是，怕自己进了坟墓，手中的这把三弦也跟着我进了坟墓。"

许静茹想了一会儿说："大爷，请放心，不会的。如果没人学，我来学它，你收我不？"

老人哈哈大笑道："求之不得呀。"

几个人又说了一会儿别的事儿，老人用手指拨了一下琴弦，当娥会意地站起身拉了许静茹的手去睡觉了。

46 返 乡

回到鹿鸣川，许静茹把录音给大平一放，大平和雪青听后都认为好。他们把王雪峰和镇长叫来听，大家认为这样的东西听不到了，应该让这样富有地方特色的东西出来亮相。

第二天，许静茹又把录音传给高立军，高立军听后在电话中对大平说："你的豆制品想打进西京，我看这个令人叫绝的静板书，就是你的敲门砖。"

大平没有理解高立军话的意思，就去问许静茹，许静茹想了一会儿说："你记得有一次，高立军请咱喝榆林老窖吧。咱喝了酒，卖酒人站在边上给咱唱秦北民歌来着。"

大平突然间茅塞顿开，他对许静茹说："高立军是让唱静板书，帮咱卖豆腐干。可问题是秦北民歌具有复制性，谁都可以唱。这老人的静板书，不可复制啊。"

许静茹说："我呀，我就想学哩。老人已经答应收我这个徒弟哩。"

大平说："你学，那还不如我去学。"

许静茹又把去老艺人家的所见所闻，给大平讲了一遍。大平说："如果按高立军的想法，咱就应该把老人和他女儿招到咱们厂来。老人的女儿专门给咱厂里做饭，老人就做咱们的促销员。"

许静茹认为是个不错的主意。

小凤在西京设计制作的服装刚被人送到厂里，许静茹就让雪青和几名上岗的妇女试穿。蓝头帕，蓝捻襟上衣，黄印花护巾，黑色的裤子，几个妇女穿上，相互看着比试着，个个乐得合不拢嘴。秋娥说："这哪是工作服，这纯粹是戏子装呀。"

许静茹为秋娥系着护巾后带，说："秋娥姨呀，你还真说对了，这就是为你们做的戏装。就是让你们在开业那天，穿上它演戏的。"

雪青忙跑过来问许静茹："那我们工作时穿什么？"

大平把一大包白色工作服打开，发给每人一件说："这才是你们的工作服。"

几个妇女乐呵呵地换上了工作服，相互整理着，人人一身白装，个个像医院的医生。许静茹让大家排成一行，她说："职工同志们，大家热烈鼓掌，请我们的金大平厂长给大家讲话。"

妇女们开心地鼓起掌来，大平走过来说："行了，行了，什么厂长？不错，这个小凤还真有两下子，连婶婶们的体形都没有见过，可这服装还真是件件得体。婶婶们，我们就一起努力吧，力争把我们鹿鸣川的豆腐干打出去。"

大平还要说什么，一辆出租车开进了雪青家院子，李爱民西装革履地从车上下来了。

大平见到李爱民很是吃惊，忙上前去握了他的双手说："李爱民，真没想到，你咋能找到我呀？"反过身，大平对许静茹和雪青说："婶，许静茹，这就是我给你们常讲的南山的李爱民，是他把我带到秦北煤矿上的。"

雪青忙脱了白色工作服说："快，快，快请客人到屋里坐。"

李爱民听说鹿鸣川开办了农民工创业园，也想回来创业。在县上，他听人说大平已经开办了豆制品加工厂，就急匆匆赶到鹿鸣川来找大平。

几人在雪青家谈了一下午，最后为李爱民确定了一个项目。

李爱民一边抽烟一边笑，开心地说："我本来是想办个豆腐干厂的，没想到你们捷足先登了，那我只好办粉条加工厂了。咱鹿鸣川的红薯粉条，那也是远近闻名的呀。"

大平说："当然的，我不但要大力支持你，还要协助你。"

第二天，大平就带着李爱民去县里，找工商局长王雪峰。

王雪峰在自己的办公室，很详细地向李爱民讲述了农民工创业园的政策。李爱民听后激动地说："我早就想回来在家乡做点什么，只可惜我读书少，做不了有科技含量的东西。本来是想着做豆腐干的，因为我对做豆腐干比较熟悉。从小就看着大人做，从小就爱吃那东西，没想到，大平比我动手早，那我就做粉条吧。咱鹿鸣川的粉条也有名气，而且加工这种东西是传统工艺，就是没有多少知识也能做。"

紧接着，王雪峰请大平和李爱民吃了饭，又用小车把他们送回鹿鸣川。李爱民选中了一块能办粉条加工厂的地，这块地与雪青家的房子挨着。李爱民在秦北领教过大平的处事水平，所以，他想距大平近些，在企业发展中想得到大平的照应。

雪青知道李爱民选中的地，却不愿意了。她说粉条加工机器多、响声大，特别是自己听不得那打浆机的声音。自己一听那机器声，晚上会睡不着觉。

再说自己的丈夫就埋在那里，长期的机器轰鸣，会把丈夫的墓震塌。

王雪峰、大平、李爱民三人没有想到，雪青一个聪明贤惠的人，会提出如此问题，李爱民只好另选了地方。李爱民走后，雪青对王雪峰和大平说："我不是怕机器响，也不怕震了小凤她爸的墓。我是想占着这些地方，为咱们的加工厂将来扩大做准备呢。你们不想想，这儿路是通的，地是平的，水是便利的。大平，你总不会老固守着家庭作坊式的生产吧？"

雪青如此一说，倒把几个人说醒了。许静茹挥舞着双手说："还是阿姨伟大，有战略眼光。阿姨的想法是对的，我非常支持。"

李爱民的回归，不但提醒了大平，也提示了王雪峰。

大平用探询的口吻对王雪峰说："一个创业园，光靠一两家企业是支撑不起来的。我有个想法，只可惜没有钱。咱可以把这些土地按县上的政策租赁下来，然后做好基础设施。再采取招商引资的方法，不断引来企业。这样一来，不但有气势，投资人来看了也有吸引力，这种模式，城市把它叫作什么孵化器。"

王雪峰搭眼去看大平，发现这个年轻人，的确是个有思想准备的人。

47　小成功

设计完工人们穿的服装后，小凤又为大平的加工厂设计了几种产品包装盒。她按夏花的想法，把自己设计的东西各做出一个样品，拿出来让大家提修改意见。

高立军故意拿腔拿调地说："小凤呀，我说话你可别上心啊！依我看，还是有缺陷的，缺陷在哪里你知道吗？"

大家重新把包装盒细细地看了一会儿，却没有看出有什么缺陷，都认为挺好。

高立军把拿在手中的另一个盒子递给夏花对她说："夏花同志，你说说，缺少了什么？"

大家把目光齐齐投向夏花。夏花同高立军一样，重新拿起纸盒子，细细地看了一遍说："设计得这么完美，我特别喜欢。没想到小凤把她妈的形象设计得这么好，令人眼红小凤有个好妈妈。但我认为，箱子上缺了三样东西。当然这不是小凤的问题，是总体规划的问题。一是没有注册商标的标志，就是那个叫什么圈圈里的'阿尔'，现在人们叫它"艾特"。二是没有西京的地址。大平你想过没有，你应该在西京设立办事处，或者寻找代理商。是不是？三是没有条形码，这是个致命的问题。大平不是说要把豆腐干打进西京各大超市吗，没有条形码咋进超市呢？"

夏花的话音刚落，高立军就带头鼓掌，大家一起笑着鼓掌。

高立军笑着说："啥是市场经济，说白了只有产品、价格才能真正确定市场经济。啥是人才，只有在市场上摸爬滚打、弄清市场规律的人才叫人才啊。"他看着小凤问她："你在设计时想过这些问题没有？"

小凤用食指和中指挠着头皮说："想过，想过，真地想过。因为我知道条形码是最关键的，我们的小超市，也是用条形码计价的。但这条形码不是没有申请吗？这个地址我也想过，不是也没有确定吗？"

高立军走过去，拍着小凤的肩膀说："想过是对的，可作为一个设计师，你应该为它们留下地方。就是没有，也可以虚构一个放在上面呀。"

人们对高立军如此说小凤起了担心。夏花急着想为小凤辩解，大平也不断地向高立军挤眼提示。

可小凤对高立军提出的意见不但没有生气，反而从高立军手下逃脱出去，转过身像拜佛一样双手合十，朝高立军连连鞠躬。之后她说："亲爱的高大师，我简直太崇拜您啦。"

高立军说："好了，好了，我又不是明星，有那么神奇吗？咱说正经的，你们对我说的，有什么意见吗？"

大平想了一会儿说："是呀，你和夏花说的这些，还真是现实问题。我还真没有想过，是我把事情想得太简单了。"

高立军接着说："还有一个问题，你要考虑。利用小凤母亲做形象代言人，那是要收费的，你不能白请人家给你做代言吧。你可知道，你这样的产品，请个明星做代言，最少得花上百万呢。"

许静茹扬起手中的水杯，打断了高立军的话说："这个问题，我和婶说过的，她说她不会要一分钱。她还说，哪有做老人的向儿子要代言费的，简直是天大的笑话。"

小凤突然从椅子上站起来，一改之前的满脸羞涩，兴奋地抢着说："我妈不是那种见钱眼开的人，她不会要钱的。咱们这样一做，不但我妈出了名，我也跟着沾了光。我能代表我妈表个态，绝不收一分钱。"她说着，脸上洋溢出灿烂的笑容，似乎自己真地成了明星的女儿似的。

小凤的话刚一落音，大家都投以热烈的掌声，把小凤弄得再一次不好意思起来。她摇着头，一脸得意扬扬地坐下来，还哼起了什么歌曲。

唯有高立军没有鼓掌，也没有笑。他看着小凤兴奋的样子说："你们呀，全想错了。这钱一定要给小凤母亲的，哪怕是大平的亲生母亲都必须给。我问大平，如果你将来的生意做大了，年收入上亿元，那我问你，你给不给？给多少？你凭什么不给人家？是人家帮你宣传了，你才做大的。假如有一天，你们合作不愉快了，她不认你这个干儿子了，咋办？"

一直没有说话的夏新说："是呀，我也在想这个问题。最好和小凤的妈妈签一个法律文书，现在工厂还没有起步，大家都觉得没有什么。如果一旦做大了，要是小凤的妈妈与你闹了矛盾呢？她出尔反尔呢？你有什么证据证明她说过不要钱？可她的肖像一直被你用着呢。"

小凤听了夏新的话，气不打一处来。她站起来指着夏新发怒道："夏新你别胡扯，我妈是那种人吗？"

大平见小凤生了气，也忙着站起来说："小凤，小凤，夏新说的也不是没有道理。先坐下，有话咱好好说，行吗？"

小平拉了小凤坐下，小凤甩开小平跑离了餐桌。小平跟着去追，结果小凤跑进了女卫生间，小平又反身悻悻地回来了。

大平瞪大眼睛指着小平说："快去呀，坐这里干什么？"

小平摊开双手学着外国人的样子，抖动着肩膀说："她进女卫生间了，我咋追呀？放心，没事的，一会儿准好。"

夏新拍着小平的肩膀说："对不起，我这嘴臭。我知道小凤为啥恨我，是那天我给她按摩的事，她一直说我心术不正。"

小平反而挽了夏新的手，转脸对大家说："我倒认为夏新说的不是没有道理。真的，我也是这么想的。"

小凤一边擦着眼泪，一边轻手轻脚地走了回来，她悄悄地站在夏新和小平身后听小平说话。

小平一只手搭在夏新的肩膀，另一只手拿起水杯，往口中送下一口水说："夏新的话说得是直白了一些，但话是有道理的。我想应该认真地和婶签个协议，人世间的事，千变万化的，如果真地有一天企业做大了，还真是个事。再说，假如婶再有个什么闪失，比如说像小凤的爸爸一样。我和小凤结了婚，继承了小凤的家业，那到时候咋说呢？我都会讨要这笔广告费的呀。"

小平和夏新看不到身后的小凤，其他人都看得很真切。许静茹一直摇手阻止小平，可小平根本不理许静茹的碴儿。

小平正说得头头是道，小凤却听得七窍生烟，她从背后用双手一下子把小平拽倒摔在地上。

这回，小凤真地愤怒了，她说："金小平，你是什么东西，我妈对你那么好，你却盼着让她和我爸爸一样早点儿去死，你是不是人？你安的什么心？原来你和我做朋友，是为了继承我家的财产。"

大家都起来劝小凤，小凤却来了精神。大家都觉得不可思议，一向像小绵羊一样温顺的小凤，也有发飙的时候。大家越劝，小凤越发要打小平。劝不开时，大平给夏花使了个眼神，夏花大声吼道："王小凤，你想干什么？行了，丢不丢人，还上瘾了，修养到哪儿去了？"

夏花一吼叫，倒把小凤给镇住了，也把众人吓了一跳。以往的时候，大多数时间里，大家相处都表现得客客气气，每个人对待他人像对待客人一样。没想到，每个人的笑脸背后都藏着独特的个性。

小平被夏新从地上扶起来，眼睛青了，脸带着伤，鼻血长流不止，站也站不稳了。

高立军看着大家，心情也很复杂，他挥着手说："行了，散了吧，快把小平扶到医院去。"

夏新和夏花扶了小平向楼下走。

聚会从来没有像今天这样不欢而散过，每个人心中都沉甸甸的。

令大家都没想到的是，第二天，天还没有大亮，小凤却离开了夏花的超市，手机也关机了。

夏花赶到洗脚坊去问小平，小平捂着发肿的脸还睡在床上，夏新一个人收拾着洗脚坊的卫生。

夏花走到床边问小平："你说小凤她不会出什么事吧？"

小平捂着发肿的脸，想了想说："不会有事，放心吧。"

夏花立即打电话给大平，没想到电话是高立军接的。高立军告诉夏花，大平上卫生间了。高立军开玩笑对夏花说："咋了，大清早的想大平了？"

高立军的话说得夏花心里抖了一下，我想大平这是什么意思？明明许静茹在大平身边还要我想吗？夏花越想越觉得高立军的话有意思，是不是阮佳仪走后高立军心里有什么变化，他这是给我一种信号吗？是杞人忧天，还是自己心里失落嫁祸于人？这个高立军，难道谈不到朋友，要和大平抢许静茹吗？真要是那样就好了，许静茹跟了高立军，我就去追大平。可大平知道自己的历史，他会喜欢我吗？

夏花思维飞快地转着，电话那边高立军说："喂，喂，说话呀，夏花，发生什么事儿了？"

夏花慌忙说："小凤、小凤，小凤不见了，小凤天不亮就不见了。"

高立军停了一会儿说："是这样啊，行，我一会儿告诉大平。放心，不会有事的，也许是回家了呢？"

大平从卫生间出来，许静茹也从另一间房间出来了。许静茹披着没有整理的头发，穿着睡衣，急忙冲进大平的房间里问："发生什么事了？高立军在大清早起来就大喊大叫的。"

高立军一边从床上坐起来一边说："小凤找不到了。"

许静茹有些惊慌地说："小凤找不到了？不会出什么大事吧？大平。"

大平笑了笑说："没事的，可能是昨天晚上的气还没有消。"他从床头柜上摸了一支烟给高立军，又给自己点了一支边吸边说："小凤父亲去世之后，与母亲相依为命，感情很深。夏新和小平那样说，自然是伤了小凤的心，小凤一定是回家去了。一会儿我给婶打个电话把事情经过说一下，婶是个明白人，她会做小凤的思想工作。"

高立军从床上下来，穿上拖鞋去了客厅。他对坐在沙发上的大平和许静茹说："你们这次来，除了看小凤的设计外，还有什么计划？"

大平还没有开口，许静茹抢着说："这回来，事情特别多。一是要申请条形码，二是要把包装盒印出来，我们带回去一部分。这三吧，还是大平给你说吧。"

大平从茶几上拿起水杯，喝了一口水说："立军，我这次来，一不是看小凤的设计，二不是申请条形码。最主要的是想请你出山，我遇到麻烦事了。以我的能力，这个麻烦消化不了，所以，只有你能做。"

高立军听大平如此说，一点吃惊的表情都没有，倒令大平和许静茹感到意外。

大平责怪高立军说："我都快急死了，你咋会无动于衷呢？"

高立军笑着说："你肯定是遇到好事了，若真是遇到麻烦事儿，你昨天都说了，还能等到现在啊？"

大平把身子向后摇晃着说："高立军呀高立军，你真是神人，你咋比孙悟空还机灵呢。"

许静茹也是笑得前仰后合，她欣赏高立军的稳劲儿。在她心中，凡做大事的人都是沉稳的。这个高立军不高不矮不胖不瘦，却练就一身沉稳劲儿。可能是受其父亲影响吧，什么事儿到了他那儿都不是大事。如此对待事情的人，才是爷们儿的典范。她说："高立军，你不想帮大平吗？"

高立军笑着说："是帮不了，这可是多大的事呀。我相信我是揽不下的，你却有能力消化，包括你的豆制品加工厂。你当初想开办，就有你开办的理由，我相信你会办好、会成功。"

许静茹和大平觉得高立军变得很奇怪，过去他不是这样的，今天咋会是这样子的态度呢？

许静茹站起来拍着高立军的肩膀，用责怪的口气说："高立军，你咋了？你不是说男人要得到世界吗？你这是咋了，难道阮佳仪走了，把你的志向也带走了吗？你消沉了吗？你可别变得让我看不起你。"

高立军大笑起来，他对许静茹说："你别激动，先坐下。许静茹你也太小看我高立军了，哦！阮佳仪去了国外，我就不活了？那我还叫高立军吗？你们知道吗，我最近呀也在做大事，只是没有把计划给你们说。但你们这样逼我，我不得不说了。许静茹，你把你写的那首鹿鸣川的什么七律诗再给我朗诵一遍。"

许静茹觉得高立军很是莫名其妙，但似乎有了什么想法。高立军一定是在规划新的东西，肯定与鹿鸣川有关系。

高立军几乎已沉醉在许静茹描绘的意境中，他重复着许静茹那句"古今多少事，青山做标榜"。他说："大平，你现在知道我想做什么了吧？"

大平已经猜到，高立军肯定是在谋划鹿鸣川旅游开发的事。这个项目早先他俩在一起讨论过。他也在心里想过，没准自己的加工厂真就做大了，自己也想开发这一带的旅游。没想到高立军已经行动了，虽然在一瞬间，他心里起了纠结。他还是认为，高立军做一定比自己做得好，自己没有资格和高立军比。他说："明白了，明白了，你是想把鹿鸣川变成西京的东花园。"

高立军站起来看着大平说："你不反对吧？"

大平说："高兴还来不及哩。反对，我有什么资格反对别人把自己的家变成可爱的家乡呢？"

高立军叫的外卖被人递进来了，大平争着付钱，高立军说："到我这儿了我是主人，你别瞎费心了。"

三个人同时吃着盒饭，高立军对大平说："你的条形码，我已代你申请了，正在等待批文。另外，我建议你好好和夏花商量一下，由夏花牵头，成立一个经销公司。我有个同学在省工商局，我给她打过招呼了。"

许静茹问："高立军是谁呀？"

高立军说是咱们县的王心茹，这家伙考上公务员后分配在省工商局。现在她手头没权，但她可以带着夏花找人呀，我已经给她打过招呼了。

许静茹说："你们留在西京的人，个个都是牛皮哄哄的。可我，还是一个无业游民哩。"

大平说："许静茹，你这样说，不但贬低了自己，更重要的是伤了我的自尊。你咋是无业游民呢？你是未来鹿鸣川豆制品加工厂的经理，好歹也是个实业家呀。"

高立军喝下一口豆浆说："我一直主张年轻人要办实业、要创造世界。做个公务员能做什么？一辈子四平八稳的，把青春都浪费了。你没看西京几家大的房地产老总，全都是女人。我真希望在我这个班长的带动下，咱们班的同学都做实业，那多好呀。"

许静茹一边细嚼慢咽吃着油条，一边说别人或许行，唯我不行。我已经是一个流浪者了，或者是一棵无根的浮萍，没有心劲了。

大平狼吞虎咽般地吃着，他把喝过的豆浆纸杯轻轻放入垃圾筐，对许静茹说："你千万千万不敢泄气，你要是泄气了我就没有斗志了。"

高立军手一甩，豆浆袋子从许静茹头顶空划出一条亮亮的弧线，准确无误地落进门后的垃圾筐。他说："放心，大平，我对你的事儿是扶上马送一程，就是我的想法真正实现了，咱们也是一体的。"

大平朗声笑道："我相信你的。我这次来还有一个想法，想让你在我们的豆制品加工厂入股，是技术股，或者叫点子股，不让你出钱。我想用利益把你拴住，就像秦北在煤矿上入股的那些当官的。别看他们没有投钱在煤矿，但对煤矿上的事情特别上心。"

高立军说："人家那叫权力股，因为有权力可以卡住煤矿的脖子。我一没有做豆腐的技术，二没有权力，三没有资金，你让我入股真是瞎耽误事儿。"

大平坐到高立军身边的沙发上说："不知道为啥，我就是看上你这个人了。我觉得无论做什么，有你，我才有劲儿。所以，我要给你股份，应该叫点子股。点子就是技术呀，我情愿给你技术股。"

高立军从茶几上抽出一张餐巾纸递给大平，一边擦嘴一边说："点子我会给你出的，但股份我肯定不会要。咱是兄弟，兄弟是不谈钱的。当然了，如果有一天，你真地做大了，我有急事想用钱，你可不能翻脸不认人。"

许静茹终于把早餐吃完了，她把装豆浆的纸杯和装油条的塑料袋，轻轻地放入门后边的蓝色塑料垃圾筐。又把垃圾筐中套的黑色塑料袋抽出来，放在一边重新找了个新塑料袋套上去。她所做的一切，大平并没有注意，而高立军却用另一只眼看得很仔细。

阮佳仪出国肯定是不回来了，自己要不要向许静茹发起进攻呢。他想，许静茹和大平肯定是不合适的，至于为什么不合适，自己也说不清。但有一种感觉，一直在他的大脑里存着。

许静茹收拾完垃圾后，静静地坐在茶几的另一端，她侧耳细听大平说话，但她时不时也看着高立军。两个人的目光不时碰在一起，很快又分离开去。终于，大平说完了自己想说的一切。许静茹插言道："高立军，你神通广大，你带几个人帮鹿鸣川农民工进行投资。如果我们这次回去，能带几个投资人，县政府才能肯定我们的实力，一定会把创业的基础工作交给我们做。"

大平说："是呀，我差点儿把这事忘了，这可是大事。你一定要帮这个忙，我相信你高立军这匹黑马一出圈，绝对是马到成功。"

高立军想了一会儿，说："鹿鸣川在西京的人我不认识呀，也不知道都有谁在哪里发财。"

许静茹接着说："你可以到市里的驻西京办事处去找呀，听说不是还有同乡会吗？"

高立军说："同乡会每年都召开，但那都是些在职人员。说白了，主要是手中拥有权力的人。市里、县里为了套关系，只是每年把在职有名的人士请到一块儿开同乡会。那些无名的或是有钱的人，县政府压根儿就没有搭理人家。你这会儿要搞创业园，想要人家投钱才想起人家？"

大平说："咱可以这样搞呀，咱再成立个秦南在西京的农民工同乡会。只要是秦南人，不管他做什么，哪怕人家是开着理发店呢。这样一下子把大家组织起来了。有些人出来在西京闯荡几十年，年龄也大了，钱也积攒下了。有些人有了关系和生意伙伴，有些人有了落叶归根的想法，何不让这些人回去创业呢？"

高立军又思考了一会，认为大平这个提议不错。他对大平说："你在西京多住几天。"大平说："你说几天就几天，反正吃住都是你管着哩，我又不花钱的。"

高立军从沙发上站起来，把双手一摊说："那就多待几天，我给你筹划个同乡会，专门组织秦南的农民工，找个地方请他们聚一聚，吃个饭交流一下。可是几十个人哩，这饭钱得要一笔呢。"

大平从沙发上站了起来，说："放心，这钱我出。"其实，大平想的是这钱要让王雪峰出，只要事能办成，王雪峰一定会出这笔钱。他已感觉到农民工创业园的成功，就是王雪峰前进的台阶。

高立军上班之后，许静茹看着高立军有些凌乱的房子，对大平说："你不是要去省工商局吗？我就不陪你去了，你和夏花一起去。"大平问她做什么，她用嘴指了指高立军的卧室说："你看高立军的床单和被子，都脏成什么样了，我想帮他洗一下，下午和夏花一起给他缝好。还有这房子，装饰难看成什么样了。"

大平看着许静茹平静地说："那行，我这就去。"

许静茹问："小凤，小凤咋办呢？"

大平重新坐回沙发说："不会有事，我给婶儿打个电话，把情况给她说一下。如果小凤回去了，让婶儿给她做做工作。"说着，大平给雪青打了电话，把昨天晚上发生的事说了一遍。雪青朗声朗气地说："没事，我收拾她。你们放心做你们的事儿，要快些回来。这边几个人都很麻利，墙也刷完了，啥都准备好了，只欠东风了。"

大平收起电话，就匆匆忙忙地走了。

许静茹怀着愉快的心情，开始收拾高立军的房间。她先把被子拆了，泡在卫生间的浴缸里，然后清扫和擦拭屋内的家具和墙壁。正在她干得起劲的时候响起了敲门声，许静茹以为大平或者高立军又回来了，匆忙打开门。门口却站着一个穿着紧身衣，长得非常漂亮的女人。

女人见许静茹先是愣一下，以为自己敲错了，抬头看看门头的号码确认没有错。她用目光仔细打量了许静茹，然后声音响亮着，眼睛一闪一闪地问："高立军在吗？"说着，挤过许静茹的身子，很自如地走进门来。

看着漂亮女人好看的五官、苗条的身段和很自如的举动，许静茹有些不愉快。她想，这个高立军，阮佳仪才走几天，又染上别人了。她又想起了大平母亲经常说的一句话，好男占百妻。高立军如此优秀，受女人仰慕也是应该的。自己不也是在心中，还给高立军支着一条凳子吗？自己暗恋难道别人就不能跟随？谁让这家伙如此优秀呢。

漂亮女人在屋里转了一圈像检查似的，摸摸这翻翻那。之后，她发现了厕所的流水声，推开厕所门惊叫道："你给高立军洗被子呀，你咋不说一声呀。来来来，把我的洗衣机搬过来。这个高立军，早就应该有个女人了，那个阮佳仪怕是有去无回了。干脆，唉，不说了。来，把我的洗衣机搬过来。"

女人自说自念着，关了厕所的水龙头然后拉了门，这才返身笑笑地对许静茹说："你叫许静茹，是高立军的同学，对吧？高立军经常给我说起你，我告诉你，高立军这家伙是个优秀品种，是个有野心的人，你可要抓住机会。"

许静茹纠结了半天的心绪，才平静下来。原来这个女人，并不是高立军的什么情人之类的。

许静茹听了女人的话，阴脸变为阳脸，对漂亮女人说："谢谢，你是……"

漂亮女人说："我住对门，与高立军是邻居。噢，忘了介绍，我在省歌舞团工作，跳舞唱歌。时而还在电视剧里客串一把，演个三流角色，总算是混口饭吃吧。行，咱不说了，你把我的洗衣机搬过来你洗。洗完了可以直接晾在楼顶上，上面有我绑的铁丝。"

女人说着对着自家的门喊道："任强，快把咱们的洗衣机给高立军搬过来。"

女人喊声刚落，自家的门就被男人打开了。任强只穿着一条短裤，耷拉着眼睛朝这边张望了一下，许静茹看清楚了男人的形象。

女人对任强说："快穿好衣服，把洗衣机搬过来，这儿有女同志，你的形象搞得多不文明哟，让人家笑话。"

许静茹看着身边的漂亮女人，在一瞬间改变了初见时那种醋兮兮的心境。她挥手示意女人坐在沙发上，女人却说："哪有时间坐呀，这不，有个公司开业哩。正要去演出，等我回来帮你缝被子。"

许静茹微笑着说："行，谢谢你。"两人正准备道别，任强穿戴整齐地把洗衣机推了过来。在许静茹看来，任强也是个美男子。她想他可能也是个舞者吧，这一对男女真是太般配了，他们的生活一定很美满。任强放好洗衣机，拉着自己的女人走了，随手带上了高立军的房门。

许静茹开始用洗衣机去洗被褥一类的大件。她设置了长时间洗涤，期间闲下来，人有些困了。她想看看高立军的东西，想了解一下这家伙一天到晚都是如何度过的。她打开高立军的床头柜，发现了一本皮质面的日记本。打开，一行字映入眼帘，"我在西京诗意地活着"。再往下翻，原来高立军每天都有日记记录，记的内容大概是自己每天干了些什么、想了什么。

许静茹突发奇想，想看看高立军的日记本里有没有自己的名字。她怕高立军突然回来看见自己在看他的日记，她放下日记，反锁了房门，这才认真地仔细看起来。至于洗衣机早就没有了响声，她也没有注意到。

高立军的日记中，有这么一段话，让许静茹心跳起来——

　　阮佳仪走了，肯定是一去不回来了，这也没有什么可怨的。快一个月了连一个电话也没有，她一定是被西方的空气陶醉了。管她的，不想就不想吧。那么，接下来，我该想谁呢？许静茹是个不错的女人，其实接下来我还是想她吧。我知道她生活在大平身边，但大平是不会、也不敢奢想拥有许静茹的。不对，是大平不敢爱她。这一点，从他们两个人的眼神和动作中还是能看出来的。关于许静茹父亲的事，我给父亲说过，父亲有些不同意，因为他要当市长。我知道，他是怕我与许静茹谈了恋爱，他在市里没有面子。而且，会影响他的前程，父亲的想法不是没有道理。唉，生活中的每个人都有难处。

　　……

　　我曾试图找关系在暗中帮许静茹，我想求人帮许静茹父亲减刑。不为别的，就为许静茹这个人可怜的命运，我一定会找到办法。

　　如果有一天，父亲当上了市长，坐稳了那把椅子，我解救许静茹父亲的行动就会开始。这是我想做的事，我一定会成功。到那时，如果阮佳仪还是依旧没有消息，我就会向许静茹表白一切。

　　……

　　细想想，爱情是什么啊，真是记不清。阮佳仪那么海誓山盟的，还不是为了自己放弃了一切。唉，一言难尽哟。嗨，也不恨阮佳仪。人往高处走，水往低处流呀。

……

但，我也很担心，这个许静茹会喜欢自己吗？

看到此，许静茹流泪了，她的泪水落在高立军的日记里。她没有想到，一向凶悍得像一匹辕马的高立军，心中也有柔弱之处。

许静茹还想往下看，听到门外的敲门声，她很麻利地把高立军的日记放好，然后去开门。她不知道是高立军回来了还是大平回来了。她想，要是高立军回来，自己一定要拥抱他一下，表示对他的报答，让他的心中拥有温暖。

果然是高立军回来了，高立军发现许静茹在洗被子，十分感动，他说这不是你应该干的。

正在此时，门外响起了敲门声，大平和夏花到了高立军家门口，他们身后还跟着王心茹。

高立军打开门看到了王心茹，忙失了声说："你怎么会光临寒舍，真乃三生有幸、蓬荜生辉啊。"

王心茹用挎包打了高立军一下说："就你贫，这么多年都成了名人了还贫。许静茹呢？我是来看许静茹的。高立军，你金屋藏娇啊，许静茹来了，也不提前让我们见面。许静茹是我们大家的，可不是你高立军一个人的。许静茹，我可要好好罚你了。"

王心茹不知道几年来许静茹身上所发生的许多事情，她也不知道高立军和阮佳仪谈恋爱的事。王心茹考上公务员后，只知道在城北认认真真地工作，与同学之间很少往来。

许静茹听出了王心茹的声音，忙从里屋出来。两人见面后先是个仪式性的拥抱，然后丢开对方，相互欣赏着。

王心茹说："听说你创办企业了，行。还是你们信了高立军的话，创造世界。难怪高立军欣赏你，你们志同道合嘛。"

王心茹虽然工作只有三年时间，但她毕竟行走于官场，她说话的语气显然多了官场的成分。她没有顾及别人，她只是表达了自己想要表达的。

如此一来，倒把几个人弄得尴尬起来。

只有夏花是高兴的，夏花希望王心茹说得越多越好。这样一来，可以让大平的心有所觉悟、情感有所转移。

高立军已经觉察到大平的变化，他对王心茹说："行了，王心茹，没弄清不要胡说，像领导视察似的。我们就别在这儿乐了，走，去吃饭，我请客。"

几个人又到了高立军常去的那个饭店。

　　去往饭店的路上，许静茹问大平要不要把小平和夏新也叫来，大平摇着头说不叫了，咱们是在谈正经事。

　　饭桌上，他们压根儿就没有谈一件正经事。高立军在大学虽然是王心茹和许静茹的班长，但走进社会生活后，他和其他人没有两样。他安排王心茹坐上座，他和许静茹分别坐在两边。整个谈话尽说的是他们在大学时期班里同学的事，谁结婚了，谁和谁谈对象了，谁这几年挣钱了、当官了、进步了。说着说着，说到王心茹在学校的事。后来又不停地给最要好的同学打电话，王心茹打电话也是一口官腔。

　　坐在三个人的对面，大平和夏花只是默默无语地闷头吃饭。他们两个人也不交流，也不参与对面人的说话。时而会举起杯子敬他们，时而抬起笑脸言不由衷地配合着他们。

　　许静茹看着大平，觉得这样下去一定会伤了大平的心，所以她很少说话，她只听王心茹和高立军夸夸其谈。

　　正在大平和夏花感到别扭时，大平的电话响了。大平接了电话，兴奋地告诉许静茹："小凤回到住处了，她并没有回秦南。"

　　大平抬起头对高立军说："小凤回到住处后，听说是一个人在哭，我和夏花去看看，怕出什么事儿。"

　　高立军其实早已看出大平和夏花的不自在。他说："快去，看看到底是咋回事。"

　　大平和夏花终于像病人出院了一样，逃离了那个环境。俩人从身后拿起背包就走，大平刚走出门，又打开门叫许静茹出来。他把两千元交给许静茹，他说："你们不是一会儿还要找人吗？这钱拿着，给人家买些东西。"许静茹知道大平手头钱比较紧张，想推让，大平说："只要你同学开心，咱的事以后还要靠人家哩，放心吧。"许静茹接了钱反身，又坐在王心茹身边。

48 别 扭

其实，小凤这一天并没有回秦南的家。她去印刷厂重新把自己设计的那些东西做了修正，还做出了五个小型手提纸盒。她用小超市的地址，作为豆腐干西京总经销处的地址，还在箱子上加上了 QQ 号码和电子信箱地址。昨天晚上的事儿，小凤并没有生多大的气。她认为小平和夏新对母亲做形象代言人的话虽然说得过分了一些，但也符合情理。

她一上床后，什么事也没有想，并没有想为难小平和夏新。她心中想着自己的设计，想早点完成自己的设计。天刚明，她就走着去了北稍门，走进印刷市场。因为她手机昨晚没充电，所以也没有告诉夏花自己的行踪。

等小凤把自己一天的情况告诉了大平、小平、夏花和夏新后，大家这才放下了心。小平怨小凤说："你知道你这样做，多让我们担心吗？你已经是一个成年人了，怎么做事像个任性的小女孩？我们今天找了你一天。你快打电话给你妈，她还认为我们把你卖了呢。她在电话里对我说，你要是丢了，她会跟我没完，还要让我蹲监狱呢。"

小凤不以为然地说："我妈是那种人吗？我妈的一贯思维会是那样吗？你别猫哭耗子假慈悲。"

大平怕小平和小凤又顶嘴，他一边看着小凤做好的箱子，一边说："咱们的条码还没批呢，你这箱子咋就有了呢？"

小凤从床边站起来说："是虚构的，但是和真的一样，等你申请的条码批下来后，再改吧。"

夏花说："好了好了，为了感谢小凤今天的付出，我请客，咱们吃饭去。"

几个人散漫地走到街上，都不知道吃什么好。小凤说她想吃武汉热干面，夏花拉了小凤，大家一同去了一家武汉热干面馆。

吃过面，夏花、小凤、小平和夏新披着霓虹，向小超市连说带笑地走去。大平一边抽烟，一边慢腾腾地走在几个人后面想心事。他在想，自己要不要再回到高立军的住所去。

其实，今天是他心情最乱的一天。他预感到自己之后的生活会有一些变化。他知道这种变化是早晚要来的，也是做过思想准备的。但要这个变化真地来了，他还是显得很无助。他知道自己无法改变这种变化，学历和文化，是他和许静茹之间一道无法跨越的鸿沟。

许静茹给高立军洗了被褥、洗了衣服，这些细小的事情，他看得很仔细。晚上三个同学相聚，一下子刺伤了他的心。他突然意识到，许静茹是放在自家小水潭里一条灵动的鱼，一旦遇到一个大的水潭，这条鱼便会顺着水势而行，飞到大水潭里去。他不知道高立军是不是那个大水潭，但许静茹是渴望大水潭的。他明明知道自己没有资格在小水潭里养这么大一条鱼，可他心里总有说不出的痛楚。

大平一边想着心事一边漫不经心地走着，当他醒过神后才发现，一同吃饭的几个人早就没了踪影，他加快脚步向小超市走去。他进了超市，小平、夏新、小凤都在，就是没有看到夏花。大平问小凤夏花的去向，小平抢先告诉他："我们以为你和夏花姐在说事，怕打扰你们。我们先走了，没看到她啊。"

小平把倒好的一杯水递给大平问说："今天咋不见静茹姐，她人呢？"

大平一脸冷色道："她和高立军还有工商局他们的同学，一块儿吃饭去了。"

三个人相互对了一下眼神，都觉得许静茹没有出现是导致大平情绪低落的原因。没有人再说什么，大家都安静地坐在屋里。坐了好一会儿，小凤觉得如此坐下去实在没有意思，索性打开了电脑，看起电视剧。

正在此时，大平手机的音乐响了。一曲高亢的《山丹丹开花红艳艳》像一阵上课的铃声，把几个人的注意力全吸引到大平的手机上。大平很快按了手机，才发现是夏花发给他的短信。夏花要他到护城河边的大白杨树下等她，她告诉大平有急事要商量。

大平向三个人打了招呼，走出了超市。

果然，夏花就在那棵白杨树下。城墙上旋转的射灯灯光正好投到夏花的身上，远远看去，像一个很好看的电影镜头。

夏花见到大平，很平静地问他："是不是很痛苦呀？所以我想多陪你走走。你知道我这方法叫什么吗？"

大平停住了脚步，用目光盯着夏花的脸问道："叫什么？你说了些胡话，我咋一点也听不懂呢？"大平故意用秦北话对夏花说。

夏花说："别装了，大平同志，你看看，那边是三个高层面的大学生，这边是三个刚走出校门、怀揣憧憬的大学生。他们个个都有能力，显摆各自的理论知识。你说，咱俩显摆什么？什么都没有。所以，我找你出来吹吹晚风，干脆咱俩秀爱情吧。爱情是不需要学历和知识的，是人都懂。咋样？我这种做法叫门当户对。咱没有知识可咱有头脑嘛，不笨呢。"

大平再次用目光透过灯光去看夏花，他说："你没有喝酒吧？咋净说些我听不懂的话。"

夏花一把抓了大平的右臂说："别装了，大家心照不宣呢。我明显感觉到你的失落呀！你还装，走，咱们到西苑散散心。我要好好给你上一课，让你知道什么叫作门当户对。"

夏花看着被晚风吹散了的烟雾，有些失落地问大平："你在想什么？"

大平没有看夏花，他抽了一口烟吐了出来，接着又把烟雾吹开去，用低沉的声音回答道："我没有想什么，你想什么呢？"

夏花从裤兜里掏出一盒口香糖打开，去掉了绿色包装纸，也是漫不经心地回答大平。

她的回答还是重复着之前那句话："我没有想什么呀。我只想着，如何让你从痛苦中解脱出来。"

夏花低声慢语地问大平："我挽着你胳膊走了这么长一段路，你不会讨厌我吧？"

大平转过身，利用草坪灯的余光，看着夏花的脸说："咋会呢？感谢你还来不及呢。"夏花说："感谢我什么？"

大平向夏花身边挪了一下，把一双脚从地上抬到屁股下边坐到小泥台上，说道："感谢你的内容实在是太多了，却不知道从何说起。特别是对我弟弟的关心，胜过我这个当哥的。还有为我妈披麻戴孝，让折老板投钱给我。"

夏花说："咱们不提折老板行吗？"

大平说："那你恨他吗？"

夏花想了一会儿说："我没有恨过任何人。你想想，我父母走得早，我一个十来岁的女娃娃要面对未来，真的是不知所措。是他帮了我，虽然这种帮助让我付出了代价，但是我没有恨过他。要不是他，我可能还在秦北那穷山沟里为人做妻生子，要不就是到外地去打工，我弟弟也上不了大学。"

大平听夏花如此评论折老板，不知道为什么，心中产生了一种宽慰感。他问夏花对未来有什么打算。

夏花想了一会儿告诉大平："我的未来全靠你的呀。"

大平说："靠我？开什么玩笑，我又不能给你什么。"

夏花在一瞬间发出"咯咯"的爽朗笑声，她说："看把你吓的，我又不是要嫁给你。我是说，靠给你代销豆腐干呀。今天注册了豆腐干销售公司，这可是让我投了全资的。到时候你可不能不让我做代理，把我晃荡了。还有，就是不能让我没钱赚呀。"

大平说："从今天起，你我就是一根绳上的蚂蚱，咋会呢？但我们虽然是好朋友，可要做到货到付款哟。你可不能光走产品不付款，到时我会告你的。"

夏花说："八字还没一撇呢，谁知道将来会出什么问题。我做事的原则是：把握今天、幻想明天、应对后天、等待未来。没发生的事情不去想，发生了的事情积极应对，重情义、轻金钱。"

大平说："不错呀。几天没与你交谈，长进不小呢。"

夏花又问大平对将来有什么打算。

大平毫不思索地说："从做好豆制品加工厂以后，让自己做一个出色的企业家，当一个有钱人。用自己的钱，先改变家庭。"

夏花笑出了声说："不错，很伟大呀。那你个人的问题呢，何时和许静茹结婚啊？"

他瞪大眼睛看着夏花问道："我和许静茹结婚？你还真会联想。"

夏花一脸得意地说："那你想和谁结婚呀，总不能不结婚吧？"

大平停住了脚步说："说真的，我一天到晚，没有想过这件事。"

两个人踩着灯光，走出了城市西苑。向一家宾馆走去。

到了住处，大平看到一间豪华的房间，且是双人床，他有些责怪夏花太浪费钱了。夏花说："你是未来的大老板，从现在开始就应该学会享受的。"大平说："四处借着别人的钱，我自己却花钱享受。哪是一个干事业的人应该做的？那是败家子作风，我学不来。"

她深情地看着大平说："你说我们女人是不是都很贱呀，得不到的东西，却总是偏偏念念不忘。"

大平的心绪有些狂躁起来，他停了一会儿说："行了，在这种环境里别说这些话。"

夏花用头顶了大平的肩膀，并把他的胳膊抓得更紧，说："那就错到底吧，只要你不嫌弃我，我愿意让你一辈子犯错。"

大平用另一只手拍了拍夏花的肩头说："谢谢你对我这么信任，但这个错我不会犯。我们联合起来好好做事业吧。至于其他的，以后慢慢发展，行吗？"

夏花说："行。"

49 劝 归

第二天中午，大平怀着一颗纠结的心，去夏花的超市里动员小平，让他回鹿鸣川，帮自己搞好企业。大平告诉小平说：县政府要把鹿鸣川列为重点镇发展，要把鹿鸣川建成一个副县级城市。你想想，如果你回去，把自己学到的知识用于鹿鸣川的建设了，那是一件多么光荣的事情。

之后，他又对小凤说："小凤，你也是要回到鹿鸣川的。你妈一个人把你养大，你要回到她身边去为她养老呀。你们这样在这个城市待着，会有什么出息呀？"

几个人唠唠叨叨地说了一下午，还是没有做通小平和小凤的工作。大平无奈地说："随你们的便吧。"

大概过了几分钟之后，小凤低着头站起来，用缓慢的语气说："大平哥，你不要生气，我愿意回去。可回去能做什么呢？我也说不清自己为什么不愿回去，我总觉得这座城市是自己的。但每当看到街道里的车水马龙、看到眼前的高楼大厦、看到行走在街上的红男绿女，我就觉得这座城市又不是属于自己的。我也知道，在这座城市里自己是卑微的，但我又觉得好像很有精神、很有希望。我倒觉得大平哥你就是观念有问题。你为什么会对我们的抉择有看法？是因为你渴望我们每个人都应该像高立军一样，能说会道、敢作敢为、会想会干。可你要知道，高立军永远和我们不一样。再说，他也经历了人生的迷茫期。我认为，我们现在的抉择并没有错，我们爱着这座城市没有错。我们只是在用充实的生活磨炼自己，一旦我们经历了生活，度过了迷茫期，我们会有自己的抉择。不瞒你还有夏花姐，我设计的这些豆制品包装盒不光你们喜欢，那个北郊印刷厂的老板也看上了。她不但看上了作品，还看上了我的人。"

小凤说到此，小平一直低着的头忽然抬了起来，其他几个人同时也抖起神气，用吃惊的目光看着她。

小凤接着说："行了，你们大家不要紧张，那个老板是个女的。她对我设计的作品评价是：有思想内涵、有感情内涵、对色彩有先知先觉。她还希望我加盟他们的公司。而且，给我开的工资比夏花姐给的还要高许多。他们公司在北郊的一栋大楼上，我要是去了，就是白领了。"

大平转过脸看着夏花，夏花用一双大眼睛目不转睛地看着小凤。她甚至有些激动，她没有想到小凤是如此地把自己放在心上。她像一个母亲看到自己的女儿有了出息一样，心中充满着骄傲和自豪。她不停地搭眼轮流看着房间里的每一个人，想说什么却没有说出来。

小凤挥舞着她白皙的手臂继续说："我舍不得丢下夏花姐。我走了，这儿咋办？夏花姐在我们几个无路可走的时候收留了我们，我不能对不起她，我不能背信弃义。"

听了小凤的一番肺腑之言，夏花从床边站了起来。她快速地走到小凤身边，拍了拍她的肩膀，笑着说："傻妹子，这个城市，会设计的人可能不好找，但会卖货的人到处都是。姐放了你，你明天就去做白领，但姐要先考察一下，看看你说的那个老板，到底是男还是女？"

50　爱　情

　　一个白光光的上午，就这样在争论中过去了。大平为了说服小平和小凤回鹿鸣川，费了半天的口舌。通过半天的交流，他也彻底摸清了小平和小凤的心理，他打算放弃再做他们的说服工作。

　　他再去看小平，小平低着头，没精打采地坐在床边，目光中多了一些忧郁。

　　正在大平不知所措之际，许静茹穿着一袭艳丽的连衣裙和一双白色的高跟鞋，一扭一扭地走了进来，手中还提着一个精致的小坤包。看到许静茹神采飞扬的样子，屋子里的几个人有些惊呆。

　　此时此刻，不是大平为小平操心了，而是小平为大平操心了。夏花和小凤忙起身去迎接许静茹，两个女人围着许静茹的衣服，发出啧啧的称赞之声。小凤的称赞中多了羡慕，夏花的赞美里多了一丝狡黠。她故意把许静茹拉到大平面前问他："看看，人家城里长大的人，就是和咱们这些乡棒不一样吧！你看看、快看看，简直就是电影明星嘛。"

　　许静茹挥舞着手中新买的小坤包，带着歉意地对大平说："我那几个同学说，我要是不穿旗袍，可惜了身架子，所以就买了。"

　　大平一脸平静地从凳子上站起来，故意围着许静茹转了一圈。细细看过后，声音清亮地说："不错，干脆你给咱的豆腐干做广告代言算了。电视里一播，人们还以为是明星呢。"

　　其实，对于许静茹的变化，每个人心中都起了波澜。除了夏花真心地高兴外，其他几个人都表现出了不同程度的担忧。许静茹光鲜的旗袍，如何与大平身上咖啡色的 T 恤搭配？款式和色彩，显然是不协调的。

　　许静茹知道自己的举动，达到了自己想要的结果。看到小平、夏新和小凤离开，自己也提出还要和王心茹说事，就离开了。

　　晚上，高立军带着许静茹又设了饭局。这次他不再领着大家吃大餐了，他把大平和夏花、小凤叫到回民坊上吃了烤肉。在吃烤肉时，高立军告诉大平，他已经联系了近三十个秦南乡党。其中大部分是鹿鸣川南北和九龙山东西一带的人。他还强调，他找到了鹿鸣川那个在西京万寿路做药材的人。

大平兴奋地说："你一天到晚那么忙，咋有时间联系呢?"高立军歪了头看着大平说："是许静茹联系的。"

大平和夏花把目光投向许静茹，许静茹并没有穿她那身旗袍。她一边饮水，一边用手拭着嘴角说："过去实习，接触过电话销售。电话一打通，大家对建设家乡都非常有兴趣。"

大平举起啤酒瓶高声说："高立军呀高立军，你就是我肚子里的蛔虫。你是上帝派来给我指明方向的神灵，喝! 如果没有你，我金大平在这个世上怕是一事无成。如果有了你，我将拥有这个世界。"

大平的话尽管有些夸张，但大家知道他说的是肺腑之言，几个人同时举杯碰了一下。

51 自 信

第二天早上，夏花果然将小凤送到北郊的印刷厂去了。

夏花回到超市时，大平已经把几个人的早饭做好了。夏花刚进门，小平和夏新也进来了，夏花就把小凤去的单位告诉了大家。夏花说："小凤妹子终于熬到头了。"小平迫不急待地问夏花："小凤的老板是个啥样的人？"夏花说："也是我们秦北女人，人长得不咋样，但人家的事做成了，人家才是真正的女能人。不说别的，你把人家的办公室一看，光那屋子里的名人字画就把人镇住了。还有就是小凤那工作间，光鲜花就摆了几大盆子。人往房子里一走，就像进了一个小花园。那个清香呀，真真是醉人哩。"

夏花不停地说着，那边，大平已把四个人的早饭端上小饭桌。等大家坐定后，大平才告诉夏花，不该今天就把小凤送走。小平扭头用不解的目光去看大平，大平说："明天，高立军安排召开同乡会，小凤在可以帮忙呢。"

夏花喝了一口稀饭，微笑着扬起头，将头发向后甩了一下说："简单，一会儿给她们老板打个电话，让小凤早点回来就是了。小凤现在还是实习期，实习期不计工资。我和老板说好了，小凤是可以随时请假的。"

知道小凤找到了理想的工作，夏新和小平俩人的目光对视了一下，吃饭没了胃口。

到了洗脚坊，两人各自躺在洗脚床上，愁肠人对愁肠人，四只眼睛瞪了半天，都没有说话。上午，也没有客人光顾，两个人连动的心劲也没有了。

夏新在台阶上看了一会儿梧桐树，人没了踪影，他的电话却响了起来。小平拿起一看，是王颖打来的。拿起电话，他犹豫了，要不要按下接听键呢，正在他为难时，夏新拿着一袋花生米冲了进来。夏新对着电话说："是吗？严重不，要不要去医院？好，我马上过去。好，好，你等着。"

挂了电话，夏新将手机举过头顶，摇晃着向小平抛出一个怪怪的媚眼说："有点急事，出去一下。"小平知道他要去王颖那里，他故作做惊讶地晃着脑袋说："什么事呀，这么急的？"他还想把自己对王颖的分析告诉夏新，话到嘴边，却没有说出来。他怕伤了他的心，也怕伤了兄弟间的情谊。

　　夏新走了一会儿，又慌慌张张地返回来。回来后，把为人修脚的工具箱瓣里啪啦收拾好后又走了。他与王颖的关系，已经发展到不可停止的地步，小平为他捏着一把汗。小平多次问他王颖身后到底有什么人，他只告诉小平，王颖看起来是一个很有气势的人，其实是个非常简单和单纯的女人。

　　小平并不相信夏新对王颖的介绍，自从夏新开始为王颖上门服务后，王颖再没有来过洗脚坊，他也没有办法了解王颖。他有一个想法，如果大平的豆制品加工厂真地开业时，一定要请王颖去唱歌。到那时，夏新和王颖的举动，会让夏花看到。夏花就会注意夏新的行为，也许会了解王颖的背景。

　　这一天很奇怪，夏新走后，来洗脚的人却不少。才上午九点多，一下子就来了五六个。小平把所有的洗脚盆全倒上热水，泡上洗脚用的草药，然后两个盆子倒换着为客人们洗。有些老人或熟人，看到小平忙不过来，还帮他烧水、续燃料、倒用过的水。

　　吃过早饭后，大平就去高立军处找许静茹。高立军说要他们商量晚上开同乡会的事儿。高立军的房子简直就是许静茹的办公室，房子里电话成了热线。不是许静茹往外打，就是外面的人往里打。半天时间，电话的听筒都是热的。大平和许静茹商量，要把王雪峰也请过来。王雪峰听了大平的安排，高兴地说："我不但要来西京参加晚上的同乡会，还最少要带一个副县长来。"

　　中午，高立军下班后，大平催促他要尽快确定晚上吃饭的地方。高立军告诉大平饭店已经定好了，是一个三星级酒店，而且酒店的负责人还是秦南人。

　　这边，许静茹通过电话和网络，确定好了参会人员。接下来，高立军安排大平准备一个讲话稿。大平告诉高立军："晚上县上领导要来，我就不用准备了。"高立军说："那咋行？你一定要讲，你不讲就没有现实意义。领导讲的都是大道理，是宏观上的东西。你就现身说法，那样会更有吸引力。"说过，高立军又走了，把大平和许静茹丢在自己的房子里。大平想想也是，自己想拿到鹿鸣川这块项目的行使权，不付出实际行动咋行？他就开始准备讲话提纲了。放在过去，这样的事情，他是要和许静茹在一起商量的。现在，他不想和她商量了，他想按照自己的想法去做。

　　一切都在按部就班地向前推进着，所有的人都忙着自己的事。唯有小平心神不宁地在等待夏新的归来，令他想不到的是，夏新离开洗脚坊不久，手机关了。他想着心事，却得罪了一个正在被服务的顾客。

52 惊 恐

到了下午三点钟左右，洗脚坊走进来一个凶巴巴的胖子。小平搭眼一看，知道是个闲人，心里有些害怕。夏新一早晨出去，到现在还没有回来。电话也打不通，小平把所有的事情和夏新的不归联想在一起。他怀疑此人是不是来打探什么的。

小平正准备为其备水泡脚，他却将三百元钱拍在洗脚用的躺床上。小平极力掩饰着内心的恐慌，他把泡脚水放在来人的脚下，然后按正常程序为此人脱了脚上的拖鞋，他才发现此人的左脚安着假肢。一瞬间，小平头上沁出了汗水，双手开始微微发抖，他不知道如何清洗假肢。他先把假肢放进泡脚盆里，之后当为客人脱另一只脚上的鞋时，任他如何用力，那只脚却没有被他拿起来。小平抬头看着胖子的脸，他却向小平的脸上吐着一口令小平作呕的雪茄烟雾。烟雾中似有强大的力量，竟然把他推倒在地。胖子终于发话了，他对小平说："就洗左脚，但一定要洗干净。要洗得发红发亮，不留一星脏东西。"

小平从地上坐了起来，他从水中捞出了那只假脚，换了另一盆不放丹参药粉的清水，将假肢放进去。他再抬头时，看到胖子脸上的雾气少了许多。他对胖子说："药已经泡了，就洗了那只吧。"胖子又吸了一口烟，这回没有把烟雾吐向小平的脸，而是吐向空中。小平看到烟雾飞向空中，心里略微踏实了一些。胖子很配合，也将右脚放进盆中，一个人洗两盆水，这是他从来没有遇到过的。

将胖子的右脚放入水中后，小平并没有急于帮胖子洗右脚。他在想，用什么办法才能将胖子的左脚按他的要求洗干净呢？他想到了夏新的洗面奶，想到了牙膏牙刷。按下来，他按自己的想法开始实施，先用清洁剂洗了头一遍，用一条白色的毛巾擦干净了假肢上的水。然后，再用牙刷齐齐地涂上牙膏，轻轻地刷了一遍。最后涂上洗面奶，用双手再轻轻地揉一遍。果然，胖子的假肢被他洗干净了。

胖子仔细地看着他的一举一动，脸上渐渐露出了笑容。胖子说："找遍全城，还没有找到你这种弄法。大学生还就是不一样，脑子灵活得很嘛，你呀，这样做是在帮朋友。"说过，胖子把右脚伸到小平面前。小平擦了脸上的汗，接着为胖子洗了右脚。

终于，胖子满意地站了起来，小平将躺床上的钱全部拿给了胖子。胖子说："这是你应该得的。"说过，胖子给小平丢下一个奇怪的眼神，一摇一晃、得意扬扬地走了。

望着胖子在阳光下一闪一闪远去的身影，小平心里的恐慌再一次泛起。他又一次拨打了夏新的电话，还是没有开机。他关了洗脚坊的门，准备到小超市把夏新的事情说给夏花。正在此时，许静茹的电话来了。许静茹让他关了店门，立即到高立军住处去，说高立军安排让他和夏新晚上在酒店门口接待同乡会的人。

小平挂了电话正准备锁门离开，他大学时的班主任欧阳郴子，提着一个漂亮的手提包，神情沮丧地走进了洗脚坊的门。这是个会写诗而且有一定知名度的中年女诗人，虽然生活很讲究，穿戴很时尚，但生活的苦闷依然难以掩饰她的不幸。老师的丈夫他从来没有见过。他也听同学说过，老师的丈夫在外边养着女人。

老师进门后，将高级手提包往沙发床上一放，把自己瘦弱的身子狠狠地扔进沙发。然后点了支香烟，自己用一只脚蹬掉了另一只脚上闪着光亮的高跟鞋。

小平看着老师的样子，知道老师是在生气。老师脱掉了脚上的鞋，小平第一次看到老师的脚。小平正要向老师解释，他不能给她洗脚，他有急事。老师看出了小平的心事，她理解为他不好意思或者是怕她不给他钱。老师将自己的高级手提包，从白色的床单上拉到自己手边，从中取出一千元往茶几上一放，喷出一口烟对小平说："今天，洗也得洗，不洗也得洗，就是地震了，西京的城墙倒塌了，你也得给我把脚洗了。"

小平知道老师的脾气，虽然她是个老师，但她身上的诗人气质多于老师的修为。他看了看她一双白得泛出光泽的脚说："欧阳老师，我有急事，重要的事，误不得的，否则……"

欧阳老师的眼泪下来了。小平不再犹豫，立即从里间拿出一个专门为贵宾使用的红色木盆和新的白色毛巾，倒入热水，放入枣红色的润足液。

当小平把一只脚揉得差不多了，准备换另一只脚时，她开始哭了。由小哭到大哭，哭得小平无法再洗脚了。脚没有洗完，她挣扎着要走，小平为她擦了脚，穿上鞋袜。她便哭着从沙发上拾起自己的高级手提包，准备出门。

小平拉了她的手让她再休息一会儿，调整好情绪再走，可她仍旧坚持要走。小平无奈，只好反身取了钥匙，锁了门，将她扶到台阶下，拦下一辆出租车。

　　送老师到宾馆后，一直到晚上七点，他才急匆匆地跑出宾馆，伸手拦了一辆出租车。他坐在车上，望着窗外的梧桐树在想，这个女人，这个高贵而可怜的女人，原来也是平常人。他又在想，要是当年自己理解了她，也许自己的人生方向会是另一个样子。那么现在呢？

　　车很快到了洗脚坊门口，小平心急火燎地打开门，发现手机上有几十个未接电话，却没有一个是夏新的。他试着拨了一下夏新的电话，还是关机。他又给许静茹打了电话，电话通了，声音很嘈杂，许静茹让他立即去酒店。他换了衣服，在门口拦了出租车。

　　在去酒店的路上，小平想夏新一定是出事了，他突然想到下午那个胖子的话。

53 同乡会

同乡会组织得比想象得要理想。高立军计划邀请三十多个从鹿鸣川走出来的生意人，想通过召开一个同乡会，了解这些在西京把生意做得风生水起的鹿鸣川人对回乡创业的认知。没想到，一下子来了五十七个有实力的人，高立军兴奋得心花怒放。

会议自然由高立军主持，许静茹主讲。大平和过去在鹿鸣川开会第一次讲创业一样，用自己去秦北下煤窑的故事煽情。还有几个早期到西京的成功生意人，在主席台上发了言。小凤把自己制作的鹿鸣川地形地貌、物产、公路、水域和风土人情的幻灯片播放了一遍，使与会者的心里产生了对家乡的情感。

主席台旁边还设置了签约台，会议正开到一半时，李爱民西装革履地出现在会场。在高立军的介绍和鼓动下，大家拍手欢迎李爱民。高立军将李爱民拉上主席台，让他做经验介绍。虽然穿着西装，李爱民却不会讲话。他哼哧了半天说："总之，我在外边混了十几年，总是看别人的眉高眼低。我就想当个老板，让别人来求我，正好有这么个机会。其实，这样的好事，也是我早就想要的，没想到这么快就来了。"

李爱民发言结束后，进入参会人员提问阶段。坐在台上的高立军、许静茹和大平开始解答人们的提问。

有人举起了手，高立军从自己面前的座位表上看了一下，笑着对举手人说："我给大家介绍一下，下面要提问的是梁宏昌总经理。梁总是鹿鸣川五女石人。"

梁宏昌笑嘻嘻地站了起来，夏花很快将麦克风递给他。

梁宏昌用手摸了一下自己的光头，依旧笑着说："首先，对你们举办的这个同乡会，表示支持。为了表达我的心意，今天会上的所有花费，我全包了。"

梁宏昌的话一出口，掌声雷动。高立军、许静茹和大平从主席台上站起来，给梁宏昌鞠躬表示感谢。

接着，梁宏昌将声音扬得很高说："大家看看，我今年也是五十多岁的人了，从五女石走出来，游游荡荡在西京混了近三十年。大家再看看，我的头发都晃荡得没了。"梁宏昌说着，用手摸着自己的光头。大家报以热烈的掌声和轰笑，会场气氛一下子活跃起来。

梁宏昌不住地向众人鞠躬，接着说："其实呀，说心里话，我早就梦想着回到我的鹿鸣川去。古人说，叶落归根，我早就想归了。说老实话，我每次开车回去，总要站在山口，向北张望一番。那真是一片广阔无垠的沃土呀，平平展展。但又一想，这是多么好的一张可以画图的纸呀，就是没人去画。今天，我参加了这个会，听了台上几个朋友的设想，我的心思一下子活泛了。那块土地给了我生命，给了我力量，给了我人生的方向。它像母亲一样，养育着我。我总想，儿女大了，日子富了，可我们的母亲，还穿着破衣烂衫。我们为什么不去用我们的能力，为母亲做一件好衣服啊？我们有这个能力去做的呀。"

梁宏昌的话还没有说完，有人站起来吼叫着说："说得好！"并引领鼓掌。许多人举起了手要求发言。

在西京做石雕生意、五十二岁的时达站了起来，他戴着一副时下人们很少戴的圆形石头眼镜，从梁宏昌手中接过麦克风，清了清嗓子说："刚才梁总说的，也是我想说的。鹿鸣川把我养大了，而我只是顾着自己在外边活得风光。我的鹿鸣川还是那样地在受穷受屈，我的心有些不甘。过去有首歌唱道，谁不说俺家乡好。是呀，我们的鹿鸣川是好。可现在的好是什么？地里长庄稼不是好，地里长出金子那才是好呀。"

又是一阵热烈的掌声响起。

接下来是一些年轻人的发言，有人提出在鹿鸣川先搞房地产开发，有人提出要在鹿鸣川搞旅游，还有人提出在鹿鸣川建一条唐人街，还有人提出要建制药厂。

在西京开办建筑公司和园林公司的张文龙，坐在后边。四十多岁的他，心中装着一个梦。西京钟楼和大雁塔上的霓虹灯全是他安装的，他的梦想是在鹿鸣川搞旅游开发。张文龙接过小凤递上来的麦克风，并没有直接讲话。他从自己座位下面提起一个沉甸甸的手提袋，微笑着走向主席台。

他双手小心翼翼地打开自己提上来的手提袋，从中捧出一尊金光闪闪的镀金"五女石情"雕像，把雕像双手恭敬地递到高立军手中，接着，声音洪亮地说："乡党们，我想死你们了。"

台下发出一阵激烈的笑声。

张文龙接着说："想死你们了是不真实的，想死我们的鹿鸣川是我的真心话。为什么我要这样说呢？我真的想让我们的鹿鸣川美起来、富起来、漂亮起来。刚才高立军同志说，要开发鹿鸣川旅游，其实这个想法，我早就有了。我在想如何运用我们的旅游资源，让我们的母亲们、父亲们过上好日子。我们的鹿鸣川呢，和其他地方搞的旅游相比，历史、文化、人文、自然风光、交通条件，哪一样也不比它们差，可就是没人做。我们要是真正做起来，一定比它们所有的风景内涵都丰富，大家说是不是？"

众人齐声说"是——"。

张文龙将麦克风拿离嘴，低了声音问高立军："高总，我这样说是不是太有情绪了？对不起呀，我真地是太激动了。"

高立军说："张总，我们要的就是让大家畅所欲言，放开说。"

张文龙重新把麦克风放回嘴边说："好了，我这个人啊，心直口快。为什么呢，是我恨铁不成钢呀，我真的是想在鹿鸣川做事呀。今天说得不好，请大家不要见笑。另外呢，我今天是有备而来的，凡是今天参会的人，我都有礼品送给大家，每人一份'五女石情'，大家要不要？"

"要——"众人异口同声地回答着张文龙并热烈鼓掌。

张文龙终于把麦克风交给了高立军，高立军正准备对张文龙的讲话做一番点评，台下又有人举手要讲话。那人接过高立军递上来的麦克风，用非常标准的普通话说："各位乡党，大家好。大家可能对我还不熟悉，我叫范志伟，是咱们鹿鸣川南马头山上樱桃沟人。"

范志伟的话音刚落，台下掌声雷动。大平立即对高立军耳语道，范志伟是鹿鸣川第一个留学美国的人。高立军点了点头，他也听人说过这个人。

范志伟接着说："首先，我们要感谢高立军先生。是他们以无私的开拓精神，帮我们鹿鸣川人圆各自的梦想。来，大家用热烈的掌声，对他们的付出表示感谢。其次，我们要感谢金大平先生。我是鹿鸣川第一个出国留学的山里人。回国后，虽然一直生活在北京，但我的心，一直被鹿鸣川牵系着。我是做理论研究的，不能像你们一样做实业。这些年来，我一直在研究农民工进城的课题。听了以上几位经理的发言，我很兴奋。我为远方的那块叫作鹿鸣川的土地感到骄傲，因为它养育的儿女没有忘记它、没有辜负它。我的想法是，我也想参与你们的创业工作，虽然我没有钱，但我可以用鹿鸣川给我的知识和头脑，来协助大家，好不好？具体的一些想法，我会形成文字。到时候我们回到我们的鹿鸣川去讨论，好不好？"

范志伟的讲话还没有结束，又有一个中年女性急匆匆地走上主席台。她从范志伟手中夺过麦克风说："我非常赞同大家回家的想法，但我有一个问题需要和大家讨论。因为今天，我们在这里说的、做的，只是一次民间的乡党聚会，没有政府官员，没有具体政策。我们大家的想法，县上会不会同意？国家对土地把持得那么严格，我们的创业园能不能解决用地问题？"

这个三十多岁的女人叫李亚妮，在西京城做餐饮，她要问的话，也是会场上许多参会人员想要问的。她的话刚一出口，台下一时躁动起来。有人高声喊道："就是呀，就是的。没有政策支持，我们就是回去了，到哪儿要地去呀？"

高立军拉了范志伟坐在自己身边，并示意许静茹为范志伟打开矿泉水。他从李亚妮手中接过麦克风，对大家说："是这样，今天这个会，是我和大平同志组织的一次摸底会，主要是想了解一下大家的想法。至于政策方面的问题，请大家放心，如果大家方便的话，希望大家都回到鹿鸣川，我们进一步和政府对接。"

"不用等到那一天，今天就可以讲给大家。"高立军的话还没有说完，秦县长和王雪峰推开会议室的大门直奔主席台。

高立军见状，兴奋地对着麦克风高声说："乡亲们，这就是我们秦南县的秦县长，大家欢迎。"

原来计划只开三小时的会，一下子开了五小时。秦县长和王雪峰没有想到，高立军和大平竟然有如此能耐，在西京召集如此多的人。其实，小凤早就把他们领到开会的地方，王雪峰让小凤不要告诉大平他们自己和秦县长来参加座谈会的消息。

秦县长讲到最后，激动地站起来，对台下人说："今天晚上，我代表秦南县政府，邀请大家共进晚餐。"

54 失 踪

三天时间过去了，夏新还没有出现。

在这三天时间里，小平不断地接到欧阳老师打来的电话。欧阳老师还来过一次洗脚坊，小平不在，她为小平留下一张纸条。纸条上的内容是一首诗。

小平将欧阳老师的诗，翻来覆去读过几遍，眼泪便出来了，他为一个可怜的女人在流泪，也为欧阳老师担心，他怕她会出事。

夏新的失踪，是令大家不可想象的事情。大平和许静茹原本计划召开完同乡会的第二天，就返回鹿鸣川，但是现在找不到夏新，他们哪能回去呢。

夏花早就提出要报案，小平一直阻止着不让报。他说他能找到夏新，可三天时间过去了，他找遍了能找的所有地方，还是没有夏新的消息。他知道夏新的失踪与王颖有关，可王颖的电话和夏新一样，三天来一直处于关机状态。

开完同乡会后，高立军和许静茹被秦县长用车拉回了秦南市。本来秦县长让大平一块回去的，大平听说夏新失踪了，并没有和他们一起走。大平把夏新失踪的事告诉了高立军，高立军说："也许是和哪个女人一起私奔了，不会有什么大事。不要急于报案，等他回来后再说。"

大平问他何时能办完事情回来，高立军说是今天晚上。

秦县长向市上领导推荐了高立军和许静茹，他一直想开发鹿鸣川，苦于没有成熟的想法。听王雪峰说，高立军、许静茹、大平，一直在谋划开发鹿鸣川的旅游，他也与高立军私下接触过几次，加之高立军的父亲在部队时，是自己的上级，现在担任着副市长。他想，于公于私，他都应该向组织推荐高立军这样难得的人才。

当地市委的意见是，人才可以引进，但身份只能以企业人才进入，公务员需要考试，而高立军压根就不想进入公务员队伍。市委的意见早已明确了，只是市委领导想听听高立军对开发鹿鸣川的具体想法。

座谈会上，高立军将自己早已准备好的设想，向常委们做了汇报。领导们听后激动不已，当即决定，先将鹿鸣川农民工创业园交由高立军负责。形式以企业模式招商引资，政府给一定的启动资金，团队由高立军组建。

晚上，高立军和许静茹刚回到西京，就赶到夏花的超市与大平他们会面。他没有听大平和夏花说，而是直接把小平从小超市叫到护城河边上，让小平给他说夏新的私生活。

小平原本是不想说的，但夏新失踪三天了，他不能不把实话告诉高立军。

高立军问小平："知道王颖住的区域吗？"小平说："不知道。"高立军让小平想想，还有什么事的发生能与夏新的失踪联系起来。小平想了一会儿，告诉高立军："有两件事情可能有联系，一件是夏新失踪的那天下午，有一个装着假肢的人来洗脚。我帮他洗好后，他对我说：我为他洗脚，是在帮我的朋友。我当时没有弄清他说此话的意思是什么，后来夏新失踪了，我才明白夏新的失踪与他一定有关系。可这几天来，我也在找那个装有假肢的人，都没有打听到他的下落。第二个是过去王颖身边总跟着一个漂亮的女生，相当于王颖的保镖，可后来那个女的再没有来过。有一次无意间，我听那个女的说她也是毕业于你们财经学院。"高立军问："那个女的叫什么？多大年龄？长得什么样儿？"小平一一做了描述。高立军问小平："那个女的在说什么话时提到她毕业于财经学院？"小平说："是我们在一起谈论到大学生就业的话题，那女的说她毕业几年了，还没有一份正式工作。因为家里穷，弟弟又在上大学，需要花钱，她没有办法，才给王颖做秘书。"高立军问小平："王颖具体做什么工作？"小平的目光对着城墙上的霓虹灯看了一会儿说："王颖好像没有什么正式工作。"高立军再问："王颖是个什么样儿的女人？"小平回答："是南方人，她说自己也是上过大学的，是在南方上的。她说她喜欢西京的城墙，就到西京来了，她每次来，总开着一辆红色的保时捷，身上有浓浓的香水味道，是那种外国的香水味道，很呛人的那种。"

听了小平细细地说完之后，高立军对小平说："夏新一定是被人绑架了。但你放心，绑架他的人不会伤害他，可能只是想教训他一下。"

小平点了点头，表示同意高立军的分析。高立军让他不要把夏新的私生活告诉任何人。他郑重其事地对小平说："有没有什么办法能找到王颖的照片？只要有了王颖的照片，夏新就能顺利地回来。"小平说："原来洗脚坊电脑里有过的，后来被王颖删掉了。有几次我看夏新一直试图想从电脑里找回王颖的照片，但都没有找到，也许是夏新的技术不行吧。"

高立军说："那还真是夏新的技术不行。是这样，你带我去洗脚坊，我来找。只要你们那儿有网络，我就能找出来。"说过，高立军给大平打了电话，让他们放心休息。他故意把说话的声调提高了几度说："让大家放心，只要有我在，夏新就能顺利地回来。"

高立军在洗脚坊挑灯苦战了两个小时，终于从电脑中找到了王颖的照片。不但找到了王颖的照片，连他们同学任子函的照片也找到了。原来为王颖做秘书的那个女人是他同班同学，也是同乡的任子函。

高立军将小平为他泡的咖啡，在嘴边轻轻地抿了一下，然后把整个身子转向小平。他认真地用目光看了小平一会儿，示意小平坐。看到小平坐在自己面前的小凳子上，高立军故意把自己的声音放到最轻微的程度问小平："小平，其实夏新失踪的事儿，你还有什么没有说清楚。我想有些事可能与你是有关系的，所以你就没说。"

小平缓缓地抬起头，看着明亮的台灯下，高立军亮晶晶的眸子，像士兵面对将军信誓旦旦般地说："没有，真地没有。"

高立军进一步逼着小平，他说："夏新失踪，可不是一件小事，你还真要好好配合哩。不说别的，就夏花对你的好，我们可是看在眼里。如果夏新真地找不到了，你想想，夏花会是什么样子。"

小平把目光投向门外，在做着激烈的思想斗争，他已经知道夏新是被人控制起来了。控制夏新的人，八成是包养王颖的人，但为了保全自己，他决定不告诉高立军在自己身上发生的"那件难以启齿的事情"。

高立军自然有他的办法，他觉得小平应该知道更多的事情。既然小平不想说，那就有他不想说的道理，他决定用自己的办法寻找夏新。在小平面对门外想心事的时候，他开始在电脑上打出一份寻人启事。

小平只听到电脑键盘在啪啪作响，他以为是高立军工作累了和谁聊天或者是在玩什么游戏，没想到高立军让他看的却是一份寻人启事。高立军完成了寻人启事后，转身让小平看，却没有看到小平的人。他以为小平睡了，起身去了里间屋子，却没有发现小平。他拿起手机正要给小平打电话，小平却端着一碗热腾腾的馄饨进了门。小平把馄饨放到电脑前，压低声音有些神秘地告诉高立军，他看到那个假肢人了，他正和一帮人在外边吃烤肉呢。

高立军并没有小平想的那么激动，他知道那个人是在附近观察小平的行动。有人把夏新控制起来，肯定会安排人观察洗脚坊的动静。高立军想了一会儿对小平说："你把我打好的寻人启事，打出十份给我。我走后，你关灯关门睡觉，但不要关手机，我会随时和你通话。"

小平急匆匆扑到电脑前一看，扬起头对高立军说："错了，你打错了呢。我们在寻找夏新，你咋打成了'寻找三个失踪的大学生'？"

高立军头也没有抬，一边忙着吃馄饨一边说："你往下看，就知道了。"

小平接着看下去，原来高立军的意思是除了寻找夏新外，还要寻找王颖和任子函。他问高立军："为什么寻找那两个女人？"

高立军把空碗放到一边，站起身伸了个长长的懒腰对小平说："同时寻找三个人是一种创意，三个大学生同时失踪了，是不是有新闻效应？这样一来，控制夏新的人还能坐住？"

小平突然想起，他在报社实习时，那些记者经常挂在嘴边的一句话——新闻，就是能产生效应的东西。他对高立军更加敬佩了。

55　灞水议事

凌晨三点，夏新有气无力地敲打着洗脚坊的门。

小平打开门，夏新满脸是血的回来了。小平忙将夏新扶进门，让他躺在床上。小平正准备给大平他们打电话，夏新阻止了。他对小平说先不要声张，弄点吃的给我，等我缓过气儿了再说。小平打开门，门前夜市的摊位已经全部撤了。他穿过小街，到大街上给夏新买了馄饨和包子。本想等夏新吃完后，听他说说几天的经历，没想到夏新刚放下碗筷，便倒在床上睡着了。小平知道夏新是遭人暗算了，于是帮他擦了脸和脚，脱掉身上的衣服。等他睡踏实后，帮他洗了带血的衣服，小平还查看了他身上的伤。除了鼻孔出血外，没有地方再出现伤口。

夏新表现出非常疲惫的样子，过去睡觉时从来没有鼾声，此刻的鼾声如夏日的闷雷。他在想，夏新一定是被人折磨所致，真不敢想，那些控制他的人，用了什么方法折磨他。

街道上传来人们的说话声，有人在敲洗脚坊的门。小平打开门，大平和高立军披着明晃晃的路灯，站在门外的台阶上。

两个人进了门，细细地查看过夏新之后，认为没有大伤才放下心。小平把他从夏新衣服里搜到的 U 盘交给了高立军，他告诉高立军，他本来是要看的，没有看，不知里面都有什么东西。

高立军接过 U 盘在手上仔细地看了看，又将 U 盘在鼻子尖下翻来覆去地嗅了嗅，再一次直视着小平的目光问："真没看？"小平语气肯定地说没有。高立军已经断定手中的 U 盘是王颖的，因为他嗅到了一股法国香水的味道。紧接着，夏花带着许静茹和小凤进了洗脚坊。高立军对几个女人说："没什么事儿，可能是同学聚会喝多了。你们在这儿看着，万一不行带着他上医院检查一下，我和大平还要去见一下秦县长。秦县长和王局长一直在宾馆里等我们。"说过，高立军拉着大平急匆匆走出了洗脚坊。

高立军挥手拦下一辆车，拉了大平钻进去。出租车沿着护城河东行，像极了要追赶太阳的夸父，在道路上奔跑得那么急切。

秦县长见到高立军问他："小许同志怎么没来呢？"高立军告诉他许静茹筹备会议忙碌了多日，身体有点吃不消，休息了。

秦县长说："小许同志是个有思想、有开拓精神的好姑娘。"

听秦县长如此说，高立军知道他是一个干实事的人。他想，只要秦县长还能在秦南干下去，一定对农民工创业园和旅游开发会有支持。

王雪峰怕秦县长骂骂咧咧的粗话引起高立军和大平对秦县长的误解。秦县长挥手压住了王雪峰的解释，他对王雪峰说："你呀，不用给我打圆场。高立军是谁，我对他的了解可比你多，这小家伙，小时候还尿过我的裤子哩。对对对，也尿过你的裤子，你记得不，那年在新疆你忘记了？"

三个人一直说些与工作无关的事，大平插不上嘴，只有聆听的份儿。

大约聊了十分钟闲话，才开始说正题。正题也是秦县长和高立军在聊，大平有一种失落感，他产生了想离开的想法。王雪峰看出了大平的想法，他将大平叫到自己住的房间，问大平有没有想法把鹿鸣川创业园的基础工程担当起来？大平这时脸上才有了笑容，他对王雪峰说自己没有经验，但可以试着做，信心倒是有。

王雪峰告诉大平，可以和高立军联合起来做。他还告诉大平，工商局可以给他二十万元，让他把豆腐加工厂开业仪式做好。他说："这是对你的考验，也是对你能力的测试。如果创业园第一炮打响了，引起了县政府重视，秦县长在市里能说起嘴，后面的许多事儿就好办了。"他最后用目光紧紧地盯着大平的眼睛说："秦县长想让高立军回来担任创业园副主任，让许静茹也到创业园工作。这样一来，你的加工厂，可能要重新招聘管理人员，你要有个思想准备。"

大平的脸在一瞬间爬上了忧色，但很快就做了调整。他勉强地笑着说："这是应该的，他们都是有专业知识的人，应该能挑起这副担子。这样安排是最好不过的了，你说人家许静茹，一个女大学生，让人家到咱的个体作坊来做豆腐，也有些说不过去。"

王雪峰还问了大平和许静茹感情发展情况，大平告诉他自己从来没有那样的想法，自己是半斤还是八两自己知道。王雪峰亲切地将手搭在大平肩膀上笑了一下说："没有想法就好。你还年轻，先把事业做好，再考虑成家的事也不迟。"

大平从王雪峰的话语中，听出了一些端倪。他幸庆自己没有与许静茹发生感情上的事，如果真要是那样，不但对不起高立军，也会给许静茹心灵上带来创伤，他为自己的抉择感到兴奋。他又想，如果没有了许静茹来协助自己，自己还有没有精神头办这个加工厂。他知道，自己当初选择创业，是许静茹遇到困难时，想帮她选择一条出路。但是，现在这种抉择，于她已经没有意义了。

王雪峰是生活阅力丰富的人，他知道自己的一番话，一定会在大平心中掀起波澜。也许一心想着帮大平创业的姐姐，不理解大平的心思。他从大平对许静茹的言行举止中，早已感觉到大平之所以要创业，就是为了许静茹。现在秦县长要把许静茹从大平身边抽走，这是他没有想到的。他怕大平受到打击，所以他提前把此事告诉了大平。他也知道，这样的安排，一定是高立军父亲的意思。阮佳仪出国后，高立军的父亲在一次吃饭时，曾给他和秦县长说过，让他们留意身边的年轻人，有合适的给自己儿子找个对象。

高立军和秦县长两人，在宾馆的房间里整整谈了两个小时，中午十二点时才谈完，高立军过来叫大平和王雪峰一块儿去吃饭。秦县长打电话叫来司机。高立军问秦县长想吃什么。秦县长让高立军找一个农家乐，他说："将来真正把鹿鸣川开发起来，我们先从农家乐做起。你给咱找近的、有特色的。"

几个人到酒店负一层，高立军提出由他开车。秦县长拍着车身笑着说："你有驾照吗？"高立军嘿嘿一笑，边开车门边说："我亲爱的秦叔，把'吗'字去了好吗？咋不信老侄呀。"

高立军从酒店把车开出来，一口气开到灞河边。秦县长坐在副驾驶座上，看着高立军开车的潇洒劲儿，扭过头对坐在后面的王雪峰笑呵呵地说："我要是有个女儿，一定要这小子做我的女婿。"他用手拍了拍正在开车的高立军的肩膀。

王雪峰的目光一直在浏览灞河两岸迷人的风景，听了秦县长的问话，忙不迭地收回目光说："只可惜，我们都养了个和尚。"

高立军把几个人带到水上餐厅，饭很简单却很有品位。菜全是农家乐风格，就餐环境让几个人大开眼界。

吃过饭后，包括司机在内的一行五个人，一边从灞河堤岸往南走，一边说着话。上了岸，他们站在岸边欣赏着一河清波和美景。高立军提议大家合个影，秦县长对王雪峰说："记住，我们创办的农民工创业园，目的是改变我们县的财政收入哩。你这个小金，一定要带好头。你的名言我可记下了——'带着感情去创业，带着感情建设家乡'，说得多好。让鹿鸣川真正成为美丽乡村，留住我们的人，带回我们的钱，增加我们的财政收入，改变我们的一切。"

秦县长滔滔不绝地讲着，不时地挥舞着手臂。高立军不停地拍着，大平在自己的笔记本上记着。高立军调整好相机焦距，挥手让司机帮忙拍照，他自己跑过去站在秦县长左边。

返回途中，高立军提出让秦县长的司机开车，他说："我就不送你们了，我和大平还有别的事儿。"司机把高立军和大平送到纺织城。两人下了车，大平脸上浮现出失意的状态。高立军知道大平为什么失意，所以他没有问。

56　无异常

　　送走了秦县长和工商局局长王雪峰，高立军和大平又把精力投入处理夏新事件中。返回城中心的途中，在公交车上高立军把自己对夏新失踪的分析，一五一十地告诉了大平，他希望这件事，大平不要对任何人讲。他对大平说："这件事不能就这么结束了，要有一个适当的结果。到底是什么样的结果？我心里也没底。"他让大平去洗脚坊安慰夏花他们，自己去了一家报社，欲找几个同学商讨对策。

　　大平匆匆忙忙回到洗脚坊，发现一切都很平静，像什么事儿都没有发生过一样。洗脚坊里，只有小平和夏新，没有客人。小平在电脑上修改创业园开业时要朗诵的诗歌，夏新在读一本关于农村管理方面的书。大平觉得好奇，一心想生活在大城市的夏新，为什么会突然读起关于农村发展的书。夏新告诉大平，他不想在这个城市待了，他想到乡下去发展，像他一样带着感情去创业。大平听高立军说，夏新出事后，任何人都不再问他失踪后都经历了什么。大平在洗脚坊坐了一会儿觉得无趣，便去了夏花的超市。超市也和平常一样，一切都很安静。

　　小凤去了北郊标牌市场，许静茹在电脑上敲打创业园开业的仪式的内容，夏花在货架上整理东西。看到大平进来，夏花停止了手中的活计，问大平吃饭了没有，没吃可以给他下面条。夏花发现大平的脸色有些灰暗，不知道发生了什么事儿，当着许静茹的面也不好问，但她知道一定是发生了什么重要的事，绝不会是关于夏新的事。

　　为了调整大平的心情，许静茹把小凤几天来设计的创业园开业时的舞台背景、礼品袋和请帖的样式，打开让大平齐齐看了一遍。大平看后表示非常满意，许静茹却说："总体不错，但色彩还是不够鲜艳，颜色的基调有些沉重。"

　　大平不了解设计，对色彩不是很敏感。他看着许静茹的眼睛，微微笑了一下说："等高立军回来后让他定，高立军定什么就是什么。"此话听起来合情合理，但敏感的许静茹，已经从大平的话中听出了别的味道。是什么味道，她一时也说不清，她把它理解为大平敬重高立军的意思。她知道这样理解有些牵强，但眼前只有如此理解，才能使各项工作往前推进。她在心里说："我也是自欺欺人呢。"

两天后，王颖带着任子函来到洗脚坊。她支走了小平，与夏新谈他工作的事。她问夏新愿不愿去一家外资企业，比如城南的三星公司什么的。夏新听后心里咯噔一下，他没有看王颖。他紧紧盯着任子函看了半天，之后收回目光想了一会儿说："我考虑一下，后天给你答复吧。"王颖说："如果愿意，金小平也可以和你一起去。"

王颖和任子函走后，夏新才发现自己脸上不住地往下流汗。也是在那个时候，全省正在招聘第三批大学生村官。

等小平进了门，夏新便从床上下来，坐在洗脚榻上，不住地捏着自己的脚心对小平说："我不想在城市待了，想换个地方生活。城市固然好，感觉自己并不适合生活在这里。"

小平问他有什么打算，他说他想报考大学生村官，他问小平报不报。小平抬头看了看门外的风景，想了一会儿说："咱们一心想留在这座城市，目前看来，还真是美梦一场呀。我要是报了村官去了农村，那小凤咋办。"

夏新一边整理榻上的毛巾被一边说："你也可以和小凤一起报呀，招大学生村官，有个条件，只能在户口所在地报。可我，实在不想回到秦北去，哪怕让我去秦南某个偏僻的地方，我也乐意。"

小平知道受了伤害的夏新想逃离这座城市。他将一个红色木桶抱在怀里想了想说："那你就报我们家乡吧。高立军他们计划开发鹿鸣川，你试着报鹿鸣川吧。你不是说特别喜欢鹿鸣川那个地方吗？"

夏新抱着毛巾被走到门口，将目光盯在街对面一棵梧桐树上，看了很久说："可以试试，不过我真的很喜欢你们鹿鸣川，山清水秀的。主要是山上有树，不像我们老家，山全是光秃秃的。"

小平放下木桶，开始用一条黄色的毛巾擦拭桶底。擦了一会儿，他抬起头说："我没有去过你们老家，但过去看过一部电影，叫《一棵树》。还真是的，你说那么多的山，为什么就不长树呢？"

两人说着、干着，一股香味，从门外飘了进来。

夏花和小凤双双跳进门，小凤喜气洋洋的样子，手中拿着一张报纸，夏花抱着一个花纹西瓜。夏花将西瓜往电脑前一放，身子往沙发上一坐，将小凤手中的报纸抢过来甩给夏新说："你们看，政府又招大学生村官了，我看不行，你们俩也报着试试吧。"

小凤找来毛巾在桌面上擦西瓜，扭头对坐在一边的小平说："这回和前几次不一样，这次可以选择异地申报，不限户口所在地了。"

小平扭头问小凤："你也报吗？"

小凤看着小平的眼睛说："我舅舅让我报，我也不知道咋办？"

接下来四个人都没有说话，而在此时大平进来了。他站在门口看过四个人后，对他们说，他要回到鹿鸣川去。那边的厂房、设备全部到位了。厂里的人已经生产出了一批豆腐，感觉味道质量都不错，让他回去看一下。

不知何时，高立军出现了。他听说大平要回鹿鸣川，一脚跨进门，双手拍了拍大平的肩膀说："你可千万不能走，北京来人了，咱俩要接待人家哩。"

夏花说："是不是上次你说的，路遇的那几个退休后做什么鸡的师傅要来西京。"

大平拉了高立军，绕过洗脚的四个人到里间坐下后，高立军说："这可是咱的宝贝，我给你说还真地是。不要说西京了，就是西北地区，都没有北京人做的那种素鸡啊。"

大平想了想，仰起头看着高立军，声音低沉地说："我手头钱花光了呀，我得回去取钱啊。"

听了大平的话，门外几个人同时把目光投向里间的两个人。夏花在门外问他们："两万元够不够？"说着，从口袋中掏出一张银行储蓄卡递给夏新，让他将卡转交给里间的人。

大平没好意思接那张银行卡，高立军从床边站起来说："有人给钱还不是好事。来，给我，密码是多少？"夏花说："随后我告诉你。"

高立军从里间出来，站在门外对众人说："北京只来了两个人，是一对夫妻，花不了多少钱。我们要记住一点，不要认为人家是工人出身就怠慢人家。人家是我们请来的师傅，也许他们的到来会为三秦大地带来一个豆制品新品种。"

高立军的话刚一说完，所有人不由自主地鼓起掌来。

57　北京来客

　　第二天中午，高立军和大平从机场航站楼接到北京来的刘师傅夫妇后，刘师傅一句话，打乱了高立军的所有计划。他们刚在二号航站楼前接到刘师傅夫妇，刘师傅操着地道的北京话说："小高呀，咱先去你说的什么川，看看你们说的秦南豆腐，到底能不能做成素鸡。我就是个做豆腐出身的，最大的愿望就是将自己的手艺传给年轻人。让大西北人也能吃上我做的素鸡，那才是我这次西北之行的最大乐趣呀。"

　　高立军抢过刘师傅的提包说："咱去宾馆，完后再说行程。"

　　高立军开着小轿车缓缓驶出了机场，眼前一片广阔。浃浃渭河，映照出粼粼波光。周围高楼林立，柳烟笼罩，如诗似画。远处，终南如黛，巍然昂立，与云相接，宛若仙境。

　　坐在后座的刘师傅夫妇，望着云朵下的终南山兴奋地说："和北京一样美呀，城市也是依山而建哟。"

　　高立军目光盯着前方说："那就是秦岭。刘师傅听说过秦岭吧？"

　　刘师傅从后边，将头架在前座中间空位置说："听说过。我儿子说，秦岭是咱中国人的父亲山，今日远眺，真是我三生有幸呀。"

　　高立军的车在加速，瞬间躲开了一个超车，才慢慢地把速度减下来。他说："赶明日，我们还要穿越秦岭腹腔呢。到那时，我们可以将父亲山踩在脚下呢。"

　　大平的电话响了，许静茹告诉他，同盛祥的羊肉泡馍安排好了。

　　到了饭店，刘师傅吃了羊肉泡馍后，对高立军说："味道和北京的不一样呀。我在来西北之前，还专门和你师娘在北京找了挂着西京名号的羊肉泡馍吃了两次呢，为西北之行做准备嘛。但北京开的馆子和这里的完全不是一回事嘛。"

　　高立军扶着刘师傅走在鼓楼广场上说："我也有这样的感觉，有一次，我去桂林出差，在火车站吃了一碗米粉，感觉特别好吃。可回到西京，甚至到别的城市，再也找不到那种味儿了。"

刘师傅一边用牙签剔牙，一边说："这就是人们常说的，一方水土养一方人、养一方物，这也叫作物离乡异。关键是在水土和工艺上，咱们这次恐怕也会出现这样的问题。就是我把做素鸡的工艺，毫不保留地教给你们。但你们做出来的，肯定和你在北京吃的味道不一样。"

几个人打着饱嗝，满头大汗地行走在偌大的广场。中午时分，火辣辣的太阳挂在钟楼顶上，空气一下子热了起来。刘师傅夫妇脸上不住地往下滚着汗珠，许静茹从自己红色挎包里取了纸巾递给客人。

穿过广场中心花坛，大家来到钟楼广场，刘师傅用手遮着太阳，细细地欣赏着钟楼。之后，又转身看了鼓楼一会儿，收回目光对高立军说："这西京呀，不枉是千年古都。这钟鼓楼的保护，比北京还好呀。"

高立军上前一步说："刘师傅，明天上午，我安排人带您去一下兵马俑。当您看了兵马俑之后，您可能对西京还有新的认识。"

刘师傅停住脚步，仰头看着一只盘旋在钟楼顶上的风筝说："先不去兵马俑，咱先去看你们的豆腐。上次你在北京说，你们秦南的豆腐非常好吃，我真想早日尝尝呢。要不，咱现在就走。"

三个人与刘师傅夫妇一起踩着阳光，穿越钟楼盘道。刚走进钟楼饭店大门，高立军发现王颖和任子函站在饭店门口。两个人见了高立军，急着上前打招呼。许静茹用怪异的目光看着气质优雅的王颖，任子函发现了许静茹，一脸兴奋地跑过来，拉了许静茹的手摇了摇向她问好。许静茹一把将任子函揽入自己怀中说："这几年也不联系我。"

任子函抽开手，帮许静茹整理着被风吹散的头发说："虽然没联系，但你的消息我可是全知道。听说现在开始创业了，要我不要？我也想加入你们。"

许静茹用手整理着任子函的衣领说："当然欢迎了。不过，我做不了主，唉。"她用嘴指了大平说："老板在那儿呢，我也只是个打工的。"

高立军看到许静茹和任子函有说不完的话，感到她们冷落了站在一边的王颖，他对她们说："走，进去喝茶。一楼有茶秀，你们去那儿好好聊吧。"

座位是王颖提前订好的，大家落座后，刘师傅却没有坐下来。他对高立军说，他中午有睡觉的习惯，要午休一会儿。他还告诉高立军，他起来后，一定要去秦南呀。否则，晚上就回北京。

刘师傅的爱人知道老头的脾气，她将高立军拉到一边告诉他："老头是个倔脾气，还是先去看你们的豆腐吧。你不听他的，他说走，还真地敢走呢。"

高立军答应了刘师傅的爱人，他示意大平送他们上楼，自己坐下来开始喝茶。

　　高立军坐下后，任子函忙向许静茹介绍说，王颖是自己的好朋友，是她在南方打工时认识的。王颖说她喜欢西京，她们就一起回来了。

　　许静茹用欣赏的目光看着王颖，问她，"想不想去我们秦南看看？我们下午要去秦南的，也就是任子函的老家"。

　　王颖双手一拍兴奋地说："好呀，去。听任子函说，他们老家的豆腐特别好吃，一直馋得我流口水，有这么好的机会，为什么不去品尝一回呢？"

　　三个女人不停地说着，高立军插不上话。他看到王颖快乐的样子，在心里说：这是个什么样的人呢？出了那么大的事儿，好像一切都没放在心上。他决定拉她一块去秦南，他在想，说不定这个女人，能搞到钱帮大平哩。

　　高立军将大平叫离了茶桌，把之前的安排调整成第二套方案。他还告诉大平，他有事不能去秦南，让大平安排好在鹿鸣川接待刘师傅夫妇的事宜。大平告诉高立军，王颖和任子函也要去秦南，要不要带她们去。高立军用目光去寻找正在喝茶的王颖，他看到的是王颖的侧面。

　　其时，任子函正看着高立军，高立军挥手叫来了任子函。他问任子函，王颖真地要去秦南吗？任子函告诉他，在之前，王颖就要去她家看望她父母。高立军说："那就一起去吧，正好安排了商务车。"

　　高立军伸开手整理了一下大平卷起来的 T 恤衫领子，对他说："刘师傅是一个朴实的人，到了鹿鸣川，他有可能要住到小凤家，你提前告诉小凤的母亲。"说过，三个人重新回到茶座继续喝茶，等着刘师傅夫妇。

　　宾馆大厅墙上的挂钟，北京时间刚到两点，刘师傅夫妇拿着行李从电梯里出来，大家为他们让了座位。喝过茶后，刘师傅坚持马上赶赴秦南。高立军笑嘻嘻地对他说："那你们就去吧，我单位有事不能前往，还要刘师傅原谅。"他亲昵地握着刘师傅的双手说："等您回来，我要亲自带您好好看看这千年古都。"

　　刘师傅双手摇着高立军的手说："我就喜欢直来直去，更喜欢和你们年轻人在一起，你忙你的事就是了。金经理，我们出发吧。"

　　大平坐在副驾驶的位置，刘师傅夫妇坐在中间位置，许静茹、王颖、任子函坐在后排。

　　车行至秦岭山脚下时，高耸的玉山映入人们的眼帘。刘师傅问开车师傅能不能停车，师傅告诉他前面有个服务区可以停。到了服务区大家下了车，刘师傅拿出照相机，兴奋地对着屹立在蓝天下美丽的玉山"啪啪"一通拍照。

　　大平走到刘师傅夫妇身边，为他们拍了照片，然后，指着右侧巍峨的秦岭对刘师傅说："这就是秦岭。"他招呼所有的人过来，以秦岭为背景拍个合影，大家很自觉地配合着他的要求。之后，他又为刘师傅单独拍下了一张照片。刘师傅笑着说："你们将来要是用这张照片做广告，我可是要收取肖像权费用的哟。"

大平一边调整相机开关，一边对刘师傅说："放心，刘师傅，我一定付给您。"

刘师傅眺望着远处的秦岭动情地说："真是一个好地方。不过我倒觉得，这个玉山，远远看去像日本的富士山呢。"

王颖瞪着一双水汪汪的眼睛问许静茹，到了冬天这儿下雪吗？许静茹说："下呀。我们上学那会儿，高速路还没有通。每年放寒假遇到下雪，我们常走的那条山路非常难走。有时，还会在雪夜里待上一晚上哩。"

王颖吸了一口气，微笑着说："刚才刘师傅说，这座玉山像日本的富士山。我想如果下了雪那肯定非常好看，比日本的富士山还要好看。"

车行驶到灞塬时，开车的师傅问大平，要不要下高速，按高主任的要求，走小路去看"仓颉造字"的地方。

坐在中间的刘师傅听到了司机的问话，将头伸到大平耳朵跟前，告诉大平："哪儿也不去，我们先做正事吧。"

大平扭转头对刘师傅说着什么，刘师傅着急地说："不行，不行。我做了一辈子豆腐，就是没有吃过你们秦南的豆腐。我要先吃到你们秦南的豆腐，要是再吃不上，我可要流口水了。金经理，小高的指示要服从，可我千里迢迢来吃豆腐，你总不能不满足我吧。"

许静茹将身子向前移了一下，对大平说："金经理，我看是这样，咱先满足刘师傅，回来我们再去看风景也不迟。"

刘师傅俏皮地将身子转向车后座的许静茹，抓住她的手说："我看，只有小许理解我。这以后，我只听小许丫头的。金经理，你给小高打电话让他安排，我在你们西北的所有活动，只能由小许给我下命令。"

刘师傅的夫人，拽回了老头伸出去的那只手说："你这个傻老头，人家小高是让你多长见识呢。"说着"呵呵呵呵"地笑起来。两个老人一笑，全车人附和着他们。

车到秦南县城刚下高速，王雪峰已经在收费站的出口处等着他们。大平先下了车，将刘师傅介绍给王雪峰，同时向刘师傅介绍了王雪峰。王雪峰双手抓住刘师傅的手，开心地说："欢迎您，刘师傅、刘夫人！刘师傅，此次能够邀请到您来为我们指导工作，就连这里的山水也生辉呀。走走走，饭已经安排好了，就等您入座了。"

刘师傅从王雪峰手中抽出手，扳过他宽厚的肩膀说："感谢，感谢。不过，我们刚在西京吃了羊肉泡馍。这会儿，连吃进去的大蒜还没开始消化呢。是这样王局长，我要先到金经理的豆腐厂去看看。小高请我来，是要在西北做出北京人爱吃的素鸡，我可不是来吃山珍海味的哟。"说过，刘师傅双手拍了拍王雪峰的双肩，抓住他的手摇了摇，一头钻进了大平的车。他怕王雪峰再拉自己，立即拉上了车门。

大平在外边推了一下刘师傅的车门，转身对王雪峰说："这个刘师傅呀是个急性子人，也是做实事的人。我带他们先去厂里看看，晚上带他们上来吃饭吧。"

王雪峰无可奈何，他只好趴在车窗上向刘师傅打招呼。

车刚进入鹿鸣川，一股清新的气息从车窗钻进来，浸润了人们的心脾。

小凤母亲听说从北京请的师傅想吃秦南豆腐，早早地领着厂里的工人做好豆腐宴。大平他们的车刚开进院子，一股做豆腐的浆水味儿从屋子里散发出来，钻进了所有人的鼻孔。

58　假肢人

不知道为什么，夏新的脾气越来越暴躁，动不动就与客人争吵。

这一天，假肢人又来洗脚了。小平不在，夏新不知道如何为假肢清洗。他不知道假肢人戴着假肢，也没有看假肢人的脚。脱了鞋便按平常习惯，将假肢放入红色的液体中。假肢人看到自己的假肢变成了红色，愤怒了，他抬起另一只脚气呼呼地朝夏新的胸脯就是一脚。

夏新知道自己惹事了，他忍受着疼，从地上爬起来时。假肢人又用那只脚，将洗脚盆踢翻在地。他用拐杖指着夏新的脸凶巴巴地说："他妈的，知道不？这可是进口的产品，一万多。取钱去，要不，老子今日废了你。"

假肢人的那一脚，将他从幻想中拉了回来。他看到假肢人从洗脚床边拾起一个东西正要砸向他，便匆匆地跑进里间躲了起来。正在此时，高立军领着穿着警服的王刚锋进了门。

假肢人举着烟灰缸的手还在空中，像一个从楼顶吊下来的物件。他看到警察，物件像断了牵系的绳索，烟灰缸"咣当"一声落在地上，声音很刺耳。

王刚锋叉开双腿站在假肢人面前，笑嘻嘻地说："呵呵呵，在这儿练上了，是不是希望再安个假手呀？"

假肢人看到了高立军，忙从躺椅上起身，却又被高立军按了回去。王刚锋坐在另一张榻沿上对假肢人说："稳稳地坐着，聊聊。听说你最近接到一笔不错的生意是吧？是不是与三个大学生失踪案有关系，是在这儿说呢还是到局子里说？"

假肢人像放了气的皮球，重重将屁股落在海绵榻上。他并没有急于辩解，只是从口袋中抽出一支烟点燃吸着。他的目光没有看穿警服的人，而是目不转睛地看着高立军。

高立军从地上捡起一条毛巾，擦着自己的三接头皮鞋对他说："兄弟呀，相识不是一天两天了。有些事儿不能做过了，过了就不好玩了，做事要为自己留后路，否则没有人能帮你。"

假肢人说："其实，我今天来，也是为这事。想听听他的想法，没想到，他竟然给我的假肢染上了颜色。你看，我能不生气嘛，你说这事咋办嘛。"

高立军伸手摸摸假肢说："'凉办'，换一个吧。不会是怕没钱吧，这回这单生意，可是不小的数目哟。怕换十个假肢，全用进口的也花不完呀。"

假肢人张了张嘴欲说什么，被高立军用手势阻止了。高立军接着说："钱到你手上，怕是没落下几个。你跟着别人弄事，都不知道别人是在如何欺骗你？你还冒着风险屁颠屁颠的，行了，该弄啥弄啥去。咱是兄弟，人家可不一定要和你们这些人做兄弟。人家是在利用你，用完了，你什么也不是。"高立军用目光将假肢人的目光引向穿着警服的王刚锋脸上。

假肢人从地上找到鞋子，穿上，扶着洗脚床缓缓站起来，一摇一晃地走了。下完台阶后，他又用手将高立军招呼到自己跟前，对他说："兄弟，哥爱听你的。你是一个有头脑的人，做事有数，兄弟佩服。"说完，一摇一晃地下台阶走了。

王刚锋看到假肢人对高立军的态度，佩服地说："你呀，高立军，啥人你都交，吹死牛都不眨眼的。"

夏新端着两杯咖啡从里间走出来，他感觉自己像一个被人脱光衣服的小丑，亦像一只不敢见阳光的地虫，放下杯子又回到里间去了。

小平去北郊和小凤商量要不要报考村官的事。小凤的回答很干脆，她说："有机会当然要抓住，为什么不报呢？"小平说："如果我报了，我回到秦南，那你咋办？"小凤说："'凉办'。咋办，是秦南，又不是海南或者南极，有情岂在朝朝暮暮？放心吧，金小平，是你的，永远都是你的。若不是你的，放到枕头边，也会飞走。"

其实，舅舅王雪峰对小凤的未来已经做了安排。他知道这批学生，如果按政策考公务员肯定不行。他想先把小凤安排到农民工创业中心，然后再想办法转正。他把自己的计划说给姐姐，叮咛姐姐不能对外透露任何风声。小凤上次回家，在和母亲的谈话中，探到了舅舅的计划。母亲没有明确告诉她，她知道是舅舅有交代。她只是想在西京多学些东西，当然如果有好的单位和工作，她还是乐意留在这座城市的，毕竟这座城市和老家是不能相提并论的。

这天晚上，夏花单独约了高立军吃饭。他想从高立军口中，探到弟弟失踪的真正原因，高立军自然不会告诉她事情的真相。她又问高立军："大学生村官是个什么工作，弟弟说他要去当大学生村官。"高立军告诉她："大学生村官，就是让大学生下到农村工作，担任村干部。"她问他最终会不会有出息，他告诉她当然有出息，干得好将来可以担任乡长、镇长，甚至是县长、市长、省长。夏花说："那就让他去报吧。"她告诉高立军，夏新说他认识一个主管大学生村官的人，只要他愿意，去任何地方都可以。高立军说，那就让夏新去鹿鸣川呀。正好都是熟人，也许对大平创业还有好处。

夏花兴奋地说："来，我敬你，这顿饭我没白请你哟。"

其实，两个碰杯的人，各自都有各自的想法。高立军想的是，如果将夏新安排到鹿鸣川，不但对大平有好处，对自己将来的事业也有好处。他还有一个想法，如果有一天，自己真地能和许静茹走到一起，那么夏花和大平结合将是最终的抉择。那样，不也是水到渠成的事吗？无论从哪方面讲，都是非常理想的设计。再是让夏新离开这座城市，不但对夏新好，对大家都好。说不定，将来夏新和王颖也能走到一起呢。

夏花的想法，基本上和高立军不差上下。她想，如果夏新能去鹿鸣川，帮大平把事业做成，那不正好给自己与大平创造了机会吗？正在两个人准备从餐桌上站起来撤离时，大平打来了电话。大平在电话中兴奋地告诉高立军，刘师傅把素鸡做成了。刘师傅说，鹿鸣川的水质好，做出来的素鸡比北京的还好吃。

天还没有黑下来，他们重新坐下来。高立军让夏花打电话邀请夏新、小平和小凤一起来吃饭，以示庆祝。

吃饭的过程中，高立军告诉了夏新和小平，他准备离开这座城市，回到秦南去创业。他谈了自己的想法，说要把鹿鸣川建成西京的东花园，希望他们能帮助他、支持他。

夏新说："明天我就报名参加村官考试，我就报鹿鸣川。"他摇着小平的肩膀说，"你也报吧。我可是帮你建设家乡呀，你总不能连家乡都不爱了吧。"

夏花告诉他们：从明天开始，洗脚坊关门谢客。你们好好去复习，考村官吧。

59　传　艺

　　北京请来的刘师傅夫妇，在鹿鸣川只待了三天，就待不住了。不到两天时间，小凤的母亲和秋娥做出来的素鸡和刘师傅做出来的不差上下。用刘师傅的话："你们这儿的素鸡，比北京的好吃。关键是你们的水好，真真正正的山泉水，没有污染。还有，就是这空气，没有雾霾。"

　　刘师傅在鹿鸣川的三天时间里，一次也没有去县城，他住在小凤家。王雪峰过来看过几次，秦县长也来慰问过，还带走了刘师傅做的第一批产品。秦县长对小凤母亲说："多带点，我要在常务会上让大家都尝尝。"他知道小凤母亲是王雪峰的姐姐，他压低声音对她说："姐姐呀，不要心疼你这些东西。给你换回来的，可是成千上万倍的价值。"事后，姐姐问王雪峰，县长的话是什么意思？弟弟告诉她，秦县长要用你们的产品，向常委会给你们要扶持资金呢。

　　到了第五天，刘师傅说他要走。大平给王雪峰打了电话，王雪峰安排车到鹿鸣川将刘师傅和大平、许静茹接到县城。王雪峰没有看到王颖和任子函，问大平："那两个姑娘呢？"许静茹告诉他，任子函将朋友带到她家去了。王雪峰让许静茹打电话，问他们在哪里？让车接他们到县城吃饭。许静茹打了两个人的电话，一个也没有打通。

　　晚上，秦县长出面宴请了刘师傅，刘师傅一兴奋便喝多了。他说："我的手艺传遍了祖国四面八方，也吃过许多地方的豆腐。说真的，这个秦南豆腐呀，还真是独一无二的。"说过，人便坐不住了。大平和许静茹将刘师傅扶回宾馆。秦县长对王雪峰说："这个高立军，真是个难得的人才呀。咱们去了北京多少次，还有你在北京学习了多少回，咋没有想着把北京的素鸡给咱引进来呢？"

　　王雪峰双手捏着耳廓，扯了扯，摇摇头说："是呀。"

　　秦县长用手指头轻轻地敲打桌面说："你能找出原因吗？为什么高立军这小子能想到，我们就想不到呢？我们天天高喊着招商引资，全是唱高调子。没有人那么细心去研究问题、思考真正的出路呀。"

王雪峰从耳朵上取下手，摊在桌子上说："我们也没有必要自责，时代不同了，高立军这一代人，生活在信息时代。信息主导着这一代人的思维，哪是我们能赶上的？我们这一代人，可以说还是停留在传统思维上。就是口中喊着'招商引资'、喊着'这是个信息时代'，其实，在很多时候，我们没把信息这一块太当回事，少了活学活用的本事。"

秦县长从茶壶里给自己和王雪峰一人倒了一杯茶水，喝了一口，对王雪峰说："你呀，不但要把农民工创业园办好，也要把这个高立军给我带好，带出个样子来。这小子，前途比你我广阔哩。还有你姐家的女儿，还有那个金大平的弟弟，统一先撂到创业园里。只要是好苗子，哪个温床不育种？这个金大平，就是一个活生生的例子。等他把企业做起来后，想办法送他到省委党校去学习，给娃弄个正儿八经的文凭。一是圆了娃的大学梦，二是给娃树立信心。咱们这些人，为啥与人家那些科班出身相比就底气不足？缺在哪儿，你知道吗？文凭不过硬嘛。"

王雪峰又说："我想，光靠金大平将创业园搞起来怕有些力不从心。毕竟他只是年轻人，没有经历过大事。"

秦县长将手握成拳头，往桌面上一砸说："高立军呀，放着现成的人，为什么不用呢？"

王雪峰眉毛挑了挑说："这是不是要和老高请示一下。"

秦县长说："请示什么？只要小高乐意，你放开手脚大胆地用就是了。老高那儿，我来说。"

不知道什么时候，许静茹和金大平开始偷听秦县长和王雪峰的谈话。许静茹听了几句便走开了。金大平坚持听到最后，当听到秦县长说让自己上党校进修时，不知不觉间眼泪流了下来。

原计划安排刘师傅去看"仓颉造字"的，刘师傅说什么也不去。他摊开双手对几个年轻人笑嘻嘻地说："以后有的是机会，自己在这儿有了徒弟，想什么时候来都能来。这一次出门时间有些长，不立即返回去怕孩子们担心。"

晚上，大平将刘师傅的想法，电话告诉了高立军，高立军说："那就按他的想法办吧。"他还告诉大平，多带点儿土特产。大平问："带些什么？"高立军说："木耳、香菇、核桃、天麻、灵芝。"

60　入职仪式

时入六月下旬，鹿鸣川的天气开始热了起来。

新一轮大学生村官，在市委组织部培训完后陆续到岗。夏新如愿以偿，被分配到鹿鸣川镇鹿鸣川村，担任了村委会主任助理。小平被安排到庙岭村，担任了代理村主任。

五六辆车拉着十几个大学生村官和镇干部进了山沟。一些生长在平原地区的学生，感叹山里风景之秀丽、空气之新鲜。只有小平低着头，从车上拿来小凤母亲带给他的纸杯子和茶叶，为大家倒水。

毕业后，在城市遭遇的种种困惑，使他对大平有了新的认识。他一下子明白了大平身上的许多东西，正是自己没有的。除了小平之外，其他大学生，个个都是喜气洋洋的样子。

现在，只有夏新能理解小平此刻的心境。他像半个主人似的，落落大方地帮小平为镇上领导和自己的同行者端茶倒水、敬烟点火。

入职仪式很简单，却很庄重。大家把一条横幅挂在金发财家竹园旁边的两棵核桃树上。十几个大学生面对着横幅，秦镇长和镇上干部站在横幅下。一名副书记宣读了县组织部分配的每个大学生所去的村庄和职务，然后由秦镇长讲话。

秦镇长的讲话很简单却很深刻。他说："我希望大家，丢掉过去的一切。面对这秀丽的风光，只有放下过去，才能创造未来，我希望今年参加入职仪式的每个同志，带着感情当好村官，真正将自己当作一名真正的村官。"

不知是谁，带头鼓起掌。一时间，掌声惊跑了栖息在核桃树上的一群鸟儿。

送走了镇上的人，小平留了下来。黄昏时，父亲领着他为母亲上了坟。父亲让他把自己回来的消息告诉母亲，他在心里对母亲说了自己的想法。

这一天，金发财心里很痛苦，为了给小平凑学费，妻子将命丢了，可弄了几年，儿子在城市逛了一大圈，回来却把自己的村主任官帽抢去了。这是咋回事啊？他心里实在想不通。

　　这一夜，小平和父亲睡在土炕上，很久都没有说话，父子二人都睡不着，干脆起来坐在月光下饮茶。饮了一个时辰的茶，还是无话可说，金发财自己睡去了。

　　小平一个人出了庭院，他想好好品品这皎洁的月光，看看这个被岁月冷落了的令他心疼的村庄。月光还是这么亲切，他抬头看着挂在天空中的月亮，心里产生一丝悲哀。他在想，这月亮不就是母亲吗？月亮还在，可母亲永远离开了这个养育她的村庄，母亲要是在该有多好，母亲可以化解他和父亲之间的心理矛盾，还可以鼓励他做好村上的工作，可现在，只有不会说话的月亮，用像母亲一样温暖的光辉，抚慰他痛楚的心。

　　人，只有到了制造记忆的地方，才能找回记忆。小平在城市生活了六七年，整天忙忙碌碌，从来没有想过这些事情。

　　他在村上转了一圈后回到庭院，这个夜晚，他突然感觉自己长大了，一个人竟然敢在这寂静的夜晚，漫步在村外的山路上，就连远处各种地虫的怪叫声，他也一点儿不害怕了。父亲也没有睡着，他没有听到父亲的呼噜声，他知道父亲是无法入睡的。他为自己倒了一杯水，拉了一把小木椅，再度坐回庭院的月光中。

　　小平一个人默默地坐到天亮，一直到太阳从他小时候熟悉的那个山垭上，慢慢地爬起来，他才从沉重的思考中苏醒。他没有办法改变父亲对他的抱怨，虽然父亲什么话也没有说，但他知道父亲心里是多么痛苦，他无法找到合适的语言去安慰父亲。

　　父亲房子的电话响了，电话是镇政府办公室打来的。打电话的人对小平说，镇政府要求他在三天时间内，将自己如何推动庙岭村的发展，做个切实可行的计划，报给镇政府办公室。县委和市委组织部还要备案，作为对他们这一批大学生村官考核的依据。

　　父亲起床后，什么话也没有说，就去了鹿鸣川镇。他知道父亲是在躲他，他想这样也好，省得两人在一起相互制造别扭。

　　父亲走后，他开始准备计划，他想健全村上的领导班子。父亲担任代理村主任后，几乎没做过一件与村主任职务相称的事，顶多是家里多安装了一部固定电话，用于为村里的留守老人传话和与镇政府联络。

　　看着父亲远去的身影，小平想一个人在村上开始调研，虽然自己并不知道村上的情况，但如何开展工作，县委组织部培训时所讲的流程和方法他熟记于心。一条山沟，四个村民小组，蜗居在三条深沟里。他计划用两天时间，走访所有在家的村民和察看山水林田路。

第三天晚上，他将四个小组的干部叫到家里开会。算上村委会会计和副书记，应该到会的是七个，可实际到会的只有四个人。

说是开会，他却不知道要说什么。他心里有许多话要说，有许多想法要落实，可面对几张胡子拉碴黑乎乎的脸，他连说话的兴趣也没有了。

二组组长刘永林，是个瘸子，一条腿长，一条腿短。别人都外出打工，他也出去过许多次，人家工地上的老板不要他，他只有回来。全村百十口人，只有他是忠诚的土地捍卫者。别人笑话小平上了几年大学，回来还是个农民。在小平去他家时，他不但让妻子给小平煮了四个荷包蛋，还烙了煎饼。他的一句话，更使小平深受感动。他说："娃呀，能当上大学生村官，好赖也是领国家钱哩。哪像我家刘丹，比你还早毕业两年，现在还在西京城混哩。不知何时才能找个正经营生呀。"当时小平就想，如果要搞好村上的工作，刘永林是个必不可少的人物。

在西京时，小平见过几次刘丹。毕业后，刘丹先在一家超市做收银员，后来做家教。再后来，干起了家政，最后又做了催奶师。两个人曾经在一起谈论过未来，刘丹说，自己没有未来，自己的未来就是让父母过得好一些。

一脸毛胡子的四组组长丰年说："小平呀，你呀，不好好在西京工作，为啥要回来呀？没事干，为啥要和你爸争这么个烂村主任，有什么当头呀？要当，美美弄个镇长、副镇长干干，那才解馋哩。可惜你妈呀，为了给你弄学费，把命都送了。可你弄了半天，在西京城转了几年还是转回来了。这不还是个农民嘛，说明什么呢，说明你娃没出息呀。人家有出息的娃呀，上了大学，不是进了省上的机关，就是坐进高楼大厦，用电脑指挥千军万马哩。"

小平紧握双手，并没有说话。他走到门口的月光下，将两只手相互捏着，指节发出清脆的响声。他在门外踱了一圈，用目光齐齐看过每一个人之后，声音洪亮地说："我请你们来开会，好酒好烟把你们供着。咋了？还喝出事了，还喝出笑话了？今天的会，暂时不开了，你们回去，好好想想。如果还想管组上的事，每人写出一份工作计划。如果不想干，同样给我写一份辞职申请。明天晚上，还在这地方相聚，散了。"

小平望着几个人出了院门，绕过晒场边的竹园，走上小河边的村路。月光如水，月光中行走的人像魑魅魍魉。小平返回家收拾了酒桌，开始倒在床上，读一本《中国农民调查》。

村庄里，除了远处夜鹰的叫声，什么声音也没有。

61　怨　气

　　金发财揣着一肚子闷气，忧心忡忡地走到鹿鸣川时，已经快中午了。刚入街头，他却不知道自己要走向何处。去大平的豆腐厂吧，那儿没有自己的位置。去雪青家吧，算是怎么回事？正在他站在月亮河岸边的柳树下犯难时，秦镇长的小车已经缓缓停在他身后。秦镇长远远看见了金发财，让司机减缓了车速，将车停在金发财身边。他并没有下车，而是打开车门，一把将金发财拉上车。车开进镇政府机关大院后，秦镇长扶着金发财从车上刚走下来，大平开着一辆崭新的面包车进了镇政府机关。大平的车上坐着许静茹和夏新，他们是向秦镇长汇报豆腐厂开业筹备工作的。王雪峰交代大平，有什么事儿，先要向秦镇长汇报。

　　大平看到父亲，有些喜出望外，他忙从车门里出来，拉了父亲的胳膊，准备扶父亲一同进秦镇长的房间。令他没想到的是，父亲却气咻咻地甩开了他的手。父亲的举动，将大平弄得十分尴尬。秦镇长和许静茹过来拉了金发财的肢膊上了台阶，秦镇长向大平抛出一个奇怪的眼神说："你爸呀，来兴师问罪哩。你弟弟夺了他的权，心里窝着火哩。"

　　几个人先后进入房间，秦镇长挥手让他们坐下。他笑着对金发财说："老金呀，世事就是这样呀，老了，你就得承认自己就是老了。咱也不是外人，说实在话，你呀，很令镇政府失望呀。你说，让你代理了这么长时间的村主任，你竟然一件事也没办过，反而村上上访的人还比之前多了。你说说看，镇上给你安装了电话，发挥了什么作用？现在，儿子接替你了，你还不乐意？你也是当过兵的人，也是有胸怀的人，难道你就没有让庙岭这个地方变好的想法？"

　　秦镇长一席话，说得金发财像泄了气的皮球。秦镇长知道他心里想什么，他并不是生气二儿子夺了他的官位。他生气的是，自己辛辛苦苦供儿子上大学，弄了半天回来还是当农民。金发财这次到镇上来找秦镇长，想让他将儿子从庙岭调到别的地方。虽然金发财没有向他说过，但秦镇长已经猜透了金发财的心思。

在农村工作十多年，秦镇长还是了解农民的心思的，他是不会答应金发财的。所以刚一见面，秦镇长就给了金发财一个下马威。也许当着大儿子的面，不应该批评眼前这个老实巴交的农民，但他有他的想法，大平带领农民工创业，这不是一件小事。

气氛不太理想。在场的几个人，全被秦镇长的一席话给压住了，这也是秦镇长想要的效果。

看人们都愣着，秦镇长对许静茹说："小许呀，麻烦你给大家泡茶，拿里面最好的茶叶来。"

茶杯放在茶几上，几个人围着茶几坐下来。秦镇长坐在他红色的办公桌上，他屁股下的黑色皮椅不停地来回转动着。他接过许静茹递过来的茶壶，给自己铝合金的杯子里添上水说："老金呀，我知道你的心思。只有金小平同志担任庙岭村的村主任是最合适的。"

金发财接过秦镇长递过来的烟，点燃说："你咋知道我的心思？"

秦镇长答非所问："去，到财政所，把你这几个月的补贴领了，不要在镇上待了。你还是要回去，守着庙岭，把握大方向。记着一点，庙岭的工作就是配合金大平的豆制品加工厂，知道吗？"

金发财嘴张了张，想说什么，没有说出来。他真不敢相信，秦镇长一下子看透了他的心思，还能说什么呢。他从沙发上站起来，痴愣了半天说："党组织真是火眼金睛。看来，庙岭和这鹿鸣川一样，要变了。听你的，我走了！"

金发财从镇政府出来，并没有去财政所，他感觉肚子饿了，不由自主地去了雪青家。不知道为什么，雪青像一条无形的线，总拽着他的魂儿。老伴去世后，他的双脚一踏上鹿鸣川的地盘，总想往雪青家去。他想把自己的想法说给雪青听。他唠唠叨叨说了半天，雪青听得眉飞色舞。

雪青挥舞着铁铲说："'世界是你们的，也是我们的，但是归根结底是你们的。你们青年人，正在兴旺时期，好像早晨八九点钟的太阳，希望寄托在你们身上。'你说，毛主席的话，多带劲儿。你看咱们这些娃，呵，是不是个个都有了正经事做。今日开心，我给咱多弄几个菜。一会儿把秋娥他们几个叫来，咱喝酒美美庆祝一下，把你腔子里的气赶出去。"

金发财摸了摸头上黑白相间的短发，用火棍敲打着灶台说："我看你呀，能当老师，不管对啥事都充满了希望。也是呀，你这人身上有股子劲儿，人家官话叫活力，励志得很嘛。"

雪青用筷子打着青花瓷碗里黄亮亮的鸡蛋说："人可不就是活一股劲儿嘛，咱们有了劲儿，娃们看着放心呀！我可不像你，屁大个事，总是拉着个脸，给谁看哩嘛。咱不但自己要有劲儿，还要给娃们做样子哩，你说是不是吗？"

两个人正说着话，一个穿着白色衣服的女人，悄悄地走进灶房。金发财忙从灶堂里站起来，惊讶地说："郭大夫，快进来，快进来。"

雪青让金发财到锅台上看鸡蛋，她拉了郭大夫走出灶房。

其实，郭大夫是雪青专门请来吃饭的，她想让郭大夫帮她捅破她和金发财之间的那层窗户纸。

两个女人在中堂说着话，金发财炒好鸡蛋。堂屋的方桌上已经有雪青炒好的五六个新鲜时令蔬菜了。

雪青让郭大夫脱了她的工作服，对郭大夫说："快脱下来，请你来吃饭，穿着个白大褂儿像出诊似的，让人别扭。"

秋娥和几个帮工陆续走进堂屋，秋娥脱了工装挂在门后的钉子上，将双手拍出"啪啪"的声音说："今日有喜呀，大平他们还没有回来，咱就吃呀？"

雪青招呼大家依次坐下说："人家去开洋荤了，咱们吃咱们的。"

五六个人喝了一瓶酒，雪青有些装疯卖傻了。她一会儿和秋娥碰杯，一会和郭大夫碰杯，就是不和金发财碰。金发财很少喝酒，只闷着头吃菜。郭大夫端起酒杯，向雪青挤着眼睛笑了一下，走到金发财面前，将手搭在他的肩膀上说："发哥，来，雪青姐不敬你，我敬。"

金发财忙从板凳上站起来，恭恭敬敬地与郭大夫碰了杯。他正要坐下，郭大夫拽住他的右臂说："发哥呀，今日呀，你应该和雪青姐喝个交杯酒才对头哟。你看呀，雪青姐为了金家，把房捐了，把女儿捐了，现在就剩下把自己捐了。你就给个痛快话，你接受不接受吧？我们可是想早点喝喜酒哩，是不是，秋娥姐？"

秋娥忙端起酒杯走到金发财面前，用另一只手拉了一脸醉醺醺的雪青，往金发财面前一推说："今天，就是你们的好日子，择日不如撞日。我看，今日这事就定了，大家说好不好？"

几个人高声呼叫道："好——"

郭大夫喝了酒，放下酒杯，对金发财说："总得有点表示吧？发哥，人家香港那个发哥，要什么有什么，我们呢学不了人家，但也得有所表示。我看，就将发哥的扣子摘下一颗给雪青姐。大家说，行不行？"

"行！"几个人吆喝着，郭大夫就去另一间房子找剪刀。

金发财从凳子上站起来说："使不得，使不得，赠扣子，那是人家认干儿子干女子哩，使不得，使不得。"

秋娥接了郭大夫手中的剪刀，举起来说："啥年代还讲那些，我们不管，我们就要给雪青要个东西。"

郭大夫扯了金发财的衣襟，笑呵呵地说："是不是发哥有什么准备了？要不我们来搜一下。"

说着，几个女人走到金发财跟前，将手伸进了他的衣服口袋。郭大夫还真从口袋中掏出了一个闪着晶莹光泽的绿色手镯。这下炸了锅，几个女人丢下金发财，将手镯拿到门外的太阳光下去看。

雪青给自己倒了酒，也给金发财倒了酒，两个人在女人身后轻轻地碰了杯子。雪青悄悄地问金发财："你早有准备呀？"

金发财说："这不是个简单的事，你看几个孩子，那都是要商量的。"

雪青说："你还没看懂呀，我们家的事，那我就是一把手，谁能阻挡了我的决定？"

几个女人嘻嘻哈哈地从门外进来，她们叽叽喳喳将手镯带在雪青手上。将雪青推到金发财怀里，然后跑了出去。

62 回 家

令大家感到奇怪的是，半个多月时间过去了，一直没有任子函和王颖的消息，两个人的电话一直处在关机状态。

在政府招待所王雪峰举办的欢迎会上，秦县长过来绕了一圈。

秦县长与大家碰杯后，就要走，他说他还要接待另外一些领导。他走到门口，招手将高立军叫到身边，他扶着高立军的肩膀说："接下来，就看你的了，那个小金的豆制品厂，一定要尽快开业。有了动力，我这儿才好给上面汇报用地问题。"

两人正说着，秦县长的秘书何秘书过来拉走了秦县长。

秦县长走后，王雪峰成了宴席上的主角。他对高立军和金大平等人说："你们慢慢吃，我也得去见见市里的客人。记着，开业的事，一定要抓紧。"

王雪峰走后，高立军对金大平说："你那儿开业的事，我们真得要抓紧。开业仪式的流程要抓紧弄出来，这个事儿让许静茹和夏新他们做，这一阵子我要到鹿鸣川专门做这些工作。主持人很关键，原来他们几个说王颖能主持，可现在联系不上。就连任子函也失踪了，好奇怪呀。"

高立军问王小凤："你感觉王颖能不能主持开业仪式？"

小凤转过头，看着许静茹说："我想应该没问题。"

许静茹点点头，表示赞同小凤的说法。

高立军想，真是奇怪啊，半个月时间了，不见她们，她们会不会去了南方？他看着小凤和许静茹说："豆制品厂开业的事儿，大家要抓紧。节目统筹这一块儿，许静茹全盘负责，舞台设计小凤负责，吃饭问题、赠品问题，大平负责。县上把我叫回来，说让我协助王局长搞农民工创业园，但就目前情况来看，大平的豆制品厂开业是第一炮。所以，我们一定要全力以赴把第一炮打响。还有那个李爱民，最近不知道情况怎么样了，大平你要操心这个事儿。"

大平告诉高立军和在场的人："李爱民在用地上遇到了问题，最近正在和人谈。我想是土地的问题，我们没有办法插手，主要的问题是县上征地的政策不够明朗。"

高立军在一个本子上，记下了大平的话，大家又碰了一次杯。之后，高立军对小凤和许静茹说，你们两个尽快想办法联系到王颖和任子函。

小凤和许静茹同时点头，回答了高立军。小凤说："王颖原来透露过一个想法，她想在歌唱上有突破。她说她想到民间去找真正的民间音乐，只有民间的东西，才是世界的。我想很有可能她们去了任子函家，你说过静板书的事儿，她们是不是去那个会说静板书的人家里去了？"

夏新说："有可能，王颖的确说过，她想找一种民间艺术加以发扬光大，要搞出特色。"

高立军说："那得麻烦许静茹到那山里跑一趟。"

许静茹说："我忘了，那个地方，那地方不通车呀。"

高立军说："那就让大平的爸爸跟你一块儿去吧，最好是开上车，走到哪儿是哪儿，我们要抓紧时间。如果晚上能回来，在开业仪式的节目安排上，我想王颖应该有经验。暂时把她融入我们的团队，至于未来她怎么走，我们没法把握。就借人家智慧用一下吧，大家没有意见吧？"

大家把杯子在桌子上碰得"啪啪"响，齐声说："没有。"

大平为自己的酒杯添了红酒，走到高立军跟前说："高主任，祝贺你。"

高立军说："什么高主任，以后统一叫高哥。说实话，我现在手上能用的人只有小凤。我想让王雪峰局长通过秦县长，将任子函招到创业园办公室。本来任子函就喜欢财务工作，听说毕业后，还考了个会计师证，这样一来，多一个人手，工作起来就方便一些。总而言之，我们要全力以赴。"

大平不住地用"嗯"答应着高立军，他心里却想着别的事情。

高立军知道大平在想什么，他说："我明天和秦镇长商量一下，在征地工作中，如何做好宣传，如何用最好、最快的办法做农民的工作。这是个大问题，从目前的情况来看，县上出台的政策还不够具体。怎么补偿？标准不够明晰。我想尽快让县政府，将明细的补偿标准公布出来，那样的话我们的工作就好做一些。我的想法是，力争到年底，能在创业园里边开办几十家企业。"

正在此时，任子函打通了高立军的电话。高立军问她们在哪里，并且告诉任子函饭店的位置。任子函对高立军说："你们等一下，我和王颖马上就过来。"

大家重新相聚，王颖好像忘记了前一段发生的事儿似的，表现得十分开心。她告诉所有人，她找到了一种好的民间艺术，那就是秦南静板书。说着说着，她开始唱起了静板书的调儿，她所唱的词儿正是许静茹给说书艺人写的那一段。

大家听后都说非常好。

高立军郑重其事地对王颖说："你和许静茹做开幕仪式的节目统筹安排。演出时间大概 60 分钟，各级领导讲话大约 40 分钟，满共两个小时就可以了。"

王颖问："演出地儿在什么地方？如果要做节目统筹，要先看一下场地，有个心理定位。"

小凤说："就是的，先把场地确定下来，我好有个尺寸做背景。"

王雪峰正好打了电话给高立军，说他下午要去鹿鸣川，一块儿看一下开幕式现场。

王雪峰说："你们人多，我再安排两辆车大家一块儿去。"

63　鹿鸣川

下午两点，县城通往鹿鸣川的路上，王雪峰安排的车在前面带路，大平的白色面包车紧随其后。大平的车上，几个年轻人看着窗外的风景，十分高兴。

六月的山乡，空气清爽，景色宜人。微风徐徐吹来，将田野的香禾梳理出多情的韵致。在由县城通往鹿鸣川的路边，一幢幢农舍，在响应政府"建设美丽乡村"的号召中，被打造出诗意的模式。房舍门前不见人影，多了花草。

很快，三辆车就开到了王小凤家的门口。

大平走到小凤母亲跟前对她耳语，让她给高立军准备个办公室，最好能在家里，家里条件相对好一些。

正在此时，秦镇长开着车子过来了。看见一帮朝气蓬勃的年轻人，他高举起双手声音洪亮地喊道："欢迎你们！听说高立军主任要在鹿鸣川办公，我在政府大院给高主任安排了办公室。请大家过去看一下满意不满意？如果不满意，我们还可以再调整。镇政府全力支持农民工创业园，经我们镇党委研究，决定给创业园暂时提供五个办公室，如果不够的话还可以再协调。"

大家参观了大平的豆制品加工车间，确定了开业典礼的现场，在秦镇长的引领下向镇政府走去。

在镇政府会议室里，每个人都对开业典礼提出了想法，高立军问秦镇长还有什么要补充的，秦镇长说："都挺好。但你们说的秦南静板书这个节目，到底能不能请来是个问题。据我了解，那位会说秦南静板书的老人今年80多岁了，不知道能不能请动他？"

许静茹站起来说："这个没有问题，我们之前有过沟通，我亲自去的。"

秦镇长说："好是好，但有一点，我们要把握静板书演出的内容，要好好斟酌一下。"

王颖从身后背包拿出一张纸抖着说："这一点我们已经和老人沟通过了，许静茹早就给老人写了说唱词，不用担心的。我给大家念一遍吧。"

听了王颖念的唱词，秦镇长挥手让大家坐下。只有许静茹知道，许多唱词，已经不是自己原来写给老人的了。她知道是王颖改过的，但内容和韵脚，比自己原来写的更有高度。她打心底佩服王颖的水平，不住地向王颖伸出大拇指。

秦镇长说："我有个建议，你们得考虑一下，在安排节目时，要考虑各级领导的讲话。最好能把程序做出来，每个节目要有时间划分。"

高立军说："没问题，我们已经有了初步计划，现在还在完善中。我想，开业典礼大概需要两个小时，内容要丰富。政府一直号召'文化搭台，经济唱戏'，如果我们能留下省城一些名家的字画，让文化把台子先搭起来，让文化先造势，这样可能对将来我们的招商引资起到积极的作用。"

小凤突然想起了给洗脚坊题字的那两个老师，因为她特别喜欢其中一个老师写的散文。当时她站起来就说："高主任，如果能把那两个为我们题字的老师请来写幅字，然后再放在咱们的包装盒上，我想是再好不过了。"

高立军兴奋地说："小凤提醒我了，来来来，大家看这是什么。"他从椅子后面，自己的背包里拿出释放着浓墨香味的两幅字。小凤和任子函忙从他手中接过宣纸，走到主席台前，将字展示出来。

"王大婶豆腐干，吴××题"。秦镇长一字一句地念道，之后高兴地说，"听说这个先生题字价高得很，我想，价格不会低吧。"

高立军说："他们是我的老师，也是我的好朋友。他们呀，赚不到我一分钱的。"

除了秦镇长和王颖，没有人不了解高立军的社交能力。王颖虽然与高立军打交道的时间短，但她从侧面已经领教过高立军的智慧。王颖目不转睛地看着高立军，她没有想到许静茹却从另外一个角度目不转睛地看着她。

小凤和任子函展示的另一幅题词，是当初给洗脚坊题词的先生所写。看到那些苍劲有力、行云流水般的字，小凤兴奋得蹦起来，载着墨香的宣纸，从她手中掉了下去。她差点儿说出洗脚坊的事，眼睛睁得大大地看着高立军，忙用手捂了自己的嘴巴。

看到第二幅字时，秦镇长也有些情不自禁地从凳子上站起来。他将双手伸向高立军，摇握着他的手说："佩服，高主任。听说你在西京城的社交面广得很，没想到你真是无所不能。"秦镇长本来想说一句高雅的话，想了半天没有找到合适的词。

一直没有说话的夏新说："高主任是我们在西京圈子里的领袖，我和金小平对他佩服得五体投地呢。没想到，我们不但成为真正的朋友，还成为同事。

我想，有秦镇长的领导，有高主任的指挥，创业园一定会越办越好。"

秦镇长从桌面上拿起麦克风，敲了敲，提高声调说："是呀，我们能拥有高主任这样的人才，一定会让鹿鸣川的发展越来越好的。再加上大家的齐心协力，相信一定会将农民工创业园办成全市乃至全省的样板。高主任做了我们原本应该做的事情，真是了不起！没想到，他竟然事事都走到我们前面去了。在此，请允许我代表镇政府，对高主任的到来，表示热烈的欢迎和衷心的感谢。"

秦镇长的一声号召，引得大家不住地鼓掌。秦镇长用手制止了鼓掌的人："还有一件事，我们要立即处理，否则，会影响农民工创业园的的建设。据我了解，那个从秦北回来的企业家李爱民最近出了些情况。他想租用村民的地，建设一个粉条厂，因地价没有谈成，双方闹了别扭，还差点儿打起来。我想，我们是不是利用今天下午，去那个村民家里看一看，了解一下情况。如果土地问题解决不好，会直接影响创业园的建设。"

高立军站起来说："关于土地租用问题，我和秦县长也交流过。前天，我列席了县政府召开的'关于农民工创业园用地问题的专题会议'。针对这方面的问题，县领导正与上级主管部门协调。我想我们没有更好的办法，我们只能做好动员工作。也就是说，我们要做的工作就是把创业园的宣传搞好，把发展前景宣传到农民心坎里去，让大家看到希望。同时，我想要解决土地被征用的农民就业问题，这一点非常重要。走，我们先去看看，调研一下。其他没有到过鹿鸣川的同志，可以一起去熟悉熟悉情况，学学秦镇长的工作方法。"在高立军的提议下，众人走出了镇政府的院子。一起出发到农户家中去，共同为李爱民解决当下的矛盾。

64 阻 力

伏夏，正是农村人的休闲时节，小麦收割晾晒后便入了仓，地里再没有什么庄稼活。人们没事时就聚集在一起，议论一些与自己生活有关的事。

听说政府要在自己的地里建创业园，许多鹿鸣川农民，本来要在地里点种小豆也不种了。他们只等着政府来收地，与政府谈条件。而有些头脑活络的农民，他们知道政府收地的政策，青苗补偿也可以成为一笔不小的收入，就胡乱地在地里种上秋粮或者生长快的青菜。

处在鹿池河岸边的许多人，埋藏多年的私心一下子迸发出来了。他们在大河边的柳树下，将脚泡在河水中讨论对策，商量着如何向政府提出条件，要更多的补偿。

家住在南山的李爱民，在大平的动员下，本来看中了雪青家的地，没想到遭到了雪青的拒绝。他只好与距雪青家不远一个叫李建堂的农民私下沟通。

他不了解李建堂，但他听说李建堂过去当过村干部，还出席过国家的什么先进代表会。在遭到雪青的拒绝后，他就到了李建堂家。他的想法很简单，就是办个粉条厂。

为了了解粉条的加工工艺和市场销售，他去了周边邻县及河南洛阳、宜阳、关中的富平。他听人说，那些地方生产的红薯粉条都很有名气。但令他没有想到的是，寻找加工厂用地成了最大的问题。他本来是想靠金大平来帮他的，被雪青拒绝后，他对金大平失去了信心。有许多日子，他不仅躲着大平，也躲着雪青。

其实，雪青知道李爱民在寻地过程中遇到了许多问题，暗中帮着李爱民动员村上人租地给他。可面对已经过气多年的妇女主任，没有人听她的。雪青的心里比李爱民还着急。她担心的是李爱民的地得不到落实，会影响创业园的未来发展。光靠大平一家豆制品厂，咋能叫创业园？既然是园，那园里就应该有许多东西。她还想到了一句诗，"一花独放不是春，百花齐放春满园"。

有几次，她想将李爱民请到家里，给他做些好吃的，与他谈心，教他办法。可这个脾气倔强的年轻人总是躲着自己，她知道他心里还有怨气。她听说李建堂与李爱民发生口角之后，心里很难受，总觉得自己对不起这个满腔热血的年轻人。她的所有心思都集中在大平身上，她真把大平当亲儿子一样看待。如果李爱民用地问题得不到解决，粉条厂办不成，那就是大平的罪过，因为李爱民是大平的恩人。一个有条件能帮恩人的人，不去伸手帮，那无论如何是说不过去的。雪青没有把自己的想法告诉大平，但她的确替大平想着这一切。

这一天，雪青终于把李爱民领到自己家里来了。她不但给他做了饭，还用一个长辈的口气批评他，嫌他太生分，怎能遇到事不和自己商量呢？毕竟自己从小在鹿鸣川长大，对这儿的人比他了解。李爱民是一个没有读过多少书的人，从小长在山里，不善言语，只知道认死理。用雪青的话说，是一根筋。

吃过饭，李爱民听着雪青滔滔不绝的数落，什么话也没有说。雪青说了半天，等他说话。他从桌子上抬起头，用一双发呆的眼睛看着雪青说："谢谢姨费心，我不想办粉条厂了，我还是回秦北去下煤窑。那样比较靠谱，饿不着家里人。"

雪青说："你这是真心话吗？"

李爱民想了半会说："也不全是，但你看这，人说你们街上难缠，我还真是领教了。那个李建堂，听说还当过先进代表。我送了礼给他，酒他喝着，烟他抽着，点心他吃着，可谈到用他家的地，你看他的样子，要的价，比西京城钟楼下的价还要高，这不是和人抬杠吗？"

雪青说："这有什么，他要是那样的话，咱不用他的地了。姨的地给你，你就在姨的地里建厂。姨想通了，大不了，将你姨夫的坟挪一下，多大个事。"

雪青没有想到，此话一出，高大威猛的李爱民，扑通一下跪在她面前，不住地给她磕头，一句随意说出的话产生的效果是雪青没有想到的。在她心里，她只是想留下李爱民，怕他真地不干了，再去秦北下煤窑。她想用鼓励的话，缓解一下他心里的纠结，没想到年轻人将话当成真的了。

雪青刚将李爱民慢慢从地上扶起来，一帮人进了门，竟然将他们围了起来。

秦镇长见了如此阵势，已知道发生了什么事儿。他走到李爱民面前，拍了他的肩膀说："李经理呀，又认干娘呀。这个王妇联主任，已经有了一个能干的干儿子了呀。"

雪青忙弯下腰帮李爱民拍打着身上的灰尘，笑着对众人说："哪里的事哟，我是想让小李子在我这院子里，再开一家工厂哩。你没看，小李为了租地，人都劳累得瘦了一圈了。认什么干娘呀，快快快，大家来，坐坐坐。"

小凤和许静茹匆匆忙忙从灶房里、旮旯里搬了凳子出来，放在方桌周围，大家一起坐下。秦镇长拉着李爱民坐在饭桌旁边的高凳子上，他从口袋掏出一包香烟，给高立军、金大平、李爱民各发了一支，金大平忙掏出打火机帮几个人将烟点燃。雪青脱开身子跑进厨房拿出了水杯，为大家沏了茶，也找了凳子坐在许静茹身边。

秦镇长说："李经理呀，你为什么不到政府来找我呢？这样的事儿是我们政府应该管的。搞农民工创业园不是一个人的事，是政府的事儿。所以，你早就应该来找我了，可我一直没有见你来啊。"

李爱民抬起头用祈求的目光，将在座的人齐齐看了一遍，又将目光收回来低了头，声音木木地说："我不想干了，我还是想回秦北下煤窑。那样的话没有什么风险，也不用操太多的心。"

大平听李爱民如此说，忙从凳子上站起来，抓住李爱民的肩膀说："你可不要泄气，这不，秦镇长听说了你的事，立即就过来帮你解决问题来了。还有，你看高主任也来了，还怕没有你开工厂的用地吗？你放心，建农民工创业园是县政府的决定。关于用地问题，县政府已经出台了新的政策，不会让你寒心的，而且县政府对新开办的工厂还有补助。"

大平如此说，李爱民从凳子上弹了起来，走到秦镇长面前疑惑地问道："这些是真的吗？是这样吗？"

秦镇长指着高立军说："这不，高主任在这里嘛，你问他好了。"

高立军将双手搭在李爱民肩膀上，声音洪亮地说："放心，李经理，县政府正在解决农民工创业园用地问题，很快政策就会颁布。到时候，你不用与农民打交道，直接向园区管委会要土地就可以啦。你想要哪里，看上哪里，在园区管委会的统一规划下，哪里就是你的。"

高立军说话的口气，惊得许静茹、夏新、任子函、小凤、王颖将目光一齐对准了他。只有大平没有吃惊，因为与高立军处的时间长一些，知道他的水平和能力。在大平心里，依了高立军的水平，过不了几年，不要说农民工创业园的主任，就是给个县长，也会干得风生水起。他多次暗中思忖，人呀，真是应了母亲在世说过的一句话，龙生龙，凤生凤，老鼠的儿子会打洞。没有办法，父亲的言传身教，家庭的影响是不言而喻的。加之高立军从小就是学校的这队长那班长的，练出了本领。

李爱民开心地说："原来是这样啊。那好吧，我不走了，我不去秦北了。说实在的，要不是金大平把我从秦北叫回来，我可能还在秦北的煤窑上呢。是他的一腔热血、建设家乡回报家乡的热情感动了我，我才回来的。既然县上对创业园这么重视，那我就下定决心在这儿创业了。高主任，我和金大平可算是这创业园的开拓者、先驱者，在政策方面一定要照顾我们。"

高立军说："放心，只要是到园区创业的人，政策方面会一视同仁。当然了，谁启动得早肯定会有好处，如果你的粉条厂能与大平的豆制品厂同时开业，我想办法从县上给你要开业庆典费。最少我能给你要来十万元，你能在十月一日开业吗？"

李爱民想了一会儿说："只要场地能落实，说实话，机器我已经订好了。今天有了场地，后天我的机器就能安装。"

听了李爱民的话，雪青双手捋了捋自己的头发，站起来说："场地已经有了，来，我带你们大家去看看。"她急匆匆走出堂屋，将一帮人带到自己家房子的后面说："小李，我的这一块地，给你用了，但有一个条件。"

李爱民一瞬间站住了脚，他担心雪青和那个李建堂一样，又向他漫天要价。他将自己的红色T恤从裤腰里扯出来，在大肚皮上擦了擦，声音低沉地说："姨呀，你、你不会比那个李建堂要的价格更高吧？"

小凤嫌李爱民说话难听，怕丢了母亲的脸面，上前走到李爱民面前说："你呀，李经理，你还是不了解我妈，就我妈这人，恨不得今天创业园就能开业呢。她会向你要高价？她就是向你要高价，我都不会同意的。而且，我们家虽然我妈是掌柜的，但我也有发言权。妈，你说是不是？"

小凤一席话，将全场人逗笑了。

秦镇长将脚下一个石头踢向远处，抬起脸笑呵呵地对雪青说："你说说，我听听，我来给你们仲裁吧。"

雪青从地里走到路边，走到一帮年轻人身边，她抓住大平的手说："这是我干儿子，让他说，他说什么就是什么？"

大平说："婶的想法可能是这样的，她有可能会让你供应我们豆制品厂一年的粉条。"

所有的人将目光盯在雪青脸上等她说话，雪青说："要不怎么大平能成事呢？他的脑袋就是我脑袋的连体，我也是这么想的，还是大平想得全乎。"

众人悬着的心终于放下了，秦镇长带头鼓掌。掌声吸引了远处的人，他们在李建堂的带领下，朝这边跑了过来。

雪青说："话虽然是这样说，但是小李，账我们还是要有个数。这个数嘛，你和我家二掌柜的说，她比我头脑活络。"

小凤说："妈，这事我就不参与了，你们俩说就行了。这不是还有大平哥嘛，让他们俩去说。但我有个想法，李经理不光供应你们，我们如果在县上做饭也得供应我们的。我可是最爱吃砂锅的，砂锅里没有粉条那就不好吃了。"

雪青说："这些都是玩笑。小李，地给你了，你现在就可以开工建厂了，你想咋用就咋安排。如果出了我的地畔子，那就要找秦镇长，我只能管我的地畔子。"

李爱民双手抱在胸前，不住地对雪青鞠躬，口中不住地念叨道："谢谢婶子，谢谢姨！你的条件我都答应，没有一点儿马虎的，放心，放心。"

听说雪青将地给了李爱民，李建堂带着人过来看个究竟。他指着雪青说："你呀，害人精，简直是害人精，你这不是从我手上抢钱嘛？"

雪青并没有生气，她走到李建堂和他带来的村民跟前，笑嘻嘻地说："建堂哥，你呀，放在眼前的钱不要嘛，我就替你挣了呗。"

秦镇长怕村民之间发生不愉快，忙站到李建堂和雪青中间说："大家放心，我估计，就你们这一块地呀，包括河对岸的地最后都要征用，到底如何征用，县上正在研究。创建农民工创业园是大事，老李呀，你是党员，又是当了多年村干部的老同志，我想在这项工作中你要带头。省里将我们鹿鸣川列为全省的重点镇，要将这个镇建设成秦南的第二大城镇。我想这一点远景，你们都应该从电视里看到了。镇政府计划在你们村上，成立一个征用土地工作组，将来配合县上的工作。我和镇党委研究了，这件事呀除了村干部，你来做最合适，你可不要辜负镇政府的希望哟。当然了，你呢，年纪大了，记录什么的不方便。这个，镇上给你配一个年富力强的同志，他是你们村的副村主任夏新同志，他可是县委派来的大学生村官。你呀，要搞好传帮带，把你在基层工作的经验好好传下来。我要是没有记错的话，你曾经可出席过全国的基层先进工作者代表会议，进过人民大会堂的呀。"

李建堂听秦镇长如此说，兴奋得脸上像贴上了红花。

夏新走过去，拉起李建堂的手紧紧地握着说："还望老前辈好好教我们，我们刚出校门什么也不懂，希望李叔可不要保留。请您多教教我，我也会努力做好的。"

李建堂同样紧紧握着夏新的手，仰起脸开心地对秦镇长说："你们忙吧，我请小夏到我家去坐了，你们忙完后一块来喝茶，我在家等你们了。"

雪青声音亢奋地说："李哥，你这就走呀，我可是让李经理开始盖厂房了。"

李建堂转过身哈哈大笑说："盖吧，盖吧，在哪儿都是盖。政府要在这儿建城市，我还怕我的地出不去？走了，回头慢慢说。"

大家目送着李建堂和夏新渐渐远去。

秦镇长收回目光对高立军说："老李这个人你们以后也要用到的，你们不要看他之前在难为李经理，其实他呀是个老先进，他是一个将半辈子的心血都投放到这个镇上的老干部，可以说是我们日后开展工作的好帮手。"

大家从地里往回走，李爱民提出请大家到街上去吃饭，理由是他的用地问题解决了，他要感谢大家。

王颖走到秦镇长面前问他："镇上有没有火锅？"秦镇长说："下午你们先忙，晚上我从县里回来请你们吃火锅，少一个都不行，客我请，单李经理买，没问题吧，李经理？"

李爱民说："好呀，我们等您早点回来。"

秦镇长背着火辣辣的阳光，从月亮桥上过了月亮河，高立军招呼人们往雪青家走。他对许静茹说，你明天必须拿出开业典礼节目单，这个事情不能再往后拖了。

回到雪青家，大家刚坐下，高立军对李爱民说："李经理，你必须在十天内将设备安装到位。为了加快工作进展，我给你安排一个得力助手。"

李爱民听高立军如此说自然是开心的，他忙从口袋中掏出烟，递给高立军和金大平。

高立军说："但我有个条件，我给你的这个人只是临时帮你建厂。"

李爱民说："没问题，高主任，一切听你的。"

高立军问任子函："任子函同学，能帮李经理吗？"

任子函麻利地站起来，看了看众人，最后将目光盯在李爱民脸上，信心十足地说："高主任，我本人没问题。只是我爸这几天怕是来不了，地里小麦快熟了，他要收割小麦。"

李爱民也忙着站起来双手合十，向高立军和众人不住地点着头，目光却紧紧盯着任子函说："没事，安装机器，我已经安排了专业人士，等收过小麦之后，让你爸妈都来。"

说完，大家各自分头去工作。

65　撮　合

雪青忙了半天，为王颖、许静茹、小凤和任子函收拾住处。她对秋娥说："这回好了，我家成了干部宿舍了，怕是咱俩都要把好房子让给年轻人住了。"

秋娥拉着她的手，脸上挂满了笑意说："真没想到，咱姐妹活了半辈子，还能参与到人家这大事里面。我呀，总是一晚上一晚上激动得睡不着哩。我和你睡在一起，有人恨我哩。"

雪青摇着她的双手说："你呀，是不是做梦嫁老汉哩？"

秋娥说："我倒是想有老汉哩，可哪儿有合适的吗？"

雪青故意说："金发财呀，要多合适有多合适，近水楼台呀。"

秋娥反抓了雪青的手说："我要是嫁了发财哥，你会不会在晚上趁我睡着的时候，一刀将我的头砍了？"

两个人正说着笑着，金发财背着一袋木耳进了门。

金发财气鼓鼓地往方桌边的凳子上一坐，唉声叹气对两个女人说，他在山里实在待不住了。他本来想说，他和小平弄不到一起，话到嘴边没有说出来。

雪青接了金发财的木耳对他说："你来得正好么，那个李爱民，正愁找不到人帮他哩。你帮他平地建厂子不是正好呀。"

金发财说："那要看他给我开的工价哩，工价低了，我才不干哩。"

雪青一边为金发财倒水一边笑着说："你呀，榆木脑袋不开窍哩。你看你是帮人哩，其实你是在帮你儿子哩。大平张罗的创业园，县里让在十月一日开园哩，那总不能就一个豆制品厂吧？一个厂还是个家庭作坊，你说那能叫创业园吗？"

秋娥洗完锅碗从厨房出来，看到金发财便说："发财哥，不听话可没好日子过哟。我去厂子了，把地方给你俩留下。"说过，迈开脚步风风火火地跑出了雪青家。

金发财坐在方桌边双手揪着头发，呵呵一笑说："行吧，听你的，你说啥就是啥么，毕竟是在你的地盘上么。"

雪青将双手在桌子上拍出响声："这才对么。快，累了去倒在床上歇一会儿，我给你下面条吃。"

金发财刚躺在床上，就迷迷糊糊睡着了。

雪青炒了份素臊子烩豆腐，用来拌面条吃。面条刚下到锅里，门外就传来了人们的吵闹声。她忙从厨房跑向门外一探究竟，一群人拿着木棍和斧头，将她家的房子围了起来。

雪青一时愣在那里，她不知道这些人来做什么。但站在门外的人她全认识，全是她们村民小组的人。

雪青看到他们，挥舞着手中的饭勺问他们要干什么。

她没有想到，带头的人是丈夫的弟弟王魁。王魁从人群中站出来，挥舞着手中的木棍说："我们是来抓奸的。你，王雪青你给我记着，我哥才死了多长时间，你竟然在屋子里养起了野汉子，你简直将我们王家人的脸丢尽了。今日，你看清了，我们是来抓野汉子来的，更是来为我哥报仇来了。"

此刻，雪青已经知道这些人的来意，她并没有慌。她从台阶上走下来，问站在王魁身后的人："你们都是来抓奸的吗？"

其中一个光头说："就是的，咋了？你把我王哥的坟白送给别人，你还祸害了全组人的利益，还欺行霸市。你、你、你简直就不是人，你是白痴。知道吗？白痴，败家子。"

雪青依旧神情自若，她的目光紧盯着人群。她想从人群中找到李建堂，可李建堂并没有在人群中。她明白，这一定是李建堂出的馊主意。她在心里说，这个老奸巨滑的家伙，亏了组织对他的信任。

听到人们的吵闹声，金发财迷迷糊糊地从屋子里出来。北边豆腐厂的人听到吵闹声，也匆忙跑过来了。秋娥和厂子里的几个人，手中拿着棍棒。

来人看到金发财像有了证据似的，王魁向一个小伙抛去一个眼神，几个愣头青丢掉手中的棍棒，一起扑向金发财。很快，金发财就被几个小伙摁在地上。另一拨人在王魁一声"给我砸"的吆喝声中，跑向北边金大平的豆制品加工厂。

这边雪青、秋娥从地上抢救金发财，北边的厂子里传来了巨大的响声。雪青和秋娥扭头看去，几间用蓝色石棉瓦搭建的厂房，已经倒塌，房子里传来玻璃破碎的声音。

金发财的口中向外流着血，他挣脱摁着他的人，从地上爬起来，从门口抓起一把斧头，欲冲向北边的厂房。雪青趴在地上紧紧抱住他的腿，秋娥要去报警，被几个人拦下扭住胳膊，倒在金发财身边。

单调的警笛声，在中午显得很刺耳朵。王魁领来的十几个人，听到警笛声像听到猎枪响后的兔子，丢弃手中的家伙什，一跳一蹦、五零四散地跑开了。阳光中，他们踩过的尘土四处飞扬，像电影中战争的场面。

派出所李所长带着警察，帮雪青锁了门，将金发财、雪青、秋娥扶上警车，拉向卫生院。

镇政府这边，高立军、大平、许静茹、王颖、王小凤，正在审核王颖编的小品《卖粉条》。众人听到有人砸了大平厂房的消息后，正准备冲出镇政府大门之际，政府院子门外，五六辆小车蜂拥而至。他们以为是县上领导来视察，当车停在院墙边后，从车上走下来的却是张文龙等人。

高立军将来人带进政府会议室，小凤为来人沏了茶。高立军向来人介绍了创业园的进展情况，最后也让金大平将自己创办豆制品厂的情况说了一下。

此时，李建堂和夏新风风火火地跑进了办公室。大平知道他们要说什么，立即上前拉住了他的手，将其带进了另一个房间。三个人坐定，李建堂掏出一支烟递给大平，自己也是不慌不忙地吸了一口烟，声音低沉地说："小金呀，实在对不起。现在这人呀和以前不一样了，自己的利益高于一切。"

金大平从凳子上站起来，走到李建堂面前对他说："李叔，您没有参与就好，我们最担心的是您也参与此事，那大家都会失望的。因为您和其他人不一样，您在鹿鸣川是有名望的人。"

李建堂说："这几天，我已经发现了苗头。正在和小夏商量准备分头做说服工作，没想到事情就发生了。但你放心，只要我还在，我就会想办法把这件事情处理好。其实，最关键的是我们村上一些干部，从思想上和镇政府不能保持一致，是他们在后边怂恿一些人闹事。这一点，我想人家政府应该是明白的。还有，你知道我为什么不把地给那个李爱民吗？我就是怕出事，故意那样做的。"

大平指着外边的人对李建堂说："你看，刚才进来的这些人，都是我们鹿鸣川的人。他们在西京发展得比较好，听说要建农民工创业园，都想回来为家乡建设做贡献。我想，其中几个人你是认识的，他们在西京的事业做得很大。难道您不想把自己将半生精力都付出的鹿鸣川建设好吗？哦，我没有资格评判您老人家，但我相信您的为人和格局。您是一个有胸怀、有胆略的人，可以说是有理想的人。我们一直在向县政府建议，希望将您安排到产业园，让您出来工作。一方面，协助我们搞好土地征用工作；另一方面，做做村民的工作。"

李建堂喝了一口水说："这样也好，我有个身份做事方便一些。现在不当村干部了，说话没人听，如果我有一个身份，说话相对好一些。"

大平说："你们先回去，尽量动员那些闹事的人能到政府说明情况。最好不要让他们心存侥幸，等派出所上门那样就不好了。"

门外传来了掌声，大平拉了李建堂从小房子里走出来，坐到会议室参与到高立军和来人的谈话中。

李建堂刚从小屋里走出来，几个企业家便涌上去与他握手问好，他甚是感动。

大家坐定后，有人提出要去大平的豆制品加工厂参观一下。李建堂站起来说："今天那边路不通，过两天吧。"说完他说有急事，便领着夏新走了。

许静茹开始为大家讲解挂在墙上的农民工创业园规划图。最后，她微笑着对大家说："我希望大家，带着感情回来创业，带着感情回报家乡。这样一来，我们面对的许多问题会迎刃而解。"

正在县政府开会的秦镇长和王雪峰听说鹿鸣川出了事，王雪峰开着车风驰电掣地赶到镇政府。两人刚走进镇政府会议室内，高立军就将他们拉向主席台的位置，并向双方介绍对方的身份和职务。两人听后从凳子上站起来带头拍手，新一波掌声响起。

派出所李所长满头大汗地跑进了会议室，正要给秦镇长说话，秦镇长示意他坐下，并用手比画着嘴。

接下来，秦镇长和王雪峰分别致了欢迎词，内容相同，就是欢迎大家为建设家乡出把力。

会后，秦镇长要招待大家吃个便饭。王雪峰说："刚才，我将大家的到来给秦县长做了汇报。秦县长听说大家回来了非常高兴，已经安排好了晚饭。我想请大家一起到县政府招待所，秦县长有些话还要和大家说。"

年长的张文龙站起来说："吃饭是小事，我想，我们应该听听县上的相关政策。既然领导有了安排，咱们就往县城赶吧。"

王雪峰见机带头领着众人出了会议室，秦镇长对他耳语道，自己要留下来处理事就不去了。王雪峰说："那咋行？你和高立军必须去。你去安排派出所的同志处理，但要有个原则，不要太过分。我们刚开始做事法不责众，如果抓的人多了，会产生负面影响，惹了众怒对我们下一步有影响。"

秦镇长向李所长招了手，两人进了会议室旁边的小屋关了门。

高立军也向王雪峰表示，自己不想去县上。王雪峰说："你这不是胡说吗？这些人都是你从西京召唤回来的，你不去咋行呢？让大平留下来，其他人全去。"

说过，王雪峰又将大平拉到那间房子说道："不管发生多大的事，都有法律在。你留下来，听说你爸受了伤。记住一点，大事化小，有什么损失，回头再说。"

西京回来的一行人走后，大平跑向卫生院，他找到雪青，看到雪青正在挂吊瓶，便坐在雪青身边问了情况。雪青侧身倒在病床上，看到大平满脸堆着笑说："婶没事，你不去看你爸，跑我这儿干啥？"

之后，雪青告诉大平，具体损失到什么程度，她也说不清。听说那些人将简易房子推倒了，烧浆的大锅也烂了，其他没有多大损失。大平拉着雪青的手安慰道："只要人没事，东西烂了可以再买，房子倒了我们再修。"雪青兴奋地抓着大平的双臂说："行，婶没有看错你，像个做大事的人。快去看你爸去，要不他又要吃醋了。"

金发财对待事情的看法和雪青截然相反。他对儿子说，伤没有多重，可惜的是那口大锅被砸烂了，房子也倒了，你快去派出所，要求派出所一定要严惩这帮家伙。简直是反天了，光天化日之下竟敢打砸抢。大平问秋娥的伤势，父亲告诉他，秋娥只是被按在地上并没有受伤，已经回到厂子里去了。

大平像几年前第一次到卫生院看父亲一样，从外边为两个人买了吃喝，安顿一番，然后跑向自己的厂子。

眼前的惨状，比他想象得要严重一些。秋娥几个人坐在地上抹眼泪，有个人正在收拾地上的东西，他阻止了。他说要留下现场，等公安来堪查现场之后再整理。

大平陪着几个人在地上叹气，李建堂领着鹿鸣川村主任甄虎来到现场，大平陪他们看了一遍被砸烂的大锅和推倒的房子。甄虎拉了大平的手，走到厂子外边问大平："有啥想法？"

大平递了烟给他们两个人，笑着说："没有什么想法，只有等公安来处理了。"夏新不知从哪儿气喘吁吁地跑来，他告诉甄虎，县公安局来人了，要抓走闹事的人。

甄虎脸上起了雾色，他将大平拉到一边压低声音说："小金，你看，事情已经出了，能不能大事化小？你说，创业园还没有办起来，先弄几个人放在监狱里，这以后的事就没法开展了。我有个建议，让闹事的人赔了你的损失，哪怕多赔点。因为县上定的是十月一日开业，你得赶进度恢复生产。人的话先不要抓，当然，这只是我个人的想法，你考虑一下。"

大平突然意识到，这次事故的发生，一定与甄虎脱不了干系。他一脸平静地回答他："这个创业园，是县上的重点项目。出了这么大的事，怕我一个人捂不住，要看县上是啥意见。你的话我听，但有些事不是你我能左右的。"

阳光下，两个穿警服的人已经跳过河，从菜园边的路上跑步来到现场。他们忙于拍照片、搞录像，并没有理睬现场的人。其中一个人认识甄虎，他拍过一通照片后，走过来对甄虎说："老甄呀，又是你村上出事了，这回可不是小事。秦县长发话了，要求我们从速从快严惩闹事者，你可得配合我们的工作呀。"

甄虎仰起脸，笑着说："配合，配合，一定全力配合。这帮家伙，简直无法无天嘛，必须严惩，必须严惩。"转过身，他对大平说："小金呀，现在做什么都不容易，我说的话你再想想。不管县上是啥意见，你的意见是最根本的。记着一点，凡成大事者，要有胸怀呀。"说过，他对拍照的警察说："我去村委会给你泡茶去，一会儿过来，晚上我请你们吃饭。"

甄虎走后，大平将两个警察带到雪青家，他要为警察泡茶，警察说："哪有时间喝茶呀，你快说说经过，县政府等着我们的调查结果哩。"大平叫来了秋娥为警察泡了壶茶，然后挥手让秋娥出去，一股脑将自己如何创业、开办豆制品加工厂的事，全盘向警察说了一遍。警察问他："你认为，发生这次事件的问题在哪儿？"

大平说："我对这儿的情况和人都不熟悉，我也不知道为什么会发生这样的事。"警察再问他，对甄虎这个人有什么看法。他告诉警察，自己不了解这个人。

另一个警察的电话响了起来，声音很大，意思是嫌这两个警察工作进度太慢。做记录的警察对着电话说："王队长，这就结束。"

王队长大声在电话中说："撤，我们已经将闹事者带上车了。"

做记录的警察忙让大平在谈话记录上按了指纹，然后夹了包，猫着腰一前一后地跑向河对岸。

大平将他们追到好远的地方问道，推倒的房子能不能动。跑在后面的警察头也没有回地告诉他，抓紧修复吧。

李爱民不知从哪儿跑了过来，他兴奋地告诉大平，那个村主任被抓走了。大平愣了一下，抬头去看河边的柳树。柳树下走来一群人，带头的是李建堂。他们是受秦镇长的安排，来帮大平收拾烂摊子的。

大平还以为又有人来砸自己的厂子，他随手抓了一根木棍，愤怒地冲上去准备与来人拼命。李爱民扑上去抱住他的腰说："李叔是来帮你的，你咋黑白不分呢？"

夏新冲出人群站在最前头，阻挡了人们前行，转身对大平喊道："金经理，我们来帮你重新修建厂子来了。"

大平丢弃了手中的木棍，还愣在原地。李建堂已走到他身边，对大平和李爱民说："小李呀，你现在应该知道，我为什么不让你在我的地里建厂房了吧？不要看这鹿鸣川表面上风景如画，可这热闹的背后，有许多你们看不见的东西。这下好了，盖子揭开了，你们就大胆地给咱整事吧。这不，秦县长给我打电话了，让我带人帮你们，尽快收拾被推倒的厂房，他明天要来检查哩。"

不知何时，悬在西天上的太阳，从一疙瘩黑色的云团里钻出来，将玫瑰色的夕阳洒在川道里，河对面的街景全被涂上红色。大平走出被推倒的厂房，拉了李建堂的手，将他带到雪青家，为他泡了一壶浓茶，说："对不住呀，李叔，最初我还以为是您在惹事哩。"

李建堂笑着说："娃呀，你叔是进过人民大会堂的人，咋能干那样的傻事哩！你们来这儿办厂是圆叔的愿望哩，当年从代表大会上回来我就发誓，要让鹿鸣川变样子，苦苦努力了一辈子愿望没有实现。现在听说省里将鹿鸣川定为重点镇，县里要在鹿鸣川建创业园，我兴奋得一夜一夜睡不着啊。"

66 道 歉

秦县长和王雪峰带着高立军、张文龙等一行人来到鹿鸣川时，天空下起了毛毛雨。他们赶到大平的豆制品厂时，秦镇长也赶到了。当着众人的面，秦县长竟然弯下腰，给大平鞠了一个躬。众人被秦县长的举动搞得不知所措，派出所李副所长将一把伞撑在秦县长身后。

秦县长推开了那把黑色的伞，动情地说："金经理，是我的失职，让你受了委屈。昨天晚上，县上召开了临时常务会，会议决定将在十月一国庆节开业当天，对你起的带头作用予以奖励。同时，县政府将给予你更大的支持，具体怎么做，接下来王局长和高立军同志会告诉你。"

此时，从雪青场院里走来了李建堂等人。

李建堂快步走到秦县长跟前，丢弃了手中的雨伞说："秦县长，实在是对不起，我辜负了您的希望啊。"

秦县长紧紧抓住李建堂的手说："老李呀，县政府感谢您还来不及呢。这次呀，要不是您运筹帷幄，我们还真不知道如何打掉这个在鹿鸣川地界上横行的怪胎呢。"

众人似乎听不懂他们两个人在说什么，又感觉他们之间的对话是一个什么秘密计划。

秦县长的举动，使得从西京回来的张文龙等人深受感动。张文龙从屋檐下走到雨地里，紧紧地抓住秦县长的手说："秦县长，什么都不用说了。我们回来，不为别的，就冲着您对鹿鸣川这方土地的用心和热情，我们一定回来。"他丢开秦县长的手，站在雨中，问他带回来的人："大家乐意回来不？"

"乐意"！从西京回到鹿鸣川的企业家们，异口同声地回答着张文龙。

秦县长摊开双手说："走，我们去镇政府，我想再次听听大家的意见。"

人到了，也就意味着钱到了。高立军如此想，王雪峰、秦县长也是如此想。到底如何搞农民工创业园，二十多个人，在镇政府会议室整整讨论了一下午。李建堂、李爱民、金小平也被秦县长叫来参与讨论。县政府下属的税务、城建、土地、发改局等几个部门领导也参加了会议。

听了企业家们的建议，秦县长站起来说："看来呀，我们过去在设计时，只想谋大事创大业。什么工业强县，的确是太空了，都是些不切实际的想法。现在我终于明白了，各位为什么能在西京把事情做得风生水起，是你们懂得什么是从实际出发。"

正在此时，镇政府大院里开进了一辆棕色小车。派出所李所长看到有高级小车进了院子，一直坐在大门口守护着会议进出门的他，立即起身去迎接。车门打开，车中走出来北京刘师傅的儿子刘宏以及范志伟。

李所长并不认识前来的这两个人，他很客气地将两个人带进会议室。高立军忙跑到秦县长跟前告诉他，范志伟和刘师傅的儿子来了。秦县长一边从桌子上起来带着鼓掌，一边在许静茹引领下快步走到台阶下，准备迎接远道而来的客人。

范志伟和秦县长是熟悉的，他指着刘宏对秦县长介绍道："这是刘博士，我们一起在美国做访问学者。听他爸说，咱们要搞创业园，他就和我一起回来看看。"

秦县长做出一个拥抱的动作，紧紧地将刘宏抱在怀中。他无比兴奋地说："哎哟妈呀，地球就这么小嘛，转来转去，全是圈子里的人呀。"

刘博士大大方方地与每个迎接他的人握了手，然后转过身对秦县长说："现在呀，全世界流行一句话——地球村，这就是真实的写照嘛。"

几个局长并不知道来者是谁，他们坐在会议室里并没有动。秦县长不住地将目光抛向会议室，示意他们出来迎接。那些人只顾说别的，并没有在意秦县长的眼神，他们以为来的都是秦县长的朋友。

不知道什么时候雨停住了，鹿鸣川上空出现了彩虹。彩虹似一座弧度很大的桥梁，东西横跨川道，像天公手中提着的灯笼把儿。秦县长原本想请两个博士进会议室，看到那些并不在意的局长还在议论着什么，他向刘宏和范志伟说："是这样，我这儿还有个会议。小高，你们先领着两个专家去川道里看看，给他们介绍一下鹿鸣川的基本情况。我这儿做个总结，咱们一起回县城。"

王雪峰理解秦县长的用意，他从秦县长看会议室那些人的目光中，断定秦县长一定会发火。军人们之间通用的气息，别人是无法理解的。

王雪峰向两位博士做出邀请的手势，然后引领大家出了镇政府机关的大门。而另一拨人，站在会议室门口不知所措。王雪峰回头看着许静茹向他们挥着手说："快跟上呀，大家一起去看彩虹嘛。"他怕那些年轻人听到秦县长发火时的叫喊声。

许静茹几个人刚走出大门，会议室里就传来摔茶杯的声音。王雪峰和许静茹同时扭头向会议室看了一下，王雪峰示意许静茹快将客人带离政府大院。

出了街道，天显得更加亮堂，彩虹渐渐消失，夕阳的余晖将整个川道染成血色。王雪峰停住了脚步，扯着秦镇长的衣袖向他耳语一番，让他领着一帮人向南走去，自己一溜小跑回到镇政府的会议室。

秦县长的学历没有局长们高，但任职以来，他做的工作和他的处事作风，局长们佩服得五体投地。大家都知道他有摔茶杯骂人的习惯，所以并没有人对他有什么抱怨。

王雪峰走进会议室时，秦县长正在火头上。他指着几个局长说："你们谁对创业园没有信心，不想参与，立即从这儿出去。也可以写辞职申请，我没有权批的，可以上常委会、常务会。你们知道吗？好不容易从北京请来了专家，那可是别人打着灯笼都找不到的人才，看看你们，这就是我们对待人才的态度吗？屁股抬一下，往起站一下，伸个手握一下，给人家个笑脸，你们的身份就低了吗？就算你们不认识，不知道来人的身份，那我问你们：我这个县长都去迎接，你们看不出来吗？你们脑子在想什么？"

王雪峰顶着秦县长的骂声，回到自己的座位上。他示意秦县长的秘书，扫掉地上的茶杯渣子，自己又为秦县长倒了一杯新茶放到他面前。有几个局长，不住地给王雪峰使眼色，希望他能阻止秦县长发火。

王雪峰接受了局长们的眼色，但他并没有马上发挥自身的作用。他想让秦县长再骂一会儿，如此一来，自身的作用会显得更加重要。

就在秦县长平时能骂的话快要骂完时，王雪峰站起来双手将那杯浓茶递给秦县长。他对秦县长说："好了，主要是大家不熟悉客人的身份，大家以为是你的亲戚或私人朋友。"

秦县长像在部队接到上级命令似的，这才重新坐下，点燃了一支香烟开始抽起来。他让王雪峰向局长们介绍了从北京来的两位专家。

听了王雪峰的介绍，局长们齐齐站起来，异口同声地对秦县长说："对不起秦县长，我们主要是不了解人家。"

秦县长坐着没有动，他挥手示意局长们坐下。他问土地局局长刘胜利说："是不是我又犯了军阀作风的毛病了？"

刘胜利也是转业军人出身，他笑着说："没有，正常，是我们没有做好，惹班长生气了。"

秦镇长和高立军领着两位博士出了街道，一直向南走，张家寨子高耸在川坦南边。此刻，寨子上全涂了血色夕阳，像一把顶天立地被鲜血染红而又从九霄之上直插到地上的利剑，观之令人震撼。大家停止走动的脚步，感叹天地造物的神奇。刘宏忙从背包里掏出相机，不停地拍摄，口中不住发出惊叹。他还号召人们站在一起，为大家照了合影。

67　说　情

　　送走了北京的来客，一切又恢复了平静。范志伟和刘宏给鹿鸣川留下的不仅仅是智慧，更多的是他们的思想。他们并不是那种夸夸其谈的人，他们的每一个建议，都得到了县常委们的认可。特别是开发鹿鸣川旅游的设想，范志伟做出的可行性报告令县政府的干部们拍案称绝。秦县长拍着报告对局长们说："看到了吧，什么是专家？什么是回报？什么是发展？什么是人才？想想当初人家来时，你们的态度，问心有愧没有？"

　　一切还得从眼前做起，高立军看着大平的厂房恢复如初，对大平和许静茹等人说："远景不会太远，但毕竟还是远景。我们的任务是先把眼前的事做好，让'王大婶豆腐干'和'牡丹牌素鸡'，早日走上城乡百姓的餐桌，这才是我们真正要做的事。无论我们如何忙碌，我们不要忘记，我们从西京城跑回来是做什么来了，大家可明白？"

　　"明白"。大家异口同声地高喊道。

　　蓄意破坏大平厂房的村主任和他手下的几个人，并没有在看守所待多长时间，就被释放了。其间，大平和高立军先后两次找过秦县长和县政法委书记，希望能释放闹事者。有一次，秦县长还让大平等几个年轻人，旁听了县政府的常委会，专门讨论对闹事者的处理结果。

　　在那次会议上，大平说："虽然他们犯了王法，可他们毕竟是农民，我们要在鹿鸣川创业，还是要靠当地老百姓的支持。这个村主任在当地有一定的群众基础，如果能想办法将他的积极性调动起来，也许对我们的发展有好处。"

　　令人们没有想到的是大平的话还没有说完，县政法委书记暴跳如雷地吼道："照你这么说，我们只考虑发展就不要法律了，那国家还要我们这些政法机关做什么？难道让我们用稀泥抹光墙的手法来执法吗？"

　　政法委书记从部队转业不久，习惯于刚性思维。他的话一出口，搞得大平一时脸红到脖根。高立军发现大平的双手不停地发抖，他用目光看着秦县长，秦县长没有做出任何反应。他又向王雪峰丢下一个眼色，王雪峰微笑着向他点点头，表示自己理解了他的眼神。但王雪峰依旧没有做出任何反应，只是微笑着看着政法委书记。

政法委书记发过一通火后，让大家对他的说法提出意见。在场的人都没有做出任何反应，场面一时冷静下来。过了一会儿，秦县长从口袋中掏出一支烟，先抛给桌子对面的政法委书记，自己点燃后还将打火机从桌面甩给政法委书记。

其实，在秦南县这一届领导班子中，政府方面的班子组成多是退伍军人，而且出自一个部队。秦县长在部队由正团级转业到地方，成了正科。虽然级别是正处，可职务是县工商局长，他硬是一步一步干到县长职位上。政法委书记在部队是政工干部，虽然由副师级转业，到了地方也只是个正处。

在秦南县，大家认准秦县长是个能干事的人，是个一心想为老百姓做事的人，也是一个作风正派的官员。虽然学历是从省委党校弄回来的研究生，但政府这边的人还是对他敬佩有加。起先，县委那边的人多少有些不太看好秦县长。几年下来，秦县长做的几件大事，包括他主张搞的农民工创业园，得到了大家的肯定。

但不知道为什么，这个到岗只有两年时间的政法委书记，一直和秦县长唱着对台戏。有人说，是副师级比正团高的缘故。也有人说，两个人不是一个部队出来，秦县长在新疆属于边区，政法委书记转业自北京，气势上要比秦县长高几分也实属正常。

现在，政法委书记已经点燃了秦县长抛给他的烟，烟在手中点燃后，他吸了一口，用一双眼睛紧紧盯着秦县长。

秦县长毕竟在政府大院的时间比政法委书记长一些，他并没有对他不敬。他喝了一口水，看了看坐在桌子周围的几个常委说："我看是这样，这个问题呢，还是由司法部门去讨论，我们在此就不细说了。刚才金大平同志提出的问题，是站在一个想做事的创业者角度考虑的，也不是没有道理。"他说着，将积长的烟灰转身弹到地上，反回身指着公安局长说："如果从轻处理，金大平同志的损失一定要赔偿，还要加罚的。你们要把这个案子往实里砸，绝不能再出现影响我们搞创业园的拦路虎。"

公安局长记录着，不住地点着头，又看着政法委书记。

到了后来，经公安调查，鹿鸣川村主任甄虎等人并不是惯犯。村主任不但是个好村官，还是县人大代表，最终被公安局罚了款，将人放了。

68　忏　悔

这一天清晨，高立军领着所有人来到大平的工厂。看着重新建起来的厂房，他挥舞着右手臂，有些焦急地说："还是太慢了，我们还是要抓紧。现在关于开业的事我们可以先放一放，但招商引资的事进度太慢。许静茹、小凤，你们俩在这块要主抓进度。要是实在不行咱们几个再去一下西京，将张文龙他们请回来看看。创业园要真正建好，离了那些人不行。他们手上有钱呀！我算了一下，光鹿鸣川在西京的这些成功人士，他们手上的钱放在一起都能有好几个亿呀。"

许静茹说："我了解了一下，这些人对开发鹿鸣川的旅游比办企业更上心，他们有些人是在等旅游开发的方案哩。"

小凤附和着许静茹说："我感觉我们的宣传力度，还不足以吸引人。要不要以政府的名义，在西京召开一个新闻发布会，这样一来影响会大一些。我们不能只把目光盯在鹿鸣川那些企业家们身上，只要我们将资源的优势宣传出去，就会吸引更多的企业家。现在国家对环境治理抓得很紧，像秦北的老板们，他们手头有钱，可不能再开发煤矿了。他们也想快速转产重新创业，只要我们把宣传做好，也许能吸引他们来投资呢。"

小凤的话音刚落，大家的掌声响起来。小凤不知道大家为什么会鼓掌，她一时以为自己说错了什么，忙抓了许静茹的一只胳膊摇着问她："咋了，我说错什么了？"

高立军开心地说："不是你说错了什么，你呀，是让我们吃惊了。你从哪儿得到的这些信息和想法的？真是士别三日，当刮目相看。而你连一日都没有跟我们分别，就已经让我们不认识你了。"

大平听了小凤的话，和大家一样鼓着掌，但他的脸上并没有笑容。小凤的成长和进步的确令他吃惊，他想的是小凤有了如此思想和眼界，可小平呢？还纠结在与父亲的争论中，这样下去小凤和小平还会有未来吗？

任子函走过去，双手抓住小凤的肩膀前推后摇着说："你呀，太让我们吃惊了，让我看看你这小脑袋瓜子里面装了什么智能机啊。"

小凤用双手拥抱了任子函笑着说："学呗，只有学习嘛。我想，既然我们要做大事，那就要学习。政府把这么大一块土地交给我们这帮年轻人，让我们在这片土地上做锦绣文章，我们就要不遗余力地做到最好。就像我学设计一样，鹿鸣川是老师交给我们的一张白纸，或者说是试卷，让我们在上面画出最好的图画，那我们不学咋行嘛。"

又一轮掌声响起来，站在厂房后的雪青听了女儿的话，不住地擦着眼泪。她为女儿的成长兴奋着。

高立军说："大家看到了吧，小凤的进步多快呀，我们就应该向小凤学习。是的，政府把这一片土地交给了我们，我们如何在这上面画出最美好的画呢，我想大家是不是都应该好好想想。小凤的提议很有建设性。"

高立军的话刚说完，鹿鸣川的村主任甄虎带着几个砸大平摊子的人来到现场。雪青知道他来是向大平道歉的，她转身离开了人群，她不想看到他认怂的场面。

甄虎像变了个人似的，从口袋中掏出软中华烟，一一递给在场的几个男人。他先抓住金大平的手，紧紧地握着说："老侄呀，听说了，全听说了。你在县上为我说情的事，不仅跑了不少路，还挨了批。老叔从心眼里谢你哩。这回呀，算我有眼无珠，思想太狭隘，没有顾全大局，你要原谅哩。毕竟么，我是个农民，没有读过多少书。说起来是个村主任，其实呀，就是领着大家伙过日子。"

大平被甄虎弄得满脸通红，他双手握着甄虎的手说："还希望叔多支持，这毕竟是给咱鹿鸣川做好事。过去了，都过去了，以前的事咱通通不提了。"

甄虎对站在自己身后，一个叫作来喜的小伙吼道："还不快把钱拿出来，还不快感谢金经理。你们知道不，是他在县长面前不住地求情，你们几个才免了判刑。要不是金经理，你们怕这会还在看守所哩。"

高立军等人围着大平，看着甄虎和他带来的几个人的举动，都没有说话。

大平拍了拍来喜的肩膀说："行了，兄弟，亲不亲，家乡人，你这是弄啥哩。"

甄虎从来喜手上接过钱，往大平怀里一塞说："既然你原谅了大家，就把钱收下。你不收钱，不是还没有原谅么？"

大平将钱重新塞到甄虎手上，笑着说："是这样，这个案子，人家派出所已经立案了。我这儿的损失，公安局的人也来查了，到底是多少以公安查的数字为准。你们的钱交给派出所吧，改天大家一起过来，我请大家吃饭，给大家压压惊，行不？"

甄虎将钱交给来喜兴奋地说："好，叔听你的。那我们先去派出所，一是把案销了，二是把你的损失补上。"

甄虎说过，准备领着几个人往镇上走。刚一转身却和迎面走过来的雪青撞了个满怀。雪青端着一盘切好的西瓜，被甄虎撞落一地。甄虎忙低头去拾，雪青抓住他的肩膀，将他扶起来一脸笑意地说："行了，哪敢劳驾你呀。快，先回屋里，我这再给你重切一个。"

甄虎搓着双手摇摇头说："妹子，哥哪还有脸吃你的西瓜，哥这回把人丢尽了呢。"

雪青一手拿着红色镶花木盘子，一手拉了甄虎到一边，压低声音对他说："行了，都过去了，这回还得感谢人家大平哩。人家天天往县上跑，才把你弄出来。你说你，今年是咋了？咋能做出这等事，这还是你吗？"

甄虎摇摇头叹气道："不说了，不说了，只要这个金经理能原谅我就行了，其他的啥都不说了。"说罢，转身向后面几个人挥了一下手，带着他们跑着向河岸奔去。

雪青将高立军等人带到家里切了西瓜吃。西瓜刚吃完，派出所李所长打电话，让大平和高立军去派出所。两人刚走，小平骑着摩托车进了雪青家的院子。小平一脸的不高兴，雪青知道一定是父子俩又闹矛盾。她重新给小平切了西瓜，示意许静茹带着一帮人离开。

许静茹迅速从方桌边站起来，对小凤、王颖和任子函说："咱们一起到厂房那边看看，要抓紧进度，争取下周开始生产。"

许静茹等人走后，小平一边吃西瓜，一边将自己与父亲的矛盾说给雪青，他最后对雪青说："要么，让我爸到镇上来，不要再回山里去；要么，你让王局长给秦县长说说，让我和夏新换一下。我到鹿鸣川村来，让夏新去庙岭。"

雪青静静地看着小平，想了一会儿说："我试试吧，但不一定能成。"她想，让金发财到镇上来，一时可能行不通。那个倔脾气，就是到了镇上，也是看这不顺眼、看那不舒服，不但不会帮大平还会添乱。如果让小平到镇上来，倒是一件好事。一个上了大学的孩子，重新回到村上，不会做那些留守人的思想工作是一说，的确会被人看不起。一旦被人看不起，工作就没有办法开展。还有一层意思，大平和小平在某种意识里，将自己当作他们的长辈，或者说是母亲。孩子们相信自己，自己就应该为他们着想。小平若长期在山里待下去也不是个事儿。时间长了，小凤也会有想法。她想，让小平和夏新对换一下，也许县上会同意这个提议。

小平还告诉了雪青，夏新乐意去山里的原因，那就是夏新去了山里，王颖一定会跟着去。他想把王颖会去的原因说给雪青，想了想没有说，他想起了自己给高立军的保证。

雪青想了一会儿，对小平说："我看是这样，你先到镇上，把你的想法给秦镇长说说。还有一点，你先和那个夏新商量一下，看看人家乐意去庙岭不。如果小夏乐意去，那什么都好说。可那个王颖长得那么好看，你说她愿意在山里待吗？"

小平想了一会儿说："我先去见见夏新，试探一下他的想法，也许能成哩。"

其实，夏新在鹿鸣川村干得并不顺心。甄虎对夏新还是比较认可的，夏新刚到村上，他就对夏新说："现在是信息时代，我们这些老家伙，已经跟不上时代。你们年轻人应该挑起大梁，我给你做后盾。你在前边冲锋陷阵，有什么事儿，我在后边给你担着。"

甄虎给夏新说过此话后，夏新很是感激。但他没有想到，聪明的甄虎还是上了李建堂的当。在这一点上，他有些责怪自己，也对一直以正义化身为名的李建堂产生了动摇。

小平从雪青家出来，正计划到镇上去找夏新，刚到河岸上，便遇到了秦镇长。两人并肩走出街区，一直向南走着。出了镇街，远远地看到兀立在远处的寨子。秦镇长说："要不咱俩到那个寨子去一下，我到那儿有个事，可以一路走走聊聊。"

小平知道秦镇长抽烟，便跑向商店买了香烟出来，给秦镇长一包然后将自己手中的那一包打开，敬了秦镇长。两人沿月亮河岸边的柳荫向南走去。

小平终于将自己的想法，告诉了秦镇长。他说主要问题，还不在于自己与父亲之间的矛盾。后来他才发现，是村上的留守人员压根看不起他。所以，他没有办法在庙岭开展工作。秦镇长问他有什么想法？他直接告诉秦镇长：他想到镇上来，想和夏新换一下。

秦镇长对小平的想法，心里很是赞成，但他并没有立即表态。他站在柳树下，想了一会儿，抬头看着在阳光下泛着绿光的寨子说："这是你个人的想法，不知道县上会不会同意。"

小平也将目光跟随了他的目光，望着寨子说："你看是这样，鹿鸣川村刚出了问题，夏新夹在中间比较别扭。如果他能和我换个地方，对他，对镇政府都有好处。我来了之后呢，首先保持一个中间立场，不靠近李建堂，也不跟随甄主任，我还能摆脱我父亲，这样工作起来也会主动一些。"

秦镇长收回目光，静静地看着小平。他在想，自己真是低估了现在这些年轻人。没想到他们虽然资历不深，但见识不可小觑。他看了一会儿小平说：

"我试着给县上说一下吧，也许组织部门会采纳我们的建议。"

说完话两个人调整了走向，径直往镇街上走。路上，他们看到有人开始挑着槲叶卖。小平说："端午节快到了，山里人开始卖槲叶了。力争在端午节后，能把这事定下来。我心稳了，夏新也会很快适应庙岭的环境。"

秦镇长说："山里自然不比镇上条件好，问题是夏新是否愿意去，还是个问题。"

小平很自信地说："这个问题您交给我，我有办法让他去，而且是开心地去。"

两个人很快就来到了镇政府，正好夏新也在镇政府。秦镇长看到夏新正与管土地的干部说话，走过去对夏新说："你们说完后，到我办公室来一下。"

夏新说："我们已经说完了，还是关于李爱民老板用地的问题，我想问问手续如何办。"

三人一同进了秦镇长办公室，夏新倒主动起来。他知道水壶在哪里，水如何烧。三人喝着茶，秦镇长开门见山地把自己的想法告诉了夏新。令他没有想到的是，夏新很爽快地答应了。他告诉秦镇长，自己乐意去山里。他还说："要说种黄豆，我可比小平有经验。我们秦北属于干旱地区，小时候那可是家家户户都种黄豆呢。"

秦镇长开心地说："这样吧，你们俩再去商量商量。我这就去县里把你们俩调换的想法告诉组织部，让他们行个文书，这样工作起来就名正言顺了。"

雪青听说小平要到鹿鸣川村工作，自然开心。她怕小平在山里待久了，与小凤之间产生距离，感情生分。

三人正说着话，许静茹带着任子函和王颖从豆制品厂那边过来了。夏新将消息告诉了王颖，王颖兴奋地说："简直太好了，要不我们现在就去山里看看。我主要是想看看，静茹当年生活过的地方，她是如何在那里度过三年的时光。"

许静茹拍着王颖的肩膀笑着说："什么当年，这才几个月呀。"

几个人正在说笑，雪青跑到豆制品厂将小平和夏新要调动的事告诉了大平。大平放下手中的活计，匆匆忙忙跑过来问究竟。大家决定，由小平和夏新，带着王颖立即出发，去山里先探情况。

雪青为他们洗了黄瓜和西红柿，让他们带上到山里吃。她将洗好的东西装进保鲜袋后，手上动作停止了，大家齐齐将目光投向她。她轻轻笑了一下说："我有个建议，这个事应该给小高说一下。毕竟他管着你们，虽然他和你们年龄差不了多少，可人家是县上正式任命的人。静茹，我是不是想多了？"

　　许静茹被雪青的一番话感动了，她理解这个像母亲一样细心的女人。她忙扑过去，将双手搭在雪青肩膀上，亲昵地说："好吧，也对。高立军是主任。不，是副主任。要是不给人家说，人家给咱们穿小鞋就不好了。"

　　王颖兴奋地说："他要是给我们穿小鞋，你就帮我们脱下来呀。"话一出口，王颖看着大平，意识到自己的话说得不恰当。她自己给自己打圆场说："这不是还有金经理吗？高主任给我们穿上小鞋，我们就求金经理帮我们脱下来。当然，还有阿姨，阿姨的话，高主任还是要听的哟。否则，谁给他做好吃的？"

　　雪青让许静茹给高立军打了电话，高立军在电话中告诉许静茹，他正在县里开会。许静茹压低声音将小平想和夏新调换工作岗位的事说给他，高立军告诉许静茹，自己一会儿也要到县组织部去说这个事，秦镇长已经告诉他了。他说这是一件好事，不但利于工作，而且能安抚婶婶的心。

　　许静茹突然明白，让小平到镇上工作，小平与小凤之间的距离就会近一些。挂掉了电话，她看着雪青，心中暗暗起了敬佩。

　　大家看到许静茹脸上的笑容，知道高立军一定支持小平和夏新调换工作岗位。几个人忙着准备到鹿鸣川村去，帮夏新收拾东西。雪青直起腰阻止了大家，她说："一切都还要等县上的文件，没有文件，山里人怎么接待小夏呢？你们悄悄把东西拿到山里，如果县上不同意咋办？你们现在应该考虑，咋到山里去？是走还是坐车？坐车，车在哪里？"

　　是呀，几个人如何到山里去呢？

　　雪青想到村主任甄虎，她知道甄虎有皮卡车。她把想法说给大家，大平双手摸了一下头说："这样不好吧？咱收了人家的钱，又用人家的车，无论如何说不过去。"

　　雪青说："这是什么话，用他是看得起他。他这一会儿盼着和咱往一搭里挤哩，你再用不上给他说什么好话，他感谢你还来不及哩。你们不好说，我说，你看我咋收拾他。"

　　甄虎听说大平要用车，在电话中告诉雪青，"都是些金枝玉叶的大学生，咋能让年轻人坐皮卡？最起码也得坐上个面包车，我给年轻的企业家们安排面包车。这些人呀，是来给咱鹿鸣川创造未来的，咱一定要善待人家。连政府都那么重视，咱咋能拖后腿呢？"

　　雪青故意拿腔拿调地说："这些娃们刚创业，好车怕是用不起哩。"

　　"不让娃们出钱。这钱我甄虎个人出了，权当将功赎罪哩。"雪青的电话挂了没多久，一辆白色面包车开进了她家的院子。车后面跟的不是甄虎，是李建堂。

大家看到李建堂，觉得很是意外。

李建堂绕到车前一把抓了夏新的手，将夏新拉到雪青家的旮旯里对夏新说，县上怀疑甄虎带人拆了大平的工厂，是他故意安排的，县上有关部门正在秘密调查他。夏新听李建堂如此说，声音亢奋地说："这是谁说的，这不是胡说么？"

听夏新如此说，李建堂悬着的心放下了。他一屁股坐在小凤的床沿上对夏新说："有你这句话，我就放心了。"

夏新坐到他身边，拉了他的手说："李叔你放心，就是中央来人调查，我也是这句话。你一直支持创业的，这是事实呀。"

李建堂听到门外响起了车声，扭过头问夏新："要出门吗？"

夏新看着窗外的几个人说："去一趟山里。这不，收割夏粮后，不是要开始种豆子吗？我想陪着他们几个人到山里去看一看。那个金小平，是我的同班同学，我还没有去过他家哩。"

李建堂从床边坐起来说："那你快去，应该的，应该的。"说过，李建堂起来走了。

69　槲叶粽子

　　甄虎安排的车，将一帮年轻人拉往庙岭。车刚进山，还没有到村上，王颖就按捺不住了，她兴奋地说："真没想到，竟然有这么好的地方。你们知道吗？什么叫山清水秀，我的同志们呀，姐妹们呀，你们呀，许静茹，你为什么要逃离这么好的地方？这是多么有诗意的地方呀！"

　　许静茹扯着她的耳朵说："你是看新鲜，让你过个三五天或者一周，你就不会有这样的想法了。"

　　车行至船石边，王颖让司机将车停下，一帮年轻人下了车。小平指着山路对他们说："我和我哥就是从那山里走着出来的。那时候还不通车路，我们只能靠走，从这儿走到鹿鸣川，我们俩人整整走了六年。这石头、这小溪、这里的一草一木，都应该能记住我和我哥的身影。"

　　夏新听了小平的话，向许静茹抛去一个眼神，示意许静茹带头鼓掌。王颖和任子函不知道是什么意思，也跟着鼓掌。

　　小平转过脸看着夏新问他："你犯了什么病，是笑话我们经历的苦难吗？"

　　夏新走过去将手搭在小平肩膀上说："苦难？你这算什么苦难？你的苦难有我苦吗？你不想想，我父母在我八九岁时，双双出了车祸。是我姐一个人将我养大的，你有我苦吗？"

　　小平用目光齐齐看向几个年轻人问："那你们瞎起哄什么呀？"

　　夏新从地上扯起一把艾草，双手献给小平说："你呀，终于说了'我哥、我哥'了，我们听了心里兴奋呀。"

　　太阳灌满了山洼的时候，一帮人到了庙岭村二组组长刘永林家门前，西坡根分散的几户人家老远看见了许静茹，便向许静茹打招呼要许静茹去家里吃粽子。

　　听到呼唤声，刘永林老婆从屋子里出来，一把将许静茹拉到自家门前的核桃树下，转身从家里端出一盘热气腾腾的槲叶粽子。除了小平、许静茹、任子函和司机见过槲叶粽子，王颖和夏新从来没有见过。王颖看到长方形粽子感到十分惊奇，她坐在旁边一个凳子上开始解粽子身上的细绳。她一边解一边说："真是太新鲜了，还有这样的粽子，先不说吃了，你们嗅嗅，这香味呀，就有大自然的风骨呀。"

许静茹先剥开一个粽子给了开车师傅，开车小伙拒绝了许静茹的好意，他说："你们到了，我就走了。"

许静茹站起来问他多少钱。小伙说不要钱，转身向停在路边的车走去，只听几声发动机的声响，车便沿着山路消失在绿光中。夏新忙打电话给甄虎。许静茹说打什么电话呀。夏新说要告诉村主任，要不这家伙将车开到别处去玩一天，甄村主任还认为他们用了一天呢。

王颖说："不错，有心了。"许静茹怪笑着说："哼，情人眼里出西施。"

王颖用筷子点着许静茹的脸颊，装出生气地说："什么呀，你胡说八道。"筷子上黏着高粱米，王颖用力过大，筷子头甩出的一小块高粱米，黏到了许静茹额头上。王颖紧张地丢下筷子，用自己的袖口去帮许静茹擦。大家一时紧张起来，担心高粱米烫着许静茹的额头。许静茹先是叫了一声，之后推开了王颖的手，站起来向河边跑去，大家都跟了许静茹跑向河边。高粱米被许静茹洗掉了，但额头上的确留下一块紫印。王颖在紧张中不住地朝地上跺脚，竟然跑向一边哭了起来。

刘永林夫妇听到哭声，从屋子里跑了出来，他们以为粽子出现了什么问题。知道是粽子烫了许静茹，刘永林的妻子香玲从屋子后面拿来了黄蒿，挤了黄蒿汁涂在许静茹脸上。她对蹲在一边的王颖说："没事的，只是伤了皮肤。有了黄蒿，不会留下疤痕的。"

小平打开手机中的镜子让许静茹看，许静茹看完说："不错，我以前总羡慕印度女人，额头上总有个红点，这回我也成了印度女人。"她只草草地看了一下，就将手机给了小平，然后唱着印度电影《流浪者》的丽达之歌，走向王颖，她唱道：

> 亲爱的，我和你
> 永远不分离
> 趁现在黑的夜
> 天还没亮
> 你快来吧
> 你快来吧
> 我的爱
> ……

王颖听到许静茹的歌声，从小河边冲起来，一下子抱住了许静茹。两人紧紧地抱了一会儿，王颖丢开许静茹走到核桃树下，接着许静茹没有唱完的曲子，擦掉眼泪放开嗓子唱道：

> 你是我的心
> 你是心灵的歌
> 快来吧，趁现在黑的夜还没散
> 你快来吧，你快来我的爱
> ……

王颖唱得十分投入和动情，声音悦耳，边唱边舞，活脱脱一个丽达，同时将一个女人对男人的思念表现得淋漓尽致。观看的人，个个目瞪口呆。唱完后，她又一次扑向许静茹，大家才发现许静茹已经泪流满面。

许静茹在为谁流泪，成了每个人心中都想得到的答案，但大家都没有问。

王颖又一次去用手抚摸许静茹头上的伤，许静茹双手抓住她的手摇着说："没事，没有那么娇贵。放心，就是有了伤疤，现在到处都能整容，怕什么。"说着，她拉了王颖走向大核桃树下，准备吃粽子。令大家没有想到的是，粽子上爬满了蚂蚁，刘永林妻子见状将粽子全收走了。

此时，小平才想起来给大家介绍刘永林。他对夏新说："这是二组组长刘永林，他的女儿刘丹也在西京上大学，学的是软件开发。刘组长可是对我工作支持最大的人。"

夏新从口袋中掏出一支烟，毕恭毕敬地递给刘永林说："谢谢您对小平工作的支持，我们俩在大学是同班同学，希望以后继续支持。"

刘永林将烟架在耳朵上笑呵呵地说："希望你们这些有知识的年轻人给我们带来新鲜的思想。要不，你看，这村子快塌火了，人全跑完了呀。"

夏新说："会回来的，只要乡村建好了，创业园建成了，企业发展起来了，许多外出打工的人都会回来的。"

夏新的话一出口，就将大家的目光全吸引过去了。每个人都在想，这个夏新，在村上工作了几天，像换了脑子似的。说出的话不但有官味，而且听起来很入耳。

刘永林媳妇重新端了一盘粽子来到树下，大家又开始吃了起来。

太阳偏西的时候，一帮人到了小平家。小平父亲没有包粽子，刘永林将自己家的粽子提了给他。金发财一个人坐在核桃树下抽烟，见到许静茹他很开心，忙从树下木墩子上坐起来说："小许主任，好久没有见你了，我们村上人都念叨你哩。"

许静茹忙从自己的背包里掏出礼物给了金发财，礼物用盒子包着，大家都不知道里面装了什么。小平回到屋里为大家烧水，许静茹、刘永林、金发财三人坐在核桃树下的木墩子上聊天。

任子函领着王颖和夏新上了村庄前面的土塬，土塬下的人只听到王颖情不自禁地赞美着眼前的一切，看着他们向山顶上不停地攀爬。

村上几个老人看到许静茹从山路上走来，都端了自家的粽子到小平家院子外边。许静茹给每个人送了礼物。

小平坐在木墩子的边沿，对刘永林也是对金发财说："老刘叔，我有可能要到镇上去，有可能组织会让刚才那个小夏来接替我，你依旧要支持小夏的工作。"

金发财听小平说自己要到镇上去工作，脸上露出了喜色，他从木墩子上端起茶杯递给许静茹说："这怕是你帮的忙吧。"

许静茹说："是组织上的安排，现在还没有批文，这不正是您想要的结果吗？"

刘永林说："这回呀，你老哥脸上有笑容了。"他一边喝茶一边对许静茹说："这可是老金的心病哩，小许呀，你可是帮了老金大忙了。老金，你可要好好谢人家小许哩。"

金发财从木墩子上端起茶杯说："我这就去岭西买酒割肉去。刘组长，你不是会弄菜吗，今日就看你的手艺了。"

刘永林一边挽袖子一边说："只要你能买回来山珍海味，我就能给你做出满汉全席。"

小平从口袋中掏出钥匙对许静茹说："你们看着弄，我去买菜。"

吃饭时，王颖宣布了一个决定，她举着酒杯对刘永林说："刘组长，我要在你们这儿住下来。能不能找一条山沟或者是一块无人种的地，我要长久住下去，住一辈子。"

刘永林仰起脖子，将杯中酒一口喝尽说："你要是真想住下来，地多的是，你想要哪儿给你哪儿。如果你乐意，我们队上当年的知青房子还在哩，我可以让人收拾一下，给你住。你看，就在村子对面，只是那儿是独屋子，但宁静得很。房子前边还有一个湖，湖中有不少红色的鲤鱼。"

吃过饭，刘永林带着几个年轻人看了知青住过的房子，王颖高兴得手舞足蹈。在返回村庄的路上，王颖才告诉大家，她本身是上的美院，学的是油画，她一心想找个好地方，静下心来好好画画儿，在三十五岁前办一个画展。

她还告诉大家，其实，在她们老家的城市，她的画儿已经有了市场。但她总觉得自己的画里，缺少了许多东西。许静茹问她缺了什么。她笑着说："少了宁静，多了浮躁。我总想找一个能让人宁静下来的地方，好好修炼一番。没想到，我今天找到了。明天，明天大家到镇上，包括金叔叔、刘组长，我请客吃大餐。你们觉得镇上不行，咱可以去县城，我包车。"

王颖会画油画这是大家没有想到的，小平用一双好奇的眼睛紧盯着王颖说："你想创作，真是太好了！我给你出个题，你把我说的全画出来，绝对能一炮打响。"

大家把目光投向小平，小平挥手让大家坐在碾盘子上。他站在大家前面舞动着双手说："我们鹿鸣川的豆腐干、静板书，已经成为非物质文化遗产。在蟠龙山深处，有一个古镇，就是那个古镇做出的豆腐干，在清朝时成为给皇帝的贡品。你呀，就去画那儿，把做豆腐的程序、用具、过程、人物，全部用油画反映出来，绝对是一组好作品。"

夏新和任子函异口同声地说："不错，这的确是一个好点子。"大家一直说到月光照到核桃树上时，刘永林才走。小平为大家安排了住房，三个女人住在大平原来的房间，小平和夏新睡在自己的床上。

这一夜，除了任子函，几个年轻人都没有睡好。夏新想着，如果让自己到庙岭来，自己如何开展工作。他还在想，如果王颖真地要在这里住下来，她会不会嫁给自己呢？王颖与许静茹睡在一头，她也憧憬着未来，她对小平的提议非常赞同，这的确是一个不错的主意。

许静茹枕着大平曾经枕过的枕头，她能嗅到男人的气息。她回忆着过去自己在这盘土炕上的经历，她在想，是这盘土炕还有大平点燃了她的梦。在自己落难时，是这盘土炕给了自己温暖。想着想着，眼泪不由自主地落了下来，她似乎看到夜色中，大平母亲端着一碗荷包蛋，微笑着向自己走来。她猛地从土炕上坐起来，她的举动，惊醒了任子函也惊动了王颖，三个人同时从土炕上坐起来。

那时候，月亮的光辉洒满了庭院，夜鹰的叫声真切地响在门前的核桃树上。许静茹对王颖说："你不是想做油画么，要不咱起来看看夜色？你看看这山里的夜色，你会被迷住的。"三个人麻利地穿上衣服，轻轻地打开了柴门，溜出了庭院。

一堆萤火虫在小平家庭院外，像黄色的飘带一样游离，像要把她们带到什么地方。她们跟着萤火虫走上了庙岭，满天星光格外明晰。三个人都没有说话，站在庙岭巅上，看着流星从门前梁上一颗一颗落下来，坠入田野。

王颖终于说话了："我想在这儿住下来，实现我的梦想。"

王颖对走过来的两个黑影子说："夏新、小平，你们都听到了。我决定了，要把我母亲接到这山里来，我要在这儿扎根了。"

小平说："你肯定？"

王颖说："君子一言。其实我今天已经发现了一幅油画作品的灵魂，这幅画画出来，如果能参加全国美展，一定能产生反响的。"

大家鼓掌赞同王颖的决定。许静茹抓了王颖的手说："我知道你发现了什么，其实你的发现我用诗的形式也记录过，还得过一个小奖。"

小平抢先说："是呀，你们所发现的我也发现了，你看看我父亲的眼睛，看看那些老人的眼睛，他们不就是你意念中油画的灵魂吗？"

任子函说："你们这些学文的，总是爱神神叨叨，但你们说的我也知道，你们说的是留守老人。"

天空中的银河在此刻特别明晰，小平说："夏新，你快看，还没有到乞巧节哩，已经有牛郎和织女开始在河边相望了。"

大家将头抬起来向天空看去，有两个相向而行的飞机闪着红灯，正向银河靠近。

70　回　归

时入七月，农民工创业园迎来了一大批创业者。

张文龙是一个乐观的人，这次大家能回到鹿鸣川，全是他动员回来的。他对高立军说："光请这帮子吃，我都快花去一万元了，你得给我报销呀。"

高立军将他拉到会议室对他说："我是白手起家呀，拿什么给你报销？"

张文龙说："只要你有这个心就行了，你没看，这基础工程呀，三通呀，水呀，电呀，路呀，你得给我一块吧。"

高立军说："这个整体规划已经出来了，那是要招标的，我说了不算啊。"

张文龙问："谁说了算？"

高立军说："谁说了都不算，大家说了才算。但你记住一点，只要你为鹿鸣川农民工创业园做出贡献，你就会得到应有的一切。县政府已经有政策出台了，就招商引资这一块，不但要奖励，还要让大家有实惠。我给你个建议，你去找找秦县长，把你的想法给他说说。你不是有资金吗？把基础工程揽下来，应该没有问题。"

张文龙将高立军拉进旁边一间房子对他说："别提秦县长了，我找过不是一回两回，不但不给我工程做，还让我在县政府大院把人丢尽了。"

高立军吃惊地站起来问他是咋回事。张文龙又将他按在座位上告诉他，自己给秦县长送了二十万元，秦县长用钱将他从办公室砸了出来，还差点儿让检察院把他收拾了。

高立军一听哈哈大笑，他又站起来指着张文龙对他说："你呀，犯了大忌呀！秦县长最恨的是搞歪门邪道的人，你算是碰上钉子了。"

张文龙说："是呀，后来我才听说，秦县长是个正直清官。没事，就是他恨我，不给我工程做，只要他是一个清官，也是我们秦南人的福气。"

高立军在地上转了一圈，看着张文龙憨厚的样子，说："你这次能将这些人从西京动员回来，也算是立了大功。放心，秦县长也是个爱憎分明的人，你也可以说是将功赎罪了。下午召开见面会时，我在会上为你多唱颂歌。也许秦县长会改变对你的看法，毕竟你是有功之人。"

张文龙说："没有关系，只要能把咱鹿鸣川弄美，我自己的脸面算得了什么呢？"

两人正说着，三辆高档小轿车开进了镇政府大院。任子函敲开门告诉高立军，秦北人到了。

高立军知道来人是谁，一准是夏新从秦北动员的几个煤老板到了。夏新在秦北时用电话告诉高立军，煤老板们对投资农民工创业园没有兴趣，但他们看了他带过去的关于鹿鸣川旅游开发的规划书，乐意来鹿鸣川考察。高立军让张文龙和任子函出门后，他把秦北煤老板到来的消息告诉了秦县长。秦县长告诉他，一个小时后准时到鹿鸣川。他让高立军转告秦镇长，先领着秦北客人到处看看，想办法安排午饭，最好让客人在金大平那儿吃豆腐宴。

秦镇长拉着张文龙领着秦北客人走后，高立军动员所有人去大平的豆制品厂。他告诉大家机会来了，能不能抓住就看大家的水平了，每人做一道拿手菜。他看到脸上贴上了高原红的王颖说："你和夏新就不要去了，你们先找个地方休息，一会儿等着吃饭就是了。"

王颖说："你们北方人不会做鱼，我给秦北人做个鱼，让他们吃一下，一定能把他们留下。"说过，王颖挽起许静茹和任子函的手，便走了。

夏新这才告诉高立军："秦北人能来，全靠了王颖一张嘴。"

高立军说："光嘴哪能行，还有姿色。王颖的美丽，才是吸引秦北人的最大优势。我看，就不要让王颖住到山里，由她来负责招商是最好不过的。"

夏新说："这个我拿不定的，你和她说吧。"

高立军说："等过了这阵，咱一块儿去把王颖的母亲接来。我想早点给你们把事办了。"

夏新说："要办，我和你一块办。还有小平和小凤，大家搞个集体婚礼算了。"

高立军说："当然可以，可我和谁办呀？你们都有对象了，我连对象也没有呀。"

夏新说："你别装了，难道你心里没有许静茹吗？"

高立军用手抓了抓了头皮说："这个嘛，我还真没有想过。我是怕伤害大平呀，你是知道的，大平可是我们的主角呀。"

夏新说："你不用管大平，大平的事，我来办。其实，我姐一直暗恋着大平。这回到西京我也和她说了，只是我不敢给大平说。我想，大平和我姐的事最好还是由小凤的母亲来说，或者是让王局长说比较好一些。小凤的母亲一直希望许静茹和大平走到一起，可大平的自卑不是一时能改变的。除非他真把工厂做大，把自信建立起来。可那要多久呀，等不得呀，在这小地方不比西京城。男女大了，农村人的闲话也多了。人常说，唾沫星子淹死人呀。"

71 秦北客人

高立军被夏新的一番话说得激动得不知所措，他不光是因为听说了自己与许静茹的事，主要是他看着眼前夏新整个人的变化让他激动。此刻，他想到了李建堂这个人，夏新才跟了他多长时间，就变得如此成熟。当然，他也明白，夏新的变化与王颖也有关系。"女人是学校。"他想起了王颖说过的一句话。

外边的人正在收拾会议室，王小凤问高立军："做什么样的条幅？"高立军看了看手表说："做条幅肯定来不及了，那要到县上去。干脆找点纸来，让大平给咱们写吧。大平的毛笔字不是写得好吗？"

正说着，大平进来了，他手上拿着一卷彩色纸、毛笔和墨汁。看见大平早就想到了，高立军双手紧紧扯着大平的肩膀说："你呀，简直是我肚子里的什么来着，小凤？"

小凤停住手中的活计，抬起头看着他们俩说："蛔虫呗。"

高立军对大平说："饭，今天这顿饭太关键了。算下来，二三十个人，我们自己做能来得及吗？"

大平一边展纸，一边说："你呀，我亲爱的高主任，把心放在肚子里吧。婶婶是啥人，啥事没见过？她给我说了，豆腐宴二十个菜不重样儿，你就放心吧。快说，我们写什么内容这才是关键。以后遇到事我们明确分工，不要什么事都压在你一个人头上。小凤，你要主动为我们的高主任分担责任，要多想问题、想周全。"

小凤一边擦会议室桌面一边说："我已经想得够多的了，要不是我最先提出来动员秦北人，这秦北人能来吗？你们说是不是呀？"

高立军说："这回，秦北人真地留下来，一定给小凤奖励。"

小凤说："我什么也不想要，就让县政府给咱再弄辆车，这是咱们目前最需要的。"

王颖从门口进来，一脸笑意地问："你们想要什么车？"

小凤直起腰一边将手中的抹布叠成小方块状一边走到王颖身边说："宝

马、大奔最好，你能弄来？"

王颖伸开手揪着小凤的头发说："还懂得不少，要求还挺高呀，行了，这事交给我来办。"

还不到一小时，秦县长带着几个局长来了。高立军带着秦县长一干人马到了雪青家。小凤、许静茹、王颖、任子函，忙碌着为来人搬凳子、倒茶水。人们刚坐定，李建堂提着两瓶用红线串着的酒来了。他将酒往桌子上一放，对秦县长说："这可是咱鹿鸣川自己烧的酒。你们看看，这些酒有多少年头了？"

大家围着方桌看着，大平找来了一个改锥将酒瓶打开，屋子里顿时弥漫着酒的甘甜。秦县长拿起瓶子细细看了一会儿，细细地嗅着说："应该有三十个年头了吧。"

发改局刘局长从秦县长手上接过酒瓶，嗅了一下说："五十年往上了，而且是地藏酒。"

高立军接过酒瓶在鼻子下面嗅了嗅说："鹿鸣川还能造酒，这个可没有人给我们说过呀。"

王雪峰说："听老辈人说解放前鹿鸣川的酒，往南卖到湖北，向北卖到八百里秦川，西到西宁、兰州、银川，都有卖呀。"

高立军说："是这样呀，那这酒今天就不能喝了，我要收藏了。无论李叔要多少钱，我都要收藏。"

秦县长说："你小子会不会是想重建牡丹泉酒厂呀？"

高立军像怕人抢去似的，紧紧抱着被打开的那瓶酒说："为什么不能呢？有这么好的牌子，这么厚重的历史，如此甘甜的泉水，为什么不能呢？秦北人不是爱喝酒么，就让他们投资搞个酒厂，有什么不可以？"

李建堂从桌子边站起来说："高主任，你放心。这样的酒呀，咱鹿鸣川还有几瓶。我没有了，我可以找到比我这个还好的酒。今天呀，就让大家先品尝一下，真正要建酒厂会有办法的。"

高立军执拗地说："不行，今天只能喝一瓶。那一瓶是我的了，谁也不能喝。"

大家看到高立军的样子大笑不已，秦镇长领着秦北人，已经到了雪青家的院子。也在此时，甄虎准备的菜被人送来了。

桌子只能坐八个人，秦北三个老板坐在一起。秦县长、发改局刘局长、王雪峰、秦镇长、何秘书坐下刚好。看到李建堂还站在旁边，王雪峰从桌子上站起来，让李建堂坐下。李建堂推让着，雪青走过来说："老李呀，你可不要搞错呀。这是我家呀，咋能让客人站着、主人坐着呢？"雪青说着，给弟弟抛去一个眼神。

正在此时，甄虎端着一盘菜进了门，高立军见状，忙从秦县长边上站起来，准备给甄虎让座。秦县长一把抓住他说："你今日是主人，没你咋行呢。"说着，秦县长向何秘书挑了一下眼，何秘书很快离开了桌子。王雪峰拉了秘书的手，出了门，向旁边的豆制品厂走去。

看到王雪峰拉着何秘书过来，许静茹和王颖立刻将他们迎进提前准备好的另一张桌子上。王雪峰弯下腰对小凤耳语道："快去，把秦北客人的司机们叫过来。"

雪青家的宴席已经开始，任子函、夏新和小平站在桌子边为大家服务。秦北老板嗅到了酒香不由自主地叫嚷起来，姓高的老板抓住秦县长的手说："秦县长，什么酒呀这么香，快拿出来吧。你们嗅到没有，这满屋子都是香气呀。还从来没有嗅到过这么香的酒，咋比茅台和五粮液还香呀？"他丢开秦县长的手，用指头敲打着桌面继续说："我们秦北人呀，就是对酒感兴趣。"

高立军立即向他的杯子里倒上酒，高老板将酒放在鼻子下嗅了嗅说："真是怪了，你们几个快、快，先不要说喝不喝，先嗅嗅，先嗅嗅，真是神奇呀。"他说着，举起杯子与秦县长和发改局刘局长碰了一下，然后一饮而尽。显然，他是几个秦北老板们的主角。

大家吃着聊着却没有一个人说正事，一瓶酒很快就喝完了。秦北人还要酒，高立军拿起杯子说："真不好意思，只有这一瓶，这还是四十年前的酒。为了迎接各位老板，我们找遍了鹿鸣川，才找出这么一瓶酒。"那个王老板从高立军手中接过空瓶子细细地看过后说："还真是一瓶老酒，你们看看这瓶子，还真是四十年前的东西呀。"

一瓶酒喝完后，挑头的高老板才开始向秦县长介绍他带来的人。令大家没有想到的是，一个姓邹的老板，竟然和秦县长、王雪峰是一个部队的。大家尽说了些在新疆的往事，倒把雪青急得直向高立军使眼色。

饭大约吃了一个钟头，临走时，王老板和高老板口中还在念念不忘被自己喝下去的老酒。

那边的人早吃好了，这边的人刚一出门，那边的人已经站在门口了。

太阳正在头顶上发威，金色的阳光，似给每个人脸上都涂上了粉。一只喜鹊正在此时从远处飞来，站在雪青家门前的核桃树上叫了起来。王老板喝得有点发蒙，他抓住夏新的手说："小夏呀，安排地方我要住下来。我要在这儿找到刚才喝的酒，他就是要多少钱我也出。老乡，你得帮我呀。这酒呀，是我几十年来喝过最好的酒呀。"

邹老板紧紧抓住秦县长的手说："真是山不转路转呀。没想到，当年让我们学习的优秀班长，三十多年后还能遇到。我今日没喝好，晚上，你给咱找地方，我来请大家。"

秦县长拍着他的肩膀说："什么话呀，到老哥的地盘上，咋能让你破费呢。你要是有钱，就帮老哥做事嘛。"

邹老板将头顶在秦县长脸膛上，压低声音说："你还别说，这山水，还真让我心动哩。"

秦县长说："那就来吧，这儿的空气可比你们那儿要好许多啊。可以延年益寿啊，把弟妹都带来。现在这交通也方便，商榆高速一通，就是回去看看老家，也方便得很呀。"

邹老板仰起头看着天上流动的云说："老班长，可以考虑。"

秦县长说："这地方你看看，东通河南、南通湖北，号称西京的东宫。到西京城开个车个把小时就到，方便得很。"

邹老板收回目光看着秦县长说："好，容我好好想想，我得和儿子商量一下。"

秦县长问他儿子在哪儿高就，他说："在省发改委，专管的就是项目审批。"

秦县长说："那个年轻的邹副处长，原来是你儿子呀。真是的，我可是领教了呀，原则性强得很。我们的旅游开发项目他管呀，我可是看了不少脸色啊。哎，你还别说，他的模样、气势和你一模一样呀。你说，我当时咋就没想到你呀。"

两人说着，到了鹿鸣川酒店。其他人已经入了房间，楼道里很静，只有许静茹、王颖、任子函、小平、夏新几个人坐在客厅沙发上聊天。看到秦县长，几个人从沙发上站起来。秦县长将夏新叫到一边对他说："好好想想，秦北人都有什么爱好。我这个战友有点想来的意思，再加把劲儿。"

夏新对秦县长说："邹总当过兵，人耿直，只是他的财力并不大。像我们这样的项目，光他一个人是投不起来的。"

秦县长揽了夏新的肩膀，走进了为他安排好的房间。夏新告诉秦县长，邹老板的爱人刚去世不久，他还沉浸在悲伤中。秦县长一下子从床上坐起来拍着夏新的肩膀说："这是个契机啊，我知道了，你们去准备下午的会议吧。"

下午的会议，开得很顺利。秦县长有意让工商局副局长李玲主持会议，他和王雪峰、发改局刘局长、高立军都讲了话。到了秦北人讲话时，那个王老板直愣愣地说："老邹呀，老高呀，我不管你们如何想，我要在鹿鸣川这块地盘上弄点事情，哪怕是开个烧酒坊哩。不瞒你们说，我起步搞企业就是开烧锅的。后来呀，秦北人开发资源我才改行做煤矿的。我呢，还写过诗，20世纪 70 年代没有出路呀，就想两件事，一个是如何跳出农村，二是如何能挣到钱，让家人有饭吃，不饿肚子。我写的最有名的一句诗就是，希望有那么一天，黄土地上的泪蛋蛋，被天上的骄阳，炼成金蛋蛋。"

听了王老板的话，秦县长带头鼓掌，掌声响彻会议室，每个人脸上洋溢着欢快的笑。王老板越讲越来劲儿，大家的掌声更加稠密和响亮。到了签署战略协议时，王老板、邹老板、高老板，都填了投资鹿鸣川旅游开发的合作协议。这边，秦县长把权力全权交给了高立军。他和发改局刘局长、王雪峰、何秘书和秦镇长，站在案桌后面。

王老板已经打开了协议夹子，秦县长阻止了他签字。秦县长对许静茹说："把年轻人都叫上来，金大平他们一起来。我们这可是给这些年轻人弄事哩，不要讲什么级别了。"

几个年轻人从桌子边走上签字台后边，秦县长对王老板说："你们开始签字吧，我乐意给你们站台，但愿我这台能站出鹿鸣川美好的未来。"

张文龙领着从西京带回来的企业家，也进了会议室。秦县长拉了张文龙的手说："来，大家一起合个影吧。也许这张照片，会装进历史的档案袋子。"

高立军走到秦县长面前问他："我想是不是把镇政府和村上干部也叫来，大家一起在镇政府大门外合影，还有派出所、法庭、农技站、卫生院的同志。既然要装进历史档案的照片，那就让大家一起来。"

秦县长拍着高立军的肩膀，对秦镇长和发改局刘局长及王雪峰说："看到了吧？什么叫见过世面。这个小高呀，听说在西京城的南门外参与过接待几个国家的总统哩，人家的视野和咱们就是不一样嘛。啊，是不是？"

秦北的王老板说："呵呵，还真看不出来，高主任有如此高大上的阅历呀。"

秦县长走到王老板面前，伸手拉了大平的手介绍道："还有我们这位年轻人。他的一句名言，给我们政府指出了一条路呀。"

王老板说："我听说了，今天也看到了。'带着感情去创业'，这还真是一句难得的诗句呀。"

大家说着、笑着，向镇政府门外走去。

72　新产品

　　令人们想不到的是，王颖竟然把庙岭村当年知青住的房子，收拾得像别墅一样精致。屋顶换上了红瓦，外墙贴了白色的瓷片，屋内的墙上全贴了壁纸。购置了新家具，沙发、书柜、茶几、画台，一应俱全。她安装的各种灯饰，不要说山里人没有见过，就是秦镇长看了，也感到新奇。

　　五间房子全被王颖装修一新。有一天，金发财帮王颖粉刷墙壁，他问王颖："为什么东边两间做了隔墙，北边的不做了？"

　　王颖对金发财说："现在农村没有集体房了，村上开个会也没有地方，把这三间大房子留下给村上用，还可以用作谈生意。比如大平的豆制品厂办大了，人家采购人员要到原地看黄豆产地，咱总得有像样的接待室吧。"

　　金发财暗暗佩服眼前这个姑娘的厉害，他在想如果自己能遇到这么一个儿媳妇，那是多么美好的一件事呀。

　　王颖收拾房子时，夏新和小平对换工作岗位的通知还没有下来。大平、高立军和许静茹曾阻止王颖，不要把钱花在没用的地方，王颖坚持要把房子收拾得像城里人的住所。她说，母亲为她担惊受怕好多年，她要给母亲一个能让母亲心安的地方。高立军问王颖，要不要把她的户口按引进人才的政策迁过来。王颖拒绝了。

　　房子收拾好后，王颖和夏新去了一趟西京，她果然开回来了一辆车。但不是她说的什么宝马、奥迪，而是一辆"风神"牌七座商务车，王颖回来时拉了夏花。夏花刚到大平的豆制品厂，看到高大的厂房、整洁的工作台，激动地说："我也要来，我不想在西京待了。你们都回来创业，把我一个人留在西京，我简直受不了了。"

　　雪青已经从感觉中体悟到，许静茹和大平渐渐生分的原因。

　　听说夏花来了，许静茹和任子函、小凤忙从镇政府跑了过来。四个女子个个长得如花似玉，她们团团抱住在地上转圈子，惹得做工的女人们都来看热闹。有个年龄大的女人说："看看人家的青春，想想我们的过去。我们的青春年纪，都做了什么嘛。"

秋娥说："比不得哟，我们有我们的好。他们没有吃过苦，那也是人生的不全哩。"

王颖拿出照相机对夏花说："来，你们也穿上工作服，我们一起和婶婶们合个影，名字就叫两代女人。"

几个年龄大的女人不愿意照，说自己长得难看，糟蹋了娃们的模样。雪青将擀面杖在工作台上敲打出声音说："谁不参加照相，扣中午一顿饭，加五十元罚款，我可是说到做到啊。"

那个年龄大的女人笑着说："那照了的有什么好处？"

王颖说："凡是照的，一人奖励一支口红、一支眉笔、一把桃木梳子和一瓶啫喱水。"

年龄大的女人问："是让我们唱戏吗？还化妆呀。"

王颖说："是让你们和我们一样美起来，一会儿吃完饭，我一一给你们化妆，化完妆后要统一照工作照。这是金厂长给我的任务，希望婶婶们帮我完成哟。"

四个年轻女子刚穿上工作服，高立军带着大平、小平和夏新走进了厂房。

夏花想与他们握手，却有些不好意思。高立军伸手拉了夏花的手说："好久不见了，也不握一下手？"高立军故意双手紧紧握着夏花的手不丢，像遇到官员般模样。他说："欢迎夏总光临指导，有什么改进的，我们一定听夏总的。"

夏花用力甩开高立军的手说："有，我也要回来。你们把我扔在西京不管了，我受不了。我要回来，和你们一起，用青春建设美丽乡村。"

王颖一手举着相机，一手抓了夏花的手不住地摇着说："你要回来？你这个回来，有意思哟。这儿不是你的家，不是你的乡，你用回来这个词可不合适哟。我亲爱的夏总，是不是你爱上了我们中间的哪一个？那也要等到你嫁给人家才能说回来的哟。"

王颖的话说得大家哈哈大笑，小凤和许静茹走过去，从王颖手中夺过夏花的手，一人一只亲昵地握着。小凤说："就是回来。咋，我的家就是我姐的家。你们还不知道吧，我认了干姐姐的。是我想她了，让她回来的。你这个王颖姐姐，哼，你什么意思呀，非要咬文嚼字的，把我姐姐都弄得不好意思了。"

许静茹又怕小凤的话伤了王颖，她也抓了王颖的手笑嘻嘻地说："行了，都是回来。以后，不管你们谁嫁到哪里，婶婶的家就是我们大家的娘家，我们都是婶婶的女儿。"

大家听了许静茹的话，开心地鼓起掌来。

　　大平说："我有个想法，等我们有了大量的收入，先把婶婶的房子扩建一下。每个人给你们弄个套房，你们四个女娃，一人一套。小凤、许静茹、王颖、任子函，结婚、生子都放在里面，大家说好不好？"

　　"好"！又是掌声如雷动。

　　王颖说："你们不要打扰我工作，我要拍一张两代女人的照片。高主任，快帮我摆造型。"

　　高立军从王颖手中夺过相机说："你也去穿上自己的服装，我来照。我一照，那就是国家级别的作品，我有中国民俗摄影家协会的证件哟。"

　　女人们听从了高立军的安排，摆出许多造型。夏新找来几件做豆腐的用具，塞在几个年轻女子手里。小平找来了几套工作装，分发给大平和夏新，示意他们也穿上。

　　照完女人们的照片，高立军看到三个男生也穿上了工作装，他一边看机子里的照片，一边问小平："我的工作服呢？"小平正在为夏新整理帽子，他看了一下许静茹说："你又不是豆制品厂的，你是创业园主任，咋能让你穿工作服呢？"

　　高立军停止摆弄手中的相机，抬起头用目光一一看过所有的人，一本正经地说："你们呀，观念还是有问题。我是什么主任，我是大平的兄弟。这豆制品加工厂，可有我的股份呀，我也是职工呀。"

　　王颖从女人堆里站出来，站到高立军身边说："对呀，我们一直没有好好发挥新闻的作用。夏新、小平，你们不是学中文的吗，从今天开始，我们要用新闻为我们的产品打广告了。就让我们的高主任穿上工作服，到车间做产品，用他在西京城的影响力，来影响我们的豆制品。"

　　许静茹说："是呀，我们光知道低头干活，咋把新闻效应给忘了呢？这个点子不错，我建议，从现在开始给小平和夏新一项任务，就是好好做新闻。明天，让王颖开上车，拉上我们的产品去市里搞公关。先把市报和市电视台记者们的关系接上，然后再到西京交一些新闻界的朋友。对对对，这一点，我们的高主任是内行，我还在这儿班门弄斧。行吧？高主任同志，你说这样行不行？"许静茹被自己想出的点子激动得不知所措。

　　高立军一边整理被小平套在身上的工作服，一边说："这一点我早想过了，只是目前我们的产品品种太单一，而且产量赶不上。我是怕宣传出去，人家要来订购产品，我们没什么东西给人家，那就坏事了。"

　　大平已经穿好了工作服，他走到高立军面前说："产量没有问题，你现在要多少，我可以给你生产多少。多的不敢说，五百盒保证够了。"

雪青说："今明两天，我们还可以生产三百箱。在一周内，我们生产一千箱不成问题。"

秋娥说："如果要得急，我们可以连轴转加班。"她转过身问身后的几个妇女："大家说行不行？"

几个女人异口同声地说："没问题，只要有人要，一千箱我们完全可以加班。"

大家没有想到，夏花从许静茹身边走开，轻轻从桌子上拿出自己的皮包，从中拿出一沓钱，缓缓地放到做豆腐的工作台上，大家不知道她要做什么。她将皮包放回原来的位置，重新走到人群中间，将双手搭在许静茹肩膀上，得意扬扬地说："后天，给我五百箱，送到西京城东南角大花土特产批发部。这是五万元定金，但我有个条件，我要最优惠的价格。"

夏花的举动，令所有在场的人目瞪口呆。人们不知道对夏花的举动说什么，齐齐将目光向她投去，场面一时安静下来。过了许久，雪青声音高亢地说："快呀，鼓掌呀，你们愣着干什么？"

一直在门外观察屋内举动的李爱民，看到夏花一次拿出那么多钱，转身对身后抱着纸箱的弟弟说："快，去街道买两箱爆竹来，要最好的，不要心疼钱。"他的粉条也试制成功了，他带着弟弟急着来向大平报喜，没想到大平却迎来了大客户。他想，这串炮不仅是放给大平的，也是放给自己的。能销售豆腐干的人，也一定能销售粉条。

屋子里的人正沉浸在狂欢中，门外响起了爆竹声。大家不知道是怎么回事，急着往门外跑。大平挥手阻止了大家，他说："不用急，一定是李经理的粉条成功了，他是来报喜的。"

烟雾裹挟着明亮的阳光还在弥漫中，李爱民抱着一箱粉条穿过烟雾，急匆匆冲进屋内。他摇摇头，摇掉头上的爆竹屑将箱子放到地上，走到大平跟前说："金总、金总，今天，我请客，我请客。走，大家走，鹿鸣川大酒店、鹿鸣川大酒店。"他不断重复着自己的话，表达着自己的喜悦之情，惹得众人狂笑不止。

雪青用手中的毛巾，扇开不断向屋子弥漫的烟雾说："让我看看你的产品。"说着，弯下腰打开了纸箱。秋娥等几个女人忙将箱子从地上抱上工作台。箱子一打开，大家都拥过去看李爱民的产品。雪青从箱子中抓起一把粉条，拿到门外太阳光下细细地看了一会儿说："不错，秋娥，来，你们看，真得不错。"

年轻人全从屋里跑了出来，一人手中拿着一把粉条，学着雪青的样子在太阳光下品鉴着。王颖说："来，来，大家一人拿一把粉条，我们再一起合个影吧。"

李爱民看着大平厂里的人都穿着工作服，忙阻止了王颖说："别照，还有工作服没有？让我们也穿上工作服再照。"秋娥转身给李爱民和弟弟找来了工作服。

照过相后，李爱民一边脱工作服一边说："真不舍得脱呢，我们什么时间要是有这样的工作服就好了。"

小凤跑到李爱民跟前，抓住他的双臂说："李总，相信我不？若相信我，你的所有设计就让我来做。包括对外宣传，我现在已经开始学习网络设计了。"

李爱民兴奋地说："为什么我要请你们，就是来求你这个大设计师的。走，婶婶你发命令，今天谁不去就是不给我李爱民面子。"

雪青放下手中的粉条，走到李爱民身边说："李总，你呀，八字还没有一撇就浪费。让我发命令，行。今天中午我们就吃粉条宴。上回我们的豆腐宴，让秦北人开了眼界。今天哪儿也不许去，去，小李再取点粉条来，让年轻人去说事。秋娥，走！我们给孩子们做饭吃。粉条宴，保证一个小时后让大家吃上。"

李爱民阻止了雪青，他拉住她的双手说："不是的，婶婶，我主要是感谢大家对我的支持。还有，我有事要求小凤，我的产品包装、企业形象设计全靠她呀。她给你们设计的这些东西，我都眼红死了。你看这服装，就是穿到西京城，那也是超前的呀。"

小凤过来从母亲胳膊上摘下李爱民的手说："你放心，李总，我为什么要从西京回来？就是要用我学到的东西，建设我们的家乡。你的设计我敢说，我要做得比大平哥的还要好，而且不收一分钱。其实你的事，大平哥和高主任早就给我安排过了，我早就设计好了就是没有给你汇报哩。等下午，我们吃过你的粉条，我就把方案带到会议室，大家一起讨论，好吧？"

李爱民还坚持着，他走向高立军恳求道："高主任，你发话吧，让我表表心意呀。"

高立军说："我早说过了，在我们创办创业园初期，不准许任何入园企业请客送礼、大吃大喝。这你是知道的，今天可以破例，你要是真心请大家，去，到街上给咱买二十个高脚杯和三瓶红酒。红酒用于今天为你祝贺，高脚杯就放到婶婶这儿，以后我们招待客人用。"

李爱民摸着头，犯着痴愣，嘻嘻一笑说："我总感觉，这样不足以表达我的心意。"

高立军将手搭在他的肩膀上说："那我再给你压个砝码。去，到村上，把李建堂和甄虎也叫来，一块儿庆祝。"

听高立军如此说，李爱民拉着弟弟的手，分别跑向对面的街道。他们开心的样子，惹得众人大笑不已。

李爱民刚一走开，高立军问雪青等人，李爱民的粉条质量到底咋样。几个女人告诉他，不错，的确是好粉条。高立军说："那我就放心了。"

小凤跑进自己的家，很快拿来了自己为李爱民设计的服装、产品包装盒等一系列图纸，展开让大家看，大家都认为相当不错。

雪青却说："李爱民的工作服不能是白色，应该和豆制品厂的工作服颜色分开。"许静茹问："为啥？"雪青说："粉条是红薯做的，一是做了白色，不耐脏；二是不能用厚面料，难洗。"

大家认为她说得有道理，小凤当着大家的面，将为李爱民设计的工作服改成棕色，与粉条颜色相近。大家都说好，并鼓掌鼓励小凤。

雪青一挥手对女人们说："走，姑娘们，我们去做饭，今日人多，咱的饭也要做出个样子。"

女人们走后，高立军拉大平坐了下来，也招呼小平和夏新找地方坐下，他郑重其事地说："夏新和小平对换工作的事组织部批了，镇上马上就要宣布，你们要有个心理准备。另外，关于新闻宣传这一块也要跟上，抓紧落实。我认为，宣传主题不一定只说产品，主题是农民工返乡创业带出产品。许静茹和王颖先做个方案，这个王颖比我们眼界要宽一些。我建议，大平你将王颖招聘到你的工厂来。"

大平说："没有问题，王颖的工资我来负担，比工厂任何职工都高一些。"

高立军说："这个，先不定，我和李经理再谈一下。李经理虽然这会儿热心，可现在的市场不是愁产品，是愁销路和点子。把新闻发布会开好了，张文龙那拨人、秦北那些老板们都会被吸引来。总之，我们要用我们的热情和智慧，把鹿鸣川尽快推出去，让世界重新认识这方热土。我的想法是，要把鹿鸣川做成全省农民工返乡创业的样板。这样一来，政府会大力支持我们，资金也不成问题。"

夏新说："我还有个想法，把鹿鸣川的人文历史挖掘出来。这儿民间有一句话，很令人震惊，说是，'金头银头，不如我大的肉头'。"

小平呵呵一笑抢着说："这个我知道，在古代，我们这儿有个人在朝庭做官被冤杀，人被取了头。后来平反后埋葬时，皇上让人给做了个金头。女儿在埋葬父亲时，用手摸着父亲的金头，哭诉道'金头银头，不如我大的肉头'。"

高立军搓着一双手说："对，要多挖掘一些这样的民间故事。我们做一个招商引资册子，加上历史人文，如此一来，这块大地自然就会热起来、红火起来。如果吸引了大家的目光，搞开发的资金也就来了。我有个想法，夏新，你告诉王颖，让她有机会，把所有鹿鸣川目前的现状记录下。让小凤设计成一个画册，让李爱民出资，我们印上一百本。这些东西不对外，就我们这些人每人留几本当作证明。当五年后、十年后、二十年后，我们的整个旅游开发做成了，我们再打开这个册子看。那所有的变化，不就是我们青春付出的证明吗？"

大平找来了一瓶啤酒打开，用纸杯给一人倒了一杯，先递给高立军说："你呀，应该到团中央去当书记，你总是将人讲得热血沸腾。"

夏新说："不对，他不光是会讲，也会做。要不是他这样的豪情，我们怎会从西京到这儿来？"

小平举着杯子说："来，为了高主任精彩的演讲，干杯。"

门外又响起了爆竹声，甄虎领着一帮人来了，他是来为李爱民的产品出厂庆祝的。

高立军说："其实，我用心观察了一些日子，甄村主任这个人并没有什么大毛病。倒是那个老李，有时我们得学会与他相处。小平到鹿鸣川村工作后，好好把这两个人的关系给咱摸一下。听说这个甄虎是李建堂一手培养起来的，但不知道为什么，上次会发生那样的事。"

夏新说："这个我知道一些，有时间了我们一起议论，这会儿来不及了。"

二十多人的午饭，菜虽然简单，但大家第一次拿着高脚杯在厂房里喝酒，还算新鲜。李建堂没有到场，甄虎自然放松了许多，吃饭时就他话多。也许是因为上次他在秦县长面前露了脸的缘故，不知道他心里怎么想的，表面上看起来对大平和李爱民做出的事很是支持。临走时，李爱民给甄虎带来的人每人装了一袋粉条。甄虎不让大家带，李爱民说他看不起人，甄虎说："要是这样我就伤心了，是这样，我哪，想和你谈合作，我想在鹿鸣川街上开个专营店卖你的粉条。当然，我没有时间，我想给老婆找个事做，要不，她早晚会死在麻将场。我老婆原来可是做销售的呀，见过大世面的。我给你准备了五万元的流动资金，咱立字据，所有鹿鸣川的零售你不得插手，鹿鸣川以外我不管。行不，李经理？"

李爱民听他如此说，自然是高兴万分，雪青又带头鼓起掌来。

甄虎扶着雪青的肩膀说："妹子你知道，我要是不把这五万元放你这儿做正事，早晚全进了麻将场。"

甄虎又转身对李爱民说："你尽快写合同，我随时将钱送过来。"说完带着几个人正准备走。李爱民叫住了他，李爱民说："我这儿缺几个人手，你得帮我安排。"

甄虎说："要男还是要女？你提个用人条件，我随时给你安排。"

大家对甄虎的慷慨，又一次给予鼓掌。

甄虎带着几个人走后，雪青对大家说："其实，这是个不错的人。不知道为什么，上次竟然那么糊涂，真是想不通。"

夏新要说什么，高立军很快抓住他的手说："你先回村上吧，有些事情该准备的准备准备。"雪青问夏新准备什么呀。

高立军说："婶婶呀，你的心愿了了。小平要到镇上工作，让夏新去山里和小平对换一下，这回你应该高兴了吧。你就准备嫁妆吧，我想，在我们举行创业园开业典礼时，一块儿给小平和小凤把婚事办了。"

雪青激动地说："真的呀，那简直太好了。不过，光办小凤的不热闹。我想，到时候，你们几个人一块办个集体婚礼才叫好哩。你们……你们几个？五个人。"她指着几个年轻人笑呵呵地说："抓紧哟，我给你们准备五份嫁妆，我想把你们都嫁出去，我想你们父母一定不会怨我与他们抢儿女的。"

李爱民从饭桌边挤过来，嘴里嚼着豆腐干说："婶婶办嫁妆，所有的费用，我来出。你们也看到了，刚才甄村主任不是说了吗？他要给我五万元，我就用这五万元给你们办嫁妆，你们知道为什么？"

雪青问他为什么。他说："人才，这些都是人才。婶婶，要不是高主任领回来这么多人才，我哪儿有胆量开办工厂？你们不知道吧，今天我能出产品，这里面有不少大平、高主任和许静茹的心血。当然，小凤就更不用说。小平主任和夏主任，是他们两个帮我弄回来的粉面。没有粉面，我拿什么做粉条呀？"

高立军说："李经理，我正要和你说哩，给你的公司安排个挂职干部，你要不要？"

李爱民立即双手合十，面对高立军弯腰作揖道："太感谢了，你全给，我全要。"

高立军抓住李爱民的手说："我想让王颖同志到你的工厂去工作，但有个条件，她不一定天天在岗，就是在也不参与做粉条。她的任务就是做你的业务总管，包括销售、账务、人事、对外联络。当然，你也可以拒绝。她也许一周就上一天班，因为她有创作任务。还有，她不会住在厂里，她要住在山里。为什么让她住在山里？因为她要为你明年的原材料做准备。现在你的粉条是用粉面做的，明年，全用原浆做。原浆从哪里来？你就向王颖要。"

几个女人听了高立军的话，人人脸上表现出吃惊的样子。只有几个男同志知道高立军的安排，但他们也没有想到，高立军让王颖负责李爱民生产粉条的原材料。他们的思维还没有从迷雾中钻出来，李爱民声音亢奋地说："太好了，太好了，只是这样一来，会不会委屈王颖同志，人家可是学美术的大学生呀。"

高立军说："正因为人家是学美术的，有创作任务，目前，你只负责原材料购进和生产，其他的事，就让王颖同志做。当然销售这一块，会有任子函同志协助王颖。比如说，刚才甄主任不是要销售你的粉条吗？那就让王颖同志和他谈。这样一来，你也不怕他坑了你，也避免了熟人不好说价格的困惑。"

李爱民又一次抓住高立军的手说："你简直是……是……是……唉，我都不知道咋说。"

高立军摇着他的手说："我是不是你肚子里的蛔虫呀？"

李爱民说："不敢，不敢，那样太作贱你了。我的意思是，刚才甄主任说他要我的粉条，我正在想，咋算价格呀。高了，他不接受；低了，我就亏损了。正在为难哩，你一下就帮我想出办法了。"

大平拍着李爱民的肩膀说："正因为怕你为难，高主任才想出了这样的办法。我也是呀，和你一样为难哩。"

王颖盖上相机盖，将相机从脖子上取下来放到桌子上说："我看是这样，我了解过了。鹿鸣川这一带人呀，从历史上有爱吃豆腐干和粉条的习惯。干脆把你们两个厂子的产品统一到一起来销售，成立一个销售公司。西京的包括西京以外的，让夏花经理统一销售，这边的我和子函负责，经理就让子函来担任。她不是学的财经吗，再学习一下销售不就齐了？"

任子函忙说："让我干销售行，让我做经理不行，我可以推荐一个人来做经理。高主任，你把黄玉强叫回来，我看他来担任经理最合适了。他原来学的是销售，这些年把你的大学生修鞋店搞得红红火火的。让他来担任销售公司经理，最合适不过了。"

黄玉强是鹿鸣川中学黄校长的儿子，也是鹿鸣川人，他和许静茹、任子函一起考上了财经大学。虽然和他们不是一个班，但当年在高立军倡导的"男人要创造世界"的活动中，第一个站出来高喊着"要创业，要创造世界"，后来与高立军一起创办了大学生擦鞋店。

任子函的话还没有说完，高立军已经给黄玉强拨通了电话。黄玉强答应明天上午准时到鹿鸣川镇政府向亲爱的高主任报到。

年轻人的谈话听得雪青激动万分，她重新给年轻人沏了茶，开心地对他们说："你们说正事，我去厂子了。"

高立军对小凤说："快，把你为李经理设计的东西拿出来，明天让夏经理带回西京去做。小凤，你明天和夏经理一起去西京，许静茹也去，你们以最快的速度，把李经理的所有东西做出来。等黄玉强回来后，明天上午我们开会，研究如何在西京召开新闻发布会。具体策划由许静茹、小凤、王颖、夏花、黄玉强负责。要做，就要做独一无二、一鸣惊人的。我再给你们介绍一个策划公司，许静茹，那也是咱们的同学。"

许静茹问："谁呀？"

高立军说："李光照呀。"

任子函说："李光照呀，他还真适合做策划，鬼点子多得你想都想不到。"

许静茹说："当年就你们几个爱折腾，走向社会，一个个还真找到了自己的理想目标。让李光照做策划，绝对能一鸣惊人。怕的是他要的价码，我们能承担起吗？"

高立军呵呵一笑说："放心，我的事他不敢胡来？你们不知道，当年他想办公司没有钱，是我拿一万元给他开的公司呀。"

夏花羡慕地说："你呀，高主任，让你当个创业园副主任真是委屈你了。"

大家正要举起茶杯敬高立军，李建堂带着一干人马，急匆匆向雪青的院子走来。人还没有进门，声音便响亮起来："高主任，听说你派人找我。"

高立军伸出手紧紧地握着李建堂的手，笑呵呵地对他说："想让你做粉条厂的产品代言人。"

李建堂忙从口袋里掏出一盒中华烟，一一散给几个男生说："我行吗？"

小凤说："李伯伯，你太行了。"

高立军所做的每一个决定，都令在场的几个年轻人吃惊。唯有大平知道，这个点子是他出的。关于鹿鸣川的事事非非，雪青给他讲得最多。他不会当面对雪青讲出自己的想法，而是喜欢把自己的想法说给高立军。有些决定最初是大平想到的，但他只能让高立军说出自己的想法。一是高立军的人来路正，二是人们都知道他父亲是市上的领导。还有一点令大家佩服的是，高立军为人处世接地气、想事周全、有智谋和魄力。

高立军说："李经理，去，将任子函、王颖和李书记带到你厂里去。你们好好谈谈代言的事，让夏新帮你们起草一份协议立即签订。下午就让小凤将李书记的形象设计出来。"

李爱民将高立军拉到一边问他："人家明星做代言收费很高，这李书记做代言收费不？"

高立军告诉他："肯定要收费，但出多少你们谈。我不是给了你军师吗？让他们去就是协助你做这项工作的。他要多少你给多少，你不要说让王颖和任子函定，最好一下子就定下来。"

李爱民又一次紧紧抓住高立军的手，激动得半天说不出话来。高立军抢先说道："我又做了一回你肚子的蛔虫。"李爱民摇摇头，摇出了闪光的泪花。大平从口袋中掏出纸帮他擦着眼泪说："行了，高主任就是来帮我们建功立业的。你激动啥嘛，男人有泪不轻弹哟。"大平的话说得李爱民破涕为笑。

73　鸿门宴

　　这天下午，李爱民的妹妹李爱琴哭着跑向哥哥的工厂。

　　李爱琴长得眉清目秀，杨柳细腰，头发经常盘在头上，一双高跟鞋将鹿鸣川街道敲打出节奏分明的乐感，人们说她是时下鹿鸣川的第一美人。哥哥的加工厂刚起步时，她每天放学后到厂里帮忙，与许静茹她们十分熟悉。她性格乖巧，口齿伶俐，这个姨那个哥姐地叫，大家对她都非常疼爱。

　　李爱民觉察到许静茹走近高立军后，他曾悄悄地恳求雪青做媒，想把自己的妹妹嫁给大平。雪青也想过，如果许静茹真地和高立军处对象，她一定会把这个聪明漂亮的姑娘联姻给大平，可他们哪里知道，李爱琴早已有了自己心中的白马王子。

　　李爱琴从省师范大学毕业后，放弃了城市生活，抱着一腔热血回到鹿鸣川中学教书育人，无论是学养还是人品，皆被师生称赞，多次被评为"省市优秀教师"。

　　现在，李爱琴哭着跑过月亮河，一定是出了什么大事。看到妹妹远远地跑来，李爱民丢下大平，向妹妹跑去，他一把抓住妹妹的手，将她带到雪青家。

　　大平为李爱琴找来餐巾纸，倒了开水，问她出了什么事儿。李爱琴一边哭泣一边告诉他们："班里有个调皮捣蛋的学生，十多天前，趁午睡时，给一个女同学乳房上画出两个人，我知道后非常生气，用手打了那男生一巴掌。没想到那个学生家长不断地到学校闹腾，黄校长给学生母亲做工作，学生母亲骂黄校长偏向我，还造谣说黄校长和我有一腿。她还跑到县里找了什么亲戚告发了黄校长和我。她丈夫在市里做生意，听说花钱请了记者做了报道。"李爱琴说着，从口袋中掏出一张《都市报》递给哥哥。大平抢过报纸和李爱民一起看了起来。文章的标题很醒目：《无良女教师掌掴学生，致十五岁中学生双耳失聪》。

　　看过报纸，大平问李爱琴，现在组织上如何处理。李爱琴说："家长让我在全校师生会上，给那个男生跪下道歉，还要赔他们一万元医疗费和精神损失费，我如果不答应，就要求学校开除我。"

李爱民将拳头狠狠地砸在桌子上，震落了大平为李爱琴倒的开水。他咬着牙齿说："太欺负人了。让一个省级优秀老师给一个娃下跪，上面的人脸上有光吗？这书咱不教了，你回来跟哥一起干。"

大平从地上捡起已经破碎的玻璃杯，扔进门后的铁桶。他走到李爱琴身边坐下说："要老师当着全校的学生给一个犯错误的学生下跪，这老师的尊严还有吗？"

大平点燃了香烟吸了一口说："我看是这样，下午我带着一张聘书去，如果让爱琴给学生下跪，我当场就给爱琴发聘书，聘请她做我们厂的总经理。"

李爱琴从凳子上站起来说："谢谢大平哥，这样一来，我怕是真要离开学校。可我真地很爱老师这个职业，更爱学校那种气氛。"

李爱民将手往桌子上一拍说："你喜爱教书育人没错，可你想过没有，让你在全校师生面前，给一个十来岁的学生下跪，你以后咋面对学生？这报纸一登，你还能在学校待下去吗？"

雪青问李爱琴："这个记者来你们学校采访过没有？"

李爱琴揉了揉了眼睛摇摇头说："没有，黄校长说也没有采访过他。"

大平说："如果记者没有采访，那就是虚假报道。"

李爱民说："也算不上虚假报道，毕竟爱琴打了那学生，不过就是打了一耳光，也不至于就双耳失聪呀，爱琴的手劲没有那么重呀。"

李爱琴用手理理额头凌乱的头发说："学生母亲手上有医院开的诊断证明，证明上的确有双耳朵失聪的字样。"

此刻，许静茹带着夏新、小凤、小平、夏花、王颖进了门，他们听说李爱琴的事后，个个义愤填膺。

大家先安抚了李爱琴，然后议论了一番后，最终达成共识，下午组织所有创业的人，以给学校捐新产品的名义，搅乱道歉会。

大平从桌子旁站起来对小平说："你不是在《都市报》实习过吗？通过熟人了解一下这个记者。就说咱们要刊登广告，让他来和咱们谈合作。"

小平转身离开堂屋，进了小凤睡觉的房间。过了一会儿，他从那间屋子出来，告诉大平找到记者吴刚的电话。小平还告诉大家，这个吴刚是《都市报》驻市上记者站的负责人，也是鹿鸣川的人，还是鹿鸣川中学走出去的学生。

大平拨通了吴刚的电话，他按下扬声器，声音清脆地告诉吴刚，鹿鸣川农民工创业园要刊登几个广告，准备选择《都市报》，文案已经做好，希望他中午能赶过来，对方案进行修改。吴刚在电话中告诉他，自己就在鹿鸣川，下午要赶到鹿鸣川中学开一个会。大平问他什么会？对方兴奋地说，自己写的一篇报道引起秦南县领导的高度重视。下午在鹿鸣川中学召开现场会，处理打学生的女教师。

李爱民听了吴刚的话，气得从凳子上站起来，将拳头又一次砸在桌面上说："我哪怕粉条厂不办，也要收拾这个狗屁记者。"

大平将他的手按在桌面上说："你千万不要胡来！你现在不是盲目乱干的农民工，你是李总，清楚不？"

大平在地上走过一圈后，用目光看着门外的街景说："请大家放心，我一定会把这件事处理好。爱琴不是喜欢教书吗，那就让她有尊严地教，但你们都得听我的。中午我要请吴刚吃顿饭，小平、王颖、李总、爱琴与我一起会会这个吴刚，现在我们就准备。许静茹尽快写个与《都市报》合作的协议，我和吴刚谈话时用。下午，大家以向母校赠送产品的名义，敲锣打鼓，拉上产品，全部去学校。就说我们的产品出来了，要向母校汇报我们的成绩，用此方法搅乱道歉会。"

大平的话刚说完，掌声便响了起来。大家对大平的办法表示赞同。大平安排大家各自去准备，下午准时出发。

大平一拨人刚离开雪青家去了酒店，吴刚的车就开进了工厂院子。他将车停在门外，从车上下来，细细地看着挂在旁边门上的牌子自言自语道："听说几个农民工回家创业，还一直没有采访，没想到还真弄成事了。"

秋娥看到吴刚，问他找谁。听到秋娥的声音，雪青急忙从屋子跑出来挡住了吴刚，问他是谁。吴刚掏出记者证让雪青看，雪青笑呵呵地说："是大记者呀，我咋看你有些脸熟呢？小伙子，我们正想着要请记者来报道哩，没想到大记者就来了。走走走，快到屋里喝茶。"

吴刚收起记者证问："你们这儿有个叫金大平的，请我来要谈合作，他人呢？"

雪青说："金经理去酒店了，说是记者要来，为记者准备饭菜去了，要不要我领你去？"

吴刚摆摆手说："不用了，鹿鸣川我很熟悉的，我也是这儿长大的呀。"说着钻进小车走了。

饭吃得很惬意，大平与吴刚谈得很愉快。大平问吴刚老家是哪儿的，吴刚得意扬扬地告诉他，自己也是鹿鸣川人，家在九龙山北边。

许静茹拿来了电脑打印的合同交给大平，自己像写字楼的秘书，直挺挺地站在大平身边。大平对她说："你坐下来一块吃，陪陪我们的吴记者。这吴记者可以说是鹿鸣川最有名的秀才。"

许静茹看了一眼说："不用了吧，金总，有您陪吴记者就是了。不是说，吴记者下午还有重要的会要出席吗？你得抓紧让吴记者看一下协议，不行的话我可以再调整，文案和图片我已经做好了，只等您签字了。"

吴刚看着许静茹说："会不会的不重要，为你们搞好宣传比开会更重要。"

李爱民站起来拉了许静茹的手说："许秘书，坐下吧，没有外人。这吴记者一看也是痛快人，你们都是知识分子，交流会畅快一些。这广告的钱，得靠你给咱把关啊。"

李爱琴直接将许静茹拉到自己身边，按她坐下，为她从外边拿来了餐具。

吴刚看着李爱琴问高立军："这位是？"

大平说："李大花是我们创业园分管产品质检的，正在读研究生呢。"

酒过三巡，李爱民还要给吴刚敬酒，大平阻止了，他说："好了，李经理，吴记者下午还有重要会议，喝多了影响工作。"

许静茹端起酒杯，走到吴刚跟前说："来，吴记者，我最后敬您一杯。希望我们合作成功，你也是鹿鸣川人，也得为家乡发展做贡献，在广告的价格上，该优惠的一定得优惠呀。"许静茹说着丢给李爱民一个眼色，示意他将位置让给自己。李爱民没有明白许静茹的眼神，李爱琴立即将许静茹的碗筷，放到吴刚的碗筷旁边。吴刚仰头喝酒时，许静茹打开了手中的录音笔。

许静茹为吴刚夹了菜，问吴刚下午的会是什么内容。吴刚将自己写的报道鹿鸣川教师打学生的事，一五一十地全盘托出。他告诉许静茹，被打学生是自己的外甥，本来就是捣蛋的孩子，连姐姐、姐夫也管不了，没想到让老师给打了。本来自己也不想写这样的报道，可姐夫天天到市里找，弄得他实在没有办法。

许静茹问他："你见过那个打你外甥的老师没有？这个可憎的老师，竟然把你外甥打成脑震荡和聋子。"许静茹说此话时，发现李爱琴的手在发抖。大平见状举起酒杯，敬了兄妹俩，对他们说："他们聊，咱们喝酒。"

吴刚用筷子夹起一块肉放入口中说："其实到底打得怎么样，我也不知道，但我姐夫天天缠着我，我也是实在没有办法。"

许静茹问他："你不怕报道是假的，给自己惹来麻烦？"

吴刚说："县医院我有同学，我让同学出了证明，医药费手续什么的全有准备。"

许静茹再问："你姐夫让你报道的目的是什么？是要开除那个老师吗？"

吴刚说："许秘书，你是不是问得有些多了？这可是私话呀，不敢对外说呀。我为了拉你们的广告，话都说得有点多了。"

大平说："来来来，喝酒，咱们不聊那些，咱们以后要长期合作，希望吴记者把我们的农民工创业园宣传出去。"

吴刚笑着说："就是就是，咱们什么时间签合同呀？"

大平拍了一下吴刚的肩膀说："今日都喝多了，你今天住下来。等你下午开完会，仔细把我们的文案推敲一下，明天咱搞个签约仪式。我们拍些照片，也可以做宣传资料嘛。但你要记住一点，我们都是回来建设家乡的，你也应该为建设家乡做贡献哟。"

吴刚举起酒杯说："必须的，必须的。"

74 母 校

下午，学校的师生大会并没有召开。

校领导和吴刚的父亲、姐姐、姐夫听了李爱琴播放的许静茹与吴刚的谈话录音，人人气得说不出话来。教育局的调查组长当着吴刚姐姐和姐夫的面，对黄校长说："明天你们学校安排人，一是重新对被打孩子进行体检，二是我们教育局派人陪你们去省城，把这个吴记者弄虚作假的事实，向《都市报》和省委宣传部汇报。请求省上对损害我县教育事业、诬陷优秀人民教师的吴记者，进行调查。同时，如果医生开了假诊断证明，我们建议县卫健委，对开虚假证明的医生作出处理。"他指着吴刚的姐夫说："你们也听着，我们会请求公安局对你们利用孩子被打进行敲诈的行为立案调查。"

吴刚的姐夫，并没有被教育局人的话吓住，他说："我儿子被打总是事实吧。"

教育局的人说："这个我不否认，我们会对教师进行处理。如果复查后，不是你说得那么严重，所有的责任，由你们来负。"

此刻，吴刚的姐姐早已被教育局人的话吓蒙了。她担心的已经不是自己的儿子，而是她弟弟的前途。

正在此时，学校门口响起了锣鼓声。大家走出会议室，看到大平领着一帮人，拉着礼品打着横幅敲锣地打鼓向会议室走来。

吴刚的车也开进了学校的大门。他刚从车上下来，父亲从会议室门里扑过去，照着他的脸抢起了耳光。

下课铃声响了起来，学生听到锣鼓声，涌出教室将大平等人团团围住。

大平和李爱民将带来的礼品交给黄校长，老师们站在黄校长身边，不住地鼓掌。

大平说："我们这些人，都是从这个学校走出去的。学到了知识，有些同学，在西京城里有了很好的工作。现在我们响应国家的号召，回到鹿鸣川来建设家乡。这是我们做的新产品，我们送到母校来，让我们的老师和学弟学妹品鉴，为我们提出改进意见和建议。"

师生们的掌声响彻校园。有些同学高呼起来。

黄校长将怀中的产品交给一位老师，转身走到大平跟前，紧紧握着他的手说："感谢你们为母校争了光，为家乡人带来福气。"

大平指着李爱民对黄校长说："这位也是咱学校的学生，叫李爱民，他创办了粉条厂。哦，对了，李经理的妹妹李爱琴，还是咱学校的老师。"

李爱琴从人群中挤出来，走到大平面前，向大平鞠了躬，声音低沉地说："谢谢金经理。"

调查组和教育局的人看到大平如此大气，知道他一定是个见过世面的人。调查组长握着大平的手说："鹿鸣川中学，能培养出你们这些精英，是学校的光荣，也是我们县教育战线的光荣。"

大平说："是呀，为了我们的成长，我们的老师们付出了不少心血。在此，我们一起向老师们鞠躬致谢。"

大家面对着教育局调查组的人和学校老师，恭恭敬敬地鞠了躬。

大平将李爱琴拉到自己身边说："我们今天来还有个请求，我们搞建设，开办创业园，急需人才。我听说这个李老师是我们学校的优秀教师，目前遇到一些问题，我们想恳请学校批准她的辞职报告，让她参与到我们建设家乡的工作中来。"

调查组的人听大平如此说，一下子明白了大平的来意。他肯定了自己的判断，眼前这个年轻人并非一般人物。他是用这种方式来搭救李爱琴的，更是用送礼回报母亲的行为，来向学校和教育局讨说法的。

他拉了一下黄校长的手，示意黄校长将李爱琴的事说明一下，黄校长并没有理解他的意思。他再一次上前握住大平的手说："感谢金经理，关于李爱琴老师的事，学校和教育局会有一个妥善的处理结果。我们认为像李爱琴老师这样优秀的教育工作者，更适合做教书育人的工作。"

大平向许静茹递了个眼色，许静茹立即将做好的聘书递给他。大平将聘书交给教育局的人手中说："你看，我们的企业已经下了聘书了。"

黄校长这会儿才明白大平的来意，他说："金经理，你放心，我们一定会处理好李老师的事。"

大平笑着面对学生和老师说："对于这件事，我们也进行了了解，老师打学生现在看来是问题。可我在这个学校上学时，没有少挨老师的打。多年来，每当我取得一点成绩时，我总在问自己，要是当初老师不打我，由着自己的性子发展下去，哪会有今天的成就？所以我常常想，古人说，棍棒下面出孝子，不是没有道理的。"

大平的话又引起了新一轮掌声，这次鼓掌的全是学校的老师。

　　掌声停息后，大平将目光移到教育局调查组长脸上："听说你们还要让李爱琴老师当着学生的面给被打学生下跪。我听后感到十分震惊，我们中国人的跪，上跪天地，下跪父母。我不知道，这个被打的学生父母是怎么想的，竟然能想出这样的赔礼方式。是不是他们平时在家，也给自己的儿子下跪？儿子小小年纪做出如此下流的事，父母不去管教、不去矫正，反而让老师给儿子下跪，难道这个学生身上有仙气，是神仙？这样的要求实在令人不可思议。"

　　又一轮掌声响起。

　　大平提高了声音说："让一个优秀教师给学生下跪，我在想，一个下跪的老师，她自己连骨气都没有，还能教出站立的学生？这样的要求，不但是对学校的侮辱，更是对广大教师的侮辱，对教育的侮辱。听说学生的姥爷也来了，我不知道这个姥爷有多大年龄，经历过旧社会的教育没有？今天，我们不提倡棍棒下面出孝子，但也不能无原则地迁就一个不懂事的孩子。"

　　学生的姥爷被一位女老师送到了大平面前，满头白发的老人紧紧抓住大平的手说："小伙子，讲得好呀。这件事，是我家外孙的不对，是我们平时管教不严造成的。我没想到，这样丢人的事还能上报纸，一个做了瞎事的娃还成了光荣的事。小伙子，这世事我看不懂了，莫说老师打了一耳光，我要是在当场，我非打断他的腿不可。"

　　大平双手紧紧抓住老人的手，转过身子面对众人激动地说："大家看看，这就是我们的长辈，这就是生活在鹿鸣川这块土地上，实实在在的老百姓。他明白什么是是与非，来，我们给这位老人鼓掌。"

　　老人被大平赞扬得兴奋起来，他揉揉眼睛丢开大平的手，指着站在对面的教师说："教育，在我们祖先来说，就是教知识，育人德。你们今天用的教棍，在旧社会，就是专门用来打学生的。老师打出来的学生，哪一个不成材？我是80多岁的人了，旧社会家里穷没有上学，但我明白事理。今天，我不管你们学校的领导，还有县里来的什么领导，我要当着面，给教育我外孙的这个老师下跪，而不是让她给我的外孙下跪。她之所以打了我的外孙，是因为她心里有我的外孙。我外孙做了瞎事，如果老师不打他，说明老师心中已经没有他了，放弃了他。一个被老师放弃的娃，长大后放到社会，会是什么？不是流氓，就是强盗。所以我要感谢老师，我也想用我的下跪提醒你们学校和教育局的人，什么是教育。"

　　老人越说越激动："我知道你们有些当官的人，都是想保住自己的官帽，动不动给老师这处分那处分，你们压根儿就不懂教育。这老师是你们的人呀，听说这个女老师还是你们评出来的好老师，省上都奖励她。你们怎么能让她给一个做了瞎事的娃下跪呢？你们连自己的老师都保护不了，还当什么官儿，还能搞好教育？"老人又一次抓住大平的手说："这个小伙说得好，一个下跪的老师，咋能教出站立的学生？"

李爱琴已经是泪流满面，她冲出人群走到老人跟前，"扑通"一下跪在老人面前，她说："老人家，是我打了你外孙子，我可以给你下跪，你可以打我。你说得对呀，我真地是想让他学好呀。"

老人慢慢从地上扶起李爱琴，并弯下腰为李爱琴拍打着膝盖上的尘土。他拉着李爱琴的手说："姑娘，好样的，我要感谢你，没有放弃他。"

在场的老师被老人的话语感动得流下了眼泪。此刻大家才明白，老百姓是多么地明理和宽容。

老人对李爱琴说："孩子你站好，我给你磕个头，感谢你对我外孙子的教育。"

老人的女儿从人群中冲过来，拉住父亲的手说："爸，你要干什么，你是不是糊涂了？"

老人挥起手掌一个耳光落在女儿的脸上。他气愤地说："是我糊涂了还是你们糊涂了，还有你？"老人指着自己的女婿说："有几个臭钱就认为啥都能搞定，你不但糟蹋了学校的名声，害了你弟弟，更寒了教师的心。你们让大家说说，到底是谁糊涂？"

许静茹走上前去将父女俩拉开，女儿捂着脸，哭着跑出了人群，女人的丈夫也从人群中将岳父拉走了。

吴刚不知啥时候站到了大平面前，几个人怕吴刚闹事，立即将大平围了起来。吴刚笑了笑对李爱民说："原来，你们给我吃的是鸿门宴呀。"

老师们陆续围了过来，黄校长紧紧握住大平的手说："你说了我们想说而说不出口的话呀，谢谢你。"

大平对黄校长说："老人家说得对，你们总是怕，怕什么呢？老百姓的心是明亮的呀。"

此刻，大平看到欲逃离的吴刚，他冲过去一把抓住他故意高声说道："吴记者，我真搞不懂，人家从母校走出去的人，都为家乡建设出谋献策，歌颂家乡的美好，你倒好，一个上过大学的人，还不如你父亲，为了自己的一点蝇头小利，往家乡脸上抹黑。你记着，你糟蹋了母校的名声，我不会饶过你。我可以出钱，支持学校和你们报社打官司，一定要为我们的母校挽回这个声誉。"

李爱民也说："我就是倾家荡产，也要为我妹妹讨回公道。"

操场上再次响起热烈的掌声。

75　摘核桃机

从山里回到鹿鸣川后，大平对在山里看到的现状耿耿于怀。他在想，核桃、软枣、柿子、橡子、蕨菜，这些将山里一辈辈人养大的东西，为什么今天会被人们遗弃，难道那些珍贵的山珍真的不值钱了吗？在山外时，人们一直口中念叨着这原生态、那原生态，可这些真正的原生态物种，为什么会落到如此地步，是山里人真地不稀罕它们了吗？这种情况的发生，不光是山里人的悲哀，也是时代的悲哀。几天来，他一直睡不着，他总想着，自己有能力将那些人们时下并不看重的东西做成金贵的东西，让那些承载着人们记忆的物种，重新回到人们的视野和心田。他打算从研究摘核桃机开始，再开发摘柿子机，他还想将那些小时候吃的野生的东西全部做成美食，奉献给今天的人们。

这天晚上，他一直无法入睡，他把自己在山里看到的和想到的用电话告诉了夏花。他告诉夏花，希望她将自己说的那些野生东西做成的商品小样给他买一份，他到西京后，要专门研究这些东西。

挂了电话，他还是睡不着，他找来了几张纸和一支笔，开始在纸上设计摘核桃机的构想。他对自己说，只要能弄出摘核桃机，就能弄出摘柿子机。他一下子画了几十张草图，到了天明，终于画出了自己认为满意的摘核桃机。他把自己画的摘核桃机拿给雪青看。雪青看不懂，便领着他到东街口的铁匠铺找到老铁匠胡师傅看。胡师傅看了他的图片将他引到自己喝茶的房子对他说："其实，几十年来，我也一直在琢磨这个东西，只是我不懂电动机。你说的摘柿子机，我倒是做好了，就是一直没有向外传。"胡师傅说着，将自己设计的摘柿子机组装起来让大平看。两人忙了半天，一个靠手摇升降的摘柿子机，如房檐那么高，便屹立在铁匠铺的院子里。

原来胡师傅设计的摘柿子机，不能用动力，只能靠人的手工。他是将一个类似剪子似的带刃的夹子，固定在一根约两丈长的竹子的一端，然后用一个稳定的铁制三脚架将竹子的底部固定起来，三脚架上安有升降竹子的卡子。竹子可升高或降低，类似人们用的照相机脚架。大平用胡师傅所做的摘柿子机在庭院里试着摘了几个核桃树上的树叶，感觉还不错。他问胡师傅："你认为自己的设计能推广吗？"

胡师傅从屋子里拿出了一根水烟锅，示意大平抽水烟，大平挥手拒绝后，胡师傅坐在台阶上，一边欣赏着自己的设计，一边开始抽水烟。抽完一锅，他将堵在弯头烟锅杆上的烟灰敲掉后对大平说："不，不能推广。"

大平问他为什么。他说太笨重了，没有两个小伙子，这东西用不得。大平问他还有什么想法。他从地上站起来走到大平跟前，用手扶着竹竿说："一是如果能用更轻的材料代替竹子就好了，还有我想将控制刀刃的动力用上电，不是更好吗？就像人们用的用电开关，张开的刀刃找到柿子的把，人将开关一压刀刃合并，柿子的根被剪断，那样多省事，一个老年人就可以操作。"

大平问他还有什么问题是他想到但解决不了的。胡师傅说："如果材料能在刀刃下挂个口袋，柿子被剪断后，落入口袋，那个口袋像电视里升上去的国旗一样能自动上下。口袋下来后，人们取了柿子，然后口袋再升上去。那样柿子就不会掉到地上摔烂，价钱也不会减。那是我设想最完美的摘柿子机，可我就是做不到，一是知识有限，二是材料有限。"

听了胡师傅的想法，大平很是兴奋。他没有想到，自己想了多日的难题，胡师傅不但想到了，也做出了雏形。

兴奋之余，他把自己构思的摘核桃机按自己设计的图纸讲给胡师傅，两人一直研究到中午，终于达成了共识。大平懂些许电机原理，胡师傅懂材料性能和结构。困惑着不少人的问题，他们一上午理出了头绪。

大平高兴地对胡师傅说："你放心，我重新将咱俩的想法绘成草图，带到西京城找专业人士重新设计，然后咱再申请国家专利。如果能成的话，咱自己生产。我昨天晚上在网上找了几个小时，目前国内还没有这样的东西，到时候将你这铁匠铺，改成制造这两个东西的大工厂。你也不用再挥舞那八磅锤了，你就给咱当顾问，坐到房子里数钱。你不想想，这样的东西，全国有多少人想要呀。"

两人正说到开心处，许静茹拿着一个蓝色的文件夹子急匆匆地冲进院子找大平签字。

大平从地上站起来对许静茹说："快用你的手机给我和胡师傅拍几张照片，要记录下我俩做的大事。"

许静茹抬头看着屹立在庭院中胡师傅做的高大的摘柿子机，兴奋地说："天呀，你们都做出来了，太快了吧。"

大平说："胡师傅早就做出来了，只是觉得不满意没有对外公开，现在好了，我们完善了结构。我明天就去西京，找真正懂机械的人再给我们完善一下，我相信一定能成功。"

许静茹连拍了几张照片后，大平欲请胡师傅吃饭，胡师傅笑着拒绝了。

两人从铁匠铺出来走在大街上，引来许多摆摊位人的目光。大平对许静茹说："这摘核桃机，从小我就想过，没想到今天终于想出些名堂。如果真的成功了，你想想，这是多大的市场呀。"

许静茹说："是呀，当年村上那个老人从核桃树上掉下来死后，我也想过这个问题，回到市里，我耿耿于怀，不但从网上寻找这样的东西，还将此问题反映到市农业局，可这几年过去了，没有人关注这些了。"

大平说："昨天在山里，我除了发现核桃没人摘，柿子不值钱外，还有蕨菜、橡子、软枣、栗子、苦菜、榆树叶，这些大自然馈赠于人们的东西，几乎都成了废物。咱何不将这些真正的原生态的资源做成食品，那将是多大的市场空间呀。"

两人说着，到了工厂，大家等着他们开饭。吃饭时，大平将自己的发现和想法说给高立军和几个年轻人。李爱民一边敲打着碗沿一边说："我早就想过了，我还说给大家说哩。不说别的，就说柿子吧，咱们这些人，谁没有享受过柿子给的那种甜蜜，可现在，到了冬天，柿子却在树上流泪，盼望人们爱它，可谁还能想起它呀。"

大家越说话题越多。秋娥走过来对大平说："你们说到这儿，我也想起了咱山里的几个宝贝，全芽子、核桃穗子、榆树叶子、苦菜、玉米芯子。过去我小时候，人们没啥吃的，就靠吃这些野生的东西救命哩，我想这些东西放到今天的城市，样样都应该是好东西。"

雪青也端着碗走过来说："秋娥呀，你说的那么多，我们川里知道的人不多，但你说的全芽子菜，其实就是大平说的蕨根。你们山里人依山靠山，山养活了你们，那咱们把目光放大看，从西京看咱鹿鸣川，不全是山嘛？咱们何不把山里这些珍稀东西开发出来，送到大城市去？咱们不但挣了钱，还给城市人送了健康。"

雪青的话音刚落，高立军拍着手从门外进来了。雪青忙放碗给高立军盛了饭递给他，开心地说："我给你们说，你们除了做豆腐干、素鸡和粉条，真的，应该把目光放到咱这山上。我建议你们，先给柿子寻出路。上回北京刘师傅夫人带来的北京果脯。我吃后就觉得不错，你们也可以将柿子做成果脯，这是不是思路呀，还可以以此类推呀。"

大家越说话题越多。李爱民说："对，今年咱就开发柿子产品，就咱这鹿鸣川，从川里到山里，别的不多，一年产的柿子，拉几个火车皮不成问题。"

秋娥说："柿子多是多，就是每年摘柿子让人恼火，谁要是能发明个摘柿子的机子就好了。"

许静茹从自己带来的夹子里拿出一张图向大家展示。她说："我们的金大平同志和铁匠铺的胡师傅，不但发明了摘柿子机，还发明了摘核桃机。这个呀，可是了不得的东西。"

秋娥放下碗从许静茹手中接过纸，拿在手中，一瞬间眼泪长流。她抖着那张纸哭着说："要是早有人造出这东西，我也不会守这么多年的寡呀。"

大家都知道秋娥的男人是打核桃时从树上掉下来摔死的，看到秋娥在哭，大家纷纷放下碗，簇拥在她身边，不断地安慰她。

第二天天刚明，大平带着他和胡师傅绘制的草图去了西京。

中午，在黄玉强办公室，黄玉强告诉大平，先不要将自己的想法告诉任何人，他要帮大平先申请个知识产权保护，然后再找专业人士设计。

大平将自己为什么要下功夫设计摘核桃机的想法和在山里看到的情况告诉了黄玉强和李光照。李光照说："我听夏经理说，她已经购买了许多你说的那些野生植物做成的食品，要不咱一起去她那里看看，中午，我请大家去坊上吃正宗羊肉泡馍怎么样？"

黄玉强拍打着李光照的脑袋说："你光知道个羊肉泡馍，今天咱啥都不吃，专门吃野生植物做成的食品，我知道哪儿有。"

三个人开心地搭着肩膀向夏花处走去。

76　叫　板

　　高立军带着大平和鹿鸣川中学的黄校长，只用了一个小时就解决了报纸刊登虚假新闻的事。

　　报社韩副总编答应黄校长，除解聘吴刚外，再免费为鹿鸣川中学提供一个版面做宣传。他希望黄校长不要将此事向省委宣传部和出版局投诉。黄校长笑着对韩副总编说："我们正在申请省级示范学校，你们这一错，使我们几十年的奋斗付之东流。你就是给我十个版面，能挽回我们的损失吗？"

　　韩副总编问黄校长怎么处理你才会满意。黄校长笑着说："咱俩是老同学，不太好说，让你们一把手来，我要和他说。"

　　韩副总编听说黄校长要叫一把手，口气一时软了下来。高立军和大平对黄校长提出的要求也没有想到，他俩同时将目光盯在黄校长的脸上。停了一会儿，韩副总编告诉他们，当初吴刚是他招聘的，一把手本来不同意，是他看中了吴刚的学习和公关能力，执意将吴刚留下来。他希望老同学能给他留点余地。他说："老同学呀，出了这样的事，是谁也不愿意看到的。我的权限最多能给你们三个免费版面。"

　　高立军和大平一直没有说话，他们看着自己的老师与韩副总编的叫板，心中暗暗发笑。

　　听说能给三个免费版面，黄校长心中暗自高兴，他没有想到，这么快就将自己的老同学拿下了。他将手在桌面上一拍，对韩副总编说："现在社会上出现的不诚信问题，在许多方面全是你们搞出来的。你们招聘的一些打工记者，为了挣钱什么事儿都能做出来。一年前在你们报上，第一天用了整整两个版面宣传我们秦南一个企业家，第二天又在报纸中缝刊登了那个企业法人偷逃税被收监的消息。看着消息我在想，我这个当总编的老同学有多难呀。"

　　韩副总编尴尬地笑了一下说："没想到，老同学对我们报纸如此关注。没办法呀，你不知道我们的难处，媒体推行改革后，国家不再给我们'奶喝'，我们像鸡一样得自己扒食。这一切还不都是为了给学了新闻的大学生提供就业岗位呀。"

黄校长盯着韩副总编的眼睛笑着说："真没想到你们也有这么多的难处。"说过便站起来握手告辞。

出了报社大门，高立军带着黄校长上了一次城墙。俩人合骑了双人车在城墙上跑了一圈。黄校长站在火车站对面的城墙上说："几十年了，还真没有上过这城墙，不知道城墙上面原来这么宽。"

高立军说："许多人都不知道城墙上是这个样子。"

黄校长看着火车站的大门说："我从来没有想着用报纸做什么宣传，你们一回来，我就知道你和金大平他们会做出一番事业。没想到你们这么快就把事做成了，你说，我能不为你们做点什么吗？"

高立军说："起步很难呀。"

黄校长说："这世上没有随随便便就能成功的事，就说报社我那老同学吧，本以为他们在大城市生活工作有多好呢，没想到他们也有难处。"

晚上，适逢南门瓮城里接待外国领导人，举行隆重的入城仪式。高立军让他原来的手下为黄校长安排了最好的座位。看完演出，他们起身去了夏花为他们预订的餐厅。令他们没有想到的是，除了李爱民和大平，黄玉强、李光照、吴刚也在。这一拨人，都是鹿鸣川中学走出去的学生。

黄校长见了儿子黄玉强说："你也是在西京城待了多年的，却从来没有领着我走走看看。今天，立军领着我上了一回城墙，晚上还看了南门瓮城接待外国领导人。我养了你能做什么？"

黄玉强帮父亲点燃一支香烟笑着说："你要是能当上市长，我天天陪你游。咱不去城墙，咱去法国巴黎的埃菲尔铁塔、凯旋门，去日本的富士山。"

李光照说："黄老师怕是当不了市长了，就看你了黄总。你将来当个黄市长还是有希望的，是不是黄老师？"

黄校长说："你们呀，个个油腔滑调的，事做得不大，野心不小。要多向立军和大平学习，你们年龄差不多，可人家的思维方式咋就和你们不同呢？"

李光照说："人家爹是市领导，从小耳濡目染的东西不一样啊。"

黄玉强重重地拍了李光照放在桌面上的手背说："在这儿，别瞎胡咧咧，这儿哪有黄总。面前是爹，这身后呢才是真正的鹿鸣川的大咖，个个都是弄潮儿。"

饭吃得很惬意，只有吴刚一杯一杯地喝闷酒，他一一向在座的各位道了歉。他说，自己落到今天这步田地，不怨别人，完全是咎由自取。

高立军安慰他说："人生，谁不走弯路呀，早点醒悟比酿成大错好。跌倒了爬起来，照样能赶上队伍。"

黄玉强说："行了，我爸不但原谅了你，还借了你的光哩，一下子向报社要了三个版面，这可是价值几十万元的版面呀。我有点想不通，一个蜗居在深山的土包子，竟然还敢与《都市报》老总叫上板了。来，爸，儿子敬你。"

大平举起酒杯敬了黄玉强和李光照说："你们得好好帮我们策划一下，看这三个版面如何用？什么时间用最合适？你们上次帮我们策划的那个活动，胡副省长成了我们'娃篮'的代言人。这'娃篮'呀，一下子就卖到欧洲去了。你们也得抓紧，快找媳妇，生孩子，我得给你们送'娃篮'。"

黄玉强说："我们给你们做了那么富有成效的策划，可你们到现在连一分钱的回报都没有，就这一顿饭还是夏总安排的。"

黄校长将酒杯往桌子上一放指着儿子说："立军和大平没有给你钱，给了你们机会。没有他们的创举，你们拿什么在省城显摆？你们应该给大平和立军钱才对。你们几年都遇不到一个好的策划案例，是他们给你们创造了机会。"

黄玉强和李光照端起酒杯与大家碰了一下，黄玉强笑呵呵地说："大家见识了吧，这就是俺爹。在我们面前啥都不说，可他心里，对我的事像明镜似的。你们还别说，能让副省长给一个产品做免费代言，西京城这么多策划公司还真没有人敢这样想的。这一点还真要感谢大平和立军，主要是大平那句话说得好，'带着感情去创业，带着感情建设家乡'。要不是这句话，省领导也不会出席那个会，更不会在意你们的'娃篮'。"

大平举起酒杯敬了黄玉强和李光照说："钱，我不会给你们。事，你们还得做。要钱，得你们挣。咋挣呢，帮我们销售产品。我给你们产品，目前就我们这几种产品。后面，如果制药厂建起来后，那是多大的销量呀，光投资就五个亿元。要是一年帮他们销售三五亿元，你们不想想，能挣多少钱？我今天给你们放个话，把我的豆制品，一年给我在秦岭南北销售五千万，连续销售两年。我给你们在鹿鸣川一个人修一套别墅，再给你们在西京城一人买一套房子。我说话算数，咱们可以立字据。"

掌声响起来。掌声过后，黄校长说："大平和立军，从城市跑到乡下，他们的举动就值得你们反思。我给你们一个建议，国家讲城乡一体化，你们也应该走这条路。你们可以在城市做鹿鸣川所有产品的总代理，用你们学到的专业知识，帮大平他们销售产品。我还要给你们推荐个人，这也是个不错的人，在销售方面，有能力、有见识，而且有经验和社会阅历。"

大平问黄校长："谁呀，我们认识吗？"

黄玉强说："远在天边，近在眼前哟。"

李光照说："吴刚！"

高立军说："我也有这个想法。"

吴刚一直在喝闷酒。

大平举起酒杯，走到吴刚面前问他："吴大记者，加盟我们吧，还犯什么愣呀？"

吴刚眼泪汪汪地、缓慢地从凳子上站起来，说："我没有脸加盟你们，我是鹿鸣川的不肖之子。"

黄校长拍着吴刚的肩膀安慰道："行了，男儿有泪不轻弹，为了生存，谁不犯错。你还记得不，在鹿鸣川上学时，你、玉强、光照，还偷过人家烧饼哩，那不是肚子饿吗？总不能说，偷了一次烧饼你们就是贼人出身吧。"

李光照拿起酒杯走到吴刚跟前，将手在他头上摸了几下说："其实，你们可能不知道，我和玉强这几年事做得顺，吴刚没有少帮我们。我们给秦南做的策划，都是吴刚给我们联系的客户。要是没有他，我和玉强这会儿也是找不着北。"他举起杯子对吴刚说："别难受，你加盟大平他们是有资本的，你一下子给他们带回三个版面，那也是几十万元哩。大平，你这三个版面我也得用半个版面，替我们做宣传。我们的策划公司，也需要宣传。"

高立军站起来，将酒杯与吴刚、黄玉强、李光照碰了一下说："这三个版面，最好能放在国庆前使用，你们看着安排。就上次那个活动的成果，我已经相信你们的实力了。当然了，鹿鸣川中学也是要宣传的，这可是鹿鸣川中学的版面啊。"

黄玉强说："我爸这一块，目前不适宜做太大的宣传。刚刚出了事宣传也没用，不过到国庆做版面时，让我爸在报纸上讲几句祝福祖国繁荣昌盛的话就行了。"

高立军说："看看人家省城人的想法，站位高，不一样呀。"

黄玉强说："你才离开几天啊，还有，立军，你那擦鞋店，最近也要重新做形象设计。具体方案我让光照弄好了，你要不要看看？"

高立军说："这一块，我已经没有精力了。我的心思全在鹿鸣川，你们看着处理，但我的股东不能丢，我要靠这店养家糊口哩。"

黄玉强说："你还别说，我看你尽早把董事长这个权力转让给我。你看，你现在快成公职人员了，你说你在省城还有公司，这组织一调查还不得出事呀。"

高立军想了想说："行，让给你，我同意。"

黄玉强说："那股权分配，怎么办？"

高立军说："一切由你，你说了算，你只要每月把钱打给我就行。"他说过后又重新坐下来，放下酒杯对黄校长说："大平、黄老师，你们可能还不知道吧，我回到鹿鸣川后还没领过一分钱报酬。我吃穿用全靠擦鞋店，玉强是我的财政大臣，他帮我挣，我光花。"

吃过饭后，大平和李爱民领着黄校长去夏花为他们订的宾馆。吴刚说没有地方，高立军将他和大平领到自己在文艺路住的地方。

周日清早，大家开着两辆车到了庙岭，吴刚也在其中。

吴刚被报社辞退后，一时无事可做，整天跟在高立军和大平身后。他看到王颖的画作《守望者》后为之一振，不得不重新去审视王颖。两人的眼睛对视了一下。

王颖知道大平和高立军关于吴刚的去向安排后，当着大家的面对吴刚说："热烈欢迎吴刚加入我们的创业团队。"

吴刚走到大家面前说："只要大家不嫌弃，我保证把事情做好，接受每一个同志的监督。"

王颖说："我们现在正缺少有开拓精神的人，吴刚一直在做新闻，人脉关系广，他正是我们需要的人。大家没有意见的话，就鼓掌通过好不好。"

掌声过后，吴刚似乎得到了解脱，他转过身子面对大家深深地鞠了一个躬。

高立军走上前拍着吴刚的肩膀说："我们接受王颖的建议，就让吴刚做销售吧。具体报酬什么的，王颖负责与吴刚谈。"

77　守望者

　　王颖已经回到庙岭，她开始画油画。她画的第一幅油画是坐在核桃树下手拿水烟锅的三个老人。金发财也在其中，画的名字叫《守望者》。虽然三个老人脸上都有笑意，但他们的笑意中隐藏着淡淡的忧伤，他们的目光中多了几分无奈。她画完后，打电话给鹿鸣川的人，让他们周日到山里来看她的作品。

　　周日清早，大家开着两辆车到了山里。这是大家第一次看到王颖的作品，虽然不懂油画，但对油画的名字和画中人物的表情，大家还是读懂了。他们没有想到，这个女子不但长相出色，竟然还能画出如此令人震撼的作品。大平找来一块木板，用王颖用的图钉将油画钉在木板上，然后安排大家围着油画，让王颖拍了照片。

　　王颖为在座的每一个人的杯子里添了红色的茶水，她说："我们现在正缺有才有德有开拓精神的人，高主任让我负责产品的销售，我正在做方案。等我做好，让大家讨论确定后再实施。"

　　小凤倒在王颖的床上说："这地方简直太美了，我都不想回到镇上去了，让我在这儿美美睡上三天三夜就好了。"

　　一直没有说话的李爱民说："小凤，你可不敢有这样的想法，我的设计你还没有做完呀。工人们看到金经理的员工都穿着工作服，他们眼红哩，你得给我抓紧呀。"

　　小凤从床上起来说："我今天晚上就给夏花姐打电话，也许西京那边已经做好了呢。"

　　此时，金发财抱着一个大西瓜走了过来，他身后还跟着几个老人。有几个老人是王颖画上的人，他们听说金大平回来了，都来看望。几个老太太看了画，对王颖说："姑娘，你光画老爷们儿可不行，也得画画我们。你看，我们都穿了新衣服来，就是让你来画的。"

　　王颖接过老人们手中的礼物说："画，一定画，不过今天画不成。再说了，你们要上画得穿普通的衣服，谁穿新衣服我就不画谁。新衣服画出来，没有你们平常穿的衣服好看呢。"

一个老太太说:"那行,你哪天有时间提前给我们说,我们就穿旧衣服让你画,那样反倒真实呢。"

王颖说:"今天我们就照相吧,咱们在一起照个全家福好不好?"

任子函、小凤、许静茹将屋子里的小凳向外搬,夏新安顿老人们的座位。几个老太太让金发财坐中间,金发财推让着。尚冬娥笑着拉着他的手说:"发财呀,咱这庙岭有这么热闹全是你的功劳。别的山沟的人都眼红死了,说他们快断了烟火,我们却越来越热闹了。所以你要坐中间,你是咱庙岭的功臣么,生了两个好儿子。儿子又给咱带来这么多、这么好看的姑娘,还要帮咱们致富,你说你是不是功臣?"

金发财最终还是同年轻人一起,站在一帮老人后面。先由王颖给大家照了一张,后来王颖让夏新操作相机。她发现,夏新拍摄的照片比自己选取的角度更好。她在心里说,这家伙真看不出来。

照完相,尚冬娥站起来对大家说:"你们知道不,今日是农历六月六,是咱山里人吃凉面的日子。今日呀,你们这些客人谁都不准走,吃了我们庙岭的凉面后才能离开,行不行?"

"行"!年轻人的掌声响了起来。

高立军站到尚冬娥身边说:"大家静一静,今日人多,我有个事给大家宣布一下。从今天开始,因工作需要,县上决定让金小平同志到镇上工作。这件事本来是镇上要来人宣布的,可大家知道咱鹿鸣川镇上最近正在搞基础设施建设,领导离不开,所以秦镇长让我来给大家宣布这件事。"

高立军将夏新拉到自己跟前对大家说:"请大家放心,组织不会让大家失望。这个夏新,就是组织给咱庙岭安排的新主任,还要告诉大家——"高立军将王颖也拉到自己身边,继续对大家说:"这个会画画的姑娘哪,就是夏新没有过门的媳妇。今后,他们就要住在咱庙岭,专门帮大家开展工作。我希望大家能像关心自己的孩子一样,关心支持他们好不好?"

"好——"老人们开心地鼓着掌齐声道。

吃过凉面,太阳已经偏西,王颖原计划带大家到山上走走看看,看看庙岭的景色和夕阳。金大平接了一个电话,说要立即赶回厂里,他说省里来了什么人,雪青让他立即回去。大家便开车离开了山里。

78　开　建

张文龙终于拿到了鹿鸣川基础设施改造工程的项目，到底将工程指挥部放到哪里他没了主意。他找到高立军向他请教，高立军提议将指挥部放到村委会，他说那里地方大，就是开会放机械也不成问题。张文龙想了想对高立军说："听说那个村主任人差一些，我怕到时候会出现我们想不到的情况。"

秦镇长说："这一点你放心，村主任的工作我来做。另外，金小平将要去鹿鸣川村担任村副主任，一切由他来协调。但有一点，你们多少给村委会出点儿租金。"

张文龙紧紧抓住秦镇长的手说："租金是必需的。"

几个人到了村委会，秦镇长先向村委会一班人，宣布了小平的任命。之前，夏新在村上时，职务是村主任助理，小平直接被任命为村委会副主任，分管农民工创业园的协调工作，甄虎自然高兴万分。

秦镇长特别强调，目前村上和镇上的工作，主要是配合县政府搞好创业园的建设工作，这一点大家一定要明白。甄虎表态说："请秦镇长相信，鹿鸣川村绝不会拖镇政府的后腿。人常说'吃一堑，长一智'，有了金主任加盟，我会吸取深刻的教训，一定会做好配合工作。"

说到张文龙租用村委会场地的事，甄虎慷慨地说："张经理也是鹿鸣川长大的企业家，回来建设家乡，什么租金不租金的。我看租金就不用了，到时候水电费出一些就行。"

秦镇长说："甄主任，看看，你又犯一言堂的毛病了，这些事不是你一个人说了算，你要让大家讨论。搞管理可不是讲哥们儿义气，生意是生意。张经理做工程必然有盈利，让他支持你们村上一下也不是不可以。但你们记着不能漫天要价，要用实际行动支持创业园的工作。但不是只讲义气，不要原则。"

甄虎说："秦镇长，我明白了，以后呀，这些事我让小平主任负责。他们年轻人思想新，懂得这些。我哪，就为年轻同志做好服务。"

秦镇长说："老甄呀，你这想法有问题呀。你咋撂挑子呀，年轻人固然有新思想，也得你带呀。你的经验也是很宝贵的，搞好传帮带才是你要做的。"

金小平说："请秦镇长放心，我一定虚心向老同志学习，配合好甄主任工作。"

张文龙说："是这样，今天中午我请客，大家到鹿鸣川酒店聚一下，相互加深了解。"

秦镇长说："可以，你们去吧。我和高主任还有工作要商量就不去了。"说过拉了高立军的手，急匆匆地走出了村委会院子。

两人走在通往镇政府的路上，秦镇长问高立军："不是原来说的基础设施让大平做吗，怎么又让张文龙做了？"

高立军说："十月份要搞开业仪式，大平厂里的事还忙不过来。再说，做基础工程要大量的资金，大平没有资金。县里让张文龙他们做，是想利用他们的资金。这些咱就不要多管了，县里的决定必然有他们的道理。还有，听秦县长说，省上对每一个重点镇都有资金扶持。鹿鸣川镇既然被列为重点镇，那就有资金。我想是这样，咱俩去省里一趟，把该给咱们的补助要回来。我听说，一个镇一个亿，对咱们来讲已经不少了。"

秦镇长看了看街景放慢了脚步，他想说什么却没有说出口。高立军发现了他的神态变化，问他有什么事儿，他却说没有。

远远地，他们看见李爱民和李建堂从月亮桥上走过，直奔大平的加工厂。

秦镇长说："这个老李，有时让人不可琢磨，说他是老干部吧，总做一些让人不可思议的事。这次甄虎出事，多少与他有关系，他与这个李爱民走得很近，你可要多留心。"

高立军知道秦镇长想提示什么，他说："老干部嘛，用好就行了。我计划将他招聘到创业园来工作，这样一来他与甄虎就错开了，是非也就少了。"

秦镇长看着高立军的眼睛说："其实呀，我就是想给你说这事哩。老李在群众中威信比较高，不用将他安排到创业园，让他到张文龙公司去干最合适。搞基础设施建设少不了要动用村民的土地，也少不了要出现许多矛盾，让他去处理会好一些。"

听秦镇长如此说，高立军站定了脚，他的目光紧紧盯着秦镇长泛着汗渍有些发黑的脸兴奋地说："英雄所想略同，我想成立一个基础设施建设工作队。由镇政府和创业园联合出个文件，咱俩负责。下面将李建堂、甄虎、金小平、许静茹、小凤等人拉进来。当然了，镇派出所、法庭、司法所、财政所都要有人，咱出个申请报告给县政府。等他们批复后，开一个会正式宣布。"

秦镇长拍着高立军的肩膀说："你说你没有在基层待过，咋什么事儿都能想到呢，是不是跟你爸学的呀？"

这是他们俩第一次真诚地谈话，秦镇长没有想到，这个刚来时自己根本没有将其放在眼中的高立军，原以为是靠他父亲的关系，想在自己的地盘上做出一番成绩，然后再走向光明而广阔的仕途，没想到眼前这个年轻人的思想和做事的思维比自己更老到，让人不得不佩服他的才华和成熟的思想。

高立军说："琢磨呗，这也是赶鸭子上架么。我总想咱这些人，真正能在鹿鸣川干成一件惠泽百姓的事。等我们老了回想起来，是不是很有成就感呀？"

秦镇长掏出一支烟递给高立军问他："唉，咱们相处这么久了，你对自己的未来有什么想法？"他想进一步探索眼前这个年轻人的心思。

高立军点燃烟吸了一口，吐出烟雾，转身将目光投向南边太阳光下释放着绿光的寨子山说："我对从政没有兴趣，我最大的爱好是挑战自己。就是想做些实实在在的事，用自己的力量改变现状，为老百姓造福。说心里话，我的目标并不在创业园这一块。我想将鹿鸣川搞成秦南县的东宫，或者说是西京城的东宫，让这些山水成为老百姓赚钱的工具。"

秦镇长不知道说什么好，细想想自己的作为，天天将目光盯着县城，总想着逃离这个地方。没想到与眼前这个年轻人比起来，自己先从思想上整整低了一个档次。他甚至羡慕起眼前这个富有才华和朝气的年轻人，思想活跃、意识自由、目标准确、方向明朗，难怪兄长让自己向他学习。

两人正准备往饭店走，远远地看到李爱民向他俩跑来。李爱民气喘吁吁地对高立军说："金经理那儿出事了，省里来了几个记者，说产品没有质检报告，他们要曝光哩。"

秦镇长挥手让李爱民往回走，他对高立军说："问题大不大呀，怎么办？要不要向县宣传部汇报一下？"

高立军说："走，咱俩去吃饭。这些事，咱先不管，让金大平他们处理。"

秦镇长说："你……你……你不管呀，这些记者可是惹不得呀。"

高立军说："我没有惹呀，你放心。咱得给金大平呀，李爱民呀，还有我办公室那些同志，提供锻炼机会吧，总不能啥事咱都担着挑着。我为什么要留下吴刚？就是让他处理这些事的。也许这次这个事，对吴刚是个考验呢，你放心吃饭吧。"

两人坐到桌前等饭的时候，高立军给小凤发了短信，安排她如何处理记者的到访。

省城来的记者，着实让大平吓了一跳。小凤从镇政府跑到豆制品厂时，李爱民也回到了厂里。小凤对三个记者说："我们的老板，这会儿到山里去采购生产原料去了，我已经打了电话让他立即回来。"

大平拿出手机给小凤发了短信，让吴刚快到厂里来。

几个人正说着吴刚，吴刚和王颖进门了。

吴刚用眼睛瞟了一眼坐在桌子旁边的三个记者并没有理会他们，故意忙着点头哈腰对大平说："金总，我和王经理将往省城媒体投放广告的方案做出来了。我们的意见是先在省城召开新闻发布会，在会前要在各大报纸上做广告。我已经与省扶贫办联系了，我们的广告加入他们的扶贫系列，媒体会给优惠。你看看方案，然后召开董事会再定。"

王颖说："金总，我们的产品质检报告已经出来了，今天下午我开车去省城取回来。另外，李总做的服装也好了，要不要一块拉回来？他的包装也全部做好了，恐怕要调用大车去拉呀。"

大平说："都先不急说工作。这不，来了三个记者，你们俩负责宣传，就先和记者好好交流一下。我去一下创业园办公室，将记者到来的情况向高主任汇报一下。"

大平说完，没等吴刚回话就走了。

吴刚这才坐下对其中一个叫王力的记者说："你呀，不认识我了？我们市上开了几次会，你们报社都是你参加的。我开门见山地说，要做广告、拉赞助，好好和企业交朋友，千万不敢用过去那一套了。我呢，亏吃大了，你们不知道我多么喜欢记者这一行，结果差点儿进去了。"

王力看了吴刚一会儿，说："别人不懂你难道不懂？正面来，谁给你广告？"

吴刚说："我们这次我做主，人不亲行亲，我给你们广告。但一定要优惠到位，除了优惠，我还和省扶贫办联系了，按扶贫广告走。哥们儿呀，形势变了，千万不敢用过去的办法了，早晚会出事的。"

三个记者吃了雪青的手擀面，开着车走了，他们带走了大平和李爱民赠送的产品和广告内容。

高立军听说记者走后，对秦镇长说："这不，一切都好好的，记者也没有掀起什么浪花。"

秦镇长越发感觉眼前这个年轻人不可思议，心中不得不暗暗佩服他的才能。他在想，一定要想尽一切办法支持他的工作，不光为了这一方土地上的百姓，也为自己。在那一瞬间，他甚至丢弃了急着调进县城的想法，他想多和他们在一起，真正参与到他们的创业之中，和他们一起干一番伟大的事业。

79 娃 篮

　　由鹿鸣川中学黄校长的儿子黄玉强在省城策划的新闻发布会非常成功，不但请到了省扶贫、农业部门、发改委、住建厅、农发行的领导，还请到了主管农业的胡副省长。

　　新闻发布会前，由山里的盲人老艺人及其女儿表演了静板书，中间穿插了雪青、秋娥、许静茹、任子函和小凤等八个人的演唱《我的家乡鹿鸣川》。八个年龄不同的女人，穿着蓝色印花衣裤，头顶方形白色手帕。音乐加上大投影背景，效果非常好，一下子将人们带到20世纪70年代的岁月。

　　新闻发布会由王颖主持，秦县长介绍了秦南县情况，高立军介绍了创办农民工创业园的初衷，大平畅谈他为什么要回家创业，同样讲了自己的家世和母亲的不幸。他讲的主题还是"带着感情创业，带着感情建设美丽乡村"。从北京赶来的范志伟对农民工创业的前景和意义做了论述。

　　到胡副省长讲话时，他拒绝了秘书递给他的稿件。他只讲了几句言简意赅、掷地有声的话，他说："今天在这里举办的是秦南县鹿鸣川农工贸公司的产品新闻发布会，按常理，我是不乐意参与这样的会的。有人说我参加这样的会是为了给企业站台，但我告诉大家，今天这个台，是我从内心乐意站的，因为这不仅仅是秦南县一个企业的新闻发布会，它还是一个农业发展成果的汇报会，是我省乡村振兴起步的动员会，是成功引进人才的展示会。秦南县创办农民工创业园的模式，值得我们思考、探究和推广，也值得我们关注和支持。我建议，我们各级相关部门，都应该去鹿鸣川走走看看，放开手脚大力支持农村创业园的建设，将秦南的做法在全省推广。特别是在农业发展方面，如何呼唤大学生在乡村振兴方面发挥作用，要多想想办法。在这一方面，秦南县就做出了成功的探索。现在有个现状，农村出来的孩子在城里上了大学后，竟然不想再回农村。他们宁愿租住在城市阴暗潮湿的地下室，吃着方便面度日，也不想回到乡村，住进父母修下的小洋楼里。这是值得我们深刻思考的。我们要振兴乡村，靠什么振兴？人才呀，同志们，没有人才，拿什么振兴？我在这儿有个倡议，今天来的媒体，我给大家一个任务，大家都沉下去，好好总结一下鹿鸣川的经验，让它成为全省推广的典型。"

大会在掌声中结束了。有记者扑上台前围住了秦县长、高立军、金大平、李爱民，甚至有几个女记者要采访雪青和秋娥。

金色大厅外，是鹿鸣川的土特产展区。一些在20世纪六七十年代流行的老产品吸引了人们的目光，特别是用玉米皮编织的娃篮，一下子卖出十几个。胡副省长没有见过娃篮，他走到展台前拿起娃篮，问秦县长这是什么。秦县长告诉他娃篮的用途并将娃篮拿在手上给他示范，胡副省长说他要一个，并从口袋中掏出钱，大家阻止了胡副省长掏钱。胡副省长说："这是我给自家孙子买东西，不出钱，东西上就少了感情。"胡副省长举起娃篮，对一帮持相机的记者说："来，把这个新鲜东西拍下。过去，我们把好东西卖给外国人，自己舍不得用，也可以说用不起。现在，到我们用的时候了，因为我们的生活比外国人好了嘛。"

所有的镜头，对住胡副省长拍个不停。

第二天，连《新华社》也刊发了"胡副省长与娃篮"的照片。

曾被人们遗忘了的娃篮，一下子红火起来。娃篮的红火引起了王颖的思考，她决定利用"公司+农户"的模式，自己投资办一个娃篮加工厂，她一边画自己喜欢的油画一边经营。王颖将自己的想法放在心里，谁也没有告诉，她悄悄到县上注册了公司。拿到营业执照后，王颖才将大家召集到一起说要请客。王颖当面给了雪青一万元，雪青问王颖为什么要给她钱。王颖拿出营业执照让大家看，大家一看营业执照上写着雪青家的地址，才明白王颖要给雪青出房租。雪青说："钱我不会要，我要股份，你给我股份。"

小凤绕过众人，扑过去抱住雪青说："妈呀，你也知道股份啦！我的妈呀，你变得女儿快不认识了呀。"

许静茹拿着执照看了一会儿说："人说南方人聪明，还真是。我们为什么就没有想到呢？这可是一个有远景的产品呀。"

几个男士用怪怪的目光看着王颖，他们真不理解，一个那么漂亮的女人，怎会有如此远见卓识和经济头脑呢。

王颖被几个男士看得不好意思起来，她从背包里拿出一份文件放在餐桌上说："你们大家看看我做的这个文件，同意的话，签字画押哟。"

小凤最先抓到文件，她看着看着，兴奋得又高声叫了起来："我的妈呀，我的妈呀，我的妈呀。"

雪青说："咋了？纸上有蜂呀。"

小凤得意地抖着文件，站在凳子上念道："秦南县鹿鸣川草编艺品有限公司股东如下：王颖、许静茹、任子函、王小凤、金大平、金小平、金发财、夏新、夏花、高立军、李爱民、王雪青、郭秋娥……"

王颖笑眯眯地看着大家，站起来挥舞着双手，像老师给学生上课似的说："其实，大家想想，这个娃篮，是个有远景的产品，我就是想帮大家把它卖出去。更重要的是，这个产品原料十分丰富，无须多少技术。所以，我想这个事我能做。为什么要让大家入股？是因为我们这些人里面有人懂外语，有人会编织。特别是小凤，我第一个考虑的就是你。你可以让这个娃篮变得更美——装饰呀。我想，是青春的热情将我们组织到一起，我们为什么不好好拼搏一番呢？用美好的岁月壮大我们，装饰这风景如画的鹿鸣川！"

掌声起来了，掌声差点儿将小凤从凳子震得掉下来。

一直坐在桌子边的高立军看着大家说："有两件事儿让大平给大家宣布一下。大家听好了，这可是关乎每个人利益的大事。"

大平将准备好的文件给了许静茹，他说："我就不按文件上的说了，文件让许静茹一会儿给大家解读，我只说个大概意思。"

秋娥说："我们金经理一脸善意，他说的事一定是好事，来，我们大家一起鼓掌。"

大平说："第一件事，要把我们现在所有的公司合并在一起，成立一个鹿鸣川农工贸集团公司。包括李经理的公司，还有王颖同志的工艺品公司，我的豆制品厂就不用说了。当然了，合并后，生产和销售彻底分开。这就牵扯到第二个问题——人才。经过这一段时期观察，我认为吴刚可以胜任销售公司经理，以后的销售公司由吴刚全权负责。任子函从明天起去西京财经学院学习三个月，主要学习股份公司财务管理和利益分配。费用先由李经理公司代付，工资也由李经理承担。上学期间，任子函、吴刚和夏花，尽快将西京的销售公司做大做强，使其真正成为我们产品在秦岭以北的窗口。我们合并后，才能达到人家扶持的标准。"

"太好了，我们终于是苦尽甜来。快，快，鼓掌啊"。雪青说着，激动地从桌子边站起来，大家都高兴得鼓起掌来。

大平接着说："还有一个决定，明天许静茹、王颖、小凤、婶婶，你们一起去南方。一边出去走走、看看，特别是小凤多看看外面的世界，开阔眼界，多留意南方人产品广告的设计。同时，你们将王颖的母亲接过来。王颖同志愿意将户口迁过来也可以。县上以引进人才的条件给你们母女落户。想落在县城或鹿鸣川都可以，这是王局长的安排。"

又是一阵掌声。

　　这是一个令所有人激动不已的日子，是创业园开办至今人集得最全的日子，也是他们的付出得到回报的日子。王颖的眼泪不知什么时候已经挂在好看的脸庞上。她被大平的安排感动得哭了，许静茹和任子函帮她擦着眼泪。

　　大平最后说："任子函在去西京学习之前，将你父母亲从山里接出来。婶婶负责给找个住的地方，他们要做饭给他们购买灶具，他们不想做饭就吃我们的职工灶。"

　　李爱民举起手说："不用找房子，我给在厂里安排住处，就让老人到我们厂上班。任叔叔负责烧锅炉，婶婶帮我们做饭。婶婶的饭做得不错，我吃过的。"

　　雪青瞪着眼睛问李爱民："任子函她妈做的饭，有我做的好吃吗？"

　　李爱民笑嘻嘻地说："都好吃，都好吃。"

　　大家"哄"地一下笑了起来。

　　任子函说："是这样，去西京学习这一块先不用急，现在学习很方便。一是我可以从网上学，二是我可以报个函授班。不是有王心茹吗，她在省工商局，就是负责股份制企业改制这一块的。我让她帮我就可以，没有必要去学习。但大家放心，我一定会把我们的事做好。"

　　大平想了想说："也行，但有一点不能误事。我们这些人对账目可是一点儿都不了解，几乎都是热爱文学的人。"

　　高立军说："那就让王心茹帮我们吧，哪天把她请回来，好好在一起议一下。总之不能误事，任子函，这可是一件非常重要的工作。"

　　任子函说："放心，我一定不辜负大家的期望。"

　　雪青用手拽着自己的衣襟说："我有个建议，等子函妈妈来后，我们把两个灶合起来。李厂长那儿不是地方大吗，再添置一些餐具，大家在一起吃饭。子函妈妈身体不是不好嘛，我们再找个做饭水平高的，因为我们这里面，有高嘴头的人哟。"

　　许静茹抓住雪青的手摇着问："大家都一样，谁嘴头高呀？"

　　雪青双手捏着许静茹的脸蛋说："说的就是你，城市的千金小姐！还有王颖、高立军，可不能和我们这些农村长大的人吃一样的。吃一样的也行，我们就要提高生活水平，和你们城里人一样开洋火。"

　　大平说："好，好，这一点，我们听婶婶的。李经理，你没有意见吧？"

　　李爱民说："当然没有意见，我还有个想法，我们再装饰一个豪华餐厅出来，专门接待客户和领导，省得把我们的钱老往鹿鸣川大酒店送。"

80　打　架

张文龙在一个下雨天找到了大平。

那天雨大没有办法施工，他抱着一整箱子雪花啤酒要找大平喝酒。大平正在高立军的办公室说事，张文龙找到了高立军办公室。他找大平的目的，是要将他的建筑公司合并到大平的工贸公司，大平没有答应。

高立军问他："你是不是听到什么风声了？"张文龙说："我知道，省上要给金经理的公司发放扶持资金，这些我不会要的。省上扶持的是农产品开发，我是做建筑的，自然享受不到那样的扶持款。"

听张文龙如此说，高立军对张文龙的好感有所增强。他在心里想，这是一个什么样的人呢，还真不像生意人。张文龙到高立军办公室，一杯茶还没有喝完，其他几个从西京回来的企业家，也来到高立军办公室，他们将自己新注册的公司拿来给高立军看，其中有中草药加工企业、石雕艺术公司、竹编工艺品公司。搞药材加工的梁宏昌向高立军要两万亩土地引导农民种植药材。高立军接过他的营业执照，细细地看过之后说："你们太高看我了，两万亩土地，我从哪儿弄呀？"

梁宏昌说："那你得想办法，我们回来就是投靠你们创业园的，没有土地我们如何发展呀？"

高立军说："放心，只要是能带动产业发展的，能让鹿鸣川农民富起来的，县政府和镇政府都会支持。你的申请报告先放下，下午，我和秦镇长去县政府汇报，保证让你满意。"

大家听了高立军如此说，不约而同地站起来鼓掌。

正在此时，庙岭村二组组长刘永林领着自己的女儿刘丹来到高立军办公室。高立军问刘永林有什么事儿，刘永林说："这是我女儿，大学毕业了，她要回来加入你们的团队。"

刘丹将自己的简历毕恭毕敬地递给高立军，高立军看后兴奋地说："不错，多才多艺呀。"

他问刘丹有什么要求，刘丹大方地说："没有什么要求，就是想为建设家乡出点儿力。"

张文龙从高立军手上抢过刘丹的简历，说："给我，这个人我要了。"

另一个企业家又从张文龙手中抢过简历看了一下说："不行，这个人我要了。张总呀，你搞的是建筑，你看看，人家学的是软件开发，你能用上吗？"

张文龙说："我现在就是缺人才。只要是人才，我就要，不管什么专业。"

梁宏昌看着刘丹说："我是做药材加工的，我的药材是要卖给国外的。你愿意吗？"

刘丹没想到，在西京城为了找工作吃尽苦头，回到家乡自己却成了抢手的人才。她说："行，我愿意加入您的公司。"

大家又一次鼓掌。

高立军对刘丹说："把你们的同学都给咱叫回来。你看到了吧，咱们需要大量的人才。"

刘丹说："没问题，高主任这个事交给我，保证完成任务。"

高立军对梁宏昌说："小刘先放到我们办公室留用一段时间，让她负责给咱创业园招聘人才。人才到位后，再去你们公司。"

张文龙说："高主任，我在镇南头租下一栋小楼，我看这样，我把这栋小楼给你们创业园，专门让大学生们住。装修现代一些，就叫鹿鸣川创业园专家公寓，怎么样？一年内，所有费用我来承担，里面再做一个食堂。我们要引进人才，首先要给人家创造好的条件吧。城里有一句话，要抓住人才，先要抓住人才的胃。"

高立军说："不错，只要不让我们出钱，啥都行。"

梁宏昌说："听说你们现在给县上汇报还坐公交车，我不但要给你们一辆车还给带一个司机。但我是有条件的，两万亩土地。高主任，一亩都不能少。我告诉你，两万亩土地，我保证让它一年一亩收入五千元。你算算，这两万亩土地，一年能给鹿鸣川镇增加多少收入？"

高立军挥手让大家坐下，说："关键是这两万亩土地，我从哪儿给你弄嘛。现在土地都在农民手上，你要有好办法说服农民才行。"

张文龙从口袋中掏出烟散给几个人，说："前些年，鹿鸣川种黄姜、桔梗、丹参、苍术。说好的，到了秋天，农民把药材收回来，可不见当初宣传的人来收，伤了农民的心。你要在两万亩地里种药材，你得要安抚农民的心，只有这样才能实现你的愿望。"

梁宏昌想了想说："是这样，我来租地。一亩地多少钱？平地多少？山地多少？耕地不好租，我租山地，也可以做林间套种。"

高立军从桌子上拿起梁宏昌的方案，细细地看了一遍说："是这样，既然你回来了，我们就满足你的要求，这是大事。下午，我和秦镇长就去县上汇报，我想县政府一定会同意你的想法。只是如何与农民打交道，你得想办法。现在的农民可不是我们小时候的农民，你看他们的土地在那儿撂荒着，可你一旦要用，他们的想法就会多起来。"

梁宏昌说："咱办企业为什么，不就是带动大家共同致富嘛。农民有想法是正常的，只要合理，能承受得起，我们就会签订租地协议。你们不是召唤大家回来建设家乡吗？如果我们不是为了建设家乡，我们可以到秦南秦巴山区去，那儿条件比这儿更好。"

小凤拿着一份报告推门进来。高立军指着地上张文龙拿来的纸箱子，对小凤说："把张总给大家的伞，分发给大家。这是张总对我们的鼓励。"

小凤抱起箱子刚出高立军办公室的门，就喊道："快来，大家领伞了，张文龙董事长给大家买的。"

梁宏昌说："高主任，看到你们这些富有朝气的大学生，个个放弃城市生活回来建设家乡，你不知道我有多敬佩你们的干劲。是这样，中午你将大家组织起来，我请大家吃饭。不为别的，就为大家为了鹿鸣川的未来而努力。你不知道，就你和金经理在西京那么一动员，说真的，我被你们的想法感动得几天睡不着觉。你说说看，鹿鸣川这方山水将我们一个个养大，我们小时候写作文每篇文章结尾都会写上：为建设美丽家乡贡献青春和热血，甚至还会写到献上毕生精力。可我们长大了，像长了翅膀的鸟一个一个飞了出去。现在，你动员我们回来建设家乡，这不光是你们的梦想，也是我们的理想和愿望。听说目前镇政府没有钱，县政府建设资金紧张，我可以给你表个态，我以个人的名义，向你的创业园，捐赠五百万元，主要用于改造月亮河。一是先将河道两岸整治好，这个，张总你来做。二是在河道两岸边栽上风景树，修建街心花园，然后再铺设红色的人行道，让它和城市的公园一样美。你们知道为什么我要投资建设这条河吗？因为我对这条河有感情。小时候，在鹿鸣川中学上学时，由于没啥吃的，晚上肚子饿得实在不行了，我就偷偷跑到月亮河里喝凉水充饥，可以说，这条月亮河给了我生命呀。"

梁宏昌说着眼泪不由自主地流了下来。他说："从那时起，我就想着一定要挣钱，挣很多的钱。等我有了钱，我首先要改造这条河。现在，你们给了我机会，我一定要实现我的愿望。"

时达接着说："高主任，你放心，我和梁总有过同样的经历。我没有他的资金雄厚，但我可以承揽河两岸的护栏，用鹿鸣川南边橡子山上的石头，为月亮河做石栏、做阶梯，保证做得和西京护城河上的石栏一样。"

张文龙说："好了，几个大哥的表态，弄得我不好意思起来。其实，你们知道我回来想做什么，我想在鹿鸣川搞房地产开发。"

高立军说："房子要建，但市场规律要走。我的想法是这样的，目前，我们的精力主要是在建设美丽乡村，以产业带动乡村发展。只有产业起来了？把人召回来了，做其他的事情才有基础。大家在创办企业方面有什么要求，我们可以在一起商量。其他大的发展那是政府的工作，我们不能超越了政府权限。张总提出的房地产开发当然要搞，我想目前还是把基础设施建设搞好，这才是根本。"

张文龙没有想到，自己给创业园的人买了伞，做了许多工作，可高立军并不领情。一时间，他觉得自己在众人面前丢了脸面，便佯装上厕所从房间里走了出去。高立军也明白，自己没有给足张文龙面子。他不是不支持他，而是他知道自己的权力有多大，鹿鸣川如何发展不是他说了算，上有县政府，下有镇政府，再往上走还有市政府和省政府，重点镇建设的盘子端在省上。包括每一项规划，那也得省上说了算。

父亲曾经告诉他要处好关系，鹿鸣川的人事关系很复杂，这一点他记得非常清楚。父亲得知他在鹿鸣川搞得轰轰烈烈，专门从市里到鹿鸣川找他谈了一次。父亲说，你只是把创业园搞好就行，你可不是鹿鸣川的二镇长，要摆正自己的位置。面对大家提出的许多问题，他想，属于自己职权范围的自己要做好，超出自己职权范围的一定要让秦镇长拍板。说心里话，张文龙对自己工作的支持，他心里是有数的。要是没有张文龙在西京大张旗鼓地吆喝，这些人也回不来。他决定找个机会好好将自己的心中所想告诉张文龙，当然也会尽力支持他的工作。毕竟，张文龙是一个想为家乡建设出力的人，也是点燃自己心中激情的人。

张文龙走后，场面出现了短暂的尴尬。很快，高立军发现自己无意间犯了忌讳。他抬头看了看坐在自己周围的人，立即调整了思维。他想重新调动大家的热情，便从桌子边站起来笑呵呵地说："走，今天下雨，户外的工作没法做，我请大家吃饭。金经理去把张总找来，也把李爱民经理和办公室的同志都叫上，大家一起去鹿鸣川大酒店。"

酒店里整整坐了两桌子，高立军自然坐在上席的位置，他身边坐着大平，大平使劲将张文龙也拉到上席坐在高立军的另一侧。对于大平的举动，高立军很是感动，他知道大平理解了他请大家吃这顿饭的意思，大平也意识到刚才在办公室，高立军出现的失误。他主动起来主持席面，他说："高主任从西京回到鹿鸣川后，还没有请大家吃过饭。今天，高主任破例，我知道，他是要感谢张文龙总经理的。因为今天大家能坐在一起，还主要益于张总在西京的张罗，这叫作昔日结缘今日见果。下面我们用热烈的掌声，隆重邀请高立军主任致辞。"

高立军拿起酒杯走到张文龙跟前，面带微笑地说："今天大家能坐在一起首先要感谢你，没有你就没有今天的相聚。金经理说得对，自回到鹿鸣川后我还真地没有请人吃过饭，今天是激动。为什么呢？因为我们原来在西京渴望回来建设家乡的人都回来了，我希望我们大家一起努力，用大平同志说过的那句话——带着感情创业，带着感情建设家乡。在此，我真诚地谢谢大家。"

高立军能出钱请大家吃饭，纯粹是自己在惩罚自己。当他喝过几杯酒后，安静地坐在椅子上想了一下自己的失误，他为自己的失误感到后悔。

饭菜很丰盛，在大家吃饭间隙，张文龙到吧台悄悄将一千元留给吧台。服务员告诉他高主任已经给钱了，张文龙示意高主任已经喝多了不用收他的钱。

饭吃到一半时，大家进入了醉酒状态，夏新和王颖匆匆忙忙地赶来了。在准备吃饭时，高立军让许静茹给王颖发了短信，要他们从山里开车赶到饭店。

从西京回来到鹿鸣川的几个人，没有见过王颖，他们看到王颖如此美丽，便以为是来了个陪酒的人。

许静茹、小凤、任子函赶忙扑过去护住王颖，帮着将喝醉的寸发男子往外拉。令人没有想到的是，留长发的小伙从酒桌上拿起酒瓶，直接砸向护着王颖的许静茹。

听到许静茹的惨叫，已经有些迷糊的高立军瞬间清醒过来。大平大吼一声挥舞着拳脚，三下五除二将两个小伙撂倒在地。

梁宏昌从厕所回来，看到餐厅的惨状不知所措。他没有顾及倒在地上不停乱叫的两个同伴，而是先从地上拉起了高立军。

许静茹脸上的血不住地向外流淌，李爱民拨开众人，从地上背起许静茹跑向医院，王颖、小凤、任子函和夏新跟着李爱民跑了出去。

高立军已经失去了理智，他从桌子上抓起酒瓶，冲向大平身后的长发小伙。梁宏昌紧紧抓住高立军的手臂，对他喊道："高主任，不值得，不值得呀。"

闻讯而来的小平和甄虎看到高立军，忙扶着高立军进了张文龙的车。

高立军并没有去镇政府的宿舍，他让张文龙将自己拉到了医院。许静茹被医生安排进了急救室，大家都坐在走廊里的蓝色塑料椅上，等待医生为许静茹缝合伤口。

雪青、秋娥和金发财也闻讯来了医院，见不到许静茹，雪青急得直跺脚。她从药房拽了郭大夫，求她去手术室了解情况。郭大夫从手术室出来，轻声细语地告诉大家，伤在额头不会在面部留下伤痕，请大家放心。就是脑袋破了口子，医生正在缝合，问题不大。雪青问她人清醒着没有，郭大夫说人好着哩。转身，雪青开始指责高立军："你这个小高，从来是不吃请的。今日是咋了，奇了怪了，吃出了这么大的事，难道家里饭不好吃吗？"

小凤走过去拉了雪青说："妈，你不知情，别瞎嚷嚷，高主任比你还担心哩。"

雪青从地上拉起高立军说："你们都是我的孩子，谁受了伤，我都心疼，你们知道吗？"

高立军浑身无力地从地上站起来对雪青说："对不起，婶婶，怪我。真地怪我，我该死，我该死。"

大约过了一个小时，许静茹从手术室出来。看到大家，她微笑着说："没多大的事，大家放心吧，走，咱回去。"

梁宏昌手中拿着一沓票据从楼道跑过来说："住院手续办好了，实在对不起大家，都是我的罪过。"

许静茹说："没事，梁经理，不用住院的，让你费心了。"

大家跟着许静茹向医院大门外走去，张文龙跑步出了医院，为许静茹打开车门，雪青跳上车说："回家，不要去镇政府了。"

几个女人上了车，张文龙将车开走了。

回到镇政府，大家围着高立军不知道说什么好，所有人都沉默着。

过了许久，高立军问大平那两个人是怎么处理的，大平说暂时在派出所禁闭室。高立军告诉大平，快去派出所告诉李所长将人放了。

梁宏昌从凳子上坐起来说："这，这，我也不知道如何办了。"

高立军说："先把人放了，都喝了酒，我也糊涂着，喝酒惹下的事也不算犯罪。好在小许身体没有大碍，快去放人。这事处理不好张扬了出去，会对我们会产生不可想象的影响。金经理，你快去。"

大平刚离开办公室，高立军就给派出所李所长打了电话，之后大家又转到大平的厂里讨论一番。

雪青刚要走，厂子门外响起了汽车的声音，灯光照到了雪青身上。王雪峰的声音响了起来，他喊道："姐，这么晚了，你咋还没有睡呢？"

雪青拉亮了庭院的灯，王雪峰熄了车灯。雪青将王雪峰带进自己的家，大平、高立军和李爱民听到小车的声音，三个人端着饭碗一起来到雪青家。雪青示意他们一起去大平的厂子说话，她指了指小凤的房间告诉弟弟，里面有人睡觉不要影响她们。

四个男人各自端着饭碗，重新回到大平的办公室，喝了热气腾腾的拌汤。高立军将下午发生的事详细地告诉了王雪峰，王雪峰用大平递过来的餐巾纸擦了擦嘴角的饭渍，声音低沉地说："只要小许没事就好。"

夜幕中，一辆小车闪着强烈的光开了过来。车上下来的是梁宏昌，身后还带着几个男人。雪青急忙躲到了房子后面，她担心下午高立军打了梁宏昌的人，梁宏昌在这半夜三更会不会带着人来报复啊。

听到小车的声音，大平最先从屋子里出来，拉亮了庭院的大灯泡。梁宏昌急忙走过去对大平说："金经理，这是我的两个合伙人，也就是下午惹事的那两个小子的父亲。他们在西京听说儿子在这边惹了事，连夜过来向高主任道歉的。当然，他们也是专门来给许小姐道歉的。"

躲在房子后面的雪青终于释然了，她看到来人带了不少礼物，悄悄地借着灯光跑回屋子去了。

看到梁宏昌带了几个人，王雪峰的担心终于释然了。他也怕下午的事张扬出去，不好给秦县长和高副市长交代。梁宏昌带来的人中，华刚是秦南县有名的企业家，王雪峰是认识的。他刚转业到工商局时，华刚还是一个贩运药材的小商贩。十多年过去了，华刚却成了大老板。

华刚先到王雪峰面前与他握了手，然后才一一和高立军、大平和李爱民握手。华刚道歉的态度很真诚。看到华刚的真诚，大平说："其实，高主任从西京回来后，很少在街上吃饭。昨天主要是见到了梁总，他才破例请大家吃饭。因为当初在西京召开同乡会时，梁总给了很大帮助。还有，高主任听说，梁总想要两万亩土地带领鹿鸣川的百姓创收，还要在这儿建制药厂，他想尽一下地主之谊。没想到大家都喝多了，我们年轻人在一起喝酒时都爱开个玩笑，大家都没有把持住，还望几位老总原谅。"

华刚又一次走到大平跟前，拍了他的肩膀说："金经理，难怪秦县长喜欢你。不错，'带着感情创业，带着感情建设家乡'，是你提出来的口号吧，已经成了秦南人的名言了。"

大平欲扶华刚坐下，华刚并没有坐，他走到高立军跟前，紧紧抓住他的手笑嘻嘻地说："男人要创造世界。上大学时，你就成了校园里的名人，还创办了大学生擦鞋店。听说你在西京城南门接待过几个国家的领导人进瓮城，真是了不起呀。"

高立军拉着华刚的手，将其安抚到椅子上说："让华总见笑了，那都是过去的事了，现在我们回来了。回来，就是想请大家一起来建设我们的家乡。希望华总原谅下午的冒失，大家加强合作，真真正正做些造福老百姓的事。"

华刚从口袋掏出一盒软中华，分发给大家谦和地笑着说："中午的事不怪你们。来，老梁，把我给许小姐的东西拿出来。就不见许小姐了，免得大家尴尬。高主任，这是一万元用于给许小姐看病的，若不够你告诉我们的梁经理。万一不行，需要做后期美容呀，修补面容什么的，让我们梁经理负责。"华刚说着，将梁宏昌递过来的一个精致纸袋子，放到高立军面前。他接着说："你们可能还不知道，这个小许的父亲和我是朋友，他出事了，作为长辈我是应该照顾好他女儿的。没承想作为一个长辈，不但没有尽到责任，还害了姑娘。所以，这是我的心意，你一定要转达。"

高立军说："这、这，我是这样想的，许静茹的事，如果华总忙，我建议让梁总明天去看看她，你把东西给我，是不是不合适呀？"

华刚站起来走到王雪峰面前，抓住他的手说："王局长，你说呢？你也是我的恩人呀。当年，我刚起步时你没少帮我，我听你的。"

王雪峰也站了起来，握住了华刚的手，将他拉到自己身边说："让我说呀，你最好亲自去看看小许。这样一来先从精神上给了小许安慰呀。"

华刚拍了拍王雪峰的手说："行，听你的，我去。不过，小许能不能原谅我是她的事。你、高主任，你们首先得原谅我，咱们还要做事。不能因为这件事影响咱们的合作，我可是一腔热血回报家乡，也想借你们的力，为鹿鸣川的老百姓造福呀。"

高立军点燃香烟吸了一口说："这个事，昨天梁总已经给我说过了，我们正在商量，您就来了。"

华刚说："你们真是雷厉风行，好，正好，咱们今天晚上加个班，把我的想法给你们汇报一下。天明后，我们一起向县政府汇报，好不好？"

第二天，秦县长和发改局刘局长听了华刚和高立军的汇报，秦县长高兴地说："好事，华总如果真正能投资建厂，是我们求之不得的事。不过关于租用两万亩土地，带领农民种药材这个事我看是这样，王局长、刘局长。"秦县长指着王雪峰和发改局刘局长说："你们两家，加上农村农业局先组织个调研小组，主要调研两个问题：一是华总所种的药材是不是适合在鹿鸣川镇一带种植。二是刘局长，你们带上农村农业局和扶贫办人员，深入鹿鸣川各村，听听农民的想法。如果华总所种的药材适合种，农民乐意种，那就什么问题也没有。还有王局长，你让鹿鸣川镇政府，也组成一个调研组配合他们调研。时间不要太长，一周时间。一周后，华总我们还在这儿会面。还有你建制药厂的事，我们也欢迎，但关键是在环境治理这一块也要好好论证。华总，环保这一块的问题，比你让我给你两万亩土地还难哟，我想你应该比我更清楚。"

华刚从凳子上站起来，紧紧握着秦县长的手说："咱秦南在西京的乡党，给你编了许多故事。看来，那些故事没有一个是虚构的呀，敬佩！秦南有您这样做事干练的县长，是秦南人的福呀。"

81 母女相会

许静茹出院后，被王颖接到山里养了一些日子。许静茹说她喜欢王颖所布置的环境，可雪青天天叫嚷着让许静茹回到鹿鸣川来。无奈，许静茹只在山里住了一周，雪青就急得待不住了。

为了缓解许静茹的心情，王颖带着许静茹攀上庙岭看山民打核桃。两人刚走到庙岭巅上，一辆黑色奥迪小车从岭西的山沟开了上来。一个五十多岁的男人从小车上下来，他在远处，静静地看着许静茹和王颖。当他摘掉墨镜时，许静茹发现王颖的脸色一下子变了。王颖拉着许静茹的手准备往回走，戴墨镜的男人在明亮的阳光下慢慢走向她们，他声音清亮地说："小王同志，王颖同志，你看看，我把谁给你带来了？"

王颖回头去看时，日思夜想的母亲顶着一头白发，缓缓从小轿车上往下走。"妈——"王颖丢掉了许静茹的手，踩着路边细碎的野花疯狂地向小车奔去。她的脚下扬起许多发响的沙子，许静茹也跟着王颖跑向小车。王颖到了母亲身边，"扑通"一下跪在地上，紧紧抱住母亲还没有落地的双腿，人已泣不成声。

那个戴墨镜的男人轻轻将许静茹从王颖身边拉起来，从口袋中掏出一张银行卡塞在她手中。他声音低沉地对许静茹说："这是我销售了部分油画的钱，大概有六十万元。因为我没有多少日子了，人生也没有多少值得留恋的东西，你不要问我和她们母女的关系，照顾她们，好好地生活吧，青春不可虚度呀。高立军是个不错的年轻人，期待你们早日找到自己的幸福。"说过，他从车上拿出王颖母亲带来的几个包交给许静茹，然后对许静茹笑了一下便开车走了。王颖和母亲还没有回过神，小车已经淹没在山湾处绿色的青纱帐中了。王颖母亲要去追，被许静茹拉住了，三个人坐在八月炽烈的阳光中，望着远去的山路不知道此刻该说什么。

许静茹明白了眼前所发生的一切，她整理了一下自己的思绪，轻轻地坐在王颖母亲身边，双手抓住王颖母亲的手亲昵地揉着说："阿姨，你受苦了！我们可早就盼着你来呢，没想到这么快就来了，我们高主任还让我和王颖去接您哩。"

王颖母亲用双手抓着许静茹的手，细细地欣赏着许静茹脸上的笑，说："谢谢你们对颖儿的照顾，还有你们那个领导，是他前天安排人到深圳将我接到西京的。到深圳接我的人是个和你们年龄相仿的姑娘，她不让我给任何人打电话，我还以为自己会和她爸一样要遭殃呢，没想到竟然平安地见到了颖儿。这一路走来呀，我的心都快要破碎了呢。"

此刻，王颖的电话响了，号码显示的是深圳。王颖将电话交给母亲，母亲兴奋地对着电话说："我见到颖儿了，你放心。"对方让王颖接电话，母亲将电话交给女儿。王颖兴奋地说："是我，我在这儿挺好的。对对，上班了，是领导安排同事接的我妈，我在秦岭山里写生，有时没有信号，好，你放心好了。春节时，我去深圳看您。谢谢何叔。"对方还要说什么，王颖挂了电话。

到处找不到王颖和许静茹的夏新，终于在岭西看到了她们。他听说老人是王颖的母亲，忙蹲在老人身边将老人从地上扶了起来。

夏新问候过老人之后，许静茹将夏新拉到一边告诉他："什么都不要问，更不能问是谁将老人送到这里的。"

夏新似乎明白了一些事情，他对她说："你放心。有些事情我知道得比你多一些，我知道如何处理，爱屋及乌，这个道理我明白。"

三个人将老人带到王颖收拾的房子内。老人细细地看着房子，脸上露出了灿烂的笑容。她拉着夏新的手说："真想不到，在这大山里，还有这么个安身之地。以后我就住这儿了，哪儿也不想去了。"她拉着女儿从屋内走到庭院说："看看，这山水多美啊，这空气多干净呀。还有你这些朋友，他们一定和你处得很好吧。"

王颖一边为母亲梳理着头发一边告诉母亲："这里的一切都非常好，您放心就是了，以后这儿就是我们的家。"

许静茹帮助王颖收拾从西京带来的东西时，看到许多王颖的油画作品。她在心里感叹道，原来，那个匆匆离开的男人也是一个有情有义之人，难怪王颖被他征服了。

82　篝火晚会

　　下午三点，得知王颖母亲到了庙岭，正在鹿鸣川忙碌的年轻人个个兴奋不已，像自家的亲人到来似的。小凤和任子函买了食品和蔬菜，李爱民带了豆腐和粉条，李大平带了火锅……大家一起向庙岭奔去。

　　晚饭吃得很惬意，一拨人从晚上六点一直吃到岭山梁上最后一抹黄昏消逝后才结束。

　　高立军告诉大家，开发鹿鸣川的旅游，范博士和省规划院做的设计方案也通过了。最让人高兴的是，华老板和梁总的制药厂厂址也落实了，就是山口水库下面风火炉那一块地，那儿有水，对将来的污水好处理。他想，如果真地把制药厂办起来，那将是新中国成立几十年来鹿鸣川第一个真正的工厂。

　　听了高立军的喜讯，大家不约而同地鼓掌庆祝。

　　高立军看了看大家，继续兴奋地说："今晚，我们燃起篝火，玩个通宵怎么样？夏新、许静茹，你俩去将沟上沟下的老人和孩子们全部叫来，一是庆祝王颖母亲的到来，二是庆祝我们的事业取得新的进展。不过，我有个要求，今天晚上所有的人都要表演节目，包括我在内。"

　　老人们听说年轻人要办篝火晚会，便去问金发财什么是篝火晚会。金发财对他们说："去，谁家有好柴火，抱到知青房的小场里去，到时候你们就知道了。"

　　老人们抱着柴火聚集到王颖的住处，几个老太太明白了什么是篝火晚会后，便商量着将地里的嫩玉米和红薯也拿了去。

　　篝火燃起后，大家推荐王颖做主持。许静茹拍着双手抢先说："我先说。"她轻轻地清了一下嗓子，用手理了一下头发说："亲爱的乡亲们，今天，我们有三件喜事在这里要给大家说。我先来个开场白，一会儿再让王颖正式主持。第一件，今天，我们庙岭迎来了一位远道而来的客人，这位客人来自南方。来，我们大家鼓掌欢迎。"

　　在大家的掌声中，王颖母亲慢慢地从小凳子上站起来，向大家鞠躬致谢。

　　许静茹接着说："第二件事，我们这些年轻人工作生活在鹿鸣川，但有了这位母亲，今后我们更多的时间，会回到庙岭来，我们会把这儿当成我们共同的家。"

尚冬娥站起来笑嘻嘻地问许静茹："许村长，你是不是要嫁给我们大平呀？"

许静茹没有想到，老人们会提出这样的问题。她一时为难起来，她用眼睛去看高立军，高立军却在屋檐下接电话。大平匆忙站起来对尚冬娥说："大妈，你放心，我一定会给您娶回一个漂亮媳妇的。"

尚冬娥问大平："那个漂亮媳妇是不是小许村长呀？"

大平说："不是，不是，小许村长人家有男朋友哩。"

王颖发现许静茹陷入困境，将手搭在她肩膀上说："叔叔们、阿姨们，小许村长的话还没有说完，我接着给大家报个大喜。我妈妈不是来了吗，从下个星期开始我想请大家吃饭。每周请一次，也就是你们说的吃食堂。周六和周日，由我妈妈给你们做饭吃，而且是免费吃，不要一分钱。你们想吃什么，提前给我妈妈说。"

张老师的妻子笑着说："我们想吃肯德基，还有麦当劳。你妈妈能做吗？"

王颖笑着说："这个呀，是美国人吃的东西，我妈妈还真是做不了。不过，您想吃，我们可以从西京城给大家买，一定让大家吃到肯德基和麦当劳。"

尚冬娥站起来挥舞着手说："王姑娘，你可一定要买，我们都没有吃过呢。"

王颖走到尚冬娥跟前，拉着她的手说："一定让大家吃上洋餐。"

尚冬娥摇着王颖的手说："大家说笑哩，那东西可贵哩，你们千万不要买。"

王颖将尚冬娥扶到自己母亲面前笑嘻嘻地对她说："你放心，我妈妈是百万富翁呢。"

王颖的话令所有人吃惊，只有许静茹知道王颖为什么会给老人们管饭买洋餐。

晚会没有音乐，但在所有老人心中每个节目都非常精彩。特别是王颖清唱的《今天是个好日子》，唱着唱着竟然哭得唱不下去了。老年人不知道她为什么会哭，只有许静茹和高立军知道她为什么会哭。好日子来之不易，母女俩的好日子是用另一个生命换来的。

许静茹也表演了节目，她朗诵了王蒙的长篇小说《青春万岁》中的一首诗：

所有的日子，所有的日子都来吧，

让我们编织你们，用青春的金线，

和幸福的璎珞，编织你们……

王颖又拉出高立军，对大家说："叔叔阿姨们应该认识他，他是我们的头儿。不要看他年轻，他不光长得好看，本事可是大得很哟，你们还记得他吗？"

"记得，这个娃儿乖得很呢，埋大平他妈时，他说出的话让我们感动了许多日子哩"。尚冬娥说。

王颖微笑着说："大家再次鼓掌，请我们的高主任，给大家表演节目，好不好——"

高立军用手势压住了人们的欢呼，他说："大平说他没有文艺细胞，其实，最没有文艺细胞的是我。今天，我们能在这里举行这个活动，主要是迎接这位阿姨的到来。当然了，我们也想让庙岭这个地方重新热闹起来。我听说，在20个世纪70年代，咱庙岭是个戏窝子，这儿的秦腔戏《红灯记》《杜鹃山》和《龙江颂》唱进县上的剧院里，你们中间有许多人还是演员哩，可是现在呢，庙岭冷落了。请大家放心，我们会重新让庙岭活跃起来。接下来，我们引进了一个大型制药厂，厂子就建在沟口的风火炉下。等工厂开始生产后，到了星期天，厂里的工人会来咱们庙岭。所以我想，我们的庙岭自然就会热闹。我还有个想法，我们庙岭的年轻人不是出去打工了吗？我们会把他们请回来，让他们在制药厂上班。当个真正的工人，在自己家门口挣钱。白天到厂里上班，晚上住到家里照顾你们。我们还要把从这儿到山口的道路加宽，让你们的儿女们开着小车去上班，和大城市的人过一样的生活。"

尚冬娥站起来问高立军："孩子呀，就我这身子骨，你看我能等到那时吗？"

高立军说："一定能，放心阿姨，厂子很快就会建起来。"

尚冬娥说："孩子，我没有什么要求，如果有一天，我走了，像大平他妈一样，你来为我主持葬礼，我希望我也能背着花圈走，让我也光荣一回。"

高立军走到尚冬娥身边，紧紧搂着她的肩膀说："阿姨，你现在身体有什么问题吗？"

令大家没有想到的是，老太太突然放声哭了起来。

大家急忙围绕到老太太身边，金发财告诉年轻人，老人的胃时不时会疼。

366

大平上前抓住尚冬娥的手说："大妈，明天我们就拉你到镇医院去治疗。"

尚冬娥双手抓住大平的手说："我不敢去，我的日子我娃是知道的，我就盼望着自己早点死，能像你妈那样，背几个花圈就满足了。"

老人的话，一下子将篝火晚会的气氛降到低谷，所有的人都沉浸在悲痛中。金发财从大平手中接过尚冬娥的手，将她拉到自己的座位上说："嫂子，放心，钱的事，不用你考虑，有咱大平哩。"

老太太用袖口擦了擦眼泪，接过小凤递来的一根香蕉。小凤转过身为她按摩着背部，她的眼泪终于不再流了。

王颖走到尚冬娥面前蹲下说："阿姨放心，咱有钱哩，明天就去医院，一定将你的病治好。"

安慰了老太太后，王颖重新走到众人面前说："我们的晚会，有喜有悲，这就是生活。大家听清楚了，明天，我们将尚阿姨拉到鹿鸣川卫生院去，所有的医疗费由我来出。"

高立军刚站起来准备表演节目，大家发现月光下的庙岭头上，有一串火把向村庄飘了过来。邻村人听说庙岭有晚会都赶过来看热闹了。

高立军对围在火堆旁边的人们说："叔叔阿姨们，大家再回家去找些凳子过来，我们来客人了。"

金发财从人群中站起来走到王颖身边告诉她："把你们的节目再来一遍，我们庙岭人过去的戏那可是有名望的，人家来了不能让人家空跑。过去有一年天下大雪，我们庙岭的戏只有外村一个人来，你们那个尚阿姨一直坚持唱到最后，我们的名声一下子扬了出去。"

高立军走过来对金发财说："叔，你放心，我们的节目多着哩。就是演一晚上不重样也演不完的。"

王颖跑进房间拿出纸笔，让每个年轻人将自己能唱的歌、会背的诗，全部写下来。金发财说："把我也写上，我给咱唱个李玉和的《赴刑场》，没问题。"

王颖兴奋地说："叔叔，你看老人里面还有谁能唱，也给咱来一段。"

金发财看了看几个老人说："冬娥嫂子，你，你给大家唱个《听奶奶说红灯》没问题吧?"

尚冬娥走到王颖跟前拉着她的手笑着说："几十年没唱过了，怕嗓子不听使唤了。"

许静茹跑进房子，端出一杯黄色的橘子汁递给尚冬娥说："喝这个，可以润润嗓子。"

邻村来了20多个中老年人，一下子将小院挤得满满当当。

王颖重新开始主持，她声音亢奋地说："感谢后来的叔叔阿姨们，咱庙岭人用热烈的掌声，欢迎我们的邻居们。让我们相聚在这美丽的月光下，用我们的热情，唤醒寂寞的山村。"

掌声响了起来。

小平有些激动，他走到王颖身边说："我们是一帮在城市读了大学的农村娃，我们为什么要从城市回来？并不是我们在城市找不到工作，而是我们想用学到的知识，回来振兴乡村，建设美丽乡村。"

王颖说："下面，我们先给叔叔阿姨们合唱一首《没有共产党就没有新中国》，好不好？"

"好——"所有的观众呼喊着不住地鼓掌。这群年轻人主动走到王颖身边，高立军走到大家面前开始指挥。

接下来，冬娥唱了《听奶奶说红灯》，金发财唱了《赴刑场》。年轻人没有想到，两个村民，一个耄耋之年的老人，一个年过半百之人，不但唱得投入而且板眼分明。高立军朗诵了一首诗，他说，诗是自己刚刚在手机上看到的，不太成熟但正好符合此刻大家的心境，不知道为什么，他就看了一眼，便记住了。

> 我想养活一道川
> 把乡村放进去
> 让每个村庄都学会经商
> 年轻人再不用外出打工
> 村上没有空巢老人
> 也没有留守儿童
> 我要让乡亲们同意
> 让母亲，住在街头
> 她一喊
> 我就能回到家乡

高立军刚一朗诵完，掌声便响了起来。

张老师站起来笑呵呵地说："小高呀，我不懂你们说的什么诗。但我听出来了，这是你的心声啊，你就是想让农民过上好日子。"

张老师刚说完，大平挥手让他坐下，自己从口袋中掏出几张纸，在灯光下照了照说："我也朗诵一首诗，我的普通话不标准，大家不要见笑。"

王颖示意大家鼓掌，老人们的掌声最响亮。

大平朗诵道——

　　小时候，总感觉
　　庙岭这弯曲的道路啊
　　总是如此漫长
　　让一心想长大的我
　　总是走不到尽头
　　那时候的我，渴望自己
　　能长出一双翅膀
　　可总觉得这条深沟
　　阻拦着我飞行的方向
　　多少次，在梦中
　　我架着云朵飞过山冈
　　多少次，我站在长虫梁上
　　眺望山外看不见的远方
　　多少次，我心烦意乱
　　抱怨这山里日月太过漫长
　　我多希望自己早日长大
　　像雄鹰在蓝天上翱翔
　　可是，长大后
　　我真地去了远方
　　当我行走在关中和秦北
　　别人的土地上
　　我的心呀，总朝着庙岭的方向
　　每时每刻，我都在思念着
　　庙岭的山，庙岭的水
　　庙岭的灯火，庙岭的炊烟
　　还有门前梁上的月亮

　　后来，我又到了西京
　　是的，那里的灯光很亮

唯独缺少属于我的那一盏
大雁塔上空的天空很广阔
却没有替我遮蔽风雨的爹娘
没有乡音，没有亲人的笑靥
也没有属于我的风光
今天，我回来了
回到了属于我的土地上
我要用我的青春
赶走乡间的孤独
我要用我的热情
让炊烟重新施香
我要让我的父老乡亲
不再有牵挂
我要让我的兄弟姐妹
不再为了生计
四处奔忙，漂泊在他乡
大山啊，请你为我做证吧
罡风啊，请你给我力量吧
我的理想一定能实现
让我们携起手来
用青春的汗水
用我们智慧的光芒
改变我们的乡村
使它重现昔日的风光

大平朗诵诗时，脸上流淌着泪水。听了大平的诗，所有人的眼眶里都潮乎乎的。尚冬娥从凳子上站起来走到大平跟前，紧紧握着大平的手说："孩子，我们理解你的心。你这娃从小就是一个善良的娃，三岁看到老，你的愿望一定能实现的。"

尚冬娥转过身对大家说："来，我们为大平鼓掌。"说着，她的眼睛似决堤的小河，眼泪汹涌而出。大家忙着擦眼泪，过了许久掌声才响起来。

参加晚会的每个年轻人都表演了节目，夏新唱的陕北民歌《羊肚肚手巾三道道蓝》成为压轴节目。唱过之后，老人们还嚷嚷着没有听够，要求夏新再唱一首，夏新又唱了一首《走西路》。刚唱到一半时，王颖走到他身边，和他合唱起来。

这是一个不同凡响的夜晚，浅秋的月亮，在暗蓝色的苍穹间自由而快乐地行走，带着丝丝甜味的晚风，在旷野里肆意游离。远处，萤火虫放慢了飞翔的速度，它们似乎也想聆听几十年不曾有过的歌声。秋虫也是一个个闭上了嘴巴，为年轻人的歌声和笑声大方地让出了舞台。老人们吃着很少吃到的东西和很少喝过的饮料。孩子们激动得忘记了作业，他们依偎在老人身边，尽情地享受着这难得的欢愉。

晚会结束后，邻村一个老人拉着大平的手说："孩子呀，你给你们庙岭人带来了福气呀，我们也沾光了。能不能抽个时间，把你们这些年轻人也带到我们村，把我们村也救一下？你不是要豆子做豆腐吗？我们支持你多种豆子，我当了一辈子村主任，现在寂寞得快要死了。我没有想到在我有生之年，还能看到这山沟又活了起来。"

老人对大平说着，声音哽咽起来，他又走到高立军跟前说："孩子呀，你说得对，要想办法让我们的人回来呀。我儿子和媳妇，在外边打工三十多年了，他们也想回来呀，可他们回来做什么呀？如果你说制药厂真地能办起来，给我儿子找个事做吧，哪怕让他给你们看门、打扫厕所也行呀。"

李爱民走到老人身边抓住老人的手说："叔呀，明天就让你儿子和媳妇回来。我的粉条厂正缺人手哩。"

大平拍了一下巴掌，将人们的注意力吸引到自己身上，他声音洪亮地说："叔叔婶婶们，你们告诉你们在外边打工的晚辈们，让他们都回来，我们镇上要用到大量的人，都回来吧。"

送走了老人，大平和李爱民准备发动车向山外走。王颖说："走什么呀，今晚谁也不能走。我们都给你们安排好住处了，保证让你们个个睡得香甜无比，就像沙奶奶说的什么来着——"

王颖母亲笑着说："个个像座黑铁塔，一日三餐有鱼虾。"

老人的话，一时将大家逗得笑了起来。

83　土　地

夏新将自己精心做的《庙岭村种植规划书》交给秦镇长后，秦镇长立即召集镇干部和创业园工作人员进行讨论。管土地的干部刘锁成提出：让农民回来种地，他们要工资怎么办？

大平口气平和地说："当然要给人家工资。"

刘锁成将手头的笔在桌子上点了一下说："现在的农民工在外打工，一天能挣一百多，可我们能承担起那么多工资吗？"

大平翻动着手中的笔记本看了一下说："我们当然承担不起，可问题是他们在外边一天挣一百多，一天吃饭一个人也得三四十块吧，他们最终落下的是多少呢？"

刘锁成点点头表示有道理。

秦镇长将双手半握成拳头抱在胸前说："这只是一种想法，另外还有种药材这一块，也会遇到同样的问题。我是不是想把那个搞药材种植的梁总一块儿请来，也听听他们的想法，我认为这种方法可行。还有一种办法，你们能不能把地租赁回来，安排工人种地？这样比较好一些。"

李爱民听了秦镇长的话，兴奋地说："这种办法当然好，我们可以成立一个农机公司，购置大型农机具，专门经营土地，像东北和新疆农场那样。"

高立军一直没有说话，他在想，李爱民提出的方法简单可行，可是，购置农机具需要一大笔钱，钱从哪里来是个问题。如果让搞制药厂的人投资这笔钱，他们肯定愿意。只是制药厂的环境评估迟迟没有做，他最担心的是办制药厂的环境评估。几天来，他的思维一直锁定在制药厂的环境评估上，他知道，制药厂是个重点污染企业。造福一方是必需的，但如果为了眼前的利益，污染了环境害了百姓，那将是一件得不偿失的事。

秦镇长在办药厂的事情上热情高涨，高立军能理解他。搞行政的人，多鼓励人们弄政绩，自己好进步。可自己不喜欢那些，自己的想法是让百姓过上好日子，也包括环境。如果引进的药厂让百姓挣钱了，把环境破坏了，那不是他放弃城市生活跑回家乡的初衷。他不说话，秦镇长说得再多，也不能拍板定案。

会场上出现了冷场局面，大家都把目光盯在他的脸上。那一刻他没有听进去大家的议论，他在思考环境污染的事，此刻迅速将思维拽了回来，他将手中的笔记本打开看了一会儿说："你们知道我在想什么吗？我在想，农民愿意不愿意把土地给我们，就是农民把土地给了我们，如何种那都不是问题。我担心的是李经理刚才说的，像东北和新疆一样走机耕的路子，这当然是可行的。可问题是购置大型农机具需要大量的资金，这些年大家对农机具了解得少。其实前几天我去西京时，专门去三桥了解了农机具的价格，一个旋耕机就要好几万元。"由于心不在焉，高立军说话的声音听起来有气无力。

大平依旧双手捏着自己笔记本的两个页面说："这一块，我也做了了解，现在农村有专业的农机户，他们自己购置了大量的农机，就是在收种时专门为农民服务。我想能不能这样，我们把这些分散的农机户组织起来，常年给他们发工资，让他们成为我们的员工。到用农机时我们再专门支付农机租赁费。这样一来我们就不用出钱购置农机，还可以规避农机拥有人只用一季的弊端。"

刘锁成开始鼓掌，他伸出大拇指对大平的想法给予称赞。听了大平的话，高立军的脸色也开始缓和，他真没有想到，自己用心了解的农村、农民和农业，与大平比起来还是差了一截。

秦镇长最后总结会议时说："那我们就从今天开始，分组征求农民的意见。一是看他们愿不愿意将土地租给我们；二是看他们要多少租金，这也是县政府的要求。我的想法是这样，我们一共组成五个工作组，分十个村进行调研，高主任你们能出的人全出。镇政府的其他工作暂时放下，全力以赴展开调研，具体由刘锁成同志负责。我和高主任去一下省城，争取省上给重点镇的扶持资金。高主任，你看这样安排行不？"

高立军站起来说："创业园这一块具体由许静茹同志负责，许静茹你要全力配合老刘同志的工作。我的想法是，现在面临秋收，正是农民回来收获秋粮的时节。他们也在安排来年土地种什么的问题，所以我们一定要抓住这个有利时机。"

许静茹从会议记录本中抬起头，说："创业园这边谁参加，我来统一安排，你们放心去给咱争取资金吧。我有个建议，先把庙岭作为试点，让夏新同志先从庙岭开始摸底动员。另外，任子函和李爱民经理，也可以回到你们村上先摸底。方法呢，先找村干部然后再找村民。"说过，许静茹笑着问坐在对面的刘锁成："老刘，你看这样行不？我是不是班门弄斧呀，不周到的地方你具体部署。"

刘锁成站起来同样笑着对大家说："小许主任原来在庙岭时，积累了丰富的工作经验。秦镇长，我看就按小许的安排先摸底、再动员。小许呀，最后给县上的调研报告，可得靠你了。"

许静茹笑着看着大家，胸有成竹地说："没问题，只要大家把工作做细，这个调研报告我来写。我希望大家在调研时，一定要把数据和存在的问题弄清楚，最好能把问题归成类。"

开完会，高立军和秦镇长直接去了西京。

这边所有的人分头奔赴农村开始调研，大平和李爱民安排了工厂里的生产，分头深入各村开展调研。令大家没有想到的是，许多人的土地荒芜着，但一听说镇上要租用土地，开出的价格令所有调研的人不知道说什么好。有人提出一亩地一年租金要一千元，国家给的籽种化肥和农机耕地补助费还得是他们的。倒是山里的人还好一些，有人提出土地不要钱，但必须在镇上给他们外出打工的人安排工作。许静茹听后很是开心，她认为这样的想法比较合理。

有一天，许静茹在山里调研时，突然想起了那对唱静板书的父女，她想去看望他们。晚上，她把想法告诉了大平。大平一边记日记一边对她说，那地方距离鹿鸣川来回八十多里。正好厂里豆子不多了，他可以一边带她看望老人，一边从山里收些豆子回来。

第二天，大平开着车拉着许静茹进了山。车开不到目的地，公路距老人家里还有一段距离。大平将车放在山沟口，领着许静茹走。在上一个小山坡时，一块石头绊倒了许静茹，她的高跟鞋竟然脱离了鞋底，脚腕红肿得无法行走。看到许静茹痛楚的样子，大平直接将许静茹背上了山坡。

两人来到一棵大核桃树下，大平从夹克口袋中掏出一瓶矿泉水给许静茹，看着她喝水，两人的目光便撞在了一起。大平的目光是平静的，而许静茹的目光中除了感恩似乎多了点东西。大平避开许静茹的目光，又开始从地上拿起她的脚细细地看着，继续为她按摩。按摩了一会儿，大平停下来看着远处开始泛黄的一坡秋叶对她说："咱们这些人天天忙事，把应该拥有的东西都忙没了。"

许静茹知道大平说的有些东西是什么，她说："现在的人呀，是不需要谈恋爱的，对上眼就结婚吧。我们回到农村，就得按农村人的习俗来。你是咋想的咱就直接说。你看人家夏新和王颖、小平和小凤，一边工作一边谈恋爱。倒是我们这几个年龄大的整天扭扭捏捏，找不到婚姻的出口了。"

大平收回目光看着许静茹说："还有哪几个年龄大的？不就是你、我、高立军、夏花嘛。关键的问题在你，你要是能主动一些，向高立军明确表态，一壶水就开了。"

许静茹说："可是，我给你母亲有过许诺的，我不能对不起她。"

大平重新将目光从她的脸上移开，看着远处，空中有一对喜鹊从他们头顶上飞过。两只喜鹊在湛蓝的天空下，像恋人似的一会儿手拉手近距离飞翔，一会儿又分开各自快乐地飞向不同的方向，它们把宽阔的天空当作自己开心的游乐场。

许静茹也把目光紧盯在那对飞翔的喜鹊上，看了一会儿，她说："其实，我目前压根儿就不想恋爱，也不想结婚。我要等到我父亲出来，才能想这些事。"

大平说："可是高立军不能等，他是要成大事的人。一个要成大事的人连个媳妇都没有，你说人家组织在考察他时怎么看待他。人活着，不能光想着自己，也要为他人着想，你说是不是？"

许静茹用怪怪的目光看着大平，想了半天说："我又不是要嫁给高立军，他成不成大事与我有什么关系？"

大平的目光并没有退缩，反而坚定地看着她说："其实你不知道，我和夏花在秦北时，不但认识，我们俩还有过……"

许静茹瞪大了眼睛问他："有过什么？不会是有个孩子吧。"

大平微微笑了一下说："你还真猜对了，只是孩子没有成形罢了。"

许静茹把脚从大平的手里抽出说："你完全可以不用开豆制品加工厂，你可以写小说。有这么好的构思，把咱们创业的事写个小说出来多好呀，说不定还能拍电视剧哩。行了，不要胡编了，你是一个真诚的人，就是写小说你也写不好。因为你的思维太老套了，连三岁小孩都哄不过去。不过你说到夏花，我倒是挺喜欢的。只要你们能真诚地走到一起，我自然是给你们满满的祝福。"

大平移开目光重新看着远处的山峦说："我是这样想的，咱们现在的事基本上都挺顺的。婶告诉我说到了国庆节，县上搞农民工创业园开园仪式时，给咱们一块举办婚礼，你看行不？我和夏花呢没有问题，现在就是你和高立军了，要不要我来当媒人成全你们？"

许静茹说："你就这么不待见我，急着把我塞给别人啊？"

大平说："你说过的，我是一个真诚的人。我知道自己要什么，什么能要。"

许静茹摇摇头说："我还是不想过早地成家，我想等我爸回来。"她的目光看着天上的一片流云。

两人相互搀扶着到了老人家里。令他们想不到的是，小平正在跟老人学静板书。小平还告诉他们这条沟的问题全解决了。他说："这个村一共有一千五百九十八亩土地，可以将其中一半不要租金给我们。条件是让我们给他们安排在外打工的人。村主任说，十亩地安排一个人，无论男女都可以。"

大平听了小平的话很是开心，他说："你快把村主任叫来，咱们好好商量一下。"

女村主任刘侠见到许静茹，兴奋地说："我认识你，你是村主任。咱们在一起开过会，你还给我买过水喝呢。"说过，刘侠忙着去看许静茹的脚，发现脚有些红肿，她跑回自己家拿来了碘酒和棉签，帮许静茹擦起了脚。

刘侠一边为许静茹擦脚一边对大平说："我们村的土地不值钱，只是耕种难一些。你看看，机械到不了地里全要人挖呀，所以没有人种了。我可以动员大家给你们土地，还是那句话，最多十亩地安排一个人。我们村一共在外边打工的是三十七个人，你只要给我安排二十个人就行。有些年轻人在外边干得好的、收入高的肯定不愿意回来。"

大平望着面前一棵大核桃树，想了想说："可以，把家里有老人和孩子的，就留在家里专门种地，我给他们发工资。工资怎么发呢？按产量算，你一年给我交多少黄豆和红薯或者是药材，我就给你发多少工资。不在收获的季节，工资可以按月预付，年终统一算账。你看这样行不？"大平算了一下，二十个人种一千五百多亩土地，当即就能安排，无须到镇上去工作的。

刘侠将目光投到大平静静地看着的那棵大核桃树上，她才发现那棵树上有个喜鹊窝，她兴奋地说："行，按你说的，等你们将一切理顺后，咱签个合同，到时我好给村民说。这不，眼下就是秋收季节，在外面打工的人快回来了。"

大平看着挂满核桃的核桃树，问刘侠："你们这儿的核桃树多吗？"

刘侠用手指掐着许静茹的脚心说："多呀！你看，今年是核桃的大年份，只可惜，到了收获季节，树上的核桃没人摘。这也是我每年头疼的大事。这核桃是咱山里的宝呀，放到过去，家家户户每年的油盐钱全靠核桃树旁，可现在没有人摘了。守在家里的老年人，上不了树；在外的年轻人，如果为了几个核桃远远地从他乡回来，摘核桃卖的钱，还不够他们回来的车票钱。老人们看着核桃成熟了，自己不能摘，心疼流泪。儿女们已经不稀罕这些东西了，我也不知道如何是好，明明是钱，就在手边，可就是装不进口袋。"

大平的目光一直盯在核桃树上，他在想，如何才能让人们将树上的核桃摘下来变成钱呢。

许静茹也说："就是的，我在庙岭时，也遇到这样的问题。有一年，一个老人为了摘核桃，还从树上掉了下来丢了性命呢。"

刘侠将许静茹从地上扶起来，帮她拍了拍屁股上的尘土，扶她靠在一棵核桃树旁。许静茹的背刚一靠树，却声嘶力竭地叫起来。一只洋辣子虫被她挤出了黄水从树上落下来。

刘侠忙将许静茹的衣服从腰上撩起来，让大平扶着欲往下掉的衣服，自己从地上拿起酒精涂抹在许静茹背上一块泛红的皮肤上。

大平第一次看到许静茹的皮肤，他似乎闻到一股从来未闻到过的香气。那洁白的皮肤，像一朵云，在他的眼前呈现，他有点晕乎。他索性将手拿开，跑到核桃树的另一边去抽烟。

刘侠"哎哎哎"地叫着，她说："还没完哩，你咋撒手了呢？"

许静茹知道大平为什么撒手，她将背向上躬了一下对刘侠说："我们金经理是不近女色的人，他害羞哩。"

刘侠涂完酒精帮许静茹放下衣服笑着说："少见的后生，古人说，坐怀不乱的男人都能把事做大，难怪你们经理能把事情做大呀。"

大平从核桃那边移到这边说："我正在想问题，你们说，这核桃是多么好的东西呀，就因为没人摘，白白糟蹋了，多可惜呀！这些都是城里人想要的好东西呀。"

刘侠用脚将那只伤害了许静茹的洋辣子虫用脚踩入沙土中，扶着许静茹坐到树荫外的阳光下说："不光是核桃，还有柿子、软枣、毛栗、橡子、蕨菜，咱们这里遍地都是。过去艰苦年代，这都是养家养命的珍贵东西，可现在，谁还稀罕呢？"

许静茹看着大平的眼睛问他："你是不是有了想法？"

大平说："我想解决这些问题，核桃油、柿子醋、软枣酒、蕨根粉条，你记得不，咱们在西京城超市搞调研时，我在货架上看到过这些东西。还有橡子凉粉，这是秦南人祖传下来的美食，我们为什么不能做这些呢？"

许静茹抬头看了看高大的核桃树说："问题是这么大的树，摘不下来。"

刘侠也抬头看着高大的核桃树说："你们在外面跑得多，我一直在想，咱国家科技这么发达，咋就造不出个摘核桃和柿子的机器哩，也许人家外面有，咱不知道吧。过去人被剥玉米穗子剥怕了，可现在，家家都有了剥玉米的小机子，不但快，结构还简单，关键是实用得很，大人小娃都能使得动。"

大平从地上坐起来，用手抚摸着核桃树转了一圈说："我来给咱研究摘核桃的机器。我在秦北时，与各种机器打过交道，多少懂点儿铁性的道理，我就不信，这个事还能难住我。"

刘侠也从地上站起来说："还有摘柿子的机器，你能把这搞出来，山里人会给你敬高香的。"

三个人开始从坡上往下走。刘侠听说大平要收购黄豆，便跑开去将消息告诉了住在沟岔的人们。很快，大家将黄豆送了过来，大平除了支付了黄豆的钱，还将自己带来的素鸡和豆腐干送给老人们。有人要出钱给他，他笑着说："让大家尝尝鲜，下次来我给大家多带些。"

一个老人拉着大平的手说："娃呀，这样不公平。你收了我们的豆子，我们可是分文没让，你的秤还那么低，我们总不能白吃你的豆腐干吧。"

大平双手紧紧握住老人的手说："你们的儿女不在家，我权当是替他们为你们尽孝了，你这样一想就不是白吃了。"

另一个老头走过来细细地看着大平说："好娃，做大事的人说出来的话都那么中听。娃呀，你有媳妇没有？"老人拍着站在一边一个老太太的肩膀说："如果你没有媳妇，这个老嫂子有个孙女，年龄不小了，愁得说不下女婿，我看你就合适咧。现在的年轻人，个个说话拿腔捏调的。我看你这娃好，把事做大了，人也做成了，说话也好听，心眼还好得不行。我告诉你，人家的孙女呀和你一样，也在西京城里做大事哩。"

许静茹听了几个老人的话，忙插话道："大爷，我们经理有媳妇哩，也是在西京城做大事哩，谢谢你。"

大平对两个老人说："是的，我有媳妇哩，谢谢你们。"

吃了说静板书老人女儿做的饭，听了一段静板书，大平和许静茹开心地离开了山沟。临走时，大平对刘使说，他想把说书的老人接到镇上去，准备创业园开业的节目，还要将老人说的书申请成国家非物质文化遗产。刘使眉梢扬得老高说："简直太好了。"她还告诉大平："不要看老人的女儿耳朵听不见，可做饭的水平是我们这条沟没人能比的。"

他们带着好消息兴高采烈地回到鹿鸣川，而其他调研组却带回来了令人沮丧的消息。特别是一些川坦地区，农民听说要租用他们的土地，要的租金比西京城郊区还要高。在许静茹主持的情况汇总会上，凡是镇上派出去的干部，带回来的全是消极信息。刘锁成很明显是站在的农民角度上说话的，他说他所调查的村组，农民把地租给创业园一亩地最少一年要一千五百元。许静茹将刘锁成说的数字记在本子上后，抬起头看着坐在会议桌对面一排的镇干部说："大家想想，一亩地就按平均一千元，一万亩土地租金一年得一亿多，这谁能租得起呀？我想，大家都是鹿鸣川土生土长的人，就拿这一亩土地种粮食和种红薯来说，不算人工到底一年纯收入有多少，老刘同志比我们更熟悉。我看这个事，还需要大家再回头做工作。我个人认为，就咱们鹿鸣川一亩地租金要一千元的确是有些高。我和金经理还有小平同志今天到山里去调研，有一个村的村主任，她愿意将土地无偿地给我们一千五百亩，一分钱租金不要，只要求我们给他们安排就业人员，我想这种方法是可取的。当然，山里的情况和平川是有区别的，我想大家还是要多做工作。"

夏新举手要求发言，他也意识到镇上干部的想法和他们的想法有了明显差异，他想用自己调查的数据调节一下气氛。他想，镇干部站在农民立场，替农民争取利益也没有什么错，可这样下去租地问题就会泡汤。许静茹示意他说，他打开自己的工作记录本看了一会儿，说："是这样，我们庙岭村一共有两千四百亩可耕地。其中，前些年退耕还林将四百亩土地退耕了，目前只有两千亩可耕地、五百亩坡地、一千五百亩丘陵地。丘陵地多为沙地，农民把它叫作'三跑田'，就是跑土、跑水、跑肥。虽然是三跑田，可几十年来养育了一沟人。这些情况我想老刘同志比我更清楚，经过和村上留守老人和组上干部座谈商议，情况是这样的。当然，留守老人也和他们家的儿女用电话沟通过，我们庙岭村可以将其中的一半土地，全部无偿地租给创业园。政府补贴的籽种、化肥和农机方面的钱我们留下。但我有个要求，创业园必须给我们外出打工的人安排工作，工资标准由创业园定。还有一种情况，创业园租用我们的土地可以由我们来耕种和管理。我们庙岭村目前在外打工的有六十二人。如果这个方案可行，我们可能回来近二十人。通过调查，年轻同志多数不愿意回来，回来的人年龄在五十岁以上，而这些五十岁以上的人都是种地的老把式。所以，我们庙岭的情况相对乐观。同时，我也和其他周边的几个村做了交流。他们也可以参考我们庙岭村的情况，听说要建制药厂，更多的人愿意去制药厂工作。"

夏新说完后，会场一时冷静下来，刘锁成点燃了一支烟吸了一口，他想说什么却没有说。

小平站起来看了许静茹一眼说："镇上的同志为什么会遇到问题？主要是他们没有掌握创业园的情况。许静茹、大平、夏新同志，为什么工作相对顺利？主要是了解创业园，敢给对方承诺。我看是这样，咱给县上的报告先不要写，高主任和秦镇长正在西京和制药厂的同志一起跑环境评估。等他们回来后，我们可以听听制药厂在用地方面还有什么想法。我想，他们投资几个亿的资金办企业，在租地问题上他们一定有他们的计划。我们目前只是摸底，具体情况等我们全部吃透后再做决定。"

参加会议的人将目光齐齐盯在小平脸上，特别是镇上参加调研的人，他们感觉小平所说的话，就是给他们铺设的台阶，让他们从难堪的会场上走出来。一向在镇政府院子里无所不能的刘锁成没有想到，在镇政府这个院子里自己从来就没有怂过，可在这件事上，让几个年轻人搞得下不了台。

大家听了小平的话后各自散去。刘锁成回到办公室后耿耿于怀，他觉得自己丢了脸面不说，还将自己心中的小算盘也打乱了。他原本想着好好为创业园做些工作，等自己退休后在某个厂子找个事，没想到在这件事上遇到了问题。但他没有灰心，他想一个人好好再走几个村，再摸摸农民最真实的想法。他想先找金大平好好交流一下，弄清创业园到底能安排多少人就业，也好给农民许诺。

84　尚氏之死

太阳金灿灿的光透过玻璃窗子刚照到办公桌上，大平接到父亲的电话，金发财告诉大平冬娥病得很厉害，希望派个车将人拉到镇卫生院。大平和王颖开了车匆匆忙忙往山里赶。

尚冬娥在 20 世纪 70 年代庙岭人唱《杜鹃山》时，扮演过柯湘。四十多年间，其思想深深受到柯湘精神的影响，在庙岭成为一个模范人物。她不能生育，便抱养了一个儿子。丈夫是庙岭第一批外出打工的人，不幸死在关中的煤矿上。她用丈夫的命钱供儿子尚峰在西京城上了大学。后来，尚峰知道自己是当年在庙岭插队知青的后代，便留在西京很少回庙岭，在城里娶了妻子。儿媳嫌尚冬娥土气，不让她进城市的家。在庙岭人眼里，尚冬娥是个苦命的女人，邻居们劝她再嫁人过几天好日子。儿子从西京城赶回庙岭，阻止了母亲想再嫁的想法。许静茹在村上时，看尚冬娥一个人实在可怜，为她申请了五保户。政府来人调研后，说她有儿子条件不符合政策要求。村人建议把其送去鹿鸣川养老院。可她没有钱，人家不接收她。

最早发现尚冬娥患病的是金发财，他去看她时，她告诉他胸口疼，他从家里取了自己一直服用的胃药帮她服下，并陪她坐了一会儿。她笑着告诉他，肚子不疼了，他留下药自己回家了。

第二天清早，金发财又去看她，她说自己已经好了，什么地方也不疼了。话刚说完，她竟然开始吐血。

尚冬娥到卫生院后，医生告诉大平病人需要输血，医院没有血了。大平问病人是什么血型，医生说化验后才知道。大平告诉医生抓紧化验，自己到工厂叫人来献血。

献血在山里人心中是相对陌生的事。听说要为一个自己并不熟悉的人献血，工人们都退缩了。李爱民拉了大平跑向医院，结果他们俩的血都是 A 型，老人是 B 型血。许静茹急匆匆过来说她是 B 型血，血输进尚冬娥的血管不久，尚冬娥又吐了几口血。她拉着许静茹的手说："我记着你的好，许村长。"说过永远闭上了眼睛。

尚冬娥死后，大平即刻拨打尚峰的电话，一直没有打通。

大平对夏新和刘永林说："只有我们想办法安葬老人了。"

刘永林说："人我们肯定要埋，我想把此事和派出所沟通一下，在派出所备个案，然后我们再埋人，因为那个尚峰，不是一只好鸟呀。"

大平说："刘组长和夏新你俩负责去派出所沟通，我们这边和卫生院协调。"

正在此时，院长过来问谁结账。王颖对院长说："请院长放心，账我们会结，但要等到老人的儿子回来。是这样，你看一下一共多少钱，我可以先把钱押在这儿，但账不要结。等到老人的儿子回来后让他结，他不结账时就从这钱里面扣除。"

刘永林上前阻止了王颖掏钱，他说："王经理，你不用管，我们村上会处理的。"

走出去的人听说王颖要出钱给卫生院，都返了回来。高立军说："王颖身上带着钱，可以先押在卫生院。"他走到院长身边拉起院长的手说："这钱不要动，给你押钱的目的是我们要从这儿拉走老人，给你吃个定心丸。"

院长早已领教过一帮年轻人的做事风格，他紧紧抓住高立军的手说："好了，不用押钱，你们走就是了。看到你们如此对待一个与自己毫无关系的老人，我就是不收一分钱也会支持你们，你们随时可以从这儿将老人拉走。"

大家正要离开医院时，秦镇长带着镇上的民政干部来了。听了刘永林的汇报，秦镇长说："你们做了我们镇政府应该做的工作，我代表镇政府感谢你们。是这样，卫生院的费用大家不用操心，我让我们的民政干部将来从优抚款中解决。"

冬娥被拉回了庙岭后，刘永林和夏新找到老村主任的妻子金玲，商量如何埋葬尚冬娥。因为尚冬娥的丈夫是金铃的堂弟。

男人被送进监狱后，金玲一直对庙岭人怀有恨意。此刻，她不冷不热地说："人是你们害死的，你们想办法埋就是了，与我有什么关系？"

金玲的话震惊了所有人，几个同金发财一起将尚冬娥送到医院的老人对金玲说："金玲呀，你是不是吃错了什么药？你也是在庙岭活了半辈子的人，竟然能说出这样的话。你手搭在心口想想，这些年来你们家占了村上多少便宜。你的倒插门女婿当村主任这些年，给村上办了啥好事，大家谁说过什么？人家许主任想办法给村上要钱修路，你男人倒好，将政府给村上人修路的钱为你家修了房子。你晚上住在这房子里心安吗？"

张老师用指头敲着金玲家的小方桌面说："金玲呀，我问你，你还是庙岭人吗？你还姓金吗？这庙岭的金家人，咋生出你这么个东西？要我说，你家男人为什么能学坏，我看全是你教唆的。要是放在过去，金家人早把你踢出祠堂了，你还有脸在这儿说风凉话。你也不想想，你家没有儿子，你小时候你大犯了法，你妈丢下你，是谁把你养大的，难道不是庙岭人吗？你倒好，你的倒插门女婿返回来祸害庙岭人，我看国家做得对着哩。只可惜把你男人收拾得晚了，要是早点关进监狱，还不至于像现在判这么多年。一个好好的小伙，到你家做了上门女婿，硬是你把人家娃害了。在这庙岭你是啥样的人，难道大家不知道吗？"

一直嘴硬的金玲不再说什么，她低下了头哭了，肩膀不住地抖动着。王颖走过去从小方桌边将她拉进了卧室，安顿好后，大家离开了金玲家。

月光下，王颖和几个老人站在院子里回头望去，金玲家房脊上站着的那排白灰做的鸽子似乎在走动。

在庙岭，尚冬娥最念着好的是许静茹，许静茹担任村主任助理时每次从外面回来，都会给她带好吃的。虽然东西不多，但她看到许静茹时心里总觉得暖烘烘的。她也曾把自己舍不得吃的鸡蛋，一次次烙了、煮了给许静茹吃。

第三天，村人按风俗在金发财的指挥下，将尚冬娥从门板上放入棺材。大平出钱请了吹鼓手，许静茹、夏花、大平、小平、夏新、高立军、李爱民等年轻人，敬献了花圈。但令人们没有想到的是，人们刚将尚冬娥的棺材抬到金玲家门口，一辆黑色小轿车风风火火地从庙岭头上开了过来。

小车挡住了抬棺材人的去路。村人正在纳闷，小车上走下来尚峰和他的妻子，两人身后跟着穿着一新的金玲。

金发财指挥吹鼓手停止了吹奏，抬棺材的人，将棺材放在路边提前备好的两条木凳上。

尚峰并没有像一般人那样看到母亲的棺材哭泣流泪，他先让司机开走了车，然后双手叉腰挺着啤酒肚大摇大摆地走到棺材前，将手搭在棺材上，声音恶狠狠地说："你们都听好了，今日这人不能埋，我要弄清楚我母亲的死因……"

他指着大平的脸说："你们让一个七老八十的人给你们唱戏取乐，是你们害死了她。你们将我村主任叔送进监狱，现在又害死了我母亲。我要让公安上的人来验尸，我不能不明不白地就将人埋了。"

大平走到尚峰跟前问他："你不要把你在外面学的假把式拿回来吓唬庙岭人。这庙岭人的事，轮不着你来指手画脚。这棺材里是你妈，你见过天下人妈死了不哭不跪不流泪的吗？这些年来你为你妈都做了什么？这棺材是你做的还是那坡上的墓是你修的?"大平转过身,对站在棺材边的人们说:"我老妈的儿子回来了,人家不让我们埋他妈,大家都散了吧。"

听了大平的话,人们离开棺材汇集到王颖的住处,高立军想了一会儿说:"刘组长、夏新留下,其他人回鹿鸣川,立即将情况向派出所和镇政府汇报。"

几个年轻人刚上了车,金玲风风火火地跑过来趴在车前说:"你们不能走,你们不能把死人放在我家门口吧。我一个女人家,晚上我咋办呀?"

刘永林对金玲说:"嫂子呀,事是你做下的你就受着吧,你也是几十岁的人了,自己做了什么,你不知道吗?"

李爱民启动了车,车沿着村路向北开去。金玲浑身战栗着走到金发财跟前抓住他的手,声泪俱下地哀求道:"发财哥,你要做主呀,那冬娥嫂子,可是咱金家的人呀。"

金发财说:"你这会儿知道死者是金家人了,难道你不是金家的人吗?你不是叫尚峰回来吗,这副苦药你自己慢慢去喝吧。"

金玲从房子旁边找到一根木棍拄在手中,猫着腰哭泣着向自己家的方向走去。她的哭声震耳欲聋、滴血饮泣,一路远去,倒像是真心为躺在棺材里的亡人哭灵似的让人心碎。

黄昏像一个勤快的拉幕人,很快便将天幕扯下来盖住了村庄。人们为死者不能入土而感到悲哀。倒是金玲一个人的哭声,搅扰得这个深夏之夜难以宁静。

夏新拉了刘永林的手准备去尚峰家,被金发财阻拦了。夏新对刘永林说:"走,咱们是村干部,有什么好怕的,难道他一点人性都没有?"

夏新和刘永林站到冬娥家的堂屋时,尚峰的媳妇坐在地上哭。尚峰在屋子的里间翻寻着什么,屋子里的家具东倒西歪,发出碰撞的声音,被子衣服散落一地。

夏新说:"尚峰,我是庙岭的村主任,你出来一下。"他的话如泼在地上的水,毫无反应。

月亮在惊恐中慢慢爬上了门前梁,月亮的脸上泛出了红色,像一个刚哭过人的眼睛。远远地,人们看到一团萤火虫,围拢在尚冬娥的棺材周围。消息一传开,村上的老人们都走到棺材前去看。正在此时,两辆闪着灯的车从庙岭头上开向村庄,刘永林以为派出所来了警车,赶忙跑出尚冬娥的院子去探望,却听到车中人喊道:"尚哥,弟兄们都来了,你下命令吧。"

看到如此情景,知青房里的老人们一时紧张起来。

尚峰对夏新和刘永林说:"你们去吧,我家的事你们少管,你们也管不了。有人害死了我妈，我一定会弄个水落石出。"

夏新从凳子上站起来问尚峰："你要干什么？"

尚峰说："我要人的命价，你这个村主任能给吗？"

刘永林说："尚峰呀，你也老大不小的人了，也不想想谁害你妈做啥哩，你妈有啥哩？"

两人回到王颖住处，将几个老人带进房间安抚他们坐下。夏新告诉老人们不用紧张，有我们在你们放心。自古邪不压正，大家与他们无冤无仇，怕什么？

夏新的话刚说完，令所有人们想不到的是，尚峰和几个光头小伙，手中拿着棍棒，风风火火地向王颖的住处走来。

听到院子里人们的吵闹声，夏新忙出门看究竟，他看到灯光下几个手持棍棒的人，他转身将门拉上。他的手还没有离开门闩，刘永林拉开门从屋门里挤出来。

刘永林手中拿着一把王颖母亲的切菜刀，其他几个男人吼叫着还要从屋子往外挤。夏新生气地对屋里喊道："别吵，王颖，让老人们安顿下来。"

庭院的灯光很亮，夏新站在台阶上。台阶不高，台阶下的人看得很清楚。夏新的一身正气，使台阶下手持棍棒的几个人有些胆怯。

夏新从刘永林手中夺过菜刀，摔在台阶白色瓷砖上发出刺耳的声音。夏新明显地看到刀落地的声音，使台阶下几小伙子身子抖了一下。他拍了一下刘永林的肩膀说："刘组长，这又不是什么大敌当前还需要动刀的时代。现在是法治社会，是互联网时代，我们在这儿做不了什么。你看那儿有监控哩，还怕公安上的人不知道吗？"

刘永林说："是呀，我倒忘了这个。"

夏新对台阶下的人说："兄弟们，我是这个村新到任的村主任，我有几句话说给你们听。我不知道你们和尚峰是什么关系，如果你们为了朋友两肋插刀，我也没资格阻止你们。我只想问你们，尚峰一个连自己母亲死了一滴眼泪都不落的人，你们值得为他两肋插刀吗？你们都是在社会上有见识的人，你们应该好好想想，你们这么做为了什么？"

夏新的话刚说完，庭院的几个光头小伙离开灯光移动到庭院外边的杨树下去抽烟了，他们在那里交头接耳地议论着什么。

突然，村庄后面的山冈上传来猫头鹰的叫声，声音很清脆，使台阶上下相互对峙的气氛更加紧张。

灯光远处，金玲拉着尚峰的媳妇从黑暗中跑了过来。两个女人走到尚峰跟前，媳妇对尚峰说："我告诉你，这些年我跟了你，没少受苦。你若还有点人性就叫这些人把你妈埋了。你要是在这儿闹下去，我告诉你，明天我就和你离婚。"

听了媳妇的话，尚峰从杨树下站了起来，他走到灯光下将手中的棍棒支在地上，对夏新说："村主任，算你有种，今天我要埋人，事先放下。但你记着我不会就这样了结这件事的。"

夏新笑着说："我会随时等着你。"

尚峰领着自己的人，将尚冬娥的棺材抬向墓地。金玲和尚峰的媳妇在前面打着火把，一声不吭地将尚冬娥的棺材放入了墓洞之后，他们开着车逃离了庙岭。听说尚峰离开了庙岭，行走在山路的警察将警车开了回去。

刘永林没有回家，他刚脱掉衣服卷入金发财的被窝，村上便有人喊道，尚冬娥的房子着火了。一时间，喊声惊动了所有的人，村人赶到现场时，房子的主架已经倒塌。夏新急着往前冲，刘永林阻止了他。刘永林说："算了吧，救不下了，好在尚家是独户，连累不到别人。"

第二天，太阳刚刚照到庙岭头上，尚峰和媳妇被警察戴着手铐拉回了庙岭，他们指认了现场。面对眼前发生的一系列令人难以理解的事，王颖一直在想，如何才能用油画把这种现状记录下来。

警察走后，夏新和刘永林领着村上老人，为尚冬娥封了墓洞。墓洞刚封完，大平打电话让夏新和王颖立即赶到镇上去。

夏新悄悄对王颖说，大平的声音有些悲戚，可能是厂里出了事儿。

85 挪用资金

大平的工厂果然出了大事。吴刚从夏花手中拿出去了的五十万元产品，半个月时间过去了，夏花竟然找不到吴刚人了。起初，夏花每天与吴刚通一次电话。吴刚答应只要客户将货款付后，他会在第一时间将货款转给夏花。夏花催了一周也没有见钱进账，吴刚人也不见了，打电话一会儿说他在山西运城，一会儿又说他在侯马、临汾，到了第三天又说他在河南的洛阳。夏花让吴刚将销售票寄给她，吴刚说他很快就回来了，再后来吴刚的手机彻底关机了。为了扩大销售，大平同意可以向周边省份销售产品，他们还制订了详细的拓宽市场的计划。

夏花联系不到吴刚，便从西京赶到鹿鸣川哭着向大平做了汇报。大家聚齐后，决定将此事报告给鹿鸣川派出所。李所长打电话让县公安局查了吴刚的身份信息，什么也没有查到。

大平和李爱民去了吴刚家，吴刚的父亲听说了此事后，一时晕了过去。清醒后，老人拉着大平的手说："好娃哩，你咋能用一个吹牛不上税的烂杆子货呀？这贱东西身上有毛病呀。"

大平问老人吴刚有什么毛病。老人双手捂着脸说："电脑，游戏。"

大平从口袋掏出一张纸，帮老人擦了脸上的泪问道："吴刚有没有女朋友，女朋友在哪里？"吴刚父亲说他啥都不知道。

家里问不出情况，大平和李爱民开车回到工厂。这时，高立军刚从市里回到鹿鸣川，他要大家到创业园办公室开会。他告诉大家，开发鹿川旅游的项目手续全部到位了，还有华刚的制药厂评估手续也全部批了。他兴高采烈地对大家说："我们的目标快要实现了，现在我们要大干一场。"他看到大平和李爱民的脸上没有表情，便问道："怎么，你俩咋不高兴呢？"

站在一边的夏花忍不住哭了起来，高立军从桌边走到夏花跟前，拍了拍她的肩膀说："不至于这么激动吧，夏经理？"

夏花的哭声更大了，许静茹忙抱住夏花的肩膀对高立军说："出事了，吴刚把五十万元的产品拿走后找不到人了。"

高立军招呼大家坐下说："别急，夏花你说说，是咋回事？"

听了夏花叙说了事情的过程，高立军站起来说："我估计这家伙人还在西京，大隐隐于城，他不会跑远。这样，我明天还要到西京去，你们给我准备两千元，我保证将人给你们带回来。另外，关于大平和李经理厂里资金短缺的问题，我来想办法。现在不是流行众筹嘛，咱可以采取众筹的办法吸引资金。我一直在想，咱们所走的路，步子是不是太小了，也可以说我们的做法太保守了？既然我们的产品供不应求，为什么我们不往大里扩呢？我的想法是，不光要想办法补上五十万元的缺口，还要想办法扩大生产。我不知道你们调研过没有，就是昨天晚上在市里，朋友集会已经不吃大餐了，吃火锅。原来以为吃火锅是女生的爱好，没想到现在男人也爱吃火锅了。看看西京城再看看秦南市，饮食上什么最多？火锅店最多。那么多人吃火锅，就得有粉条。火锅旁边放什么呢？就放我们的豆腐干和素鸡。男生为什么爱上了吃火锅？就是想喝啤酒啊，喝啤酒不得吃凉菜呀？"

高立军总是那么自信和令人敬仰，他对现实生活的观察犹如一个成功作家对现实生活的描写，真实而细腻，入情三分入理七分。本来受了打击的大平和李爱民的精神几乎要垮掉了，可他如此一说重新把他们的精神气儿提了起来。他的话像一股清新的春风，在深秋季节也能唤醒枯萎的香禾。

高立军正在会议室将大家的热情重新点燃时，张文龙带着几个人匆匆忙忙进了办公室，大家不约而同地将目光向他投去。他什么话也没有说，示意身后的刘丹拿出一张银行卡交给高立军。

张文龙说："听说李经理和金经理的加工厂遇到了困难，我这儿正好有三百万元的流动资金，先让他们用吧。咱们的产品销售这么好，总不能停下来不生产吧。"

高立军将银行卡拿在手上，轻轻地抚摸着，看着站在一边的大平和李爱民说："看到了吧，我说什么来着，我说我能想到办法。这不，我还没有开始想办法，钱就上门了。"

他转过身问张文龙："你有什么要求尽管说，现在就说。"

张文龙看了看大平和李爱民，酝酿了笑意说："没有什么要求，你们如果将这三百万元折成股份，我会更高兴。"

听张文龙如此说，不知是谁带头，掌声响了起来。

张文龙接着说："对对对，一个月后，想办法从中给我倒出十万元来。因为那时候，我给咱修的创业园办公楼就可以搬进去了，到那时我要给你们配置家具。"

又是一阵掌声，小凤和刘丹两人抱着跳着高声尖叫起来。

秦镇长不知何时领着镇上几个干部，站在会议室门口。大家的掌声停息后，他走进来站在高立军面前，对张文龙说："张经理，你可是不公平的哟。我们镇政府多次向你借点钱，想将我们的院子地面硬化一下，你总是给我哭穷。你倒好，不但给创业园捐赠楼房，还给他们配置家具，你这可是厚此薄彼呀。"

张文龙忙从口袋中掏出烟递给秦镇长和他带来的几个干部，他说："不一样啊！秦镇长，你们是政府机关呀，花费有县政府管。高主任这一块，他们是白手起家，所以我就想帮帮他们。"

秦镇长接过大平递过来正在燃烧的打火机说："开个玩笑，我呀，是代表镇政府来谢你的。在没有得到一分钱的情况，你把街道给咱做得那么好，就连一些老百姓也向我提出要给你记功哩。几十年来他们盼的水泥路，终于实现了。"

张文龙说："你先不急，往后你再看，街道上按规划还有花园呢。我还有个想法，咱鹿鸣川镇今非昔比，是不是得美美做个象征咱们腾飞的雕像，放在中心广场上？"

秦镇长挥手让所有人坐下，他拉着张文龙坐在他身边，笑着对大家说："你们看看，这就是生意人，他又在想着扩大营业收入了。我和高主任辛辛苦苦要来的五千万元，全让你做了基础设施。你又想着增大投入额度了，就这五千万元，还没有到账哩。你要再扩大投入，我可是没钱给你呀。"

张文龙说："你就是不给我一分钱，街道不也做起来了？我不怕你，我和秦县长签的协议在口袋里，我怕什么。就我的家底再贷个五千万元，也不成问题。我的想法没有给大家说过，今天正好大家都在，我就把我的想法全告诉大家。我回来的目的不是只做个街道，我的目标在高主任那儿，关于鹿鸣川的旅游开发。早在二十年前，我到西京城不久就有过想法。可是，那时候只是个想法，手头没有钱呀。现在好了，规划做了，手续也快批了。"

高立军挥手打断了张文龙，他说："已经批了，不是快要批了。"

张文龙兴奋地从凳子上站起来说："太好了，太好了，我就等着这一天。秦镇长，我再向你宣布一件事：关于鹿鸣川的亮化和形象标志，我全部免费做，请大家给我做证好吗？"

听张文龙如此说，大平带头大家都从凳子上站起来，为张文龙的决定再度鼓掌。

掌声停息后，大家都坐下来，张文龙并没有坐，他依旧站着说："今天中午我请大家了。另外，省上给的重点镇建设的五千万元，秦镇长给我后，我作为股份，给高主任做旅游开发的前期投资，怎么样？"

又是一阵热烈的掌声。

掌声中小凤站起来用白皙的双手将了将自己的头发，自信地说："我是学设计的，还有王颖姐，秦镇长，只要您同意，我就和王颖姐给咱鹿鸣川设计形象标志，保证大家满意。也会让来到鹿鸣川的人，记住我们美丽的鹿鸣川。"

"好"！秦镇长还没有说完话，掌声就快要撑破房顶了。听到掌声，镇政府大院所有正在办公的人，全来到了会议室。张文龙站起来说："走，今日大家都去鹿鸣川大酒店，我请客。一是感谢秦镇长和高主任，让我有机会为建设自己的家乡做点事。二是庆祝咱们的旅游开发项目正式获批。大家说好不好？"

"好"！站在会议室门外的镇政府干部的呼声，高过了会议室的声音。秦镇长也从凳子上站了起来，他转过身看着门外笑脸盈盈的镇干部，用指头指着他们说："看看，一个个的出息，咱们的王书记早有安排，今天我们就在这儿吃饭，大锅饭、喜庆饭。金经理，去把你的素鸡弄点过来，送到政府食堂。小凤，去把你妈还有任子函的母亲，和那个叫秋娥的同志也叫过来，帮我们食堂的师傅。"

"好"。小凤答应过后，急着往会议室外边走。她刚跑出门又返回来问秦镇长："秦镇长，鹿鸣川的标志设计，让不让我做呀？"小凤的憨态逗乐了屋子里的人。

秦镇长说："这个，我一个人不能确定。我的意见是你先做个图，然后我们大家一起讨论。"

小凤站正身子问："选用什么材料呢？"

秦镇长说："这个我更不懂了，最起码是具有耐久性的吧。这些问题，你下来问张总和高主任，还有金经理，他们比我懂。"

小凤兴奋地跳下会议室台阶，像一只快乐的小鹿蹦出镇政府大院。

王颖看着小凤远去的身影，对高立军和大平说："还要什么构思，你看小凤，不就是一只欢快奔腾的小鹿吗。这鹿鸣川，不就是一只快乐的小鹿在鸣叫吗？"

大平看着王颖说："其实，我脑子里也出现了一只快乐的小鹿在鸣叫。"

这边人们陆续向会议室门外走，秦镇长拉着张文龙的手说："今日要大庆就看你了。菜我管了，这饮料是不是你得考虑呀？"

镇党委书记王琨走过来，接着张文龙伸过来的手紧紧地握住说："这上班期间不能喝酒呀，你就给咱准备些饮料吧。"

张文龙说："我还有个建议，能不能把鹿鸣川村上的干部也请过来，一起热闹。你看，这次我给咱改造街道，他们真地给了很多帮助。"

王琨没有回答张文龙，他看着秦镇长的脸说："这个，让秦镇长定，我可是只负责吃的。至于请谁来做客，你们说了算。"

张文龙知道，在镇政府大院里，一切都得秦镇长做决定。他对秦镇长说："今日是你们镇政府庆祝，我只是个建议。"

正在此时，高立军走到秦镇长身边问他："秦镇长，我看应该把村上的同志请来。你看，自咱创业园开办到现在，村上也给了不少支持呀。"

秦镇长看着高立军一脸春光的笑容，说："那是必需的，村镇村镇嘛，没有村哪来的镇，让刘锁成去叫。我听说呀，甄虎手上还有几瓶四十年前珍藏的牡丹泉呀。要不让他拿来，反正今日是个特殊的日子。"

高立军说："这个我不支持，秦北的王老板那天喝了老李那瓶牡丹泉后，每次见面总给我唠叨，说他在咱这儿开办酒厂。如果真是那样，甄主任手上那几瓶可是金贵的种子呀。"

秦镇长拍了一下高立军的肩膀说："听你的，你还别说，过去鹿鸣川生产的牡丹泉酒还真是不错。你问王书记，过去我们跑项目跑资金送给人家，人家第二次见了面还想要，可是你知道咱们一天到晚，不全做了些过河忘桥的事嘛。"

几个人从镇政府大院走到街上，张文龙说："秦镇长，要不，你把省上给的那五千万元给我，我给咱把牡丹泉烧锅重新开起来，做市场我有的是团队。"

王琨插话道："这不失为一个好主意，我看行。"

高立军走到张文龙跟前，用手拍了一下他的肩膀说："你刚说过，那五千万元是支持旅游开发的，怎么又要开烧锅呀。"

张文龙说："只要有好项目，不愁钱的问题。我是想借现在自己还年轻，多为家乡做些事呀，好带动更多的农民致富。最关键的是，要把在外打工的人们吸引回来。我是做建筑的，我知道大城市的建设，基本上空间不大了。所以，你说那么多人还待在城市哪有出路呀。国家为什么要倡导乡村振兴？一就是要留住人，让土地重新燃烧激情。二就是让农民回到土地上来呀。你们说，咱鹿鸣川有多少好东西，包括咱的旅游资源。还有许多土特产，那都是独一无二的呀。"

　　几个人站在镇政府会议室外面说着吃饭的事，太阳光下，吴刚的父亲骑着一辆破旧的自行车，匆匆忙忙冲进镇政府院子。老人看到大平，来了个紧急刹车，连人带车倒在地上。大平见状忙扑过去将老人扶了起来。吴刚父亲拉着大平的手，上气不接下气地对他说："我家那贼子打电话回来了，他说他没有骗你。他的确拿了你的钱，说是给你开发什么软件去了。我不懂什么软件，他只说有了那东西，咱鹿鸣川的豆腐干就可以卖到外国去。他还说，要给你成立个什么新公司。有了那个公司，不光你的豆腐干，就是鹿鸣川所有的好东西，外面没有的，都可以通过什么网，卖到世界上任何一个地方。"

　　大平从口袋掏出纸为老人擦着汗，安慰着老人说："没错，没错，我给他说过的，那叫网购。"

　　听说吴刚拿了钱去做软件开发，第一个扑过来的是夏花，她拉着老人的手问道："吴刚在哪里，我要见他，我要见他，他差点儿把我吓死了。"

　　吴刚父亲用一双粗糙的手，紧紧抓住夏花的手说："那贱东西说他就回来，说是在西京什么高新区，做啥封闭式学习哩，人家不让给外边打电话。他也给我说了，说他给西京的夏经理打过电话，没打通。你就是夏经理吧？对不起呀姑娘。"

　　大平从夏花手中拉过吴刚父亲的手，说："好了，大家都不用担心了。"他拉着老人走出人群，向派出所走去。他要和老人一起，把吴刚的案子销了。

　　夏花走过去阻止了大平前行的脚步，她掏出手机，拨通了吴刚的电话。电话中，吴刚兴奋地说："对不起夏总，我回来慢慢解释，你们快到派出所把案销了。冤死我了，连公安都给我发信息了，让我早日投案自首，怪我，怪我。"

　　大平从夏花手中接过电话，对方电话出现了忙音。大平对夏花说："先不管他，销案子要紧。"他拉着吴刚的父亲重新跑了起来。

　　听说吴刚在学习和建立网络销售，高立军对秦镇长说："没想到，这个吴刚想到我前面去了。"他转过身对张文龙说："做个系统需要不少钱的，我看你入股吧，你的三百万元继续让大平使用。吴刚用大平的钱建起的系统你做股东，大家都是钱紧，唯有你相对好一些。"

　　张文龙说："好吧，我听你的。"

　　两人刚说完，秦镇长发现街道开过来几辆小车。大家知道那是秦县长的车，几个人一起前去迎接。车到镇政府门口，司机要将车开进政府大院，被从派出所出来的大平张开双臂拦住了，大平示意让司机看大院里的景致。大院里，镇政府的干部正将会议室的桌子往院子里抬。

秦县长和何秘书走下车，秦县长摘掉眼镜看了看高立军说："又成什么精呀？"

王琨抢先一步走上前握住秦县长的手说："您来得正好，今天呀，我们准备开个庆祝会。这回旅游开发项目批了，制药厂项目也批了，大家想庆祝一下，吃个便饭。将镇政府的工作人员和创业园的年轻人放在一起，饭堂坐不下，会议室又太小，所以就放到院子里。"

秦县长看了看站在王琨身边的弟弟说："主意不错，只是要安排到后院才行。这儿离街道太近，让群众看见了，还说政府大吃大喝，影响不好呀。"

王琨双手抓住头皮挠挠说："对对对，还是秦县长您想得周到，我马上去调整。"

听了秦县长的话，大平离开政府大院，招手让秦县长和后面的车进了政府大院。四辆车依次刚停稳。第一辆车上走下来了发改局刘局长和王雪峰。第二辆白色的越野车上，下来了秦北的高经理和王经理。第三辆车上走下来的是华刚和他公司的人。最后一辆车下来了招商局的潘局长和随行人员。

看到几个局领导，秦镇长绕过兄长的身子，跑步向发改局的刘局长和招商局的潘局长一一握手，并笑嘻嘻地说："看到了吧，满院生辉呀，想死你们了呀。"

潘局长握着秦镇长的手说："秦县长在那儿，你也敢贫呀。"

秦镇长摇着他的手说："政策又没有规定欢迎词的要求，什么能表达我的心情，我就说什么。不行呀？"

潘局长说："一代人有一代人的思想，这是个信息时代，年轻人的思维自然不能和我们相提并论。你可要用好这些年轻人，你比他们大不了多少，要多学习人家身上的东西，关键是思维。"

发改局刘局长走到三人身边笑着说："秦镇长呀，了不得呀。你这个农民工创业园，有可能改变秦南的经济结构呀。你得好好给咱做出样板，如果你这儿成功，咱多搞几个出来，秦南的经济就不一样了。"

刘锁成急匆匆地跑到秦镇长跟前说："我增加了几个菜，怕还是不够呀。"

秦镇长说："找大平想想办法，把他的产品多上些。"

刘锁成问："主餐吃什么。"

秦县长走过来说："面条，豆腐臊子面，这是咱秦南人的老根本。"

刘锁成走后，秦县长拉起高经理和华刚的手，走到秦镇长跟前说："你们聊什么了，这才是客人，是鹿鸣川的财神。快去，给他们安排上座。"

秦镇长拉起华刚和高经理的手，向政府后院走去。

饭菜虽然简单，大家吃得却很开心。秦镇长致了欢迎词，高立军谈了自己的想法，张文龙用车拉来了好酒，被秦县长拒绝了。最让人们想不到的是，在吃饭过程中，雪青端着一盘水果糖和红色的小双喜字，散在人们的桌子上。

甄虎拉住她的手问："嫂子呀，这是工作餐，你不会假公济私，不想给人管饭，在这儿宣布你女儿的婚事吧。"

雪青声音朗然地叫道："还是我们甄主任机灵，我一发糖，他就知道我有重大事情向大家宣布。"

雪青散完糖和烟，将手中的红木盘子递给站在一旁的女儿小凤，然后又摘下胸前的护巾，双手捋捋头发说："大家先停一下、停一下，听我说。今日呀，我有重大事情给大家宣布。"

所有的人全停下筷子，向雪青站立的方位看去。秦县长的秘书跑出人群，从小车中取出一个信封交给秦县长。

雪青清了清嗓子高声说道："今天，我想借秦镇长这个席面，宣布一件事，一件大事，大家想听不想听？"

甄虎站起来笑呵呵地喊道："嫂子，你这叫假公济私。"

雪青向他挥了挥手回敬道："甄主任，你不要打岔，我不假公济私，等我说了，你就知道我不是假公济私。"

李建堂也站起来说："大妹子活了几十年，最不愿意做假公济私的事，你快说吧。"

雪青说："行，我说，你们得给掌声呀，你们不能光给秦镇长和高主任掌声，不给我掌声啊。"

掌声热烈地响了起来。

雪青转身子向院墙边喊道："小许，快，把主角请上来。"

许静茹、王颖、任子函拉着夏花的手走向雪青。她们身后，夏新和李爱民拉着大平。

又一轮掌声响了起来。等夏花和大平站好后，雪青说："这，就是我给大家要宣布的喜事。今天，他们要让大家做证。订婚了，是不是大喜事啊？"

雪青扶着夏花的肩膀，笑嘻嘻地说："来，大平，你们俩给所有见证你们订婚的人，鞠个躬。"

李爱民拿着一个大红筒礼花走向大平，人们听到"嘭"的一声，彩色的礼花很快便飞扬起来。

在礼花飞落的过程中，雪青说："过去呀，我们搞计划生育，提倡晚婚晚育。可是现在的年轻人呢光知道搞事业，在结婚这一块呢不主动了。我就想，先把咱创业园这些年轻人的问题解决了，今天是第一对，这后面呀，我还会促成几对呢。"

甄虎又一次站起来说："雪青嫂子，你家凤儿咋样了，也给我们通报一下嘛，我可是要给侄女准备彩礼哟。"

雪青声音洪亮地说："你先把这份彩礼备下，到了咱创业园开业时，你会知道的。"看到雪青在前面的演讲，秦县长在王雪峰的耳朵边轻声说道："这件事好，不是一般地好。你告诉你姐在咱创业园开业时，干脆给这些青年人办个集体婚礼。那时候老高一定会来。他要是来了，你说创业园这一块我们还愁什么？"

王雪峰对秦县长说："你不是有份大礼要送给大平吗，这个机会多好呀。"

秦县长从桌面上拿了秘书给他准备的信封，跑向雪青身边，他紧紧握住雪青的手上下抖着说："感谢你呀，帮大家解决了后顾之忧。"他放下雪青的手后抓住大平的手说："小金呀，大家恭喜你，只有掌声。我呢，呵呵，毕竟是县长，我要送给你一份礼物。这是我代表县委和县政府送给你的礼物，你可要珍惜。"他将信封双手交给大平，又对台下喊道："小高呢？高立军同志，来，请你上来，把这份礼物给大家念一下。"

高立军跑向秦县长身边，先与大平和夏花握了手表达了恭喜。之后，从大平手中接过信封，慢慢地打开。看到信中的内容，他眼睛亮了一下，然后说："同志们，大家静一静，这可不是一般的礼物。来，大家听好了，我念了。"他将一张彩色纸在空中挥了一下收回，念道："金大平同学，经秦南县政府推荐，我院研究决定，自 11 月 1 日起，邀请你到我院参加经营管理专业学习，学习期间的所有费用，秦南县政府已经一次性支付。希望你，届时报到。交通大学经营管理学院。"

台下又响起了一阵掌声，高立军将录取通知书递给秦县长，秦县长重新将录取通知书递给大平。大平接过录取通知书时，双手不住地颤抖着，眼泪汹涌而出。

高立军跑回饭桌后，秦县长挥手制止了人们的掌声，他说："大家可能还不知道，早在多年前，金大平同志以优异的成绩被这所学校录取。当时由于家里穷没有钱，他放弃了上大学的机会。后来，他去了秦北下煤窑、打工，挣钱供弟弟上学。当他有了钱后，他不是想着去修房、讨媳妇，而是想着改变家乡贫困的面貌。那年，我们开始构思农民工创业园时，他说出的一句话，让我们县上许多干部震惊。他说，带着感情去创业，带着感情建设家乡。我们今天的创业园，之所以能开办起来，与他给政府的建议和所出的主意有很大关系。基于此，县政府研究决定，像这样的人才我们要加强培养。我们要鼓励这样的人才，要造就他们。因为他们心中有美丽的家园，有家国情怀，有为一方百姓造福的雄心和决心。"

　　站在临时主席台一侧的雪青、小凤、小平、夏新、许静茹、王颖，他们看着站在秦县长身边的大平和夏花，都流下了眼泪。雪青一边擦着眼泪，一边将两人从秦县长身边拉了下来。

　　台下再次响起热烈的掌声。秦县长又一次制止了掌声，继续说道："最近这一周，我们要做的工作很多，而且每一项都要抓紧落实。大家要记着，今天，我们来鹿鸣川不是来吃这碗臊子面的。镇政府安排一下，凡是今天来的人都得住下来，我也住下来。我们要把创业园的各项工作，好好地安排部署一下。农业、土地、环保、发改局，负责好各自管理的领域。镇上和县上的干部，组成联合调查组和宣传组，深入各村先落实土地问题。华刚董事长要在我们镇建制药厂，他要带领我们的农民种药材。还有鹿鸣川豆制品加工厂、粉条厂，刚开业，生产得不错，我们要考虑明年我们的原料从哪儿来，我们首先要到群众中去。与群众谈一下怎么种地的问题，怎么满足我们工厂的生产原料问题。过去，我们种了许多东西，养了许多东西，成功的不多，收获的骂声不少，落下的埋怨也不少。那么现在呢，药厂建在家门口，加工厂建在家门口，我们还怕什么、担心什么？我想住下来用半个月的时间，最少跑三十个村，解决农民的担忧。力争在秋播来临之前，把华刚董事长需要的药材，把鹿鸣川加工企业明年的生产原料全种到土地上。其他附带的问题，华刚董事长已经有了方案，大家不要担心，好不好？"

　　"好——"台下再次响起经久不息的掌声。

86　丰收时节

吴刚成立的网络销售公司，虽然动用了大平的钱，但第一个受益的并不是大平，而是王颖。

王颖的"娃篮"销售创意照片刚放到网上，一下子就吸引了许多国外年轻的女性，订单嗖嗖地往上涨。王颖的成功，一下子改变了大平和李爱民的思维。紧接着，王颖创作的油画《乡愁》，在"庆祝新中国成立"七十周年全国美术征文大赛中获得银奖，她带着夏新和吴刚赴杭州领奖。

在杭州的几天时间里，吴刚和夏新到处跑网络公司，不停地与一些大的网络公司探讨合作模式。王颖想让夏新带她去西湖玩，夏新搂着她的肩膀说："实在对不起，时间简直太宝贵了。我呀，被网络销售勾了魂了。你不知道，这个吴刚呀，还真有两下子。才几天时间，他就成专家了，跟人家谈网络建设一套一套的，把我都惊呆了。"

王颖摸着夏新的胡须说："你的梦想是当官，难道你对创业也产生了兴趣？"

夏新扶王颖坐在窗前，他看着西湖的风景说："你算过没有，从村主任到镇长，从镇长到县长那要多少时间呀。我可不想用青春赌明天，我要听高立军的召唤，'是男人，就要创造世界'，我也要创造世界。就说你吧，画画成功了，胡思乱想地做个工艺品公司，也能成功。可我呢，总不能跟在你屁股后面给你系鞋带吧。我要和吴刚一起做网络销售，这是一个朝阳产业。到这里我才真正理解见证了网络的威力有多大。在这里，我产生了新的梦想，我要让巴黎街头、伦敦街头、华盛顿街头、纽约街头所有年轻的母亲，都要用你的'娃篮'提着她们的孩子，潇洒地走在商场和公园。我要在你的'娃篮'上用英语写上'来自鹿鸣川的祝福'，我要让全球人都知道，鹿鸣川是一个多美的地方。它不单是我给了爱的地方，也是我筑梦的地方，更是我找到人生方向的地方。"

王颖用头顶着夏新的脖子说："你真地不想当村主任了？"

夏新用双手捧着她的脸问道："难道你不同意吗？"

王颖说："你看，西湖上飞翔的那是什么鸟，那个鸟是不是叫夏新？"

其实，大家都认为吴刚身上有太多的毛病，大平却坚持要用吴刚。大平曾就吴刚这个人到底能不能用，与高立军和许静茹分别交换了意见。高立军的意见是能用但要加强管理，最好不要让他手上过钱。而许静茹的意见则是不能用，两个人的意见相左不好做决定。大平又与王颖进行了探讨，王颖的回答很干脆，为什么不能用。她瞪着一双水汪汪的眼睛对大平说："咱是用人的优点。你不算算，自吴刚担任销售经理后，你的产品销售了多少？"

大平想想也是，要不是吴刚几个月来，辛辛苦苦地奔波，营业额怎么会过千万元呢？最后，他决定去西京和夏花商量一下。夏花说："为什么不能用？我就问你一个问题：要是吴刚不偷偷用货款学习网络建设，他向你建议投资建设网络，你会同意吗？至于他偷偷用钱去学习网络建设，那不是他的错，是你老婆的错。是你老婆没有管好，解下没？"

"解下了，解下了，亲爱的老婆。"大平紧紧将夏花抱在怀里，用秦北话亲昵地回答着夏花。

昔日的洗脚坊，成了琳琅满目的秦南农副产品销售公司，原来夏花的小超市，被她做成仓库。在大平心里，夏花的确是一个能干的女人，两个摊子、几个秦南的大学生，事事让她管理得井井有条。他一表扬，夏花就一句话："穷人的孩子早当家。"听了夏花的话，大平回到鹿鸣川，决定支持吴刚的工作。吴刚也很争气，不到半个月时间，竟然将网络销售搞了起来。

高立军已经没有时间和精力与大平和李爱民促膝相谈了，他的精力全部投到华刚和时达的建厂工作中去了。

与农民谈好用地问题后，许静茹和小凤天天忙着与农民签订用地协议。忙不过来时，秦镇长让夏新和小平帮他俩。张文龙将刘丹也抽出来，让她到创业园帮许静茹和小凤。几个年轻姑娘，天天将镇政府大院闹得像集市一般，人来人往，争论声不断。

华刚第一个搬进了张文龙为农民工创业园修建的办公室，紧接着，秦北的投资人高经理和王经理也搬了进去。高经理坚持认为，鹿鸣川的牡丹泉酒是他喝过的最好的白酒，他决定恢复牡丹泉酒的生产。

有一天，张文龙在自己为农民工创业园修建的创业大厦前，遇到了高立军。张文龙看着大门口挂着几个亮晃晃的牌子，问高立军："你说这是鸠占鹊巢呢，还是鹊占鸠巢？我一直没有弄清，鸠是什么东西，它比鹊珍贵吗？可我还是喜欢鹊，因为我了解它。"

高立军拍拍他的肩膀说："张总，心胸呀，你的心胸有问题呀。"

张文龙用手捏着自己的耳朵说："那我问你，咱的旅游开发公司往哪儿办公？我可是大股东哟。"

高立军将他拉到河岸边一棵大柳树下对他说："你目前的任务不是考虑旅游公司在哪儿办公，你重点要考虑如何按规划搞建设。我的想法是咱把旅游公司建在马头山下，那儿不是你的老家吗？你也不想想，旅游公司放到这鹿鸣川有意义吗？"

张文龙说："你是让我先从村上租房子，等秦北人的资金到位后，再建设旅游公司的办公楼？"

高立军说："我要的就是你这种理解能力嘛。还有，你要立即盘活手头的资金呀，华总的资金百分之八十已经到位了，光他的建设这一块就在亿元以上，那是要招标的。你的资质什么的齐全不？钢结构、土建、房建，我知道你是有的，可机械安装你行吗？"

张文龙想了想说："行了，有你在，我怕啥？"

高立军扳平脸色说："你这话就不对了，我的性格你是知道的，一切按程序走。这么大的项目建设，那是市上来主持招标的。我只是希望项目由你来做，可这事是谁也不能胡来的，就是秦县长怕也没那胆。当然，他也不会指定让谁来做。"

张文龙再一次用另一只手捏住另一个耳朵说："量力而行吧，我的心思已经不在那个项目上了，我心热的是咱的旅游。"

高立军说："旅游开发这一块的建设，也是公开招标的。要接下这活，你也得走正常程序。不要认为你是大股东，一切都是你说了算。"

张文龙将一双手移在胸前，双手的关节捏得叭叭响。他说："好吧，我感觉自己已经胜券在握了，你放心，是咱的它跑不了。基础设施建设这一块，我会做得像给我母亲修养老房那样地精细。而且，我会以实力来招标，不求任何人。"

高立军用眼睛盯了他一会儿，笑着说："我就喜欢你这一点，当初正是你在那次同乡会上暴露了这一个性，我和大平才一下喜欢上你的。当时，我俩说让你做我俩的靠山，我们还真靠住了。"

张文龙说："是大家的心靠在一起的，是这鹿鸣川的热土点燃了大家的热情，光靠我一个人咋能成事呢？"

高立军看着远处披着霞光的寨子山说："是呀，是时代给了我们这一代人机遇。我们可是要抓住这个机遇，实现我们每个人心中的梦想。"

仅仅用了不到半个月时间，许静茹和小凤就办理完了农民土地租用手续。

他们还统计出来，有一千二百六十个在外打工的农民，愿意回到家乡创业和工作。

在一次创业园工作联席会上，高立军不在，秦县长听了返乡农民的数字后，对大平说："你们知道不，这个数字是全县公务员的人数呀，一个鹿鸣川如何能消化得了呀？"

大平从桌子旁站起来，挥舞着一只手胸有成竹地笑着说："我们还怕不够用哩。您放心，咱创办农民工创业园的目的是什么，不就是让在外打工的人，回来建设家园振兴乡村吗？只要我们把基础做好，他们回来会自主创业。我有个深刻的体会，每个打工人心中都有一个梦想，那就是自己有朝一日当老板。我不就是活生生的例子吗？我相信，只要让这片土地热起来，那就是温床，那就是孵化器。所有拥有梦想的人，都会在这片土地上实现梦想。"

大平的话刚一讲完，会议室响起了热烈的掌声。

秦县长兴奋地从凳子上站起来，对参加会议的干部们说："大家听听，这就是我们的年轻人。我们不就是需要这样能干事、会干事、敢干事的年轻人吗？有了这些年轻人，你说，我们有什么愿望不能实现呢？何愁我们的乡村不能振兴？"

秦县长坐下后，点燃一支烟指着王雪峰让他也说几句。他还指了指发改局刘局长，让他也准备讲讲感受。

王雪峰的讲话简明扼要，他将手中的一支签字笔，在自己的工作日记上点了点，口中不住地算着数字。数字算定后才抬起头，他的目光将参加会议的人齐齐扫描了一圈，然后慢条斯理地说："我没有什么多余话可说，县政府让我负责农民工创业园建设，我很庆幸有这么一个机会，为这块养育了我的土地做些回报工作。要说做具体工作，也没有做多少，全是金大平同志、高立军同志、许静茹等同志一直在做。我没有想到，现在的年轻人真地和我们不一样。他们敢想敢干而且思想活跃。截至目前，我统计了一下，我们引进资金超过两亿元，我说的是到账的钱，意向协议资金五亿元。如果这五亿元的资金全能到位，那我们的创业园，就会是一个了不起的盘子。我们先不说后面的五亿元资金能否到位，就目前已经到位的两亿元资金，大家可能还不知道，我们县政府和鹿鸣川镇政府只花费不到二十一万元。"

王雪峰的语速虽然很慢，但他所讲的内容，紧紧抓住了参加会议的每个人的耳朵。大家没有想到，王雪峰讲到此，县招商局潘局长激动得坐不住了，他站起来笑嘻嘻地问王雪峰："王局长，我能打断你一下吗？"

大家听了潘局长的话，一时紧张起来，不知道他要说什么。人人都知道他是一个炮筒子，在历年的县常务会上他没有少挨秦县长的批评。年年全县招商任务完不成，招商局的工作不但在县政府机关成了末位单位，就是他自己也多次提出要调换工作岗位。

王雪峰还以为自己讲错了什么，被潘局长突然一问一时愣住了。他想了想伸出右手指着潘局长说："请讲，畅所欲言嘛。"

潘局长干咳了两声之后，看了一眼秦县长说："王局长所说的数字有埋伏，其实到目前已经引进来的资金不止两亿元，快接近三亿元了。这一点，我最有发言权。"

他如此一说，一些思想开小差的人坐直了身子，全将目光投向他。他从桌面上拿起自己的本子翻了一下，指着一张页面说："引进来的将近三亿元，一共花费是二十万五千八百元。我想说说，这些钱是咋花的。二十万元是县政府给创业园划拨的经费，这些经费一次投给了金大平同志的豆制品加工厂，他们除了购买一辆面包车外，其他的用于支付王小凤、任子函和许静茹三个人的工资。而那五千八百元呢，是镇政府招待北京来的刘师傅夫妇和其儿子及范博士的费用。而两个博士和刘师傅的车票费，是金大平同志从自己的企业账上支出的。"

听了潘局长的一通叙说，人们还是不知道他要说什么。王雪峰也感到奇怪，为什么他会将此账记得如此清晰。

秦县长抬起头问潘局长："你要表达什么，能不能简单明了一些？"

潘局长接着说："大家不要着急，听完了我的话，你们就不会嫌我啰唆了。"他干咳了一声，继续说："我要说的是，我是招商局长，我不是不明白招商的难度。这个南方来的小女子带着自己的男朋友，跑回秦北婆家用自己画的油画和歌声，一下子引回资金两个多亿元，而且没有花政府一分钱。同志们呀，这也是招商引资，秦南少了我一个没有什么损失，秦南要发展，就得用像这样的年轻人们。我说完了，王局长，请接着说。"

秦县长看着潘局长说："你还有什么感想？我咋感觉你有话没有说完呢，行了，一起说出来，别打埋伏了。"

潘局长用右手食指和大拇指指了几下自己的下颌，然后翻动着棕红色的工作笔记本看了一会儿抬起头说："你们知道吗？前年，我们全县花费一千二百五十六万元招商引资，最终引回来一亿八千万元；去年招商引资总共花去一千五百八十七万元，引回来三亿一千八百万元。这些花费包括方方面面：差费报销、请客送礼、宣传展示、各种会议。我要说的是，高立军、金大平他们，花费不到三十万元，可以说不到五万元，引回来三亿元资金。同志们啊，我们是如何工作的，他们是如何做的，招商真地难吗？我想大家面对他们，作何感想？这样的事，我也不知道我这个招商局长还要如何当，还有脸当吗？"

会场一时静了下来，参会的人，个个低下头做思考状。

过了许久，王雪峰重新站起来说："潘局长今日这一炮放得好。是呀，我们真地应该好好想想。说实话，自从与这些年轻人在一起工作后，我感觉到我们真地在思想上落伍了。思想落伍了，行动自然也就落伍了。抓经济建设我们还停留在理论上，少了创新意识。"

会议气氛一直处在紧张的状态中，面对招商局长和工商局长的讲话，参加会议的部局领导，皆沉浸在深度的思考中。是的，没有人不承认两个局长说的是实情。看到大家的难堪，发改局刘局长站起来齐齐看了在座的人，他说："是这样，今日这个会话题有点沉重，但我个人认为大家都讲到点子上了。是的，我们过去在工作中的确存在许多问题。向年轻人学习、向新思想和意识看齐都没有错，可那得有学习目标，是吧？今年以来，我也参与了鹿鸣川镇的许多工作，从目前看，形势不错。我们就商议一下，这个创业园开业仪式如何搞。我的想法是这样的，如何搞，让年轻人去想。他们都把事情搞起来了，自然有他们的想法。高立军同志没有来，许静茹同志、金大平同志，你们可以谈你们的想法，还需要县上支持什么？秦县长，您说呢？"

秦县长从笔记本上将头抬起来，和其他人一样，齐齐看了参加会议的每个成员，点燃一支烟吸了一口说："好吧，金大平，高立军没有来，你说说你们的计划吧。"

大平用目光先看了王雪峰，又瞄了一下秦县长，他说："这个开业仪式，高主任一直安排静茹同志在做。具体的文案也是静茹同志做的，让她给各位领导汇报吧。"

王雪峰说："许静茹，你讲吧，时间不早了，尽量简明扼要一些。"

许静茹从面前的一堆文稿中，找出一份资料站起来准备开始讲，秦县长挥手让她坐下说。

许静茹坐下后说："我们的文案比较详细，我就说说大体情况吧。一是开业庆典的主题是以欢度国庆为主，我们计划购买两万面小红旗，其中一部分大的，我们会悬挂在东南西北四个方位通往鹿鸣川镇的道路两边。小一些的，会发给来鹿鸣川参加活动的所有乡亲。我们的想法是：在那一天，一是让我们的鹿鸣川先红起来。二是据我们了解，鹿鸣川自1976年粉碎"四人帮"和1978年党的十一届三中全会召开后举行过大型活动以外，近四十年来还没有举办过大型活动。我们想通过这个活动唤起鹿鸣川人的热情，激发人们建设家乡、振兴乡村的活力，激活我们的乡村。三是具体活动时间为一天，上午，在鹿鸣川广场的戏楼上举办鹿鸣川农民工创业园开业典礼，邀请省、市、县、镇领导讲话，同时安排了创业园区内的企业创办人向大家汇报创业情况。之后举行签约仪式，签约仪式结束后参观企业和产品。中午，我们不计划请领导去酒店吃饭，就吃我们准备的豆腐宴，包括省上领导，还有我们从北京请来的专家、学者、教授。请大家放心，我们的豆腐宴，绝不会给鹿鸣川丢脸，更不会给秦南人丢脸。我们已经设计了30多款豆腐菜系的做法，包括色味形及器具摆放造型。下午，举行文艺演出。演出这一块，我们邀请了省上和北京来的歌手和小品演员，相当一部分是明星。这些明星都是免费的，我们只承担他们的食宿和交通费用。节目中，我们还邀请了80岁高龄、居住在深山中、秦南非物质文化遗产静板书传承的老艺人，他会给我们带来歌颂祖国和赞美现实生活的新内容静板书。我们自己也准备了三五个节目，有诗歌朗诵和由我们企业员工表演的传统节目。在戏楼上演节目的同时，我们从省上请来的书画家，会在我们的企业会议室和镇政府大院，向前来参加活动现场的人赠送书画作品。这些书画家几乎都是高立军同志在西京工作期间结识的名人，他们也不收分文报酬。与此同时，我们还会举办建设、振兴美丽乡村论坛和农民工回乡创业论坛，一个在鹿鸣川中学会议室，一个在镇政府会议室。到了晚上，我们准备请秦南剧团在戏楼上，给大家演出大型秦腔全剧。这个节目目前有两个问题没有解决：一个是演什么戏，另一个是剧团演出的报酬。我们正在与县剧团协商，希望剧团的演出，能由县政府帮我们协调解决。当然，如果解决不了我们就自己想办法。戏，我们肯定要唱，因为鹿鸣川的百姓，历来有喜欢秦腔全剧的爱好。活动内容大概就是这样，请各位领导再给我们提出指导意见。"

许静茹讲完后，秦县长哈哈一笑说："关于唱戏的问题，既然你们提出来了，那我来出面和县剧团协商，费用问题你们不用考虑。"他对坐在自己对面的城建局王局长说："你们不是请了省上的名人编写了一出《香包》吗？我看就把你们的戏拿到鹿鸣川来演。一是剧情符合我们搞城市建设；二是贴近生活，我记得这出戏写的是普通百姓的打工生活；这第三呢，省上把我们鹿鸣川列为全省30个重点镇、示范镇建设单位，这本来就是你们城建局的事。所以，这个钱你来出，怎么样？王局长。"

城建局王局长看着秦县长笑着说："重点镇、示范镇，那是省上对秦南县的关怀，我们自然是责无旁贷。不过，不过，这位许同志讲的是让县政府帮忙，并没有说让我们城建局帮他们。"

秦县长看着王局长依旧笑着说："你就不要推辞了，这是给你们城建局露脸的大好机会。你说你们排了那么好的戏，光知道得这奖、得那奖，那老百姓的喜欢才是最好的奖。王局长，我告诉你，演出、费用、剧团人所有的花销，一切你就全包了。"秦县长转过脸对许静茹说："小许同志，给你们高主任说一下，那天的大会上我可以不讲话，但必须给王局长安排个讲话机会。你们可能还不知道，鹿鸣川之所以能被列为全省重点镇和示范镇，这可是王局长一趟一趟求爷爷告奶奶争取来的。来，同志们，我们给王局长来点掌声，鼓励一下！"

王局长缓缓地站起来向参会的人鞠了躬，他含笑着说："谢谢大家，秦县长是抬举我了，跑也是秦县长陪着跑下来。我向大家表态了，小许同志请放心，我一定按秦县长的指示，将你们要的戏落实好。"

王局长刚坐下，公安局长问许静茹："这么大的活动，你们考虑到治安问题没有？"

夏新急忙站起来说："总体治安由鹿鸣川派出所具体负责，我们也做了几套预案。同时，为了使活动有序开展，由我负责组织了二百名志愿者。他们都是鹿鸣川和周围学校的中学生，我们已经做了分期培训。国庆节是放假的日子，我们和鹿鸣川中学商量，将学生的营养餐用于这次活动。学生的任务主要是在活动当天，在通往鹿鸣川的各个路口，向参加活动的群众发国旗。一部分高年级的学生在舞台下维持秩序，带有红色执勤袖章和志愿者胸牌。学生的集合和培训，主要以鹿鸣川中学操场为主。活动结束后，学生当天可回家；山里路途远的学生回不去的，晚上住在鹿鸣川中学。这个，我们和学校已经达成共识。"

公安局长兴奋地说："不错，想得周全，到时候，我们县局会派出交警和刑警来配合你们。"他想了想又问夏新："舞台下面的人，如何坐的问题，你们是如何安排的？"

夏新回答道："有安排，这一点由金小平、张文龙和甄虎同志负责。甄虎和金小平是鹿鸣川村委会主任和副主任，张文龙是鹿鸣川建设工程公司董事长。这一块，我们秦镇长和高立军已经做了周密部署和详细安排。"

秦县长问夏新："这么重要的会，金小平同志为什么没有参加，他和你们秦镇长去了西京吗？"

夏新说："秦镇长、高立军、金小平，还有王颖同志去了西京。他们与一个有意向的投资商谈投资鹿鸣川旅游开发的事去了。那个投资商，是上次王颖去秦北，小平介绍认识的，他儿子是小平上大学时的同桌。"

许静茹不想让参会的人过多地关注王颖，她打断秦县长和夏新的对话说："昨天，鹿鸣川的甄主任给我说了舞台下面的布置情况。他说，他们会将街道所有人家的小木椅和小凳子全收集起来，有五百到七百个。主要让从山区来的老人们坐，他们的村民年龄大的坐在后面，年轻的由他带领维持秩序。他还说，他安排了街道能做生意的村民，全部摆出摊位。要像当年搞社会主义大集一样，让鹿鸣川红火热闹起来。"

秦县长说："这个甄虎呀，想法不错，有地主之谊的心劲儿。好，就按你们的安排做，关键是要抓落实。"他将目光移开许静茹，看着会议桌两边的局长们说："这就是年轻人的想法和做法，我们想到的，他们想到了，我们没有想到的他们也想到了。大家想想看，还有什么要说的。"他重新将目光投向许静茹，看着她的眼睛说："高立军和秦镇长回来后，让他们把所有方案、预案，形成详细的文字，向县政府常务会做个专题汇报。大家没有意见的话，会就开到这儿，好不好？"

王小凤抱着一沓资料从里间的小房子出来，将资料放在许静茹面前。许静茹对县长说："秦县长，所有活动当天的文字方案我们已经做好了，要不要发给大家？"

秦县长挥手让王小凤将资料送到他面前，他对局长们说："来，大家坐下来，我给大家发资料。大家先看看，明天上午，常务会再进行详细研究。"

87　婚　事

　　高立军的父亲高怀恩担任市长后，到各地调研究，最后到了秦南县，他没有要人陪同。司机将他送到县政府后，他让司机到乡下去看望自己的父母。他来到秦县长办公室，并让秦县长叫来了王雪峰。他对秦县长说："除了工作，这次有私事，还得你和王雪峰帮忙。立军的婚事有了着落，这可是一件令人开心的事。"

　　秦县长看着王雪峰说："咋样？咱的老班长刚刚坐上市长的交椅，就找咱们的事来了。我只用两个成语回答你：水到渠成，瓜熟蒂落。你操那么多心干什么，是怕误了你抱孙子？"

　　高怀恩拉了王雪峰的手说："我看王雪峰比你靠谱，我们去看看大姐。听说大姐一直在为立军张罗，我还不得谢谢人家？"

　　秦县长问高怀恩："那个老许的问题没有解决，这事怕孩子们思想有顾虑呀。"

　　高怀恩说："想那么多干什么，现在又不搞株连。咱娶的是儿媳，只要儿媳人优秀，管她爸是做什么的。"

　　秦县长对王雪峰说："看到了吧，这就是人站在高处的好处，比咱们是不是眼界开阔了许多？"

　　高怀恩说："没有顾虑是假的，可那小子三十岁的人了，个人问题不解决，事业咋做吗？放到我们年轻的时候，你说三十岁连个老婆都没有讨到，你和人说事，谁信你？"

　　王雪峰说："是的。"他很少在两个人面前说话，两人说什么他只"嗯嗯嗯"地配合他们。

　　王雪峰陪着高怀恩到鹿鸣川后，见到了自己的姐姐。高怀恩从车上为雪青取下不少礼物，雪青满心欢喜地说："还是多几个弟弟的好，看到了吧，总有好吃的。"

　　高怀恩说："姐姐呀，今日可是弟弟来求你的，立军的婚事，全指望你了。"

雪青一边为高怀恩和弟弟倒水，一边笑嘻嘻地说："雪峰天天在我耳边吹风哩。这不，你要是没有意见，我筹划让他们在国庆节举办婚礼哩。这个小许呀，要说嫁给你们高家，我还有点不舍哩，你将来就等着好好享福吧。你们都是场面上的人，其他话我不会说也不多说。说媒这事我在我们鹿鸣川可是挂上号的，只是这婚房目前没有着落，这是大事，我一时解决不了。我还试探着问几个孩子，要不要在县上给他们安排房子。人家说事都在鹿鸣川，嫌县上太远，工作不方便。"

王雪峰说："我看是这样，要不咱把鹿鸣川大酒店包几间房子，让几个年轻人先举行婚礼，随后给他们租房子住。说实话，这几个年轻人，资金一到，他们哪儿有时间享受婚后生活？"

高怀恩从桌子边站起来说："咱们都听人家的，人家咋说，你们咋办。我最近事务比较多，你俩多操心就是了。"高怀恩说着，从口袋中摸出一张银行卡放到桌上对雪青说："这有几万元你看着办吧，立军说不待客就不待客吧。但年轻人在一起，吃个集体饭总还是要有的。姐姐呀，告诉年轻人，他们结婚当天的饭吃多吃少我全管了，其他事你们看着安排吧。这不刚到位上，中央党校有个培训我得去哩。"

王雪峰忙问："那国庆节，你不回来参加这个开业仪式？"

高怀恩说："回不来的可能性多一些，说实话我本意也不想参加这个活动。我给老秦说了，你说儿子在这儿弄事，我又刚到位，这一唱一和的，还不引起媒体关注和别人议论？再者说了，这个立军，你不要看他在外边还行，从小见了我像老鼠见了猫似的放不开，我要在这儿他就慌哩。有你们在我还操心什么？到时候让他妈来照看一下就行了。"

从雪青家出来，王雪峰开车拉着高怀恩在镇上转了一圈。车速很慢，他一边指着镇街的变化，一边向高怀恩汇报着农民工创业园和高立军的想法，高怀恩听着看着一脸喜色。之后，怀恩要了解马头山旅游开发的情况。

王雪峰将他拉到山里，两人来到马头山下，将车停在路边一棵大核桃树下。王雪峰把高立军对开发旅游的总体思路，向高怀恩详细做了汇报。高怀恩认为这是一个不错的想法，他对王雪峰说："过去我们是抱着金饭碗讨饭吃，天天喊叫着工业强县。我们的工业在哪里？整个中国的制造业，都没有几家的日子好过的。我们这山区，还想搞工业？只有走旅游这条路是对的。中央提出，要把服务业作为主导产业，我认为这个提法非常及时和准确。咱们市其他几个县已经开发的旅游景点才几年天气，升成4A级、5A级的，这一年收入多少钱？所以，这个项目没有错，我也给老秦讲了，一定要把规划做好。要用长远目光去看未来，要想到人们游山玩水之后还想做什么。基础设施的设计不仅要有国际视野，还要有文化的装饰。我看到他们做的那个小册子基本上还行，但挖掘得还不够。我记得咱小的时候听老人讲的，在马头山上有个王石匠，死了以后站在瓮里被人埋了，说是他本人的要求。还有这下面那个五女石，恐怕在全中国也找不出那样好的母爱故事。像这样真实的故事，要拓展开来就是文化。人们看山看水到那儿都能看到，为什么要到你们这儿来看山？因为你的山上有故事、有传说、有文化。咱们都是行伍出身，鹿鸣川北边那个英雄团长的墓，想办法把它建成一个烈士陵园，然后再在旁边办一个秦南革命历史博物馆。任何时候传统教育不能丢，你把我的这个想法告诉立军。建博物馆的钱上级会给的，国家在这一块一直有支持。"

王雪峰说："立军也给我讲过，说要在这马头山下建一个民俗博物馆，让人们知道什么是下河人，下河人为什么要向上河走。咱们小时候，只听老人说咱们是下河人。弄到现在我才知道，咱的老祖宗并不在这里，而是在福建和江浙一带。老祖宗是为了活下来，才沿着长江和汉江向西迁徙。这儿山大沟深、地阔坡陡，老祖宗把我们寄放到这儿了。这一寄放，就是成百上千年呀。"

高怀恩笑着对王雪峰说："你还别说，过去我也不知道什么是下河人。只知道人家的中堂挂毛主席像，挂山水画，可咱们家里的中堂总挂着'天地君亲师'位，现在我才明白，秦南人说的下河人原来就是客家人。这个想法好，我非常支持，你告诉立军一定要将历史加进去，让人们知道我们的老祖宗是如何带着苦难到了这里的。"

王雪峰看到高怀恩对自己儿子的认可，心里特别舒服。

高怀恩走后，雪青多了一项任务。她除了帮大平料理厂里的事外，一直操心着几个年轻人的婚事。如何为他们办好婚事，她想了几套方案。可等年轻人聚齐后，她把自己苦思冥想的几个方案告诉他们后，年轻人像商量过似的众口一致，推翻了她所有的方案。许静茹告诉她，他们几个人商量过了，大家要在一起办个集体婚礼。什么也不要，就在开业那天加一项内容，请人宣布个结婚证，集体在舞台上亮个相。

雪青将年轻人的想法告诉了王雪峰，王雪峰汇报给秦县长，秦县长又汇报给高怀恩。高怀恩开心地说了两个字："支持。"他最后对秦县长说，他要去中央党校学习，参加不了开业和儿子的婚礼，他又要求秦县长为集体婚礼宣读结婚证书。他还告诉秦县长，如果办得漂亮，他回来请客答谢他和王雪峰。

几个年轻人都结成了对子，唯有任子函和吴刚的恋爱没有公开。有一天，许静茹和王颖将任子函和吴刚约到庙岭王颖的住处，想将他们促成一对。她们没有告诉叫吴刚和任子函两人到庙岭做什么，只是说有重要事情要在一起商量。王颖安排母亲做了饭菜，等吴刚拉任子函到了庙岭，吴刚说出的一句话令许静茹和王颖大吃一惊。吴刚将许静茹叫到门外对她说："静茹姐，我也想和你们一起办理结婚仪式，只是未来的岳父有点不太同意，我希望你能帮帮我。"

许静茹一把将吴刚推出好远说："去去去，我又不认识你未来的岳父，我咋给人家做工作？"许静茹冷静地看了一会儿，惊喜地问吴刚："是不是任子函她爸爸呀？要是他呀，我保证帮你拿下。"

吴刚笑嘻嘻地说："错了，错了。这个人呀，不但你认识，而且你说话他也百分之百听哩。"

许静茹挠着头皮想了一会儿，突然说："噢噢噢，知道了，保证完成任务。不过人家要的彩礼钱，我可担不住呀，彩礼你得自己想办法。"

吴刚从口袋掏出一张银行卡递给许静茹说："早准备好了，可是人家说了，不要彩礼，要一场排场的婚礼。"

王颖并不知道吴刚已经与刘丹谈对象的事，还在屋子里替吴刚说好话。任子函笑着告诉她："错了，错了，不是吴刚，是……"

王颖说："不会是李爱民吧？"

任子函笑着点点头说："只是他还有些思想压力，他说他没有学历，怕我到时候甩了他。"

王颖拉了她的手说："他这样想没有错，关键是你怎么想。"

任子函用双手揉着王颖的手说："主要是他的心好，你看吧，自我父母到厂里之后，他对他们关心胜过我呀。他从小没有父母，和大平一样为了妹妹上学到秦北去下煤窑。现在好了，事业也做起来了，我不是看中他挣了多少钱，我主要感觉他这个人踏实，是个过日子的人。"

两人拉着手走出房子，来到明媚的秋阳下，却听到了吴刚和许静茹说的话。王颖摇摇任子函的手对她说："你知道我和静茹今日，专门把你和吴刚叫来做什么吗？我们俩还想替你俩包办婚姻哩。"

任子函拉了王颖向沟里边走去，说："你们主要是太忙了，光知道创业，我早就知道吴刚和刘丹在谈恋爱了。你们可能还不知道，吴刚做的网络，大部分是刘丹帮着做起来的。刘丹上大学学的是软件开发。你们去杭州时，本来吴刚是要带刘丹一起去的，刘丹的父母没有同意。他们对吴刚报道鹿鸣川学校的事心中有芥蒂，认为吴刚是个不靠谱的人。到现在，刘丹的父母对吴刚还有成见哩。"

王颖望着山顶一排飞过的秋雁说："原来是这样呀。我看是这样，咱今日就做他们的工作。刘永林不是一直欣赏静茹吗？咱今日让静茹出面做他们的工作。我们把吴刚的变化和他几个月来所做的贡献告诉他们，也许他们对吴刚会有重新的认知呢。"

任子函从路边摘下一片红色的秋叶，拿在手上不停地转动着说："可以呀。你看你妈妈做了那么多好吃的，咱就去把刘永林夫妇接上来，借你妈做的饭菜把他们的问题解决了。到时候大家一块儿举行婚礼，不是更热闹吗？"

王颖将一双手搭在任子函的双肩上说："我看行，走。把静茹和吴刚叫来，咱们一起合计合计。"

刘永林夫妇从来没有吃过南方人做的饭菜，吃饭时问他们菜的味道，两人不停地用舌头划拉着嘴唇说："辣。"

吃过饭，许静茹准备讲吴刚和刘丹的婚事时，刘永林抹着嘴哈哈一笑说："许主任，不用说了，我就知道你让我吃的是鸿门宴。谢谢你们，只要刘丹同意我们没有意见。现在的孩子们个个像患了恐婚症似的。我相信你们，你们这些年轻人心中都装着大事。你们看看，这才多长时间把个鹿鸣川弄得换了人间似的。我没有意见，不过我有个想法，就是你们在镇上举行完集体婚礼后，我也得在家里重新待客。这些年，我给人行情的礼也得收回来呀，呵，哈哈。"

许静茹说："可以，可以，这个我们不反对，不过不要太铺张。我们之所以要举办集体婚礼，就是想恢复你们年轻时那种勤俭办婚事的风气。如果你太铺张，夏新这一块没法交代。他担任村主任以来，各方面你都配合得很好。如果你太铺张传出去，人们会说我们集体结婚只是做了个样子。那样的话，违背了我们的初衷，你说呢？"

刘永林还没有说话，妻子忙接了许静茹的话说："行了，老刘，我们听静茹主任的。你说人家市长的儿子、儿媳妇都带头移风易俗，我们还说什么哩？我们刘丹能和市长的儿子、儿媳站在一起风风光光地结婚，那不比我们待客脸上有光？静茹主任你说是不是呀？"

许静茹走过去拉了刘永林妻子的手说："还是婶婶想得对，刘组长，就听婶婶的吧。"

刘永林从凳子上站起来说："好，我只听你的，你说什么就是什么。要不是你，我女儿咋能去创业园工作呢？要不是你，这庙岭人还不知道什么时候才能走上水泥路呢。我们庙岭人，不但不会忘记你，还会感激你的。"

送走了刘永林夫妇，四个年轻人便开始策划集体婚礼的事。王颖主张到时候大家集体穿婚纱，吴刚则主张统一穿唐装。吴刚的理由是，那天是国庆节，大家都是庆典和创业园开业仪式的主角，一是没有时间穿婚纱，穿上婚纱不利于工作；二是穿上唐装，与整个庆典的主题色调相吻合。王颖听了吴刚的解释，同意了吴刚的想法。她问许静茹和任子函有什么建议。两人都同意吴刚的计划。

许静茹问吴刚："穿什么裤子？"任子函说："是呀，我们大家的鞋要不要也统一起来？"

吴刚想了一会儿说："这个我还真没有想过，我只想到上衣穿唐装，至于穿什么鞋和裤子，到时候到镇上再征求大家的意见吧。"

四个人开车到了雪青家，许静茹把他们在山里的想法说给雪青，雪青说："我看是这样，今天晚上我给你们做一顿火锅，把那几个人都叫来，大家一起商量最后再决定。"

到了晚上，高立军采用了吴刚计划的一半。他的想法是，新郎全部穿西装打领带，新娘统一穿红上衣唐装黑皮鞋。他说："其实在秦南农村，过去人穿的衣服基本上就是唐装。我们要是穿上唐装显得我们老气。只有穿上西装打上领带才能体现出我们的朝气，男同志穿上西装还便于工作。我要和许多投资商在那天签投资协议，如果穿唐装，电视台播放以后多没面儿呀。而我们的新娘们穿上唐装，不但古典大气而且还能兼顾会场的服务。比如接待领导、负责签到、端茶倒水，包括我们集体的诗歌朗诵，不用换装多省事呀。"

对于高立军的建议，大家鼓掌表示通过。吴刚端起酒杯走到高立军跟前说："难怪你想得周全，我敬你了。"

大家正说到高兴处，雪青拉着李爱琴进来了。她来征求大家的意见，问能不能让李爱琴加入他们的集体婚礼。李爱民站起来说："快把肖一民叫进来，让他带好酒来，今天我们缺的是好酒。"

肖一民抱着一个盖着红布的酒坛子，从雪青身后闪了出来。高立军一眼便看出来，肖一民抱的是老牌牡丹泉酒。他忙上前接过肖一民的酒，紧紧地抱着说："人，留下；酒，不能打开。这几天，秦北的高老板到处找老酒哩，没想到，你这儿竟然就有。去去去，肖老师重新买酒去，这瓶没收了。"

高立军的举动惹得一帮年轻人哈哈大笑。

腼腆的肖一民说："高主任不早说，这样的酒我父亲手上还有好几坛哩。你若要，明天全部给你拿过来。听说你准备恢复老酒生产，我父亲天天在念叨哩，他说希望鹿鸣川的人，天天能喝上老酒就好了。"

高立军将那坛老酒用夸张的动作，珍惜地轻轻地放到雪青家的柜盖上，说："告诉你父亲，如果他有兴趣，可以到我们将要开办的酒厂，做我们的品酒师。听说你爸小时候，就是牡丹泉酒的品酒师呀。"

大平拉了高立军让他坐下说："你把人家酒抢了，人家早就买酒去了，你还在那儿给人家说话哩。"

大家又是一阵哄堂大笑。

许静茹将李爱琴拉到自己身边坐下，旁边为肖一民安排了座位。肖一民从外边抱了两瓶茅台酒进来，交到高立军手上。高立军细细地看着酒的真伪说："过了，过了，肖老师有点奢侈了。"

肖一民坐到李爱琴身边说："一点不奢侈，你们知道不，我和爱琴要是能参加你们的集体婚礼，不但风光不说还为我节省了办酒席的钱呢。我最怕办酒席这样的事，你们说这能叫奢侈吗？"

雪青和秋娥站在桌子边为年轻人服务，王颖拉着秋娥的手让她坐下，她说："今天是你们的节日，我们就为你们服务吧。"

雪青一脸兴奋地说："你们尽情地吃，我们不爱吃火锅。我们一会儿和刘丹的爹妈，还有王颖的妈妈、大平的爸爸，我们吃我们爱吃的，王颖妈妈正给我们做南方菜哩。"

对于集体婚礼的安排，大家都赞成高立军的想法。吴刚说："所有的服装我来安排人做。你们可能还不知道吧，我有个同学人家在西京美院学了服装设计。现在专门在西京城给名人做服装，包括省市电视台主持人的服装。我让他明天就来专门给我们量体裁衣，你们明天必须都得在，一个也不能少。"

大平举起酒杯问吴刚："价格会不会很高呀？太高了，我们可得合计一下。"

吴刚也举起酒杯走到大平面前，碰了一下说："一人一套，一套一千元，男士包括衬衣领带，女士一人送一套睡袍。还有新娘、新郎的胸花，他们也一并赠送。"

夏新说："价格可以接受，只是面料我们也要讲究，可不能用一般面料来忽悠我们。"

吴刚说："人家这样的衣服，对外三五千元一套，之所以便宜给我们，人家有个要求。"

小凤问："什么要求？他不会也要参加我们的集体婚礼吧。"

吴刚说："还是小凤聪明，对呀。他也是我们鹿鸣川人，恋爱了许多年，就是不想举办结婚仪式。听我说我们要办集体婚礼，他也想借光。所以，给我们一套便宜了两千元哩。"

许静茹说："他应该免费给我们，我们搭这个台付出了多少精力，都快把青春耗干了。他倒好，就这么轻而易举地利用我们的平台。"

吴刚说："我也这样说了，他说他有成本。是这样，他明天和她女朋友来，我们大家和他一起说。也许他改变想法，不收取分文也不是没有可能。来，大家干起。"

大家碰过杯后，刘丹拿着酒杯，走到许静茹跟前要与她碰杯，许静茹迎接了刘丹递过来的杯子。

喝过酒，刘丹说："我有个想法想告诉大家，我们能不能用这次庆典大会，多宣传一下我们现有的产品。我想，能不能在镇政府门前的广场上，举办一场众人盛宴。你们还记得不？江苏有一个企业，一次招待外地人为他们创造财富，举办过一次万人盛宴。那个新闻过去十几年了，可到现在网上还有。这样的宣传效果不但时效持久，而且轰动效应是广告和新闻无法替代的。如果我们效仿他们，也办一场这样的盛宴，那会是什么效果？"

大家对刘丹提出的想法很是赞同，但有人提出："我们到哪儿去找那么多桌子和凳子呀？"

刘丹接着说："国庆那天，不是鹿鸣川中小学都放假吗，我们可以把两个学校的桌子和凳子借过来用一下，最起码一次能坐下两千人吧。我们可以和农村人过事一样坐流水席。噢，对了，大家可能还不知道鹿鸣川的流水席吧？就是这一轮坐过后，很快把座位让给后面的人。"

小凤问刘丹："那我们给人家吃什么呢？"

刘丹说："我问过雪青阿姨，我们可以给大家做一份麻辣粉。用我们的粉条和豆腐，外加一个小面包和几块品种不同的豆腐干。我们可以从西京城买回一次性饭盒，也可以到厂家去定制我们要的盒子，就是西京城有些学校门口卖给学生早餐的那种盒子。盒子里带一个小勺子，也可以带一个小塑料袋。同时，我们还可以发给每人一杯豆浆，就像城里人喝可口可乐的那种杯子，杯身上印我们的广告。我算了一下，如果按五千份做，一个人的成本大概得三元钱，一共花去一万五千元。但它的宣传效果，比我们花五十万元做广告的效果还要好。"

刘丹的话刚停下来，热烈的掌声马上响了起来。刘丹有些不好意思地接着说："这只是我个人的初步想法，如果真要实施方案还要细化。比如，吃过饭的饭盒如何处理的问题，公共环境污染问题。还有一点，凡是领取我们食物的人，都用身份证登记。小平不是组织了志愿者吗？这些工作让志愿者去做，包括食品盒回收。"

站在一边的雪青手中端着盘子说："我看行，但我有个建议，这舞台下面第一排，除了坐各级领导外应该让新娘和新郎家的亲戚坐，这样我们相当于待客了。"

高立军挥手让刘丹坐下，他站起来笑嘻嘻地说："没想到，刘丹同志这个想法不但可行而且还很宏伟。我们原来没有这个计划，正好还没有给县政府做汇报。你们明天一早好好计划一下，拿出个切实可行的方案，形成文字，我去县政府汇报。当然，这花多少钱的事就不用写了。既然是通过这种方式给我们的企业做广告，费用这一块我们就不要向县政府提了。我看是这样，目前我们不是引进了几个企业吗？国旗，张文龙董事长已经答应由他购买。饭盒和纸杯大平和李爱民想办法，尽量能在现做纸杯上印上我们自己的广告。小凤抓紧设计出来，只要县上同意我们这样做，很快安排人到西京去定制。"

第二天下午，高立军将庆典活动准备情况向县政府做了汇报，大家一致认为让年轻人放开手脚去做。只是有人担心怕这一块不现实，他们担心有些老人吃出什么问题。高立军重新把如何吃饭的细节说了一遍，最终大家都通过了。

最后，秦县长答应县政府拿出一百万元，用于奖励年轻人的业绩和开业仪式。发改局刘局长对高立军说："先把大家应得的工资给大家发了，有些同志不是要借这个结婚吗？不能只让牛挤奶，不给牛吃草吧。"

听了刘局长的话，秦县长问高立军："你们的集体结婚仪式如何安排的？咋没听你汇报呢？"

高立军腼腆地笑了一下说："很简单，只需要二十分钟时间足够了，就是集体在舞台上亮个相，宣读一下结婚证书。"

秦县长说："那天不要给我安排讲话，我的任务就是给你们宣读结婚证书。"

王雪峰说："这样怕不行，省上领导也来，您作为县长不讲话，那是对上级领导不尊重。"

大家都说："是呀，您不讲话怎么说得过去？"

秦县长对坐在一边的何秘书说："行，我讲，不超过十分钟，把更多的时间留给年轻人说。现在呀，老百姓并不喜欢我们这些领导讲话，他们喜欢听成功的经验和致富的方法。"

88 国庆日

一场成熟的秋风过后，鹿鸣川的天空更蓝了，云朵更加洁白。在田野上的空气中，到处飘荡着香禾甜丝丝成熟的味道。

这是一个少有的热闹日子，这样的日子鹿鸣川除了 1976 年的秋天有过，近四十年来还没有过如此隆重的活动。

太阳刚刚从东方升起来，霞光将整个川道照耀得明灿灿的。鹿鸣川东西南北四条通往镇街上的马路两旁，一面面红旗迎风飘扬。站在镇街门前的山顶上看去，整个镇街被红色浸染。人们披着清晨的朝霞，忙碌地穿梭于镇街的四条大街上。

镇政府、农民工创业园大厦、鹿鸣川豆制品厂、粉条厂、信用社、鹿鸣川村委会和临街的商铺及单位的大门两旁，不但贴了宽大的对联，也挂上了国旗，这是从来没有过的景观。

镇政府门前广场边坐北朝南的老式戏楼被装点一新，戏楼顶上一排排国旗，在晨风中于湛蓝的天空下徐徐飘扬。戏楼被装点成辉煌的舞台，戏楼的门楣上大横幅红布金黄色的"鹿鸣川农民工创业园开业仪式"十三个大字彰显着活动的主题。戏楼两边的柱子上，金大平用金粉书写在红纸上的"喜迎佳节、同奏华章、歌颂伟大祖国；抖擞精神、共书青春、建设美丽乡村"苍劲有力，飘逸奔放。

通往镇街的马路上，上午八点刚过，一辆辆小轿车穿过月亮桥，依次向镇政府大院开来。车里的领导人下车后，警察指挥着小车司机，将车开进了街后面的中学操场。

而在通往镇街上的乡村路上，人们比平时赶集要早一些。听说中午要在镇街上吃免费的午餐，许多乡村的老人和妇女早早起来，换上干净的服装，将自己收拾打扮一番出了村道，三五成群，快乐地行走在乡路上。

东南西北四条乡村路，像四条彩色的河流目标一致汇向镇街。镇政府门口的戏楼前，甄虎组织人从中学和小学搬来桌凳，整齐地摆放在广场上。桌面上写着镇政府属下的十几个村的桌牌。进街的四个路口，小平组织的志愿者胸前挂着蓝色胸牌，查看进入镇街人们的身份证。凡是年龄过七十岁的老人，志愿者会将老人领到广场入口处，交给甄虎领着的人。那些人领着老人到戏楼下找到自己的村名，看老人一脸喜庆地坐下来。

秦县长和省市来的领导，被安排在镇政府会议室。许静茹、王颖等人，穿着统一的红色唐装和黑色的筒裤，为领导们端茶倒水。

从省城来的书画名人，被小凤、任子函、刘丹引进了大平和李爱民的工厂。其中有一个满脸胡子的人，嚷嚷着要见高立军，小凤笑着对他说："我们高主任正在与投资商洽谈合作呢，有什么事儿您给我说。"

大胡子从自己带来的小皮箱里，拿出一个厚厚的红包对小凤说："听说小高今日结婚，我要给他上礼，你把这个转交给他吧。"

小凤伸开双手拒绝着大胡子，忙说："谢谢老师，今天我们结婚的人比较多，有规定，谁的礼也不能收。"

大胡子说："我知道，立军给我说过的，但我的礼必须得收。"他压低声音对小凤说："这是我欠立军的。"

小凤说："那中午吃饭时，您亲自给他，好吗？"

虽然计划开业仪式在上午九点，但秦镇长和高立军走到戏楼下，看到台下并没有多少人，他们回到会议室，将情况给秦县长做了汇报。秦县长又将情况汇报给胡副省长，胡副省长从凳子上站起来说："延缓一个小时，我们今天来，就是一个主题，让老百姓开心，我们不急。"胡副省长说过后，对秦县长说："来，老秦，你陪我们到街上走走。"秦县长听说胡副省长要到街上去，向站在会议室门外的派出所刘所长招手，让他和自己一起陪胡副省长等人。

走到院子中间的胡副省长转过身对秦县长说："我们只是想让你带着走走，叫那么多人干什么？行了，你咋对自己没有信心呐？"

秦县长刚走出院子大门，省上来的客人紧随了他和胡副省长，向街道走去。

此时，正是群众进入广场的高峰时期。胡副省长站在镇政府门外的阳光中，看着有序入场的群众对秦县长说："你看，我们的老百姓多好。尊老爱幼，礼让三分，他们做得多到位啊。"

说过，胡副省长带一行人进了东头，向西街走去，街道两边到处都是小商小贩设置的摊位。每个推位上都插着国旗，街道已被人们挤得水泄不通。秦镇长让跟在胡副省长后边的李建堂走在前面，吆喝人们为领导让道通行。

走到东街铁匠铺门口时，一股燃烧煤的味道浓烈地袭来。胡副省长绕过人群走进一个院子，院子里干干净净，在南边的石棉瓦棚架下，一个师傅正将一块烧红的铁，从炉堂夹出来放到砧子上。一个胸前挂着灰色帆布的小伙抡起大锤，在师傅手中小铁锤的引领下砸向烧红的铁块。大小铁锤在砧子上敲打出的声音节奏明显，像童声和成年人表演的合唱歌曲。远远地，砧子上红色的火星四处乱飞，像一朵盛开的金狮头秋菊。

胡副省长等人走近棚架，胡师傅并没有停下手中的铁锤，李建堂上前要阻止胡师傅，被胡副省长制止了。大家静静地站在地上看打铁人的举动，像欣赏一场昔日看过的老电影。等老师傅领徒儿将那块红铁打成一个五角星的雏形时，大家才明白，师傅是在打造五角星。

红铁被两人打成黑铁时，胡师傅将五角星重新放入火炉，示意徒弟为炉子添煤时，他才认出胡副省长。他将双手在胸前的围裙上擦了几下，走过来紧紧抓住胡副省长的手，激动得说不出话来。

胡师傅兴奋地说："真想不到，一家子，您今日能来啊，我们二十多年没有见过了呀。"

胡副省长摇着胡师傅的手同样兴奋地说："是呀，快三十年了呀，您还是一下子认出了。"

胡师傅说："再过三十年，要是见了您，我同样能认出来。"

胡副省长说："现在还有生意呀，您刚才在制作什么，我咋看像个五角星呀。"

胡师傅放开胡副省长的手说："是呀，这不嘛，镇上新修了农民工创业大厦。给咱建设街道的张文龙经理说，他想在创业园大厦的楼前，挂一个五角星。他将尺寸给了我，原本在前几天就可以做好的，没想到，另一个来自秦北的投资商，要我给他打制十把镢头，说今天他们企业要奠基，比张文龙要得还急。我告诉他可以到五金店去买，他说他喜欢铁匠炉打的。我告诉他五角星比他的镢头重要，结果，他一个电话打到张文龙那里。张文龙告诉我，先给客人弄，这不他刚把十把镢头拿走。"

胡副省长一行离开铁匠炉时，胡师傅送给他们一人一把吃饭勺大小的小铁铲。胡副省长要给钱，胡师傅说："现在这东西没有用了，我只想给您做个纪念。要不是当年您主持公道，哪儿还有这铁匠炉呀？就这小铁铲的手艺，怕是再也没有了。"

离开铁匠炉，胡副省长给陪同人员讲了他和铁匠铺胡师傅之间的故事。那是40多年前，他还在秦南地区工作时经历的事情。

大喇叭在此刻响起了音乐《今天是个好日子》，歌声中穿着红色上衣的王颖从舞台后面走向舞台中间。她拿着麦克风对戏楼下面的人们说："请大家有序入座，根据大会组委会的安排，台子下面的座位主要是为老人们准备的，请大家自觉遵守规定。在大会未开始之前，我们首先有请从西京来的音亮歌舞团给大家表演节目，大家欢迎。"

一群身着艳丽服装的歌舞演员，在音乐的伴奏下，于戏楼上翩翩起舞。戏楼背景上，鹿鸣川不同村庄的影像依次出现。戏楼下一些老年人看到自己的村庄在屏幕上映现，不断地发出惊叫声。

听到街道里传出了高昂欢快的音乐，通往镇街四条路上的人们加快了脚步。一时间，入场口出现拥堵。甄虎手持一个银色闪光的大喇叭，站在入口处不断地呼喊着。音乐声和人们的叫嚷声，几乎淹没了他的声音。他索性站在一张桌子上高喊道："派出所的警察同志们，请到入口处帮忙。"他的话还没喊完，一辆闪着红灯的警车停到入口处，车上下来了秦南县公安局长。甄虎看到局长忙打招呼，局长从他手中抢过喇叭对他说："去，把你们所长叫来。怎么一个警察也看不到？让我来。"

甄虎跳下桌子，将位置让给了公安局长。几个志愿者急忙把公安局长扶了桌子。公安局长站在桌子上喊道："乡亲们，请大家有序入场。按规定身份证上不到七十周岁的乡亲，就不要往里挤。请大家自觉遵守规定好不好？"

听到了局长的讲话声音，派出所李所长在甄虎的引领下，跑步穿过拥挤的人群跑向公安局长。公安局长跳下桌子，冷着脸色问李所长："咋回事，人呢？你在忙什么，难道你不清楚自己的职责吗？"

说过，公安局长将喇叭塞给甄虎，气呼呼地向镇政府院子走去。李所长忙跟了上去，想向局长解释什么。局长转过身说："哪里需要站在哪里，跟着我干什么？"

看到威风凛凛的公安局长指挥若定，坐在距公安局长站立的桌子旁边不远的几个老人，悄声议论道："真凶呀，连所长都不放在眼里。"另一个老人说："他是局长，是李所长的上级，当然他不把李所长放在眼里。"先说话的老人说："也怪李所长呀，这么多人在这儿挤，也不见警察。出了事可不是小事。""是呀，这和咱家过事一样，人多就得多操心。"

甄虎紧紧抓住刘永林的手怕他跑了似的说："老刘呀，你今日嫁女，那可是贵宾呀，咋能让你站着呢？"话刚说完，刘永林发现了吴刚的父亲，他挥舞着国旗对吴刚的父亲喊道："亲家呀，快快快，前面坐、前面坐。"

甄虎将自己手中多出来的一面国旗，塞到吴刚父亲手中，开着玩笑说："老吴呀，你的国旗呐？没有国旗，不许入场哟。"

吴刚父亲搓搓手笑着对他说："昨天人家给我发了国旗，我不舍得带，怕弄脏了，挂在家里。"

甄虎说："给，把我的给你，快去。你看，你儿子和媳妇正在台上表演节目哩。"

吴刚父亲接过国旗，将手伸向刘永林开心地说："快，看，两个孩子在台上哩。"

从清晨到现在，高立军成为最忙的人，外地来的投资商都在找他。原本计划让许静茹帮他的，可是许静茹去接待省上来人了，只有张文龙跟在他身后。好在张文龙是见过世面的人，还不到九点，他们在农民工创业大厦已经接待了五拨人，初步签订了五亿元的意向投资协议。

上午九点，灿烂的阳光洒满了鹿鸣川，整个镇街沉浸在红色汪洋中。东南西北四个入口，均有锣鼓家伙在敲响。几个村的社火表演，将前行的人们阻挡在街口。跑旱船和跑魔女的几个男人，不住地向人们展示着他们的技能。特别是几个村上的狮子队，表演者个个像人来疯似的，人越多的地方他们越活跃。

从乡下进入镇街的人们，手持国旗陆续进入会场，舞台上的音乐停了下来，王颖宣布会议开始。在人们热烈的掌声中，胡副省长一脸笑容地从戏楼一侧，走向放置着鲜花的棕红色讲台。他没有拿讲话稿，他的讲话很短，他说："建设美丽乡村，鹿鸣川做出了令人欣喜的尝试。我们建设美丽乡村，不只是将街道建设得多么漂亮，楼房修得有多高，更重要的是，我们要把美丽乡村建设成能够容纳'三农'的载体。这个载体里，不光有理想，还有梦。什么梦？中国梦！"

紧接着，秦县长致了欢迎词。最后，他向人们宣布，"今天，除了我们在此举办农民工创业园正式开业外，还有两件令大家眼前一亮的喜事，会在这里举行。"

站在戏楼下手持喇叭的甄虎，用喇叭问秦县长："还有什么更大的喜事，您能告诉我们吗？"

秦县长挥舞着讲话稿兴奋地说："等一会儿，大家就知道了。"

正在此刻，一辆皮卡车，拉着两台高晃晃的铁架似的东西，从北边开进了会场。铁架子被红绸子盖着，皮卡车前面系着一朵红布做的大红花。

人们不知道载在车上的高晃晃的东西是什么，纷纷为车让开了通道。当行进到舞台下停稳后，几个年轻人将穿着红色唐装的胡师傅从舞台后面引到台口。

音乐停了，人们也不停呼叫，大家看到胡师傅，不知道要发生什么新鲜事，都平心静气地等待着。

秦县长与胡师傅握过手后，一手拿着话筒，一手指着皮卡车上被红绸子盖着的两个机器对台下喊道："同志们，大家知道这是什么吗？"

"不知道"！

"想不想知道"？

"想——"

秦县长说："这个东西呀，是我们秦南人老几辈子想要的东西，一直到今天，才被我们秦南人研发出来。来，我们用热烈的掌声，邀请两个研发人给大家揭开谜底。"

掌声响彻云霄。

掌声中，大平和胡师傅在黄玉强和李光照的引领下，慢慢将盖在摘核桃机和摘柿子机上的红布揭开。

秦县长又问台下的人们："大家知道这是什么吗？"

"不知道"！

秦县长说："大家看好了，这就是咱秦南人研发的摘核桃和摘柿子的机器。"

秦县长的话音刚落，台下的人们沸腾了，人们在同一瞬间将手中的彩色气球丢向空中。河岸上的礼炮开始鸣响。许多人从凳子上站起来挥手高呼。

李光照和黄玉强操控的两架无人机从人们头上飞过，无人机下面悬挂的绸子上金红色的"摘核桃机研发成功"和"摘柿子机研发成功"的字样更是将人们的呼喊声推入高潮。

大喇叭里传来王颖甜美的声音："这是历史的突破，这是勤劳智慧的秦南人献给中国农民最真诚的礼物，这是秦南人献给我们伟大祖国最美好、最珍贵的生日礼物。"

活动进入投资商讲话环节后，秦北的高经理、华刚、张文龙、金大平都上台讲了想法和计划，赢得了人们热烈的掌声。

快到十二点时，秦县长又一次拉着北京的范博士、药厂投资人华刚、秦北的高经理、王经理、邹经理、王雪峰、县发改委刘主任、秦镇长走上主席台。他走到台子前面，对台下的人们说："刚才，我告诉大家，今天有喜事在这里举办。现在，这件大喜事马上开始。"他压低声音说："今天的鹿鸣川，在建设美丽乡村中，取得了成就。一是得益于中央关于乡村振兴的政策，二是得益于我们鹿鸣川有一批敢想、敢干、会干事的年轻人。这些年轻人，他们怀着梦想走出鹿鸣川，在外边上过大学后长了见识，又回到家乡，用他们的智慧和理想，用他们的青春和热情建设自己的家乡。正是他们的辛勤付出，才有了鹿鸣川不一样的今天。大家用掌声对他们为建设家乡的付出表示感谢。"

台下再次响起了雷鸣般的掌声。

秦县长将麦克风交给站在自己身后的秦镇长，秦镇长并没有讲话，他将麦克风交给发改委刘主任，两个人推让着，秦镇长将刘主任推到秦县长身边。秦县长说："你讲，快讲，好着哩。"台下爆发出哄堂笑声。

刘主任向前走了一步到台口，声音洪亮地说："今天，也是这些年轻人的大喜日子。经过商议，他们今天将要在这里举办集体婚礼。"秦镇长将手中的讲稿递给刘主任。刘主任对着讲稿说："下面，我们有请这些新婚夫妇上台给大家鞠躬致谢，大家用热烈的掌声，向他们表示祝贺。"

高昂的音乐重新响起，《今天是个好日子》已经成为整个活动的主题曲。秦县长向台上挥了一下手，音乐声音低了下去。

刘主任照着手中的红纸念道："高立军、许静茹。对对对，忘记告诉大家，男的在前面，后边是他们的新婚妻子。高立军，你们上台时，各自拉着自己爱人的手。我继续念了，金大平、夏花、金小平、王小凤。还有一件事告诉大家，今天这些新娘、新郎中，有兄弟，有姐弟，有父子，有母女，大家从姓名中，可以分辨出来的。"

又一轮掌声响起。刘主任继续念道："夏新、王颖、李爱民、任子函、吴刚、刘丹、肖一民、李爱琴，来，大家再给他们掌声，使点劲儿。"

台下响起了口哨声和掌声，十几个年轻人手持国旗，从戏楼的右侧拉着手走上戏楼。

他们站在台子后面，秦县长拉着高立军的手，将他们引到台子前沿。台口进来的阳光，正好照在他们身上和脸上。

金发财、王雪青、邹经理和李玲走到台口的台阶上，因为难为情又跑了下去。任张文龙怎么推拉，他们最终还是没有上台。

正在此时台下有人高喊："让新人给大家谈一下恋爱经历，我们好向他们学习。"

刘主任将麦克风递给高立军，高立军向后躲着。刘主任又将麦克风交给大平，大平双手拉过了麦克风。刘主任转身走到秦县长身边，大平开始讲话。

大平用手抹了一下额头，笑嘻嘻地说："谢谢大家。"台下响过短暂的掌声后，一时宁静下来，人们静心等待大平讲恋爱经过。

大平干咳了几声依旧笑着说："其实，我们的恋爱经历都非常简单。我们没有花前月下、没有压马路、没有情书。因为我们没有时间，我们的恋爱经历，说白了就是工作中建起的友情。我哪，在咱鹿鸣川中学毕业后，就去秦北下煤窑、打工，在那边工作了几年有了点积蓄，就回到咱鹿鸣川办起了豆制品加工厂。幸运的是，在秦北时结识了我的爱人。不不不，媳妇吧，还是叫媳妇好。她听说我想回来建设家乡，二话没说，就要嫁给我，就这么简单。其他同志的恋爱经过，基本和我们差不多。大家可能都知道，我们今天这里面有七对新人哪，都是从外地回来建设家乡的。我们为什么能走到一起？就是大家有一个共同的目标，用我们的青春建设美丽乡村，建设好我们的家园。让自己的心不再流浪，让自己的青春不再虚度，就这么简单，谢谢大家。为了感谢大家参加我们的婚礼，我们集体鞠躬向大家表示感谢。"

大平将麦克风递给秦镇长，转身拉起夏花的手，示意大家集体向台下鞠躬致谢。

十几个人的头刚抬起来，秦镇长说："下面，我们请县上来的各位领导、还有来我们鹿鸣川投资的老板们，宣读今天新人们的结婚证。"

一名志愿者端着红色的盘子，盘子中放着一叠红色的结婚证递到秦镇长面前。秦镇长示意志愿者将结婚证递给秦县长、刘主任、王雪峰和范志伟、华刚他们。

新人们各自领取了结婚证后，他们站到了台子右侧，将台子中心让给了主持人。

台口的另一边，秦北的邹经理和李玲、金发财和雪青走上戏楼。四个中年人都穿着红色的唐装，他们都不乐意上台。秦县长上前一步拉了邹经理的手说："这么大的喜事，还忸怩什么啊？"在众人的推拉下，四个人终于站到台子中央，雪青不好意思地捂着脸，李玲拉着雪青的手转过去将背对着台下的观众。

秦县长拿起麦克风说："来来来，转过来让大家看看这两对新人。"他拉着邹经理的手说："这位是秦北的邹经理，我们三十年前一起在新疆当过兵。现在啊，他要来我们鹿鸣川投资。他和同样来自秦北的王经理，来，王经理，站过来，他们俩一起，重新开发我们鹿鸣川的牡丹泉烧酒。大家说，是不是一件好事？来，大家掌声感谢他们，对我们鹿鸣川发展的支持。"

台下响起了新一轮掌声，经久不息。

王经理将四本结婚证发给了两对新人，他拉着他们对观众致谢后向台下走去。

秦镇长接过麦克风走到台口说："今天，是我们伟大祖国国庆的日子，也是我们鹿鸣川农民工创业园正式开业的日子。还有一个好消息是，我们镇的重点镇建设，通过了省上的检查验收。所以，我们在此举行隆重的庆祝活动。四十年来我们镇没有举办过如此规模巨大的活动，我希望通过举办这次庆祝活动，激发我们广大群众的爱国热情、爱家乡的热情和发展经济、建设美好家园的热情，我希望大家能记住今天这个日子。今天中午，由我们镇豆制品加工厂、粉条厂，还有我们鹿鸣川的建筑集团公司，给大家准备了快餐。希望大家有序用餐，积极配合我们的工作。在大家吃饭的过程中，我们镇唯一一个省级文化遗产——静板书，将为大家助兴。我们专门从大山里请来了八十岁高龄的著名静板书老艺人，用大家喜闻乐见的形式赞美我们的新生活。下午，我们秦南县剧团，将给大家演出新排的全本戏《香包》。接下来，我们这几对年轻的新人，将向大家献上歌曲《我和我的祖国》，大家再给他们些掌声。"

十几个年轻人在众多目光的关注下，手拉手走到戏楼前沿。王颖接过秦镇长递上的麦克风准备领唱，《我和我的祖国》音乐前奏响起。有人在台下点燃了鞭炮，狮子队在炮声中从台下灵巧地跳上戏楼，几只小狮子在母狮子的指挥下，俏皮地在十几个年轻人身后，做出各种幽默的伴舞动作。

台下的人们跟着十几个年轻人一起唱了起来，他们手中挥舞着国旗，使整个广场沉浸在红色的海洋里。有些老人不会唱但他们的手在舞动着，嘴唇在动着，他们目光中溢出的兴奋相互传递着。

那些忙碌在不同岗位上的志愿者中，突然有人唱出了高音，引得人们扭头去看。《我和我的祖国》刚唱结束，李建堂领着静板书老人走上戏楼。十几个年轻人帮老人调整着他的乐器，老人开始调三弦和脚上的锣鼓家伙，调整好后，三弦便弹出了前奏。腿上的竹板，由右脚控制的梆子和镲钹，敲打出了清脆的节奏来——

各位乡党请用心听
今日我给咱说事情
莫看我的三弦旧
莫笑我的眼睛蒙
静板书是咱的老传统
老传统也能说出新事情
嗨儿呀，咿儿呀

今日只说哪事一件

开口就讲农民工
农民工它是个新名词
旧社会叫它扛长工
如今社会多开明
山里人能在城市把钱挣
挣了钱，带回家
不忙着修房娶媳妇
只想着做出大事情
做大事情要场地
县政府出了个好主意
啥好主意吗
建起农民工创业园
你们说这是不是大事情
嗨儿呀，咿儿呀

大平，爱民是好娃
大学没上，亏咋了
但几个娃娃决心大
没上学照样把财发
挣了钱他们不乱花
回到家乡创业了
今天是大家的好日子
农民工创业园开业了
嗨儿呀，咿儿呀

说起咱的豆腐有一讲
鹿鸣川的豆腐送过皇上
清朝年间就有名
一直到如今也没落下
为啥咱的豆腐好
主要是泉水质量高
山泉水，无污染
矿物质，都齐全

......

东街口锣鼓声中，两只旱船像在水中漂着似的，在人群中轻轻地游荡。月亮桥上响起了炮声，志愿者开始用车拉着盒饭，走到戏楼下给人们分发。

雪青和金发财从戏楼上下来后，跑过月亮桥。王颖母亲和工人们已将招待贵宾的桌凳收拾好，书画家们已经坐在放着笔墨的桌子上，秦县长领着胡副省长和省城的来宾朝雪青家走来。

河岸上又响起了隆隆的炮声，十几个新人手中拿着国旗从戏楼上下来后，匆匆忙忙地跑向雪青家。他们按秦县长的安排，要给胡副省长一行敬酒。

菜刚上齐，胡副省长眼睛一亮，兴奋地说："真没想到，秦南人用豆腐能做出这么丰盛的菜来。大家先别动，我要拍一张照片在朋友圈里晒一下。"胡副省长刚说毕，所有的人都拿出了手机，对住餐桌不停地拍起来。

广场上，人们开始按流程吃饭，几千人在志愿者的安排下，有序领取了盒饭。有些老人领盒饭后并没有吃，而是自动离开了桌子。

一个甄虎认识的邻村老太，领了盒饭到他跟前对他说："虎子，盛世呀，我活了八十多年，没有见过这么多人一起吃饭呀。盛世啊，好时代让你们赶上了呀。"

甄虎将老太扶出广场问她："你感觉好不好吗？"

老太兴奋地说："你说呢？好娃哩，哪见过这盛世嘛。"

甄虎问老太为啥不吃饭要带走，老太告诉他舍不得吃，老汉有病在床上哩，要带回去与老汉一起吃。

甄虎从身边的红色塑料箱里，又拿出一盒给老太说："给，婶子呀，再给你一盒给大叔带上。"

老太推让着说："老汉身份证没带，多带了，人家的数目不够了咋办？虎子呀，不能因一个死老汉，影响了人家的大事。"

甄虎说："婶子呀你放心，把我那份给我叔带上，你放心就是了。"

老太接过盒饭，回头看着广场，眼泪流了下来。她对甄虎说："虎子呀，你帮婶子将这国旗插到领口里让它再高点，我要人们都看到我的国旗哩。"

这一天，是鹿鸣川历史上从未有过的日子。

下午的秦腔剧《香包》，紧紧抓住了人们的目光和心。从省城来的许多书画名家坐在戏楼下，有滋有味地一边欣赏秦腔，一边回味着看戏的感觉。戏快结束时，高立军匆匆忙忙跑过来向名人们道谢。看到舞台下秩序井然的人们，名人们无不感叹。他们压根想不到，鹿鸣川的社会风气会如此好。长胡子书法家紧紧抓住高立军的手说："难怪你一天能签订那么多的意向协议，这儿的人和风气呀，还真是让人敬佩。"

高立军站在阳光下，一边擦脸上的汗一边说："各位老师，我还有一件事儿，想求大家赏眼。走，我们这些年轻人里，有一个姑娘喜欢美术创作。她创作的油画，本来上午要拿出来展示给大家的。由于时间仓促，现在刚摆在镇政府大门口，我想请老师们给点评一下。"

夏新、小平、吴刚把王颖的十幅油画摆到镇政府门外的院墙边，就被人们围得水泄不通。长胡子书法家等一行艺术家走到院墙边，被那幅《守望者》吸引住了。几个画家看着不住地点头。一位从省城来的企业家，从墙边捧起《守望者》，问在场的人："这幅油画多少钱，我收藏了。"

从院里跑出来的许静茹和王颖停下脚步一看，是投资治理月亮河的经理。王颖说："我是作者，是您哪，喜欢，您就拿走，分文不要。"

投资商轻轻将油画放下说："那不行，无功不受禄。我虽然喜欢，但您也是付出了精力和心血的，我不能平白无故剥夺您的劳动成果。"

王颖拉着许静茹的手，摇摇头笑嘻嘻地说："那您给我一元钱吧。"

听说一元就可以拿到油画，许多看热闹的人，忽地一下挤了过来，抢着要购买油画。

高立军转过身子，护住油画和许静茹、王颖，对众人说："大家不要挤，是这样的。这位喜欢油画的同志，是专门来为我们投资改造月亮河的。这幅油画，本来是为他准备的礼物，我们就给客人吧。画家呀，就在咱们这儿，以后大家喜欢她的画，请她给大家再画，好不好——"

"好——"人群发出了激烈的掌声和回答声。

长胡子书法家眼巴巴看到那个投资商，拿着画离开了人群。他问身边省美协的同行者："你感觉这画儿怎么样？"

美协的人眨了眨眼睛说："真不敢想象，这个小高身边的人，个个都是出类拔萃的。这幅画呀，放到西京城，少说也得十多万元哪。可这些年轻人，讲的是义而不是利哟，难怪他们能把事做好。"

送走了投资商，高立军返回来对长胡子书法家说："该你们上场了，你们也得给我们鹿鸣川留下精神财富呀。"

长胡子书法家拍了一下高立军的肩膀说："投资商用钱支持你们，我们给鹿鸣川人们送上精神食粮，拿纸来。"

高立军将书画家们带进了镇政府大院，那儿早已备好了纸和笔。

89　尾　声

　　多年后一个美丽的夏日中午，鹿鸣川镇政府对面，月亮河边的东山根下，一排红顶别墅里，传出了年轻人欢乐的嬉笑声。

　　担任了鹿鸣川农民工创业园主任兼秦南县招商局副局长的高立军，从金大平手中接过"全国青年创业之星"的牌子，兴奋地举过头顶，问已经担任了鹿鸣川旅游开发公司总经理的金小平："金总，如果现在让你再回到西京城去给人洗脚，你还去吗？"金小平将怀中的儿子递给妻子王小凤，双手从高立军手中接过牌子，细细地看过上面闪光的金字说："你还别说，要不是当年给人洗脚，我可能思想还转不过弯，还在西京城里瞎混哩。其实呀，这几年来，我一直在想自己的人生路。有时想，还得感谢那些人生迷茫期的日子。是那些难忘的日子，改变了我的人生选择。当然，主要还是你，可以说，你是我的人生导师啊。"

　　高立军又问正给女儿喂奶的夏新："夏副镇长，你还愿意回西京城吗？"

　　夏新将女儿递给坐在沙发上的雪青，从口袋中掏出手机说："我和小平一样，要不是有给人洗脚的机会，咋能娶个画家老婆啊。你们搞搞清楚，我老婆今日回来，领的可不是一般奖，是'中华人民共和国成立七十周年'大奖啊。来来，大平董事长，将牌子拿好。我给你照个相，在朋友圈里宣传一下。"

　　金大平从高立军身后走过来，与高立军站在一起说："先给我和高局长照一个，然后我们大家一起照一个。这个牌子，可不是我一个人的，是我替大家从北京领回来的。"

　　许静茹、王小凤、任子函、刘丹四个女人听说要照相，忙捧着鲜花，拿着大平的西服、领带、新皮鞋、披带从里间的小房子里出来。她们帮大平穿上西装、扎上领带、挂上披带，又在他脖子上挂上花环。

　　正在大家吵闹着要为大平照相时，门外灿烂的阳光中，响起了小车的喇叭声。雪青将王颖的女儿放到沙发上跑出去探视，王颖抱着一个金色奖杯，吴刚抱着一个闪光的牌子，风风火火一前一后进了门。王颖将奖杯递给夏新，任子函抢过奖杯念道："庆祝中华人民共和国成立七十周年油画大赛金奖。"

王颖的女儿见到母亲，站在沙发上伸开小手喊道："妈妈，妈妈，我要，我要。"

任子函忙将奖杯递给王颖的女儿说："冉冉是个小气鬼，给，谁不知道这是你妈给你领回来的。没人要，没人敢要，知道吗？"说着她将奖杯递给了冉冉，并将孩子从沙发上抱起来，交给正在擦脸的王颖。

这边，大平从高立军手中接过吴刚的牌子，让李爱民帮忙念上面的字。李爱民弯下腰，故意一字一句地念道："'全省乡村绿色食品销售啥军'，吴总，我不认识这个字呀。"

任子函扑向李爱民，从他手中抢过牌子说："我们家李董是个睁眼瞎，大家不要见笑，我来给咱念。"她拿着牌子让大家看着说："哎呀妈，我也不认识这是'什么军'呀，还是让吴刚给大家念吧。"

大平抓住吴刚的肩膀说："吴刚，让你给我捎的人呢？"

吴刚说："对对对，夏总呀，人家是大城市人，讲究多。说是给这些孩子买什么礼物去了，放心，一会儿就回来。"

夏花拉着雪青的手笑嘻嘻地进了门，她从王颖手中抢过冉冉说："姑姑想死你了，快来看，姑姑给你带什么了？"

冉冉双手抱着夏花，不住地亲着她的嘴说："姑姑，冉冉也想姑姑，真的，很想很想的。"

王颖一边拉着许静茹的手，一边摸着刘丹的大肚子说："我敢保证，刘丹一定是个儿子，你看，这肚子有多尖啊。"

吴刚走过来轻轻地抚摸着妻子的肚子说："我隆重地向大家宣布，我们家刘丹怀了双胞胎了。"

大家鼓掌祝贺。掌声过后，许静茹摸着刘丹的肚子问："医生没说是龙凤胎还是？"

刘丹说："人家没有告诉我，只说是双胞胎。"

高立军走过来挥舞着双手兴奋地说："今日是个大喜的日子，夏新被任命为鹿鸣川镇副镇长，小平呢，刚上任旅游公司总经理，大平刚从北京回来，吴刚也领了奖，王颖也得了大奖。我还没有告诉大家，今天是李总儿子的周岁生日。李总说要请我们大家庆祝一下，我认为，应该庆祝。对对对，还有一个重要消息，我们家静茹呢，新诗样书今天出版社寄来了。明天，她要去县工商局上班，所以，今天我们要好好庆祝。一会儿，张文龙总经理，时达总经理，秦北的高总、王总、邹总都要过来。我有个提议，在几个老总没过

428

来之前，我们几个先照个合影，毕竟是大家的青春照亮了鹿鸣川这方土地。吴刚，具体你策划，最好是能选择一个有代表性的地方，拿上我们所有的奖杯、奖牌、奖状，和能证明我们青春闪亮的东西，好不好？"

吴刚说："地方我早就选好了，大家带着东西，换上新衣服。女同志，该画的画，该描的描，该涂的涂，我们就到门前的河边，背景是农民工创业园大厦。我告诉大家一定要认真准备，这张照片是要装进历史档案的哟。"

半个小时后，所有的年轻人穿着一新，拿着不同的证明青春闪亮的证书、牌匾、奖杯，站在月亮河岸边的柳树下。

吴刚按下相机快门后，跑入提前为自己留下的位置中喊道："鹿——鸣——川！"

众人看着镜头高声应和道："我——爱——你。""啪"。

一张精美的青春集体照，留在了每个人和鹿鸣川的记忆中。

2012 年 2 月于西安新城大院完成初稿
2016 年 12 月于西安关北修订二稿
2018 年 8 月于故园庙岭修订三稿
2021 年 8 月于故园庙岭修订四稿
2022 年 3 月于西安大明宫西修订五稿
2022 年 4 月北京修订六稿